Klarant Verlag

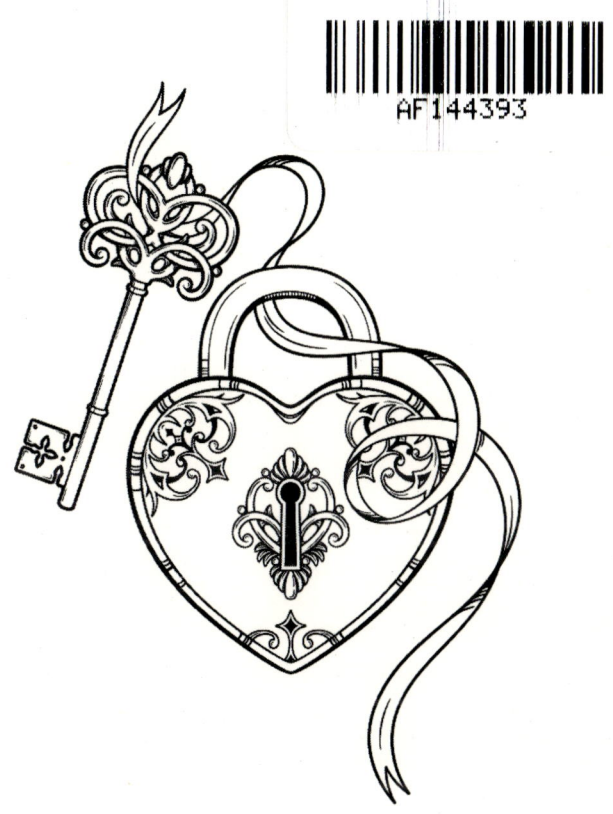

Liebe ist nicht das, was man erwartet zu bekommen,
sondern das, was man bereit ist zu geben.

(Katharine Hepburn)

Bärbel Muschiol wurde 1986 in Weilheim, Oberbayern, geboren. Glücklich verheiratet lebt und arbeitet sie mit ihrem Mann und ihren zwei Kindern heute noch immer im tiefsten Bayern. Im Genre Erotik und in der Belletristik hat sich die Autorin mittlerweile einen festen Platz in den Bestsellerlisten geschaffen.

Bärbel Muschiol

Rocker
so nah, so gefährlich!

Klarant Verlag

Gefährliche Rocker
küsst man nicht

Prolog

Der Präsident, eine echt beschissene Idee und eine ungeplante Entführung!

Betonsplitter surren durch die Luft, reißen die Haut an meinem linken Unterarm auf und verlieren sich dann in dem Chaos um mich herum.

Schüsse zerfetzen die Luft, irgendwo in einem Stockwerk knallt eine Handgranate, die Wucht der Explosion bringt das leer stehende Gebäude, in dem früher Frühlingsrollen und irgendwelche unaussprechlichen Gerichte, die mit Stäbchen gegessen, serviert wurden, zum Beben.

Chinesische Zeichen zieren die Wände, daneben hängen bunte Plastikblumen und riesige, farbenfrohe Papierfächer, deren ursprüngliches Rot, das unter einer dicken grauen Staubschicht verborgen ist, gut zu dem riesigen Blutfleck passt, der sich unter meinem Stellvertreter auf dem schwarzen Holzboden ausbreitet.

Er wurde getroffen!

Wir brauchen einen Arzt, Verbandszeug – irgendetwas, das ihm dabei hilft, dass er nicht hier und jetzt, inmitten der geplatzten Warenübergabe, sein Leben verliert.

Gegen den Drang, sofort zu ihm zu laufen und meine Hände auf die Schusswunde auf seinem Bauch zu drücken, ankämpfend, zwinge ich mich in Deckung zu bleiben und darauf zu warten, dass es mir und meinen Männern gelingt, die Handvoll Wichser, die zwar die zwei Kilo Koks wollten, jedoch nie die Absicht hatten, dafür zu bezahlen, auszulöschen.

Es kommt nicht das erste Mal vor, dass irgendwelche Idioten auf die glorreiche Idee kommen, uns abzocken zu wollen.

Das Ergebnis ist jedes Mal das gleiche.

Sie sterben. Brutal. Blutig. Auf eine mehr als unschöne Art und Weise.

So geht es jedem, der sich mit dem *Hell Reaper Motorcycle Club* anlegt.

Kent ist die südliche Grenze unseres Reviers, das sich bis hoch in den Norden nach Everett zieht. Alles dazwischen steht unter unserer Kontrolle.

Die meisten akzeptieren es, ein kleiner Teil hat bereits schmerzlich am eigenen Leib erfahren, was passiert, wenn man sich mit dem Club anlegt, und der Rest? Der wird es wohl nie verstehen, dass ich zu der Sorte Mann gehöre, die keine Versprechungen macht und grundsätzlich keine Warnungen ausspricht.

Es hat seinen Grund, weshalb das Expect-no-Mercy-Abzeichen direkt neben dem *Präsident-Patch* zu finden ist.

Peng! Peng!

Zwei weitere Schüsse fallen, ein Kopf ruckt hinter der Eckbank hervor, instinktiv ziele ich auf die Stelle zwischen den Augen und drücke wieder und wieder ab.

Ein regloser Körper kippt nach vorne, die Hälfte des Gesichts fehlt, es klebt samt den Knochensplittern an dem in die Jahre gekommenen Holz.

Der verzweifelte Schrei, der die plötzliche Stille durchdringt, klingt gequält.

Ich nehme ihn kaum wahr, meine volle Aufmerksamkeit gilt Rob, unserem verwundeten Vizepräsidenten.

Wenn ich mir nicht gleich etwas einfallen lasse, wird er sterben.

Und. Das. Kann. Ich. Nicht. Zulassen.

Fuck!

Fuuccckkkk!

Keine Ahnung, wie viele von den acht Typen, die bei der Übergabe dabei waren, noch am Leben sind.

Bei der Ankunft waren wir ihnen zahlenmäßig unterlegen, doch das Blatt dürfte sich inzwischen gewendet haben.

Ryan müsste sich direkt über mir befinden, ich höre Schritte.

Ansonsten dringen nur noch Robs rasselnde Atemzüge in meine Ohren.

Unserem Bruder rennt die Zeit davon.

Die Waffe fest im Griff und den Finger am Abzug sehe ich mich prüfend um, kann jedoch niemanden entdecken.

In geduckter Haltung zu Rob eilend, lasse ich mich neben ihm auf die Knie fallen, drücke eine Hand auf das Loch in seinem Bauch und versuche so, das warme Blut, das viel zu schnell aus ihm heraussickert, zurück in seinen Körper zu zwingen.

Es funktioniert nicht.

„Wir müssen ihn irgendwie von hier wegschaffen. Schnell!"

Cayden läuft wie aus dem Nichts auf mich zu, rostrote Tropfen bedecken sein komplettes Gesicht, das Leder, das ihn als *Hell Reaper* auszeichnet, wurde auf Brusthöhe aufgeschlitzt, Blut sickert aus dem Schnitt.

„Wie schlimm ist es?"

„Shit! Keine Ahnung! Aber ich bin mir sicher, dass ich es überleben werde."

Das muss fürs Erste reichen.

„Wo ist Ryan?"

„Er war eben noch hinter mir." Während er spricht, sieht er sich suchend um. „Haben wir alle erwischt?"

Keine Ahnung.

„Durchaus möglich, dass ein paar abgehauen sind, als ihnen klar wurde, dass sie keine Chance gegen uns haben."

„Miese Feiglinge."

Cayden mustert Rob besorgt.

„Das ist viel zu viel Blut. Er muss in ein Krankenhaus."

Aye. Unter normalen Umständen würde ich ihm sofort zustimmen. So aber? *Bullshit!*

„Rob wird wegen zweifachen Mordes gesucht. Wenn wir ihn in eine Klinik bringen, wird er lebenslänglich weggesperrt."

In Caydens Blick liegt Fassungslosigkeit.

„Besser als auf einem dreckigen Boden zu verrecken."

Reine Ansichtssache.

„Ich kenne Rob. Er würde lieber sterben, als sich einsperren zu lassen."

Wie als ob er unsere Diskussion hören konnte, reißt mein VP die Augen auf, hustet, schnappt keuchend nach Luft und sieht mich an.

„Kein Krankenhaus. Bringt mich zum Club."

Caydens „Und was dann?" hängt tonnenschwer in der Luft.

„Darüber machen wir uns Gedanken, wenn es so weit ist. Als Erstes brauchen wir ein Transportmittel."

Robs Augen gleiten zu mir.

„Schwöre es mir, Bruder. Keine Klinik. Keine Bullen. Lieber frei und tot als gefangen wie ein Tier!"

Matt und kraftlos – seine Stimme verrät, wie schlecht es um ihn steht.

Was für eine verfluchte Katastrophe!

„Ich schwöre es dir!"

Beruhigt schließen sich seine Augen wieder.

Seine Atmung wird immer flacher.

Uns rennt die Zeit davon.

Schritte werden laut, sofort reiße ich meine Schusshand hoch, bereit alles und jeden, der eine Gefahr für uns darstellt, zu töten.

Es ist nur Ryan.

Sein Blick fällt auf Rob, Panik zerrt an seinen Gesichtszügen.

„Was zum Teufel …!? Wo wurde er getroffen?"

Entsetzen schwingt in seiner Frage mit.

„Am Bauch."

„Bauch ist übel. Genauso schlimm wie Brust und Kopf."

Cayden geht zu Robs Füßen, ich stehe ebenfalls wieder auf, zerre grob den Gürtel aus den Schlaufen meiner Jeans. Reiße den Ärmel meines Hoodies ab und bastle daraus so schnell es geht eine Art Druckverband. Besser als nichts. Doch der dicke Stoff saugt sich viel zu schnell mit dem Blut unseres Bruders voll.

„Wir heben ihn hoch und schaffen ihn raus auf die Straße. Dort werden wir sehen, wie es weitergeht."

Cayden und Ryan zögern nicht, sondern packen mit an.

Während wir ihn tragen, verliert Rob das Bewusstsein.

Vielleicht besser so.

„Was jetzt, Präs?"

Ryan sieht mich unruhig an.

Irgendwo in der Nähe muss ein Konzert oder Ähnliches stattfinden, laute Musik erfüllt die Nacht und hallt von den Hauswänden wider. Ihr verdanken wir es wohl, dass der Schusswechsel und die Explosion der Granate unbemerkt geblieben sind.

Hier draußen sitzen wir wie auf dem Präsentierteller.

Wenn es ein paar der Käufer geschafft haben, zu entkommen, könnten sie uns auflauern und kurzen Prozess mit uns machen.

Hier gibt es nichts, was wir als Deckung benutzen könnten.

Wütend auf Gott und die ganze Welt reibe ich mir über die Stirn und lasse meinen Blick über die nähere Umgebung schweifen.

Wir sind mit unseren Bikes da, aber Rob kann auf gar keinen Fall fahren, geschweige denn sitzen oder laufen.

Also, wie kriegen wir ihn schnellstmöglich zum Club?

Wie? *Verdammt!*

Auf der anderen Straßenseite befindet sich eine Tankstelle, eine Frau betankt einen Kleinwagen, sie scheint uns nicht bemerkt zu haben, dafür wirkt sie viel zu entspannt.

Ein junger Kerl in rot-gelber Sanitätsbekleidung lehnt vor den gläsernen, automatischen Schiebetüren, die jedes Mal, wenn jemand die Tankstelle betritt, auf und zu gleiten. Ich beobachte ihn kurz, dann zuckt mein Blick weiter nach rechts zu dem Krankenwagen, der an einer der Zapfsäulen steht.

Ein zweiter Sanitäter, etwas älter, hängt die Tankpistole wieder in die Halterung, umrundet den Wagen und geht auf seinen Kollegen zu. Die beiden unterhalten sich, mir kommt da eine Idee.

„Wir stehlen den Krankenwagen!"

Ryan folgt meinem Blick, Cayden zischt ein: „Scheiße!"

„Ist das dein Ernst, Boss?"

Aber so was von.

„Hast du eine bessere Idee?"

Seine Lippen bilden einen dünnen Strich, dann presst er ein frustriertes „Nein!" raus.

„Dann machen wir es so."

„Wie ist der Plan?"

Blöde Frage.

„Es gibt keinen. Nicht wirklich zumindest. Ich laufe vor, schnappe mir den Wagen und sorge dafür, dass sich uns niemand in den Weg stellt. Ihr beide tragt Rob rüber und dann ab durch die Mitte."

Selbst in meinen Ohren klingt das vollkommen irre.

Aber wir haben keine andere Wahl.

Wenn wir es nicht versuchen, ist das Robs Todesurteil.

Nach einem letzten Blick auf meinen ältesten und loyalsten Freund laufe ich los.

Die Waffe schussbereit komme ich unbemerkt auf der anderen Straßenseite an, renne in geduckter Haltung direkt auf die Fahrerseite des Rettungswagens zu, öffne blitzschnell die Türe und seufze erleichtert, als ich den Schlüssel, wie erhofft, in der Zündung stecken sehe.

So weit so gut.

Im Rückspiegel sehe ich, wie Cayden und Ryan unseren verletzten Bruder über die Straße tragen. Schnell steige ich wieder aus und renne um das rot-weiße, beklebte, viereckige Auto, um die hinteren Türen zu öffnen.

Es muss schnell gehen. Fucking schnell.

Sonst kleben uns gleich noch die Bullen am Arsch.

Mit einem Ruck reiße ich die Türen auf und stoppe überrascht mitten in der Bewegung.

Auf der Krankenliege, oder wie auch immer das Teil genannt wird, auf das sich die Patienten legen sollen, sitzt eine junge Frau, die mich aus weit aufgerissenen Augen erschrocken ansieht.

Ihr Blick huscht zu mir, sie mustert mich, als sie das viele getrocknete Blut sieht, das mir im Gesicht klebt, wird aus dem anfänglichen Schrecken ganz schnell Entsetzen.

Sie keucht leise, weicht instinktiv zurück und reißt den Mund auf, als sie den reglosen Mann sieht, den Cayden und Ryan so schnell wie möglich in den Wagen heben.

„Mach Platz, Mädchen!"

Sie springt auf und versteckt sich in der hintersten Ecke des Krankenwagens.

Rob landet auf der Patientenliege, ich schnalle ihn mit den dafür vorgesehenen Gurten an und ziehe dabei gleich noch den Gürtel um seinen Bauch fest. Die Türen werden mit Schwung zugeknallt, der ganze Wagen gerät ins Wanken, dann sind das Mädchen, der VP und ich alleine.

Draußen ertönen Schritte, ich höre, wie meine Brüder vorne in das Auto springen, wieder werden Türen zugeknallt. Der Wagen setzt sich in Bewegung, überraschte Schreie werden laut. Dinge geraten ins Rutschen. Ich nehme es kaum wahr. Alles, was ich tun kann, ist, über meinen bewusstlosen Bruder hinweg in das wunderschöne Gesicht des Mädchens zu starren, das mich ansieht, als wäre ich der Teufel höchstpersönlich.

„W... Wa... Was soll das?"

Es kauert im Eck, macht sich so klein wie möglich und verzieht plötzlich schmerzerfüllt den Mund.

„Du bist verletzt?"

„Sonst würde ich ja wohl kaum in einem Krankenwagen sitzen. Oder?"

Gutes Argument. *Fuck!*

„Wo?"

Ich sollte mich voll und ganz auf Rob konzentrieren, schaffe es jedoch nicht.

Dafür ist die Frau viel zu interessant.

„Ich glaube, er hat mir den Arm gebrochen."

Wie zum Beweis hebt sie ihren geschienten rechten Arm hoch.

Das ‚er' hallt unnatürlich laut in meinen Ohren wider.

„Wer ist er?"

„Mein Freund."

Sie senkt beschämt den Blick, Zorn steigt in mir auf.

„Freund?"

Selbst in meinen Ohren klingt diese Ein-Wort-Frage ziemlich bedrohlich.

Fuck! Ich muss mich zusammenreißen. Ich habe gerade ganz andere Probleme als irgendein hübsches kleines Ding, das sich für ein gewalttätiges Arschloch entschieden hat.

„Er war sauer auf mich und dann ist es einfach passiert."

Es passieren viele Dinge einfach. Sehr. Viele. Dinge.

Die Sonne geht auf und wieder unter, Hundewelpen werden geboren und Milchprodukte laufen ab.

Aber es passiert nicht ‚einfach', dass ein Mann seiner Freundin die Knochen bricht.

Nicht mal in meiner Welt, und das will schon etwas heißen.

Denn in dieser passiert jede Menge Scheißdreck.

Robs leises Stöhnen lenkt meine Aufmerksamkeit wieder auf das, was wirklich zählt: meinen schwer verletzten Bruder.

Er kommt zu sich.

„*Schhh!* Ganz ruhig. Wir sind auf dem Weg zum Club."

„... nicht ... schaffen ..."

Ich höre nur Fetzen von dem, was er sagt, seine Stimme ist viel zu leise. Immer mehr Blut rinnt aus der Bauchwunde.

„Nicht reden. Spar dir deine Kraft."

Ich muss den Clubdoc rufen.

Robs blasses Gesicht betrachtend, spüre ich, wie sich mein Inneres unangenehm zusammenzieht, als mir der bläuliche Schimmer, der sich auf seine Lippen legt, auffällt.

Der Tod hat längst seine knochigen Finger nach meinem Stellvertreter ausgestreckt.

Mit zitternden Fingern fische ich das nicht zurückverfolgbare Handy aus meiner Tasche, wähle Docs Nummer und hoffe, dass er rangeht.

Nach dem zweiten Freizeichen ist er dran.

„Präs?"

„Du musst sofort zum Clubhaus kommen. Rob hats erwischt."

„Wie schlimm."

„Sehr schlimm. Er hat eine Kugel im Bauch und verdammt viel Blut verloren." Nach einer kurzen Pause hänge ich noch ein „Es sieht nicht gut aus" hinten dran.

Und das alles wegen zwei Kilo Koks.

Einfach. Nicht. Zu. Fassen.

„Ich bin in der Klinik. Seine Blutgruppe?"

„A Positiv.

„Das ist eine der häufigsten Blutgruppen. Ich denke, dass ich was besorgen kann."

Gute Nachrichten.

„Beeil dich. Ihm läuft die Zeit davon."

Er legt auf, ich halte das Telefon noch einen Moment an mein Ohr gepresst, dann stecke ich es weg. Rob hat die Augen längst wieder geschlossen, das Mädchen, das verstanden hat, dass ich keine wirkliche Gefahr für es darstelle, kommt langsam auf mich zu.

In ihren großen rehbraunen Augen liegt nichts als Mitgefühl.

Die Kleine ist jung, vielleicht Anfang/Mitte zwanzig und verteufelt schön. Schön genug, dass es mich fasziniert. Und ich habe seit Jahren jede Menge hübscher, halb nackter Nutten um mich, die nur zu gern vor mir auf die Knie sinken, um mir einen zu blasen.

Nur *‚schön'* reicht also nicht aus, um mich zu beeindrucken.

Dennoch hat diese Kleine etwas an sich, das mir gefällt.

Sehr sogar.

„Wie ist das passiert?"

Fuck!

Wenn ich das nur wüsste.

„Es lief alles nach Plan, aber der Plan war scheiße!"

Klar kenne ich den Ablauf. Aber wie es so weit kommen konnte, wie diese eigentlich so einfache Übergabe so schieflaufen konnte? Ist mir noch immer ein Rätsel!

Erst war es ein Tag wie jeder andere, und dann?

Dann wurde er zur verfickten Hölle!

Die Zähne fest zusammengebissen, zwinge ich mich erneut, den Blick von dem Mädchen abzuwenden und mich wieder auf Rob zu konzentrieren.

Das sollte mir in Anbetracht der Tatsache nicht so verflucht schwerfallen, dass mein Bruder ist lebensgefährlich verletzt und was mache ich?

Ich starre wie ein Trottel diese Frau an.

Bullshit!

Was zum Teufel ist nur los mit mir?

„Die Wichser haben uns betrogen!"

Selbst in meinen Ohren hört sich meine Stimme irgendwie fremd an.

Unmenschlich.

Wie muss es dann erst für die Frau sein.

Trotz der Furcht, die sich in ihren Augen spiegelt, kommt sie, sich mit dem gesunden Arm an der Einrichtung des Krankenwagens festhaltend, weiter zaghaft auf mich zu.

Schön und mutig. Interessant!

„Wurde er angeschossen?"

„Ja."

Sie nickt.

„Die Welt ist manchmal ein echt beschissener Ort."

„Gut erkannt."

Anscheinend ist sie nicht nur schön und mutig, sondern auch noch intelligent.

Das gefällt mir.

„Kann ich ihm irgendwie helfen?"

Nicht fähig, das verrückte, freudlose Lachen, das in mir aufsteigt, runterzuschlucken, schüttle ich den Kopf und sehe nun doch wieder in ihre Richtung.

„Uns ist nicht mehr zu helfen."

Hölle! Erst als ich es laut ausspreche, spüre ich, wie wahr das ist.

Wir sind uns so nah, dass mir bei jedem Atemzug, ihr süßer, zutiefst femininer Duft in die Nase steigt.

„Jedem von uns kann geholfen werden. Immer."

Täusche ich mich oder schwingt da eine gewisse Verzweiflung mit?

Wen versucht sie gerade davon zu überzeugen? Mich oder doch eher sich selbst?

Meine Augen gleiten zu ihrem fixierten Arm.

Wobei, es könnte auch Trotz sein, an dem sie sich festhält, weil die Situation, in der sie feststeckt, für sie sonst einfach zu unerträglich wäre.

Die Möglichkeit, dass es so ist, macht mich wütend.

Wütender als ich es eh schon bin.

„Du musst ihn verlassen, Mädchen. Ehe er dir mehr antut, als dir nur den Arm zu brechen."

Jetzt ist sie diejenige, die den Blick senkt.

„Das ist nicht so leicht, wie es klingt."

Ich weiß, was sie meint.

Es gibt Situationen im Leben, die sollten ganz einfach sein – wie dieser gescheiterte Drogendeal – und werden dann aus heiterem Himmel zur Katastrophe.

Wir scheinen viel zu schnell in eine Kurve zu fahren, der Wagen gerät ins Schlingern, es knallt und scheppert, die Frau verliert das Gleichgewicht, knallt mit dem Kopf gegen das Regal und droht zu Boden zu gehen.

So schnell ich kann springe ich auf, schnappe sie mir und bewahre sie so davor, sich den anderen Arm auch noch zu brechen.

Fuck! Yeah!

Ich bin ein wahrer Held.

Verwirrt und mit schmerzverzerrter Miene sieht sie mich aus großen Augen an.

Schön. Dieses Wort wird ihr nicht wirklich gerecht.

Sie ist mehr als das. Viel. Mehr.

„Danke."

„Nicht dafür!"

Ohne mich wäre sie nie in diese Lage gekommen, sondern wäre jetzt wahrscheinlich schon auf dem direkten Weg in die Notaufnahme.

Dieser Tag wird immer beschissener!

„Kann ich aussteigen."

Mir fällt auf, dass sie voller Entsetzen auf die Waffe, die ich mir vorne in den Hosenbund gesteckt habe, sieht.

„Nein."

Sie nickt. Fast so, als ob sie sich das schon gedacht hätte.

„Ganz egal, was hier gerade abgeht, ich will nichts damit zu tun haben! Ich hab schon genug Probleme, mit denen ich fertigwerden muss!"

Die Fahrt ist holprig, Rob stöhnt leidgeplagt, immer mehr Blut trieft aus seiner Wunde.

Wenn wir nicht bald im Clubhaus sind, verlieren wir ihn.

Vielleicht wäre es besser gewesen, die Sanitäter gleich mit zu entführen.

Die wüssten sicherlich besser als ich, was zu tun ist und wie man die Blutung stoppen kann.

Doch zum Umdrehen ist es jetzt zu spät.

Bleibt mir nur zu hoffen, dass der Doc schnell aus der Klinik rauskommt.

Wenn Rob stirbt, wird das nicht nur den Club hart treffen, sondern auch mich.

Rob ist schon so lange an meiner Seite, dass ich gar nicht aufzählen kann, wie oft wir uns schon gegenseitig den Arsch gerettet haben.

Ein neuer Stellvertreter ist schnell gefunden, doch einen Freund/einen Bruder wie ihn, kann man nicht ersetzen. Niemals.

Dafür werden die Bastarde leiden. Ich werde die Wichser, die davongerannt sind, aufspüren und einen nach dem anderen langsam und qualvoll von der Nase bis zum Schwanz aufschlitzen.

„Was passiert jetzt mit mir?"

Ihre Frage reißt mich aus meinen düsteren Überlegungen und holt mich zurück in die Gegenwart.

„Nichts!"

Sie scheint mir nicht zu glauben.

„Und Schweine können fliegen!"

„Wie bitte?"

Ich bin mir nicht sicher, ob ich sie richtig verstanden habe.

„Verkauf mich nicht für blöd, Präsident." Das Patch auf meiner Brust ist ihr also aufgefallen. „Ich weiß genau, wer oder was du bist und dass du und dein Club keine Zeugen zurücklasst."

Im Prinzip hat sie recht. Aber mehr auch nicht.

„Wir *Reaper* töten keine Frauen!"

„Oh, wie edel von euch."

Höre ich da etwa eine gewisse Ironie in ihrer Stimme?

„Selbst dann nicht, wenn sie dabei waren, als ihr ein Auto geklaut habt, und nicht nur das, nein, es musste ja unbedingt ein verdammter Krankenwagen sein."

Ernsthaft?

Das ist momentan ihre einzige Sorge?

Mehr als einfach nur wütend packe ich das Mädchen an den Schultern, wirble es, ohne Rücksicht auf ihren gebrochenen Arm zu nehmen, herum, sodass es meinen schwer verletzten Stellvertreter sehen kann, und schüttle es leicht.

„Das hier ist mein bester Freund. Mein Bruder! Der mit seinem Leben kämpft. Zeugen, und ein lächerlicher Diebstahl sind das Letzte, worüber ich mir gerade Sorgen mache." Ganz davon abgesehen, hat es noch weitere Zeugen gegeben. Außerdem sind Tankstellen videoüberwacht. In diesem speziellen Fall wird es den Cops nicht sonderlich schwerfallen, herauszufinden, wo der verdammte Krankenwagen geblieben ist. Noch dazu, weil diese Teile alle mit GPS ausgestattet sind."

Das ist nichts als die Wahrheit.

Doch über die mache ich mir erst Gedanken, wenn Rob versorgt wurde und sein Leben nicht mehr auf dem Spiel steht!

Bis dahin ...

„Setz dich!

Ich will sie auf den Stuhl schupsen, auf dem normalerweise die Angehörigen der Verletzten Platz nehmen, doch sie weigert sich.

„Ein *Reaper* wie du hat mir gar nichts zu sagen!"

Hoppla!

„Sag bloß, die Frau, die sich von ihrem Freund die Knochen brechen lässt, erinnert sich plötzlich daran, dass sie einen freien Willen hat?"

Zorn blitzt in ihren Augen auf. Noch bevor ich auch nur erahnen kann, was sie als Nächstes vorhat, holt sie mit ihrer unverletzten Hand aus und versucht, mich zu schlagen.

Sie hätte es wohl auch geschafft, wenn meine Reflexe nach all den Jahren, in denen ich nun schon das Leder trage, nicht die eines Killers wären. So aber fange ich ihre Hand ab und biege ihr den Arm grob auf den Rücken.

„Du hältst es also wirklich für schlau, mich anzugreifen?"

„Lass mich sofort los!!"

Im Gegensatz zu ihr spreche ich das *Oder,* das noch unausgesprochen auf ihren roten, weichen Lippen liegt, aus.

„Oder was?"

„Oder ... Oder ... Oder?"

Nett wie ich bin, beschließe ich, ihr zu helfen.

„Oder du schreist? Oder du trittst mich? Oder du kratzt mir die Augen aus?"

Die Kleine wirkt nicht belustigt.

„Fick dich einfach, Präsident. Fick dich ins Knie!"

Unerschrocken, wunderschön und mutig ...

Noch bevor ich weiß, was ich da eigentlich tue, drücke ich meinen Mund grob auf den ihren, beanspruche das weiche Fleisch für mich und dringe mit meiner Zunge tief in sie ein.

Weich wie Samt und zugleich fest. Ihre Lippen sind zuckersüß, heiß und so perfekt, dass ich nicht genug von ihnen kriegen kann.

Das hier ist falsch.

Vollkommen falsch.

Und dennoch fühlt es sich gut an.

Richtig. Verdammt. Gut.

Stöhnend lege ich einen Arm um ihre schlanke Taille, drücke das Mädchen so fester an mich heran und platziere meine rechte Hand auf ihrem runden Arsch.

Zuerst hält es still, gibt keinen Mucks von sich und macht auch keine Anstalten, sich zu wehren. Doch dann beißt es mir wie aus heiterem Himmel in die Unterlippe, reißt ihr Knie hoch und versucht, es mir in die Eier zu rammen.

Erschrocken beende ich den Kuss und sehe sie warnend an.

„Biest!"

„Arschloch!"

Gut. Das habe ich vielleicht verdient.

„Wenn du dir noch einmal die Freiheit rausnimmst, mich zu küssen, schwöre ich dir, kastriere ich dich mit einem Löffel!"

Holy Fuck!

Dank dieser Drohung ist mein Interesse an ihr in astronomische Höhen geschnellt.

Herausforderungen konnte ich noch nie widerstehen. Schon gar nicht, wenn sie so klein, kurvig und gut gebaut sind wie die, die am ganzen Körper zitternd vor mir steht.

„Und wie willst du das machen? Hast du einen dabei?"

Die Frau sieht mich aus funkelnden Augen an, ihre erst so rehbraunen Augen wirken plötzlich dunkel und entschlossen.

Selbst die Tatsache, dass sie den Kopf in den Nacken legen muss, um an mir hochschauen zu können, scheint sie nicht zu beeindrucken.

„Das wirst du dann schon sehen, Rocker. Am besten lässt du mich jetzt aussteigen. Denn wenn du das nicht tust, solltest du mich zu deiner eigenen Sicherheit nicht aus den Augen lassen!"

Sie? Sie droht mir?

Süß!

Und das mit dem *aus den Augen lassen* dürfte mir nicht sonderlich schwerfallen, ich starre sie sowieso schon die ganze Zeit über an.

„Setz dich und halt den Mund! Wir müssten gleich da sein."

Zu meiner Überraschung kommt kein frecher Spruch, nein, Madame tut tatsächlich wie befohlen.

Zischend drehe ich mich wieder zu Rob um.

Er sieht nicht gut aus.

Der Wunsch, ihn in ein Krankenhaus zu bringen, wird mit jeder Sekunde stärker.

Aber das kann ich ihm nicht antun.

Rob würde durchdrehen, wenn man ihn für sein restliches Leben in den Knast sperrt.

Aber zumindest wäre er dann noch am Leben!

Die fiese Stimme in meinem Schädel geht beinahe in dem lauten Ruf „Wir sind gleich da!", der von vorne kommt, unter.

Der Wagen rumpelt und wackelt, dann stoppt er so abrupt, dass es mich beinahe von den Füßen gehauen hätte.

Kaum dass ich mein Gleichgewicht wiederfinde, werden die Türen aufgerissen. Ryan und Cayden zerren ohne Zeit zu verlieren die Trage aus dem Auto, Rob stöhnt schmerzerfüllt. Meine Eingeweide ziehen sich vor Sorge gepeinigt zusammen.

Es fühlt sich so an, als hätte man mir in den Bauch geschossen und nicht ihm.

Allein der Umstand, dass ich in einer so beschissenen Situation wie dieser eine Frau geküsst habe, anstatt mich um meinen schwer verletzten Bruder zu kümmern, verrät, welche verstörende Wirkung dieses bissige Miststück auf mich hat.

Mir fällt auf, wie Ryan das Mädchen mustert – es gefällt mir ganz und gar nicht.

„Bringt ihn rein! Der Doc müsste gleich da sein!"

Mit dem Befehl sorge ich dafür, dass er den Blick von ... von ... *Holy Shit!* Ich kenne nicht mal ihren Namen, abwendet und sich wieder auf das Wesentliche konzentriert: Unserem Vizepräsidenten das Leben zu retten!

„Wie heißt du?"

Zuerst bin ich mir sicher, dass sie es mir nicht verraten wird. Dann schnellt ihre kleine, rosafarbene Zungenspitze hervor und leckt über die Unterlippe, die ich vor wenigen Augenblicken noch an der meinen gespürt habe.

„Mabel."

Außergewöhnlich, aber der Name passt gut zu ihr.

„Hör mir jetzt zu, Mabel. Wenn du uns keinen Ärger machst, die Klappe hältst und wartest, bis dieser Albtraum vorbei ist, wird dir nichts passieren und du kommst unbeschadet aus der Nummer raus."

Mabel wirkt wenig überzeugt.

„Versprochen?"

Zweifelt sie etwa gerade mein Wort an?

„Versprochen!"

Wenn ich etwas sage, dann meine ich es auch so. Immer.

Sie nickt. Fast so, als ob sie mir glauben würde, dann rast ein Sanitätswagen auf den Hof und im Bruchteil einer Sekunde bricht die Hölle los.

Der Doc ist da. Um schneller zu sein, scheint er sich ebenfalls einen Wagen geborgt zu haben, denn das ist garantiert nicht seiner.

Und. Er. Ist. Nicht. Allein!

Zwei Männer in weißen Kitteln begleiten ihn, sie alle haben viereckige Taschen bei sich, im Augenwinkel sehe ich Blutkonserven.

Auf den Doc ist einfach immer Verlass!

Shit!

Zum ersten Mal, seit diese Scheiße passiert ist, breitet sich so etwas wie Hoffnung in mir aus.

Mabel sieht sich aus weit aufgerissenen Augen um.

Sie scheint wenig Begeisterung dafür zu empfinden, plötzlich im *Hell Reaper Motorcycle Club* gelandet zu sein und nicht wirklich zu wissen, wie sie sich verhalten soll.

Mir egal. Hauptsache, sie zieht den Kopf ein und hält, bis ich wieder Zeit für sie habe, die Schnauze.

Und bis es so weit ist?

Bis dahin werde ich mein Bestes geben, nicht an den Kuss zu denken und meinen Fokus auf Rob zu richten.

Wütend auf mich selbst, dass ich es einfach nicht lassen kann, knurre ich Brock, unserem Sergeant at Arms, der bei dem völlig außer Kontrolle geratenen Drogendeal nicht dabei gewesen ist, zu, dass er gefälligst dafür sorgen soll, dass das Mädchen nicht durch das Tor kommt.

Er wirft mir einen ausdruckslosen Blick zu und macht sich daran, sich darum zu kümmern, dass mein Befehl eingehalten und die Frau als unser *Gast* betrachtet wird.

Im Laufschritt folge ich dem Doc und den beiden Männern in Weiß, die ich noch nie zuvor gesehen habe, in den Club. Die Trage wird direkt neben die Billardtische geschoben und dann wird der verletzte Vizepräsident auf den grünen Stoff gerollt.

Ryan zieht ihm umsichtig die Kutte aus, mit dem Rest seiner Kleidung wird nicht so fürsorglich umgegangen. Sie wird einfach zerschnitten.

„Es ist kein Durchschuss. Das Projektil steckt."

Aus Erfahrung weiß ich, dass das schon mal keine guten Nachrichten sind.

Fuck! Fuck! Fuck!

„Was auch immer du tun musst, tu es. Aber halt ihn am Leben."

Der Blick, den mir dieser Kommentar einbringt, kann nur als zornig beschrieben werden.

„Wann habe ich das nicht getan?"

Berechtigte Frage.

„Sorry! Shit! Tu, was nötig ist."

Allein der Gedanke, Rob zu verlieren, ist unerträglich, was es nur noch unerklärlicher macht, weswegen ich diese Frau geküsst habe?

Was hat dieses Biest nur an sich, das mich so aus der Bahn wirft?

Was auch immer es ist, während ich hier stehe und dabei zusehe, wie einer der Kittelträger Doc dabei zur Hand geht, mit einem seltsamen silbernen Ding, das gut aus einem Horrorfilm stammen könnte, das Einschussloch aufzuspreizen und mit einer ewig langen Pinzette die Kugel aus dem Fleisch unseres Bruders rauszuziehen, schwöre ich mir, dass ich es herausfinden werde, sobald die Scheiße hier geklärt und sichergestellt ist, dass er überleben wird.

Die Zeit vergeht, meine Anspannung steigert sich ins Unermessliche.

Knox, der nicht länger einfach nur herumstehen, Daumen drücken und darauf warten kann, dass etwas passiert, macht seinem Rang als Vollstrecker alle Ehre und begibt sich auf die Suche nach den Wichsern, die Rob das wegen lächerlichen zwei Kilo Koks angetan haben.

Sollte er sie finden, wird das eine ziemliche Sauerei werden.

Knox ist niemand, mit dem man sich anlegen sollte.

Endlich ziehen die Ärzte die Kugel aus Robs Bauch, Doc hält sie kurz triumphierend in die Luft und lässt erleichtert seinen angehaltenen Atem entweichen.

„Da ist das gute Stück. Immer wieder unglaublich, was so eine kleine Menge Stahl für einen gewaltigen Schaden im menschlichen Körper anrichten kann."

Ein Mix aus Bewunderung und Abscheu zeichnet sich auf seinem von Sorgen gezeichneten Gesicht ab.

Dann macht er sich daran, zu tun, was immer notwendig ist, um dem Sensenmann die Seele unseres Bruders wieder zu entreißen.

Die Zeit weigert sich zu vergehen, Rob sieht nicht gut aus.

Was zum einen am Blutverlust liegt und zum anderen an der Betäubung, die der Doc ihm verpasst hat.

Die erste Blutkonserve ist durchgelaufen, es wird sofort eine neue angeschlossen.

Fünfzehn Minuten später wirken die Ärzte plötzlich allesamt erleichtert. Fast so, als ob etwas Gutes passiert wäre, von dem ich nichts mitgekriegt habe.

„Was?"

Doc grinst zufrieden.

„Ich bin zwar kein Hellseher, aber wenn alles gut verläuft und sich keine Entzündung bildet, sollte Robert es schaffen."

Das ist die erste gute Sache des ganzen Tages.

„Danke."

„Lass den Quatsch, Präsident. Du weißt, wie es ist. Ihr alle, ihr seid meine Familie. Ich werde immer alles in meiner Macht Stehende tun, um euch am Leben zu erhalten."

Und das weiß ich mehr als zu schätzen.

„Ich schulde dir was."

„Nein. Wir sind längst quitt."

Das sehe ich anders. Doch jetzt ist nicht der richtige Zeitpunkt, um das auszudiskutieren.

Die Kittelträger kümmern sich um den Verband, einer von ihnen verpasst meinem Vize eine Spritze.

„Was hat er ihm da gerade injiziert?"

„Antibiotika. Wie gesagt. Eine Entzündung ist das Letzte, was wir gebrauchen können."

Dann wird das Blut aufgewischt.

„Wann kann er bewegt werden?"

„Lass ihm noch ein paar Stunden seine Ruhe."

Okay. Dann bleibt er auf dem Billardtisch liegen.

„Hol ihm ein Kissen!"

Drake, einer der Prospects eilt los.

„Was hast du jetzt mit dem schicken Teil da draußen vor?"

Ich mache mir nicht die Mühe, seinem amüsierten Blick zu folgen, sondern zünde mir eine Kippe an.

„Keine Ahnung. Sie ist süß, schon klar, aber es war nicht geplant, sie zu entführen. Jetzt ist sie hier und ich ..."

Holy Shit!

Ich schaffe es gerade noch, mich zu bremsen.

Docs verwirrter Blick verrät mir, dass er gar nicht das Mädchen gemeint hat.

„Dir ist schon klar, dass ich von dem Krankenwagen gesprochen habe, oder Präs?"

Ja. *Fuck!* Jetzt schon.

Aber mit ‚Schickes Teil!' hätte er genauso gut auf Mabel anspielen können.

„Das Auto müssen wir möglichst schnell und möglichst unbeschadet wieder loswerden, es ist nur eine Frage der Zeit, bis die Bullen hier auftauchen und das Ding zurückfordern."

Der einzige Grund, aus dem das nicht längst passiert ist, ist der, dass wir sind, wer wir sind und kein Polizist auf diesem Planeten besonders scharf darauf ist, dem *Hell Reaper Motorcycle Club* einen Besuch abzustatten. Schon gar nicht ohne den Schutz eines Sondereinsatzkommandos.

Scott, ein weiterer Prospect, kommt wie gerufen auf uns zu.

„Schnapp dir zusammen mit Drake den Krankenwagen und bring ihn zurück zur Tankstelle."

Die Art, wie er mich ansieht, verrät mir, dass er den Sinn hinter dieser Anweisung nicht versteht.

„Wieso sollten wir das tun, Präs? Das Ding ist auf dem Schwarzmarkt bestimmt eine ordentliche Stange Geld wert."

Idiot!

„Und was meinst du, an wen wir die Karre verkaufen sollen?"

Sein Schweigen verrät mir, dass er erkannt hat, wie bescheuert seine Idee ist.

Der Doc neben mir grinst.

„Es wird immer schwieriger, gute Leute zu finden, was James?"

Allerdings.

„Wem sagst du das?"

Gegen den Drang, nach Mabel sehen zu wollen, ankämpfend, gehe ich stattdessen zu Rob und stelle erleichtert fest, dass sein Gesicht schon wieder etwas mehr Farbe bekommen hat. Das ist gut, es zeigt, dass der Doc und seine Kollegen alles richtig gemacht haben.

„Du musst mir bei einer weiteren Sache helfen."

Der Doc wirkt irritiert.

„Noch eine Schusswunde?"

„Nein. Cayden wurde von einem Messer erwischt und Mabel hat einen gebrochenen Arm."

„Du meinst das Mädchen, das du für ein schickes Teil hältst?"

Wie schön, wenn zumindest einer von uns seinen Sinn für Humor wiedergefunden hat.

„Das waren deine Worte, nicht meine."

„Nicht wirklich, Boss. Nicht wirklich ...“

Damit macht er sich daran, sich Cayden anzusehen, der Schnitt an seiner Brust ist nicht lebensgefährlich, das Leder hat das meiste abgefangen, muss aber trotzdem genäht werden.

„Jetzt lass uns nach dem schicken Teil sehen.“

Er. Kann. Es. Einfach. Nicht. Lassen.

1. Kapitel

Eine Frau, ein Motorcycle Club, jede Menge Motorräder, ein attraktives Arschloch und heiße Küsse ...

Nicht sicher, was ich tun soll, setze ich mich auf einen der vielen, weißen Plastikstühle, die in Kreisen um verrostete Ölfässer stehen, und frage mich bestimmt zum hundertsten Mal, wie das alles nur passieren konnte?

Ich meine, wie hoch war die Wahrscheinlichkeit, dass diese Biker ausgerechnet den Krankenwagen stehlen, in dem ich mich befinde?

Ein Prozent? Vielleicht zwei?

Seattle ist riesig, hier leben fast 800 000 Menschen und trotzdem bin ich diejenige, die jetzt mitten im *Hell Reaper Motorcycle Club* sitzt und nicht sicher ist, was als Nächstes passieren wird.

Auch wenn ich nie damit gerechnet hätte, hier an diesem gefährlichen Ort zu landen, überrascht es mich wenig, dass es so gekommen ist: Der Tag war scheiße!

Zuerst bin ich zu spät in die Arbeit gekommen und dann wurde ich gefeuert. Zwar aus einem anderen Grund und nicht wegen meiner Unpünktlichkeit. Aber was macht das schon für einen Unterschied?

Dann ist Mike völlig betrunken nach Hause gekommen und, als ich ihm gesagt habe, dass ich meinen Job verloren habe, völlig ausgerastet, hat mit Dingen um sich geworfen, mich grob gepackt und mir den Arm gebrochen. Am Anfang dachte ich, dass er nur verstaucht oder so ist, aber als die Schmerzen immer schlimmer wurden, habe ich sicherheitshalber doch einen Krankenwagen gerufen und damit ist der Tag dann endgültig außer Kontrolle geraten.

Auch wenn es mir schwerfällt, das nach dem, was passiert ist, noch so zu sagen. Aber Mike ist kein schlechter Mensch.

Er hat einfach nur ein Alkoholproblem, das er nicht geregelt bekommt.

Wenn er nicht so viel getrunken hat, ist er ein völlig anderer Mann.

Nett, hilfsbereit und witzig.

Und in genau diesen habe ich mich vor knapp zwei Jahren verliebt.

Dann ist sein Bruder bei einem Verkehrsunfall gestorben und er hat angefangen, Trost im Whisky zu suchen. Zuerst dachte ich mir nichts dabei. Jeder von uns geht anders mit dem Tod eines geliebten Menschen um.

Aber als es mit der Zeit immer schlimmer geworden ist und die Trinkerei mehr anstatt weniger wurde, hat Mike sich verändert.

Von dem Mann, in den ich mich einst verliebt habe, ist nicht viel übrig geblieben. Trotzdem kann ich ihn nicht einfach so verlassen.

Oder?

Ich meine, was wäre ich für eine Freundin, wenn ich gehe, sobald es schwierig wird?

Jemanden zu lieben und eine Beziehung zu führen, bedeutet doch, dass man füreinander da ist, und das nicht nur in den guten, sondern auch in den schlechten Zeiten.

Es kam, wie es kommen musste. Mike hat dank seines Alkoholproblems seinen Job verloren.

Das war ein Tiefschlag für uns.

Als Leiter eines Restaurants hat er echt gut verdient.

Schon nach kurzer Zeit konnte er sich seine Wohnung nicht mehr leisten, also habe ich ihm angeboten, dass er, bis er sein Leben wieder im Griff hat, zu mir ziehen kann.

Das ist jetzt knapp zehn Monate her und anstatt besser, wird es jeden Tag schlechter.

Mike versucht nicht mal, vom Alkohol wegzukommen, für ihn ist alles in bester Ordnung. Auch dass er keine Arbeit mehr hat, scheint ihn nicht sonderlich zu stören. Warum sollte es auch? Schließlich habe ich mir ja den Arsch aufgerissen, damit wir alle Rechnungen bezahlen und uns genug zum Essen kaufen können.

Aber damit ist jetzt, wo ich ebenfalls arbeitslos bin, auch Schluss.

Der kleine Schuhladen, in dem ich als Verkäuferin angestellt war, schließt.

Also wurde ich gekündigt.

Wütend und enttäuscht bin ich sofort nach Hause, um es Mike zu erzählen.

Himmel!

In meinem ganzen Leben wäre ich nie auf die Idee gekommen, dass er so ausrasten und mir den Arm brechen wird.

Zugegeben, es ist nicht das erste Mal, dass er aggressiv wird, wenn er getrunken hat, aber so weit ist er noch nie gegangen.

Mike hat völlig die Kontrolle verloren, mit Gegenständen um sich geworfen, mich angeschrien und mir damit gedroht, mich zu verlassen, wenn ich mir nicht sofort eine neue Arbeit suche.

Die Ironie an der ganzen Sache entgeht mir dabei natürlich nicht.

Ich meine, er hat seit einer Ewigkeit keinen Job mehr!

Er und nicht ich!

Und ich bin diejenige, die sich um alles kümmert, während er mir bei gar nichts hilft.

Ich bin bei ihm geblieben, weil ich ihn nicht im Stich lassen wollte, und jetzt droht er mir damit, mich zu verlassen.

Witz komm raus, du bist umzingelt!

Nach dem, was heute passiert ist, sollte eher ich ihn doch bitten, zu gehen. Ich sollte froh sein, wenn unsere Beziehung endet.

Bin es aber nicht.

Verdammt!

Wie blöd bin ich eigentlich?

Von dem Mann, in den ich mich vor einer gefühlten Ewigkeit verliebt habe, ist nicht mehr viel übrig geblieben. Und auf einen Kerl, der mir den Arm bricht, kann ich gut verzichten. Also warum bin ich dann so traurig?

Was stimmt nicht mit mir?

Die Antwort liegt, schätze ich, auf der Hand. Wer ist schon glücklich, wenn sein komplettes Leben das reinste Chaos ist?

Und solange mein Arm nicht verheilt ist, wird das mit der Jobsuche schwierig werden. Verdammt schwierig.

Was bedeutet, dass sich meine finanzielle Lage in den nächsten Wochen nicht unbedingt verbessern wird.

Gegen die aufsteigenden Tränen ankämpfend, sehe ich mich um.

Das Gelände der Rocker ist groß, wirklich riesig. Auf der einen Seite erkenne ich trotz der Dunkelheit einen riesigen Haufen Reifen, direkt daneben stehen zwei Tore offen, dahinter scheint sich eine Art Werkstatt zu befinden.

Die auf hohen Pfosten befestigten Strahler tauchen alles in ihr gelbes Licht, während die Mauer, die sich um das Clubhaus zieht, die *Reaper* konsequent vom Rest der Stadt abschirmt.

Die Kutten der *Reaper*, die mir bis jetzt begegnet sind, unterscheiden sich nur in ihren Details.

Sie alle sind schwarz und aus Leder, doch es scheinen diese Abzeichen zu sein, die den Unterschied machen.

Der Rocker, der mich geküsst hat, war ganz klar der Präsident, und das konnte man nicht nur an dem Aufnäher erkennen, der seine massive Brust ziert, sondern an seinem ganzen Verhalten. Einfach alles an ihm strotzt nur so vor Selbstsicherheit, man könnte es fast schon Arroganz nennen. Einfach alles an ihm wirkt befehlsgewohnt, die Autorität umgibt ihn wie eine Art unsichtbarer Nebel.

So ungern ich es auch zugebe. Aber das ist heiß!

Sein Freund wurde angeschossen. Um ihn zu retten, musste er improvisieren, also hat er einfach mal so, mir nichts dir nichts, einen verdammten Krankenwagen gestohlen.

Was moralisch natürlich mehr als verwerflich ist, aber trotzdem ...

Ich finde es gut, dass er vor nichts zurückschreckt, um seinen Freund zu retten.

So wird Loyalität nun mal definiert.

Was es wohl für ein Gefühl sein muss, wenn man jemanden an seiner Seite hat, der einfach alles – absolut alles – für einen tun würde?

Davon kann ich nur träumen.

Vorsichtig meinen Arm bewegend, zucke ich vor lauter Schmerzen zusammen.

Scheiße!

Eigentlich wäre ich jetzt schon im Krankenhaus und irgendein Arzt würde sich um meinen Arm kümmern.

Eine Schmerztablette wäre auch nicht das Schlechteste.

Fast so, als ob das Universum mich gehört hätte, taucht wie aus dem Nichts der Rockerpräsident auf, doch er ist nicht allein. Neben ihm steht ein Mann, der wie ein Arzt aussieht. Und tatsächlich, an seinem eigentlich weißen Kittel, der über und über mit getrocknetem Blut besudelt ist, finde ich an ungefähr der gleichen Stelle, an der der Rockerpräsident das *Präsidenten-Patch* mit sich herumträgt, ein Namensschild, auf dem Dr. Glen Scott geschrieben steht.

Heilige Scheiße!

Dieser Club hat echt Verbindungen.

„Wurden Sie auch gestohlen oder entführt oder sind Sie freiwillig da?"

Prima Mabel!

Irgendwann wird dich deine spitze Zunge noch ins Grab bringen.

Die warnende Stimme meines Unterbewusstseins ignorierend, gebe ich mein Bestes, dem Präsidenten der *Hell Reaper* nicht zu auffällig auf den Mund zu starren.

Was mir zugegebenermaßen schwerer fällt, als es das sollte.

Ach Scheiße!

Warum müssen die gefährlichsten Männer immer die heißesten sein?

Was hat sich Mutter Natur nur dabei gedacht?

Sein markanter, ziemlich eckiger Kiefer wird von dunklen Bartstoppeln überdeckt, er hat einen virilen Hals, der in breiten Schultern endet, und den dazu passenden, starken, muskulösen Körper eines Kriegers.

Verdammt!

Selbst in der mit getrocknetem Blut bespritzten Hose, mit dem kaputten Pullover, den er trägt, und den verkrusteten Wunden an seinen Unterarmen führt er die Liste der heißesten Männer, die mir je begegnet sind, mühelos an.

Und das liegt nicht an seinen überraschend sinnlichen Lippen, der geraden Nase oder den tief liegenden, verstörend zeitlos wirkenden, silbergrauen Augen, die gerade auf mich gerichtet sind. Es ist viel mehr als das Äußerliche, das den *Reaper* aller *Reaper* so anziehend macht.

Schon klar, ein Waschbrettbauch ist ein Waschbrettbauch, den kann man nicht kleinreden, schon gar nicht an einem fast zwei Meter großen Mann.

Genau so wenig wie seine beeindruckenden Oberarme oder dass einfach alles an ihm kräftig und unbesiegbar ist. Nein. Was ihn für mich so anziehend macht, ist die Tatsache, dass er alles für die Menschen, die ihm etwas bedeuten, tun würde. Absolut alles. Sogar einen Krankenwagen stehlen oder einen Arzt aus einer Klinik kommen lassen.

Das ist sexy. Loyalität ist sexy.

So einfach.

„Keine Sorge, Mabel. Der Doc ist ein Freund des Clubs. Er wird nicht gegen seinen Willen festgehalten, sondern ist hier, weil er sich deinen Arm anschauen will."

Meinen Arm.

Heiliger Bimbam ...

Den habe ich dank _seiner_ Nähe beinahe vergessen.

„Er tut ziemlich weh."

Für den Bruchteil einer Sekunde spiele ich mit dem Gedanken, darauf zu bestehen, in eine Notaufnahme gebracht zu werden.

Aber dann fällt mir wieder ein, dass mir gekündigt wurde, was wiederum bedeutet, dass ich keine Krankenversicherung mehr habe und die Rechnung selbst bezahlen müsste.

Was ich dank meines Freunds, der alles Geld, was wir haben, in Alkohol verwandelt, nicht kann.

Ich stecke ziemlich in der Klemme.

„Ich verspreche, vorsichtig zu sein."

Überraschenderweise bin ich durchaus geneigt, dem Kerl, der von dem Präsidenten nur Doc genannt wird, zu glauben. Er strahlt eine seltsame Ruhe aus, die mehr als vertrauenswürdig auf mich wirkt.

„Während wir reingehen, kannst du mir erzählen, was passiert ist."

Das tue ich. Und bei jedem Wort wird die Miene des Rockers finsterer und bedrohlicher.

Was ich nicht verstehe.

Wieso interessiert es ihn, was mir passiert ist?

Es kann ihm schließlich egal sein.

Wir kennen uns nicht, und nur weil er mich rein zufällig mit dem Krankenwagen entführt hat, bedeutet das noch lange nicht, dass er verantwortlich für mich ist.

„Bring sie in mein Büro. Ich bin gleich wieder da."

Der Doc nickt und ich sehe dem Präsidenten nach.

„Auch wenn er anders aussieht und es anders wirkt, ist er trotzdem ein guter Mann."

Seine Worte reißen mich aus meiner Starre und mir wird klar, dass ich diesem angeblich ‚guten Mann' gerade auf seinen knackigen Arsch gesehen habe.

Peinlich.

„Er hat einen Krankenwagen samt Patientin gestohlen, dieser gute Mann."

Die Mundwinkel des Doktors zucken amüsiert.

„Nur um seinen Bruder zu retten."

„Mag sein."

„Außerdem hat er Sie doch gut behandelt. Oder nicht?"

„Hat er!" Das muss ich zugeben.

Und jetzt kümmert er sich auch noch um meine Verletzung, was er nicht tun müsste.

Vielleicht ist der Präsident der *Hell Reaper* nicht das Monster, für das ich ihn gehalten habe?

Doch! Doch! Doch! Doch! Doch, das ist er!

Mein Gehirn versucht, mich daran zu erinnern, was für ein Ort und was für Männer das hier sind. Es bringt nichts.

Die Angst, die mich bis eben noch fest im Griff hatte, lässt langsam nach. Und ich kann das erste Mal, seit ich von der Arbeit heimgekommen bin und Mike mich angegriffen hat, wieder normal atmen.

Nach einer kurzen Untersuchung sieht Doc mich besorgt an.

„Ich muss dich ins Krankenhaus bringen, das muss geröntgt werden. Aber ich befürchte, der Knochen ist wirklich gebrochen."

Nicht sicher, was ich dazu sagen soll, kaue ich nervös auf meiner Unterlippe herum.

Kein Job. Keine Krankenversicherung.

Vorhin, wo ich den Notarzt gerufen habe, damit er mich in die Klinik bringt, hatte ich die Scheiße der vergangenen Stunden noch nicht so ganz kapiert.

Vielleicht stand ich auch einfach unter Schock.

Das ist jetzt anders.

Inzwischen habe ich realisiert, dass ich am Arsch bin ...

„Kannst du ihn nicht einfach verbinden und mir eine etwas stärkere Aspirin oder so was geben?"

Überrascht legt er seine Stirn in Falten.

„Du willst nicht mehr in die Klinik? Ich dachte, das war dein Plan, bevor James alles durcheinandergebracht hat?"

Ja, war es auch ... aber ... Moment Mal ...

Der Präsident heißt James?

Wie James Bond?

Das ist ein ziemlich anständiger und normaler Name für einen Typen wie ihn.

Aber gut, seine Mutter konnte bei seiner Geburt ja noch nicht wissen, was einmal aus ihrem süßen, unschuldigen Baby werden wird.

Zurück zum Thema!

„Ich habe vor wenigen Stunden meinen Job verloren und glaube, dass ich damit ab heute nicht mehr krankenversichert bin. Also, ich weiß es nicht sicher, aber ... Spätestens die Nachuntersuchungen müsste ich selber bezahlen und das ist gerade echt nicht drinnen."

Gott!

Unfassbar, wie peinlich mir es ist, das auszusprechen.

Besonders, weil ich nichts für diese äußerst bescheidene Situation kann.

Ich habe mir nichts zuschulden kommen lassen.

„Es geht hier also ums Geld?"

Das kann der feine Herr Arzt, der noch dazu mit diesem Motorcycle Club unter einer Decke steckt, natürlich nicht nachvollziehen.

Nicht jeder kann sich so ein schickes Medizinstudium leisten.

„Ja."

„Mach dir deswegen keine Gedanken. Ich sorge dafür, dass dir keine Kosten entstehen. Aber wir müssen deinen Arm behandeln."

Kann ich das annehmen?

Oder vielmehr, sollte ich das annehmen?

Wahrscheinlich nicht. Das Dumme ist nur, ich habe keine großen Alternativen.

Entweder nehme ich seine Hilfe an oder ... Richtig! Es gibt kein oder. Und genau das ist das Problem.

„Ich kann mir ja nicht mal dich leisten. Nichts für ungut, Doc."

Zu meiner Überraschung beginnt mein Gegenüber zu lachen. An seinen Augenwinkeln bilden sich unzählige kleine Lachfältchen, an seinen Schläfen färbt sich sein blondes Haar bereits grau.

Ich würde ihn auf Ende vierzig, Anfang fünfzig schätzen.

Auf jeden Fall ist er ein sehr attraktiver Mann für sein Alter.

Schwere Schritte werden laut, niemand Geringerer als James kommt auf uns zu.

„Wie sieht es hier aus?"

„Ich bringe Mabel in die Klinik zum Röntgen."

Für einen kurzen Augenblick befürchte ich, dass der Präsident Nein sagt.

Keine Ahnung wieso. Aber ich darf bei all dem Durcheinander nicht vergessen, dass ich nicht freiwillig hierhergekommen bin und was ich beobachtet habe.

„Gut."

Vor Erleichterung wird mir ganz schwindelig.

Das bedeutet zumindest, dass er mich vorhin, nachdem er mich geküsst hat, nicht angelogen hatte.

Mit ein bisschen Glück komme ich wirklich unbeschadet aus der Nummer raus.

Dieser Kuss, meine Gedanken wollen sofort zu ihm zurück, werden wie magisch von dieser äußerst aufregenden Erinnerung angezogen. Doch ich verbiete es mir, über das Zusammentreffen von seiner und meiner Zunge genauer nachzudenken.

Ich brauche einen kühlen Kopf und den habe ich nicht, wenn ich an diese heiße Szene denke.

Allein die Art, wie seine kratzigen Bartstoppeln über meine Haut gestrichen sind ...

Seufz!

Das war unglaublich. Von seiner rauen, geschickten Zunge mal ganz abgesehen.

Nicht zu fassen, dass ich dem Präsidenten des legendären *Hell Reaper Motorcycle Clubs* so nahe gekommen bin.

Ich meine, er ist eine Zehn von einer Zehn, und ich?

Unter normalen Umständen hätte ein Mann wie er eine Frau wie mich nicht mal angesehen. Wetten?! Das war nur der Moment, die Aufregung und der Stress.

Wobei? Wenn ich ehrlich sein soll, hat James nicht im Mindesten aufgeregt gewirkt, sondern eher besorgt.

Was mich zu meiner nächsten Frage bringt.

„Wie geht es dem Rocker, der angeschossen wurde?"

„Wir haben die Kugel entfernt und unser Bestes getan. Jetzt liegt es allein an Gott. Aber die Prognose sieht gut aus."

An Gott?

„Was hat ein gottesfürchtiger Arzt an einem Ort wie diesen zu suchen?"

Noch bevor der Doc darauf antworten kann, mischt James sich ruppig ein.

„Ich bringe Mabel zur Klinik."

Wie bitte?

Damit habe ich nicht gerechnet.

„Warum?"

„Weil du kein Auto dabeihast!"

Stimmt.

Aber das bedeutet ja noch lange nicht, dass der Präsident persönlich den Taxifahrer für mich spielen muss.

„Ich kann ja den Krankenwagen nehmen?"

Der Doc muss lachen, als er jedoch die finstere Miene des Bikers bemerkt, täuscht er ein Räuspern vor.

Shit!

Um zu verhindern, dass mir noch mehr solcher Kommentare rausrutschen, beiße ich mir schnell auf die Zunge.

Es gibt Momente im Leben, in denen ist es definitiv schlauer, die Klappe zu halten.

Und das hier ist so einer.

„Den haben die Prospects längst weggebracht."

Natürlich.

Der Oberrocker hat alles im Griff und überlässt nichts dem Zufall.

„Ich sagte, ich fahre dich!"

Hugh!

Der Häuptling hat gesprochen!

Und damit ist die Diskussion beendet.

Der Doc sieht mich noch immer amüsiert an, was ihm ein warnendes Zischen des Präsidenten einbringt.

Meine Augen gleiten wie von selbst zu seinen überraschend sinnlichen Lippen, in meinem Bauch beginnt es leicht zu kribbeln.

Keine. Gute. Idee.

Männern wie ihm gehen intelligente Frauen besser aus dem Weg.

Gefährliche Rocker küsst man nicht!

Zum ersten Mal seit einer Ewigkeit gebe ich der warnenden Stimme in meinem Kopf nur allzu gerne recht.

Es geschieht so, wie es der Präsident befohlen hat. Der Doc fährt mit zwei seiner Kollegen zum Krankenhaus und ich lande zu meiner Überraschung in einem riesigen schwarzen SUV, dessen Innenausstattung mich an ein Raumschiff aus Star Wars erinnert, und nicht auf einem Motorrad.

Wofür ich ziemlich dankbar bin.

Aber klar ... Da der Präsident mit dem Krankenwagen hergekommen ist, muss sein Bike noch irgendwo in der Nähe der Tankstelle stehen.

Nachdem er mir in den Wagen geholfen hat, macht er sich daran, mich anzuschnallen, wobei er mir sehr nah kommt.

Verdammt nah, um genau zu sein.

Mein mit der Situation völlig überfordertes Herz macht einen Hüpfer, nur um anschließend in eine bodenlose Leere zu fallen.

Ein seltsames Gefühl.

Daher kommt wohl der Ausdruck: ,*Mir ist das Herz in die Hose gerutscht.*' Wobei sich meines irgendwo bei meinen Füßen unten befinden muss, denn sein Fall kam mir endlos vor. Die Stellen, an denen er mich berührt hat, fühlen sich trotz der Stoffschichten heiß und empfindlich an, was wiederum dafür sorgt, dass es mir schwerfällt, zu atmen.

Keine Ahnung, ob James bemerkt, welch verstörende Wirkung er auf mich hat?

Ich bin viel zu sehr auf mich selbst konzentriert, als dass ich auch noch auf ihn achten könnte.

Was ein Witz ist, denn im Grunde genommen sind all meine Sinne auf diesen großen, bösen Rocker gerichtet.

Meine Lippen werden heiß und prickeln. So wie sie es in meiner Kindheit taten, wenn ich sie mit diesem Brausepulver, das ich als kleines Mädchen so liebte, eingerieben habe.

In meinem Bauch schreit ein einsamer Schmetterling um Hilfe.

Gefährliche Rocker küsst man nicht!

Ja, schon klar! Ich weiß!

Der Anschnallgurt rastet mit einem Klick ein, James richtet sich wieder auf, gerade als er sich aus dem Wagen zurückziehen will, sieht er mich aus dunklen, glühenden Augen an und der Schmetterling stirbt einen Sekundentod.

Nicht sicher, was jetzt geschehen wird, halte ich instinktiv den Atem an, meine Zunge schnellt vor, ich befeuchte meine Lippen. Ein heißer Schauer rieselt an meiner Wirbelsäule nach unten. Den Schmerz in meinem Arm nehme ich kaum noch wahr, dafür aber jeden harten Zentimeter dieses *Reapers*.

Lieber Gott steh mir bei!

Für einen winzigen Augenblick treffen sich unsere Augen, dann gibt der Rockerpräsident ein gezischtes „Fuck! Warum eigentlich nicht?" von sich und sein Mund knallt, noch bevor ich auch nur erahnen kann, was als Nächstes passiert, auf den meinen.

Flammen lecken an meinem Bewusstsein, mein deplatziertes Herz schlägt wie verrückt um sich, fast so, als ob ihm zwei mit Boxhandschuhen gekleidete Hände gewachsen wären, während es zwischen meinen Schenkeln sehnsüchtig zu pochen beginnt.

Süchtig nach mehr gebe ich dem Drang, ihn zu berühren, nach, streiche mit meiner unverletzten Hand über seine Schulter, lasse sie weiter nach oben gleiten und lege sie mutig in seinen Nacken.

Zuerst befürchte ich, dass das zu viel ist, dass der Biker mich wegstoßen und erkennen wird, wie falsch das, was wir hier gerade machen, ist.

Doch es kommt ganz anders.

Anstatt wieder zu Vernunft zu kommen, vertieft er den Kuss, indem er seinen Kopf leicht dreht und mit seiner Zunge rhythmisch auf die meine trifft.

Unbekannte Sehnsüchte breiten sich in mir aus. Welche, bei denen es nicht um Sex geht, sondern um die Dinge, die viel wichtiger sind: Geborgenheit, Liebe, Hoffnung, Sicherheit.

So gefährlich, brutal und gnadenlos dieser Rocker auch sein mag, aber ich würde alles, was ich besitze, darauf verwetten, dass er seine Frau niemals schlagen, verletzen oder ihr sonst irgendwie den Arm brechen würde.

Einfach alles an ihm ist heroisch und bestimmend, aber auf eine gute Art und Weise. Soweit ich das bis jetzt beurteilen kann, kommandiert er die Menschen nicht zu seinem Vergnügen herum, sondern weil er das Beste für sie und weil er sie beschützen will.

Das beeindruckt mich.

Mit einem Mann wie ihm an meiner Seite müsste ich mich vor nichts und niemanden mehr fürchten.

Gefährliche Rocker küsst man nicht!

Mein Unterbewusstsein klingt immer verzweifelter.

Ich blende es weiterhin aus und lasse meine Zunge um die seine tanzen, was ihm ein dunkles Knurren entlockt.

Huiuiuiuiuiuiui ...

Erst als wir beide vollkommen atemlos sind, gibt er mich wieder frei, richtet sich zu seiner vollen Größe auf und starrt mich aus schwarzen Augen an.

Wie er so dasteht, muskulös und stark, geradezu unerschütterlich, wirkt er auf mich wie ein Dämon, der aus den Tiefen der Hölle entkommen sein muss.

„Das war unerwartet!"

Damit schlägt er die Türe des Raumschiff-SUVs so fest zu, dass ich erschrocken zusammenzucke und mit rasendem Puls beobachte, wie er den Wagen umrundet, um auf der anderen Seite einzusteigen.

Heilige Scheiße!

Wie soll ich mich denn nach so einem Kuss verhalten?

Unbeeindruckt? Ruhig?

Wie dumm, dass beides unmöglich ist, so verwirrt ich gerade bin.

Streng genommen habe ich mit diesem Kuss, der so viel mehr war als ein harmloses Aufeinandertreffen zweier Münder, Mike betrogen.

Denn egal, wie schlecht es auch zwischen meinem Freund und mir seit Wochen laufen mag, sind wir immer noch zusammen.

Ich habe nicht Schluss gemacht, auch wenn ich das hätte tun sollen.

Aber was dann?

Er kann nirgendwo hin und landet auf der Straße!

Das kann ich nicht verantworten.

Niemals!

Willst du dir lieber weiter Knochen brechen lassen?

Zu meinem Pech hat die Stimme in meinem Kopf wie meistens recht.

Trotzdem fehlt mir gerade die Energie, um mich mit diesem Scheiß auseinanderzusetzen.

Zuerst lasse ich meinen Arm untersuchen, dann kümmere ich mich um das locker zwei Meter große und sicherlich hundert Kilo schwere Problem neben mir, und dann um meinen Freund.

Und so schwer es mir auch fallen mag, aber nach dem, was heute passiert ist, muss ich unsere Beziehung beenden.

Es geht einfach nicht anders.

Die Liebe, die ich einst für Mike empfunden habe, ist längst Mitleid gewichen.

Das mit uns hat keine Zukunft mehr. Verrückt, dass ich erst zweimal von dem allseits gefürchteten Präsidenten des *Hell Reaper Motorcycle Clubs* geküsst werden musste, damit mir das endlich klar wird.

Obwohl James so fürsorglich war, mich anzuschnallen, lässt er seinen Sicherheitsgurt links liegen und fährt einfach los, ohne auch nur ein einziges Mal in meine Richtung zu sehen.

„Wie geht es deinem Arm?"

Echt jetzt?

Das ist das Einzige, worüber er reden will?

„Er tut weh."

„Wir sind gleich in der Klinik. Der Doc wird sich um dich kümmern."

Nicht sicher, was ich dazu sagen soll, beiße ich mir auf die Zunge.

Ich werde nicht diejenige sein, die auf den Kuss, beziehungsweise auf die Küsse – inzwischen sind es ja schon zwei – als Erste zu sprechen kommt.

Keine Chance!

Wenn er so tun will, als ob die nie stattgefunden haben – bitte! Dann tun wir das eben.

Keine zwanzig Minuten später kommen wir direkt vor der Eingangstüre des *Harborview Medical Centers* an und James parkt mitten im Halteverbot.

„Du darfst hier nicht parken."

Er wirft mir einen amüsierten Blick zu.

„Wer sagt das?"

„Dieses Schild da."

Ich deute mit dem Finger darauf.

„Baby, ich lasse mir von niemandem vorschreiben, was ich darf und was nicht. Schon gar nicht von einem Schild."

Natürlich nicht ...

„Dann wirst du halt abgeschleppt!"

Laut lachend steigt er aus und wirft die Türe zu, dann kommt er zu mir rüber, bevor ich es geschafft habe, den Gurt zu lösen, und hilft mir aus dem Wagen wie ein verfluchter Gentleman, die angeblich schon ausgestorben sind.

Vielleicht hast du nur an der falschen Stelle gesucht?

Die Stimme kam nicht aus meinem Kopf, sondern direkt aus meinem Herzen.

Klasse!

Als ob ich nicht schon durcheinander genug wäre.

„Niemand ist so verrückt, etwas anzufassen, das ganz offensichtlich dem Club gehört."

Mit einem Nicken deutet er auf die Seite des SUVs, auf dem sich selbst in der Dunkelheit der unverkennbare Skull des *Hell Reaper MCs* befindet.

Warum ist mir der nicht schon früher aufgefallen?

Ah ja. Richtig.

Weil ich viel zu sehr auf den verdammten Oberrocker konzentriert war.

Seine Selbstsicherheit, die schon an Arroganz grenzt, stört mich.

Und darum kann ich es mir nicht verkneifen, den Rocker etwas aufzuziehen.

„Bist du dir da sicher?"

James Augen ruhen auf mir wie die eines Jägers auf seine Beute.

„Niemand fasst an, was mir gehört!"

Der eindeutig warnende Unterton, der bei seinen Worten mitschwingt, lässt mich erschaudern.

Reden wir hier wirklich noch von diesem Auto?

Ich glaube nicht.

Reglos, nicht fähig, mich zu bewegen, stehe ich einfach nur vor dem Krankenhaus und starre den heißesten Typen auf dem gesamten Planeten an, dann werde ich von eben diesem gepackt und auf direktem Weg in die Notaufnahme geschoben, wo uns auch schon der Doc erwartet, der natürlich schneller war als wir.

Kein Wunder!

Schließlich hat er nicht wild herumgeknutscht.

Gefährliche Rocker küsst man nicht!

Ja! Ja! Ja! Schon gut.

Ich werde es nie, nieeee wieder tun.

Versprochen!

Nach einer weiteren kurzen Untersuchung, bei der mir die Tränen in die Augen steigen, nimmt er endlich seine Hände von mir. Das Schmerzmittel, das mir die Sanitäter im Krankenwagen verabreicht haben, kurz bevor dieser von den Rockern gestohlen wurde, hört langsam auf zu wirken. Was bedeutet, die heftigen Schmerzen kommen allmählich zurück.

„Es tut mir leid, Mabel. Nur noch kurz röntgen und dann wird es besser."

Hoffentlich!

Zehn Minuten später wissen wir endlich, welcher Knochen gebrochen ist und wie es nun weitergeht.

„Das ist ein gerader, einfacher Bruch. Nichts Kompliziertes. Er muss nicht operiert werden."

Zum Glück.

Das hätte mir gerade noch gefehlt.

Ich habe kein Geld für so einen Scheiß!

„Das heißt?"

„Dass du deinen Arm stillhalten musst. Mindestens zwei Wochen lang."

Und damit nehmen die guten Nachrichten auch schon wieder ein Ende.

„Aber das geht nicht. Ich muss mir einen neuen Job suchen und Geld verdienen. Ansonsten kann ich meine Miete nicht bezahlen." Und auch keine anderen Rechnungen. Aber das erwähne ich nicht auch noch, die ganze Situation ist auch so schon peinlich und unangenehm genug.

Der Doc sieht mich mitfühlend an.

„Es geht nicht anders. So eine Verletzung braucht ihre Zeit, um zu heilen."

Ja, das dachte ich mir schon.

„Sie können ja nichts dafür."

Er injiziert mir ein Schmerzmittel, das sofort zu wirken beginnt, und legt mir eine Schiene an. Während all der Zeit spricht James kein Wort, er bewegt sich nicht mal, sondern steht einfach nur groß und beeindruckend neben der geschlossenen Türe des Behandlungszimmers, seine mächtigen Arme vor der Brust verschränkt, trägt er eine so finstere Miene zur Schau, dass jeder halbwegs intelligente Mensch sofort die Flucht ergreifen will.

Mir geht es da nicht anders.

Nur dass ich eben nicht davonlaufen kann.

Kaum dass der Doc fertig ist, schenkt er mir ein schiefes Lächeln, ehe er mit dem Versprechen, dass er mir noch kurz ein paar Schmerzmittel besorgen wird, aus dem Raum verschwindet und mich mit dem düsteren Präsidenten alleine lässt.

Nervös, nicht sicher, wie ich mich verhalten oder was ich sagen soll, vermeide ich es, in seine Richtung zu sehen.

Das halte ich genau dreißig Sekunden aus, ehe ich schwach werde und unsere Blicke regelrecht kollidieren.

Woher ich weiß, dass es genau eine halbe Minute ist und nicht etwa eine dreiviertelte?

Ganz einfach, ich habe mitgezählt.

„Das hier ist falsch! Völlig falsch!"

Meint er damit etwa, dass der Doc mir zugesichert hat, dass es nichts kosten wird?

Oder dass der ach so wichtige Präsident seine Zeit wegen einer Frau, die er nicht mal kennt, in einem Behandlungszimmer vertrödelt?

Beides ist möglich.

„Keiner hat gesagt, dass du mitkommen musst!"

Falls überhaupt möglich wird sein Gesichtsausdruck noch einen Ticken angsteinflößender.

Bevor James etwas erwidern kann, ist der Doc zurück und reicht mir eine Packung Tabletten.

„Nicht mehr als drei am Tag. Und wenn du eine genommen hast, auf gar keinen Fall mehr Auto fahren. Verstanden?"

Ich nicke.

„Danke für alles."

„Kein Problem. Ehrlich. Freut mich, wenn ich dir helfen konnte, Mabel." Er wendet sich zu James um. „Ich komme in ein paar Stunden noch mal zum Club, um nach deinem VP zu sehen." Und damit ist er auch schon verschwunden und überlässt mich meinem Schicksal.

Öhm ... was jetzt?

„Wir gehen!"

Von dem Mann, der mich vor weniger als einer halben Stunde so leidenschaftlich geküsst hat, ist nicht viel übrig.

Keine Ahnung, wie ich es nennen soll. Einfach alles an dem Präsidenten wirkt hart und kalt. Irgendwie unnahbar.

Wenn ich es nicht besser wüsste, würde ich nie glauben, dass James zu so einer Begierde fähig ist.

Mich an meiner unverletzten Hand packend, zerrt er mich durch die Notaufnahme Richtung Ausgang und führt mich dann direkt zu seinem Wagen.

Selbst in seiner momentanen Verfassung hält er mir die Türe auf und hilft mir beim Einsteigen und Anschnallen.

Dann steigt er selbst ein. Noch bevor wir losfahren, kratze ich all meinen Mut zusammen und ...

„Fahr mich bitte nach Hause."

Sein Kopf schnellt in meine Richtung.

„Das werde ich nicht tun!"

Ach nein?

Warum wundert mich das nicht?

Verdammt!

„Du hast mir versprochen, dass mir nichts passieren wird."

Meine Haut kribbelt, so als würden tausend Ameisen über mich hinwegkrabbeln.

Ein sehr unangenehmes Gefühl.

„Richtig. Und genau deswegen nehme ich dich auch wieder mit zum Club!"

Ach ja?

„Weil es ja dort so viel sicherer ist als bei mir daheim?"

Ironie off!

Wer daran zweifelt, muss sich nur mal den Vizepräsidenten anschauen, oder James blutigen und zerkratzten Unterarm.

„Ist es! Denn dort wird dir garantiert niemand irgendwelche Knochen brechen."

Oh. Oh. Er kocht vor Zorn.

Aber warum?

„Was mit mir passiert, ist nicht dein Problem, Präsident."

„Doch, ist es."

Wow!

Das kommt überraschend.

„Ach? Und seit wann?"

„Seit ich dich samt dem Krankenwagen entführt habe."

Das *entführt* löst eine drückende Beklemmung in mir aus.

„Dann lass mich einfach laufen und die Entführung ist genauso schnell vorbei, wie sie angefangen hat."

Ich sage das scherzhaft, oder zumindest versuche ich, es locker und lustig klingen zu lassen, was mir aber nicht gut gelingt.

Geräuschvoll Luft holend, schließt James die Augen und legt dein Kopf in den Nacken.

Er wirkt gestresst und frustriert.

„Was auch immer du von mir denken magst, ist deine Sache. Aber ich stelle garantiert keine Gefahr für dich dar. In meinem Club wärst du sicher! Das schwöre ich dir! Kannst du das von deinem Zuhause auch behaupten?"

Ach Scheiße!

Muss er ausgerechnet jetzt die Ehrliche-Nummer abziehen?

Denn ich glaube ihm. Keine Ahnung warum, aber ich tue es.

Und zu meinem Pech habe ich auch noch das Gefühl, dass es falsch wäre, ihn anzulügen, und dass ich ihm die Wahrheit schulde. Schließlich verdanke ich es allein ihm und seinen Beziehungen, dass ich kostenlos verarztet wurde.

„Nein, kann ich nicht."

„Dann komm mit zum Club."

„Und was dann?" *Küssen wir uns hin und wieder?*

Um den letzten Satz laut auszusprechen, fehlt mir der Mut.

„Darüber können wir uns Gedanken machen, wenn wir da sind."

Klingt gut. Oder auch nicht. Oder etwa schon?

Gott, bin ich durcheinander!

Ihn zu küssen, war ein Fehler, denn seit ich das getan habe, fällt es mir immer schwerer, das Monster in ihm zu sehen, das er eigentlich ist.

„Was ist mit dem Krankenwagen passiert?"

Keine Ahnung, warum ich ausgerechnet das jetzt genauer wissen will?

Wahrscheinlich, weil mir die Antwort mehr über den Mann und seinen Charakter verrät, als es seine Kutte je könnte.

„Die Prospects haben ihn zurückgebracht."

„Zurück?" *Und was sind Prospects?*

„Ja, zur Tankstelle."

Das überrascht mich doch ziemlich. Ich hätte eher damit gerechnet, dass sie ihn irgendwo zum Stadtrand gefahren, mit Benzin überschüttet und angezündet haben.

Beweismittelbeseitigung und so ...

„Wieso?"

„Weil so der Tatbestand des Diebstahls wegfällt. So haben wir ihn uns nur für ein paar Stunden ausgeliehen."

Schlau! *Scheiße!*

„Das ist wirklich gut!"

Wer hätte gedacht, dass dieser muskelbepackte Kerl nicht nur unfassbar heiß, sondern auch noch intelligent ist?

Bei ihm hat sich Mutter Natur wirklich ganz schön ins Zeug gelegt.

Vor allem wenn man bedenkt, wie gut er küssen kann.

Huiuiuiuiuiui ...

„Sollte es mich ärgern, dass du so überrascht klingst?"

Obwohl seine Mimik ernst, beinahe schon streng wirkt, klingt er mehr als nur ein wenig amüsiert.

„Nein. Ich meine ..." *Verdammt!* „Ich habe einfach nur nicht damit gerechnet, dass du so vorgehst."

Er nickt und ich kann am Zucken seiner Mundwinkel erkennen, dass er sich über mich lustig macht.

„Was hast du dann gedacht, was ich mit dem Wagen tun werde? Ihn verschwinden lassen? Ihn anzünden?"

Erwischt.

Als ich mich sicherheitshalber in Schweigen hülle, schüttelt der Präsident nachsichtig den Kopf.

„Ich weiß nicht, wie du zu der schlechten Meinung, die du über den Club hast, gekommen bist, es spielt auch keine Rolle. Aber ich kann dir versichern, dass ich meine Frau niemals schlagen oder verletzen würde. Fuck! Ich habe keine Old Lady, doch wenn ich eine hätte, wäre es mein verfluchter Job, sie zu beschützen und nicht eine Gefahr für sie darzustellen!"

Na toll!

Jetzt fühle ich mich schlecht, fast so, als ob ich dem *Reaper* neben mir ein Unrecht angetan hätte.

Was ich aber nicht habe.

„Und was den Krankenwagen angeht ... Niemand weiß besser, wie wichtig es ist, im Ernstfall ärztlich versorgt zu werden. Ich würde nie mutwillig etwas zerstören, auf das der Club und die komplette restliche Stadt im Notfall angewiesen ist."

Ding! Ding! Ding!

Richtige Antwort!

Dumm nur, dass ich mich gleich noch ein kleines bisschen miserabler fühle.

Vielleicht ist dieser Rockerpräsident ja doch nicht das gefährliche Monster, für das ich ihn bis heute gehalten habe?

„Wenn ich mit zum Club komme? Was passiert dann?"

Bum! Bum! Bumbumbum!

Mein Herz schlägt mir bis zum Hals.

„Du kriegst ein Zimmer. Und wenn du länger bleiben willst, musst du dich nützlich machen. So wie alle anderen auch."

Nützlich?

„Wenn du denkst, dass du mich auf den Strich schicken kannst, täuschst du dich, Rocker!"

James Augen verengen sich zu Schlitzen, er packt das Lenkrad so fest, dass ich für einen kurzen Moment befürchte, dass er es aus der Verankerung reißt, während sich seine Nasenflügel blähen.

„Ich werde dich bestimmt nicht zur Nutte machen, Mädchen!"

Okay.

„Gut zu wissen."

Er atmet geräuschvoll ein und aus.

Es ist offensichtlich, dass er gerade am Rand eines Wutausbruches tanzt.

„Weißt du, wie die meisten meiner Brüder, deren Frauen oder all die anderen Menschen, die ihre Zeit bei den *Hell Reapern* verbringen, zum MC gekommen sind?"

„Nein."

Woher sollte ich auch?

„Wir alle sind wie Strandgut, das am gleichen Ort angespült worden ist. Ein Teil von uns kommt aus verschiedenen Gründen mit der Gesellschaft nicht klar, ein anderer hat Dinge erlebt, die er für immer vergessen will, und wieder ein anderer war einfach nur auf der Suche nach Loyalität und Zusammenhalt. Keiner von uns passt in das verfickte Schema, in das uns die Welt pressen will. Wir halten an unserer Freiheit fest und töten jeden, der sie uns nehmen will. Wir *Reaper* halten zusammen. Immer. So einfach ist das."

Das alles klang eigentlich ganz nett, zumindest bis wir bei dem Teil mit der ‚Freiheit' und dem ‚Töten' angekommen sind.

Ich schätze seine Offenheit. James hätte mich auch einfach anlügen können. Oder gar nichts sagen. Dieser Mann ist mir keine Erklärung schuldig, genauso wenig wie seine Hilfe, und dennoch bietet er sie mir an.

Nicht sicher, was ich tun soll, wäge ich meine Optionen ab.

Nummer 1: Ich könnte darauf bestehen, dass er mich nach Hause fährt und mich mit meinem Freund auseinandersetzen, was garantiert in einer Katastrophe enden würde.

Nummer 2: Ich nehme des Präsidenten Angebot für heute Nacht an und überlege mir bis morgen einen genialen Plan, wie ich mit Mike Schluss machen und ihn aus meiner Wohnung werfen kann, ohne dass er mir den anderen Arm gleich auch noch brechen wird.

„Wenn dein Angebot wirklich ernst gemeint ist …" Hilfe! Ich kann nicht fassen, dass ich das gleich sagen werde. „… würde ich diese Nacht gerne im Club schlafen."

James nickt ruhig. Der Griff, mit dem er das Lenkrad umfasst, lockert sich ein wenig.

„Kluge Entscheidung."

Damit fährt er los und wir kommen viel zu schnell am Clubhaus des *Hell Reaper Motorcycle Clubs* an.

Etwas nervös sehe ich mich um, betrachte den Rocker neben mir und stelle erneut fest, wie unheimlich attraktiv er ist.

Dieser Mann könnte jede Frau haben. Jede.

Er hat vorhin gesagt, dass er keine Old Lady hat, bedeutet das dann, dass er alleine ist?

Das kann ich mir nicht vorstellen.

Wie schon erwähnt, er ist heiß!

Aber er muss ja fast Single sein, wenn er es nicht wäre, hätte er mich ja wohl kaum so geküsst, wie er es getan hat,

Oder?

In meine Gedanken versunken, bemerke ich erst, dass er ausgestiegen ist, als er plötzlich neben mir auftaucht und mir mal wieder wie ein echter Gentleman die Türe öffnet.

„Wenn du das noch ein paar Mal machst, glaube ich dir vielleicht sogar, dass du ein netter Kerl bist."

An seinem Blick erkenne ich sofort, dass ich etwas Falsches gesagt haben muss.

Aber was? Wieso wird das Silbergrau seiner Augen im Bruchteil einer Sekunde so hart wie Stein?

Das war doch nett gemeint und nicht als Beleidigung.

„Mach nicht den Fehler, mich zu romantisieren. Nur weil ich dir helfe, bin ich noch lange kein Prinz. Ich bin nicht nett, Baby. Und ich werde es auch niemals sein!"

Damit beugt er sich zu mir vor, hilft mir beim Abschnallen, zieht mich mühelos aus dem Auto und drückt mich direkt neben der Beifahrertüre gegen die Motorhaube.

So zwischen ihm und dem Wagen gefangen, kann ich nicht verhindern, dass mein Puls in die Höhe schnellt und der kurz zuvor gestorbene Schmetterling in meinem Bauch erneut zum Leben erweckt wird.

Erregt, verwirrt und durcheinander kann ich nicht verhindern, dass sich mein Atem beschleunigt.

Was gefährlich ist. Denn mit jedem Mal, wo ich Luft hole, fülle ich meine Lunge mit seinem würzigen, zutiefst männlichen Geruch, der mir sofort zu Kopf steigt und dieselbe berauschende Wirkung auf mich hat wie eine Flasche Wein.

„Schau mich nicht so an, Mabel. Es fällt mir auch so schon schwer genug, dir zu widerstehen und dich nicht hier und jetzt auf die verdammte Motorhaube zu setzen, in dich einzudringen und mich bis zum Anschlag in dir zu vergraben."

Es fällt *ihm* schwer, *mir* zu widerstehen?

Mir?

Mein Verstand muss mir einen Streich spielen.

Ich meine, er ist ... und ich bin ... Wir spielen in zwei ganz unterschiedlichen Ligen.

In meinem ganzen Leben wäre ich nie auf die Idee gekommen, dass ich einem Mann wie ihm überhaupt auffallen würde.

Nicht dass ich schon vielen wie ihm begegnet wäre.

Das geht ja auch überhaupt nicht, denn von Kerlen wie ihm gibt es nicht allzu viele in dieser Stadt, in diesem Land ... Ach was ... auf der ganzen Welt.

Und nein. Das ist nicht übertrieben.

„Du hast mich geküsst."

Seine Lippen zucken.

„Aye. Dreimal. Und bei allen Höllen! Ich werde es wieder tun. Besonders, wenn du mich so ansiehst!"

Ich ihn?

Nicht sicher, wie ich mit dem, was da ganz offensichtlich zwischen ihm und mir zu sein scheint, umgehen soll, wende ich schnell den Blick ab.

Was James allerdings nicht erlaubt. Denn kaum, dass ich den Kopf gesenkt habe, packt er mich grob am Kinn und hebt ihn wieder an.

„Sag mir, was in deinem hübschen Kopf gerade vorgeht."

Ich weiß es selber nicht, und selbst wenn, würde er es eh nicht verstehen.

Scheiße!

Um ehrlich zu sein, bin ich mir nicht sicher, was ich gerade denken, glauben, wollen oder empfinden sollte.

„Ich glaube, ich sollte nicht an diesem Ort sein. Und ich denke, dass ich es nicht schlimm finden würde, wenn du mich erneut küsst."

Das Letzte, was ich sehe, ist, wie sich seine Nasenflügel erneut blähen, dann knallt sein Mund gierig auf den meinen und meine Augen fallen ganz von alleine zu. Fast als ob mein tiefstes Inneres fest entschlossen wäre, alle Empfindungen, die dieser Rocker in mir auslöst, zu genießen.

Gefährliche Rocker küsst man nicht ...

Scheiße!

Und was, wenn doch?

Was, wenn es nichts Besseres gibt, als von einem dieser gefährlichen Rocker geküsst zu werden?

James raue, geschickte Zunge teilt meine Lippen, dringt in mich ein und zieht träge Kreise, die dafür sorgen, dass mein Slip feucht und mein Hirn ganz leer wird.

Irgendwo im Dickicht meiner Empfindungen weiß ich zwar, dass das keine sonderlich gute Kombination ist, kann aber nichts mehr daran ändern.

Eigentlich sollte ich diesen Rocker hassen, verabscheuen und für das, was er tut, verurteilen. Aber ich tue es nicht. Das Einzige, was ich empfinde, ist sündhaftes, verbotenes Begehren, gegen das ich gar nicht erst ankämpfe ...

Zum einen, weil ich es nicht will, und zum anderen, weil ich es eh nicht schaffen würde.

Also wofür wertvolle Energie aufwenden, wenn es zu nichts führen würde?

Es fällt mir schwer, diese Anziehung, die von der ersten Sekunde an zwischen uns geherrscht hat, zu beschreiben.

Sie ist selbstzerstörerisch, aber auch süchtig machend. Sie sorgt dafür, dass ich Dinge tue, von denen ich weiß, dass ich sie nicht tun sollte, und sie dennoch genieße.

Wie zum Beispiel den Kuss erwidern, mich gegen James harten, massiven Körper zu pressen und meinen gesunden Arm um seinen Nacken schlingen.

Und bei Gott!

Etwas, das falsch ist, kann sich doch nicht so gut anfühlen.

Oder?

Und doch muss es falsch sein. Schließlich ist er der Präsident der *Hell Reaper* und ich vergeben.

Untreue ist etwas, das ich zutiefst verabscheue.

Die einzige Erklärung für das, was hier gerade geschieht, ist die, dass ich tief in meinem Inneren längst mit meiner derzeitigen Beziehung abgeschlossen habe und bis jetzt nur noch aus Pflichtgefühl mit Mike zusammengeblieben bin. Pflichtgefühl, zu dem sich jetzt auch noch Angst gemischt hat.

Beides keine Grundlagen für eine glückliche Beziehung.

Kein Wunder also, dass ich längst nicht mehr glücklich bin und mich auch nicht mehr daran erinnern kann, wann ich es zuletzt war.

James Hand landet auf meinem Hintern, dann hebt er mich hoch, setzt mich auf die Motorhaube und schiebt meine Knie auseinander.

Ich lasse es zu, heiße ihn zwischen meinen Schenkeln willkommen und keuche verzweifelt in den Kuss. Erst als ich spüre, wie er sich an meiner Hose zu schaffen macht, bringe ich endlich genug Intelligenz und Willenskraft auf, um mich von ihm loszumachen und ein leises, kaum hörbares „Stopp!" zu murmeln, auf das er zu meiner Erleichterung sofort hört.

„Was ist los?"

Meint er diese Frage wirklich ernst?

„Das geht zu schnell. Ich kann das jetzt nicht."

Mit einem Zischen löst er seine großen, warmen Hände von mir, tritt einen Schritt zurück und gibt mir so den dringend benötigten Abstand.

Wir sehen uns an, mir fällt auf, dass er mit den Zähnen knirscht, dann reibt er sich über die Stirn, mustert meinen fixierten Arm und flucht.

„Ich zeige dir dein Zimmer."

Oh wow!

Vom leidenschaftlichen Küsser zum distanzierten Rockerpräsidenten in nur wenigen Sekunden.

Die Stimmungen dieses Mannes schlagen noch häufiger um als das verdammte Wetter.

2. Kapitel

Der Präsident, gefährliche Sehnsüchte,
lange Nächte und gefährliche Bilder im Kopf ...

Seit der Nacht, in der ich Mabel beinahe auf der Motorhaube des verdammten Autos mitten im Hof gefickt hätte, sind drei Tage vergangen.

Drei Tage, die ich damit verbracht habe, mich von ihr fernzuhalten, mich auf meine Aufgaben zu konzentrieren und um Robs Leben zu bangen.

Es überrascht mich wenig, dass sich unser Vizepräsident als stark genug erwiesen hat, um dem Tod die Stirn zu bieten.

Kurz: Er befindet sich auf dem Weg der Besserung und der Doc meint, dass er das Schlimmste bereits überstanden hat.

Diese Nachricht ist mindestens so gut, wie der Umstand, dass Mabel immer noch nicht genug Mut zusammenkratzen konnte, sich mit ihrem Freund auseinanderzusetzen und deswegen mein Angebot angenommen hat, noch ein paar Tage länger hierzubleiben und mich somit mit ihrer bloßen Anwesenheit in den Wahnsinn zu treiben.

Allein die Kombination aus ihrer spitzen Zunge, ihrem runden Arsch und ihrem zweifelhaften Talent, immer auszusprechen, was ihr gerade durch den Kopf geht, reicht aus, um mich nachts wach zu halten und mir vorzustellen, zu ihr rüberzugehen, sie zu packen und in mein Bett zu tragen.

In meinen Fantasien geht es nicht nur darum, sie zu ficken – damit könnte ich umgehen – nein. Sie alle drehen sich ausnahmslos darum, diese Frau zu beschützen *und* sie zu ficken. Wobei das Erste definitiv im Vordergrund steht.

Allein der Umstand, dass Mabel echt glaubt, dass ich sie einfach so durch das Tor spazieren und in ihr altes Leben zurückkehren lasse, verrät, wie gut es mir bisher gelungen ist, die Besitzgier, die ich ihr gegenüber empfinde, und die mit jeder Stunde, die sie sich länger im Club aufhält, stärker wird, zu verbergen.

Sobald sie sich dazu entscheidet, zu gehen, wird das Mädchen schnell feststellen, dass ich es begleiten und höchstpersönlich dafür sorgen werde, dass dieser Wichser, der das Glück hatte, sie sein Eigen nennen zu dürfen, ein für alle Mal aus ihrem Leben verschwindet.

Wie jedes Mal, wenn ich an diesen Bastard denke, überrollt mich eine unkontrollierbare Eifersucht, mit der ich nicht umzugehen weiß.

Diese ganzen Gefühle sind Neuland für mich.

Bis jetzt gab es keine Frau, deren bloße Existenz ausgereicht hat, um mich so durcheinanderzubringen.

Es hat vier lange Tage gedauert, bis ich mir selbst gegenüber endlich eingestanden habe, dass ich Mabel für mich will. Für mich ganz alleine. Und dass ich den Typen, der es gewagt hat, sie zu verletzen und ihr Schmerzen zuzufügen, mit größter Freude töten würde.

Und sollte er irgendwelche Probleme machen, sich weigern oder sich jemals wieder in ihre Nähe trauen, werde ich genau das tun.

„He Präs, hast du eine Minute?"

Frank, unser Kassenwart, steht mit einem Zettel in der Hand im Türrahmen.

„Was gibts?"

„Das Mädchen, das du angeschleppt hast, hat sich die Bar, den Bestand und die Preise angesehen und ein paar Vorschläge gemacht. Und ich glaube, sie hat recht."

Mabel ...

Diese Frau scheint überall und nirgends zu sein.

Wann immer ich dem Verlangen, sie sehen zu wollen, nachgebe, ist sie wie vom Erdboden verschluckt. Und dennoch ist sie allgegenwärtig und immer präsent.

Ich bin nicht blind. Mir ist nicht entgangen, welche Wirkung sie auf meine Männer hat, und mit welch hungrigen Blicken sie ihr auf den Arsch starren.

Mehr als einmal war ich kurz davor durchzudrehen, dem Zorn, der jedes Mal wie ein Blitz in meinen Kopf schießt, die Kontrolle zu überlassen und einfach jeden, der es wagt, sie anzusehen, die Augen auszustechen.

Einzig das Wissen, dass Mabel das wohl nicht gutheißen würde, hat mich davon abgehalten, genau das zu tun.

„Womit hat sie recht?"

„Dass wir den Lieferanten wechseln und die Preise erhöhen sollten."

Aha! Sie hat also nicht nur einen geilen Körper, sondern auch noch Geschäftssinn? Das wird ja immer besser ...

„Was hat Mabel mit der Bar zu tun?"

Selbst mir fällt auf, wie schroff das klang.

„Wie gesagt, sie macht sich nützlich, soweit ihr Arm das zulässt."

Ich erinnere mich gut daran, irgendwann mal etwas in die Richtung gesagt zu haben, dass jeder mithelfen muss.

Trotzdem wäre es mir lieber, sie würde sich schonen.

In meinem Bett.

Den ganzen Tag.

„Wenn du denkst, dass sie recht hat, dann tu es. Du bist der Kassenwart. Ich habe genug Scheiße um die Ohren, um die ich mich kümmern muss."

Anstatt aufzustehen und sich zu verpissen, bleibt Frank einfach sitzen.

„Was denkst du, wie lange das noch gut geht?"

Nicht sicher, worauf er anspielt, sehe ich ihn einfach nur ungeduldig an.

„Was?"

„Du."

Ich?

„Wovon zum Teufel redest du?"

„Davon, dass du dich benimmst wie ein wütender Stier, wann immer es um dieses Mädchen geht. Schick es weg oder schnapp es dir endlich. Aber unternimm etwas, ehe die Sache eskaliert!"

Damit steht er auf und lässt mich wütend sitzen.

Arschloch!

Der Wunsch, ihm die Fresse zu polieren, lässt mich beinahe aufspringen.

Einzig das Wissen, dass er recht hat, hält mich davon ab, einem der *First Nine* ein paar Zähne auszuschlagen.

Fluchend zünde ich mir eine Kippe an, inhaliere den ersten Zug, fülle meine Lunge mit dem Nikotin und warte darauf, dass ich mich beruhige.

Was nicht passiert.

Also stehe ich auf, wende mich dem Fenster zu, das mir einen Blick über den Hof erlaubt, und starre prompt auf einen mir nur allzu vertrauten, in einer engen Jeans steckenden Hintern.

Mabel streicht sich die Haare aus dem Gesicht, während sie in der Sonne steht und sich mit Knox unterhält.

Selbst von hier kann ich erkennen, dass die Augen des Vollstreckers nicht auf ihrem Gesicht liegen, sondern ein gutes Stück weiter darunter.

Zorn und Eifersucht – zu mehr bin ich nicht mehr imstande.

Fuck! Ich bin nicht blöd, mir ist durchaus aufgefallen, dass Mabel mir, seit ich sie auf die Motorhaube gesetzt und beinahe aufgefressen habe, aus dem Weg geht.

Soll sie ruhig.

Irgendwann wird der Kleinen schon klar werden, dass sie mir nicht entkommen kann, nicht in dieser Stadt und schon gar nicht in meinem verdammten Club.

Die Kippe weiter rauchend, zwinge ich mich, selbst stehen zu bleiben und einen kühlen Kopf zu bewahren. Das gelingt mir genau so lange, bis

Mabel lacht, sich umdreht und Knox ihren Arsch präsentiert. Und damit nicht genug. Nein.

Der Bastard hat auch noch den Nerv, ihr Shirt hochzuziehen und ihren nackten, unteren Rücken zu betrachten.

Wäre das hier ein beschissener Comic und nicht die Realität, würde mir jetzt links und rechts Dampf aus den Ohren kommen. Wie bei einer alten Lokomotive. Aber es ist kein witziger Zeichentrick, sondern das wahre Leben, und genau deswegen lasse ich die Zigarette einfach auf den Boden fallen, drehe mich um und laufe mit großen Schritten durch den Club raus auf den Hof.

An der Art, wie mir jeder, der mir entgegenkommt, ausweicht, erkenne ich, dass mir die Todeswut deutlich anzusehen sein muss.

Gut so.

Wenn sich mir jetzt irgendjemand mit einem unwichtigen Anliegen, dass er mit mir besprechen will, in den Weg stellt, würde das kein gutes Ende für ihn nehmen.

Zehn Sekunden später komme ich draußen an und erwische Knox dabei, wie er Mabels nackte Haut berührt. In meinem Hirn brennt eine Sicherung durch, ein roter Nebel verschleiert meine Sicht.

Als er sich das nächste Mal lichtet, liegt Knox mit blutiger Nase vor mir auf dem Boden, während Mabel mich mit greller Stimme anschreit und mich dabei fragt, ob ich den Verstand verloren habe?

Die Antwort darauf lautet eindeutig „Ja! Verflucht! Habe ich und du bist schuld daran!"

Überraschung zeichnet sich auf ihren feinen, wunderschönen Gesichtszügen ab.

„Ich?"

Täusche ich mich oder hat sie echt den Mumm, auf unschuldig zu machen.

„Ja! Du!"

„Wieso? Ich mache doch gar nichts!"

Doch sie existiert! Und allein das reicht aus, um mich beinahe durchdrehen zu lassen.

Vier Tage. Vier. Lange. Tage. Hängt ihr Duft nun schon in der Luft und verfolgt mich.

Wo immer ich auch hingehe, höre ich ihre Stimme oder ihr Lachen.

Und auch wenn ich mein Bestes gebe, es nicht zu tun, kann ich nichts dagegen machen, dass nicht nur meine Gedanken, sondern auch meine Augen an ihr festkleben.

Ganz egal, was ich mache, oder womit ich beschäftigt bin, Mabel ist immer in meinem Schädel. In fucking Dauerschleife.

Wenn sie lacht, frage ich mich, was sie so lustig findet, und wenn sie einfach nur dasitzt und gedankenverloren die Wolken am Himmel betrachtet, drehe ich beinahe durch, weil ich nicht weiß, was ihr Sorgen bereitet.

Ich hasse es, wenn sie sich mit einem meiner Brüder unterhält und dass sie Knox erlaubt hat, sie anzufassen, hat das Fass zum Überlaufen gebracht.

Mein Kassenwart hat recht!

So kann es weiß Gott nicht weitergehen. Zumindest nicht, wenn ich verhindern will, dass ich eines Tages durchdrehe und einem meiner Brüder das Genick breche oder Schlimmeres.

„Wieso hat er dich angefasst?" Als Mabel nicht sofort antwortet, sehe ich den am Boden liegenden Vollstrecker an und beobachte mitleidlos, wie er sich das Blut aus dem Gesicht wischt. „Wieso hast du sie angefasst?"

Rote Wellen branden durch mein Inneres und fachen meinen Zorn immer weiter an.

Mein Puls dröhnt mir in den Ohren. Es kostet mich unfassbar viel Selbstbeherrschung, nicht immer weiter auf ihn einzuschlagen.

Und warum?

Weil er eine Frau am Rücken berührt hat.

Am Rücken!

Irgendwo in einem winzigen Teil meines Verstandes erkenne ich, wie lächerlich das eigentlich ist. Doch der ist viel zu klein, als dass er sich durchsetzen könnte.

Weswegen ich auch weiterhin mit geballter Faust über Knox stehe – einem meiner engsten Vertrauten – und auf ihn einschlagen will. Wegen einer Frau, auf die ich nicht den geringsten Anspruch habe.

Was für eine verrückte Scheiße!

„Reg dich ab, Bruder. Es ist nichts passiert."

Ach nein?

„Dann hattest du also nicht gerade deine Hand auf ihrem Körper?"

Mabel mischt sich ein.

„Es war nur mein Rücken, also alles ganz harmlos."

Harmlos? *Harmlos?*

Dieses Mädchen hat nichts kapiert? Sie hat nicht verstanden, wer und wozu ich fähig bin!

Was denkt sich diese Frau eigentlich?

Dass sie mich so küssen kann, wie sie es getan hat, nur um mich anschließend zu ignorieren und sich von anderen Männern anfassen zu lassen?

Harmlos?

Mein Gehirn zerlegt das Wort in seine Einzelteile. Buchstabe für Buchstabe. H.A.R.M.L.O.S. Doch das macht es nicht besser.

Ich bin weit davon entfernt, mich abzuregen.

HA-RM-LOS.

Egal wie ich es drehe und wende, ganz gleich wie ich das Wort zerstückle, es ändert nichts an der Tatsache, dass ich am liebsten meinen Vollstrecker zerstückeln würde.

„Wir haben uns nur unterhalten!"

„Mit den Fingern?"

Mabel hört den gnadenlosen Unterton, der sich in meine Stimme geschlichen hat, und schluckt angsterfüllt.

Fuck!

Sie zu ängstigen, war das Letzte, was ich wollte.

Ich will, dass sie sich bei mir sicher fühlt, dass sie weiß, dass ich ihr im Gegensatz zu dem Typen, der ihr den Arm gebrochen hat, nie wehtun würde.

Mein Zorn richtet sich auch nicht auf sie, eigentlich auch nicht wirklich auf Knox, sondern eher auf den Umstand, dass ich nicht das geringste Recht habe, eifersüchtig zu sein, obwohl ich das gerne hätte. Also das Recht. Ich will diese Frau küssen können, wann ich will, ich will sie anfassen dürfen, wann immer mir danach ist, und jedem Mann in ganz fucking Seattle klarmachen, dass dieses wunderschöne, anstrengende, verrückte und unglaubliche Mädchen mein Eigentum ist.

„Du verstehst nicht, worum es geht!"

Das tue ich allerdings nicht.

„Nein! Du kapierst nicht, was Sache ist!"

„Falsch! Knox und ich unterhalten uns über Tattoos und du flippst völlig aus, kommst wie ein Irrer aus dem Club gerannt und schlägst ihn ohne ein Wort, ohne eine winzige Vorwarnung nieder. Aber ich kapiere es nicht? Bist du wirklich so blöd oder tust du nur so, Präsident?"

Keine Ahnung, wann sich das letzte Mal jemand getraut hat, so mit mir zu reden.

Noch nie denke ich.

Auch ohne Leder und ohne *Präsidenten-Patch* war den Menschen schon immer klar, dass es besser ist, sich von mir fernzuhalten.

Mabel scheint da eine Ausnahme zu sein, was sie nur noch anziehender für mich macht.

Nicht sicher, was ich als Nächstes tun soll, weiter auf den im Dreck liegenden Bruder einschlagen oder mich um das vorlaute Mädchen kümmern, starre ich Mabel nachdenklich an.

Knox bemerkt es, spuckt Blut und fängt an zu lachen.

„Shit Bro! Dich hat es ja so was von erwischt!"

Das bringt ihm einen Punch gegen die Rippen ein, er hustet kurz und schnappt schmerzerfüllt nach Luft. „Schlag mich, so lange du willst, das ändert nichts an der Tatsache, dass du komplett am Arsch bist!"

Selbst in meiner Wut erkenne ich, dass er recht hat.

Ihm die Scheiße aus dem Leib zu prügeln, wird nichts an dem Umstand ändern, dass ich diese Frau will und sie noch immer nicht mir gehört.

Fluchend richte ich mich auf, schüttle meine geballte Faust aus und bewege die Finger, ehe ich auf Mabel zugehe, sie schnappe und vorsichtig hochhebe. Selbst in meinem derzeitigen Gemütszustand nehme ich Rücksicht auf ihren Arm.

Ein weiterer Beweis, dass mir diese Frau unter die Haut geht. Jede andere Tussi hätte ich mir einfach über die Schulter geworfen.

Wobei das so auch nicht stimmt.

Für keine andere Tussi hätte ich Knox niedergeschlagen und wegen keiner anderen hätte ich die Kontrolle verloren. Nur bei Mabel!

Und das von Anfang an. Schon in dem verdammten Krankenwagen, während Rob mit dem Sensenmann um sein Leben gerungen hat.

„Hey, was soll das? Lass mich sofort los!"

„Einen Scheiß werd' ich!"

Selbst wenn genau in dieser Sekunde die Welt untergehen würde, wäre es mir egal.

Das Einzige, was mich interessiert, ist das Mädchen in meinen Armen, dessen lieblicher Geruch mir in die Nase steigt und mich nur noch irrer macht.

„James!"

„Mabel."

Ihr „Arrrghhhhhhh!" amüsiert mich. Genau wie ihre winzige Faust, die auf meine Schulter einschlägt.

„Pass auf, dass du dir nicht auch noch den anderen Arm verletzt."

„Du bist derjenige, den ich *verletzen* will!"

Aye, das ist mir aufgefallen.

„Es funktioniert nur nicht besonders gut."

Sie legt etwas mehr Kraft in ihre Schläge, was keinen großen Unterschied macht.

Im Clubhaus angekommen, weichen uns wieder alle aus, was mir nur recht ist. Ohne langsamer zu werden, trage ich meine süße Beute zur Treppe, die sich direkt neben meinem Büro befindet, und dank der man zu den oberen Stockwerken kommt.

Mit jeder Stufe, die ich bewältige, wird Mabel ruhiger. Oben in der Etage, in der sich ihr Gästezimmer befindet, angekommen, kämpft sie gar nicht mehr gegen mich an, sondern mustert mich aus großen Augen.

Fuck. So. Schön.

„Wirfst du mich etwa raus?"

„Wie bitte?"

Falscher könnte sie mit ihrer Sorge gar nicht liegen.

„Ob du mich jetzt loswerden willst?"

Niemals.

Nicht in diesem Leben.

Anstatt sie zu ihrem Zimmer zu tragen, nehme ich auch die letzten Stufen bis hoch in den dritten Stock, in dem sich meine Wohnung befindet. Erst vor der Feuerschutztüre stoppend, tippe ich den sechsstelligen Code in das Bedienfeld ein, das rote Licht wechselt nach einem leisen Piepen auf Grün und das Sicherheitsschloss entriegelt sich.

„Wo sind wir hier?"

Ich antworte ihr erst, als wir bereits in meinem Wohnzimmer stehen.

„Zu Hause!"

„Du wohnst hier?"

„Gut erkannt."

Und wenn alles nach Plan läuft, dann wird sie diesen Ort auch bald als ihr Heim bezeichnen.

Teufel noch eins!

Was tue ich hier eigentlich?

Bis ich dieser Frau begegnet bin, bis ich sie verängstigt und verletzt in diesem bescheuerten Krankenwagen vorgefunden habe, hatte ich noch nicht mal an die Möglichkeit, mir eine Old Lady zu nehmen, gedacht. Und nun?

Wenige Tage später kann ich an nichts anderes mehr denken.

Fuck! Fuck! Fuck!

„Warum hast du mich hierhergebracht?"

„Weil wir eine Sache ein für alle Mal klarstellen müssen."

„Und welche?"

Ich mache noch immer keine Anstalten, sie wieder auf ihre eigenen Füße zu stellen, dafür fühlt es sich viel zu gut an, sie an mich zu pressen.

„Dich wird kein anderer Mann mehr anfassen. Nicht solange du in diesem Club bist! Am besten überhaupt keiner mehr, ganz egal, wo du dich aufhältst! Nie wieder!"

Ihre rehbraunen Augen weiten sich überrascht.

„Und wieso nicht?"

„Weil ich ihn sonst umbringen werde!"

Zufrieden beobachte ich, wie sich ihre Lippen für ein atemloses „Oh ...“ öffnen.

Der Drang, meinen Mund auf den ihren zu drücken, überwältigt mich.

Also gebe ich ihm nach, erobere das weiche, feuchte Fleisch und stöhne zufrieden, als ihr unverkennbarer, süßer Geschmack an meinem Gaumen explodiert.

Holy Shit!

In meinem ganzen Leben hat sich noch nie etwas so gut angefühlt, wie diese Frau zu küssen. Nicht mal mein Leder anzuziehen oder mein Bike zu reiten.

Nichts!

Knox hatte recht.

Ich. Bin. Am. Arsch.

Hungrig an ihrer Zunge saugend, knabbere ich an ihrer Unterlippe, verlagere ihr Gewicht und platziere meine Hand auf ihrem Rücken, auf genau der Stelle, an der Knox sie eben noch berührt hat.

Es ist kindisch, doch ich muss einfach dafür sorgen, dass ich der letzte Mann bin und sein werde, der sie dort berührt.

Keine Ahnung, was ich tun, wie ich reagieren werde, wenn Mabel mich abweist. Ich kann nur hoffen, dass das nicht passieren wird.

Ansonsten sieht es düster für mich aus.

Sie tut es nicht, sondern lässt sich vertrauensvoll in meine Arme fallen, schenkt mir ihren Mund und stöhnt gegen meine Lippen.

Vertrauen. *Fuck!* Sie vertraut mir.

Die Erkenntnis erschüttert mich bis ins Mark.

Erst als sie atemlos nach Luft schnappt, lasse ich von ihr ab.

Sie hat die Augen geschlossen, öffnet sie blinzelnd und sieht mich so voller Hoffnung an, dass sich mein Magen schmerzhaft zusammenzieht.

„Was soll das werden, James?“

„Ich will dich!“

Das schüchterne Lächeln, das an ihren zuckersüßen Lippen zupft, löst ein warmes Ziehen in meiner Brust aus.

„Das ist mir aufgefallen. Aber was soll das werden? Ich meine, ich habe einen Freund. Noch zumindest. Und mir noch keine wirklichen Gedanken um die Zukunft gemacht. Die Klamotten, die ich trage, habe ich mir von einer Frau ausgeliehen, die hier hinter der Bar arbeitet, und ich schlafe in einem Bett, das nicht mir gehört. Es fühlt sich so an, als wäre mein ganzes Leben in der Schwebe. Als würde ich ohne Wurzeln umhertreiben. Mir ist klar, dass ich nicht zu Mike zurückgehen werde. Er hat mich angegriffen und verletzt und ich liebe ihn nicht mehr.

Trotzdem sind wir noch zusammen, bis ich endlich den Mut gefunden habe, mit ihm Schluss zu machen."

Sie holt Luft, ich will etwas sagen, doch sie hält mich davon ab, indem sie mir ihre zarten Finger auf den Mund legt.

„Affären und One-Night-Stands sind nichts für mich. Wenn du mich einfach nur vögeln willst, dann vergiss es. Dafür bin ich nicht zu haben. Ich mag dich, James, mehr als das. Seit unserem ersten Kuss muss ich die ganze Zeit an dich denken, ich träume sogar von dir. Aber das ändert nichts daran, dass mein Leben ein heilloses Durcheinander ist. Wenn du mir helfen willst, es zu ordnen, dann sage ich Ja. Ich würde gerne herausfinden, was das mit uns ist. Wenn ich aber für dich nichts als ein schneller Fick bin, dann sage ich Nein. Dafür bedeutest du mir jetzt schon viel zu viel, als dass ich Sex und Gefühle voneinander trennen könnte."

Sprachlos sehe ich sie an, verliere mich beinahe in den Tiefen ihrer warmen, wie Bernstein funkelnden Augen.

Keine Ahnung, was mich mehr beeindruckt, was mich mehr aus der Bahn wirft. Ihre Offenheit oder ihr Geständnis, dass ich ihr etwas bedeute?

„Wenn ich dich in mein Bett hole, dann für immer."

Sie leckt sich die Lippen und sieht mich unsicher an.

„Ist das dein Ernst? Wenn du mich anlügst oder austrickst ... James ... Das könnte ich nicht verkraften."

Das würde ich nie tun.

Bei keiner Frau und schon gar nicht bei ihr.

„Es ist mein voller Ernst!"

Mabel glaubt mir, Erleichterung funkelt in ihrem Blick auf, dann legt sie mir ihren gesunden Arm um den Nacken und schenkt mir einen zärtlichen Kuss, der mich endgültig süchtig nach ihr macht.

„Ich will dich, Baby."

„Und ich will dich, Rocker."

Längst süchtig nach ihrem Geschmack, beiße ich mich an ihr fest, schiebe dann meine Zunge in ihren Hals und trage sie auf direktem Weg Richtung Schlafzimmer.

3. Kapitel

Stürmische Küsse, süße Worte, ein Mädchen voller Hoffnungen und ein Meer aus Farben ...

Gefährliche Rocker küsst man nicht!
Gefährliche Rocker küsst man nicht!
Gefährliche Rocker küsst man nicht!
Egal wie oft sich diese Warnung noch in meinem Kopf wiederholt, ich ignoriere sie geflissentlich, während sich James große, raue Hände unter mein Top schieben, an meinem Bauch nach oben gleiten und sich um meine Brüste schließen.

Die unglaubliche Hitze, die in mir aufsteigt, setzt meine Nervenbahnen in Brand und lässt mich erzittern.

Was um alles in der Welt tue ich hier eigentlich? Ist es verrückt, mich einem Mann hinzugeben, der einen seiner Freunde gnadenlos niedergeschlagen hat, nur weil dieser mich am Rücken berührte?

Die Antwort auf diese Frage ist ein ganz klares Ja!

Scheiße!

Es ist verrückt, sogar mehr als das, und trotzdem tue ich es.

Zwischen diesem Rockerpräsidenten und mir war von Anfang an eine Verbindung, eine Anziehung, der ich nur schwer widerstehen konnte.

Es ist, als wären wir wie zwei Magnete, die ohne dass wir etwas dagegen tun können, voneinander angezogen werden.

Keine Ahnung, wie ich diesen Magnetismus erklären soll?

Ist es Physik? Ich weiß es nicht. Auf jeden Fall ist es Magie, eine Magie, gegen die ich nicht ankämpfen will oder werde, und die Schuld daran ist, dass ich nun, mit von seinen Küssen geschwollenen Lippen im Bett dieses *Hell Reapers* gelandet bin.

Halleluja!

Noch nie zuvor hat sich etwas in meinem Leben so richtig angefühlt, wie in seinen Armen zu liegen.

Vielleicht verliere ich gerade den Verstand?

Vielleicht stellt sich das hier eines Tages als der größte Fehler meines Lebens heraus?

Ich weiß es nicht, aber ich bin durchaus gewillt, es herauszufinden.

Himmel!

Mit ein bisschen Glück ist das hier das Beste, was mir je passieren konnte.

Vielleicht ist dieser Mann ja mein Mister Right?

Und wenn nicht?

Dann ist er zumindest bereit, mir zu helfen.

So oder so, das zwischen ihm und mir kann auf gar keinen Fall falsch sein.

Gefährliche Rocker küsst man nicht!

Es. Reicht. Jetzt.

Entschlossen zwinge ich meinen Verstand, mit diesem Blödsinn aufzuhören.

Mike war am Anfang nicht gefährlich, sondern ein ganz normaler, durchschnittlicher Kerl. Ohne Kutte, Harley und Motorradclub, und dennoch hat er sich schlussendlich als riesiges Arschloch entpuppt.

Man kann nie wissen, hinter welchem attraktiven Gesicht sich ein Idiot verbirgt. Das zeigt erst die Zeit.

Trotzdem bin ich mir verdammt sicher, dass James mich niemals verletzen wird.

Mag sein, dass er der restlichen Welt gegenüber ein Monster ist, solange er sich mir gegenüber wie ein Held in strahlender Rüstung benimmt, kann ich damit leben.

Sachte, ohne meinen Arm zu berühren, streift er mit seinen Lippen die meinen, küsst mich kurz, jedoch intensiv, und zieht dann mit seiner rauen Zunge eine heiße Spur an meinem Hals entlang, hinab zu meinem Schlüsselbein.

Seufzend schließe ich die Augen und als ich sie das nächste Mal öffne, hat der Biker auf mir plötzlich ein Messer in der Hand.

Mein entsetzter Schrei hallt von den schwarz bestrichenen Wänden, die so gut zu dem dunklen Holzfußboden passen, wider.

Vor dem bodentiefen Fenster liegt ein weich aussehender Teppich und über dem Bett hängt, wie sollte es auch anders sein, der Lenker einer Harley Davidson.

„*Schhhh* ... Keine Angst, ich schneide nur dein Shirt auf, damit ich dir beim Ausziehen nicht wehtue.“

Mit wild klopfendem Herzen sehe ich dabei zu, wie die Klinge unter dem gelben Stoff verschwindet, ihn durchsticht und mühelos zerschneidet.

James geht so geübt mit dem Messer um, dass ich mir nicht sicher bin, was ich davon halten soll!

Ich bezweifle, dass diese Leichtigkeit daher stammt, dass er schon vielen Frauen ihre Klamotten vom Leib geschnitten hat ... ich verbiete es mir, weiter darüber nachzudenken.

Dass James nicht zu den Guten gehört, wusste ich schließlich von Anfang an.

Vorsichtig zieht er mir den Fetzen aus und wirft ihn dann achtlos auf den Boden.

„Ich schulde Jessi ein Oberteil."

„Wenn ich sie das nächste Mal sehe, gebe ich ihr einfach Geld für ein neues."

Er sagt das ganz nebenbei, seine volle Konzentration gilt mir, nur mir ...

Das gefällt mir.

Meinem BH wird das gleiche Schicksal zuteil, dann packt James das Messer an der Spitze und schleudert es einmal quer durch den Raum, sodass es mitten im Bullseye der Dartscheibe, die neben der Türe hängt, stecken bleibt.

Volltreffer.

Seine Zielgenauigkeit lässt mich erschaudern.

Mit diesem Mann sollte sich wirklich niemand leichtfertig anlegen.

Er ist ohne Zweifel absolut tödlich.

Noch bevor ich diesen Gedanken zu Ende bringen konnte, finden seine Lippen meine Brustwarze, saugen leicht an ihr und entlocken mir ein lustvolles Keuchen.

Vor den Fenstern ist es hell, die Sonne scheint, es müsste so gegen zwei Uhr am Nachmittag sein, und wir liegen im Bett und tun ... na ja ... wir tun das hier ...

„Fuck! Du bist so unglaublich schön!"

Die Ehrfurcht, die in seiner Stimme mitschwingt, schenkt mir das nötige Selbstbewusstsein, das ich brauche, um mich zu entspannen.

Wie gerne würde ich meine Arme um ihn legen, ihn dichter an mich heranziehen und küssen.

Doch das geht nicht. Noch nicht. Hoffentlich ist mein Arm bald verheilt, sodass ich mich wieder ohne Einschränkungen bewegen kann.

Bis dahin muss ich dem Rocker auf mir wohl einfach sagen, was ich will ...

„Küss mich!"

Er tut es, während sich seine geschickten Finger an meiner Hose zu schaffen machen.

Als unser heißes Zungenspiel endet, liege ich nackt und schutzlos unter ihm.

Halleluja!

Heute Morgen wäre ich nie auf die Idee gekommen, dass das heute passiert.

Ja. Ein Teil von mir hat es sich gewünscht, aber ich hätte nie gedacht, dass sich dieser Wunsch erfüllt. Normalerweise hat das Universum nämlich ein Talent dafür, mich einfach zu ignorieren. Der Rocker auf mir taucht an mir herab, immer weiter und weiter, bis sein Mund meinen Bauchnabel findet und mit seiner Zunge einen trägen Kreis darum herum zieht.

Dann teilen seine breiten Schultern meine Beine, drücken sie auseinander und öffnen mich weit für seinen hungrigen Blick.

Dank der Sonne, die ins Zimmer fällt, bleibt James nicht das intimste Detail meiner empfindlichen Mitte verborgen. Das tiefe, raue und animalische Knurren, das sich aus seiner Kehle löst, verscheucht meine wachsende Unsicherheit.

„Du hast die schönste Pussy, die ich je gesehen habe."

Okay. Das ist, glaube ich, das merkwürdigste Kompliment, das ich je bekommen habe ...

Zuerst bin ich mir nicht sicher, wie ich reagieren soll, dann, als seine Finger meine Schamlippen teilen und sein heißer Mund auf meinem Kitzler landet, kann ich es gar nicht mehr.

Leckend, neckend, beißend und saugend bringt James mich dazu, einfach alles um mich herum zu vergessen. Als die Empfindungen zu viel und zu intensiv werden, versuche ich die Beine zu schließen, doch seine massiven Schultern halten mich davon ab.

Des Rockers Gnade hilflos ausgeliefert, spüre ich, wie die Wellen der Lust über mir immer höher zusammenschlagen, ehe ich von einem so unglaublichen Orgasmus überrollt werde, dass ich meinen eigenen Namen vergesse und James' laut in die Stille schreie.

Zitternd und schwitzend presse ich mich seinem gierigen Mund entgegen und keuche zufrieden, als seine Zunge meine Öffnung findet, tief in mich eindringt und so den Höhepunkt in die Länge zieht.

James bringt seine Finger ins Spiel, fickt mich mit ihnen und weitet meinen engen Kanal für das, was gleich kommt ...

Ein Höhepunkt folgt dem nächsten und erst als ich kurz davor bin, ihn um Gnade anzuflehen, steigt er aus dem Bett, zieht sich mit ruckartigen, abgehackten Bewegungen aus und erlaubt mir einen Blick auf seinen mächtigen, mit Tattoos überzogenen und scheinbar nur aus Muskeln bestehenden Oberkörper.

Dieser Rocker hat nicht einfach nur ein Sixpack, oh nein ... Gleich acht fein definierte Hügel zieren seinen Bauch. Ich betrachte sie, lasse meinen Blick weiter nach unten gleiten und schlucke, als ich die violette Ader, die sich um sein langes Glied windet, mit den Augen verfolge.

Oh mein Goootttt!

James ist gut gebaut, verdammt gut. Sein Penis ist lang und dick und leicht nach oben gebogen und reckt sich ungeduldig in meine Richtung.

„Wow."

„Freut mich, wenn dir gefällt, was du siehst."

Er bückt sich, holt ein Kondom unter dem Bett hervor und kniet sich dann zwischen meine weit gespreizten Beine auf die Matratze.

Mit angehaltenem Atem beobachte ich, wie er die viereckige Verpackung aufreißt, das Latex auf seinen göttlichen Schwanz rollt und sich dann vor mir in Position bringt.

3 ... 2 ... 1 ... Meins ...

Mit einer langsamen Bewegung dringt er in mich ein, gleitet tiefer und tiefer und macht mich zu der seinen.

Sein Glied ist beinahe zu groß für mich, der dekadente Dehnungsschmerz, der sich in mir ausbreitet und mich aufbäumen lässt, bringt mich an meine Grenzen.

„Ganz ruhig. Ich werde dir nicht wehtun."

Und James hält Wort. Mit zuckenden Armen, die seine Geduld als Lüge entlarven, hält er, bis zum Anschlag in mir vergraben, still, und schenkt mir so die Möglichkeit, mich an ihn zu gewöhnen. Zuerst bin ich mir nicht sicher, ob mir das gelingt. Doch dann lässt das Brennen nach und weicht purer Lust.

Plötzlich ungeduldig presse ich mich ihm entgegen, entlocke dem mächtigen Rocker auf mir ein Fauchen und dann bewegt er sich. Endlich. Schneller und schneller. Tiefer und tiefer. Ich werde in die Matratze gedrückt und schieße bei jedem Vorstoß auf ihr nach oben.

So lange, bis James mich packt, in Position hält und mich mit allem, was er hat, fickt.

Keuchend, stöhnend, zitternd und schreiend schenke ich ihm alles von mir und nehme von ihm, was er mir zu geben bereit ist. Und das sind mehr als durchschnittliche zwanzig Zentimeter. Viel mehr.

Mich ihm lustvoll entgegenbäumend, kralle ich mich mit einer Hand an dem Bettlaken fest.

Es wäre nur zu leicht, mich jetzt und hier für immer an den Rocker zu verlieren ...

„James!"

Mein Schrei wird von seinem Mund erstickt, dann komme ich erneut und dieses Mal folgt er mir über die Klippe und wir stürzen zusammen in ein Meer aus Farben.

Als ich irgendwann, viel später, wieder zu mir komme, liege ich in James starken Armen, atme seinen Geruch und lausche dem kraftvollen Schlagen seines Herzens, während sich in mir die Gewissheit ausbreitet, dass ich an genau dem Ort bin, an dem ich sein soll.

Bei dem Mann, der die Macht hat, mich glücklich zu machen und den Willen, mich vor allem Bösen zu beschützen.

Zum ersten Mal seit Wochen, seit Monaten bin ich glücklich und spüre so etwas wie Hoffnung.

4. Kapitel

Der Rockerpräsident, fliegende Fäuste, eine gebrochene Nase und ein verflucht perfektes Happy End!

Trotz meines Vorsatzes, so ruhig wie möglich zu bleiben, schaffe ich es einfach nicht, der Versuchung zu widerstehen, dem Bastard, der meinem Mädchen den Arm gebrochen hat, ebenfalls ein paar Knochen zu demolieren.

Und warum sollte ich auch?

Gott weiß, er hat es mehr als verdient!

Männer, die Frauen schlagen, sind den Dreck unter meinen Stiefeln nicht wert.

Es gibt nur eine Sache, die noch schlimmer ist, Kerle, die ihre eigene Frau verletzen, anstatt sie vor anderen zu beschützen.

Bei ihrem Mann sollte sich eine Frau sicher und geborgen fühlen und keine Angst empfinden.

Fuck!

Eines kann ich mit 1000 Prozent Sicherheit sagen, ich werde Mabel nie einen Grund geben, sich vor mir zu fürchten.

Eher jage ich mir selbst eine Kugel in den Kopf, als dass ich jemals die Hand gegen sie erhebe.

Also breche ich dem Stück Scheiße zuerst die Nase, dann den Kiefer und zum Schluss jeden Finger einzeln.

Er schreit und heult, doch ich empfinde kein Mitleid.

Seit gestern, seit Mabel sich mir hingegeben hat, erscheint mir der Himmel blauer, die Sonne goldener und das Leben so viel besser, als ich es mir jemals erhofft habe!

Und das alles verdanke ich nur dem Mädchen, das unten auf meinem Motorrad sitzt und darauf wartet, dass ich zusammen mit Brock, meinem Sergeant at Arms, dieses Stück Scheiße aus ihrer Wohnung entfernt habe.

In der Vergangenheit mag Mabel jede Menge Pech gehabt haben, doch in der Zukunft werde ich dafür sorgen, dass sie vor Glück nur noch am Strahlen ist.

Denn genau das hat sie verdammt noch mal verdient!

Böse Rocker
verführt man nicht

Prolog

Der Vizepräsident, der Tod und eine schöne Frau ...

Mit einem Joint im Mundwinkel und trotzdem schlecht gelaunt, stelle ich mich im Badezimmer vor den großen, ovalen Spiegel, ziehe mein T-Shirt hoch und streiche mit der Hand über die runde, wulstige Narbe, die sich nur wenige Zentimeter neben meinem Bauchnabel befindet.

Seit ich vor knapp acht Jahren mein Leder angezogen und damit dem *Hell Reaper Motorcycle Club* beigetreten bin, wurde unzählige Male auf mich geschossen.

Fuck!

Das ist quasi Berufsrisiko und es hat mich nie sonderlich gestört.

Wieso sollte es auch?

Hin und wieder ein kleines Tänzchen mit dem Tod zu wagen, schärft nicht nur die Sinne, sondern auch den Blick fürs Wesentliche.

Es erinnert einen daran, was wirklich zählt im Leben.

Doch dieses Mal war die Kugel schneller als ich, an manchen Tagen kann ich die kalte Klinge des Sensenmannes noch immer in meinem Nacken spüren.

Es hat nicht viel gefehlt und ich wäre an dem Tag abgekratzt.

Bis zu dem Moment, in dem sich das Geschoss in mein Fleisch gebohrt hat, dachte ich, dass ich kein Problem damit hätte, zu sterben.

Jeder Mann, der sich dafür entscheidet, dem Club beizutreten, weiß, dass in der Sekunde, in der er die Kutte anlegt, seine Lebenserwartung gleich mal um ein paar Jahre schrumpft.

Holy Shit!

Ich führe ein gutes Leben, das beste, was ich mir nur wünschen könnte. Und dennoch hat mich diese Nahtoderfahrung verändert, sie hat mir klargemacht, dass es mir nicht egal ist, ob ich lebe oder sterbe, und dass ich noch lange nicht bereit bin, diese Erde zu verlassen.

Kurz nachdem klar war, dass ich nicht elendig verrecken werde, und ich endlich wieder stark genug war, aufzustehen, herumzulaufen und mein Bike zu fahren, bin ich durchgedreht.

Anders kann man es wohl nicht nennen und anders kann ich auch nicht erklären, weshalb ich die Frau, die nackt und schlafend in meinem Bett liegt, keine vierzehn Stunden nachdem ich sie das erste Mal gesehen habe, zu meiner Old Lady ernannt habe.

Hope ... *Hoffnung ...*

Vielleicht ist ihr Name an der Kurzschlussreaktion schuld.

Vielleicht war es auch ihr perfekter, runder Hintern oder ihr unbeschreiblich schönes Gesicht.

Keine Ahnung!

Auf jeden Fall gehört diese Frau jetzt mir und ich bin mir nicht sicher, ob das die beste oder eventuell doch die schlechteste Entscheidung war, die ich jemals getroffen habe?!

Das mit uns ging schnell!

Möglicherweise zu schnell.

Das mit uns passierte aus der Situation heraus, genau genommen nach einer Kneipenschlägerei, die ich angezettelt habe, nachdem ich beobachtet hatte, wie schlecht ihr Ehemann mit ihr umgegangen ist.

Keine Ahnung wieso, oder was Hope an sich hat, das mich dazu gebracht hat, einzugreifen – normalerweise bin ich nicht so der Heldentyp, sondern falle eher in die Kategorie der Bösen. Ich bin eher das Monster, das die Stadt in Angst und Schrecken versetzt, und nicht der Gute, der dafür sorgt, dass überall Blumen wachsen und Vögel zwitschern.

Ihr Mann hat sie wie den letzten Dreck behandelt, herumkommandiert, beleidigt und erniedrigt. Als er dann noch seine Hand hob und sie schlagen wollte, sind mir die Sicherungen durchgebrannt. Noch bevor ich wusste, was ich tat, bin ich dazwischengegangen und das Arschloch lag bewusstlos mit gebrochenen Knochen vor mir auf dem Boden.

Es ging alles ganz schnell.

Ich erinnere mich nicht mal mehr daran, wie ich ihm einen der Barhocker über den Schädel gezogen habe. Es ist einfach passiert. Hope war dankbar, aber auch panisch, weil sie nicht wusste, wie Elijah, also ihr Ehemann, reagieren würde, sobald er wieder aufwacht. Also habe ich sie mit zu mir genommen und sie die ganze Nacht lang gefickt.

Es war der beste Sex meines Lebens.

Mit Abstand der beste, und am nächsten Morgen?

Am nächsten Morgen habe ich sie gefragt, ob sie meine Old Lady werden möchte.

Hope hat Ja gesagt, und jetzt? *Fuck!*

Jetzt habe ich ein Mädchen, für dessen Sicherheit ich verantwortlich bin, und das den Gesetzen der *Hell Reapers* nach mir gehört.

Und da für uns unsere Gesetze über denen der restlichen Welt stehen, annulliert das in unseren Augen ihre Ehe mit dem Wichser.

Das ist jetzt knapp drei Wochen her und manchmal frage ich mich noch immer, wieso sich eine so perfekte Frau wie sie sich auf ein Monster wie mich eingelassen hat?

War es Verzweiflung?

Hat sie nur zugestimmt, mir zu gehören, weil sie keinen anderen Ausweg gesehen hat, oder weil ich ihr Freifahrtschein aus einer Ehe war, die sie zutiefst unglücklich gemacht hat?

Ich weiß es nicht und genau darin liegt das Problem.

Sie und ich, wir reden nicht viel.

Wenn wir Zeit miteinander verbringen, stecke ich meistens bis zum Anschlag in ihr und ficke sie, als würde mein verdammtes Leben davon abhängen.

Denn seltsamerweise fühlt es sich genauso an.

Hope ist zu meiner Hoffnung geworden. Sie ist wie ein einzelner Lichtstrahl in einer tiefen, dunklen Nacht. Sobald ich diese Frau in meine Arme ziehe, fühle ich mich lebendiger und glücklicher als jemals zuvor.

Es könnte also alles verflucht gut sein, wären da nicht die nagenden Zweifel ihre Beweggründe betreffend.

So bescheuert es auch sein mag, aber ich habe ihr nicht den Platz an meiner Seite angeboten, weil ich sie aus ihrer Ehe retten, sondern weil ich sie für mich wollte, und daran hat sich nichts geändert.

Auch wenn ich mir in Momenten wie diesem nicht sicher bin, was ich davon halten soll, dass ich jetzt eine eigene Frau habe.

Immer fester über die Narbe reibend, fülle ich meine Lunge mit dem süßen Qualm, halte ihn für die Dauer von ein paar Herzschlägen gefangen und lasse ihn dann langsam durch meine Nase entweichen.

Hope ...

Ich komme mit ihr klar, wenn sie schläft, und ich liebe es sie zu ficken, aber ansonsten gehe ich ihr aus dem Weg.

Was wahrscheinlich auch der Grund ist, aus dem wir uns kaum besser kennenlernen.

Worte waren noch nie meine Stärke. Ich bin eher ein Mann der Taten.

Das leise Rascheln der Decke sorgt dafür, dass ich mich vom Spiegel abwende und Richtung Schlafzimmer drehe.

Ein langes, schlankes Bein lugt unter der Decke hervor, die Rundung ihres Hinterns ist zu meinem Pech nur zu erahnen und nicht zu sehen. Dunkle, fast schwarze Haare breiten sich wie ein Fächer über meinem Kopfkissen aus, während eine kleine Hand auf meiner Seite des Bettes liegt.

Hopes rosenrote Lippen sind leicht geöffnet, ihr linker Nippel ist nur zur Hälfte bedeckt und lässt mir das Wasser im Mund zusammenlaufen.

Nichts schmeckt so süß wie diese Frau.

Wenn es nach mir ginge, könnte ich sie die ganze Nacht über lecken.

Von ihrem Geschmack werde ich einfach nie genug kriegen.

Im Schlaf sieht Hope aus wie ein verfluchter Engel, der aus irgendeinem Grund vom Himmel gefallen und durch Zufall in meinem Bett gelandet ist.

Sobald sie wach ist, ändert sich das.

Diese Frau weiß ganz genau, was sie will, und sie hat kein Problem damit, mir die Stirn zu bieten. Sie ist frech, selbstsicher, mutig und fordert mich, wann immer sie nur kann, heraus, was mich wahnsinnig macht, aber auch mein Interesse an ihr jeden Tag aufs Neue wachsen lässt.

Dank der Kutte, die ich trage, und dem *Vizepräsidenten-Patch*, das diese ziert, trauen sich nur wenige Menschen, mir zu widersprechen.

Hope hat damit jedoch keine Probleme.

Man könnte meinen, dass sie aufgrund der schlechten Erfahrungen, die sie mir ihrem Ex-Ehemann gemacht hat, ängstlich oder unsicher ist.

Aber weit gefehlt ...

Mich an den Türrahmen lehnend, genieße ich die Aussicht auf meine Frau, rauche die Haschzigarette fertig und schließe kurz die Augen, als sich die entspannende Wirkung des Marihuanas bemerkbar macht.

Das Hasch hilft mir nicht nur beim Einschlafen, sondern auch gegen die Schmerzen, die, obwohl die Schusswunde inzwischen gut verheilt ist, noch immer nicht ganz weggegangen sind.

Den Blick erneut auf das schlanke, leicht angewinkelte Bein richtend, gehe ich zurück ins Bett, ziehe Hope dicht an mich heran, vergrabe meine Nase in ihren weichen, dunkelbraunen Locken und atme tief ein, während ich langsam wegdämmere.

In Momenten wie diesen zweifle ich keine Sekunde daran, dass es die richtige Entscheidung war, diese Frau für mich zu beanspruchen ...

1. Kapitel

Eine Frau, eine Weste, leise Zweifel, ein Joint und der beste Sex ihres Lebens ...

Früher, noch vor ungefähr drei Wochen war es leicht, mein Leben mit wenigen Worten zu beschreiben. Heute hingegen? Heute bräuchte ich tausend, und die würden immer noch nicht reichen.

Rückblickend weiß ich nicht genau, wie es dazu gekommen ist, dass ich jetzt mit dieser Weste, auf der in dicken Großbuchstaben ‚*Property of Robert*‘ geschrieben steht, an keinem geringeren Ort als dem *Hell Reaper Motorcycle Club* sitze, an einem randvollen Weinglas nippe und die drei ranghöchsten Member – darunter auch mein Mann – dabei beobachte, wie sie neben ihren schweren und zugleich wunderschönen Motorrädern stehen und noch irgendetwas besprechen, ehe sie aufsteigen und ohne einen Blick zurück vom Gelände fahren.

Robert ist der Vizepräsident der *Reaper* und zugleich der Mann, in dessen Bett ich schlafe, dessen Schwanz ich reite und nach dessen rauen Händen ich längst süchtig geworden bin.

Das zwischen uns ist, gelinde gesagt, kompliziert.

Tagsüber wechseln wir kaum ein Wort miteinander, dafür aber unzählige, nur schwer deutbare Blicke. Es ist fast so, als ob wir nicht wüssten, wie wir bei Tageslicht miteinander umgehen sollen.

Nachts hingegen?

Bei allem, was mir heilig ist!

Nachts bilden wir eine perfekte Einheit, jeder von uns weiß, was der andere braucht und will, und scheut sich nicht davor, es ihm zu geben. Unser Sex ist atemberaubend, wild, hemmungslos und unglaublich intim.

Für mich fühlt es sich so an, als wären wir beide füreinander geschaffen worden, als wäre es uns vorherbestimmt gewesen, uns in dieser schäbigen Kneipe zu treffen.

Rob, wie ihn hier alle nur nennen, fällt zweifellos in die Kategorie Unnahbar und Gefährlich.

Und obwohl jede Frau, die auch nur einen Funken Selbsterhaltungstrieb besitzt, ganz genau weiß, dass es niemals, und zwar wirklich niemals eine gute Idee ist, einen bösen Rocker zu verführen, spüre ich tief in meinem Inneren, dass es kein Fehler war, mich auf den Vizepräsidenten des meistgefürchteten Rockerclubs des Landes einzulassen.

Allein wie er mich küsst, wie er mich berührt und nach dem Sex in den Armen hält, verrät mir, dass es ihm ähnlich geht.

Und doch schaffen wir es nicht, den metaphorischen Graben, der sich ganz offensichtlich zwischen uns befindet, zu überwinden. Der Sex ist Nacht für Nacht eine Brücke, auf der wir zusammenfinden, doch sobald die Sonne aufgeht und Rob aufwacht, stürzt diese Brücke ein und wir sind wieder genauso weit voneinander entfernt wie zuvor.

Es wäre leicht, ihm allein die Schuld für unsere merkwürdige Beziehung zu geben, aber dazu gehören immer zwei.

Ich kenne mich und ich weiß, dass ich dank meiner gescheiterten Ehe, was Gefühle angeht, vorsichtiger geworden bin. Auch wenn ich im Nachhinein nicht mehr nachvollziehen kann, was ich jemals an Elijah so toll fand, dass ich ihn gleich geheiratet habe. Trotzdem hat mir dieses Arschloch mal wirklich etwas bedeutet. Ich habe Elijah geliebt und er hat mir das Herz gebrochen.

Was das angeht, bin ich vorsichtig geworden. Emotionen sind eine ziemlich risikobehaftete Angelegenheit und wenn man nicht gut aufpasst, können sie einen in einen tiefen, dunklen Abgrund ziehen, aus dem man nur schwer wieder herauskommt.

Mich erneut zu verlieben, steht also nicht wirklich zur Debatte.

Trotzdem kann ich nicht verhindern, dass mein Herz, wann immer sich Rob in meiner Nähe aufhält, schneller schlägt als normal, und dass ich es jeden Tag aufs Neue kaum erwarten kann, dass es Nacht wird, dass wir uns in seiner Wohnung treffen und ich endlich wieder seinen Mund auf dem meinen spüren kann.

Es ist fast wie bei einer Sucht ...

Und jedes Mal, wenn ich diese Droge alias den Vizepräsidenten der *Hell Reapers* konsumiere, wird mein Verlangen nach ihm stärker.

Wenn ich nicht aufpasse, komme ich nie wieder von ihm los.

Was an sich nicht schlimm wäre, zumindest dann nicht, wenn wir in der Lage wären, tagsüber wie normale Menschen miteinander umzugehen und uns nicht einfach nur verstohlene Blicke zuwerfen würden.

Mabel setzt sich auf den freien Stuhl neben mir und richtet ihren Blick auf die zwei Prospects, die gerade dabei sind, frisches Feuerholz in die verrosteten Ölfässer, die überall auf dem Gelände verteilt stehen, und in denen nachts lodernde Feuer brennen, zu werfen.

Jedes Holzscheit landet mit einem lauten *Klong* in dem Blech.

„Und? Wie lief es heute? Habt ihr irgendwelche Fortschritte gemacht?"

Sie sieht mich aus ihren großen braunen Augen an und beißt hungrig in einen Apfel.

„Nein."

„Nicht mal einen winzigen?"

Die Old Lady von James, dem Präsidenten der *Reaper*, ist eine unverbesserliche Optimistin, und nicht nur das, sie ist auch eine hoffnungslose Romantikerin, was sie für mich zu einer Optimantikerin macht.

Schon klar, das Wort gibt es gar nicht, aber es beschreibt Mabel nun mal am besten.

Sie und der Präsident kannten sich auch nicht sonderlich lange, ehe sie sein Leder angezogen und somit für immer zu der Seinen geworden ist. Und trotzdem sind sie glücklich miteinander. Mehr als das. Jeder, der sie zusammen sieht, erkennt auf den ersten Blick, wie sehr sich die beiden lieben.

„Tagsüber reden wir nicht miteinander und nachts können wir kaum die Finger voneinander lassen. Das ist doch merkwürdig."

Mabel schürzt die Lippen, denkt kurz nach und sieht mich dann mitfühlend an.

„Rob ist ein guter Mann, gib ihn bloß nicht auf."

Selbst wenn ich das wollte, würde das wohl nichts bringen. Diese Old-Lady-Sache scheint ziemlich endgültig zu sein, auf jeden Fall endgültiger als eine Unterschrift im Standesamt oder ein Ja-Wort in der Kirche.

Was ich damals, als er mir angeboten hat, mich zu seiner Lady zu ernennen, noch nicht so ganz begriffen hatte. Klar hatte er es mir erklärt, aber na ja ... Das ganze Ausmaß der Dinge ist mir erst im Nachhinein klar geworden. Jetzt stecke ich quasi bis zum Hals in diesem Rockerclub, ohne zu wissen, ob das der richtige Ort für mich ist.

„Weißt du, wo unsere Männer gerade hin sind?"

Genüsslich ihren Apfel kauend, wirft sie mir einen zweifelnden Blick zu.

„Du stellst mir schon wieder Fragen, auf die du eigentlich keine Antwort hören möchtest."

Tue ich das? Vielleicht?!

Die erste Woche wollte ich alles über den Club wissen, ich wollte ihn und die Dynamik, die hier herrscht, verstehen.

Irgendwie dachte ich, dass es mir dabei helfen würde, mich in den Mann, auf den ich mich eingelassen habe, besser hineinversetzen zu können.

Aber dann wurde mir klar, dass manche Fragen besser unbeantwortet bleiben.

Dieser Motorcycle Club ist kein Ponyhof, und die Dinge, die hier passieren, sind nichts für schwache Nerven. Also bin ich schon nach wenigen Tagen zu dem Entschluss gekommen, dass es manchmal besser ist, nichts zu wissen.

Allerdings glaube ich jetzt, drei Wochen später, dass das auch nicht die richtige Taktik ist.

„Dieses Mal will ich sie aber hören!"

Mabel wirkt nicht sonderlich überzeugt.

„Sicher?"

Scheiße nein.

„Ja!"

„Knox, James und Rob sind mal wieder auf der Suche nach den Wichsern, die deinen Mann beinahe umgebracht haben."

Mein Magen zieht sich gepeinigt zusammen.

„Es geht also um Rache?"

Wer hätte gedacht, dass ich mir einmal Sorgen um den Vizepräsidenten der *Hell Reapers* mache? Also ich schon mal nicht.

„Diese Typen wollten den Club betrügen! Alleine darauf steht schon die Todesstrafe. Von dem Mordversuch an Rob mal ganz abgesehen. So etwas dürfen wir uns unter keinen Umständen gefallen lassen! Das lässt den MC schwach und angreifbar aussehen."

Nicht zum ersten Mal fällt mir auf, dass Mabel in die *Wir*-Form verfällt, wenn es um sogenannte *Clubangelegenheiten* geht.

Also um Dinge, mit denen *normale* Menschen nie in ihrem ganzen Leben etwas zu tun haben.

Diese Frau, die in den vergangenen Wochen zu meiner Freundin geworden ist, steht voll und ganz zu dem Leben, das sie gewählt hat.

Dafür bewundere ich sie.

James kann sich glücklich schätzen, dass er sie gefunden hat.

„Das ist wieder eine *Blut-für-Blut*-Angelegenheit. Richtig?"

Mabel nickt und schluckt den Apfelbissen runter.

„Du lernst schnell."

„Es ist ja auch nicht sonderlich kompliziert."

Und das ist es wirklich nicht.

Wer sich den *Reapers* in den Weg stellt, bezahlt dafür mit seinem Blut.

Wer die *Reapers* angreift, bezahlt dafür mit seinem Blut.

Wer die *Reapers* bestiehlt, bezahlt dafür mit seinem Blut.

Und wer ihnen schadet ... Dreimal dürft ihr raten.

Ja genau, der bezahlt dafür mit seinem Blut.

Und so weiter und so weiter und so weiter.

Eigentlich geht es immer darum, dass jemand am Ende blutet oder gleich sein Leben verliert.

Ziemlich brutal, wenn ihr mich fragt. Aber so laufen die Dinge auf der Schattenseite des Gesetzes nun mal.

So langsam verstehe ich auch, warum sich diese Rocker *Hell Reapers* nennen, denn wer sich den Club zum Feind macht, wird von ihnen auf direktem Weg in die Hölle geschickt.

Zurück zum Thema.

„Denkst du, dass sie diese Kerle finden?"

Mabel sieht mich ernst an.

„Garantiert! Bis jetzt ist es noch niemandem gelungen, sich auf Dauer vor uns zu verstecken."

Da ist es wieder, dieses *uns*, das ihr so leicht über die Lippen kommt, und das mir jedes Mal eine Gänsehaut beschert.

Werde ich irgendwann auch so sein?

Muss ich das, damit Rob und ich eine gemeinsame Zukunft haben können, und will er das überhaupt?

„In dem Fall bin ich sogar dafür, dass sie diese Schweine aufspüren."

Für einen Moment schweigen wir, sie isst ihren Apfel auf und ich schwelge in Erinnerungen der vergangenen Nacht ...

Robs schwielige Finger, die über meine Nippel getanzt sind, fühlten sich beinahe genauso gut an wie die heiße Spur, die seine Zunge auf der empfindlichen Haut meines Halses hinterließ.

Das Feeling seiner kratzigen Bartstoppeln an meinen Brüsten konkurriert jedes Mal aufs Neue mit der besitzergreifenden Art, mit der er mich festhält und entweder an sich presst oder aber unter sich auf dem Bett festnagelt.

Wenn wir zusammen sind, gibt er mir jedes Mal das Gefühl, dass ich der Mittelpunkt seiner Welt wäre, dass in diesem Augenblick nichts anderes für ihn zählen würde als ich.

Oh Gott ...

Seine Küsse sind atemberaubend, doch sie können keinesfalls mit dem mithalten, was sein Mund mit meinem Kitzler anstellt.

Vor diesem Rocker haben mich schon so einige Männer geleckt, und doch war es nie wie mit dem Vizepräsidenten der *Hell Reaper*.

Nicht. Mal. Ansatzweise.

Er neckt mich nicht nur, sondern spielt so lange mit meinen erogenen Zonen, bis ich den Bezug zur Realität vergesse und es nicht mehr von Belang ist, dass wir uns am Tag wie Fremde verhalten.

Würde ich nicht sein Leder tragen, das mich mit dem großen Schriftzug *,Property of Robert'* auf meinem Rücken als sein Eigentum kennzeichnet, würde uns keiner ansehen, dass wir zusammengehören.

Rob kennt meinen Körper besser als ich, meinen G-Punkt trifft er mit einer Zielgenauigkeit, um die ihn jeder Scharfschütze beneidet.

Außerhalb seines Schlafzimmers mag Rob ein Egoist sein, der an nichts anderes als an sich und seinen geliebten Club denkt. Doch im Bett ist er ein selbstloser Liebhaber, der stets darauf achtet, dass ich auf meine Kosten komme.

Bis ich ihm begegnet bin, hielt ich multiple Orgasmen für eine Erfindung der Pornoindustrie, erst dank Rob weiß ich, dass sogar meine Libido zu diesem Wunder fähig ist.

Leise seufzend schließe ich die Augen und verdränge die heißen Bilder des großen, starken und verschwitzten Rockers, der sich mit beiden Händen neben meinem Gesicht abstützt, während er mich mit all seiner Kraft vögelt.

Das Spiel seiner Muskeln, die sich bei jedem Vorstoß anspannen, und die animalischen Geräusche, die mein *Reaper* beinahe jedes Mal von sich gibt, wenn er sich bis zur Krone zurückzieht, nur um sich einen Herzschlag später wieder bis zum Anschlag in mir zu vergraben. Allein der bittersüße Dehnungsschmerz, der dabei entsteht, reicht jedes Mal wieder aus, um mich in Rekordgeschwindigkeit an den Punkt zu bringen, an dem nicht mehr viel nötig ist, um mich über die Klippe zu schupsen.

Letzte Nacht hat er mich schier endlos geleckt, dann kamen seine Finger ins Spiel und erst als ich ihn regelrecht angefleht habe, dass er mir endlich gibt, was ich brauche, hat er entgegen seiner Gewohnheit Gnade walten lassen und es mir so gründlich besorgt, dass ich ihn selbst jetzt, viele Stunden später, immer noch in mir spüren kann.

Der letzte Sex war anders, voller Sehnsucht und unzähligen unausgesprochenen Versprechungen, die bei Sonnenaufgang leider ihre Gültigkeit verloren haben.

„Du denkst gerade an ihn, habe ich recht?"

Die amüsiert klingende Stimme meiner Freundin reißt mich aus meinen erotischen Erinnerungen.

„Nein."

In Wahrheit denke ich einfach *immer* an ihn.

„Du lügst. Ich sehe den verträumten Ausdruck in deinen Augen. Wenn ich es nicht besser wüsste, könnte ich fast meinen, dass du dich in ihn verliebt hast."

Mabels Worte haben dieselbe Wirkung auf mich wie ein Eimer voller Eiswasser.

Liebe steht nicht zur Debatte.

Jetzt, wo meine Ehe vorbei ist (auch wenn wir nicht offiziell geschieden wurden), bin ich fest entschlossen mein Herz unter Verschluss zu halten.

Das mag für eine Romantikerin wie Mabel schrecklich klingen, aber für mich ist es ein notwendiger Selbstschutz.

„Ich mag ihn. Und ich mag den Sex. Das ist alles."

Sie verdreht breit grinsend die Augen.

„Ja, natürlich."

Der Spott, der in diesen zwei Worten mitschwingt, bringt mich beinahe dazu, mich zu rechtfertigen.

Der einzige Grund, aus dem ich es nicht tue, ist der, dass das nur noch verdächtiger wäre und Mabel danach nur noch in ihrer irren Annahme, dass ich mich in Rob verliebt habe, bestärken würde.

„Ich habe nur wenig geschlafen."

Ihre Augenbrauen bewegen sich anzüglich auf und ab.

„Ja, das habe ich gehört."

Scheiße!

„Was?"

„Du bist laut, wenn du kommst, und du kommst oft."

Na toll!

Dass der Club zuhört, wenn wir Sex haben, ist das Letzte, was ich gebrauchen kann.

Aber das erklärt zumindest die anzüglichen Blicke, die Brock, also der Sergeant at Arms, mir hin und wieder zuwirft.

„Sorry! Ab jetzt werde ich leiser sein."

„Ich habe es nicht erwähnt, damit du dich schlecht fühlst."

„Es ist mir trotzdem peinlich."

Mabel beißt ein letztes Mal von dem Apfel ab, steht auf und zieht mich mit sich Richtung Clubhaus.

„Du bist total angespannt. Wir sorgen jetzt dafür, dass du mal ein wenig lockerer wirst."

Und wie soll das funktionieren?

„Ich werde mich nicht mit dir betrinken. Nach dem letzten Mal ging es mir drei Tage lang hundeelend."

Ganz die gute Freundin, versucht sie nicht mal, ihr schadenfrohes Kichern zu unterdrücken.

„Es braucht echt nicht viel, um dich abzufüllen."

„Stimmt."

„Keine Sorge, wir trinken keinen Tropfen."

Gut. Aber ...

„Und wie soll ich mich dann entspannen? Willst du mit mir *Den Pferdeflüsterer* anschauen, oder was?"

Mabel bleibt stehen, ich kriege es nicht mit und renne ungebremst in sie rein, was sie zum Stolpern bringt und uns beide beinahe auf die Schnauze fallen lässt.

Einzig und allein Brocks schnellem Eingreifen verdanken wir es, dass wir nicht auf dem Boden landen.

Der Sergeant fängt Mabel auf und stellt sie vorsichtig auf ihre eigenen Füße, während er mich weiter mit seinem muskelbepackten Arm an sich gedrückt hält.

„Ich hoffe, den Ladys ist nichts passiert?"

Während er spricht, hat er nur Augen für mich.

Ob das daran liegt, dass er mir Nacht für Nacht beim Sex zuhört? Hoffentlich nicht.

„Nein, den ‚*Ladys*' ist nichts passiert."

Mabel betont das *Ladys* so extrem, um dem Sergeant in Erinnerung zu rufen, dass nicht nur sie vergeben ist, sondern dass ich ebenfalls in festen Händen bin. Großen, warmen, rauen und sehr geschickten Händen, um genau zu sein, die wissen, wie sie mich wann und wo berühren müssen, um mich den Verstand verlieren zu lassen.

Doch Brock ignoriert den Seitenhieb und starrt mir unverhohlen auf den Mund.

Für einen kurzen Moment rechne ich fast damit, dass er mich küsst, als er es dann doch nicht tut, sondern Mabel stattdessen einen warnenden Blick zuwirft, atme ich erleichtert aus.

Ich bin nicht dumm. Ich erkenne, wenn sich ein Mann für mich interessiert. Und auch wenn ich mich geschmeichelt fühle, dass er mich attraktiv zu finden scheint, bin ich dennoch vergeben.

Trotzdem speichere ich für den Fall, dass ich mal Hilfe brauche, diese Information tief in meinen Gehirnwindungen ab. Vielleicht kann seine Schwäche für mich mir ja eines Tages hilfreich sein.

„Du solltest sie besser sofort loslassen, Brock. Oder es kann sein, dass du in wenigen Stunden keine Hände mehr besitzt."

Jeder von uns dreien weiß, dass das nicht nur ein Spruch ist, sondern durchaus im Bereich des Möglichen liegt.

So kompliziert das zwischen mir und dem Vizepräsidenten auch sein mag, so zweifle ich keine Sekunde lang daran, dass er nicht davor zurückschrecken würde, einem Mann die Hände abzuhacken.

„Was der VP nicht weiß, macht den VP nicht heiß."

Damit zwinkert er mir frech zu und lässt mich los.

„Das komplette Gelände ist videoüberwacht."

Mabel lässt nicht locker.

„Richtig. Und was denkst du wohl, wer diese Kameras aufgehängt hat?"

Die Art, wie Brock sie mustert – eiskalt und berechnend – sorgt dafür, dass sich die feinen Härchen in meinem Nacken aufstellen.

„Verschwinde!"

Der Sergeant tut es, allerdings nicht, ohne seinen Blick noch mal kurz in mein Dekolleté fallen zu lassen.

„Brock kann manchmal ein ganz schönes Arschloch sein!"

Den Kopf schüttelnd, schnappt Mabel sich wieder meine Hand und setzt den Weg wohin auch immer fort.

„Wer ist der Pferdeflüsterer?"

„Das ist mein Lieblingsfilm. Er ist ziemlich traurig, aber echt gut."

„Es wundert mich überhaupt nicht, dass du auf traurige Filme stehst. Du bist viel zu ernst und angespannt. Mach dich mal locker."

Damit zieht sie mich so lange hinter sich her, bis wir in der Wohnung ankommen, in der sie zusammen mit dem Präsidenten wohnt, und die sich in derselben Etage befindet wie die von Rob.

„Was wollen wir hier oben?"

„Einen rauchen."

Wie bitte?

„Was willst du rauchen?"

„Na einen Joint, du Dummerchen."

Oh nein! Keine Chance.

„Ich kiffe nicht."

„Doch, tust du, und zwar jetzt zusammen mit mir. Mag sein, dass dein früheres Ich nicht gekifft hat. Aber dein jetziges tut es garantiert. Denn es ist schließlich auch mit einem *Hell Reaper* zusammen, es wohnt in einem verdammten Outlaw Motorcycle Club und es hat Nacht für Nacht grandiosen Sex mit einem Mann, der sich nicht an das Gesetz hält. Also glaub mir, eine Haschzigarette zu rauchen, ist nun wirklich keine Sünde mehr."

Ich würde ihr ja nur zu gerne widersprechen. Aber wo sie recht hat, hat sie recht.

Außerdem gefällt mir die Vorstellung, mich endlich mal ein bisschen zu entspannen, ziemlich gut.

Meine Gedanken drehen sich von dem Moment, in dem Rob aus dem Bett steigt, bis zu dem Augenblick, in dem ich zu ihm ins Bett steige, unaufhörlich im Kreis.

Wie ein verfluchtes Karussell, nur ohne die kitschige Musik, dafür aber mit jeder Menge Zweifel, die sich allesamt darum drehen, ob es falsch war, mich auf den Vizepräsidenten einzulassen?

„Setz dich."

Für die Dauer von ein paar Atemzügen denke ich darüber nach, einfach wieder zu gehen. Doch dann erwische ich mich selbst dabei, wie ich mir ein ‚Scheiß drauf!' denke und mich auf das bequeme, U-förmige Sofa fallen lasse, auf dem unzählige bunte Kissen liegen. Die Duftkerzen auf dem Tisch harmonieren perfekt mit der kompletten restlichen Einrichtung, die so gar nicht zu dem Präsidenten eines gesetzlosen Rockerclubs passen will.

Was mich zum Schmunzeln bringt.

Nach außen hin mag James knallhart wirken, doch in seinem Zuhause scheint seine Frau das Sagen zu haben.

Was ihn in meinen Augen etwas menschlicher und damit weniger angsteinflößend macht.

„Auch wenn du es mir schon oft erzählt hast, fällt es mir immer noch schwer, zu glauben, wie ihr beide euch kennengelernt habt."

Und das stimmt, denn ihre Geschichte ist alles, nur nicht alltäglich, und ganz gewiss nicht langweilig. Es ist in der Nacht passiert, in der Rob angeschossen und beinahe getötet wurde. James musste improvisieren und hat kurzerhand den Krankenwagen geklaut, in dem Mabel saß.

Zwischen den beiden hat es sofort gefunkt, also hat der Präs nicht gezögert und sie kurzerhand entführt.

Aber nicht so, wie ihr euch das jetzt vorstellt, mit Panzertape auf dem Mund und mit gefesselten Händen. Sondern er hat sie geküsst und dann einfach mit in den Club genommen.

Ein Grund, aus dem sie und ich uns so gut verstehen, ist der, dass wir beide in der Vergangenheit männertechnisch voll in die Scheiße gegriffen haben. Ihr Ex hat sie nicht nur schlecht behandelt und ausgenutzt, sondern ihr auch den Arm gebrochen.

Die meisten erwarten sicher, dass der Rocker der Böse in der Geschichte ist, aber in ihrem Fall war James der Gute, der sie vor ihrem Ex beschützt und dafür gesorgt hat, dass er ihr nie wieder auch nur ein Haar krümmen konnte.

Was das angeht, haben unsere Erlebnisse gewisse Parallelen. Immerhin hat Rob mich ebenfalls vor meinem Ex gerettet. Allerdings hat er es sich nicht nehmen lassen, ihn so richtig zu verprügeln und ihm dabei gleich mal ein paar Knochen zu brechen.

Rückblickend war diese Schlägerei meine Scheidung. Mabel kommt mit einem Joint in der Hand auf mich zu, macht es sich neben mir gemütlich und greift das Gespräch auf.

„Na ja, eure Geschichte ist ja auch nicht gerade alltäglich."

Stimmt.

„Aber ihr beide seid glücklich."

Den Johnny anzündend, inhaliert sie den ersten Zug in ihre Lunge, behält den Rauch dort kurz und atmet dann geräuschvoll aus.

„Also ich finde, nachts klingst du auch ziemlich glücklich."

Sie sieht mich an, ich sehe sie an und dann fangen wir gleichzeitig an zu lachen.

Es macht keinen Sinn, es abzustreiten. Warum sollte ich auch?

Immerhin hat sie recht, nachts gehöre ich definitiv zu den glücklichsten Frauen auf diesem Planeten.

Sie reicht mir den Joint, ich zögere kurz, dann mache ich es ihr nach und spüre schon nach wenigen Minuten die entspannende, jedoch auch befreiende Wirkung des Marihuanas.

Himmel!

„Das tut echt gut."

„Sag ich doch. Und das Beste, du hast am nächsten Tag keinen Kater."

In der nächsten Stunde unterhalten wir uns über alles, wirklich alles, auch über Themen, von denen ich keine Ahnung habe, wie wir überhaupt auf sie gekommen sind, oder dass sie es wert sind besprochen zu werden.

Mabel sieht mich nachdenklich an.

„... du hast vollkommen Recht, Hope. Goldfische wären wirklich die besseren Kanarienvögel."

„Sag ich doch. Ich verstehe sowieso nicht, wieso Fische nur im Wasser leben müssen. Das ist irgendwie total unfair. Es wäre viel cooler, wenn sie fliegen könnten."

Ich nicke dramatisch und lehne mich entspannt zurück.

„Unsere Männer sind ganz schön lange weg."

„Der Club hat ein großes Revier."

Mabel klingt nicht sonderlich besorgt, was meinen Puls sofort wieder etwas runterfahren lässt.

„Denkst du, dass ihnen etwas passiert ist?"

„Nein. Sie sind zu dritt und bis an die Zähne bewaffnet."

Sehr beruhigend. Obwohl ich das auch irgendwie lustig finde.

„Bis an die Zähne?" Um ihr zu verdeutlichen, was ich meine, blecke ich die meinen und beiße geräuschvoll ein paar Mal in die Luft in meinem Mund. „Du weißt schon, dass das eigentlich gar nicht geht. Oder?"

Mabel schürzt nachdenklich die Lippen und tippt sich mit dem Zeigefinger zwei Mal auf den Mund.

„Hast du etwa noch nie von der Handgranatenplombe gehört. Oder von der THT-Füllung? Das ist der letzte Schrei in sämtlichen Zahnarztpraxen."

Ich komme aus dem Kichern gar nicht mehr heraus.

So viel Spaß hatte ich schon seit einer Ewigkeit nicht mehr.

Irgendwann, eine unbestimmte Zeit später, tönt das kraftvolle Bollern von Motorrädern über das Gelände.

Aufgeregt springe ich auf, laufe zum Fenster und werfe einen Blick nach unten.

James, Knox und Rob steigen von ihren Harleys, soweit ich das erkenne, scheinen sie alle unverletzt zu sein.

Die grenzenlose Erleichterung, die wie eine Sturmflut durch mein Nervensystem rast, lässt meine Knie weich werden und macht mich ganz schwindelig.

„Oh, Gott sei Dank!"

„Sag ich doch. Die *Hell Reapers* wissen durchaus auf sich aufzupassen."

Mag sein.

„Trotzdem wurde Rob beinahe erschossen."

„Das war ein Unglücksfall."

Ach wirklich ...

„Angeschossen zu werden, ist in meinen Augen immer ein Unglücksfall."

Mabel kommt auf mich zu und legt mir einen Arm über die Schultern.

„Wenn du dir jedes Mal, wenn unsere Männer aufbrechen, solche Sorgen machst, wirst du noch wahnsinnig. Vertrau einfach darauf, dass sie wissen, was sie tun."

Ich erkenne nicht nur ihre innere Stärke, die mir fehlt, sondern auch die Weisheit ihres Ratschlags.

„Du hast recht. Trotzdem verstehe ich das mit den Goldfischen immer noch nicht."

Wir setzen uns wieder auf die Couch, leeren unsere Weingläser und unterhalten uns gerade über das Kamasutra und die seltsamsten Sex-Stellungen, während irgendwo in der Nähe Schritte laut werden.

„Hast du schon mal was von der Affenschaukel gehört? Die ist echt schräg ..."

Affenschaukel?

„Nein. Wie soll das funktionieren?"

Mabel zuckt mit den Schultern.

„Keine Ahnung, habe ich vergessen, aber ich kann dir den Hotdog erklären."

Den was?

„Wir reden hier aber schon noch über Sex? Und nicht über einen Zoobesuch oder was zu essen?"

Für den Hotdog ist es von Vorteil, wenn du gelenkig bist." Sie zwinkert mir verschwörerisch zu. „Also du legst dich auf den Rücken und schwingst deine Beine über deinen Kopf nach hinten – ähnlich wie bei der ‚Kerze' beim Yoga. Wenn du das machst, bildest du die zwei Brötchenhälften des Hotdogs und Rob ist dann dein heißes Würstchen. Er schiebt seine Hüfte auf deine und kann dann von dieser Position aus in dich eindringen. Klingt komisch, ist aber richtig geil!"

Ach du Heiliger ...

Und ich dachte schon, dass ich mit meiner Vorliebe für die 96, oder war es die 69 ...? Keine Ahnung. Auf jeden Fall dachte ich schon, dass ich damit ziemlich ausgefallenen Sex habe.

Pustekuchen. Neben Mabels Affenbrötchenvorlieben scheine ich eine ziemlich langweilige Person im Bett zu sein.

Vielleicht ignoriert mich Rob ja deswegen tagsüber?

Weil ich ihn langweile?

Nein. Das kann nicht sein!

Dafür fühlt sich das, was wir miteinander haben, einfach zu gut an.

Aber was, wenn doch?

Was, wenn er sich wünscht, dass ich sein Hotdog Brötchen bin?

„Gibt es auch eine Kamasutrastellung für Anfänger?"

Mabel tippt sich nachdenklich an die Stirn.

„Wie wäre es mit dem Schmetterling? Oder dem Elefanten?"

Hilfe! Das klingt ja schon so anstrengend.

„Ich glaube, mir reicht der ganz klassische Doggy-Style. Ich auf den Knien und Rob hinter mir. Scheiß auf den Hotdog. Ich will kein Brötchen sein."

James, der gerade zusammen mit Rob das Wohnzimmer betreten und somit alles, was ich gesagt habe, gehört hat, sieht mich mit hochgezogenen Augenbrauen an.

Ach du Scheiße!

Geht es eigentlich noch peinlicher?

„Sorry Jungs, aber ihr habt echt ein total beschissenes Timing."

Mabel spricht aus, was ich mir denke.

„Sorry Sugar. Das nächste Mal rufe ich dich natürlich erst an und frage dich, ob es dir recht ist, dass ich zu *meiner Frau* nach Hause komme!"

Der Präsident sagt das nur halb im Spaß, doch Mabel ist wenig beeindruckt von dem strengen Unterton, der in seiner Stimme mitschwingt.

Rob schiebt sich an James vorbei, kommt mit zielstrebigen Schritten auf mich zu und sieht mich dabei die ganze Zeit über unverwandt an.

Seine Lippen bilden einen dünnen Strich, einfach alles an ihm wirkt ernst, regelrecht streng.

Aber wieso?

Was habe ich falsch gemacht?

„Hey, Baby? Komm, ich bringe dich ins Bett."

Wow, er redet mit mir?

Ja klar ... Immerhin ist es draußen längst dunkel geworden.

„Und was, wenn ich nicht mit dir ins Bett will? Was, wenn Mabel und ich gerade großen Spaß haben?"

Lüge!

Zumindest das Erste entspricht null, nix der Wahrheit.

Ich will immer mit dem Vizepräsidenten der *Hell Reapers* ins Bett.

Einfach immer!

Das ist ja das Problem.

Es ist fast so, als wäre ich süchtig nach diesem großen, starken, gefährlichen Mann.

„Ihr zwei könnt morgen wieder euren Mädchenkram machen. Jetzt bin ich dran!"

Uhhhhh!

Die Art, wie er nachdrücklich seine Rechte an mir eintreibt, lässt mich auf einen Schlag feucht werden.

Ich mag es, wenn er dominant und heroisch ist, das löst immer dieses Kribbeln in meinem Bauch aus.

Rob zögert nicht, zieht mich von der Couch hoch und wirft mich kurzerhand über seine Schulter. *Bäng!* Steht die Welt auf dem Kopf.

Er benimmt sich, als wäre er ein wilder Höhlenmensch und ich seine Beute.

Wie schade, dass das keine Kamasutrastellung ist.

„Sag bye, Mabel."

Ich tue es.

„Sag bye, Mabel." Und fange prompt zum Lachen an.

Was auch immer wir da für ein Zeug geraucht haben, ich brauche auf alle Fälle mehr davon.

Das Letzte, was ich sehe, ist, wie Mabel mir zuzwinkert und winkt, dann knallt eine Türe vor meiner Nase zu und ich werde in die Wohnung nebenan getragen. Das Wohnzimmer fliegt an mir vorbei, genau wie die Küche, Rob bleibt erst vor seinem Bett stehen.

Seine Hand tätschelt meinen Arsch, dann lässt mich der Biker langsam an seiner massiven Brust nach unten gleiten und hält mich dann so fest, dass sich unsere Gesichter auf gleicher Höhe befinden und sich unsere Nasen beinahe berühren.

„Wenn du nur nicht so verdammt schön wärst, Baby."

Täusche ich mich oder schwingt da ein Hauch Schmerz in seinen Worten mit?

Der Drang, ihn fragen zu wollen, wie sein Ausflug gewesen ist, wird beinahe übermächtig.

Das Dumme ist nur, dass ich glaube, dass das wieder so eine Frage ist, auf die ich trotz meiner Neugierde eigentlich keine Antwort hören will.

„Ist alles so gelaufen, wie du es dir erhofft hast?"

Robs Lippen streichen federleicht über die meinen.

„Wir sind den Wichsern einen großen Schritt nähergekommen, mit ein bisschen Glück erfahren wir morgen, wo sie sich verstecken."

Auch wenn er aus Rücksicht zu mir nicht weiter ins Detail geht, weiß ich auch so, was dann passiert. Der VP und seine Brüder werden sie alle umbringen.

Einen. Nach. Dem. Anderen.

Und zu meinem eigenen Entsetzen finde ich richtig, dass sie das tun werden.

Wie heißt es schon in der Bibel? Auge um Auge – Zahn um Zahn, oder so ähnlich.

Diese Männer wollten ihn töten und dafür wird er sie töten. Das nennt man dann wohl Karma, oder Gerechtigkeit, oder so was.

Robs Augen finden die meinen, ich kann nicht mehr atmen.

Das Gefühl seines starken, warmen Körpers, der sich an den meinen drückt, ist das reinste Vorspiel.

„Ich habe mir Sorgen um dich gemacht."

Uppps ... Wo kam das denn jetzt her?

Anscheinend hat der Joint meine Zunge gelockert.

Der Ausdruck, mit dem Rob mich ansieht, wird weicher.

„Das musst du nicht. Ich kann gut auf mich aufpassen."

Ach ja ...

„Und trotzdem bist du, kurz bevor wir uns begegnet sind, beinahe erschossen worden."

An seinem Kiefer zuckt ein Muskel.

„Das war eine einmalige Ausnahme."

Mein geseufztes ‚*Hoffentlich*' geht in dem stürmischen Kuss, den er mir schenkt, unter.

Grob, fast so, als hätte sie jedes Recht dazu, dringt seine Zunge in die Höhle meines Mundes ein, fordert die meine zum Tanz auf und stiehlt mir die Fähigkeit, zu denken.

In meinem Hirn herrscht eine vollkommene Leere, die Welt hört auf sich zu drehen und alles, was ich noch wahrnehme, ist des Rockers herber Geruch, wie fest sich seine Bizeps unter meinen Fingern anfühlen, und seine kratzigen Bartstoppeln, die über meine Haut streichen und mir den Unterschied zwischen uns beiden verdeutlichen.

Wo er hart ist, bin ich weich, wo er stark ist, bin ich schwach ...

Wir ergänzen uns, passen – zumindest nachts – perfekt zueinander.

„Ich habe dich vermisst."

Rob kommentiert mein Eingeständnis mit einem lauten Fauchen.

„Du gehörst nur mir, Hope. Du bist meine Hoffnung ..."

„*Hoffnung auf was?*"

Die Frage liegt unausgesprochen auf meiner Zunge und wird von dem nächsten stürmischen Kuss beiseitegeschoben.

Seine Hand schiebt sich auf meinen Po, knetet ihn besitzergreifend und gleitet dann unter mein Kleid, direkt in meinen Slip, um sich frech auf mein heißes Zentrum zu legen und mit seinem Mittelfinger wenige Zentimeter in mich einzudringen.

An seinen Mund stöhnend, schiebe ich mein Becken vor und drücke mich begierig auf seine Hand, was ihm ein kurzes, raues Lachen entlockt.

„Du bist ungeduldig."

Wenn es um ihn geht? Immer!

„Fick mich!"

„Genau das habe ich vor."

Mein in Haschisch eingewickelter Verstand scheint für den Bruchteil einer Sekunde zu funktionieren und glaubt, dass Sex die Lösung für mein Problem ist.

Was, wenn ich ihn das nächste Mal einfach so am Tag verführe und nicht bis nachts damit warte? Das könnte eine Brücke sein, mit der wir den Graben, der sich jeden Morgen bei Sonnenaufgang zwischen uns bildet, überwinden können.

„Fick mich jetzt!"

Himmel!

Ich glaube, ich war noch nie zuvor so scharf auf ihn.

„Langsam, Baby."

Nein, nicht langsam.

„Ich brauche dich!"

Rob löst seinen Mund von dem meinen, packt mich, wirft mich auf das Bett, vergräbt seine Faust in meinen Haaren und reißt meinen Kopf hart nach hinten.

„Auf die Knie."

Ich gehorche sofort.

Mein Kleid nach oben schiebend, legt er meinen Arsch frei, zerreißt den Slip und öffnet dann mit der freien Hand seine Jeans.

Ich höre das Klimpern der Gürtelschnalle, dann das *Ratsch* seines Reißverschlusses und erschaudere in bittersüßer Vorfreude.

Klatsch!

Nach einem harten Schlag auf meinen Allerwertesten spüre ich die runde, samtene Spitze seines Gliedes, die sich unnachgiebig zwischen meine Pobacken drückt.

Oh. Mein. Gott.

„Wie willst du es heute, Mädchen?"

Ich weiß sofort, was er wissen will.

Hart oder zart?

Ich entscheide mich ohne zu zögern für: „Hart!"

Sein zustimmendes Brummen geht in meinem leisen Wimmern unter, als sein Schwanz nach unten zu meiner Mitte rutscht, in meiner Lust badet und dann wieder nach oben zu dem engen Schließmuskel gleitet.

Obwohl ich es will, zucke ich instinktiv zusammen.

„Sag bloß, dein Arsch ist noch Jungfrau."

„Ist er."

„Fuck! Wie kann es sein, dass noch kein einziger Mann in diese enge Welt eintauchen wollte?"

Oh, sie wollten, aber ich nicht.

„Bis jetzt habe ich das keinem erlaubt."

Selbst in dieser Stellung, devot vor ihm, kann ich spüren, wie sich sämtliche seiner beeindruckenden Muskeln anspannen und hart wie Stein werden.

„Und wirst du es *mir* erlauben?"

Rob beugt sich über mich, allerdings ohne den Griff in meinen Haaren zu lockern. Mein Kopf ist gefangen, sodass er seinen Mund mühelos an meinen Hals drücken und über die empfindliche Haut hinter meinem Ohr lecken kann.

Heiß und gierig zieht seine Zungenspitze ihre Kreise bis hin zu meinem Nacken, ehe er zubeißt und mir einen verzweifelten Schrei entlockt.

Jeder meiner Nerven liegt blank, die Anspannung, die mich erfasst, löst eine Gänsehaut nach der anderen aus.

Ganz egal, was dieser Rocker jetzt von mir fordern würde, ich würde nicht zögern und es ihm geben. Rückhaltlos!

„Baby? Wirst du es mir erlauben?"

Das Wissen, das Rob mich nicht ohne meine Erlaubnis auf diese Weise bumsen wird, breitet sich in mir aus und gibt mir das Vertrauen in ihn, das ich benötige, um ihm zu antworten.

„Ja. Nimm mich wie noch kein Mann zuvor."

Sein geknurrtes „Holy Shit! Du bist mein Untergang, Frau" bringt mich zum Lächeln. Zumindest tut es das so lange, bis ich die runde Krone seiner Erektion an dem engen Muskel spüre und mit klar wird, dass das, was gleich kommen wird, nicht so leicht werden wird, wie ich mir das bis vor einer Sekunde noch erhofft habe.

Dieser Rocker ist gut gebaut und mein Po hatte noch nie einen Schwanz in sich, also ...

Also ... Er stößt leicht zu, und ich kreische, als meine Rosette seinem Ansturm nachgibt und sich zumindest ein Stück für ihn dehnt.

„So eng!"

Wenn er das sagt, klingt das nach etwas Gutem.

Ich bin mir allerdings nicht so sicher, ob das tatsächlich so etwas Positives ist.

Ein starker Arm windet sich unter mir hindurch und hält mich in Position. Beinahe zeitgleich spannen sich Robs Oberschenkelmuskeln an, und dann? Dann schiebt er sich Millimeter für Millimeter in mich. Weiter und weiter, bis er beinahe bis zur Hälfte in meinem Hinterteil vergraben ist.

Am Anfang tut es einfach nur weh. Der Schmerz ist beinahe zu viel, um ihn auszuhalten. Um nicht laut „Stopp!" zu rufen, beiße ich mir auf die Unterlippe. Fest entschlossen, für Rob alles zu ertragen.

Dann stoppt er kurz, saugt geräuschvoll etwas Sauerstoff in seine Lunge und schenkt mir einen Moment, mich an dieses völlig neue Gefühl des Ausgefülltseins zu gewöhnen.

Und Halleluja! Das ist nicht so leicht ...

Die Tränen, die mir die Sicht verschleiern, laufen über.

Mein Unterleib ist total verkrampft und in meiner Brust brennt es leicht.

„Atme, Baby!"

Ich tue es instinktiv und kapiere erst jetzt, dass ich wohl irgendwann in den letzten Minuten damit aufgehört haben muss.

„Entspann dich. Es wird gleich besser für dich."

Soll das ein Witz sein?

Er gibt mir Ratschläge?

„Und woher willst du das wissen? Schließlich bin ich diejenige, die mit einem riesigen Schwanz im Arsch auf dem Bett kniet."

Rob lacht, die Schwingungen, die dabei von ihm ausgehen, hallen durch meinen kompletten Körper wider.

„Noch ist es nur ein halber Schwanz!"

Er packt mich fester und rammt sich mit einer fließenden Bewegung bis zum Anschlag in mich hinein.

Ein grelles Licht explodiert vor meinen weit aufgerissenen Augen. Sterne rieseln vor mir herab und verglühen genau wie der Schmerz in meinem Hintern.

Ich höre den lauten Schrei einer Frau und es dauert einige Sekunden, bis mir klar wird, dass er von mir ist.

„Jetzt! Hast du einen Schwanz im Arsch, Süße."

Als ob mir das nicht mit jeder Faser meines Körpers bewusst wäre.

Instinktiv nach hinten fassend, versuche ich Rob ein Stück von mir zu schupsen – es funktioniert nicht.

Er hat die totale Kontrolle über mich und meinen Körper.

Was ich sogar in dieser Situation mehr als heiß finde ...

„Du bist zu groß. Es tut weh."

„Glaube mir, in ein paar Minuten wirst du den Schmerz lieben."

Ich glaube ihm kein Wort.

„Vielleicht sollten wir aufhör..."

Noch bevor ich den Satz zu Ende bringen kann, beginnt mein Rocker sich langsam und kontrolliert zu bewegen. Er zieht sich ein Stück zurück, schiebt sich wieder vor und wiederholt den Vorgang in einem gleichbleibenden Rhythmus, der mich wahnsinnig macht und dafür sorgt, dass ich nicht mehr weiß, ob ich wirklich will, dass er aufhört, oder mich hart nimmt. Die Gefühle, die er in meinem Po auslöst, sind ambivalent.

Einerseits will ich mehr und andererseits, dass es aufhört.

Hilfe ...

Der anfänglich bittere Schmerz verwandelt sich in ein lustvolles Pulsieren, während die Dehnung immer noch kaum auszuhalten ist.

Vielleicht wäre es besser gewesen, dieses Experiment mit einem Mann zu wagen, der nicht so gut gebaut ist wie der Vizepräsident des *Hell Reaper Motorcycle Clubs*?

Nein. Allein die Vorstellung, so vor einem anderen Mann zu knien, fühlt sich völlig falsch an.

„Lass dich fallen, ich fange dich auf und sorge dafür, dass es schön für dich wird."

Es fällt mir schwer, mich zu entspannen, und wie sollte es auch nicht, mit mehr als zwanzig steinharten Zentimetern in meinem Allerwertesten.

Sofort muss ich an das Kamasutra und seine komischen Stellungen denken und nehme mir vor, es das nächste Mal mit dem Hotdog zu probieren und meinem Po eine Regenerationszeit zu gönnen. Wahrscheinlich werde ich nach der Nummer hier tagelang nicht mehr richtig sitzen können.

Rob bewegt sich langsam, kontrolliert und dennoch gnadenlos.

Leise wimmernd versuche ich, seinen gleitenden Bewegungen auszuweichen, was ihm ein raues Knurren entlockt.

„Solange du dich dagegen sträubst, wird es weiter wehtun."

Danke für den Tipp.

Er verändert den Winkel, mit dem er in mich stößt, und ich schreie laut auf.

Soooo unfassbaaarrr tieeefffff ist noch nie zuvor ein Mann in mir gewesen.

Rob spürt, dass es mir schwerfällt, mich zu entspannen, fasst mir zwischen die Beine und beginnt kreisend über meinen Kitzler zu reiben.

Eine allzu vertraute Lust breitet sich in mir aus und überschwemmt mich mit einer solch glühenden Sehnsucht, dass ich mir plötzlich zwei Schwänze in mir wünsche.

Meine Muschi zieht sich eifersüchtig zusammen und sehnt sich danach, ausgefüllt zu werden.

Ungeduldig, geradezu verzweifelt, schiebe ich meine eigene Hand an mir herab, drücke die von Rob beiseite und dringe mit zwei meiner Finger in mich ein, wobei ich durch die dünne Membran hindurch spüren kann, wie sein Penis in mir arbeitet.

Gott ist das heiß!

Verboten heiß!

„Du gieriges Luder!"

Obwohl er belustigt klingt, zieht er meine Hand weg, ersetzt sie durch die seine und beginnt mich dann mit seinen Fingern genauso schnell und tief zu vögeln, wie er es auch mit seinem Penis macht.

Endlich löst sich der Schmerz in meinem Po auf und weicht prickelnder Lust.

Dank der doppelten Penetration dauert es keine drei Sekunden, bis ich mich laut schreiend in meiner Lust verliere ...

Irgendwo im hinteren Teil meines Verstands erinnert mich eine mahnende Stimme daran, dass ich dieses Mal leiser sein wollte. Und sie hat recht. Allerdings wusste ich da ja auch noch nicht, dass ich heute das erste Mal in meinem Leben Analsex praktizieren würde.

Rob spürt, dass sich die Verkrampfung in meinem Inneren gelöst hat, legt mehr seines Gewichts in seine Stöße und presst meine Knie tief in die Matratze.

Dann packt er mich am Nacken, drückt mein Gesicht auf die Decke und befiehlt mir unmissverständlich und mit einer Stimme, die keine Widerworte duldet, dass ich ihm meinen Arsch entgegenstrecken soll.

Ich tue es sofort und komme mir dabei so hilflos und ausgeliefert vor wie noch nie zuvor.

Rob hat die volle Kontrolle über mich und er nutzt sie dazu, seinen Schwanz so tief in meinen Arsch zu schieben, dass ich seine prallen Hoden an meinen Schamlippen spüre.

Tiefer geht nicht mehr.

„Du bist mein. Meine Frau. Du gehörst mir. Für immer!"

Sein Penis zuckt zustimmend und sorgt dafür, dass sich mein Höhepunkt in die Länge zieht.

In einem Meer aus Emotionen treibend, schenke ich dem Mann, dessen Leder ich angenommen habe und dessen Namen ich somit auf dem Rücken trage, meine Seele ...

Und er nimmt sie sich, reißt sie an sich und bemächtigt sich wie ein Dämon meines Körpers.

Heute Nacht ist irgendetwas anders. Rob kann nicht genug von mir kriegen. Er braucht keine Pause, seine Kraft scheint nicht nachzulassen.

Er nimmt mich wieder und wieder und wieder, so lange bis ich heiser bin vom Schreien und sich mein Hintern so anfühlt, als wäre es für ihn das Normalste auf der Welt, bis zur Schmerzgrenze ausgefüllt zu werden.

Keuchend schließe ich die Augen, spüre, wie Robs Hand mein Gesicht noch fester auf das Bett drückt und mich bedingungslos unterwirft.

Ich kapituliere, keuche seinen Namen und wünsche mir, dass es niemals endet.

Und das tut es nicht. Denn kaum, dass er seinen Samen heiß und gnadenlos in meinen Po gespritzt hat, dreht er mich auf den Rücken, reißt meine Knie weit auseinander und beginnt mich zu ficken. Dieses Mal klassisch, in der Missionarsstellung. Auge in Auge dringt er in mich ein, gibt meiner Muschi, was sie braucht, und schickt mich zu den Sternen. Und obwohl mein Po brennt und sich benutzt und wund anfühlt, wünsche ich mir seinen Schwanz dahin zurück.

„Ich will dich überall auf und in mir."

Mein Rocker versteht sofort, was ich brauche, fasst nach unten, schiebt mir zwei seiner Finger in den Arsch und dehnt mich sachte.

Doch es reicht nicht, nicht nach dem, was ich gerade hatte.

„Du bist unersättlich!"

„Und daran bist du schuld."

Er grinst zufrieden.

„Wir werden uns Spielzeug besorgen und dann werde ich dir zeigen, wie viel dein Körper verkraften kann."

Mein leer gefegtes Gehirn versteht nicht sofort, was er meint.

„Spielzeug?"

„Zwei Dildos, einen großen und einen noch größeren. Ich will jedes deiner drei Löcher gleichzeitig füllen. Ich will deinen Mund ficken und gleichzeitig deinen Arsch und deine Pussy an ihre Grenzen bringen. Ich will einfach alles von dir, Baby."

Was er sagt, sollte mir Angst machen, tut es aber nicht.

Seltsamerweise kann ich kaum erwarten, dass er dieses Versprechen wahr macht.

Von einer Sekunde auf die andere hält er inne, sieht mich eindringlich an und neigt dann langsam seinen Kopf. Sachte touchieren seine Lippen die meinen, necken sie sanft und verführen sie, sich ihm zu öffnen. Der Kuss, den er mir schenkt, steht im krassen Gegensatz zu der Art, wie er meinen Körper zu dem seinen macht.

Er ist zärtlich, liebevoll und so sanft, dass wie aus dem Nichts tausend Schmetterlinge in meinem Bauch zum Leben erwachen.

„Ich will dich nicht verlieren, Hope."

Keine Ahnung, wie Rob darauf kommt, dass das passieren könnte?

Aber ich empfinde ähnlich.

Das zwischen ihm und mir mag verrückt sein, unerklärlich und nicht sonderlich gut nachvollziehbar, aber es ist echt und nur darauf kommt es an.

„Das wirst du nicht."

Rob nickt.

„Gut. Denn ich werde jeden Mann, der versuchen sollte, dich mir wegzunehmen, töten!"

Der Kuss wird wilder, die Art, wie er mich nimmt, ebenfalls, und dann verlieren wir uns zeitgleich an den anderen, während Wellen des Glücks über uns zusammenschlagen und wir uns erschöpft, verschwitzt und schwer atmend in den Armen liegen.

Irgendwann, eine unbestimmte Zeit später, lässt Rob sich neben mir auf die Matratze fallen, zieht mich träge an sich und hält mich einfach nur fest.

Erst als sich mein Herzschlag wieder etwas beruhigt hat, setzt er sich auf und zündet sich eine Zigarette an.

Obwohl ich sexuell mehr als genug von ihm haben sollte, kann ich kaum den Blick von seinen gewölbten und dank dem Schweiß glänzenden Muskeln abwenden.

Dieser *Reaper* ist einfach nur lecker anzuschauen.

In Gedanken versunken betrachte ich seine langen Finger, die eben noch in mir gewesen sind und jetzt die Zigarette festhalten.

Dann fällt mein Blick auf seinen Mund, auf die Lippen, die mich eben noch um den Verstand geküsst haben, und die sich jetzt um den Filter schließen.

Ich sehe ihm so lange dabei zu, bis er aufsteht und sich den Aschenbecher von der Kommode neben der Türe holt.

„Die Art, wie du deine Zigarette ausdrückst, turnt mich unheimlich an."

Rob stoppt in der Bewegung, hebt den Kopf und mustert mich eingehend.

„Fuck! Welches Zeug habt ihr beide da nur geraucht?"

Er weiß es?

„Was meinst du?"

„Baby, James Bude hat wie die reinste Kifferhöhle gerochen."

Na toll!

„Das war das erste Mal, dass ich Marihuana geraucht habe."

Keine Ahnung wieso, aber ich verspüre irgendwie den Drang, mich rechtfertigen zu müssen.

„Baby, bleib cool! Du kannst tun und lassen, was du willst."

Eigentlich müsste mir das klar sein. Immerhin bin ich eine erwachsene Frau. Und doch habe ich so viele Grenzen in meinem Kopf. Vorurteile, Richtlinien, die mir mein gesamtes Leben lang eingebläut wurden. Die normale Gesellschaft kennt keine Grautöne, entweder ist etwas schwarz oder weiß – richtig oder falsch. Und jeder, der von dieser Norm abweicht, wird verurteilt. So einfach.

Es ist eine völlig neue Erfahrung für mich, meine Zeit mit Menschen zu verbringen, die außerhalb dieser Norm leben und nicht den Drang verspüren, immer alles in irgendwelche Schubladen zu stopfen oder jede meiner Handlungen mit einem Stempel, auf dem entweder Gut oder Böse geschrieben steht, zu versehen.

Hier bei den *Hell Reapers* fühle ich mich frei, vielleicht sogar so frei wie noch nie zuvor.

„Und was, wenn ich aus dem Bett steigen und dich küssen will?"

„Dann werde ich dich nicht davon abhalten, Schönheit."

Also tue ich es, ich setze mich auf, verlasse das Bett und gehe mit wiegenden Hüften auf den Rocker zu, der mich mit seinen wilden Augen verschlingt.

Kaum bei ihm angekommen, legt er seine Arme um mich, platziert seine großen Hände auf meinem Po und hebt mich mühelos hoch.

Wund, frisch gevögelt und rundum zufrieden, hoffe ich, dass die Verbindung, die wir gerade zueinander haben, nicht nur diese Nacht, sondern auch den morgigen Tag anhalten wird.

2. Kapitel

Ein Rocker, zwei Tote, jede Menge Fragen
und ein verschwundenes Mädchen.

Seit der Nacht, in der Hope mir ihren Arsch geschenkt hat, sind vier Tage vergangen.

Vier Tage, die sich wie ein völlig anderes Leben anfühlen.

Als ich in ihr war, hat sich etwas zwischen uns verändert.

Ich habe mich verändert.

Die unbeschreibliche Magie, die sich bis dahin nur im Schutz der Nacht zwischen uns aufbauen konnte, hat sich an das Tageslicht gewöhnt und verfolgt mich auf Schritt und Tritt. Ganz egal, was ich mache, so auch jetzt, wo ich besser voll konzentriert sein sollte.

Meine Brüder und ich haben zu lange nach den Bastarden gesucht, die uns bestehlen wollten.

Jetzt haben wir sie gefunden.

Mein Zeigefinger liegt ruhig auf dem Abzug, während ich die kühle, feuchte Luft einatme und darauf warte, dass Knox und James ihre Posten auf der Rückseite des Gebäudes bezogen haben, in dem früher die Fischer ihren Fang an den Höchstbietenden verkauft haben.

Inzwischen steht die Halle, die sich am Rand unseres Territoriums befindet, leer.

Nach wochenlanger Suche ist es uns endlich gelungen, an die Namen der Wichser zu kommen, die auf mich geschossen und dabei beinahe getötet haben.

Doch nur die Identität hat uns nicht weit gebracht, also haben wir weiter nachgeforscht und sind über eine Frau gestolpert, die früher mit dem Anführer der Arschlöcher zusammen war.

Typisch Ex-Freundin konnte sie sich die Chance, ihrem ehemaligen Mann ein paar Schwierigkeiten einzubrocken, nicht entgehen lassen, und hat uns seine Telefonnummer gegeben. Mit der war es ein Kinderspiel, ihn zu orten und ganz genau deswegen stehen wir um ein Uhr morgens jetzt hier am Arsch der Welt, bereit, alles und jeden, der sich uns in den Weg stellt, zu töten.

Das auf stumm gestellte Telefon in meiner Tasche vibriert kurz – das ist das verabredete Zeichen für den Zugriff.

Meine Lungenflügel mit so viel frischem Sauerstoff wie nur möglich füllend, konzentriere ich mich auf das Hier und Jetzt und verbiete es mir, an Hope zu denken. Etwas, das sich verdächtig nach Furcht anfühlt, breitet sich in meiner Brust aus.

Ich schüttle die Angst ab und gebe alles, um dem Patch auf meiner Kutte gerecht zu werden. Als Vizepräsident kann ich mir so etwas wie Furcht nicht leisten.

Es ist meine Pflicht, den Club zu beschützen, und ganz genau das werde ich jetzt tun.

Mit der linken Hand so leise wie möglich die Klinke der verrosteten Stahltüre nach unten drückend, reiße ich diese auf und stürme in die große Halle.

Abgestandene, stinkende Luft schlägt mir entgegen.

Der unverkennbare Geruch des Todes sorgt dafür, dass mir beinahe das Abendessen wieder hochkommt.

James gezischtes „Gott verdammt ist das widerlich!" passt gut zu dem, was ich mir denke.

Knox „Was zum Teufel ..." verhallt, als der Lichtkegel von Caydens Taschenlampe auf die reglos am Boden liegenden Leichen fällt.

„Da war offensichtlich jemand schneller als wir."

Ryan, der genau wie Cayden den Rang eines einfachen Members innehat, und die beide dabei waren, als die Drogenübergabe, bei der ich beinahe gestorben bin, schieflief, klingt enttäuscht. Er hat sich genau wie ich darauf gefreut, ein paar Knochen zu brechen.

Wir haben schon viel zu lange auf den Moment der Rache gewartet.

Brock sieht erst zu mir, dann zu James.

„Irgendwas stimmt hier nicht."

„Was meinst du?"

Dank meiner Frage wendet er sich wieder mir zu.

„Die Männer sind allenfalls einen, maximal zwei Tage tot. Was bedeutet, dass sie ungefähr zu dem Zeitpunkt ermordet wurden, an dem wir an die Telefonnummer gekommen sind ..."

Mir gefällt nicht, worauf das hinausläuft.

„Woran denkst du?"

„Wie hoch ist die Chance, dass es jemand auf die gleichen Idioten abgesehen hat wie wir?"

Gute Frage.

„Kommt darauf an, wie oft sie den Trick, den sie auch bei uns versuchten, abgezogen haben."

Des Präsidenten wütendes Schnauben durchbricht die Stille.

„Ich glaube nicht an Zufälle!"

An James Mimik erkenne ich, dass er genau wie ich denkt, dass da mehr dahintersteckt.

Ein unguter Verdacht beschleicht mich.

Was, wenn sich jemand aus dem Club den Plan ausgedacht hat?

Wenn einer von uns mit diesen Typen gemeinsame Sache gemacht hat?

Zwei Kilo Koks bringen genug Geld ein, um ein paar Sorgen loszuwerden, und fallen, wenn man sie verkaufen will, nicht sonderlich auf. Dafür ist einfach zu viel von dem weißen Schnee im Umlauf.

Es wäre schnell verdiente Kohle.

Man setzt sich mit uns in Kontakt, meldet Interesse an, lockt uns in eine Falle und schnappt sich dann die Ware, ohne zu bezahlen.

Und wenn wirklich ein *Hell Reaper* mit dieser Scheiße zu tun hat, könnte er an diese Typen Informationen weitergegeben haben. Zum Beispiel wie viele wir sind, damit sie uns dann zahlenmäßig überlegen sein können.

Je länger ich über diese Theorie nachdenke, umso wahrscheinlicher erscheint sie mir.

Bloody Hell!

Wenn es wirklich so war, dann haben wir ein verfluchtes Problem.

Verrat ist wie die Pest, er kann sich schnell ausbreiten.

„Wir müssen denjenigen, der vor uns hier war, finden!"

Ryan sieht mich überrascht von der Seite an.

„Wieso? Die Bastarde, die uns verarschen wollten, sind tot. Die Sache ist erledigt."

Oh nein, so schnell setze ich keinen Haken hinter die Sache.

„Weil ich ein paar Fragen in meinem Schädel habe, auf die ich Antworten brauche."

Ryans Gesichts bleibt besorgniserregend ausdruckslos.

Mich beschleicht ein unschöner Verdacht.

Was, wenn er mit diesen Kerlen hier unter einer Decke gesteckt hat?

Nein. Das kann nicht sein. Oder?

Aber es würde alles passen.

Er war über jeden unserer Schritte bei der Suche informiert.

Und das nicht, weil es ihm vom Rang her zugestanden hätte, sondern weil er genau wie Cayden damals dabei war, als die Scheiße passiert ist.

Es ging ihn also genauso etwas an wie James, Brock, Knox oder mich.

„Was für Fragen?"

„Das wirst du dann schon sehen."

James, der von dem eisigen Unterton in meiner Stimme überrascht ist, sieht mich alarmiert an.

Ich ignoriere seinen Blick. Solange ich keine Beweise habe, werde ich meinen Verdacht für mich behalten. Einen Bruder des Verrats zu beschuldigen, ist eine große Sache. Erst recht für mich, den Vizepräsidenten.

Brock, der sich daran gemacht hat, die Taschen der Toten zu durchsuchen, zieht einen zerknitterten Zettel hervor.

„Was ist das?"

Mit zusammengepressten Lippen faltet er ihn auseinander.

„Eine Quittung."

„Wovon?"

„Dem Diner ganz in der Nähe des Clubs."

Wie bitte?

„Der Wichser, den wir seit Wochen gesucht haben, war echt so dreist, sich direkt vor unserer Nase zu bewegen?"

Brock flucht und nickt.

Ein weiterer Punkt, der meine Theorie bestätigt.

Nur mit Insiderwissen konnte der Bastard hier sich sicher sein, dass er uns nicht über den Weg läuft.

Die Sache wird immer beschissener.

Richtig beschissen, um genau zu sein.

Als wir uns auf den Weg zurück zum Club machen, bin ich mir sicher, dass der Tag nicht noch schlechter werden kann.

Als wir dann am Clubhaus ankommen und ich Mabel allein und besorgt mitten im Hof stehen sehe, weiß ich, dass ich damit falschgelegen bin.

Es geht einfach immer noch ein kleines bisschen miserabler!

„Hope ist verschwunden!"

Obwohl ich höre, was sie sagt, bin ich mir sicher, dass ich sie falsch verstanden haben muss. Denn was sie sagt, ergibt keinen Sinn.

Absolut. Überhaupt. Keinen. Sinn.

Zwischen uns lief es so gut wie noch nie.

Ich würde fast schon behaupten, dass wir glücklich miteinander waren.

Auf mich trifft das auf jeden Fall zu! Und das will was heißen, Glück und Seelenfrieden sind zwei Worte, die normalerweise nicht in meinem Vokabular vorkommen.

Also warum sollte sie die erstbeste Gelegenheit nutzen und vor mir davonlaufen?

„Wovon zum Teufel redest du da?"

James, der nicht begeistert ist, dass ich seine Old Lady so anschnauze, wirft mir einen warnenden Blick zu, ich ignoriere ihn.

„Sie wollte sich mit ihrem Mann treffen und ist nicht zurückgekommen."

Nein! *Fuck!* Nein!

Mein Gehirn weigert sich, das zu glauben.

Hope gehört mir.

Sie will mich. Sie will meine Frau sein!

Es gibt also keinen Grund, dass sie zu dem Hurensohn zurückrennt, vor dem ich sie gerettet habe.

„Ich bin ihr Mann!"

Das musste – musste – ich einfach klarstellen.

„Ihrem *Ehe*mann." Verbessert sich Mabel schnell. Wobei sie das *Ehe* ganz besonders betont.

Übelkeit steigt in meiner Kehle auf.

„Weshalb wollte sie ihn treffen?"

Mir fällt auf, dass ich brülle, also balle ich meine Hände zu Fäusten und versuche, meinen aufflammenden Zorn in den Griff zu bekommen.

Der Drang, etwas zu zerstören, wird beinahe übermächtig.

„Um mit ihm über die Scheidung zu sprechen. Ich wollte es ihr ausreden, aber sie hat irgendetwas davon gesagt, dass sie frei sein will – für dich. Und dass sie das unbedingt tun muss. Sie wollte einen Schlussstrich."

Das kann ich ja eventuell noch verstehen.

Vielleicht auch verzeihen.

Aber ... „Warum sollte sie das heimlich machen?"

Mabel wirft mir einen herausfordernden Blick zu.

Respekt! James Hausmaus hat mehr Courage als die meisten Männer. Nicht viele trauen sich, mir die Stirn zu bieten. Schon gar nicht, wenn ich mich in so einer kritischen mentalen Verfassung befinde wie in diesem Moment.

„Weil du es ihr niemals erlaubt hättest."

Bullshit!

Ich mache den Mund auf, um ihr zu widersprechen, klappe ihn dann jedoch schnaubend wieder zu.

Mabel hat recht.

Das hätte ich nicht. Und zwar aus gutem Grund. Hope gehört mir. Sie trägt meine Kutte, sie hat meinen Namen auf dem Rücken stehen, und was noch viel wichtiger ist, sie liegt Nacht für Nacht in meinem Bett!

Ich bin der Mann, der sie berührt, der sie fickt und dessen Namen sie vor Lust schreit.

Die Gesetze der normalen Gesellschaft interessieren mich nicht. In meinen Augen und in meiner Welt hat ihre Ehe längst ihre Gültigkeit verloren.

Für Hope scheint das nicht zu gelten. Anders kann ich mir nicht erklären, dass sie alleine und ohne mir ein Sterbenswort zu sagen, zu dem Mann gegangen ist, der sie angegriffen hat.

Damit hat sie sich in große Gefahr begeben, was mich nur noch wütender macht.

Wäre sie jetzt hier, würde ich sie packen, schütteln und fragen, ob sie den Verstand verloren hat.

Aber sie ist nicht hier und dennoch habe ich ein lautes Brüllen in meinem Kopf.

„Ich muss sie finden!"

James sieht mich verständnisvoll an.

Wenn es hier um sein Mädchen geht, würde er genauso reagieren.

Er würde nicht nur!

Fuck! Er hat es bereits schon.

Ich weiß genau, was er mit dem Bastard getan hat, der sie damals, bevor sie ihm gehörte, schlug und verletzte.

Es würde mich wundern, wenn der Typ inzwischen wieder feste Nahrung zu sich nehmen könnte.

Keine. Gnade.

So einfach. Das ist unser Motto. Nach dem leben wir.

„Weißt du, wo wir diesen Ehemann finden?"

Der Präsident zieht seine Waffe und checkt das Magazin. Da die Typen, die wir heute kaltmachen wollten, bereits ihren letzten Atemzug ausgehaucht haben, ist es voll.

Wir haben heute Nacht keine einzige Kugel abgefeuert.

Was mit der Grund für meine extreme Reaktion sein könnte.

Ich bin unausgelastet!

Mehr als das!

Ich bin regelrecht frustriert, und ich weiß, dass es James, Brock und Knox ganz genauso geht.

Als ich ihm nicht sofort antworte, legt James die Stirn in Falten.

„Hast du zumindest eine Adresse?"

„Habe ich."

Immerhin sind wir zu dieser gefahren, um Hope ein paar Sachen zu holen. Klamotten und anderen Kram, den Mädchen so brauchen, um glücklich zu sein.

Zu meinem großen Pech war ihr Ehemann damals nicht da.

Ansonsten würde der Typ garantiert nicht mehr leben.

Wenn es um Hope geht, kann ich mich nur schwer kontrollieren.

Im Bett. Im Leben.

Aber vor allem, wenn es darum geht, sie zu beschützen.

„Dann lass uns fahren."

Mabel sieht mich schuldbewusst an.

„Ich hätte sie nicht fahren lassen dürfen!"

„Da sind wir einer Meinung."

James zischt mir ein warnendes „Lass es, Bro!" zu, und ich weiß, dass er recht hat. Seine Old Lady kann nichts für die beschissenen Ideen von meiner Lady.

Trotzdem ...

„Du hättest ihr zumindest ein oder zwei Prospects mitschicken können."

„Das habe ich ja versucht, aber Hope hat Nein gesagt. Sie hatte zu große Angst, dass dich die Anwärter über ihr Vorhaben informieren und du es ihr dann verbietest und dafür sorgst, dass sie nicht durch das Tor kommt."

Begründet!

Weil ich ganz genau das getan hätte!

„Sag mir, dass sie nicht zu Fuß unterwegs ist!"

„Ist sie nicht."

Ein winziger Funke, der sich nach Erleichterung anfühlt, keimt in meiner Brust auf.

„Welchen Wagen hat sie genommen?"

Mabel zögert.

„Meinen."

Das hätte ich mir ja denken können.

„Wie ist sie durch das verdammte Tor gekommen?"

Nennt mich einen Kontrollfreak! Aber ich hatte die Anweisung gegeben, dass ich sofort informiert werde, wenn Hope das Gelände der *Hell Reaper* verlassen will.

Mabel zögert erneut, dieses Mal länger. Es ist ihr anzusehen, dass sie am liebsten davonlaufen würde.

„Mabel!"

Erst als James ihr einen Arm um die Schultern legt und ihr so zu verstehen gibt, dass er, ganz egal was vorgefallen ist, zu ihr steht, findet sie den Mut, mich wieder anzusehen und weiterzureden.

„Ich bin gefahren, sie saß auf dem Rücksitz."

Natürlich.

Fuck! Fuuccccckkkk!

„Und dann? Ich meine, du bist hier und sie nicht."

Als ob das nicht offensichtlich wäre!

Ich glaube, ich verliere gerade den Verstand.

„Dann habe ich bis zur Wachablösung gewartet und bin zu Fuß zurück. Was nicht weiter schlimm war, denn ich bin kurz nach der Kurve hier ausgestiegen."

Sie ist also nur wenige Meter mit Hope mitgefahren, ehe sie zugelassen hat, dass meine Frau dem Teufel aus ihrer Vergangenheit alleine gegenübertritt.

Das war das erste und letzte Mal, dass ich die beiden unterschätzt habe.

Wären sie Männer, würde ich ihnen erst einen Schlag ins Gesicht verpassen und sie dann für den Club anwerben.

So aber?

So aber schwöre ich mir still, besser auf die beiden aufzupassen und weitere Vorsichtsmaßnahmen zu treffen. Aber bevor es so weit ist, muss ich meine Frau zurückholen und ein Exempel an dem Wichser statuieren, den sie einst geliebt hat.

Ohne ein weiteres Wort an Mabel wende ich mich von ihr ab, marschiere zu meinem Bike und steige auf.

Dank des zornigen Fußkicks tönt das kraftvolle Schnurren des Motors über den Hof und lenkt so Knox Aufmerksamkeit auf mich.

„Wo willst du hin, VP?"

„Meine Frau zurückholen!"

Irritation blitzt in seinen grünen Iriden auf.

„Hope? Wo ist sie hin?"

„Zu dem Arschloch, das sie geheiratet hat."

Dem Vollstrecker fallen fast die Augen aus dem Kopf.

„Allein?"

Ich nicke.

„Mitten in der Nacht?"

„Ja! Fuck!"

Er flucht.

„Ich komme mit!"

„Dann los. Ich will keine Zeit verlieren."

James, der sieht, dass Knox sich mir bereits angeschlossen hat, entscheidet sich, bei seiner inzwischen heulenden Frau zu bleiben.

Wenige Minuten später sind wir bereits auf dem Weg, biegen zum dritten Mal ab und ignorieren jegliche Geschwindigkeitsbegrenzungen.

Irgendetwas sagt mir, dass wir uns beeilen müssen.

Sollte es das Arschloch gewagt haben, sie anzugreifen oder sie auch nur zu berühren, wird dies das Letzte sein, was er jemals tun wird.

Trotz meines halsbrecherischen Fahrstils klebt Knox regelrecht an meinem Hinterreifen, was mir verrät, dass er den Ernst der Lage verstanden hat.

Wir kommen an dem Haus, in dem Hope früher mit ihrem Mann gelebt hat, an.

Der Vorgarten, von dem ich weiß, dass er voller blühender Rosen ist, liegt im nächtlichen Dunkel. Mein Mädchen hat eine Schwäche für Blumen, was mich auf die Idee bringt, ihr ein Beet auf dem Clubgelände anlegen zu lassen.

Ich will, dass sie glücklich ist.

Von außen sieht alles friedlich aus, im Inneren brennt im Erdgeschoss Licht.

„Schicke Hütte." Knox stößt einen anerkennenden Pfiff aus. „Wenn du deiner Kleinen so ein Heim bieten willst, musst du dich ranhalten."

Bei den derzeitigen Immobilienpreisen müsste ich dafür eine Bank ausrauben, aber selbst das würde ich für Hope tun.

„Halt die Schnauze und komm mit, wenn du dich nützlich machen willst."

Lachend steigt er ab, hängt seinen Helm am Riemen über den Lenker und streift sich seine langen, schwarzen Haare zurück.

„Willst du klingeln oder klopfen?"

Kaum dass er die Frage gestellt hat, tönt ein lauter, schmerzerfüllter Schrei durch das Haus.

Hope ...

Ich erkenne ihre Stimme sofort.

Von Sorge getrieben stürme ich auf die hölzerne Haustüre zu, hebe mein rechtes Bein an und verschaffe mir Zutritt.

Dabei fällt mein Blick auf das beleuchtete, aus Ton bestehende Namensschild:

Hope und Elijah Smith

Fuck! Nein!

Mir war nur wichtig, dass sie meine Kutte trägt, aber jetzt – in dieser Sekunde – wird mir klar, dass ich ihr meinen Nachnamen verpassen will.

Mein!

Alles meins!

Diese Frau muss mir gehören, und zwar nach den Regeln meiner und nach den Regeln der restlichen Welt.

Ich muss sämtliche Zweifel, zu wem Hope gehört, ausräumen.

Und das ein für alle Mal!

Die geballte Faust auf das in geschwungener Schrift geschriebene *Elijah* krachen lassend, renne ich in das Haus, folge dem leisen Weinen und stoppe, als meine Augen die Szene erfassen.

Hope liegt mit blutverschmiertem Gesicht auf dem Boden. Ihre Unterlippe ist aufgeplatzt und ein Schnitt ziert die helle Haut auf ihrer Stirn, während das Arschloch, das einst besessen hat, was nun mir gehört, mit erhobener Hand über ihr steht und sie aus hasserfüllten Augen ansieht.

„Du untreue Hure! Du blöde Schlampe! Ich kann nicht fassen, dass ich auf dich reingefallen bin!"

Er kann es nicht fassen?

Er?

Ich kenne Hope, sie ist loyal, treu und aufrichtig. Sie hätte ihren Mann nie für mich verlassen, wenn er sie anständig behandelt hätte.

Niemals!

Hope gehört nicht zu den Frauen, die betrügen oder fremdgehen.

Dafür ist sie viel zu ehrlich.

Eine Türe einzutreten, ist alles, nur nicht leise. Dennoch scheint der Typ nicht bemerkt zu haben, dass zwei *Hell Reaper* in seinem Wohnzimmer stehen.

Er bückt sich nach Hope, die mich panisch und schluchzend ansieht. Bevor er zuschlagen kann, stürme ich auf ihn zu, lege meine Hand auf seine Schulter, wirble ihn zu mir herum und ramme ihm meine Faust ungebremst ins Gesicht.

Das unverkennbare Knackgeräusch seiner brechenden Nase verliert sich beinahe in seinem erschrockenen, schmerzerfüllten Schrei.

Ich schlage zu. Wieder und wieder und wieder. Solange, bis er das Gleichgewicht verliert, zu Boden geht und mit seinem Arm sein Gesicht zu schützen versucht.

Mitleidlos lasse ich meine Handkante gegen seine Kehle knallen, mein Stiefel landet in seinen Rippen und als Nächstes in seinem Bauch.

Normalerweise trete ich niemanden, der auf dem Boden liegt.

Doch bei diesem Schwanzlutscher mache ich nur zu gerne eine Ausnahme.

Manche Kerle verdienen nichts anderes!

Knox läuft an mir vorbei, geht neben Hope in die Knie und hilft ihr vorsichtig beim Aufstehen, während er sich bei ihr erkundigt, wie schwer sie verletzt ist.

Das wäre eigentlich mein Job!

Aber ich kann einfach nicht damit aufhören, auf das Stück Scheiße vor mir einzuschlagen. Erst als sich ihr Ehemann nicht mehr bewegt und winselnd um Gnade fleht, ziehe ich die Klinge aus der ledernen Scheide an meinem Oberschenkel und halte sie ihm an den Hals.

Das Verlangen, meine Old Lady zur Witwe zu machen, rauscht wie heiße Lava durch meine Venen.

Es wäre so leicht. Nur eine kleine Bewegung, ein wenig Druck und das Messer würde seine Luftröhre durchtrennen.

In wenigen Minuten wäre der Spuk vorbei und Hope wäre frei für mich.

Aber zu welchem Preis?

Bullshit!

Wäre mein Mädchen nicht anwesend, würde ich ihren Blick nicht auf mir spüren, würde ich nicht zögern und seinem Leben ein Ende bereiten.

So aber?

Hope ist nicht blöd. Sie weiß, wer oder was ich bin, und doch ist es noch mal eine andere Nummer, es mit eigenen Augen zu sehen.

Ich will nicht, dass sie für den Rest unseres Lebens das Bild vor Augen hat, wie ich diesen Schwächling ermorde.

Das würde sie über Jahre bis in ihre Träume verfolgen.

Ihr Ex-Mann verdankt es also rein ihrer Anwesenheit, dass ich ihn nicht auf der Stelle ermorde, sondern mich damit zufriedengebe, die Klinge statt in seinen Hals einfach nur in seine Schulter zu rammen.

„Heute ist dein Glückstag, Arschloch!"

Das Messer aus seinem Fleisch ziehend, wische ich die blutverschmierte Schneide an seinem Hemd ab, ehe ich es wieder einstecke, mich nach einem letzten Hieb in seine Nieren von ihm anwende und Knox meine am ganzen Leib zitternde Frau abnehme.

Gott!

Allein wie klein und zerbrechlich sie sich in meinen Armen anfühlt, reicht aus, dass ich meine Entscheidung, ihren Ex-Mann am Leben zu lassen, noch einmal überdenke.

Typen wie er sind den Dreck unter meinen Stiefeln nicht wert.

Sie sind die Luft, die sie atmen, nicht wert!

Besorgt und wütend zugleich nehme ich Hope in die Arme, hebe sie hoch und trage sie in die Küche. Dort setze ich sie auf dem runden Holztisch ab, zwinge mich, sie loszulassen, und trete einen Schritt zurück, um ihre Verletzungen genauer betrachten zu können.

Selbst weinend, verängstigt und blutend ist Hope die schönste Frau, die ich je gesehen habe. Einfach alles an ihr zieht mich an.

Die Art, wie sie mich ansieht, ihr Duft und der Klang ihrer Stimme lösen etwas tief in mir aus, nach dem ich längst süchtig geworden bin.

Gefühle. Fuck! Bevor ich ihr begegnet bin, war ich leer und kalt. Jeder Stein war zu mehr Empfindungen fähig als ich. Und dann kam sie und sie veränderte mich.

„Shit, Baby! Für dich haben Gott und der Teufel einen Vertrag geschlossen!"

Sanft ihre aufgeplatzte Lippe abtastend, stoße ich ein Zischen aus, als sie leise wimmert.

„Wo bist du noch verletzt?"

Hope zögert.

Ich weiß auch, warum. Sie hat Angst, dass ich zurück ins Wohnzimmer marschiere und beende, was ich angefangen habe, sobald ich die Einzelheiten erfahre.

Ich will nicht lügen, das liegt durchaus im Bereich des Möglichen!

„Wo verdammt!"

Meine Geduld neigt sich dem Ende.

Hope scheint es zu bemerken.

„Er hat mich in den Bauch geschlagen und ins Gesicht. Dank der Wucht bin ich gestürzt und mit dem Hinterkopf gegen den Couchtisch geknallt."

Während sie redet, breitet sich vor meinen Augen ein roter Nebel aus, trotzdem sehe ich, wie sie sich an den Kopf fasst, zweifellos um die Beule abzutasten.

„Ist dir schlecht? Oder schwindelig?"

Wenn sich mein Verdacht bestätigt, bringe ich sie auf dem schnellsten Weg in die Notaufnahme. Ganz egal, welches Risiko das auch für mich darstellt.

Bullshit! Mit zwei offenen Haftbefehlen, die nur auf mich lauern, wäre es verrückt, mich in einer Klinik blicken zu lassen, besonders bei einem Fall wie diesem, bei dem es um häusliche Gewalt geht.

Die Ärzte und Schwestern werden nur einen Blick auf mich werfen und ihre Schlüsse ziehen. Ihre Vorurteile, was meine Wenigkeit angeht, werden dafür sorgen, dass sie glauben, dass ich derjenige war, der Hope verletzt hat. Wobei nichts weiter von der Wahrheit entfernt sein könnte.

Doch darum geht es nicht. Sie sehen mich, meine Kutte und die Tattoos, und werden die Bullen rufen!

„Nein. Mir geht es gut."

Scheiße!

Ich kann ihr ansehen, dass sie lügt.

„Sag nicht, dass es dir gut geht, während du blutend vor mir sitzt!"

Mir fällt erst auf, dass ich sie anschreie, als sie verängstigt zusammenzuckt.

Durch meine fest zusammengebissenen Zähne ein „Sorry!" pressend, gehe ich zu dem Kühlschrank, öffne das Gefrierfach, hole ein tiefgefrorenes Steak heraus und drücke es sachte gegen die Stelle an ihrem Kopf, an der ich die Beule spüre.

„Du hättest nicht alleine hierherfahren dürfen. Das war eine wirklich dumme Idee!"

Hope senkt verlegen den Blick.

„Das weiß ich jetzt auch. Aber ..."

„Nichts aber." Falle ich ihr ins Wort.

„Lass mich gefälligst ausreden und es dir erklären!"

Froh darüber, dass es dem Wichser im Wohnzimmer nicht gelungen ist, ihren Kampfgeist zu brechen, hauche ich ihr einen zärtlichen Kuss auf die Stirn.

„Gut, dann erklär es mir!"

Sie leckt sich über die aufgeplatzte Lippe.

„Ich wollte einfach nur frei für dich sein. Für uns. Wenn ich Elijah dazu gebracht hätte, in eine Scheidung einzuwilligen, dann wäre das mit uns nichts Falsches mehr gewesen."

Falsch?

Das gefrorene Fleisch beiseitelegend, umfasse ich federleicht ihr wunderschönes Gesicht.

„Zwischen uns ist nichts falsch! Nicht das Geringste! Du bist so richtig für mich, wie ein Mensch für einen andere nur richtig sein kann!"

Eine Träne löst sich aus ihrem Augenwinkel, ich küsse den salzigen Tropfen von ihrer Haut.

„Du bist alles für mich, Baby."

Sie erkennt, wie ernst es mir ist, schluchzt und wirft sich mir in die Arme.

Ich halte sie so lange fest, bis sie sich wieder beruhigt hat, dann hole ich ein sauberes Tuch und tupfe das getrocknete Blut von ihrer Nase und ihren Lippen.

Der Mann nebenan wird sterben.

Nicht heute Nacht, aber durch meine Hand, und dann wird Hope die Freiheit zurückhaben, die sie sich zu wünschen scheint.

Doch bevor es so weit ist, bringe ich sie nach Hause, in mein Bett und damit in Sicherheit.

3. Kapitel

Ein Mädchen, ein Streit und heiße Küsse ...

Erschöpft, müde und mit höllischen Kopfschmerzen erlaube ich es meinem Rocker, mich, nachdem er mir im Badezimmer das Blut aus dem Gesicht gewaschen und meine Wunden versorgt hat, auf direktem Weg in sein Bett zu tragen, und warte nur darauf, bis die Anspannung, die ihn so fest im Griff hat, aus ihm heraus- und wie ein Donnerwetter über mich hereinbricht.

Als Vizepräsident muss sich Rob mit allerlei Scheißdreck auseinandersetzen, doch so wütend wie heute habe ich ihn noch nie erlebt.

Hilfe!

Allein die Erinnerung daran, wie er meinem Noch-Ehemann sein Messer an den Hals gedrückt hat, reicht aus, dass sich mein Magen auf links dreht.

Vielleicht macht es mich zu einem schlechten Menschen, aber ein winziger Teil in mir, einer, der ganz tief hinter meinem Herzen vergraben ist, hat sich fast gewünscht, dass Rob Elijah die Kehle aufschlitzt.

Trotzdem bin ich verdammt froh, dass er es nicht getan hat.

Der Tod ist zu endgültig, um ihn als adäquate Problemlösungsstrategie in Betracht zu ziehen.

Scheiße!

Ich bin keine Mörderin und ganz gewiss kein böser Mensch. Aber Elijah ist einfach ein riesiges, blödes, aggressives, Frauen schlagendes Arschloch, und es freut mich tierisch, dass er heute schon zum zweiten Mal dank Rob am eigenen Leib zu spüren bekommen hat, wie es ist, der Schwächere zu sein.

Groß, mit leicht gespreizten Beinen, zornig zusammengepressten Lippen und gefährlich glühenden Augen baut sich der Vizepräsident des *Hell Reapers Motorcycle Clubs* vor mir zu seiner vollen Größe auf und sieht aus riesig geweiteten, schwarzen Pupillen auf mich herab.

„Was zum Teufel hast du dir nur dabei gedacht, dich einfach so aus dem Club zu schleichen?"

Da ist es auch schon, das erwartete Donnerwetter!

„Ich wollte mit meinem Mann reden ..." Mir wird klar, dass ich einen Fehler begangen habe, als Rob in der Sekunde, in der ich ‚*meinem Mann*' gesagt habe, mit den Zähnen zu knirschen beginnt.

Ich muss kein Profiler sein, um erkennen zu können, dass Rob kurz davor ist, die Kontrolle zu verlieren und auszuflippen.

Huiuiuiuiuiui!

„Ich meine, ich wollte mit meinem Ex reden und ihn um die Scheidung bitten."

Robs Mimik bleibt so düster, dass ich wahrscheinlich heute Nacht wegen ihr Albträume bekommen werde.

„Und das musstest du ausgerechnet heute tun, mitten in der Nacht? Noch dazu alleine?"

Der unheimliche Klang, den seine Stimme angenommen hat, lässt mich sicherheitshalber ein Stück zurückweichen, was ihn nur noch wütender zu machen scheint.

„Was zum Henker machst du da, Baby?"

Meinen Arsch in Sicherheit bringen ...

Was lächerlich ist, nicht mal ein Sondereinsatzkommando könnte mich vor diesem Rocker retten, wenn er es auf mich abgesehen hat.

Rob sollte man vieles, aber ganz sicher nicht unterschätzen.

„Nichts!"

„Lüg. Mich. Nicht. An."

„Tue ich nicht." *Und wenn, dann nur ein ganz kleines bisschen.*

„Ich bin gerade nicht in der Verfassung für deine Spielchen."

Das wäre mir gar nicht aufgefallen.

Tief einatmend kratze ich meinen verbliebenen Mut zusammen und sehe dem vor Zorn bebenden Rocker vor mir in die Augen.

„Das magst du wahrscheinlich nicht verstehen können, aber ich musste diese Angelegenheit klären. Ich kann nicht Nacht für Nacht bei dir im Bett liegen und mit dir schlafen, während ich mit einem anderen Mann verheiratet bin. Das fühlt sich falsch an. Wie Verrat."

Rob beugt sich bedrohlich nach vorne.

„Du denkst, du würdest den Bastard, dessen Ring du einst am Finger getragen hast, mit mir verraten?"

Nein. Da habe ich mich wohl missverständlich ausgedrückt.

„Es fühlt sich so an, als würde ich dich und das, was da zwischen uns ist, verraten. Du bedeutest mir wirklich viel, Rob. Sehr viel! Und darum wollte ich auch meine Ehe beenden, damit ich frei für dich bin und wir die Chance haben, uns eine schöne, glückliche, gemeinsame Zukunft aufzubauen."

Und das, meine Damen und Herren; ist nichts als die Wahrheit, die reine Wahrheit, so wahr mir Gott helfe.

Seine geballten Fäuste lockern sich etwas.

„Wenn du dir so sicher warst, dass du das Richtige tust, warum hast du dann damit gewartet, bis ich weg bin, und dich dann heimlich mit Mabels Hilfe davongeschlichen?"

Gute Frage.

Aber selbst auf die habe ich eine ehrliche Antwort.

„Weil du mich nie und nimmer gehen lassen hättest."

Sein gebrummtes „Richtig, hätte ich nicht!" erfüllt sein nur schwach beleuchtetes Schlafzimmer.

„Du verstehst einfach nicht, dass ich das tun musste. Für mich. Für dich. Für uns. Du hast mir einfach deine Kutte angezogen und damit war das Thema für dich erledigt. Aber so einfach ist diese Welt nicht. Ohne Scheidung wäre ich für immer mit Elijah verbunden gewesen."

Rob schweigt und knirscht mit den Zähnen.

„Du hättest mir auch einfach erklären können, wie du dich fühlst, dann hätte ich dich zu dem Arschloch begleitet und er hätte keine Chance bekommen, zu verletzen: Was. Mir. Gehört!"

Die letzten drei Worte spricht er so leise und deutlich aus, dass eine Gänsehaut meine Arme überzieht.

„Aber es gibt nun mal gewisse Dinge, die ich alleine regeln muss. Ich bin kein Kind, Rob. Sondern eine erwachsene Frau, die selbst für sich einstehen kann."

Sein mehr als nur leicht ironisches „Das habe ich gesehen!" lässt mich wütend aufspringen.

„Glaub ja nicht, dass ich dich brauche, *Reaper*. Ich bin mit dir zusammen, weil ich dich will, und nicht, weil ich muss!"

Von meiner Reaktion überrascht, sieht er mich anerkennend an.

„Ich bewundere deinen Mut, Hope. Ehrlich. Aber du verstehst nicht, wie das mit uns beiden läuft! Wenn dich jemand angreift, werde ich da sein, um dich zu beschützen. Wenn dich jemand verletzt, übe ich Rache, und sollte jemals wieder irgendeine Person eine Gefahr für dich darstellen, eliminiere ich sie. Das Letzte, was ich will, ist deine Autorität oder deine Unabhängigkeit zu untergraben. Alles, was ich will, ist, dich zu beschützen und für deine Sicherheit zu sorgen. Hättest du mir gesagt, was du vorhast, hätte ich dich begleitet. Du hättest deine Angelegenheiten regeln können und ich wäre einfach nur für den Notfall in deiner Nähe gewesen. Bereit, dazwischenzugehen, sollte die Scheiße außer Kontrolle geraten."

Verdammt!

Wenn er es so formuliert, komme ich mir tatsächlich etwas blöd vor. Vor allem, weil ich Mabel in die Sache mit reingezogen und so zu meiner Fluchtkomplizin gemacht habe.

Ach Mist! Mist! Mist! Mist!

Erschöpft lasse ich mich wieder auf das Bett sinken, taste vorsichtig meine aufgeplatzte Lippe ab und spüre, wie das dumpfe Pochen in meinem Hinterkopf immer stärker und stärker wird.

„Ich will die Scheidung."

Das hat Rob sicherlich längst verstanden. Trotzdem muss ich es noch mal laut und deutlich klarstellen. Nicht nur für ihn, sondern auch für mich.

„Mach dir deswegen keine Sorgen, ich bin mir ziemlich sicher, dass der Wichser die Scheidungsunterlagen ohne ein Widerwort unterschreiben wird."

Das bringt mich verrückterweise zum Schmunzeln.

„Nach deinem Auftritt besteht daran nicht der geringste Zweifel."

Rob geht vor mir in die Hocke, streckt seine rechte Hand nach mir aus, nur um sie dann, Millimeter, bevor sie mich berührt, wieder fallen zu lassen.

Himmel ...

Ich konnte schon die Wärme, die er ausstrahlt, spüren.

„Du musst eine Sache verstehen, Baby. Die Welt, für die ich mich entschieden habe und in der ich lebe, ist gefährlich. Der Club hat jede Menge Feinde. Dass ich dir mein Leder angezogen habe, schenkt dir ein gewisses Maß an Sicherheit. Jeder, der dich und das ,Property of Robert' auf deinem Rücken sieht, weiß, was ihm droht, sollte er dir zu nahe kommen. Und die wenigsten sind so lebensmüde, sich mit mir anzulegen. Trotzdem musst du mir etwas versprechen."

Ich schlucke. Am Klang seiner Stimme und an dem Ausdruck in seinen Augen kann ich erkennen, wie ernst ihm das ist.

„Und was?"

„Erlaube mir, dich zu beschützen, und hör auf, dich selbst in Gefahr zu bringen. So eine Aktion wie heute darf sich nicht wiederholen! Niemals! Wenn ich mir die ganze Zeit Sorgen wegen dir machen muss, kann ich mich nicht auf meine Arbeit konzentrieren, und das wiederum bedeutet ein erhöhtes Risiko für mich und meine Brüder."

Daran habe ich noch gar nicht gedacht.

Dieses ganze Motorcycle-Dingens ist noch immer neu für mich.

Jetzt komme ich mir unglaublich blöd vor.

Überhaupt muss ich zugeben, dass es rückblickend betrachtet eine ziemlich dumme Idee war, mich davonzustehlen.

„Es tut mir leid. Ich verspreche dir, dass es nicht wieder vorkommt."

Rob nickt erleichtert.

Mir wird klar, wie wichtig dieser Punkt für ihn war.

„Gut. Falls aber doch, werde ich nicht davor zurückschrecken und dir einen Peilsender in deinen Arsch transplantieren."

Überrascht sehe ich ihn an und erwarte, dass er mir gleich zu verstehen gibt, dass das nur ein schlechter Witz war. Aber es passiert nicht.

Oh nein. Im Gegenteil!

Mein Vizepräsident sieht mich ruhig und konzentriert an, woran ich erkenne, dass er das absolut und zu 100 Prozent ernst gemeint hat.

Heilige Scheiße!

„Das würdest du nicht tun."

„Und ob!"

Der Ausdruck in seinen Augen verrät mir, dass ich ihn lieber nicht auf die Probe stellen sollte. Was mich daran erinnert, mit wem ich es hier zu tun habe. Mit einem gnadenlosen Outlaw, der vor nichts und niemandem zurückschreckt, um seinen Willen durchzusetzen und an sein Ziel zu kommen.

Böse Rocker verführt man nicht ...

Die Warnung, die unüberhörbar durch mein Gehirn schallt, kommt leider etwas zu spät.

Viel zu spät.

Ich habe ihn längst verführt, und er mich, und genau deswegen sitzen wir hier, weil wir, aus welchen Gründen auch immer, einfach nicht genug voneinander kriegen können.

Er ist noch vor mir in der Hocke, wir sind uns Auge in Auge gegenüber.

„Küss mich!"

„Lenk nicht vom Thema ab, Baby!"

Oh, er ist noch immer sauer.

„Küss mich!"

„Nein. Ich bin immer noch wütend auf dich."

Ja, das ist mir aufgefallen.

„Küss mich!"

Als Rob auch nach der dritten Aufforderung keine Anstalten macht, seine Lippen auf die meinen zu drücken, stehe ich auf, klettere auf seine Beine und schlinge ihm die Arme um die Schultern, was ihn aus dem Gleichgewicht bringt. Er fällt rückwärts um, ich muss laut lachen.

„Fuck Mädchen! Was soll das?"

Blöde Frage.

„Ich beende unseren Streit."

Der große, böse Rocker sieht mich fassungslos an.

Und bevor er noch etwas sagen oder mich weiter schimpfen kann, beuge ich mich über sein Gesicht, präge mir die strengen Linien seiner angespannten Mimik ein, schließe die Augen und streiche sachte mit meinem Mund über den seinen.

Er flucht, stößt ein ungläubiges Zischen aus und streckt die Beine von sich. Dann packt er mich besitzergreifend an der Hüfte und verpasst mir den Kuss meines Lebens.

Wild, heroisch, stürmisch und von einem so unglaublichen Hunger getrieben, dass es mir sofort den Atem verschlägt.

Hitze kriecht an meinem Rückgrat nach oben, zwischen meinen Schenkeln wird es feucht und mein Herz schlägt wie verrückt.

Suchend finden sich unsere Zungen und beginnen einen sinnlichen Tanz.

Robs warme, raue Hände berühren mich an den Schultern, streifen an der Seite abwärts, bis sie meine Taille umfassen und mich so um positionieren, dass ich auf einem harten Glied sitze, das sich durch die störenden Schichten unserer Klamotten gegen meine empfindliche Mitte presst.

Oh Goooottt!

Das fühlt sich fantastisch an!

„Ich will mehr."

Rob knurrt zustimmend.

„Das trifft sich gut, denn du wirst gleich alles von mir kriegen!"

Es klingt wie eine Drohung, doch für mich ist es eher ein bittersüßes Versprechen.

Unsere Münder finden uns erneut, und obwohl ich noch Reste der Anspannung in ihm spüren kann, weiß ich, dass sich der gefährliche Sturm, der bis eben noch in ihm getobt ist, aufgelöst hat.

Zum Glück!

Denn ganz egal wie sehr ich diesen Biker auch begehre und was ich für ihm empfinde, bedeutet das noch lange nicht, dass es nicht Augenblicke gibt, in denen ich mich zumindest ein winziges bisschen vor dem Vizepräsidenten der *Hell Reapers* fürchte.

4. Kapitel

Der Rocker und ein harter Fick auf dem Fußboden.

Fuck!

Nach dem, was Hope heute Nacht passiert ist, sollte sie in einem weichen Bett liegen und sich ausruhen, stattdessen presse ich sie unter mir auf den harten Holzfußboden, teile mit meinen Knien ihre weichen Schenkel und nagle sie so fest.

Kein Entkommen. Nicht für sie. Nicht vor mir.

Kaum dass mir der süße, moschusartige Duft ihrer nassen Pussy in die Nase steigt, sehe ich rot.

Heiß, feucht, eng, schutzlos und ganz und gar meins ...

Diese Frau gehört mir. Nur mir!

Daran kann auch die Ehe mit diesem Wichser nichts ändern.

Ich wusste die ganze Zeit über, dass ich etwas für diese sture Schönheit empfinde, doch wie tief meine Gefühle ihr gegenüber wirklich sind, weiß ich erst seit der Sekunde, in der ich am Club ankam und sie nicht mehr da war.

Meine Welt hat buchstäblich aufgehört, sich zu drehen.

Die Zeit stand still, als ich befürchten musste, dass sich das Karma für all die Schreckenstaten an mir rächt, indem es mir den einzigen Menschen nimmt, den ich je geliebt habe. Ja! Ich. Liebe. Diese. Frau.

Holy Shit!

Bei der Erkenntnis läuft es mir eiskalt den Rücken runter.

Die Liebe stand für mich nie auf dem Plan. Sie war etwas, das ich nicht gebraucht habe, und das ich nicht wollte.

Zumindest nicht, bis ich eines Abends in eine Kneipe ging und diesem wunderschönen, ganz besonderen Mädchen begegnete.

Seitdem hat sich mein Leben verändert, ich habe mich verändert.

Und das keineswegs nur zum Guten.

Ich bin ein Mann ohne Gewissen. Ein Killer. Der zum ersten Mal in seinem Leben etwas wirklich Wertvolles besitzt, und der nach neununddreißig Jahren einen Grund zum Leben hat.

Das in Kombination muss zu der einen oder anderen Katastrophe führen.

Es geht nicht anders.

Ich werde den Bastard, der es gewagt hat, meine Frau zu schlagen, aus dem Weg räumen.

Scheiß auf die Scheidung!

Das dauert mir zu lang. Ich werde es wie einen Unfall aussehen lassen, das wird das Beste für Hope sein.

Vor wenigen Stunden bin ich losgezogen, um zwei Männer zu töten, die den Club bestohlen haben.

Doch die Dinge haben sich verändert.

Die *Hell Reaper* haben einen Verräter in den eigenen Reihen.

Der Hass, der bei dem Gedanken in mir aufzusteigen droht, wird einzig und allein von Hope in Schach gehalten.

„Ich will dich, Rob!"

Und ganz genau das ist der Unterschied zwischen uns beiden.

Sie will mich, aber ich brauche sie – dringender als den nächsten Atemzug.

„Du hast mich!"

Mehr als sie es sich jemals vorstellen kann.

„Ich will dich in mir."

Das muss sie mir nicht zweimal sagen. Ungeduldig reiße ich erst mir und dann ihr die Kleidung vom Leib, zerre ihre Jeans nach unten und lasse ihren Slip folgen.

Die winzigen Häkchen ihres BHs strapazieren wie immer meine Geduld, sodass sie kichernd meine Hand beiseiteschiebt und ihn selbst öffnet.

„Man würde meinen, ein Mann wie du sollte keine Schwierigkeiten mit Frauenunterwäsche haben."

Nicht witzig.

„Die Frauen, die ich normalerweise ficke, sind bereits nackt."

Hope hält inne und sieht mich erstaunt an.

„Keine Sorge, das war vor dir. Jetzt will ich nur noch dich!"

Sie sieht mich zweifelnd an und ich könnte mich für diesen beschissenen Satz ohrfeigen.

„Wir haben uns nie über Treue unterhalten."

Stimmt!

„Weil es nicht notwendig ist. Du gehörst mir. Jeder Mann, der dich auch nur zu lange ansieht, wird das schnell bereuen."

Das scheint nicht das gewesen zu sein, was sie hören wollte.

Frauen! Warum muss immer alles so kompliziert sein?

„Und was ist mit dir? Was passiert mit den unterwäschelosen Frauen, die dich zu lang ansehen?"

Ahhhh ... Meine Süße ist eifersüchtig.

„Nichts! Denn sie interessieren mich nicht. Wieso sollte ich eine wertlose Clubbitch ficken, wenn ich eine Göttin wie dich haben kann?"

Sie zögert.

„Sagst du das nur, um mich zu beruhigen?"

„Nein. Sondern weil es so ist! Du bist die Einzige, die ich will! Und glaube mir. Dass das so ist, überrascht mich am allermeisten. Ich war nie auf eine feste Beziehung aus. Ich hatte nie vor, mir eine Old Lady zu nehmen. Und dann kamst du und alles änderte sich!"

So beschissen schnulzig das auch klingen mag, ganz genau so ist es.

„Stört es dich? Dass wir zusammen sind?"

Echt jetzt?

Entschlossen drücke ich meinen harten Schwanz gegen ihre nackte Muschi.

„Wirkt es auf dich, als ob es mich stören würde?"

Hope schüttelt den Kopf.

„Ich spreche nicht vom Körperlichen, sondern von der Verantwortung und all dem."

Ernsthaft?

Sie will jetzt ein Beziehungsgespräch führen, während sie nackt unter mir liegt und mir der Duft ihrer nassen Pussy in die Nase steigt?

Holy Fuck!

Als ob ich dafür noch genug Blut in meinem Hirn hätte.

„Weniger reden, mehr ficken!!

Hope sieht mich streng an.

Und mir wird klar, dass sie das Thema nicht so schnell fallen lassen wird, solange sie nicht gehört hat, was sie aus welchen Gründen auch immer jetzt hören muss.

„Baby, nichts an dem, was wir haben, stört mich. Absolut nichts! Ich will dich! Jetzt. Morgen. Immer. Du bist das Beste für mich."

Ihre Mundwinkel zucken.

Ich. Bin. Kurz. Davor. Durchzudrehen.

„Sagst du das auch nicht nur, damit du mich ficken kannst?"

Arrrgggghhhh!

„Ich sage das, weil ich nicht mehr ohne dich leben kann. Aber ja, in deine hübsche kleine Fotze will ich jetzt trotzdem!"

Sie lacht, lässt ihre Beine noch etwas weiter auseinander kippen und erteilt mir so stumm die Erlaubnis, mir zu nehmen, was immer ich brauche, um nicht vollends auszuflippen.

Und ich tue es. Sofort. Ohne zu zögern.

Ihre Hüfte umfassend, bringe ich mich vor ihren schlüpfrigen Falten in Position, atme tief ein, halte den Sauerstoff in meiner Lunge gefangen und schiebe mich zuerst langsam, dann mit einem tiefen Stoß bis zu den Eiern in das verdammte Paradies.

Der Druck in meinem Inneren lässt nach, die Stimme in meinem Schädel verstummt und alles, worauf ich mich noch konzentrieren kann, ist *meine Frau!*

Denn genau das ist Hope für mich. *Meine. Frau.* Und daran kann weder der Umstand, dass sie noch mit einem anderen Mann verheiratet ist, noch dass sie nicht meinen Nachnamen trägt (noch nicht!) etwas ändern.

Für einen göttlichen Moment verharre ich so, genieße, was ich fühle, und konzentriere mich auf den Punkt, an dem wir aufs Intimste verbunden sind. Erst als Hope sich unruhig zu bewegen beginnt und mich anbettelt, es ihr zu besorgen, falle ich in den Rhythmus, von dem ich weiß, dass er sie aus der Reserve lockt.

Und genau so passiert es. Ich brauche nur wenige Stöße, um sie dazu zu bringen, mir den Rücken zu zerkratzen, meinen Namen zu schreien und sich in ihrer Lust zu verlieren.

Anstatt dem Drang, ihr zu folgen, nachzugeben, halte ich mich zurück, ficke sie wieder und wieder und wieder, so lange, bis sich meine Hoden pochend zusammenziehen und ich nicht anders kann, als ihr zuckendes Inneres mit meinem Samen zu füllen.

So unfassbar perfekt!

Hope zu ficken ist besser, als zu atmen, es ist besser, als zu leben.

Keine Ahnung, wie ich es so lange geschafft habe, ohne sie zu existieren.

Aber damit ist jetzt Schluss.

Für den Rest meines Lebens werde ich alles, was nötig ist, dafür tun, um dieses Mädchen an meiner Seite zu haben.

5. Kapitel

Ein Mädchen, der Fahrtwind und das Gedankenspiel des Glücks

Gedankenverloren schlinge ich meine Arme fester um die Mitte meines Rockers, genieße die Sonne im Gesicht und wie der angenehm kühle Fahrtwind mit den Strähnen meiner Haare spielt.

Ich bin glücklich!

Drei einfache und doch eigentlich so normale Worte, die wir viel zu oft glauben und aussprechen, aber doch nie wirklich empfinden. Zumindest nie aufrichtig und ohne ein *Aber* im Kopf.

Bisher war es immer so, dass ich stets nur für einen kurzen Moment glücklich war.

Wie zum Beispiel in meinem Lieblingsrestaurant, wenn mir gerade meine Lieblingspizza vor die Nase gestellt wurde. Oder wenn ich mich mit meinen Freundinnen getroffen habe. Aber wann können wir schon behaupten, dass wir mit allem – mit unserem kompletten Leben – glücklich sind?

Leider viel zu selten

Ich meine, wie viele von uns sind es wirklich, konstant über mehrere Stunden, Tage, Wochen, Monate oder vielleicht sogar Jahre?

Die wenigsten von uns, da bin ich mir sicher.

Nach meiner gescheiterten Ehe weiß ich ganz genau, wie ich Glück für mich definiere.

Für mich ist das ein Leben ohne Drama, ohne Angst und im besten Fall mit Menschen an meiner Seite, die mich um meiner selbst willen lieben.

Die ersten Wochen im *Hell Reaper Motorcycle Club* waren nicht leicht für mich. Ich konnte den Mann, der mich gerettet hat, einfach nicht verstehen und nicht nachvollziehen, wie es sein konnte, dass wir uns nachts so nahe standen, nur um uns tagsüber wie Fremde zu verhalten.

Inzwischen kenne ich den Vizepräsidenten besser und weiß, dass man sich sein Vertrauen und seine Loyalität erst verdienen muss.

Auf dieser Welt wird einem nichts geschenkt, schon gar nicht in einem Motorcycle Club wie diesem.

Es dauert lange, bis Rob einen in sein Herz lässt, aber wer es einmal dahinein geschafft hat, kann sich darauf verlassen, dass er einen verlässlichen Partner an seiner Seite hat.

Ich zweifle keine Sekunde daran, dass Rob für mich barfuß durch die Hölle und wieder zurück laufen würde.

Auch wenn es nach knapp drei Monaten noch etwas zu früh für so eine Aussage ist, aber tief in meinem Inneren weiß ich, dass dieser große, gefährliche Rocker die Liebe meines Lebens ist, und daran wird sich auch nie wieder etwas ändern.

Dennoch ist es nicht der richtige Zeitpunkt, um es laut auszusprechen.

Das Letzte, was ich will, ist, den großen bösen Rocker vor mir zu verschrecken.

Rob hat viele Stärken. Emotionen und deren Bewältigung gehören nicht dazu.

Allein die Erinnerung daran, wie er in der Nacht, in der ich die grandiose Idee hatte, alleine zu meinem Ex zu fahren, ausgeflippt ist, reicht aus, um meinen Puls in die Höhe schnellen zu lassen.

Auf Außenstehende mag der Vizepräsident der *Hell Reapers* gnadenlos und kalt wirken. Aber ich weiß es besser.

Unter der harten Schale verbirgt sich ein kostbarer weicher Kern.

Böse Rocker verführt man nicht ...

Doch! *Verdammt!* Doch!

Böse Rocker verführt man sehr wohl, man verliebt sich nur nicht in sie, aber selbst dafür ist es längst zu spät.

Ich liebe einfach alles an diesem Mann. Seine dominante Art, seine Sorge um mich, wie er mich festhält, wenn ich in seiner Nähe stehe, die Art, wie er mich sogar im Schlaf mit seinem massiven Körper vor der Welt abschirmt. Fast so, als wäre es ihm ins Blut übergegangen, für mich zu sorgen und mich zu beschützen.

Das mit uns mag unkonventionell begonnen haben und am Anfang alles andere als perfekt gewesen sein, aber dafür ist es jetzt umso besser.

Der Lastwagen vor uns setzt den Blinker, um nach links abzubiegen. Wir stoppen, ich nutze die kurze Pause, um mit meiner Hand tiefer zu gleiten, sie in seine Hose zu schieben und seinen Schwanz zu massieren.

Rob stöhnt und flucht gleichzeitig.

In Momenten wie diesen fällt es mir schwer zu glauben, welche Macht ich über diesen *Hell Reaper* habe.

„Fuck! Du gehörst nur mir Baby!"

Seine rauen Worte legen sich wie ein Pflaster um mein Herz und heilen all meine innerlichen Verletzungen, die ich während meiner Ehe davongetragen habe, und die so viel mehr schmerzten als die Beule an meinem Kopf oder der Riss an meiner Unterlippe.

Der Laster ist abgebogen, die Straße vor uns frei und sein Glied presst sich hart und ungeduldig gegen meine Finger.

„Verdammt, Hope!"

Anstatt unseren Weg fortzusetzen, biegt mein Rocker ebenfalls ab, stoppt hinter einer alten Scheune und steigt ruppig von seinem Bike. Kaum dass seine Füße den Boden berühren, zieht er mich ebenfalls von seiner Maschine, reißt mein Kleid nach oben und beugt mich bestimmend über die im Sonnenlicht blitzende Harley Davidson.

Böse Rocker verführt man nicht ... Oder vielleicht besser doch ...

Wilde Rocker
ärgert man nicht

Prolog

Ein Mädchen, das sich nimmt, was es will ...

Ungeduldig lege ich meine Hände auf die breiten Schultern des Mannes, dem ich erst vor wenigen Stunden das erste Mal begegnet bin.

Eigentlich hatte ich sämtlichen Kerlen dieser Welt ein für alle Mal abgeschworen ...

Eigentlich wollte ich nichts mehr mit Vertretern des anderen Geschlechts zu tun haben und eigentlich ... Na ja ... *Eigentlich* halte ich mich nur selten an das, was ich mir vornehme.

Dafür bin ich viel zu spontan und aufgeschlossen. Mein Ex würde es sprunghaft nennen, aber das spielt seit ein paar Stunden zum Glück keine Rolle mehr.

Denn seit heute Morgen um neun Uhr bin ich eine frisch geschiedene Frau.

Eine Frau, die tun und lassen kann, was sie will, und der niemand vorschreibt, ob sie sich einen heißen Rocker gönnen darf oder nicht.

Würde ich Alkohol trinken, hätte ich mir zur Feier des Tages eine völlig überteuerte Flasche Schampus gekauft.

Da mir dieses komische Zeug aber nicht schmeckt, ich dafür eine Schwäche für große, starke, gefährliche Männer habe, dachte ich mir, warum auch nicht?

Ich meine, man stolpert schließlich nicht jeden Tag vor einer Anwaltspraxis in einen dieser legendären *Hell Reaper*, die hier in Seattle ihr Clubhaus haben und mit ihren lauten, schweren Harleys die Straßen entlangrasen.

Hand aufs Herz!

Ich will ehrlich zu euch sein.

Dass diese kuttentragenden und stets bewaffneten Kerle gefährlich sind, ist mir durchaus bewusst. Aber genau das macht ja den Reiz aus.

Mein Ex gehört zu den Guten und er ist nicht nur grundanständig, sondern auch todlangweilig.

Mark ist genauso, wie man sich einen Polizisten vorstellt: überpünktlich, besserwisserisch und ... und ... Argh! Mir will einfach kein passendes Wort einfallen.

Routiniert würde es am besten treffen. Er steht jeden Tag zur gleichen Uhrzeit auf, selbst dann, wenn er frei hat. Er geht immer nur in dieselben Restaurants und dort wählt er dann zwischen den immer gleichen drei Gerichten, die ihm eigentlich schon zu den Ohren raushängen müssten.

Gut erzogen, wie er ist, gibt er stets fünfzehn Prozent Trinkgeld, selbst dann, wenn der Service beschissen war, und er liegt, wenn er nicht gerade die Spätschicht hat, um spätestens zehn Uhr nachts im Bett.

Am Anfang, als wir uns kennengelernt hatten, fand ich das alles noch auf eine süße Art sexy. Aber irgendwann musste ich mir dann leider doch eingestehen, dass mich das Leben an seiner Seite einfach nicht ausfüllt und schon gar nicht glücklich macht.

Vielleicht hat auch mein drohender dreißigster Geburtstag etwas mit meiner Entscheidung, ihn zu verlassen, zu tun.

Ich meine 30. Das ist eine 3 und eine 0. Und auch wenn es für viele lächerlich sein mag, aber diese Zahl schockt mich. Und das nicht, weil ich finde, dass ich schrecklich alt bin, sondern weil ich leider sagen muss, dass ich für mein Alter nicht annähernd genug erlebt habe.

Ich fühle mich, als würde ich auf der Stelle treten und einfach nicht vorankommen.

All meine Freundinnen sind entweder glücklich verheiratet und haben schon mindestens zwei Kinder, ein kleines Haus und weiße Gartenzäune, oder aber sie sind beruflich erfolgreich.

Wobei, so kann ich das auch nicht sagen. Marie, meine älteste Freundin, die ich schon seit der High School kenne, hat einen sehr bekannten Reiseblog, oder wie man das nennt, und ist auf der ganzen großen weiten Welt unterwegs, um tolle Abenteuer zu erleben.

Und ich? Ich sitze hier in Seattle und weiß einfach nicht, was ich mit meinem Leben anstellen soll.

Was natürlich nicht Marks Schuld ist. Aber trotzdem ...

Das mit uns hat einfach nicht mehr gepasst.

Im Bett war bei uns schon lang die Luft raus, was mich nicht sonderlich gestört hatte. Aber als wir uns dann auch nichts mehr zu sagen hatten?

Da wurde es für mich Zeit zu gehen.

Zuerst war Mark entsetzt, doch heute, als wir im Beisein unserer Anwälte unsere Unterschriften auf die Scheidungsunterlagen gesetzt haben, wirkte er irgendwie erleichtert.

Fast so, als ob er froh wäre, mich los zu sein.

Das tat weh.

Was verrückt ist, immerhin war ich diejenige, die unsere Beziehung beendet hat.

Zum ersten Mal in meinem Leben weiß ich nicht, was ich will, und das ist ein echt merkwürdiges Gefühl.

All die Möglichkeiten, die ich plötzlich habe, erschlagen mich regelrecht.

Und auch wenn ich Marie in den letzten Jahren um ihre Reisen beneidet habe, denke ich, dass ich hier in Seattle bleiben will.

Im Gegensatz zu ihr brauche ich ein richtiges Zuhause.

Welch eine Ironie, dass ich zurzeit gar keins habe.

Das Haus, in dem ich mit Mark während unserer Ehe gelebt habe, war schon vorher seins, und auch wenn wir keinen Ehevertrag haben, werde ich nicht auf die Hälfte davon, die mir dem Gesetz nach zusteht, bestehen.

Warum sollte ich auch? Das fühlt sich falsch an.

Es war seins und es ist seins. Ich würde mir wie eine Hexe vorkommen, wenn er es verkaufen müsste, nur damit er mich auszahlen kann.

Nein. Das mache ich auf gar keinen Fall.

So ein Mensch bin ich nicht.

Im Augenblick habe ich es mir in einem kleinen Motel am Stadtrand gemütlich gemacht. Jetzt bin ich auf der Suche nach einer süßen Wohnung.

Also zumindest bin ich das, wenn ich nicht gerade auf dem Schoß dieses Bikers sitzen und meine ungeduldig pochende Mitte an ihm reiben würde.

Halleluja!

Das sollte sich nicht so verdammt gut anfühlen.

„Scheiße, Sweetheart, bist du heiß!"

Seine Stimme ist rau vor Begehren, er bringt sein Gesicht an meinen Hals und zieht mit seiner Zunge eine heiße Spur zu meinem Ohrläppchen, in das er leicht hineinbeißt, ehe sein Mund langsam nach unten gleitet.

Noch bevor seine festen Lippen an meiner Schulter ankommen, streichen seine schwieligen Fingerspitzen den Träger meines Sommerkleides nach unten, sodass es an meinem Arm hinabrutscht und meine Schulter freilegt.

„Fuck Mädchen, du schmeckst nach Sonnenschein."

Glaubt es oder glaubt es nicht, aber bis jetzt habe ich mir noch nie Gedanken darüber gemacht, nach was die Strahlen der Sonne schmecken könnten?

Wieso auch?

Erst Knox geknurrter Fluch, oder war es ein Kompliment, bringt mich dazu, darüber nachzudenken. Zumindest kurz, denn in der Sekunde, in der die kratzigen Bartstoppeln des Vollstreckers über meine Haut schaben, geht mein Gehirn offline.

In der einen Sekunde sitze ich noch auf ihm, in der nächsten steht er mit mir in seinen Armen mühelos auf, geht zur nächsten Wand und presst mich mit dem Rücken gegen das kalte Mauerwerk.

So zwischen ihm und den rötlichen Klinkersteinen gefangen, bleibt mir nichts anderes übrig, als ihm die Kontrolle zu überlassen. Wobei ‚überlassen‘ definitiv das falsche Wort ist, Knox hat sie regelrecht an sich gerissen.

Große Hände schieben sich unter mein Kleid, umfassen meinen Hintern und gleiten gierig über meine Pobacken, finden das winzige bisschen Stoff, aus dem mein String besteht, und folgen der dünnen Schnur hinab zu meiner feuchten Mitte.

„Für wen trägst du die Arschseide?"

Ich kann nicht antworten, und das nicht, weil ich nicht will, sondern weil sich sein Daumen zwischen meine Schamlippen drückt und ohne Vorwarnung in mich eindringt.

Himmel!

Es ist eine Ewigkeit her, dass ich das letzte Mal an dieser Stelle von einem Mann berührt wurde.

Meine Synapsen sprühen Funken, während meine Nervenbahnen in Flammen aufgehen.

Ich will mehr, viel mehr ... Ich will alles!

„Gehörst du einem Mann?"

Dunkel und ungeduldig bahnt sich seine Frage ihren Weg in meinen Kopf.

Sein Daumen rammt sich tiefer in mich, verschwindet dann und wird von zwei längeren Fingern abgelöst.

„Schau mich an, Sweetheart, und beantworte meine Frage!"

Dank des Bebens, das sich in des *Reapers* Stimme geschlichen hat, erkenne ich, dass ihm so langsam die Geduld ausgeht.

Ich will ihm antworten, doch das Einzige, was ich über die Lippen bringe, ist ein lustvolles Stöhnen, das dem Biker vor mir ein ungeduldiges Fauchen entlockt.

„Fick mich!"

Keine Ahnung, wo ich den Mut hernehme, so etwas laut auszusprechen?

Zugegeben. Ich bin nicht auf den Mund gefallen und sage fast immer, was ich denke – mit einer Ausnahme: im Schlafzimmer.

Wenn es um Sex geht, bin ich irgendwie gehemmt, wenn es darum geht, meine Wünsche auszusprechen.

Keine Ahnung, wieso?

Dass ich es jetzt doch tue, liegt vielleicht an dem Ort?

Ich meine, das hier ist der *Hell Reaper Motorcycle Club*. Hier trifft sich die Crème de la Crème der Gesetzlosen.

Das *Who's Who* der Kriminellen.

Wenn ich hier nicht laut sagen kann, was und wie ich es brauche, wo denn dann?

Aber es ist mir peinlich. Und das mit fast dreißig.

Unglaublich, oder?

Vielleicht bringe ich meine Bedürfnisse auch so schamlos über die Lippen, weil ich tief in meinem Inneren weiß, dass ich den Vollstrecker der *Hell Reaper* nach dieser Nummer nie wiedersehen werde?

Ich meine, er ist, wer er ist, und ich bin, wer ich bin, und darum passen wir einfach nicht zusammen.

Glaube ich zumindest!

Genau wissen kann man ja so etwas schließlich nie.

Trotzdem wäre es schon ein gewaltiger Schritt von der Frau eines Polizisten zur Geliebten eines Outlaws.

„Oh, ich werde dich ficken. Hart."

Klingt gut. Verdammt gut.

„Dann tu es jetzt!"

Über meine Ungeduld lachend, schüttelt er verneinend den Kopf, zieht seine Finger aus mir heraus, sinkt dann vor mir auf den Boden und hebt mein Kleid an.

Dank des schmutzigen Grinsens, das sein markantes Gesicht überzieht, weiß ich sofort, was gleich kommt. Doch noch bevor ich mich mental auf den Kontakt seiner Zunge mit meiner Klitoris vorbereiten kann, hat er auch schon meinen String zerrissen und seinen Mund auf meine Muschi gedrückt.

Hilfe!

Hitze flutet meine Adern, schwarze Punkte flimmern vor meinen Augen, während meine Knie weich werden und meine Lippen ein hilfloses O formen.

Verzweifelt nach Halt suchend, vergrabe ich meine Finger in seinen kurzen Haaren, ziehe an ihnen und zucke erschrocken zusammen, als ich seinen Daumen wieder an meiner Öffnung spüre. Nur dieses Mal an einer anderen als noch vor wenigen Minuten.

Knox übt zuerst nur leichten Druck auf den engen Muskel aus und schiebt seinen Daumen dann langsam in meinen Hintern.

Das Gefühl ist ... Es ist ... Erstaunlich ...

Gut und zugleich auch nicht gut ...

Einerseits will ich mich dem Eindringling entgegendrücken und andererseits ausweichen.

Schlussendlich tue ich nichts davon.

Denn Knox scheint meine innere Zerrissenheit zu spüren, schlingt seinen freien Arm um meine Hüfte und hält mich gefangen. Zur Bewegungsunfähigkeit verdammt, mit seiner rauen Zunge auf meiner Klit, kneife ich die Augen zusammen und lasse den Kopf gegen die harte Wand hinter mir fallen.

Keuchend nach Luft schnappend, versuche ich meine pochende Mitte fester gegen seinen Mund zu drücken. Mehr. Ich brauche mehr.

„Tiefer!"

Nicht sicher, ob ich seine Zunge in meiner Pussy oder den Finger in meinem Hintern meine, kämpfe ich darum, mich auf den Beinen zu halten, und wimmere laut, als mir der Rocker vor mir einfach beides gibt.

Oh. Mein. Gott.

Es ist zu viel, viel zu viel zu viel und dennoch zu wenig. Zitternd spüre ich, wie sich mein Inneres dank der doppelten Penetration zusammenzieht und sich ein intensiver Orgasmus in mir aufbaut. Der Druck wird stärker und stärker und ist schon nach wenigen Herzschlägen kaum noch auszuhalten.

Flammen lecken an meinem Bewusstsein. Knox beginnt meinen Po in gleichmäßigen Stößen mit seinem Finger zu ficken, während er sich an meinem Kitzler festsaugt und mich aus heiterem Himmel seine Zähne spüren lässt.

Die dekadente Mischung aus Schmerz und Lust, die mir völlig neu ist, erschüttert mich in den Grundfesten, während der Höhepunkt gleich einem Sturm über mich hereinbricht.

Ich fühle mich wie ein Schlauchboot das kontrolllos während eines heftigen Unwetters auf hoher See umhertreibt.

Dank seines starken Arms auf meiner Taille bewegungsunfähig, nehme ich alles, was er mir zu geben bereit ist, und kann kaum glauben, dass sich der Orgasmus bis in meinen Hintern ausbreitet. Dieses ‚Kommen' ist ein anderes als sonst, es ist intimer, fühlt sich stärker an. So als wäre das Epizentrum dieses Höhepunkts tief in meinem Inneren und nicht wie sonst direkt in meinem Kitzler.

„Dein Arsch ist so eng, mein Schwanz würde nicht hineinpassen."

Knox klingt beinahe ehrfürchtig. So als würde er es kaum erwarten können, es auszuprobieren.

Die Vorstellung, auf diese Weise genommen zu werden, löst eine seltsame Furcht in mir aus, eine, die ich nur zu leicht mit Lust verwechseln könnte.

Kaum zu glauben, dass ich den Mann, der mich gerade über die Klippe des Erträglichen schickt, heute Morgen noch nicht gekannt habe.

Und es immer noch nicht tue. Alles, was ich von ihm weiß, ist, dass er ein *Hell Reaper* ist und das *Enforcer-Patch* auf seinem Leder trägt.

Das ist alles.

Und so seltsam das auch klingen mag, für mich ist das mehr als genug.

Schließlich bin ich nicht auf der Suche nach der nächsten Liebe meines Lebens.

Mich direkt Hals über Kopf in eine neue Beziehung zu stürzen, ist das Letzte, was ich will.

Meine Freiheit hat oberste Priorität, dicht gefolgt von meiner Unabhängigkeit und dem Drang, alles zu tun, was immer ich verdammt noch mal will.

Schluss mit dem ewigen Müssen, Schluss mit den Verpflichtungen und den bescheuerten Treueschwüren.

Diese ganze Monogamie hängt mir zum Hals raus.

Ich habe Mark nie betrogen, nicht ein einziges Mal, und das, obwohl ich mehr als einmal die Gelegenheit dazu hatte.

Wie heißt es so schön?

Versprochen ist versprochen und wird auch nicht gebrochen.

Am Tag unserer Hochzeit habe ich ihm die Treue geschworen und daran habe ich mich gehalten.

Doch jetzt bin ich geschieden und ich will mehr als das Normale, viel mehr ...

Ich. Will. Alles.

Und mit diesem Rocker fängt es gerade erst an.

Kaum dass die Zuckungen in meinem Inneren nachlassen, zieht er seinen Daumen aus meinem Po, leckt ein letztes Mal durch meinen empfindlichen Spalt und steht dann mit ernster Miene auf.

„Schluss mit lustig!"

Lustig? Ist nicht unbedingt das Wort, das ich verwenden würde.

Heiß, wild, stürmisch, erbarmungslos und befriedigend passt meiner Meinung nach viel eher. Aber gut.

Noch bevor mein ausgeknockter Verstand wieder in die Realität zurückgefunden hat, beginnt der Vollstrecker seinen Gürtel zu öffnen. Instinktiv fällt mein Blick auf die große, silberne Gürtelschnalle in der Form eines Totenkopfs, dann beobachte ich mit trockenen Lippen, wie er den Reißverschluss mit einem schnellen *Ratsch* nach unten zieht.

Obwohl er sich normal bewegt, kommt es mir vor, als würde er es in Zeitlupe tun. Ihr wisst schon, es ist wie bei den Actionfilmen, kurz bevor die tödliche Bombe explodiert oder der Superheld angeschossen wird, sorgen die Filmemacher dafür, dass die wichtigsten Szenen in laaangsaaaaam laufen, damit wir Zuschauer auch ja kein wichtiges Detail verpassen. So. Ist. Es. Jetzt. Während Knox seine Jeans samt der Superhelden Boxershorts nach unten zieht. Und ja! Der große, böse Biker hat tatsächlich eine Unterhose an, auf der das Superman-Logo abgedruckt ist.

Was entweder superkindisch ist oder dafür steht, dass sein hervorschnellendes, dickes, langes und beeindruckendes Glied Superkräfte in sich hat.

Wo ich nichts dagegen hätte.

Ernsthaft. Sein Schwanz muss sich anstrengen, um mit seiner geschickten Zunge mithalten zu können. Einen Orgasmus wie eben hatte ich noch nicht allzu oft.

Violette Adern winden sich von der Basis bis zur Krone. Knox hat pralle Hoden und, wie sollte es auch anders sein, starke, muskulöse Oberschenkel, die vor Ungeduld zucken.

Meine Augen saugen sich bis zu dem Moment an seiner prächtigen Erektion fest, bis die Zeit auf einen Schlag wieder in normaler Geschwindigkeit läuft, ich herumgewirbelt und mit dem Gesicht gegen die Mauer gedrückt werde.

„Streck mir deinen Arsch entgegen!"

Knox wartet gar nicht erst darauf, dass ich seinem Befehl nachkomme, sondern packt mich an der Hüfte, zieht meine Rückseite zu sich und bringt sich dann hinter mir in Position.

Ich spüre ihn dick und heiß an meinen Pobacken und erschaudere lustvoll.

„Kondom!"

Dank den bösen Dingen, die seine Zunge gerade mit mir gemacht hat, scheine ich meine kognitiven Fähigkeiten noch nicht wieder zurückerlangt zu haben.

Umso froher bin ich, dass ich zumindest dieses eine Wort zustande gebracht habe.

Der Rocker hinter mir gibt ein frustriertes Zischen von sich, brummt ein: „Du hast recht!" Und lässt mich kurz los. Dann höre ich auch schon das Zerreißen der Zellophanverpackung.

Keine Ahnung, wo er so schnell einen Gummi herhat?

Aus seinem Geldbeutel?

Vielleicht ist ihm auch die gleiche Gute Fee wie Cinderella erschienen?

Mir ist beides recht.

Das Einzige, das mich interessiert, ist, dass er überhaupt eines hat.

Neugierig sehe ich über meine Schulter und beobachte, wie der *Reaper* mit zusammengebissenen Zähnen das Latex auf seinen Schwanz rollt.

Was. Ein. Anblick.

Heilige Scheiße!

Allein wie er dasteht, mit heruntergelassener Hose und der Lederkutte, die seinen mächtigen Oberkörper bedeckt ... *Huiuiuiuiuiui* ...

Ist das wirklich die Realität?

So etwas – Typen *wie er* – passiert Frauen wie mir eigentlich nicht.

Wenn überhaupt sehen wir sie aus der Ferne, aber wir kommen normalerweise nicht in den Genuss, sie anzufassen und ausprobieren zu dürfen.

Bevor ich erneut gepackt und gnadenlos gegen die Mauer gedrückt werde, entdecke ich schwarze Tinte an seinem Hüftknochen, doch noch bevor ich das Tattoo richtig erkennen kann, drängt Knox sich von hinten ganz dicht an mich, reibt mit seiner stoppeligen Wange über die meine und beißt sich an meinem Nacken fest, während er mich leicht anhebt und dann von hinten tief und gnadenlos in mich eindringt.

„Ahhhhhhhh!"

Mein heiserer Schrei wird von seinem dunklen Brummen begleitet.

„Fuck, bist du eng!"

Das ist wenig überraschend, schließlich hatte ich seit einer Ewigkeit keinen Sex mehr.

Und wenn ich Ewigkeit sage, dann meine ich das auch so.

Ich kann mich nicht mal mehr an mein letztes Mal erinnern, das allein verrät ja schon, wie beschissen unsere Ehe lief.

Du bist jetzt geschieden, du bist jetzt frei!

Die freudig klingende Stimme in meinem Kopf hat recht.

Und genau deswegen werde ich mir ab jetzt alles nehmen, was das Leben zu bieten hat. Angefangen mit dem *Hell Reaper* hinter mir.

Nicht bereit, mich einfach nur ficken zu lassen, drücke ich mich seinem Glied entgegen, sehe bunte Sternchen vor meinen Augen und beiße mir auf die Unterlippe, als die Dehnung kurz davor ist, schmerzhaft zu werden.

Himmel!

Dieser Biker ist gut gebaut, verdammt gut.

Fest entschlossen, mir im wahrsten Sinne des Wortes jeden Zentimeter einzuverleiben, lasse ich die Hüfte kreisen und jauchze vor Glück, als die runde Spitze seines Schwanzes auf diesen einen, göttlichen Punkt in mir trifft, der sämtliche Gedanken zum Platzen bringt und dieses bittersüße Kribbeln in mir auslöst.

Für die Dauer von ein paar Herzschlägen stillhaltend, genieße ich das unbeschreibliche Gefühl, ehe ich Knox sehnsüchtig anflehe, es mir richtig zu besorgen.

Er tut es. Hart. Tief. Ganz genau so, wie man es sich von einem Mann wie ihm erhofft.

Seine Zähne finden erneut meinen Hals, eine Hand wandert unter mein hochgeschobenes Kleid, geschickte Finger kneten meinen Busen, während sein Schwanz unaufhörlich in mich rein und wieder raus gleitet und dabei jedes Mal zielgenau auf meinen G-Punkt trifft.

„Ohhhh Gooooottttt!"

Flammen lecken an meinem Bewusstsein, das laute Klatschen unserer schnell gegeneinanderschlagenden Körper vermischt sich mit unseren keuchenden Atemzügen.

„Deine Pussy ist der Wahnsinn!"

Selbst jetzt, völlig in meiner Lust gefangen, muss ich grinsen. Ich glaube, meine Muschi hat noch nie so viele Komplimente bekommen wie von diesem Rocker.

Wenn ich so genau darüber nachdenke, glaube ich, es hat ihr überhaupt noch kein Mann eins gemacht. Es ist immer das Gleiche: ‚Du hast so schöne Augen' oder ‚Mir gefallen deine Haare' oder ‚Du hast einen schönen Hintern!' – aber meine Muschi?

Die ging bis jetzt immer leer aus.

Bis. Jetzt.

Sich dankbar um die Härte in sich zusammenziehend, entlockt meine Mitte dem Rocker ein lautes Brüllen.

Er packt sich meinen Zopf, wickelt ihn sich um die Faust und reißt grob meinen Kopf nach hinten.

Jetzt bin ich ihm auf Gedeih und Verderb ausgeliefert.

Stöhnend stütze ich mich an der Wand vor mir ab, drücke ihm noch ein bisschen fester meinen Po entgegen und schließe die Augen.

Knox Finger zwirbeln ein letztes Mal meinen Nippel, gleiten dann nach unten, bedecken meine Scham und beginnen, meinen Kitzler zu reiben.

Das ist es! Mehr brauche ich nicht, um mich erneut in einem allumfassenden Orgasmus zu verlieren. Zuckend, schreiend, stöhnend und japsend verliere ich den Bezug zur Realität und spüre, wie meine Beine nachgeben.

Einzig Knox Griff hält mich noch auf den Füßen, während er unablässig in mich stößt und seine eigene Erlösung jagt.

Dann passiert es!

Sein kompletter Körper spannt sich an, jeder seiner Muskeln versteinert, es fühlt sich fast so an, als würde der Mann hinter mir plötzlich aus Granit bestehen.

Er erschaudert, zischt meinen Namen und packt mich mit beiden Händen an der Taille, ehe er Schub für Schub seinen heißen Samen in die dünne Latexmembran pumpt, die uns voneinander trennt.

Für einen winzigen Moment bereue ich fast, dass ich auf ein Kondom bestanden habe, es wäre sicherlich ein fantastisches Gefühl, Haut an Haut zu spüren, wie sein Schwanz zuckt.

Aber Sicherheit geht vor.

Besonders wenn man bedenkt, auf was für einen Mann ich mich da eingelassen habe.

Ich mache mir nichts vor, Kerle wie er haben meistens die Angewohnheit, alles zu vögeln, was nicht bei drei auf den Bäumen ist.

Und das ist auch gut so, andernfalls wäre ich wohl kaum in den Genuss dieses kleinen Zwischenspiels gekommen.

Ich beschwere mich nicht, bin jedoch trotzdem froh, dass er einen Gummi dabeihatte.

Die Sekunden verstreichen und werden zu Minuten, keine Ahnung, wie lange wir so dastehen? Irgendwann bewegt er sich, zieht sich sachte aus mir zurück und entlockt mir dabei ein atemloses Wimmern.

„Du kriegst wohl nie genug, was?"

Anscheinend nicht.

„Ich habe einiges nachzuholen."

Er lacht, ich drehe mich auf wackeligen Beinen zu ihm um.

„Allerdings nicht mit dir."

Damit zupfe ich mein Kleid nach unten, hauche ihm einen federleichten Kuss auf die stoppelige Wange und laufe so selbstsicher wie möglich zu der Türe des großen Zimmers, in dem ich gerade den besten Sex meines Lebens hatte.

Es scheint eine Art Konferenzraum zu sein.

Der riesige Holztisch, um den sich ganz locker ein Dutzend lederne Sessel reihen, sieht alt und abgewetzt aus. An ihm wurden ganz augenscheinlich schon so einige wichtige Entscheidungen getroffen. Am Kopfende entdecke ich einen gläsernen Aschenbecher, daneben liegt ein kleiner Holzhammer, wie man ihn sich eher in der Hand eines Richters vorstellt. Seltsam ...

Neugierig lasse ich meine Augen weiter über die Tischplatte schweifen, direkt vor dem Sessel links des Hammers steckt ein langes Messer in dem Holz, dessen silberne, verdammt scharf aussehende Klinge in dem Tageslicht, das durch das große Fenster zu uns hereinkommt, schimmert. Die feinen Härchen in meinem Nacken stellen sich warnend auf und erinnern mich daran, an welchem Ort ich mich gerade befinde: dem *Hell Reaper Motorcycle Club.*

Wahrscheinlich muss ich schon froh sein, dass die Klinge sauber und nicht blutbefleckt ist.

Messer wie diese werden normalerweise nicht dazu verwendet, um Gurken zu schneiden oder Orangen zu schälen.

Ein Safe steht im Eck, an den Wänden hängen Maschinenpistolen, auf einem schwarzen Regal stehen unterschiedlich große Whiskyflaschen.

Wieso ist mir all das nicht schon vorher aufgefallen?

Ich weiß, warum ... Weil ich viel zu sehr auf Sex mit dem Vollstrecker fokussiert war.

Ohne einen Blick zurück reiße ich die Türe auf, verlasse den Raum und bahne mir einen Weg durch den langen, fensterlosen Gang bis in den Hauptraum, in dem mir vorhin nicht nur die lange Bar aufgefallen ist, sondern auch die Billardtische, die Spielautomaten und der von der Decke baumelnde Boxsack, der leicht hin und her schwingt.

Die neugierigen Blicke, die auf mir liegen, so gut es geht ignorierend, laufe ich weiter und immer weiter, bis ich von hinten gepackt werde und sich eine vertraute Hand auf meinen Oberarm legt.

„Was zum Teufel soll das heißen?"

Es besteht kein Zweifel daran, was er meint.

„Dass unser Sex toll war, aber das war es dann auch schon. Mach's gut, Knox!"

Ich lasse ihn erneut stehen, dieses folgt er mir nicht, dafür aber die Blicke aller anwesenden *Reaper.*

1. Kapitel

Der Rocker mit dem angeknacksten Ego ...

Schlecht gelaunt leere ich die Bierdose in meiner Hand, zerknülle sie und schleudere sie einmal durch den Raum, bis sie über einem der Billardtische gegen die Wand knallt und mit einem hohlen *Klong* auf dem Boden landet.

Seit mir die Zicke vor dem halben Club eine Abfuhr verpasst hat, sind drei Tage vergangen. Drei Tage, in denen ich mich frage, was zur Hölle falsch gelaufen ist?

Ich meine, wo ist das verdammte Problem?

Sie ist in mich reingestolpert, ich habe sie aufgefangen, wir haben uns angesehen und wussten, dass es passt.

Ich meine, wie hätte es auch nicht passen sollen?

Ihr Arsch ist allererste Sahne, genau wie ihre perfekten Titten, von ihrem hübschen Gesicht mal ganz abgesehen.

Das zwischen Charlotte und mir hat unkompliziert begonnen, also wann zur Hölle ist es dann so kompliziert geworden?

Während ich sie geleckt habe?

Wohl kaum!

Als ich sie gefickt habe? Unwahrscheinlich!

Auch wenn ich das Buch ‚Frauen verstehen‘ nie gelesen habe, erkenne ich doch, wenn mir eine nur etwas vorspielt oder ob sie richtig hart auf meinem Schwanz kommt.

Und Charlotte ist gekommen, mehrfach. Erst an meinem Mund und dann noch mal, als ich mich bis zum Anschlag in ihrer heißen, engen Pussy vergraben habe.

Noch bevor ich das erste Mal bis zu den Eiern in ihr gesteckt bin, wusste ich, dass mir diese eine Nummer nicht reichen wird.

Das schien sie jedoch anders zu sehen.

Aber warum?

Was hat dieses Miststück dazu gebracht, mich, kaum dass ich mir den Gummi vom Schwanz gerollt habe, wie den letzten Idioten dastehen zu lassen?

Was, wenn ich nicht gut genug war?

Nein! *Fuck!* Nein, das ist unmöglich.

Bis jetzt sind mir zumindest keine Beschwerden zu Ohren gekommen.

Es muss an etwas anderem liegen.

Aber an was?

Bullshit!

Ich weiß es nicht und das macht mich wahnsinnig.

Mit der Gesamtsituation mehr als unzufrieden, lege ich meine Hand auf den Hinterkopf der Bitch, die sich gerade die größte Mühe gibt, mich Charlotte vergessen zu lassen, und drücke sie tiefer auf meinen Schwanz.

Sie bäumt sich auf, hustet kurz, überwindet ihren Würgereflex und saugt mich dann so tief in ihren Hals, dass es eigentlich ausreichen müsste, mich alles um mich herum vergessen zu lassen.

Fehlanzeige!

Nicht nur, dass Charlotte anscheinend mit meiner erbrachten Leistung unzufrieden war? Nein. Sie musste mich auch noch vor meinen Brüdern bloßstellen.

Was bei allen *Reapern* hat sie sich nur dabei gedacht?

Was sollte das? Und vor allem, wieso war ihr dieser eine schnelle Fick genug, wenn er in mir den Hunger nach mehr geweckt hat?

Susi oder Sunny oder wie auch immer ... auf jeden Fall war es ein Name mit S, beginnt mir die Eier zu kraulen und leicht an ihnen zu ziehen.

Holy Shit!

Ich stehe darauf, wenn sie das tut. Doch heute hat es nicht den gewünschten Effekt.

Dieses blöde Miststück hatte eine Vodoomuschi oder so etwas. Auf jeden Fall hat sie meinen Schwanz verhext. Anders kann ich mir nicht erklären, warum er plötzlich mit all den Dingen, die ihm sonst ausgereicht haben, nicht mehr zufrieden ist.

„Für einen Mann, dem gerade einer geblasen wird, siehst du ziemlich unzufrieden aus, Enforcer."

Brock, der Sergeant at Arms des Seattle Chapters der *Hell Reaper*, lässt sich blöd grinsend in den Sessel mir gegenüber fallen und beobachtet, an seiner Kippe ziehend, wie der Kopf der Bitch in einem immer schneller werdenden Rhythmus auf und ab wippt.

„Verpiss dich!"

Er macht keine Anstalten aufzustehen.

„Wieso? Störe ich dich etwa bei deiner neuen Lieblingsbeschäftigung?"

Ich verstehe kein Wort.

„Wovon sprichst du?"

„Na davon, dass es dir anscheinend Spaß zu machen scheint, den ganzen Tag über mürrisch zu sein."

Mürrisch?

Echt jetzt?

„Ich bin nicht mürrisch!"

Sein gezischtes „Ach nein?" trieft nur so vor Schadenfreude.

Wenn ich meine Waffe bei mir hätte, würde ich ihm jetzt, ohne zu zögern, eine Kugel in den Schädel jagen.

„Dann sieht also so ein Mann aus, der allerbeste Laune hat?"

„Verpiss. Dich."

Dieses Mal spreche ich, für den Fall, dass er deren Bedeutung nicht kennt, die beiden Wörter langsamer und deutlicher aus.

Susi, Sunny oder wie auch immer versucht, den Kopf zu heben und sich zurückzuziehen. Ich halte sie mit einem warnenden „Mach bloß weiter!" davon ab.

„Nein. Ich bleibe. Die Aussicht gefällt mir hier ganz gut."

Kein Wunder, schließlich streckt die nackte Bitch ihren Arsch direkt in seine Richtung.

Die Zigarette in den Mundwinkel klemmend, beugt er sich vor, packt die Clubhure am Arsch, zieht ihre Pobacken weit auseinander und murmelt dabei ein leises „Nett. Ziemlich nett!" ehe er sich auf die rechte Handfläche spuckt und damit ihre Mitte befeuchtet.

„Es stört dich doch nicht, wenn ich ein wenig meinen Spaß habe?"

„Doch verdammt!" Brock grinst blöd. „Komm schon, Bro. Sei nicht so geizig!"

Es wäre nicht das erste Mal, dass wir uns eine Frau teilen.

„Fuck! Tun was du nicht lassen kannst, aber bleib dabei auf deiner Seite."

„Wusste ich doch, dass ich mich auf dich verlassen kann."

Was auch immer er auf ‚seiner Seite' macht, bringt Susi dazu, ihr Gesicht beiseitezudrehen, nach Luft zu schnappen und kehlig zu stöhnen.

Ihr warmer Atem, der dabei über die empfindlichen Nervenenden an meiner Eichel streicht, lässt mich erschaudern.

Es könnte so gut sein ... Es könnte ... *Verflucht!*

Brock fletscht die Zähne, verpasst dem runden Arsch vor sich einen laut klatschenden Hieb und beginnt die Bitch dann tief und hart mit seiner Hand zu vögeln.

Am Anfang weiß das Mädchen nicht, wie es sich hin und her bewegen soll, doch dann, mit ein bisschen Hilfe, findet sie einen guten Rhythmus.

Es hat fast schon etwas Verzweifeltes, wie ihre Lippen an meinem Glied nach unten rutschen, sich dort festsaugen, nur um dann noch oben zu gleiten.

So gut es auch ist. Trotzdem reicht es nicht aus, um mich abspritzen zu lassen.

Es kommt mir immer mehr so vor, als hätte mich Charlotte verflucht. Vielleicht sollte ich meinen Schwanz in Weihwasser tauchen? Oder ihn mit Weihrauch einreiben?

Holy Shit!

Mit Flüchen kenne ich mich nicht aus.

Vielleicht sollte ich das besser im Internet recherchieren!?

„Das ist doch lächerlich!"

Mir wird erst klar, dass ich das laut ausgesprochen habe, als der Sergeant mir einen fragenden Blick zuwirft. Dann sieht er auf seine Finger und nickt.

„Du hast recht. Ich sollte sie richtig ficken."

Eine Minute später hängt, seine Jeans an seinen Knöcheln, während er in einer fließenden Bewegung von hinten in die Bitch eindringt.

Sunny, Susi oder wie auch immer, deren Gesicht dank der Wucht immer fester in meinen Schoß gedrückt wird, zittert und bäumt sich auf.

Ohne Mitleid wickle ich mir ihre Strähnen um die Faust und hoffe, dass diese Nummer hier es vielleicht doch noch schafft, mich Charlotte vergessen zu lassen.

Die Minuten vergehen, und zugegeben es macht Spaß, aber es ist nicht der Kick, den ich brauche, um endlich wieder einen klaren Kopf zu bekommen.

Diese Frau hier ist mit Fast Food zu vergleichen.

Sie ist ungesund, zweitklassig und stillt für kurze Zeit den Appetit, aber sie macht nicht richtig satt.

Das mag böse klingen, so ist es aber nicht gemeint.

Die Augen schließend, stelle ich mir vor, es wäre Charlotte, die vor mir kniet – die Fantasie allein reicht aus, um mein Sperma tief in die Kehle der Bitch zu spritzen.

Endlich!

Fuck!

Das hat sich fast schon nach Arbeit angefühlt.

Mit einem Fluch ziehe ich mich aus ihrem Mund, stehe auf, zerre meine Hose hoch und überlasse die Clubhure dem Sergeant.

An der Bar organisiere ich mir ein neues Bier, dann gehe ich raus auf den Hof und steuere mein Bike an.

Vielleicht wäre es das Beste, nach Hause zu fahren und mich eine Runde aufs Ohr zu hauen.

„Knox?"

James, der augenscheinlich nach mir gesucht hat, kommt direkt auf mich zu.

„Was ist los, Präs?"

So viel zum Thema Feierabend.

„Hast du schon einen Fortschritt bei der Suche erzielen können?"

Nein!

„Bullshit! Diese Sache gefällt mir nicht, Präs. Wir haben keinerlei Beweise dafür, dass einer von uns in diese Scheiße verwickelt ist. Einen Bruder zu verdächtigen, fühlt sich völlig falsch an."

James knurrt zustimmend, streicht sich mit den Fingern durch die seine kurzen, braunen Haare und spuckt direkt neben seinen Stiefeln auf den Boden.

„Ich weiß, was du meinst. Aber solange auch nur Verdacht besteht, müssen wir dem nachgehen. Wir können es uns nicht leisten, einen Verräter in den eigenen Reihen zu haben."

Er hat zu 100 Prozent recht.

Trotzdem zieht sich mir der Magen zusammen, wenn ich auch nur die Möglichkeit, dass sich ein *Hell Reaper* wegen Geld gegen den Club gewendet hat, in Betracht ziehe.

So etwas darf nicht passieren!

Nicht bei uns. Nicht in unserem Chapter.

Als Vollstrecker obliegt es mir, unsere Feinde aufzuspüren und unschädlich zu machen.

Ich töte Menschen, um die Menschen, die mir etwas bedeuten – die ich zu meiner Familie zähle – zu beschützen.

Das ist mein verfickter Job, und nicht gegen unsere eigenen Reihen Ermittlungen anzustellen.

Seit Rob, unser VP, mir, Brock und natürlich James von seinem Verdacht, dass die ganzen Probleme, die vor einigen Monaten gleich einer Scheißelawine über uns hereingebrochen ist, vielleicht von einem von uns organisiert wurden, schwebt eine dunkle Gewitterwolke über unseren Köpfen.

Angefangen hat alles mit einem geplatzten Drogengeschäft.

Es ging um ein paar lächerliche Kilo Koks.

Eine einfache Übergabe: Geld gegen Ware.

Die Nummer hätte schnell abgezogen werden können, zehn Minuten, mehr wäre für den Tauschhandel nicht nötig gewesen, hätte sich das Treffen in einem ehemaligen Chinarestaurant nicht als Falle herausgestellt.

Die angeblichen Käufer (die jedoch nie vorhatten, uns zu bezahlen) waren nicht nur in der Überzahl, sondern auch schwer bewaffnet.

Kaum dass sie das Koks in greifbarer Nähe hatten, haben sie aus heiterem Himmel das Feuer eröffnet.

Es ging alles so verdammt schnell, Rob wurde von einer Kugel getroffen und hat in dieser Nacht beinahe sein Leben verloren.

Und das alles wegen zwei Kilo Koks.

Lächerlich!

Fuck!

Ich kann mir einfach nicht vorstellen, dass einer meiner Brüder bereit ist, einen von uns wegen knapp hunderttausend Dollar über des Sensenmanns Klinge springen zu lassen.

Das will mir nicht in den Schädel.

Dass Rob noch lebt, verdanken wir einzig und allein James und seiner grandiosen Idee, einen verdammten Krankenwagen zu stehlen. Wobei, streng genommen haben wir ihn nicht gestohlen, denn nachdem wir ihn nicht mehr gebraucht haben, hat er dafür gesorgt, dass das Ding zurückgegeben wurde.

Wir haben uns das Teil also nur geliehen.

Das Einzige, das unser Präsident behalten hat, ist Mabel, seine jetzige Old Lady, die sich damals in dieser unheilvollen Nacht im Krankenwagen befunden hat, nachdem ihr Freund ihr bei einem Streit den Arm gebrochen hatte.

Das, was zwischen den beiden passiert ist, könnte man durchaus Schicksal nennen.

Ich meine, wie hoch waren schon die Chancen, dass James ausgerechnet den Krankenwagen ‚stiehlt‘, in dem sich Mabel aufhält?

Ziemlich gering.

Dem Doc ist es gelungen, unserem Vizepräsidenten die Kugel aus dem Fleisch zu pulen und ihn wieder zusammenzuflicken.

Es war eine echt beschissene Nacht, von der ich keine Wiederholung brauche.

Die Sache wäre nicht so verdammt knapp gewesen, hätten wir unseren VP einfach in eine Klinik bringen können, aber dank der offenen Haftbefehle, die auf ihn ausgesetzt sind, war das ein Ding der Unmöglichkeit.

Wenn die Cops unseren Vize jemals in den Finger kriegen, wandert er für den Rest seines Lebens ins Gefängnis.

Was in Robs Augen noch viel schlimmer ist, als einfach nur zu sterben.

Tod oder Knast? Der Vizepräsident würde, ohne zu zögern, den Tod wählen. Zumindest hätte er das, bevor er Hope begegnet ist.

Jetzt, wo er sich, genau wie James, eine Old Lady genommen hat, könnten die Dinge anders liegen.

Aber wer weiß das schon?

Ich habe keine Lady, und so wie die Dinge stehen, wird sich daran so schnell auch nichts ändern. Ohne es zu wollen, muss ich an Charlotte denken, an die Art, wie sie gestöhnt hat, als ich sie hart rangenommen habe, an ihren zutiefst weiblichen Geruch und den süßen Geschmack ihrer Lippen. Sonnenschein.

Sie zu ficken, hat sich angefühlt, wie ins Licht zu gehen.

Wie Sonnenschein auf der Haut.

Es. War. Perfekt.

Zumindest solange ich in ihr war, danach wurde unser Aufeinandertreffen zum Desaster.

„Hast du Cayden und Ryan schon durchleuchtet?"

James katapultiert mich mit seiner Frage zurück in die Realität.

„Nein. Es fühlt sich falsch an. Die beiden waren in besagter Nacht dabei. Auf sie wurde ebenfalls geschossen. Ich kann mir nicht vorstellen, dass einer der beiden dahintersteckt."

Sich eine Zigarette anzündend, lehnt er sich an sein, direkt neben dem meinen parkendem Bike.

Langsam und genussvoll den warmen Qualm einsaugend, bringt er seine Nackenwirbel zum Knacken.

„Mag sein, dass sie dabei waren, aber sie haben sich keine Kugel eingefangen."

Fuck!

„Wenn das einen verdächtig macht, dann stehe ich ebenfalls auf er Liste der Verräter."

„Deine Integrität ist über jeden Zweifel erhaben!"

James klingt ernst. Freudlos.

„Wieso? Wegen des *Enforcer-Patches* auf meinem Leder?"

Dieses ganze Thema macht mich einfach nur wütend.

Sollte sich herausstellen, dass tatsächlich einer von uns hinter dem Angriff steckt, werde ich dafür sorgen, dass er schon bald bereut, jemals geboren worden zu sein!

„Nein! Weil du dein Leben für jeden von uns ohne zu zögern opfern würdest. Du hättest dir, ohne mit der Wimper zu zucken, für Rob die Kugel eingefangen. Weil du für den Club sterben würdest!"

Richtig.

Das würde ich.

„*Reapers* forever, forever *Reapers!*"

James wiederholt unseren Leitspruch mit ernster Miene.

„Durchleuchte Cayden und Ryan und halt mich auf dem Laufenden. Wenn du irgendetwas Verdächtiges findest, erwarte ich, dass du mich sofort darüber informierst. Nächste Woche stehen einige Verkäufe an und ich will auf alle Eventualitäten vorbereitet sein! Das, was neulich passiert ist, darf sich auf keinen Fall wiederholen!"

Zumindest bei diesem Punkt sind wir uns einig!

„Das werde ich!"

Mit einem Nicken verabschiedet er sich. Ich sehe ihm nach, wie er den Hof überquert und direkt auf Mabel zugeht, die im Schatten der Eingangstüre auf ihn wartet.

Zum ersten Mal beneide ich James um das, was er mit seiner Lady hat.

Es muss schön sein, jemanden nachts an sich ziehen und küssen zu können.

Jemanden zu haben, bei dem man den ganzen Bullshit, der einem Tag für Tag um die Ohren fliegt, vergessen kann ...

2. Kapitel

Eine Frau, die sich zwischen einer Pizza und einem Psychopathen entscheiden muss ...

Es ist Sonntag Abend, seit der Begegnung mit dem *Hell Reaper*, an den ich natürlich so gut wie nie denken muss (Schön wär's!), ist über eine Woche vergangen und ich sitze in dem kleinen, schnuckeligen Apartment, in das ich erst diesen Freitag gezogen bin.

Der Holzboden ist verkratzt, eines der Fenster klemmt und das burgunderrote Sofa hatte definitiv schon bessere Zeiten, trotzdem kommt mir mein neues Zuhause so luxuriös vor wie das verdammte Plaza.

Das hier ist mein Reich.

Ganz. Allein. Meins.

Hier kann ich tun und lassen, was ich will, und niemand redet mir rein oder macht mir irgendwelche Vorschriften. Diese Freiheit ist einfach ...

Einfach ... Hammer!

Das einzige Problem, das ich gerade habe, ist, dass ich mich nicht entscheiden kann, ob ich mein Abendessen beim Italiener oder doch lieber beim Vietnamesen bestellen soll.

Aber hey, es gibt Schlimmeres. Oder?

Mein Leben fühlt sich gerade so gemütlich an wie meine alten, ausgelatschten Lieblingsturnschuhe. Gemütlich. Problem- und reibungslos.

Mit der Fernbedienung des TVs kämpfend, versuche ich bestimmt zum x-ten Mal meinen Netflixaccount anzumelden, als es plötzlich an der Türe klopft.

Nanu? Wer kann das sein?

Ein Nachbar?

Unwahrscheinlich, denn ich kenne noch keinen einzigen.

Gespannt, wer etwas von mir will, stehe ich etwas umständlich von der viel zu weichen Couch auf, gehe zur Türe und riskiere einen Blick durch den Spion.

Ein Kerl, ungefähr in meinem Alter, vielleicht etwas jünger, in Jeans und eng anliegendem Muskelshirt steht im Flur, in seiner Hand baumelt eine Flasche Wein.

Er sieht auf jeden Fall vielversprechend und nicht nach einem Serienkiller aus.

Prompt bereue ich sofort, meine alte Jogginghose – die ich allerdings noch nie zum Joggen anhatte – angezogen zu haben.

Ich sehe scheiße aus!

Aber so ist das schließlich immer, wenn man einem Typen begegnet, den man heiß findet.

Egal.

Entweder er nimmt mich so, wie ich bin, oder er kann sich verpissen!

Die Zeiten, in denen ich wirklich alles gemacht habe, nur um einem Mann zu gefallen, sind zum Glück längst vorbei.

Ich bin ich, und entweder nimmt man(n) mich so, wie er mich kriegen kann, oder eben gar nicht.

Mein neues Lebensmotto lautet: Scheiß drauf!

Und verdammt!

Es fühlt sich echt gut an!

Trotzdem erwische ich mich dabei, wie ich den Bauch einziehe, als ich dem leckeren Fremden die Türe öffne.

„Hey."

Er bedenkt mich mit einem schiefen Lächeln, das zwei Grübchen auf seine Wangen zaubert.

Sexy.

Nicht so heiß wie ein gewisser Vollstrecker aber dennoch gutes Männermaterial.

„Hey, ich bin dein Nachbar direkt von gegenüber, Apartment 160."

Ahhhhha!

Das ist die Türe, vor der ich heute schon fälschlicherweise gestanden bin, weil ich dachte, da wäre ich richtig. Dabei ist an meiner Hausnummer, die direkt neben der Türe an der Wand hängt, nur eine Schraube locker, weswegen die Neun gekippt ist und nun ebenfalls wie eine Sechs aussieht.

„Hallo ich wohne in der 190."

Kaum dass ich das laut ausgesprochen habe, würde ich mir auch schon am liebsten mit der flachen Hand an die Stirn schlagen.

Der Kerl weiß, wo ich wohne, schließlich steht er ja vor meiner Türe.

Himmel!

Das Flirten muss ich echt erst wieder lernen.

Sein amüsiertes „Ja, ich weiß" sorgt erst recht dafür, dass ich mir wie eine Idiotin vorkomme.

Öhm ...

„Kann ich dir irgendwie helfen? Ich deute auf den Wein in seiner Hand. Brauchst du einen Flaschenöffner?"

Er hebt den Merlot hoch und zieht dabei herausfordernd eine seiner Augenbrauen in die Höhe.

Hölle!

Er sieht gut aus.

Schulterlange braune Haare, blaue Augen, volle Lippen und eine kleine Narbe über den linken Mundwinkel, die ihn irgendwie interessant macht.

„Nur wenn du bereit bist, den hier mit mir zu trinken."

Okay. Also er kann flirten, so viel steht fest.

„Du willst auf gute Nachbarschaft trinken?"

Er nickt und sieht mir dabei direkt in den Ausschnitt.

Alles klar, der Wein ist also nicht das Einzige, das er mit mir teilen will.

Das wäre jetzt der Moment, in dem ich als verheiratete Frau dankend ablehnen würde, so aber? Als frisch geschiedene bitte ich ihn herein.

„Setz dich, ich hole den Öffner."

Anstatt zu tun, was ich ihm vorgeschlagen habe, folgt er mir in die winzige Küche, die sich direkt neben dem Wohnzimmer befindet.

Das. Macht. Mich. Nervös.

„Seth!"

„Was?"

„Ich heiße übrigens Seth. Und du?"

Ja klar! *Scheiße!* Wir haben uns ja noch gar nicht vorgestellt.

„Charlotte."

Nicht sicher, was ich tun soll, strecke ich ihm einfach spontan meine Hand entgegen. Seth ergreift sie sofort und nutzt die Gelegenheit, um mit seinem Daumen kleine Kreise auf mein Gelenk zu zeichnen.

Auf unsere Hände schauend, wundere ich mich darüber, dass sich nicht das kleinste Kribbeln in meinem Bauch ausbreitet?

Was soll das?

Hallo? Schmetterlinge, seid ihr da?

Ein gewisser *Hell Reaper* hat mich nur anschauen müssen und meine Hormone sind total durchgedreht.

Und dieser Kerl hier?

Er sieht gut aus, ist eindeutig an mir interessiert und ist verfügbar ...

Also warum stellen sich meine Hormone dann gerade tot?

Vor allem, weil mein neuer Nachbar ein echtes Schnuckelchen ist.

Das ergibt keinen Sinn!

„Freut mich, Charly."

„Ja, mich auch." Nur leider nicht so sehr wie erhofft.

Frustriert entziehe ich ihm meine Hand.

Eine Stunde und die Weinflasche später, passiert, was von vornherein klar war, Seth zieht mich auf seinen Schoß und verpasst mir einen Zungenkuss.

Nicht sonderlich interessiert, aber auch nicht abgeneigt, gehe ich darauf ein, zumindest bis er mich auf das Polster wirft und seine Hose öffnet.

Wow! Da geht aber einer ganz schön ran.

In der Hoffnung, dass mich mein neuer Nachbar einen gewissen Rocker vergessen lässt, beschließe ich, nicht Nein zu sagen.

Warum sollte ich auch?

Ich bin Single und das Leben ist zu kurz, um auf Sex zu verzichten.

„Hast du ein Kondom?"

Seth sieht mich überrascht an.

„Ich bin sauber."

Schön für ihn, aber: „Danach habe ich nicht gefragt."

Zuerst bin ich mir sicher, dass er mir widersprechen wird, doch dann schiebt er zwei seiner Finger in mich und stöhnt, als er spürt, wie heiß und eng ich bin.

Aber bei dem Reaper warst du feuchter!

Die fiese Stimme in meinem Gehirn ausblendend, konzentriere ich mich ganz und gar auf den Mann auf mir.

„Nicht ohne Gummi."

„Hast du einen?"

Nein. So gut vorbereitet war ich dann doch nicht.

Woher hätte ich auch wissen sollen, dass spontaner Sex bei mir klingelt?

„Nein. Ich habe welche bei mir drüben."

„Dann lass uns zu dir gehen."

Seth zögert kurz, dann lässt er seine Finger kreisen und nickt widerstrebend.

Für einen Moment kommt es mir fast so vor, als würde er mich nicht in seinem Apartment haben wollen. Doch dann zerrt er mich aus dem meinen heraus, über den Flur und zu sich und ich verwerfe den Gedanken wieder.

Da muss ich mich wohl getäuscht haben.

Meine Türe steht noch offen, doch das vergesse ich beinahe, bei dem schrecklichen Chaos, das in seine Wohnung herrscht.

Leere Weinflaschen liegen wie Konfetti auf dem Boden verstreut und zerknautschte Zigarettenschachteln bedecken den gläsernen Couchtisch.

Doch das alles gerät sofort in Vergessenheit als mein Blick auf die vier gleich großen Päckchen fällt, die auf einem Sideboard liegen. Der weiße Inhalt ist mit Klarsichtfolie umwickelt und die ist mit etwas rot/rostbraunem beschmiert.

Sind das Koks und getrocknetes Blut?

Nein. Niemals.

Ich meine, warum sollte mein Nachbar einfach so vier Packungen Kokain in seiner Wohnung herumliegen haben, die noch dazu mit Blut besudelt sind?

Das ergibt doch überhaupt keinen Sinn.

Aber wenn ich mich täusche, warum sieht dann das Zeug so aus wie die Kokainpäckchen aus den ganzen Filmen, die ich schon gesehen habe?

Ich meine, es ergibt ja auch keinen Sinn, Mehl, Zucker oder Salz so zu verpacken.

Oder?

„Bist du Bäcker?"

Überrascht von meiner Frage dreht Seth sich zu mir um.

„Nein, warum?"

„Ach, nur so?" Schnell, lass dir was einfallen, Charlotte! Schnell! Wenn das wirklich Blut sein sollte, bist du bei diesem Kerl nicht sicher, schon gar nicht, wenn du blöde Fragen stellst. „Ich habe mich nur gefragt, was du arbeitest?"

Seth, der an nichts anderes als die Kondome denken kann, schöpft keinen Verdacht.

„Ich arbeite gerade gar nichts."

Ach nein?

„Und wovon lebst du dann?"

Das ungute Gefühl in meinem Bauch verstärkt sich.

„Ich erledige hier und da ein paar Jobs. Aber nichts Festes."

Das widerspricht sich irgendwie.

Ist er ein Drogendealer? Ein Verbrecher?

Durchaus möglich. Aber das sollte mich nicht stören, schließlich hatte ich mit dem Vollstrecker des *Hell Reaper Motorcycle Clubs* den besten Sex meines Lebens und es besteht schließlich kein Zweifel daran, dass der auf jeden Fall kriminell und mehr als nur ein wenig gesetzlos ist.

Trotzdem habe ich mich bei Knox sicherer gefühlt als jetzt und hier bei meinem Nachbarn. Seth, der nichts von meinen Gedanken ahnt, zerrt mich mit großen Schritten wieder zu mir rüber.

Ich glaube, ich will, dass er geht. Sofort!

Aber wie mache ich Seth klar, dass ich meine Meinung geändert habe und wir nun doch keine Kondome mehr brauchen?

Männer mögen solche Überraschungen nicht sonderlich.

Und wer könnte es Seth verübeln, wenn er gleich wütend auf mich wird?

Immerhin hatte er schon seine Finger in mir.

Spontaner Sex mit fremden Männern ist eventuell doch nicht die beste Idee.

„Hör mal? Ich glaube, ich habe es mir anders überlegt ...“

Überrascht wirbelt er zu mir herum, packt mich und reißt mich grob an sich.

Der Rotwein macht sich bemerkbar, der Boden unter meinen Füßen schwankt.

Verdammt!

Ich hätte das Zeug nicht so schnell in mich reinkippen dürfen und das schon gar nicht auf leeren Magen.

Heute treffe ich anscheinend eine ganze Menge falscher Entscheidungen.

„Willst du mich verarschen?“

Scheiße!

Hatte er vorhin auch schon so seltsame Stecknadelpupillen?

Ist Seth etwa auf Droge?

Das wird ja immer beschissener hier!

„Nein. Tut mir leid, aber ...“

„Fick dich! Oder falsch! Ich ficke dich. Erst heißmachen und dann abblitzen lassen läuft bei mir nicht, Schlampe!“

Okay. Jetzt stecke ich also so richtig in der Klemme.

Verdammt!

Ich hätte ihn nicht reinlassen und mir einfach was beim Italiener bestellen sollen.

Pizza statt Psychopath wäre mir lieber gewesen.

Aber die Erkenntnis kommt wohl ein bisschen zu spät.

„Lass mich sofort los!“

Anstatt auf mich zu hören, winden sich seine Finger nur noch fester um meine Handgelenke.

Wenn er noch mehr Kraft aufwendet, bricht er mir die Knochen.

Das hast du ja toll hinbekommen, Charlotte!

Danke für den Hinweis liebes Gehirn, das ist mir durchaus bewusst.

Nicht sicher, wie ich aus dieser Nummer wieder rauskomme, hoffe ich auf ein Wunder.

Doch das mit den Wundern ist immer so eine Sache. Man kann sie nicht bestellen und meistens, wenn man eines braucht, hört das Universum nicht zu ...

„Lass. Mich. Los.“

„Warum sollte ich? Erst bestehst du auf ein Kondom und dann, wenn es ernst wird, schickst du mich zum Teufel? Nope! Da mache ich nicht mit. Ich verschwinde, sobald du mir gegeben hast, was du mir schuldest."

Schulden?

Ich glaube, ich habe mich gerade verhört!

„Du redest nur Scheiße! Weißt du das?"

Seth sieht mich aus wütend zusammengekniffenen Augen an, schleudert mich dann brutal auf den Boden und zieht sich die Hose aus.

Wunder! Hallo!

Haaalllooooooooo?!

Liebes Schicksal! Höööörst duuu miicccccch?

Ich bräuchte mal kurz deine Hilfe!

3. Kapitel

Der Vollstrecker, ein Schwuppdiwupp und ein Finger als Souvenir

Nicht sicher, was ich von dem, was ich gerade von einem unserer zuverlässigsten Informanten erfahren habe, halten soll, lasse ich meine Faust wütend gegen den Türrahmen von James Büro knallen und lege mir bereits gedanklich zurecht, wie ich unseren Präsidenten darüber informieren soll, dass Rob mit seiner Vermutung, dass wir eine Ratte unter uns haben, recht hatte.

Ein Verräter in den eigenen Reihen?

Holy Fuck!

Das schmerzt mehr als ein Messer zwischen den Rippen.

Loyalität ist der Klebstoff, der unsere Bruderschaft zusammenhält.

Wenn die zu bröseln beginnt, droht alles auseinanderzufallen.

„Hast du eine Minute?"

James Kopf ruckt nach oben.

„Hast du was herausgefunden?"

Etwas in meiner Stimme muss mich verraten haben.

„Habe ich."

„Setz dich."

Er deutet auf den Stuhl direkt ihm gegenüber, auf der anderen Seite seines massiven Akazienholzschreibtischs, auf dem nicht nur seine Waffe, sondern auch zehn Kilo reines Heroin und die noch nicht ganz fertige Steuererklärung liegen.

Ha!

Wenn das Finanzamt wüsste, was wir mit den Waffen und den Drogen verdienen, würde es alles tun, um den Handel zu legalisieren, nur damit es seinen Anteil davon einfordern kann.

Aber es hat zum Glück keine Ahnung, und so bleibt uns der ganze Kuchen.

Den kompletten Weg von dem Treffpunkt von unserem Informanten zurück zum Club habe ich mir überlegt, wie ich dieses Gespräch beginnen soll.

Mir ist nichts Schlaues eingefallen.

Ganz egal, was ich sage oder wie ich es formuliere, der Kontext ist der gleiche.

„Rob hatte mit seiner Vermutung womöglich recht."

James Lippen bilden einen dünnen Strich.

„Wir wurden also von einem Bruder verraten?"

Er klingt mindestens so fassungslos wie ich.

„Es sieht alles danach aus."

„Wer ist es?"

„Keine Ahnung." James sieht mich zweifelnd an. Fast so, als ob er glauben würde, dass ich ihm etwas vorenthalte. Was ich aber nicht tue.

„Ehrlich nicht, Präs. aber dafür habe ich den Namen von einem Typen, der angeblich damit geprahlt hat, dass er den *Hell Reapers* Koks gestohlen hat."

James wirkt fassungslos.

„Echt jetzt? So blöd kann doch keiner sein."

Aye, das war auch meine erste Reaktion.

„Vielleicht ja doch?! Ich meine, was erwartet man schon von einem Wichser, der dumm genug ist, sich mit uns anzulegen?"

Während er mir zunickt, lehnt er sich in seinem Sessel zurück und reibt sich nachdenklich über den Nacken.

„Wo finden wir dieses Genie?"

„Hoffentlich bei der Adresse, die sich in meiner Hosentasche befindet."

James steht auf, schnappt sich seine Knarre, steckt sie sich hinten in den Hosenbund und holt ein Messer aus der obersten Schublade seines Schreibtischs. Nachdem er es mit der ledernen Scheide an seinem Gürtel befestigt hat, knurrt er mir ein „Lass uns die Scheiße auf ihren Wahrheitsgehalt prüfen!" zu und läuft voraus.

Ich folge ihm, das ungute Gefühl in meinem Magen verstärkt sich mit jedem Atemzug.

Ryan, der bis eben noch entspannt an der Bar saß, sieht uns kommen, springt sofort auf und läuft mir entgegen.

„Was ist los? Gibt es Probleme?"

Allerdings!

Aber solange ich nicht ausschließen kann, dass es sich bei ihm um den Verräter handelt, werde ich kein Wort sagen.

„Wir müssen nur etwas erledigen."

Allein die Vorstellung, dass er oder Cayden die Ratte ist, lässt mich mit den Zähnen knirschen.

Die beiden waren bei der misslungenen Übergabe, bei der unser VP beinahe getötet wurde, dabei. Wenn sich tatsächlich herausstellt, dass sie mit dem Kerl, dem wir jetzt einen Besuch abstatten werden, zusammengearbeitet haben, raste ich aus.

„Soll ich euch begleiten?"

Wäre seine Loyalität über jeden Zweifel erhaben, würde ich sofort ja sagen, schließlich wissen wir nicht, was gleich auf uns zukommen wird.

So aber?

„Nein."

Es muss reichen, dass uns Rob und Brock begleiten.

Selbst als ich den Hof betrete, spüre ich noch Ryans neugierigen Blick zwischen meinen Schulterblättern.

James und der Sergeant stehen neben ihren Bikes, von unserem Vizepräsidenten fehlt noch jede Spur.

„Wo ist Rob?"

„Er ist mit seiner Lady im Kino, ich kann ihn nicht erreichen. Sein Telefon scheint ausgeschaltet zu sein."

Damit wären wir nur drei.

„Ist vielleicht auch besser so." Vor allem, wenn man bedenkt, dass er wegen dieses Wichsers beinahe gestorben ist.

Des Präsidenten Mundwinkel ziehen sich kurz nach unten.

„Die Adresse?"

Den zerknitterten Zettel aus der Tasche ziehend, lese ich die Straße, die darauf steht, laut vor.

Brock nickt wissend.

„Ich weiß, wo das ist."

Das trifft sich gut, mir sagt dieser Teil der Stadt nichts.

„Der Typ, den wir suchen heißt Seth Turner, er wohnt angeblich im Apartment 160."

Turner? Turner? Turner? Das sagt mir etwas?

Ich zermartere mir das Hirn, doch es bringt nichts.

„Kommt euch der Name nicht irgendwie bekannt vor?"

Brock und James tauschen einen kurzen Blick.

„Nein. Wir hatten mal einen Prospect namens Seth. Der Typ war blöder als zehn Meter Feldweg. Wir haben ihn nach acht oder neun Wochen rausgeworfen. Aber das ist eine Ewigkeit her."

Fuck Yeah!

Jetzt fällt es mir wieder ein.

„War das nicht der Typ, der Ryans Schwester geheiratet hat?"

Die Verbindung zu Ryan gefällt mir nicht. Sie gefällt mir ganz und gar nicht.

„Nein, nicht geheiratet. Nur gefickt. Das Mädchen ist doch dann mit einem anderen Kerl nach Europa abgehauen. Ryan ist damals fast ausgeflippt wegen ihr."

So langsam setzen sich die einzelnen Puzzleteile zusammen, das Gesamtbild, das sich nach und nach abzeichnet, lässt mich die Fäuste ballen.

„Was, wenn dieser Seth und der alte Seth der Gleiche ist?"

Brock wirft mir einen nachdenklichen Blick zu.

„Dann wissen wir, wer die verdammte Ratte ist, deren Verrat uns beinahe den Vize gekostet hat."

Bloody Hell!

In Seattle leben knapp achthunderttausend Menschen. Das ist eine ganze Menge.

Es wird in dieser Stadt also mit Sicherheit mehr als nur einen Seth geben.

Trotzdem! *Fuck!* Ich glaube nicht an Zufälle.

Das habe ich noch nie.

Gegen den Drang ankämpfend, zurück ins Clubhaus zu marschieren, um Ryan die Scheiße aus dem Leib zu prügeln, steige ich auf meine Maschine und stülpe mir den Helm über den Kopf.

„Lasst uns checken, ob es sich bei diesem Seth um unseren ehemaligen Anwärter handelt!"

James gibt ein zustimmendes Brummen von sich, ehe er mit einem gemurmelten: „Diese Sache wird immer beschissener!" auf seine schwarze Harley steigt.

Brock marschiert zu seinem etwas abseits stehenden Motorrad, er verzichtet genau wie der Präsident auf einen Helm und startet stattdessen gleich mit einem zornigen Tritt den Motor.

Wir rollen in Schrittgeschwindigkeit auf das Tor zu.

Bevor wir es passieren, lenkt James seine Maschine zu Scott, den zum Wachdienst verdonnerten Anwärter.

Er sagt etwas zu ihm und dieser nimmt den Befehl mit einem ernsten Nicken entgegen und schnappt sich sogleich das Maschinengewehr, das bis eben neben ihm am Zaun gelehnt hat.

Auch wenn ich nicht hören kann, was gesprochen wird, bin ich mir sicher, dass es mit Ryan zu tun hat.

Verflucht!

Die Scheiße beginnt immer unschöner zu werden.

Keine halbe Stunde später kommen wir an der Adresse an, steigen zeitgleich von unseren Motorrädern und gehen dann auf den ziemlich renovierungsbedürftigen Apartmentkomplex zu.

„Der Ort passt auf jeden Fall schon mal zu dem Seth, an den ich mich erinnere."

Brock klingt ernst. James Mimik gibt nichts von dem, was in seinem Schädel abgeht, preis. Aber das muss sie auch nicht, ich kann mir auch so vorstellen, was er sich denkt.

Dank dem Außer-Betrieb-Schild, das an dem Aufzug hängt, nehmen wir die Treppe, und obwohl es keiner von uns eilig zu haben scheint, kommen wir schnell im fünften Stock an.

„Welche Apartmentnummer?"

Der Sergeant wirft mir einen kurzen Blick zu.

„160."

Wir gehen an der 100 vorbei, genau wie an der 110, der 120 und der 130. Keine Ahnung wer sich diese Aufteilung ausgedacht hat, für mich ergibt sie auf jeden Fall keinen Sinn.

Nach der 15 ziemlich am Ende des Ganges, die garantiert mal eine 150 war, die ihre Null verloren hat, stoppt James und sieht irritiert von links nach rechts. „Die 160 gibt es zwei Mal."

Brock legt die Stirn in Falten.

„Gut. Und welche nehmen wir jetzt?"

„Beide. Ganz einfach. Ihr nehmt die links und ich nehme die Türe rechts.

Einer von uns wird dann schon richtig sein."

Wir klopfen gleichzeitig.

Als bei James und Brock keiner aufmacht, tritt der Sergeant die Türe kurzerhand ein.

Geduld war noch nie eine seiner Stärken.

Höflich wie ich bin, klopfe ich erneut. Aber nicht, weil ich so nett bin, sondern weil es fast so aussieht, als ob das Apartment vor mir eigentlich die 190 wäre, bei der die 9 einfach nur gekippt ist.

Trotzdem ist es durchaus möglich, dass Seth hier lebt.

Mein Informant mag zuverlässig sein, aber als intelligent würde ich ihn nicht bezeichnen. Durchaus möglich, dass er die ehemalige 190 für eine 160 hält.

Meine Faust knallt erneut gegen das abgewetzte Holz, es macht keiner auf, dafür höre ich im Hintergrund aber Stimmen, was bedeutet, dass jemand zu Hause ist.

Aber wenn dieser ‚Jemand' nichts zu verbergen hat und sich auch nicht aus irgendwelchen Gründen verstecken muss, warum öffnet er dann, verfickte Scheiße noch mal, nicht die blöde Türe, vor der ich stehe.

Alles sehr verdächtig!

Ungeduldig und mehr als nur ein wenig schlecht gelaunt, mache ich es James nach, hebe mein Bein und verschaffe mir Zutritt.

Keine Ahnung, womit ich gerechnet habe? Vielleicht mit einer verrückten alten Frau, die hier mit einem Dutzend Katzen im Chaos lebt? Oder einer mexikanischen Flüchtlingsfamilie, die Angst vor der Einwanderungsbehörde hat?

Selbst mit dem verdammten Löwen, den jemand vor knapp einem halben Jahr wie auch immer aus dem Zoo gestohlen hat, hätte ich eher gerechnet, als mit der Szene, die sich mir bietet.

Seth – genau der Seth, der damals unser Anwärter war – kniet über einer am Boden liegenden Frau, die sich mit Händen und Füßen gegen ihn wehrt.

Zuerst bin ich einfach nur erleichtert, den Wichser gefunden zu haben. Dann kommt mir plötzlich die Stimme der Frau, die er gerade vergewaltigen will, verdammt bekannt vor.

Aber woher?

W-o-h-e-r?

Der Groschen fällt: Charlotte.

Nein. *Fuck!* Das kann nicht sein. Oder?

Wie sollte die Zicke, die mir einfach nicht mehr aus dem Kopf gehen will, ausgerechnet an unseren ehemaligen Anwärter kommen?

Was, wenn sie ebenfalls hinter dem Verrat steckt?

Nein!

Das ist sogar für mich, der nicht an Zufälle glaubt, zu weit hergeholt.

Von dem Lärm, der nun mal dabei entsteht, wenn eine Türe eingetreten wird, alarmiert, dreht sich das Arschloch zu mir um und erstarrt vor Schreck.

Das Mädchen nutzt den Moment, um auszuholen und ihm mit flacher Hand ins Gesicht zu schlagen, was ihr wiederum Seths Aufmerksamkeit einbringt.

Der Bastard zögert nicht, ballt eine Faust und will zurückschlagen.

Ich. Sehe. Rot.

Plötzlich interessiert mich der Angriff auf den Club nicht mehr, zumindest nicht mehr so wie vorher. Auch das gestohlene Kokain tritt in den Hintergrund. Alles, was noch für mich zählt, ist, Seth davon abzuhalten, die Frau zu schlagen, deren Voodoo-Muschi meinen Schwanz verflucht hat.

So schnell mich meine Füße tragen, renne ich auf den Bastard zu, reiße ihn von Charlotte runter und schleudere ihn auf den Boden. Mein wütendes Brüllen hallt durch die Wohnung und vermischt sich mit dem erschrockenen Schrei der Frau, die mit zerrissenem Shirt und weit aufgerissenen Augen zu mir hochsieht.

Bloody fucking Hell!

Selbst verängstigt und verletzt ist sie mit Abstand das schönste Mädchen, das mir jemals begegnet ist!

Kein Wunder, dass ich es nicht vergessen konnte.

Dank des Tumults informiert, stürmen Brock und James in das Apartment und erfassen die Szene mit einem Blick. Charlotte sieht an mir vorbei, starrt mit offenem Mund auf den bewaffneten Sergeant at Arms und rutscht instinktiv ein Stück nach hinten.

Wer kann es ihr verübeln?

Brock sieht aus, als würde er Seth gleich mit bloßen Händen zerreißen.

Fuck!

Fuuucccckkkk!

Bis jetzt war ich mir sicher, dass nichts schwerer wiegen kann, als uns zu bestehlen und wegen lächerlichen 100 000 Dollar beinahe unseren Vizepräsidenten umzubringen.

Damit lag ich falsch, zumindest teilweise.

Charlotte vergewaltigen zu wollen, ist mindestens genauso schlimm!

Holy Shit!

Das Bedürfnis, dem ehemaligen Prospect die Kehle aufzuschlitzen, wird beinahe so stark, wie das, meine Lungenflügel mit frischem Sauerstoff zu füllen.

Seth, dessen Blick fassungslos zwischen mir, Brock und James hin und her zuckt, versucht aufzustehen. Brock hält ihn mit einem kräftigen Tritt in den Magen davon ab.

Nach Lust japsend und mit vor schmerzverzerrter Mimik, bricht das Arschloch zusammen und hält sich mit beiden Armen den Bauch.

„Ihr blöden Wichser! Wie habt ihr mich gefunden?"

Ernsthaft?

Das ist die einzige Frage, die er stellen will?

Idiot!

Kein Wunder, dass wir ihn schon nach kurzer Zeit rausgeworfen haben, aus ihm wäre nie ein guter *Hell Reaper* geworden.

Loyalität ist ein hohes Gut, das man nicht kaufen kann.

Genau wie Ehrgefühl und Ideale.

Was ist ein Mann wert, auf den man sich nicht verlassen kann?

Nichts. Absolut nichts! So einfach.

„Wieso sollten wir dich nicht finden?"

James beobachtet jede von Seths Regungen.

„Weil ich extra die verdammte Neun bei diesem Apartment gelockert habe."

Ernsthaft?

Eine auf dem Kopf stehende Neun hätte ihn vor uns beschützen sollen?

Wenn er das ehrlich gedacht hat, dann ist dieser Trottel noch viel blöder als gedacht.

„Was bringt es dir, eine Türnummer zu manipulieren, wenn du dich dann an genau dem Ort, an den du deine Feinde lockst, aufhältst?"

Es verwundert mich nicht, dass Seth die Frage nicht versteht.

Das wenige Gehirn, das ihn Mutter Natur in die Wiege gelegt hat, scheint seinem Drogenkonsum zum Opfer gefallen zu sein.

„Mit wem arbeitest du zusammen?"

Brock, dem die Geduld ausgeht, kommt direkt zum Punkt.

Mir soll es recht sein, Hauptsache der Bastard stirbt zum Schluss durch meine Hand.

Während Seth Zeit schindet, indem er immer weiter nach hinten, Richtung Couchtisch rutscht, streife ich mir das Leder ab, gehe vor Charlotte in die Hocke und bedecke damit ihre Blöße, was mir ein ziemlich zittriges „Danke." einbringt.

„Nicht dafür, Baby."

Mag sein, dass sie denkt, dass diese Geste ritterlich war. Damit liegt sie falsch.

Klar will ich, dass sie sich besser fühlt.

Aber es ging mir auch gegen den Strich, dass sie halb nackt auf dem Boden sitzt, während sich noch drei andere Männer im Raum aufhalten.

Diese Frau weiß es vielleicht noch nicht, aber sie gehört mir.

Seitdem ich sie an die Wand gepresst genommen habe, ist eine ganze verdammte Woche vergangen, in der ich sie nicht vergessen konnte.

Und bis ich diese Türe eingetreten habe, war ich mir nicht sicher, aus welchem Grund das so war.

Weil ich sie noch einmal ficken wollte?

Weil sie mir eine Abfuhr verpasst hat?

Oder weil sie das süßeste und faszinierendste Geschöpf ist, das mir je unter die Augen gekommen ist?

Ich war mir nicht sicher.

Nicht, bis ich die verdammte Türe eingetreten habe und miterleben musste, wie dieser Wichser sich an ihr vergehen wollte.

Da wurde es mir auf einen Schlag klar: Es geht nicht nur um Sex.

Das zwischen uns ist mehr, viel mehr ...

„Ich habe auf ein Wunder gehofft und plötzlich bist du wie aus dem Nichts aufgetaucht und hast mich gerettet."

Charlotte klingt nicht nur überrascht und mehr als atemlos, sondern sie zittert auch am ganzen Leib.

„Du stehst unter Schock!"

Sie schüttelt den Kopf.

„Nein. Ich habe wirklich auf ein Wunder gehofft."

Das glaube ich ihr auch. Aber das ist noch lange kein Grund, in mir einen verdammten Superman zu sehen. Denn wir alle wissen, ich bin das Gegenteil. Ich bin der Antiheld.

Der Böse in der Geschichte und der Grund, aus dem fucking Batman – wenn es ihn denn geben würde – aus seinem Versteck kommt und sich auf sein Batmobil schwingt, um mit wehenden Fahnen nach Seattle zu rasen.

„Komm. Hoch mit dir."

Ich packe sie vorsichtig an den Schultern, ziehe sie vom Boden, setze sie auf das Sofa und benutze meine Kutte als Decke.

Der Anblick von dem Mädchen mit meinem Leder haut mich fast um.

Es sollte mir nicht so gut gefallen, mit welcher Ehrfurcht sie mich ansieht.

Und es sollte mir noch viel weniger gut gefallen, Charlotte unter meiner Weste zu sehen.

Denn auch wenn das Mädchen es nicht weiß, aber das bedeutet etwas in meiner Welt.

„Danke."

„Du hast dich bereits bedankt und ich habe dir schon gesagt, dass das nicht nötig ist."

Mit fest zusammengebissenen Augen beobachte ich, wie sich eine einzelne Träne aus ihrem Augenwinkel löst.

„Ohne dich hätte er mich ... er hätte ... er wollte mich ..."

Sie bringt das Wort nicht über die Lippen und das ist auch gar nicht nötig. Wir wissen alle, was Seth ihr antun wollte.

„Beruhig dich. Alles wird gut."

Hoffnung blitzt in ihren smaragdgrünen Augen auf.

„Versprochen?"

Fuck!

Ich sollte es nicht tun!

Dinge zu versprechen, auf die man keinen Einfluss hat, ist nie eine gute Idee.

Ich tue es trotzdem.

Wie sollte ich auch nicht, wenn mich dieses Mädchen so ansieht?

„Versprochen!"

Sie nickt und scheint sich wieder etwas zu fangen.

„Ich bin froh, dass du hier bist, Knox."

Ach ja?

Eine gehässige Stimme meldet sich in meinem Schädel zu Wort.

„Und das, obwohl du es das letzte Mal kaum erwarten konntest, von mir wegzukommen?"

Trotz meiner Bemühungen, das möglichst locker rüberzubringen, ist der Zorn, der sich bei der Erinnerung in mir ausbreitet, deutlich herauszuhören.

Dieser Frau ist gelungen, was zuvor noch keine geschafft hat.

Sie hat mein Ego angeknackst.

„Ich ... Es tut mir leid, Knox."

Ja! *Fuck!* Das sollte es auch.

Ich ficke sie, als würde mein Leben davon abhängen, und sie verpasst mir eine Abfuhr.

Das hätte kein Mann einfach so weggesteckt.

Noch bevor ich etwas erwidern kann, bricht hinter mir plötzlich das Chaos aus. Glas bricht. Etwas fällt zu Boden. Der Präsident flucht.

Alarmiert drehe ich mich um meine eigene Achse, James hat einen langen, tiefen Schnitt am Arm, Brock springt einen Schritt zurück und Seth der Wichser hält wie aus dem Nichts eine zerbrochene Glasflasche in der Hand und grinst dabei wie ein Killer auf Kocks.

„Ich werde euch alle töten! Einen nach dem anderen, und dann ficke ich das Mädchen bis es blutet."

Drohung Nummer Eins hätte es nicht geschafft, mich zu reizen.

Morddrohungen gehören als *Hell Reaper* fast schon zu unserem Alltag, sie sind weiß Gott nichts Neues für meine Ohren. Drohung Nummer Zwei hingegen löst eine solch unkontrollierbare Wut in meinem Inneren aus, dass ich nicht zögere, meine Waffe ziehe, auf die Hand des Arschlochs ziele und zweimal den Abzug betätige.

Seth schreit, Charlotte kreischt entsetzt und das Knallen der Schüsse hallt von den Wänden wider.

Dann tritt eine seltsame Stille ein, die nur dann und wann von Charlottes Schluchzern durchbrochen wird.

Fuck!

Wäre es nicht so ernst und würde hier nicht so viel auf dem Spiel stehen, wäre es fast schon lustig, wie fassungslos Seth auf dem Boden kniet, tausend grüne Glasscherben liegen um ihn herum verstreut, während drei seiner Finger in einer roten Pfütze schwimmen.

„Guter Schuss, Bro. Verdammt guter Schuss!"

Brock sieht mich ehrfürchtig an.

„Es waren Schüsse!" Verbessere ich ihn.

„Meine Finger! Du hast meine Finger abgeschossen."

Was ein Schnellchecker.

„Habe ich! Und wenn du uns jetzt ganz brav erzählst, was wir wissen wollen, bin ich so nett und schenke sie dir als eine Art Souvenir."

James, der mit einer Hand versucht, die Blutung an seinem linken Arm zu stoppen, lacht laut.

„Fuck Bro! Immer wenn ich denke, du kannst nicht noch abgefuckter sein, überraschst du mich jedes Mal aufs Neue."

Ich muss lachen.

„Ich fasse das als Kompliment auf."

„Solltest du auch, Bruder."

Brock, der sich inzwischen eine Zigarette angezündet hat, geht auf Seth zu.

„Wo ist unsere Ware?"

Keine Ahnung, ob der Idiot nicht antworten kann, weil er immer noch nicht verwunden hat, dass seine Finger vor ihm in seinem eigenen Blut schwimmen, oder weil er einfach ein Trottel ist?

Auf jeden Fall behält er die Information, die der Sergeant at Arms einfordert, für sich, und zwingt ihn so, seine Frage zu wiederholen.

Was normalerweise etwas ist, das Brock nur sehr ungern macht.

Für gewöhnlich fängt er an, seine Gesprächspartner nach und nach zu verstümmeln, bis sie endlich reden.

Doch in diesem Fall bin ich ihm da zuvorgekommen.

„Wo. Ist. Unsere. Ware?"

„Fick dich, Sergeant!"

Zonk! Falsche Antwort.

Brock verliert die Geduld, zieht sein Messer und rammt es dem Arschloch in den Oberschenkel.

Keine Ahnung, wer lauter schreit, Charlotte oder er?

Unter anderen Umständen würde ich nie zulassen, dass sie diese Scheiße mit ansieht. Aber in diesem Fall bleibt mir nichts anderes übrig.

„Schließ die Augen, Mädchen. Es ist gleich vorbei!"

Ich mache mir nicht die Mühe, zu prüfen, ob sie meine Anweisung befolgt.

Charlotte ist alt genug, selbst zu entscheiden, was sie für das Richtige hält.

Es vergehen einige Minuten, bis Seth sich wieder so weit beruhigt hat, dass er reden kann.

Speichel tropft ihm aus dem Mundwinkel, die Überheblichkeit, mit der er uns eben noch behandelt hat, ist gänzlich verschwunden.

Stattdessen zeichnet sich eine unübersehbare Todesangst auf seiner Mimik ab.

Mein Mitleid hält sich in Grenzen.

Als ehemaliger Anwärter wusste er besser als jeder andere, was passiert, wenn man sich in Clubangelegenheiten einmischt.

„Wo ist das Koks?"

Brocks Stimme hat einen mehr als unheimlichen Unterton angenommen.

Ich kenne ihn gut genug, um zu wissen, dass gleich ein paar sehr schlimme Dinge passieren.

„Wo verdammt noch mal?"

Des Sergeants Brüllen hallt durch das gesamte Apartment.

„Ich glaube, ich weiß, wo es ist?" Mischt sich das Mädchen ein.

Sämtliche Blicke richten sich auf die Frau, die bis zum Hals mit meinem Leder bedeckt ist.

„Ach ja?"

„Bei ihm drüben liegen vier gleichgroße, weiße Päckchen auf dem Schrank. Sie sind alle mit getrocknetem Blut verschmiert und sehen für mich sehr nach Kokain aus?"

Während James sich über diese Information zu freuen scheint, und Brock sein Messer aus Seths Oberschenkel zieht, geht mir nur eine Sache im Kopf rum: Sie war bei ihm in seiner beschissenen Wohnung. Warum?

Sind die beiden etwa zusammen?

Hatten sie heute Abend nur einen Streit, der außer Kontrolle geraten ist, und ist Charlotte in Wirklichkeit in diese ganze Scheiße involviert?

Nein!

Oder?

Es fällt mir schwer, zu glauben, dass das Mädchen an all dem Bullshit, der passiert ist, beteiligt war.

Aber wieso eigentlich nicht?

Ich meine, wieso sollte sie sonst mit einem *Reaper* mit in seinen verdammten Motorcycle Club gehen, den sie null kennt und in den sie angeblich zufällig, dank reiner Unaufmerksamkeit reingestolpert ist?

Das ergibt keinen Sinn.

Ich gehöre nun wirklich nicht zu den Typen, die auf den ersten Blick vertrauenserweckend aussehen.

Fuck!

Fuuuccckkk!

Diese Möglichkeit gefällt mir nicht.

Trotzdem muss ich sie in Betracht ziehen, ob ich will oder nicht.

Dafür steht einfach zu viel auf dem Spiel.

Das sind wir unserem Vizepräsidenten schuldig.

James, der sich auf den Weg macht, nach den Drogen zu suchen, lässt mich mit Brock und Charlotte allein.

Der Sergeant staunt nicht schlecht, als ich das Mädchen ins Visier nehme.

„Ist das Arschloch da dein Freund? Gehörst du zu ihm?"

Die Frau sieht mich überrascht an.

So. Verdammt. Schön.

Kein Wunder, dass ich sie nicht aus meinem Kopf bekommen konnte.

Nicht alle Nutten dieser Welt könnten mich dieses Mädchen vergessen lassen. Dafür ist es einfach viel zu besonders.

„Er wollte mich vergewaltigen! Schon vergessen?"

Richtig. Wollte er.

„Die meisten Vergewaltigungen passieren durch den eigenen Ehemann oder Partner, genau wie die meisten Morde."

Eine traurige Tatsache, die ich niemals nachvollziehen kann.

Ja, ich bin ein Mörder und ja, meine Seele ist nicht einfach nur dunkel, sondern pechschwarz. Aber meiner Frau würde ich nie etwas antun! Niemals. Als ihr Mann ist es meine Aufgabe, sie zu beschützen, nicht sie zu verletzen oder gar umzubringen.

Diese Welt ist so scheinheilig.

All die normalen Bürger verurteilen uns *Hell Reaper* für die Art, wie wir leben, sind aber selbst die viel größeren Wichser.

„Das meinst du nicht ernst?"

„Doch. Das ist leider so. Also beantworte meine Frage? Warst du an dem Raub beteiligt?"

Charlotte schüttelt entschieden den Kopf.

„Nein. Ich weiß ja nicht mal, wovon du da überhaupt redest. Ich bin hier gerade erst eingezogen und habe Seth vor wenigen Stunden noch gar nicht gekannt."

Interessant.

„Und trotzdem wolltest du mit ihm ficken?"

Allein das auszusprechen, fühlt sich schon falsch an.

Wenn es nach mir ginge, gäbe es nur noch einen Schwanz, den diese Frau reiten darf, und zwar meinen.

„Wir kannten uns auch nicht länger. Schon vergessen?"

Wie könnte ich ...?

Trotzdem dachte ich, dumm wie ich bin, das mit uns wäre etwas Besonderes gewesen. Wie falsch ich doch damit lag.

Zorn steigt in mir auf, Eifersucht kontrolliert mein Denken.

Charlotte scheint das zu spüren, setzt sich auf und sieht mich flehend an.

„Ich dachte, wenn ich meinen neuen Nachbarn vögle, könnte es mir vielleicht dabei helfen, dich zu vergessen."

Sie sagt das so leise, dass ich mir nicht sicher bin, ob Brock sie überhaupt gehört hat.

Ein Teil von mir will ihr glauben, ein anderer hingegen hält sie immer noch für verdächtig.

„Schon klar. Und Schweine können fliegen."

„Was glaubst du wohl, warum er mich vergewaltigen wollte? Das wäre wohl kaum notwendig gewesen, wenn ich es mir nicht anders überlegt hätte. Oder?"

Der Punkt geht an sie.

„Woher weißt du dann, wo er die Drogen aufbewahrt?"

„Ganz einfach, weil wir bei ihm drüben waren, ein Kondom holen. Ich habe keine hier und ohne Schutz kein Sex. So einfach."

Das mit dem Gummi glaube ich ihr sofort.

Verdammte Scheiße!

Nicht mal ich hätte sie ohne Verhütung ficken dürfen.

Ich glaube ihr immer mehr.

Spätestens als James mit dem gestohlenen Kokain zurückkommt, verschwinden meine Zweifel allmählich.

„Deine Kleine hat nicht gelogen."

„Sie ist nicht meine Kleine!" *Noch nicht zumindest!*

James grinst blöd und nickt auf die Frau mit meinem Leder.

„Aye, ich sehe es."

„Das war nur ..."

Ich klappe den Mund wieder zu.

Wem will ich hier eigentlich etwas vormachen?

Dem Präsidenten?

Dem Sergeant?

Oder eventuell doch eher mir?

Um das zu klären, wird sich später sicherlich noch eine Möglichkeit finden, jetzt müssen wir erst mal herausfinden, wer zum Henker mit diesem Stück Scheiße gemeinsame Sache gemacht hat? Sollte sich mein Verdacht, Ryan betreffend, bestätigen, ist das ein verdammt schwarzer Tag für den *Hell Reaper Motorcycle Club*.

„Mit wem hast du zusammengearbeitet?"

Seth schweigt, keine Ahnung ob aus Schock, Schmerz oder Sturheit.

„Wenn du nicht noch ein paar Finger verlieren willst, antwortest du jetzt besser!"

„Sobald ich euch den Namen verraten habe, bin ich ein toter Mann."

Lustig.

„Der bist du jetzt schon. Die Frage ist nur, wie du stirbst. Langsam und qualvoll oder schnell und mit dem letzten Rest Würde, den du dir bis jetzt bewahren konntest."

Nicht dass es viel wäre ...

„Was muss ich tun, damit ihr mich am Leben lasst?"

Blöde Frage. „Die Zeit zurückspulen." Die Antwort kam von niemand Geringerem als dem Präsidenten höchstpersönlich.

„Aber das kann ich nicht."

„Eben!" James nickt. „Und genau deswegen wirst du sterben."

Der Verräter hat echt genug Nerven, wie ein Baby zum Heulen anzufangen, während er vorsichtig mit der unverletzten Hand seine Finger aufhebt.

„Dem Club beizutreten, war der größte Fehler meines Lebens. Ihr seid alle Hurensöhne. Selbst euren Schwestern sind Hurensöhne. Ich hasse euch, ihr habt meine ganze Existenz zerstört."

Wir? Seine Existenz?

Nachdem wir ihn rausgeworfen haben, waren wir mit ihm fertig. Er hätte sich einfach ein neues Leben aufbauen müssen.

„Frauen können keine Söhne sein."

Brock klingt amüsiert.

„Ryan hat mir geholfen, er war mir wegen seiner Schwester noch was schuldig."

Da ist sie. Die Information, die wir so dringend benötigt haben, und die unseren Club bis in die Grundmauern erschüttern wird.

Einer unserer Brüder – ein Full Member – hat uns verraten und dabei beinahe Rob getötet. Von so einer Scheiße hat sich schon so manches Chapter nicht mehr erholt.

James fassungsloses „Holy Fuck!" passt gut zu dem, was ich mir denke.

„Wo ist Ryan jetzt?"

Brock lässt sich sein Entsetzen nicht anmerken und bleibt sachlich. Trotzdem weiß ich, dass er sich in dieser Sekunde genauso miserabel fühlt wie ich.

„Im Clubhaus. Ich habe Scott die Anweisung gegeben, ihn nicht fahren zu lassen."

Wie üblich ist der Präsident uns allen einen Schritt voraus.

„Gut. Dann lass uns die Scheiße hier endlich abschließen."

Brock richtet seine Waffe auf Seth, in der Sekunde, in der er abdrücken will, schreit Charlotte laut „Stopp!"

Klasse!

„Hör zu Mädchen, du wirst das vielleicht nicht verstehen, aber das ist eine Sache, die wir tun *müssen*!"

Das letzte Wort betone ich ganz besonders, damit Charlotte den Ernst der Lage versteht.

„Schon klar. Ich meine, er hat euch verraten. Ich verstehe das. Aber könnt ihr ihn vielleicht in seinem Apartment erschießen? Ich bin hier gerade erst eingezogen und ein Mord ist ganz schlechtes Karma.

Außerdem würde das die Polizei auf den Plan rufen und ich habe echt keine Lust, meinen Ex-Mann zu treffen."

Bei der Stelle mit dem ‚schlechten Karma' fängt James laut zu lachen an.

Während ich bei dem Punkt, an dem sie auf ihren Ex-Mann zu sprechen kommt, frustriert mit den Zähnen knirsche.

„Du warst verheiratet?"

Warum interessiert mich das jetzt?

Als ob es gerade nicht wichtigere Dinge gibt, um die ich mich kümmern sollte.

„Ja. An dem Tag, an dem ich in dich hineingerannt bin, haben wir die Scheidungspapiere unterzeichnet. Der Sex mit dir war quasi meine Scheidungsfeier."

Gut. Das bedeutet dann also, dass sie wieder frei ist.

Freut mich. „Aber was hat das mit den Bullen zu tun?"

Charlotte kaut nervös auf ihrer Unterlippe herum.

„Na ja, mein Ex leitet die Mordkommission."

Wunderbar!

Ganz wunderbar!

Ehrlich.

Brock, den das alles zu amüsieren scheint, hält weiterhin seine Waffe auf Seth.

Bereit abzudrücken, sollte ich ihm das Okay dafür geben.

Gott! Warum muss immer alles zu höllisch kompliziert sein?

Einfach wäre echt mal eine nette Abwechslung.

„Du warst die Frau des Feindes?"

Hilfreich wie eh und je fügt James noch schnell ein „EHE" hinzu.

Als ob mir das nicht schmerzlich bewusst wäre.

„Was ich war, spielt keine Rolle, sondern nur, was ich bin, und ich bin Single."

Allerdings!

Die ganze Scheiße so nüchtern wie möglich betrachtend, lasse ich mich erweichen. Schlechtes Karma hat Charlotte nach all dem, was sie heute Nacht erlebt hat, nun wirklich nicht verdient.

„Die Blutflecken auf deinem Boden musst du mit Chlor reinigen. Alle Spuren müssen beseitigt werden und wenn du mit den Bullen redest und deinem Ex auch nur ein Sterbenswörtchen über uns flüsterst dann ..."

Charlotte steht auf und drückt sich dabei weiter mein Leder vor die Titten.

„Schon klar, wilde Rocker ärgert man nicht. Wenn ich das tue, dann bringst du mich eigenhändig um.

Wusste ich es doch. Diese Frau ist nicht nur schön, sondern auch noch schlau.

„Wilde Rocker … was?"

„Ärgert man nicht. Und wenn du nichts dagegen hast, würde ich heute Nacht gerne mit zu dir kommen. Irgendwie fühle ich mich hier gerade nicht so sonderlich wohl."

Nur damit ich das richtig verstehe: Erst verpasst sie mir eine Abfuhr, nur um sich dann selbst in mein Bett einzuladen?

Dieses Mädchen hat echt Nerven.

Aber ich erkenne den Vorteil. Wenn sie vor mir auf dem Boden kniet und mir den Schwanz lutscht, kann sie nicht mit den Bullen reden.

Das ist quasi eine Win-Win-Situation.

„Du kannst mit zu mir kommen."

Sie sieht mich dankbar an, ehe ihre Augen langsam und interessiert an mir nach unten gleiten nur um an meinem Gürtel hängen zu bleiben.

„Gut, dann schaffen wir das Arschloch mal zu sich rüber."

Brock packt Seth am Kragen und zerrt ihn mühelos in das Apartment mit der 160 an der Türe. Keine zehn Sekunden später ertönt ein einsamer, lauter Knall, der Charlotte zusammenzucken lässt.

James trockenes „Das wäre hiermit erledigt" lässt mich zustimmend Nicken.

„Das Beste wäre es wohl, einen der Anwärter zum Aufräumen herzuschicken. Es müssen alle Spuren gründlich beseitigt werden. Nichts darf auf uns oder unsere Anwesenheit hindeuten."

Der Präsident ist einverstanden. Brock kommt zu uns zurück, drei Minuten später machen wir uns auf den Weg zu unseren Bikes. Charlotte drückt sich Schutz suchend gegen mich, während sie meine Kutte nun richtig trägt. So als wäre sie meine verfluchte Old Lady und nicht die Ex eines verdammten Polizisten.

Ich kann regelrecht hören, wie sich das ganze beschissene Universum über mich lustig macht.

Doch nicht mal das Wissen, dass sie zuvor dem Feind gehört hat, ändert etwas an der Tatsache, dass ich diese Frau mehr will als jede andere jemals zuvor.

4. Kapitel

Ein Mädchen, zurück im *Hell Reaper Motorcycle Club* und ein Hauch von Schicksal!

Die Fahrt war …? *Woooowww!*

Das beschreibt es am besten. Ernsthaft.

Der kalte Fahrtwind, Knox warmer, starker Körper, meine Schenkel an den seinen und das Spiel seiner Muskeln unter meinen Händen.

Wer hätte gedacht, dass Motorradfahren durchaus als Vorspiel eingestuft werden kann?

Heilige verdammte Scheiße!

Ist es Zufall, dass ich jetzt wieder hier bin?

Vorbestimmung?

Oder einfach nur Pech?

Ich meine, diese Welt ist riesengroß, wirklich gigantisch. Ich löse meine Arme mehr als widerstrebend von dem Biker vor mir, klettere von seiner riesigen, kraftvollen Maschine und stelle meine Füße auf den Boden des Rockerclubs, zu dem ich eigentlich nicht mehr zurückwollte.

Ha! Wem mache ich da eigentlich etwas vor?

Euch oder mir?

Ich schätze beides.

Denn wenn ich ehrlich, ganz verflucht ehrlich zu uns allen sein will, muss ich einfach zugeben, dass es mir nicht gelungen ist, den Vollstrecker der *Hell Reaper* aus meinem Gehirn zu verbannen. Vielleicht habe ich ihn ja auch mit der Kraft meiner Gedanken zurück in mein Leben gerufen.

Nein, Quatsch.

Das ist dann doch eine Dosis zu Juppyesoterisch.

Trotzdem! Ich bin hier, stehe keinen Meter neben dem Biker, dessen Nähe eine Million Schmetterlinge in meinen Bauch zaubert.

Dunkel, wie glühende Kohlen gleitet des Vollstreckers Blick zu mir, seine Augen bohren sich gnadenlos in die meinen und seine Lippen verbiegen sich zu einem spöttischen Lächeln. Fast so, als ob er ganz genau wüsste, woran ich gerade eben gedacht habe.

Sex. Wilden, harten, grandiosen und gnadenlosen Sex an einer Wand.

Schluck!

Ich war wie lange verheiratet?

Verrückterweise will mir das gerade nicht einfallen.

Was ich aber mit absoluter Gewissheit weiß, ist, dass ich mit Mark niemals so hart gekommen bin. Was wahrscheinlich auch mit ein Grund dafür war, dass ich meinen Arsch so schnell wie möglich aus diesem Club bewegt habe.

Selbstschutz und so ... Ihr wisst schon, was ich meine, oder?

Oder? Ich hoffe es. Denn genau diesem Selbstschutz verdanke ich es, dass ich es schaffe, unseren Blickkontakt zu unterbrechen und einen Schritt zurückzutreten.

„Was soll das werden, Charlotte?"

Weiß ich nicht ...

„Nichts."

Oder alles ...

„Es war deine Idee, dass ich dich mit zum Club nehme. Vergiss das nicht, Mädchen.

Wie. Könnte. Ich. Das. Je. Vergessen?

Gar nicht.

Genau wie ich nichts von dem, was gerade in meinem neuen Apartment passiert ist, jemals vergessen werde.

Heilige Scheiße!

Erst lasse ich mich auf meinen neuen Nachbarn ein, dann vergewaltigt er mich beinahe, nur damit ich dann von ausgerechnet dem *Reaper* gerettet werde, den ich seit Tagen zu vergessen versuche.

Liebes Schicksal! Dieses Mal hast du dich wirklich selbst übertroffen!

Respekt!

„Was passiert jetzt mit Seth?"

Knox zuckt unbeteiligt mit den Schultern.

„Nichts. Er ist tot."

„Ja eben. Davon rede ich doch."

Nachsichtig überwindet er die Distanz zwischen uns, umfasst mit seiner prankenartigen Hand meinen Kiefer und hebt meinen Kopf so weit an, dass ich ihm wieder direkt in die Augen schauen muss.

„Dieser Wichser wird dich nie wieder anfassen."

Das ist schon mal sicher.

„Trotzdem, was passiert jetzt mit ihm? Wollt ihr ihn einfach liegen lassen?"

Allein das Wissen, dass da eine Leiche im Apartment gegenüber von dem meinen liegt, lässt mich erschaudern.

„Sobald die Prospects sauber gemacht haben, bekommen die Bullen einen anonymen Tipp."

Das überrascht mich.

„Ihr meldet eure Verbrechen selbst?"

Während meine Lippen die Worte formen, stelle ich mir selbst die Frage, ob man Mord als ein einfaches Verbrechen abtun kann?

Und komme zu dem Entschluss, dass es eigentlich keine Rolle spielt.

„Wenn es uns in die Hände spielt."

Öhm ja ....

„Falls es dir noch nicht aufgefallen ist, aber wir *Reaper* haben gerne alles unter Kontrolle."

Ein schmutziges Lächeln lockert seine sonst so steinharten Gesichtszüge etwas auf.

Sofort huschen vor meinem geistigen Auge unzählige Erinnerungsfetzen von uns auf.

Er, wie er mich leckt, wie er meine Hände einfängt, mich gegen die harte Mauer presst und fickt, als würde sein Leben davon abhängen.

Scheiße!

Zwischen meinen Schenkeln breitet sich eine seidige Feuchte aus.

„Was, wenn euch die Polizei auf die Schliche kommt?"

Sorge ich mich tatsächlich gerade um den Vollstrecker der *Hell Reaper*?

Huiuiuiuiuiui!

„Das tut sie nie. Sorry, wenn ich das so sage, aber dein *Ex* und seine Kollegen sind nicht gerade die Schlausten."

Er spricht das ‚Ex' aus, als würde es bitter schmecken.

Mein Herz macht einen Hüpfer.

Ist da etwa jemand auf meine Vergangenheit eifersüchtig?

Wir sind uns so nah wie nur möglich.

Die sexy Mischung von Leder, Schießpulver, Mann und Minze, die mir in die Nase steigt, sorgt dafür, dass ich mehr will. Viel mehr ...

Genaugenommen sogar alles, was dieser *Outlaw* zu bieten hat.

Die Hitze, die sein harter, von Muskeln durchzogener Körper ausstrahlt, sorgt dafür, dass sich meine Nippel erregt zusammenziehen.

Sein Leder liegt schwer auf meinen Schultern.

Er. Hat. Mich. Gerettet.

Nicht fähig, seinen eindringlichen Kohleaugen länger standzuhalten, schließe ich die meinen. Sehe sofort wieder die Szene vor mir, wie Seth fassungslos auf seine abgeschossenen Finger herabblickt und höre, was Knox zu ihm sagt:

„... wenn du uns jetzt ganz brav erzählst, was wir wissen wollen, bin ich so nett und schenke sie dir als eine Art Souvenir."

Das war unglaublich brutal.

Ein weiterer Schauer bringt mich zum Beben.

„Du wirst doch jetzt kein Mitleid mit diesem Bastard haben?"

Mitleid? Nein, das ist nicht das richtige Wort.

Es ist eher so, dass sich mein Gehirn nicht sicher ist, was es von all dem, was ich in der letzten Stunde erlebt habe, halten soll?

„Seth hat bekommen, was er verdient hat. Wilde Rocker ärgert man nicht. Richtig?"

Das war anscheinend genau das, was Knox hören wollte.

Normalerweise wäre es die richtige Reaktion, sofort die Polizei zu rufen. Aber warum sollte ich das tun? Nur weil es ‚normalerweise' die richtige Vorgehensweise ist, bedeutet das noch lange nicht, dass sie das jetzt auch ist.

Seth war ein Arschloch, wie es im Buche steht.

Er hat nicht nur versucht, mich zum Sex zu zwingen, sondern anscheinend auch den *Hell Reaper MC* bestohlen und dabei beinahe einen der Rocker umgebracht.

Ich meine, streng genommen hat er bekommen, was er verdient hat.

Trotzdem hallt noch das unerbittliche Knallen der Schüsse durch meinen Kopf.

Entschlossen verdränge ich die aufdringliche Stimme meines Unterbewusstseins, die mich anschreit, dass ich so schnell es geht von diesem Ort verschwinden soll, und befeuchte mit meiner Zungenspitze meine trockenen Lippen.

Knox verfolgt die Bewegung aus zusammengekniffenen Augen, das dunkle Knurren, das sich dabei aus seiner Kehle löst, lässt meine Knie weich werden.

Halleluja!

Des Vollstreckers Nasenflügel blähen sich, einfach alles an ihm wirkt undomestiziert und gefährlich.

„Hätte er dich vergewaltigt. Hätte er das durchgezogen, schwöre ich dir, hätte ich den Wichser mit bloßen Händen zerrissen."

Ich zweifle keine Sekunde daran, dass er es ernst meint.

„Warum?"

Knox zögert. Je länger er schweigt und mich aus seinen rabenschwarzen Augen ansieht, umso nervöser werde ich. Mein Puls schnellt in die Höhe.

„Weil ich dich seit unserem ersten Fick nicht vergessen kann, Mädchen. Und glaube mir, ich habe es weiß Gott versucht!"

Mein Herz zieht sich nervös zusammen, gerät aus dem Takt und schlägt dann in doppelter Geschwindigkeit weiter.

Erst als sich uns schwere Schritte nähern, erinnere ich mich wieder an den Präsidenten und den Sergeant at Arms, die mit uns zusammen von dem Tatort, *öhm Pardon* ... von dem Apartment, in dem ich wohne, hierhergefahren sind.

„Scheiße Leute, sucht euch ein Zimmer!"

Was? Wieso? Irritiert drehe ich mich zu dem Präsidenten um. Knox Hand fällt auf meine Schulter und bleibt dort schwer liegen.

„Aber wir machen doch gar nichts."

Der Sergeant lacht und mir fällt auf, wie normal sich die Männer, die gerade eben noch wütende Mörder waren, auf einmal verhalten.

Seth gegenüber haben sie sich wie gnadenlose Killer benommen. Wie Menschen ohne Gewissen und Mitgefühl.

„Ihr fickt euch mit den Augen!"

Die Stimme des Präsidenten klingt trocken. So als würde er eine ganz offensichtliche, nicht zu übersehende Tatsache aussprechen.

„Wie bitte?"

Der Oberrocker kommt noch ein bisschen auf mich zu.

„Ihr. Fickt. Euch. Mit. Den. Augen."

Als ob ich das nicht schon beim ersten Mal verstanden hätte.

„Ihr kümmert euch um Ryan?"

Des Vollstreckers Tonlage klingt auf einmal dämonisch.

Der Präsident zischt zustimmend, mir wird sofort kalt.

Wer auch immer dieser Ryan ist, er scheint bis zum Hals in der Scheiße zu stecken.

Knox brummt ein „Gut!" und schenkt mir dann wieder seine geballte Aufmerksamkeit.

In der einen Sekunde berühren meine Füße noch den Boden, in der nächsten baumeln sie in der Luft.

Knox hat mich einfach so mühelos hochgehoben und trägt mich, ohne die anderen beiden *Reaper* auch nur eines Kommentares zu würdigen, ins Innere des Clubhauses, an der Bar vorbei, in genau den Raum, in dem wir schon das letzte Mal unseren Spaß hatten.

Guten Spaß. Richtigen Spaß. Harten Spaß. Befriedigenden Spaß. Tiefen Spaß ...

Den besten *Spaß* meines verdammten Lebens.

„Hey! Was soll das werden?"

„Dreimal darfst du raten, Baby."

Das ist gar nicht nötig.

Ich weiß es auch so: Sex. An. Der. Wand.

Mit seinem Fuß kickt er die Türe zu, die daraufhin mit einem lauten Knall zufällt.

Jetzt sind wir allein.

Anstatt mich zu der gleichen Stelle wie neulich zu tragen, setzt er mich auf dem riesigen Holztisch, auf dem noch immer der kleine Hammer liegt, ab, und tritt zu meiner Überraschung einen großen Schritt zurück.

Was soll das werden?

„Bist du dir sicher?"

Sorry!

Aber ich habe keine Ahnung, worauf er hinauswill?

„Was meinst du?"

„Bist du dir sicher, dass du mir deinen Körper anvertrauen willst?"

Ich könnte nicht erstaunter sein.

„Warum fragst du mich das?"

Knox schnaubt abfällig.

„Weil du gerade um ein Haar vergewaltigt wurdest."

Stimmt. Er hat recht, dieses schreckliche Erlebnis hätte mich erschüttern sollen. Und wäre es Seth gelungen, seinen Plan in die Tat umzusetzen, wäre ich das sicherlich auch. Aber das konnte er nicht, weil Knox mich gerettet hat. Der große, gefährliche und absolut tödliche Rocker ist in dieser Geschichte nämlich nicht der Böse, sondern der verdammte Held.

„Wurde ich aber nicht. Dank dir. Außerdem ..." Ich unterbreche mich, weil ich mir nicht sicher bin, ob ich das Folgende wirklich laut aussprechen soll.

„Außerdem was?" Hakt der Vollstrecker neugierig nach.

Tief durchatmend schöpfe ich genug Mut, um weiterzusprechen.

„Außerdem vertraue ich dir."

So. Jetzt ist es raus.

Knox einzige Reaktion auf mein leise ausgesprochenes Eingeständnis ist ein an seinem Kiefer zuckender Muskel.

„Mir?"

Er klingt ungläubig.

Ich nicke, um meine Aussage zu bestätigen.

„Du vertraust dem *Reaper*, dem du erst einen Korb verpasst hast, vor dem du davongelaufen bist, nur um dann, einige Tage später, dabei zuzusehen, wie er irgendeinem Arschloch die Finger wegschießt?"

Wenn er das so formuliert, klingt das, als ob ich es besser nicht tun sollte. Also das mit dem Vertrauen.

Trotzdem tue ich es. So unlogisch das auch sein mag.

Aber bei ihm – dem Vollstrecker der *Hell Reaper* – fühle ich mich sicher.

„Ja, tue ich."

Sich mit der rechten Hand in einer verzweifelten Geste über die Stirn reibend, sieht er mich aus zusammengekniffenen Augen an.

„Du brauchst dringend einen Beschützer, Baby."

„Du hast Glück, Rocker. Die Stelle ist gerade frei geworden."

Grinsend tippe ich mir auf meinen nackten Ringfinger, an dem bis vor Kurzem noch mein goldener Ehering gesteckt ist.

Fluchend nimmt er seine Hand wieder runter, kommt auf mich zu, schiebt seine rauen Finger unter meinen Haaren hindurch zu meinem Nacken und hält mich bestimmend fest.

„Du bist alles, nur nicht frei."

Überrascht sehe ich ihn an.

„Ach nein?"

„Nein. Mag sein, dass du keinen Ring am Finger hast, doch du trägst meine Kutte.".

Nicht sicher, was er mir damit sagen will, öffne ich den Mund, um nachzufragen, doch noch bevor mir eine Silbe über die Lippen kommt, presst Knox sich an mich, dringt mit seiner Zunge tief in mich ein und stiehlt mir gekonnt den Atem.

Heilige Scheiße kann dieser Biker küssen!

Zuerst gibt er sich mit meinem Mund zufrieden, doch dann verwandelt sich der Kuss in einen Angriff, und der wird schon nach wenigen Herzschlägen zu einer wahren Invasion.

Und wäre ich nicht so bereit, mich diesem *Reaper* hinzugeben, könnte man es fast schon eine feindliche Übernahme nennen.

Aber das ist es nicht. Oh nein.

Des Vollstreckers Hände, Finger, Zunge, Kraft und Wärme sind mir mehr als willkommen.

Er berührt mich so geschickt, dass ich innerhalb weniger Atemzüge in Flammen stehe.

Ich bemerke erst, dass er mich auszieht, als mir sein schweres Leder von den Schultern rutscht und als Nächstes mein zerrissenes Shirt wie durch Zauberhand verschwindet.

„Allein das Wissen, dass ein Mann dich mit Gewalt nehmen wollte, lässt mich beinahe durchdrehen!"

An dem grimmigen Unterton, der in seiner von Natur aus dunklen Stimme mitschwingt, erkenne ich, wie ernst es ihm damit ist.

„Es geht mir gut. Dank dir."

Und das ist die verdammte Wahrheit.

Dass ich jetzt unbeschadet hier sitze, unverletzt und vor Lust glühend, verdanke ich nur diesem Rocker, dessen herber Geschmack meine Sinne vernebelt und die gleiche berauschende Wirkung auf mich hat, wie das Koks es gehabt hätte, das sich die Biker heute so gnadenlos zurückgeholt haben.

Halleluja! Ernsthaft!

Selbst wenn jetzt die Welt untergehen würde, hätte ich keine Angst, weil ich mir sicher bin, dass Knox alles in seiner Macht Stehende tun würde, um mich vor Unheil zu bewahren.

„Aber dir ist es nicht gut gegangen."

Daran will ich jetzt aber nicht denken.

„Weniger reden. Mehr küssen."

„Sagst du mir jetzt etwa schon, was ich zu tun habe?"

Meine Lippen verziehen sich zu einem Grinsen.

In meiner Brust fühlt sich alles leicht und unbeschwert an.

„Allerdings!"

Jetzt und hier kann ich nicht verstehen, wieso ich nach unserer letzten ‚Begegnung' so schnell davongerannt bin.

War ich von allen guten Geistern verlassen?

Anscheinend.

Ich meine, dieser Rocker fühlt sich an wie ein Jackpot!

Niemand verlangt von uns, dass wir sofort vor den Traualtar treten, nur weil wir höllisch geilen Sex haben. Wir sind beide erwachsen und können tun und lassen, was wir wollen. Und alles, was ich will, ist, mich amüsieren und mich lebendig fühlen.

Ich habe es so satt, dass jeder Tag wie der andere ist. Eine nie endende Dauerschleife bestehend aus Pflichten, Verantwortung und Erwartungen von anderen, die ich erfüllen soll.

Damit bin ich fertig.

Ein. Für. Alle. Mal.

Ich sehne mich nicht nur nach mehr, oh nein. Ab jetzt werde ich es aktiv einfordern.

Und ich fange genau in diesem Moment damit an.

Wie hoch standen die Chancen, dass Knox und ich uns schon so bald wieder über den Weg laufen? Ziemlich gering.

Und trotzdem ist es passiert.

Das ist entweder ein Zeichen, ein Wink des Schicksals oder einfach nur Zufall.

So oder so, dieses Mal werde ich nicht vor der Anziehung, die da zwischen uns herrscht, flüchten. Oh nein.

Ich heiße sie willkommen und finde heraus, wo sie hinführt.

Nicht willig, einfach nur zu nehmen, was er mir gibt, rutsche ich von dem Tisch, gehe vor dem Vollstrecker auf die Knie, öffne zuerst seinen Gürtel, dann den Reißverschluss seiner Jeans.

„Was soll das werden, Baby?"

Wenn er das im Ernst fragen muss, scheint der arme Rocker ein ziemlich langweiliges Leben zu haben.

„Ich nehme mir, was mir verdammt noch mal zusteht."

In seinen Augen blitzt es belustigt.

„Und mein Schwanz steht dir zu?"

Meine Antwort ist ein entschlossenes Ziehen an seiner Hose, die daraufhin samt Shorts nach unten zu seinen Knien rutscht.

Starke, von Muskeln durchzogene Oberschenkel, straffe Haut und zuckende Sehnen.

Männlicher geht nicht mehr, so viel steht fest.

Gierig schnappe ich mir seinen langen, beeindruckenden Schwanz, der so dick ist, dass sich meine Finger kaum berühren.

Uhhhhhhh!

Kaum zu glauben, dass der schon in mir drin war.

Kein Wunder, dass ich am nächsten Tag nicht richtig sitzen konnte.

„Nimm ihn in den Mund."

Mehr als bereit, ihm seinen Wunsch zu erfüllen, kreise ich mit dem Daumen aufreizend über den kleinen Schlitz an der Spitze seiner Eichel, verreibe die ersten cremigen Tropfen, die daraus hervorquellen und richte mich dann auf meinem Knie auf.

„Sofort!"

Na ... Na ... Na ...

„Wer wird denn da so ungeduldig sein?"

„Ungeduldig?"

Er klingt fast so, als ob er Schmerzen leiden würde.

„Ich warte seit einer Woche auf eine verdammte Fortsetzung."

Dann konnte er mich also genauso wenig vergessen wie ich ihn?

Wunderbar!

„Jetzt bin ich ja ...."

Weiter komme ich nicht, dann legt sich seine große Hand schwer auf meinen Hinterkopf und drückt mich unnachgiebig auf seine Erektion. Zuerst berührt sein Glied nur meine Lippen, dann schiebt es sich schwer auf meine Zunge und dann ... Huiuiui ... Dann bohrt es sich so tief in meinen Hals, dass ich kaum mehr atmen kann.

„Schluck ihn."

Ich tue es, wobei sein Penis bis zum letzten Millimeter in meinen Rachen gleitet.

Mein Würgereflex wird ausgelöst und bringt den Rocker vor mir, der mich so gnadenlos kontrolliert, zum Stöhnen.

„Holy Fuck!"

Oh ja, ich weiß, was er meint.

„Saug an mir."

Wieder erfülle ich ihm seinen Wunsch, die Muskeln in seinen Beinen zucken ungeduldig.

Sie sind mehr als bereit, mein Gesicht zu vögeln.

„Wenn es dir zu viel wird, klopf mir aufs Bein und ich höre sofort auf."

Keine Ahnung, ob er jeder, die vor ihm den Schwanz lutscht, diesen Notausgang anbietet, ich glaube nicht.

Seine Umsicht verdanke ich dem, was heute passiert ist, und ich weiß sie sehr zu schätzen.

Das Sicherheitsgefühl lullt mich ein und schenkt mir den Mut, den ich brauche, um den Rocker so lange zu ärgern und zu reizen, bis er all seine Vorsicht mit einem Zischen in den Wind schlägt und mir endlich gibt, was ich so dringend brauche. Ihn. Voll und ganz.

Der Rhythmus, in dem er seine Hüften vorschnellen lässt, ist gut und tief und überfordert mich am Anfang etwas. Salzige Tropfen rinnen mir aus den Augenwinkeln, meine Lunge brennt und schreit nach Sauerstoff.

Dank der Hand an meinem Kopf, die mich bestimmend in Position hält, schaffe ich es nicht, mein Gesicht leicht zur Seite zu drehen, um nach Luft zu schnappen.

Ich bin dem Vollstrecker der *Hell Reaper* voll und ganz ausgeliefert.

Und es fühlt sich so verflucht gut an, sodass ich mehr will und mehr.

Um ihm zu zeigen, dass ich einfach alles tun werde, was er sich wünscht, lege ich meine Arme auf meinen Rücken und überlasse ihm die volle Kontrolle.

Und er nutzt sie, kreist mit seinem Becken und bohrt sich noch ein göttliches Stückchen tiefer in meine Kehle.

Mehr. Mehr. Ich will mehr.

Ich will alles.

Das Schmatzen meiner Lippen, und mein Keuchen, wenn ich um Sauerstoff ringe, vermischt sich mit seinen gutturalen Lauten.

„Yeah! Das ist es, verdammt!"

Und ich gebe ihm recht ...

Plötzlich zieht er sich beinahe fast ganz aus meinem Mund heraus, lässt die schwere Krone seines Gliedes auf meiner Unterlippe ruhen und sieht mich beinahe zärtlich an.

Dann schiebt er sich betont langsam, ohne unseren Blickkontakt zu unterbrechen, wieder in meinen Hals, wobei sein Penis an meinem Gaumen entlanggleitet und dafür sorgt, dass sein herber, würziger Geschmack in meinem Mund explodiert.

Der Moment ist so intim, dass mein Herz einen Satz macht und ihm regelrecht entgegenfliegt.

Nicht Zufall. Schicksal.

Das mit diesem *Reaper* und mir musste so kommen.

Die Gewissheit schenkt mir einen tiefen Frieden, der sich mit der Lust, die in mir kocht, vermischt und dafür sorgt, dass ich innerlich ganz ruhig werde, während es vor Sehnsucht zwischen meinen Schenkeln zu tropfen beginnt.

Meine Haare um seine Faust windend, stößt er wieder und wieder und wieder und wieder zu. Sein Durchhaltevermögen ist mindestens so beeindruckend wie seine Größe.

Erst als sein Geschmack immer intensiver wird und ich mir sicher bin, dass er mir seinen Saft in den Hals pumpen wird, zieht er sich aus mir heraus, reißt meinen Kopf grob nach hinten und spritzt mir mitten ins Gesicht. Schub für Schub, auf die Stirn, in die Augen, meine Nase und auf meine weit offen stehenden Lippen.

Ich atme schwer, lecke seinen Samen ab und summe zufrieden.

Knox Orgasmus scheint kein Ende zu nehmen.

Ich komme mir vor wie in einem Porno und zugleich wie im Paradies.

„Scheiße! Ich dachte schon, du saugst mir das Hirn aus dem Schwanz." Er klingt mindestens so atemlos, wie ich mich fühle.

Dann hilft er mir auf, verreibt mit seinem Daumen sein Sperma in meinem Gesicht und schiebt mir den Finger dann in den Mund.

Ich sauge an ihm, dann finde ich mich plötzlich bäuchlings auf dem Tisch liegend wieder. Meine Hose verschwindet, genau wie mein Slip.

Hinter mir raschelt es. Keine Ahnung, wo er so schnell ein Kondom herhat, es ist mir auch egal, Hauptsache er fickt mich gleich.

Dann ist er hinter mir, drückt sich in mich und wird, während er immer tiefer in mich gleitet, erneut hart.

Stöhnend drücke ich mich seinem Schwanz entgegen, keuche, als die Dehnung beinahe zu viel wird, und stöhne seinen Namen.

„Sag mir, wie du es brauchst!"

„Tief und hart! Fick meine Muschi wie mein Gesicht gerade."

Das muss ich dem Vollstrecker nicht zweimal sagen. Noch bevor meine Stimme verhallt ist, legt er auch schon los und legt dabei so viel Kraft in die Stöße, dass ich jedes Mal, wenn er bis zum letzten göttlichen Millimeter in mir ist, über den Tisch schieße.

Fluchend packt er mich an der Hüfte, hält mich fest und vögelt uns beiden die Seelen aus dem Leib. Erst als es sich so anfühlt, als würde mein Inneres explodieren, wird die Art, wie er mich fickt, noch etwas gnadenloser.

Er benutzt mich und ich benutze ihn, so lange, bis ich schreiend komme und mich der heftigste Orgasmus der Menschheitsgeschichte mit sich reißt und zu den Wolken katapultiert, die den Nachthimmel bedecken und den Mond verbergen.

Knox braucht noch ein paar teuflische Stöße, ehe er mir laut brüllend folgt.

Erschöpft presse ich meine Stirn gegen das harte, kühle Holz und versuche, meinen trommelnden Puls zu beruhigen.

Die Zeit verstreicht, Knox macht keine Anstalten, sich zurückzuziehen.

„Versprich mir, dass du dieses Mal nicht erneut vor mir davonläufst."

„Tue ich nicht."

Könnte ich gar nicht, meine Knie zittern wie Espenlaub während eines Tornados.

„Gut. Denn dieses Mal würde ich dich nicht so einfach entwischen lassen."

Es klingt wie ein Versprechen und zugleich wie eine Drohung.

„Ach nein?"

Ich beschließe nachzuhaken.

„Nein!"

Ich spüre mehr, wie er den Kopf schüttelt, als dass ich es sehe.

„Wenn man etwas Gutes auf dieser Welt findet, muss man es festhalten und nicht einfach laufen lassen."

Da kann ich ihm nur zustimmen.

Und das mit ihm fühlt sich verdammt gut an. Besser als alles, was ich je erlebt habe ...

Epilog

Der Vollstrecker, ein Mädchen, das nach Sonnenschein und Eis schmeckt, und ein verdammtes Happy End.

„Ich bin hier fertig!"

James wirft mir einen amüsanten Seitenblick zu.

„Aye, das denke ich auch."

Meine Augen ruhen noch immer auf Ryans zerstückelte und mit Benzin übergossene Leiche.

„Ich kann immer noch nicht fassen, dass er hinter dem ganzen Bullshit gesteckt hat."

Da geht es Rob wie mir.

„Man kann in die Köpfe der Menschen nun mal nicht reinschauen."

Der Vizepräsident nickt zustimmend.

„Trotzdem. Fuck! Am liebsten würde ich ihn wiederbeleben, zusammenflicken und erneut in Stücke schneiden."

Zuerst will ich Brock zustimmen, doch dann wird mir klar, dass ich das nicht will.

Der Verräter ist tot und zu Hause wartet meine wunderschöne Frau auf mich.

Das Leben kann Scheiße sein oder schön, und es ist unsere Entscheidung, was es dann wirklich wird.

Wenn ich eine Sache, seit Charlotte in mein Leben getreten ist, verstanden habe, dann, dass es unsere Entscheidung ist, auf was wir uns konzentrieren.

Auf den Bullshit oder den Sonnenschein.

Und ich wähle ganz klar den Sonnenschein.

All den Hass, den ich für Ryan empfunden habe, aus meinem Schädel verbannend, fische ich die Streichholzschachtel aus der Innentasche meiner Kutte, lasse den pinken Zündkopf über die Reibefläche tanzen und setze ihn so in Brand.

Dann schnippe ich ihn auf das, was von unserem ehemaligen Bruder übrig geblieben ist und beobachte, wie er in Flammen aufgeht.

„Erledigt."

Damit gehe ich zu meinem Bike, steige auf und fahre nach Hause.

Charlotte sitzt auf der Veranda meines Hauses, eine gelbe Sonnenbrille auf der Nase, ein Eis in der einen und eine Cola in der anderen Hand.

Sonnenschein statt Bullshit!

Eine Lektion, die ich erst durch sie gelernt habe.

Es kommt nicht darauf an, wie viel Scheiße um uns herum passiert, sondern nur, worauf wir uns konzentrieren. Und ich? Ich konzentriere mich auf meine Frau, die schon bald mein Leder und meinen Namen auf ihrem Rücken tragen wird.

Heiße Rocker
Belügt man nicht

Prolog

Der Sergeant at Arms und das schlafende Mädchen, das er nicht haben kann ...

Der Fernseher brüllt in die Dunkelheit, Aquaman versucht zum vierten Mal diese Woche die Welt zu retten. Inzwischen habe ich mir diesen Film schon so oft angesehen, dass ich jeden verdammten Monolog mitsprechen kann.

Was ein Witz ist! Wenn man bedenkt, dass ich diesen Momoa, den Schauspieler, der den Wassermann und seine Mistgabel spielt, nicht mal leiden kann.

Klar er ist gut, aber Rose starrt ihn jedes Mal, wenn wir uns den Film ansehen, einfach zu interessiert an.

Was mich auch schon zu dem Problem bringt, das mich Nacht für Nacht wachhält.

Rose ... R.O.S.E. Ihr Name ist zu meinem Gebet geworden.

Die kleine Schwester meines längst verstorbenen besten Freundes.

Sam war ein guter Mann, er und ich sind zusammen dem *Hell Reaper Motorcycle Club* beigetreten.

Wir waren jung und dumm und unser größter Traum war es, das Leder der *Reaper* zu tragen.

Seit seinem Tod sind zehn lange Jahre vergangen und inzwischen weiß ich um den Preis, den jeder Mann, der dieses Leben führen will, zu bezahlen bereit sein muss.

Sam hat ihn bezahlt.

In seiner ersten Woche als Prospect hat er drei Kugeln in die Brust bekommen.

Er lebte noch genau so lange, um mir das Versprechen abzuringen, für seine kleine Schwester zu sorgen.

Rose.

Rose ist mein schmutziges, kleines Geheimnis.

Bis auf James, den Präsidenten der Seattle *Hell Reaper*, weiß niemand, dass ich die Verantwortung für dieses Mädchen übernommen habe.

Holy Fuck!

Das Problem ist nur, dass sie längst kein Mädchen mehr ist.

Aus der kleinen Rose ist eine Frau geworden, und die Zeiten, in denen sie in meinen Armen einschlafen konnte, ohne dass das Gewicht ihres Körpers diesen verbotenen Hunger in der Tiefe meiner Seele weckt, sind längst vorbei.

Zum Teufel!

Allein der Schwung ihrer zuckerapfelroten Unterlippe würde sogar einen Heiligen in Versuchung führen, und ich bin weiß Gott alles, nur kein Heiliger.

Ich bin die Art Mann, die jeden Gläubigen ein Kreuzzeichen machen lässt, und vor dem gute Mütter ihre wehrlosen Töchter verstecken.

Kurz: Ich bin niemand, dem man mit seinem letzten Atemzug seine kleine Schwester anvertrauen sollte. Und doch hat Sam genau das getan.

Er hat mir vertraut und ich werde einen Dreck tun und dieses Vertrauen in den Schmutz ziehen, indem ich mich den Fantasien hingebe, die sich immer entschlossener in mein Hirn drängen.

Rose vor mir auf den Knien. Ihr kleiner, unschuldiger Arsch ist in meine Richtung gestreckt, während sie mich aus ihren großen, grünen Augen ansieht und mich leise anfleht, sie so richtig zu ficken.

Bullshit!

Damals, als sie fünfzehn war und ich sie bei mir aufgenommen habe, war sie nichts weiter als ein um ihren Bruder heulendes, kleines, zitterndes Ding, das ich einfach nur in die Arme nehmen und beschützen wollte.

Und. Ganz. Genau. Das. Habe. Ich. Auch. Getan.

Zehn endlose Jahre lang.

Doch jetzt ist sie kein unschuldiges Mädchen mehr, sondern eine erwachsene, reife Frau, die mich mit ihrer bloßen Existenz in den Wahnsinn treibt und der ich keinen Wunsch abschlagen kann.

Nicht, dass sie sich viel von mir wünschen würde.

Rose ist eine gute Frau. Sie fordert nie zu viel von mir, schon gar nichts, was ich ihr nicht von alleine zu geben bereit bin.

Was lachhaft ist! Denn für diese Frau würde ich die Sterne vom Himmel holen und den Mond pink anmalen.

Ob Pink immer noch ihre Lieblingsfarbe ist?

Ich glaube nicht. Inzwischen trägt sie mehr Blautöne. Die passen auch viel besser zu ihren langen roten Locken.

Ernsthaft?! Worüber denke ich da eigentlich nach?

Was zum Henker ist nur los mit mir?

Es ist Freitag, im Club findet eine wilde Party mit jeder Menge Koks und Nutten statt, und ich liege hier, in Roses Wohnung auf der Couch, fantasiere darüber, ob Blau besser zu Rot passt als Pink und schaue mir zum gefühlt eine millionsten Mal diesen blöden Wasserfilm mit Momoa an.

Ehrlicherweise will ich nirgendwo lieber sein.

Selbst wenn das bedeutet, dass ich mal wieder keinen Sex habe und dass sich meine Brust bei jedem Atemzug, mit dem ich meine Lunge mit ihrem unvergleichlichen Duft fülle, gepeinigt zusammenzieht.

Mein Schwanz ist hart und meine Eier inzwischen sicherlich längst lila angelaufen.

Die Sache ist nur die, wenn ich hier bei Rose bin, ist sie auch da.

Dank der Verwandlung von dem schüchternen Mädchen zur selbstsicheren jungen Frau, die ganz genau weiß, was sie will, hat Rose das Nachtleben für sich entdeckt.

Es ist nicht so, dass sie übermäßig viel feiern geht, zu viel trinkt oder Drogen nimmt – nichts davon würde ich erlauben. Aber ja, sie geht am Wochenende schon mal gerne tanzen, was mich jedes Mal, wenn sie unterwegs ist, beinahe durchdrehen lässt. Es versteht sich von selbst, dass ich sie im Blick behalte, auch wenn ich dabei stets kurz vor einem Nervenzusammenbruch stehe. Rose ist schön. So verdammt schön, dass sie selbst in Jeans und einem alten Shirt (was ihre Lieblingsklamotten sind) sämtliche Blicke auf sich zieht. Sie braucht keine Tonnen von Schminke im Gesicht, keine Absatzschuhe und auch keinen kurzen Rock. Sie muss einfach nur sie sein und schon versuchen unzählige Kerle ihr Glück bei ihr.

Zu meiner Erleichterung lässt sie die meisten abblitzen.

Nur Gott weiß, was ich tun würde, wenn es nicht so wäre.

Trotzdem, den wenigen Typen, an denen sie Interesse zu haben scheint, mache ich ziemlich schnell und mehr als nachdrücklich klar, dass sie ihre verdreckten Finger von der Kleinen lassen sollen, wenn sie an ihrem Leben hängen.

Meine Kutte, der mörderische Ausdruck in meinen Augen und nicht zuletzt die Waffe, die ich dabei meist in der Hand halte, haben immer ausgereicht, um dafür zu sorgen, dass Rose nachts sicher und alleine in ihrem Bett liegt.

Oder auf meiner Couch, oder – was noch besser ist – so wie jetzt auf meinem Schoß liegt und schläft.

Die perfekte, wie zufällige Anordnung ihrer Sommersprossen studierend, beiße ich die Zähne zusammen, nehme eines der Sofakissen (die ich nur für sie gekauft habe) und schiebe es zwischen ihren Kopf und meinen harten Schwanz.

Trotz der Klamotten, die jeder von uns trägt, und der Tatsache, dass sie tief und fest schläft, fühlt es sich falsch an, wenn ihr Gesicht meinem harten Schwanz so nahe ist.

Falsch und doch auf eine seltsame ganz und gar verwirrende Art viel zu gut und richtig,

Wenn es einen Mann auf diesem Planeten gibt, der das Recht hat, dieses Mädchen anzufassen, dann bin verdammt noch mal ich das!

Wie sollte es auch anders sein?

In den vergangenen Jahren habe ich mir mehr als einmal ein Bein ausgerissen, um ihr gerecht zu werden und dafür zu sorgen, dass es ihr an nichts fehlt und dass sie sicher ist.

Wenn ich nicht auf sie aufpassen konnte, ist James für mich eingesprungen, um für ihren Schutz zu sorgen.

Der Präsident ist der Einzige, dem ich Rose je anvertrauen würde. Was zum Großteil auch daran liegt, dass ich mir bei ihm zu 100 Prozent sicher sein konnte, dass er keinen Scheiß bei ihr versuchen würde.

Die Augen von ihrem herzförmigen Gesicht abwendend, lasse ich den Kopf in den Nacken fallen, starre zur Zimmerdecke und zwinge mich zur Ruhe.

Vor meinem geistigen Auge flackert erneut das Bild auf, wie sie vor mir auf den Knien in meinem Bett ist, mir ihre feuchte Muschi präsentiert und mich anfleht, mit meinem Schwanz das schmerzende Gefühl der Leere aus ihrem Inneren zu vertreiben.

Ich kann nicht mal sagen, wo diese Fantasie herkommt.

Rose hat mich immer wie einen großen Bruder behandelt. Sie hat nie mit mir geflirtet oder mir sonst irgendwie zu verstehen gegeben, dass sie auf diese Weise an mir interessiert wäre.

Sie hat nur einmal leicht betrunken und im Spaß gesagt, dass sie, sollte sie sich jemals einen Mann suchen, einen nimmt, der wie ich ist.

Das wars. Das war alles.

Wie verzweifelt muss ich sein, dass ich das als Zeichen werte, dass sie mich genauso begehrt wie ich sie?

Und was bin ich für ein Bastard, dass ich es überhaupt tue?

Sam hat mir vertraut, er hat mich gebeten auf das Wertvollste in seinem Leben aufzupassen. Und ich? Ich verrate ihn, indem ich mir wieder und wieder vorstelle, wie mich seine kleine Schwester anfleht, es ihr tief und hart zu besorgen.

Doch Sam ist tot und Rose ist jetzt mein wertvollster Besitz.

Meiner. Meiner ganz allein und ich kann mir nicht vorstellen, dass ich jemals erlauben werde, dass sie sich einen Freund nimmt.

Wenn ich richtig informiert bin, ist sie immer noch Jungfrau.

Schon klar. Ich kann sie nicht vierundzwanzig Stunden sieben Tage die Woche beobachten.

Aber nachts kann ich das, und das habe ich.

Allein meiner Gründlichkeit verdanke ich das *Sergeant-at-Arms-Patch*, das mein Leder ziert.

Wenn ich mir einmal etwas in den Kopf gesetzt habe, dann ziehe ich es durch.

Immer. Und ja! Der Club ist mir wichtiger, aber Rose ist meine oberste Priorität. Sie ist der wichtigste Mensch in meinem Leben. Ich würde mir eher selbst ins Bein schießen, als dass ich zulassen würde, dass sie irgend so ein Pisser anfasst und sich nimmt, was er nicht verdient hat: meine Frau.

Holy Shit!

Was denke ich denn da?

Wo kam der letzte Satz denn so plötzlich her?

Rose ist nicht meine Frau. Sie ist mein Schützling, das ist etwas völlig anderes.

Mein Schwanz beginnt zu zucken. Fast so, als würde er mich auslachen.

Kein Wunder.

Wenn einer weiß, wie dringend ich Rose für mich will, dann er.

In den vergangenen Wochen wurde diese Sehnsucht nach ihr beinahe zu einer Art Obsession. Keine Ahnung, wie oft ich mir, während ich an sie gedacht habe, einen gewichst habe?

Hundert Mal? Öfter?

Es spielt keine Rolle!

Ich habe Sam geschworen, dass ich für seine Schwester so sorgen werde, als wäre sie die meine. Als wäre sie aus meinem Fleisch und Blut, und dazu gehört sicher nicht, sie hart an den Schultern zu packen, ihr Gesicht auf das Bett zu drücken und mich bis zum letzten Millimeter in ihr zu vergraben!

„Du bist so was von am Arsch, Alter!"

Mein wütendes Zischen hallt von den Wänden wider und bringt Rose dazu, sich zu bewegen, eine ihrer winzigen Hände unter das Kissen zu schieben und so direkt über meine Erektion zu streichen.

Mein Blut kocht, ich kann kaum noch klar denken und meine Temperatur schießt in die Höhe.

Mit den Zähnen knirschend, kneife ich die Augen so fest zusammen, dass bunte Punkte hinter meinen geschlossenen Lidern flimmern. Die Muskeln in meinen Oberschenkeln spannen sich an, werden hart und sind mehr als bereit, in einen schnellen, tiefen Rhythmus zu fallen.

Noch bevor ich weiß, was ich da tue, habe ich Rose auch schon an den Schultern gebackt, in meine Arme gezogen und ihren runden Po auf meinem Schoß platziert. Auf genau der Stelle, an der mein Glied zustimmend zu pulsieren beginnt. Wäre da nicht der Stoff unserer Jeans, und das Kissen, könnte ich ganz einfach in ihr weiches Fleisch gleiten und herausfinden, ob sie tatsächlich noch Jungfrau ist.

Allein der Gedanke von ihrem Blut auf meinem Schwanz reicht aus, um meine Sicherungen durchbrennen zu lassen.

Ich muss hier weg. Sofort.

Ehe ich etwas tue, das ich mein ganzes Leben bereuen würde, und noch schlimmer, das Rose Angst macht.

Wäre Sam noch am Leben, wäre er jetzt hier, würde er mir die Kehle aufschlitzen!

Zu Recht!

Was ich hier tue – mein Verhalten – ist unentschuldbar!

Schweißperlen bilden sich auf meiner Stirn. Mein Herz schlägt hart und brutal gegen meine Rippen. Mein Gehirn brüllt wieder und wieder ihren Namen.

Ich. Muss. Hier. Raus. Sofort!!

Nach einem Blick auf ihr Gesicht weiß ich, dass sie aufgewacht ist.

Der Sinn meines Lebens sieht schlaftrunken zu mir auf. Und als ob ich nicht schon genug leiden würde, schnellt ihre rosa Zungenspitze vor, um über ihre verlockende Unterlippe zu lecken.

Hitze!

Gleißende Hitze bemächtigt sich meiner.

„Ich muss los."

Sie blinzelt verwirrt und scheint dank des Kissens unter ihrem Arsch nichts von meiner *Notlage* zu bemerken.

„Jetzt?"

Sie klingt ungläubig.

„Aye. Eine Clubangelegenheit."

In den vergangenen Jahren hat Rose längst kapiert, dass sie, wenn das Wort *Clubangelegenheit* fällt, gar nicht weiter nachzufragen braucht.

Überhaupt versuche ich immer, sie möglichst weit von dieser Welt fernzuhalten.

Natürlich kennt sie das *Sergeant-at-Arms-Patch* auf meiner Kutte, aber ich hoffe, dass sie nicht weiß, was es bedeutet.

Für sie bin ich der zuverlässige, starke, beschützende, loyale Brock, und das will ich auch bleiben. Nicht auszudenken, was passieren würde, wenn sie jemals spitzkriegt, was ich für die *Hell Reaper* so alles tue.

Foltern, verstümmeln, morden. Mein Aufgabengebiet ist nicht gerade abwechslungsreich, aber dafür umso wichtiger.

Unser Motorcycle Club steht nicht umsonst an der Spitze der verfluchten Nahrungskette.

Wer viel hat, kann viel verlieren.

Das weiß ich nicht erst, seitdem mir mein toter Bruder seine Schwester anvertraut hat.

„Was ist mit dem Film?"

„Echt jetzt?"

„Du hast bis vor einer Sekunde tief und fest geschlafen."

„Ich hatte nur kurz die Augen zu."

Ja klar.

„Darling, du kennst den Film auswendig."

Rose zieht die Nase kraus.

„Na und?"

Mit den Augen rollend, zwinge ich mich, den Blick von ihrem Mund abzuwenden.

Wenn ich dem Hunger, der mich quält, nachgebe und sie jetzt küsse, würde das alles ruinieren. Es würde nicht nur die Dynamik verändern, sondern auch das Vertrauensverhältnis zerstören.

Das kann ich auf keinen Fall wollen.

Oder? *Fuck!*

Ich weiß nicht, was ich will! Alles, was ich weiß, ist, dass ich diese Frau brauche.

„Wie wäre es, wenn wir uns morgen einen anderen ansehen? Irgendetwas ohne diesen langhaarigen Typen und vielleicht mit etwas weniger Wasser?"

Sie schürzt die Lippe und scheint über meinen Vorschlag nachzudenken.

„Du meinst einen Film, der in einer Wüste spielt?"

„Zum Beispiel."

Ihr leises „Ich werde mir was ausdenken" stockt, als ich sie von mir runterhebe und neben mir auf das Sofa setze.

„Schlaf einfach weiter. Wenn ich zurück bin, trage ich dich ins Bett!"

Roses Wohnung befindet sich etwa sieben Häuserblocks von hier entfernt.

So kann ich sie optimal im Blick behalten und bin, wenn sie mich braucht, schnell bei ihr.

Allerdings ist es keine Seltenheit, dass sie bei mir übernachtet.

Meistens schläft sie auf der Couch ein, ich trage sie dann irgendwann, wenn ich damit fertig bin, sie wie ein Heroinsüchtiger die Nadel anzustarren, in mein Bett und schlafe dann selbst im Wohnzimmer.

Die Nacht in ein und demselben Raum zu verbringen, steht nicht zur Debatte.

Ich kenne mich. Meine Selbstbeherrschung mag, was Rose angeht, eisern sein, aber auch das hat seinen Schmelzpunkt.

Ein Gähnen unterdrückend, zieht sie sich die Decke über die Schultern, ihr Blick gleitet zurück zum Fernseher.

„Dann also morgen."

Zufriedenheit schwingt in ihrer müden Stimme mit.

Eine fiese Stimme in meinem Inneren meldet sich zu Wort und stellt mir die Frage, wie lange das wohl noch so sein wird?

Eine fünfundzwanzigjährige Jungfrau, die ihre Abende lieber mit ihrem Bruder (denn ich schätze, das bin ich für sie) verbringt, als feiernd und mit irgendwelchen Typen, die es ihr in einem dunklen Eck besorgen?

Fuck!

Fuucckkkk!

Das werde ich nie und nimmer zulassen!

Kaum dass ich aus dem Wohnzimmer raus bin, fällt mir ein, dass für morgen bereits eine Übergabe geplant ist.

Also nichts mit Filmabend.

„Sorry Darling, aber morgen geht nicht. Ich muss was erledigen."

Als sie nicht antwortet, suche ich ihren Blick und was ich darin erkenne, macht mir Angst.

Und das muss was heißen.

Denn Furcht ist etwas, das ich nicht kenne.

Ich gehöre zu den Männern, die ihr Schicksal selbst in die Hand nehmen.

Immer.

„Wieder eine Clubangelegenheit?"

Ich nicke.

„Du weißt, dass du das alles nicht tun musst. Oder?"

Etwas in ihrer Stimme verrät mir, dass sie längst nicht so unwissend ist, wie ich das gehofft hatte.

„Was muss ich nicht tun? Arbeiten?"

„Der Sergeant at Arms der *Hell Reaper* sein."

Und da ist es, das Gespräch, das ich nie führen wollte.

Mit den Zähnen knirschend gehe ich zu ihr zurück, bleibe direkt vor dem Sofa stehen und sehe auf den einzigen Menschen hinab, der die Macht hat, mich zu zerstören.

„Was meinst du?"

Rose stemmt sich mit den Händen in eine sitzende Position, ehe sie die Arme vor der Brust verschränkt, was dafür sorgt, dass das weiche Fleisch ihrer Titten nach oben gedrückt wird und mich regelrecht anfleht, es abzulecken.

Konzentration! Verdammt!

„Ich bin nicht blöd, Brock. Ich weiß, was du tust."

Hoffentlich nicht!

„Ach ja? Und woher?"

„Ernsthaft? Glaubst du ich bin blind und taub? Die ganze Stadt redet über euch Rocker und euren Club. Es werden sich die haarsträubendsten Geschichten über die *Hell Reaper* erzählt."

Das ist nichts Neues.

Also warum führen wir dieses Gespräch jetzt?

„Du sagst es: Geschichten. Das ist alles nur Geschwätz. Nicht mehr und nicht weniger."

„Ich bin kein kleines Mädchen mehr, Brock."

Oh, das ist mir durchaus aufgefallen.

Wäre sie noch eins, würde ich nicht meine Hände zu Fäusten ballen müssen, um mich davon abzuhalten, sie zu packen und zu küssen.

Ich will meine Nase an der eleganten Kurve ihres Halses verstecken und mich in dem weichen Fleisch festbeißen. Der Wunsch, diese Frau sichtbar als mein Eigentum zu zeichnen, wird mit jedem Herzschlag stärker.

Ich. Bin. So. Was. Von. Gefickt.

„Wo ist dein Problem, Rose? Ich bin, was ich bin, das war ich schon immer."

Sie nickt, wenig glücklich über diese Tatsache.

„Dieser Club hat mir schon meinen Bruder genommen, ich will nicht auch noch dich verlieren."

Ah, darum geht es also.

Sie verurteilt mich nicht für die Kutte, die ich trage, sondern sie macht sich Sorgen?

Etwas, das sich verdächtig nach Erleichterung anfühlt, breitet sich in mir aus.

„Du wirst mich nicht verlieren. Niemals! Das schwöre ich dir!" Mit diesen Worten gehe ich vor ihr in die Hocke und streiche ihr eine verirrte feuerrote Locke aus dem Gesicht.

So unfassbar schön!

„Versprich es mir!"

Ihre Stimme ist nicht lauter als ein Flüstern, tönt in meinem Schädel jedoch gleich einem wütenden Sturm.

„Ich schwöre es dir auf mein Leder."

Das scheint ihr nicht zu reichen, denn Rose schüttelt entschieden den Kopf.

„Nein, schwöre es mir auf dein Herz."

Erstaunt lege ich den Kopf schief.

„Warum?"

„Weil du deine Weste ausziehen kannst, aber ohne dein Herz wärst du auf der Stelle tot. Es ist in dir, es schenkt dir Tag für Tag dein Leben und es macht dich zu dem Menschen, der du nun mal bist."

Kluges Mädchen.

„Ich schwöre es dir auf mein Herz, auf meine Seele, auf absolut alles von mir."

Um ihr zu beweisen, wie ernst es mir ist, nehme ich mir ihre Hand, schiebe sie unter meine Weste und lege sie direkt auf die Stelle meiner Brust, an der sie meinen Herzschlag spüren kann.

Das Einzige, was ihre warmen Finger von meiner nackten Haut trennt, ist der Stoff meines Shirts. Und ich verfluche ihn.

Teufel noch eins.

Ich sehne mich schon viel zu lang danach, von Rose berührt zu werden.

„Danke."

Sie sieht mich an, etwas zwischen uns verändert sich. In meinem Lendenbereich wird es heißer als jemals zuvor.

Rose Augen gleiten zu meinen Lippen, dann wieder hoch zu meinen Augen und dann wieder zu meinem Mund, wo sie liegen bleiben.

Bei jeder anderen Frau wüsste ich, was das zu bedeuten hat: Dass sie von mir geküsst werden will.

Aber doch nicht bei Rose?!

Nicht bei ihr!

Sie sieht einen Bruder in mir, keinen Mann.

Fuuucckkk!

Ich bin dabei, den Verstand zu verlieren.

Wütend springe ich auf, ihre Hand fällt herab und ich marschiere ohne einen Blick zur Türe.

Das „Schlaf jetzt!", das ich ihr zuknurre, ohne sie dabei anzusehen, klingt zorniger, als beabsichtigt.

Damit bin ich weg, unterwegs zu einem Auftrag, den es gar nicht gibt, um Abstand zwischen mich und dem einzigen Mädchen auf diesem Planeten zu schaffen, dass ich nicht haben kann.

Sollte es einen Himmel geben oder eine Hölle ... Wo auch immer Sam jetzt ist, wenn er mich von da aus beobachten kann, lacht er sich gerade über mich schlapp.

1. Kapitel

Eine Frau, ein Plan und eine Lüge, die alles verändern wird.

Fast schon wütend male ich die Konturen meiner Lippen nach und fülle sie dann mit einem knalligen Rot, das gut zu meinen ebenfalls roten Haaren passt.

Keine Ahnung, wieso ich so aufgebracht bin? Es ist ja nicht so, als ob sich irgendetwas in meinem Leben verändert hätte.

Wobei das so nicht stimmt.

Ich habe mich verändert, und um ganz ehrlich zu sein, erkenne ich mich selbst nicht wieder.

Was sagt es über mich aus, dass ich mich wahrscheinlich in meinen Bruder verknallt habe? Gut. Okay. Brock ist nicht mein richtiger Bruder, sondern eher so was wie ein Ersatzbruder. Er ist eingesprungen, nachdem Sam, mein echter Bruder, gestorben ist, was ihn irgendwie doch zu meinem Bruder macht.

Zumindest hat er sich die letzten zehn Jahre wie mein großer, ziemlich überbeschützender Bruder verhalten!

Scheiße ist das verwirrend!

Ganz egal wie oft das Wort ‚Bruder' jetzt noch durch meinen Kopf zuckt, es ändert nichts an der Tatsache, dass er es eigentlich nicht ist. Wir haben nicht das gleiche Blut.

Was meine Gefühle für ihn zumindest nicht verboten macht.

Doch das ändert nichts daran, dass ich seit neulich Nacht, wo ich ihn küssen wollte, völlig neben der Spur stehe. Ich meine, dass ich Brock liebe, ist nichts Neues. Das tue ich schon immer, von ganzem Herzen.

Mir war nur nicht klar, dass ich es auf diese Art mache.

Das war gelinde gesagt ein Schock.

Besonders weil ich mir ziemlich sicher bin, dass er nicht das Gleiche für mich empfindet.

Der Sergeant at Arms der *Hell Reaper* sieht in mir immer noch das kleine Mädchen, das ich einst war.

Für ihn bin ich seine schutzbedürftige Schwester und keine begehrenswerte junge Frau, mit der er sich auf ein Date verabreden würde.

Nicht dass die *Reaper* dafür bekannt sind, die Frauen, an denen sie interessiert sind, zu daten, oh nein ... Sie nehmen sie sich einfach, ohne Rücksicht auf Verluste.

Was natürlich sehr rückständig ist, schließlich befinden wir uns nicht mehr in der Steinzeit, was ich aber insgeheim verdammt heiß finde.

Vielleicht liegt es an den Männern (Sam und Brock) die mich geprägt haben, aber ich stehe auf Kerle, die wissen, was sie wollen, und die nicht davor zurückschrecken, es sich zu nehmen.

Jetzt, wo ich mir endlich selbst gegenüber eingestanden habe, dass ich etwas für meinen Fast-Bruder empfinde, erklärt das zumindest, wieso ich mit fünfundzwanzig noch nie eine feste Beziehung hatte. Weshalb ich noch nie für einen Typen in meinem Alter geschwärmt habe. Wieso ich noch eine verfluchte Jungfrau bin.

Ich weiß, dass es noch ein paar Frauen gibt, die sich genau wie ich sexuell zurückhalten. Aber bei denen liegt es daran, dass sie sich für den Richtigen aufheben wollen. Bei mir ist es so, dass mich einfach noch kein Mann interessiert hat.

Keiner außer Aquaman, und dem werde ich nie begegnen, denn er ist nichts weiter als eine fiktive Figur aus einem blöden Film.

Der Grund, aus dem ich noch nie Sex hatte, ist der, dass ich wohl insgeheim die ganze Zeit über in Brock verknallt war und es mir einfach nicht eingestehen wollte.

Gott wie erbärmlich.

In den eigenen ,Bruder' verliebt?!

Das könnte fast der Stoff aus einem superschlechten Liebesroman sein. Ist es aber nicht, es ist meine Realität.

Genau wie die Tatsache, dass ich nicht allein an meiner Situation schuld bin.

Immerhin ist Brock ein sehr aufmerksamer, einschüchternder und starker Beschützer, der eine ziemlich abschreckende Wirkung auf Jungs hat.

Er musste mich, als ich noch zur Schule ging, nur ein paar Mal mit seinem Bike und seiner Kutte abholen und schon bestand keine Gefahr, dass ich jemals geküsst werden würde.

Diese Taktik war so erschreckend effektiv, dass er sie eigentlich überall angewendet hat. Selbst bei meiner Arbeit. Ein weiterer Beweis dafür, dass er in mir immer noch das kleine Mädchen sieht, das ich einst war, und keine begehrenswerte Frau. Mir bleiben jetzt also genau zwei Möglichkeiten.

Nummer 1. Ich bemitleide mich selbst, schwärme heimlich für meinen Bruder und werde als einsame, alte Jungfer enden.

Nummer 2. Ich gehe aus, stürze mich ins Nachtleben, treffe auf andere Männer und versuche so, über Brock hinwegzukommen und endlich die

Dinge zu tun, die für andere Frauen in meinem Alter ganz normal sind. Ich gehe auf Dates, knutsche heiße Typen, vögle und habe meinen Spaß.

Es wird euch nicht sonderlich überraschen, aber ich entscheide mich für Option 2.

Das mit der einsamen, alten Jungfrau klingt wenig erstrebenswert.

Ganz der loyale Sergeant muss Brock sich heute Abend um irgendeine Clubangelegenheit kümmern, über die er mir keine Details verraten wollte.

So ist es immer.

Ich schätze, dass er mich damit vor seiner harten Realität beschützen will.

Was lächerlich ist.

Ich mag, was Männer angeht, eine Spätzünderin sein, aber ich bin nicht so naiv, nicht zu wissen, wie und womit sein Club sein Geld verdient.

Waffen, Drogen, Glücksspiel, Nutten und sogar Auftragsmorde scheinen in ihrem Repertoire zu sein.

Spätestens der letzte Punkt sollte mich abschrecken, tut er aber nicht.

Dafür kenne ich Brock und James, den Präsidenten der *Hell Reaper*, einfach zu gut.

Ganz egal, welche Monster sie sein mögen, ich weiß, dass sie auch eine menschliche Seite haben.

Wie auch immer, es ist Freitag, Brock ist für den MC unterwegs, und ich? Ich habe beschlossen auszugehen.

Tamara, meine beste Freundin, konnte es erst gar nicht fassen, als ich ihr gesagt habe, dass ich dieses Wochenende bereit bin, mich ihr anzuschließen und das Nachtleben ein wenig aufzumischen.

Früher hat sie öfter versucht, mich dazu zu überreden, mit ihr tanzen zu gehen. Aber dann, als ich immer nur Nein gesagt habe, hat sie irgendwann mal aufgegeben.

Jetzt holt sie mich um halb zehn Uhr ab und ich bin so unfassbar aufgeregt, dass ich es kaum schaffe, meinen Lidstrich zu ziehen.

Nach dem dritten Versuch gelingt es mir dann doch, allerdings nur bei dem linken Auge, beim rechten brauche ich gefühlt tausend Anläufe. Warum ist das so?

Warum klappt das immer nur einmal und auf dem anderen Auge sieht man aus wie die weibliche Version von Frankenstein?

Egal. Alles egal.

Um die unlösbaren Fragen dieses Universums kann ich mich auch ein anderes Mal kümmern. Jetzt gilt es zunächst, meine in alle Richtungen abstehenden Haare zu bändigen. Bevor mir das gelingt, klingelt es an der Türe.

Shit!

Nach einem kurzen Blick aus dem Spion weiß ich, dass es nicht wie befürchtet Brock ist, der mir einen seiner unangemeldeten Kontrollbesuche abstattet, sondern einfach nur Tamara, die viel zu früh ist. Wobei ... nach einem Blick auf die Uhr weiß ich, dass sie nur zehn Minuten vor der vereinbarten Zeit auftaucht.

Sie begrüßt mich aufgeregt, küsst mich auf die Wange und drückt mir dann eine schwarze Tasche in die Hand.

„Was ist das?"

„Zeug."

Ach wirklich?

„Was für Zeug?"

„Schau rein, dann weißt du es."

Ich beherzige ihren Ratschlag und ziehe ein kurzes, schwarzes Kleid raus, das über und über glitzert, dazu passende Lederstiefel und einen Push-up-BH, den ich mir nie selbst gekauft hätte, der mir aber wirklich gut gefällt.

„Ich dachte mir, du hast sicher nichts Passendes anzuziehen. Und in Jeans kommen wir nicht in den Club rein, in den wir heute gehen. Also ..."

Sie führt den letzten Satz nicht zu Ende, sondern zuckt nur mit den Schultern.

„Du bist die Beste."

Sie grinst breit.

„Ich weiß."

Immer nervöser werdend, schlüpfe ich zuerst in den BH, dann in den Glitzerfummel und erkenne mein eigenes Spiegelbild nicht wieder.

„Oh mein Gott!"

Tamara mustert mich anerkennend.

„Zieh die Stiefel an."

Ich tue es und bin sprachlos.

„Jetzt lass mich noch was mit deinen Locken machen und dann rein ins Vergnügen. Ich brauche Sex. Dringend."

Im Gegensatz zu mir ist Tamara ein Fan von schnellem, bedeutungslosem Sex. One-Night-Stands sind ihre absolute Spezialität. Wobei es schon oft so gewesen ist, dass die Kerle mehr von ihr wollten, nur sie eben nicht.

Wofür ich sie echt bewundere.

Wenn ich nur halb so mutig, tough und unabhängig wäre wie sie, würde mein Leben ganz anders aussehen und ich wäre wahrscheinlich nicht in meinen ‚Bruder' verknallt.

Allein der Moment neulich, in dem mir das bewusst wurde, war so heftig, dass er meine Welt in ihren Grundfesten erschüttert hat.

Heilige Scheiße!

Ich hätte ihn fast geküsst.

Ich war kurz davor.

Ein winziger Teil meines Herzens bereut, dass ich es nicht getan habe.

Aber ich konnte nicht. Das Risiko, dass ich damit meine Beziehung zu Brock – zu dem wichtigsten Menschen in meinem Leben – zerstöre, ist einfach zu groß.

Das kann ich nie und nimmer eingehen.

Allein bei der Vorstellung, dass ich ihn verlieren könnte, zieht sich mein Brustkorb quälend zusammen.

Das. Darf. Niemals. Passieren.

Und genau deswegen ist es auch so wichtig, dass ich heute Nacht ausgehe und meinen Spaß habe.

Und wer weiß? Vielleicht, nur ganz vielleicht, begegne ich ja einem Mann, der mich interessiert und mich von meinem Bruderproblem ablenkt.

Tamaras Hände bewirken Wunder und in weniger als einer Minute hat sie meine Locken gekonnt zusammengebunden.

„Du bist der Hammer, Mädchen. Du wirst die Männerwelt umhauen."

Das ist der Plan.

„Hoffentlich."

„Sie klatscht begeistert in die Hände."

„Hast du Kondome für den Fall aller Fälle?"

Öhm nein ...

„Ich glaube nicht, dass ich heute Nacht Se..."

Bevor ich fertig gesprochen habe, fällt sie mir mit einem „Papperlapapp!" ins Wort. „Man kann nie wissen, was passiert, und du solltest auf jeden Fall vorbereitet sein."

Damit eilt sie zu ihrer Handtasche, zieht eine Packung Gummis raus, reißt eines ab und kommt zu mir zurück.

Das kleine silberne Viereck verschwindet in meinem Dekolleté.

„Jetzt hast du es immer griffbereit."

„Wunderbar." Sie überhört meine Ironie mit Absicht. „Wir sollten lieber ein Pfefferspray mitnehmen."

Tamara sieht mich irritiert an.

„Wieso? Du hast dieses Kleid schließlich an, um Typen anzulocken. Warum solltest du sie dann wieder abwehren wollen?"

Gute Frage.

„Vielleicht, weil man nie wissen kann, was passiert?"

Mit einem tadelnden Kopfschütteln schaltet sie das Licht aus.

„Ich weiß, was passieren wird. Du hast endlich mal Spaß."

Ohne noch etwas zu sagen, schalte ich das Licht wieder an.

„Was machst du?"

„Wenn Brock später vorbeifährt und sieht, dass hier alles dunkel ist, weiß er, dass ich weg bin, und macht sich auf die Suche nach mir. Und dann stecke ich in der Scheiße!"

Aus dem Grund habe ich auch den Fernseher im Schlafzimmer angelassen. Denn der erweckt den Anschein, dass ich brav zu Hause in meinem Bett liege.

Tamara rümpft die Nase.

„Habe ich dir schon mal gesagt, dass deine Beziehung zu diesem *Reaper* alles andere als normal und gesund ist?"

Hat sie. Schon mindestens tausend Mal. Und sie ahnt ja nicht, wie recht sie damit hat. Schließlich liebe ich diesen sturen überbeschützenden Outlaw. Aber das spielt keine Rolle.

Daran will ich jetzt nicht mal denken.

Brock kann ich niemals haben.

Das mit uns darf nicht sein.

Unter keinen Umständen.

„Er meint es nur gut."

„Bist du dir da sicher?"

Ja! Zu 10000000 Prozent.

„Lass uns jetzt nicht schon wieder wegen dieses Themas streiten. Bitte."

Zu meiner Erleichterung hört Tamara auf mich.

Wenige Minuten später steigen wir in ihr Auto und machen uns auf den Weg in den Nachtclub, in dem ich einen gewissen Rocker hoffentlich für ein paar Stunden aus dem Kopf kriegen werde ...

2. Kapitel

Der Sergeant, jede Menge Tote und ein Mädchen, das sich verdammt noch mal davongeschlichen hat

Mit wütend zusammengebissenen Zähnen verlasse ich meine Deckung, umfasse den Kopf des Russen, der mit seiner Waffe direkt auf James Brust zielt, und breche ihm quasi im Vorbeigehen das Genick, während ich mit den Augen bereits nach dem nächsten Arschloch Ausschau halte. Es steht links von mir, halb hinter einem Mauervorsprung versteckt und hat mich noch nicht bemerkt.

Gut. Bis jetzt scheinen Alexejs Männer noch keine Notiz von mir genommen zu haben, was dann wohl bedeutet, dass unser Plan aufgeht.

Auch mal schön, wenn die Dinge ausnahmsweise so laufen, wie wir es beabsichtigt haben.

Keine Ahnung, was sich Alexej Romanoff dabei dachte, als er beschloss, sich die *Hell Reaper* zum Feind zu machen, aber er hat die Sache ganz offensichtlich nicht bis zum Ende gedacht, ansonsten hätte ihm klar sein müssen, dass es für Bastarde wie ihn immer – absolut immer – tödlich endet, wenn sie sich mit dem Club anlegen.

Bis jetzt mussten zwar leider nur seine Mittelsmänner und Handlanger dran glauben, aber es ist nur eine Frage der Zeit, bis wir uns die russische Hierarchie nach oben gearbeitet haben und an seiner Türe klopfen.

Und bis es so weit ist, gebe ich mich voll und ganz damit zufrieden, einen Russen nach dem anderen auszuschalten, so lange, bis keiner mehr übrig ist.

Aus genau diesem Grund haben wir diese Wichser in diese Falle gelockt.

Es war ein Leichtes, verbreiten zu lassen, dass hier und heute, in dieser alten Autoreifenfabrik, Maschinenpistolen im Wert von über einer Million Dollar den Besitzer wechseln.

Gerüchte, in denen es um so viel Geld geht, verbreiten sich schnell.

In Wirklichkeit sind die Holzkisten, die heute Nacht den Käse darstellen, mit dem wir die wodkasaufenden Mäuse fangen wollen, mit Stroh gefüllt.

Hier ist weder Geld noch Hardware, das Einzige, was auf Romanoffs Männer wartet, ist ein schneller Tod.

Mit großen Schritten umrunde ich den Russen, der sich in seinem Versteck in trügerischer Sicherheit wähnt, und breche ihm, genau wie seinem Kollegen vor wenigen Minuten, das Genick.

Schnell und lautlos.

Je länger die anderen Arschlöcher nicht mitbekommen, dass die Falle zuschnappt, umso besser.

Rob taucht neben mir auf, die Augen unseres Vizepräsidenten funkeln unheimlich, während die Blutspritzer, die sein Gesicht bedecken, langsam runtertropfen.

„Wie viele hast du erledigt? Bei mir waren es drei."

Keine schlechte Zahl.

Kurz nachdenkend sehe ich zu dem reglosen Russen vor unseren Füßen.

„Sechs. Nein Moment, mit dem hier sind es sieben."

Rob zieht anerkennend die Mundwinkel nach unten.

„Respekt. Damit geht die Runde wohl an dich."

Als ob das ein Wettbewerb wäre.

Das sowjetische Sturmgewehr in der Hand des Toten betrachtend, gehe ich einem Impuls folgend auf die Knie und nehme ihm das Schätzchen ab.

„Was zum Teufel machst du da?"

Rob klingt fassungslos.

„Du kannst über Romanoff sagen, was du willst, aber seine AKs sind die besten, die man kriegen kann. Kaum Ladehemmungen und die meisten haben Modifikationen, von denen jeder Serienkiller einen Steifen kriegen würde."

Von meinem Interesse angesteckt, geht er ebenfalls in die Hocke. Ich reiche ihm das Sturmgewehr, er legt es an, fährt mit den Fingern über den Lauf und wirft einen Blick durch das Zielrohr.

„Nicht schlecht."

„Sag ich doch."

James dreht sich zu uns um, seine Mimik ist angespannt, es gefällt unserem Präsidenten nicht sonderlich gut, den Lockvogel zu mimen, und das, obwohl es seine Idee war.

Kein Wunder.

Als ich seinen Vorschlag, dass es ganz genau so ablaufen soll, gehört habe, war mein erster Instinkt, ihm sofort zu widersprechen. Erst nach kurzem Nachdenken wurde mir klar, dass diese Falle nur funktionieren kann, wenn alles echt aussieht.

Wenn das tatsächlich eine Übergabe im großen Stil wäre, wie wir es verbreitet haben, dann würde es sich der Präsident nicht nehmen lassen, das Geschäft persönlich abzuwickeln.

Kurz: Er muss vor Ort sein.

Als Mabel spitzgekriegt hat, was ihr Mann plant, ist sie ausgeflippt und hat James vor versammelter Mannschaft eine Szene gemacht.

Typisch Old Lady konnte sie den Sinn der ganzen Aktion einfach nicht durchschauen.

Einzig James Versprechen, dass er entgegen seiner Gewohnheiten eine Kevlarweste tragen wird, hat dafür gesorgt, dass sich seine Frau wieder etwas beruhigt hat.

„Hast du was von Knox gehört?"

Kaum dass ich die Frage stelle, durchbricht ein Ächzen die Stille, dicht gefolgt von einem Plumps. Ich erkenne das Geräusch eines leblosen Körpers, der zusammenbricht.

Rob grinst, seine weißen Zähne blitzen kurz im dämmrigen Licht auf.

„Ich würde sagen, er arbeitet noch."

Daran besteht kein Zweifel.

In der Sekunde, in der ich mir den Riemen der AK um die Schulter hänge, fällt ein lauter Schuss. Drei weitere folgen, alarmiert um meine eigene Achse wirbelnd, sehe ich, wie zwei Russen James attackieren. Es gelingt ihm, den vorderen mit einem Kopfschuss hinzurichten, bevor er das bei dem hinteren wiederholen kann, fängt sich unser Präsident ebenfalls eine Kugel ein und geht mit einem gepeinigten Zischen zu Boden.

Ich. Sehe. Schwarz.

Holy Fuck!

Die Scheiße beginnt, aus dem Ruder zu laufen!

Vier weitere von Romanoffs Killern stürmen aus allen Richtungen auf ihn zu, umzingeln ihn und nehmen uns ebenfalls ins Visier.

„Wir sind am Arsch!" Rob klingt wütend. „Während wir dachten, dass wir die Fallensteller sind, wurden wir ebenfalls in eine gelockt."

Nicht zu fassen!

„Man kann nur jemanden fangen, der bereit ist, sich fangen zu lassen!"

Der VP wirft mir einen verständnislosen Blick zu, doch ich beachte ihn kaum, das Einzige, woran ich denken kann, ist Rose.

Wie sie lächelt, der Klang ihrer Stimme, der leichte Pfirsichduft ihrer Haare, wie sie mich ansieht, während sie mir etwas erzählt, das sie aufregt, und die Art, wie ihre roten Haare die Sonnenstrahlen einfangen.

Klar könnte ich diese Wendung einfach akzeptieren, abwarten, was passiert und mein Leben dem Schicksal alias den verdammten Russen überlassen.

Doch tatenlos rumstehen liegt nicht in meiner Natur. Genauso wenig wie Gottvertrauen.

Mag sein, dass unsere Chancen, hier mit heiler Haut rauszukommen, so gut wie bei null stehen, aber das bedeutet noch lange nicht, dass ich dieses Schicksal akzeptiere.

Das hier ist mein Leben und ich entscheide verdammt noch mal, wann es endet!

Meine Körperspannung verdreifachend, lasse ich meine Hände am glatten Griff der Kalaschnikow, die ich gerade dem Toten vor mir abgenommen habe und die nun wie ein schickes Modeaccessoires über meiner Schulter baumelt, nach unten gleiten. Übertöne das leise Klack, das die Sicherung von sich gibt, mit einem Husten, und lege einen Finger auf den Abzug.

Die Russen bemerken mein Vorgehen nicht, sie sind viel zu sehr darauf konzentriert, den legendären Präsidenten des *Hell Reaper Motorcycle Clubs* sterben zu sehen, wohl aber Robert.

„Das wird nicht gut gehen."

Sein leises Zischen übertönt das laute Dröhnen in meinen Ohren.

Mag sein.

Aber das weiß ich erst, wenn ich es versucht habe.

Drei Finger von meiner Schusshand abspreizend, zähle ich so stumm rückwärts. Bei dem letzten angekommen, reiße ich das Gewehr hoch, lasse den Griff mit voller Wucht in die Fresse des Wichsers neben mir krachen und bringe ihn so ins Straucheln.

Die Schüsse, die sich dabei aus seiner AK lösen, verfehlen mich nur um verfickte Millimeter, ich spüre die Hitze der todbringenden Geschosse und kann mir ein zufriedenes Grinsen nicht verkneifen.

Das ist das Wunder, welches ich gebraucht habe.

Mit einem gebrummten „Fick dich, Arschloch!" zerfetze ich zuerst seinen Brustkorb und anschließend seinen Schädel, ehe ich, ohne das Feuern zu unterbrechen, auf den nächstbesten Russen ziele, den ich vor den Lauf kriege.

Zuerst steht Rob einfach nur fassungslos da, dann geht ein Ruck durch ihn hindurch und er schließt sich mir an.

Laute Schreie hallen durch die alte Fabrik, die orangen Lichter der Mündungen wirken auf meinen in Adrenalin schwimmenden Verstand wie zerplatzende Glühwürmer.

Innerhalb weniger Herzschläge bricht die verdammte Hölle los.

Es grenzt an ein Wunder, dass ich bis jetzt nicht getroffen wurde.

Rob befreit sich, stürzt nach vorne, steigt über die Leichen und eilt unserem reglos im Dreck liegenden Präsidenten zur Hilfe.

Das alles geschieht so schnell, dass ich es mit den Augen kaum zu fassen bekomme, dennoch kommt es mir so vor, als würde es eine Ewigkeit dauern, bis endlich wieder Stille einkehrt.

Mein Verstand versucht zu begreifen, was gerade passiert ist, während meine Füße in einer Pfütze aus Blut stehen.

Der unverkennbare, kupferne Geruch steigt mir in die Nase, doch ich nehme ihn kaum wahr, alles, worauf ich mich konzentrieren kann, ist Rob, der James an den Schultern packt, ihn hart schüttelt und dabei wieder und wieder seinen Namen ruft.

Keine Reaktion!

Ich gehe vom Schlimmsten aus.

Weigere mich zu glauben, dass das gerade tatsächlich passiert ist.

Ich kann mir die Seattle *Hell Reaper* nicht ohne James vorstellen. Dieses Szenario ist zu abstrus, als dass es wahr sein könnte. Und doch sehe ich es vor meinen eigenen Augen.

Zorn füllt mein Denken, meine Augäpfel beginnen zu brennen, fast so, als ob sie mir jemand aus dem Schädel gerissen und in einen Eimer voll Säure geworfen hätte.

Irgendwo neben mir gibt einer der auf dem Boden liegenden Russen ein Stöhnen von sich. Blitzschnell wirble ich zu ihm herum, setze den Lauf der AK direkt auf seine Brust und pumpe ihn mit Blei voll.

„Verdammte Wichser!"

So schnell mich meine Beine tragen, eile ich zu Rob, mein Blick fällt auf James blasses Gesicht.

„Das hätte nicht passieren dürfen!"

Rob wirkt niedergeschlagen, ich kenne ihn gut genug, um zu wissen, dass er ohne zu zögern mit James tauschen würde.

Wenn ich eines über unseren VP weiß, dann, dass er für jeden seiner Brüder mit Freude in die Hölle fahren würde.

Andere Vizepräsidenten würden an die Macht denken, an das Geld und die Befehlsgewalt. Schließlich ist er derjenige, der nun James Platz einnehmen wird.

Doch nicht so Rob.

Für ihn ist Loyalität das höchste Gut.

„Es ist ja auch nichts passiert."

Zuerst denke ich, dass das von Rob kam, doch dann öffnet James blinzelnd die Augen und gibt ein atemloses Husten von sich.

Mein „Halleluja!" wird von einem weiteren Hustenanfall begleitet.

„Fuck! Wieso hat mir keiner gesagt, dass es trotz der verdammten Weste so wehtut, sich erschießen zu lassen!"

Etwas, das sich nach Erleichterung anfühlt, breitet sich in mir aus, kriecht an meiner Kehle nach oben und flutet meinen Mund.

Bullshit!

Das ist keine Erleichterung, sondern Übelkeit.

Ich bin kurz davor, mich zu übergeben.

„Mann, hast du uns einen Schrecken eingejagt, Bro."

Rob klingt nicht wie er selbst.

Ihm scheint es nicht besser zu gehen wie mir.

Kein Wunder! *Fuck!*

Das ist nicht im Mindesten überraschend.

„Shit!"

James versucht, sich aufzusetzen, schafft es jedoch nicht.

„Hilf mir hoch."

Rob geht ihm sofort zur Hand.

Kaum dass er sitzt, reißt er sich das Leder von den Schultern und erlaubt uns so einen Blick auf seine, in schwarzem Kevlar gekleidete Brust.

Das Material hat gehalten, was es versprochen hat, das normalerweise todbringende Edelmetall der Kugeln hat sich in das Material gebrannt und dabei seine Form verändert.

Ohne die Weste wäre er völlig durchsiebt worden.

James hätte keine Chance gehabt, das lebend zu überstehen.

Sich an dem seitlichen Klettverschluss zu schaffen machend, zieht er sich das Ding über den Kopf und atmet mit schmerzverzerrter Miene mehrmals ein und aus.

Fast so, als ob er seine Lungenflügel zwingen müsste, ihre Arbeit zu tun.

Unser Präsident tastet die Hämatome ab und zuckt gepeinigt zusammen.

„Mabel wird mich umbringen!"

Ernsthaft?

„Das ist deine einzige Sorge?"

James nickt.

„Du hast keine Lady, sonst würdest du wissen, dass unsere Frauen das Einzige sind, wovor sich ein *Hell Reaper* wirklich jemals fürchten sollte."

Rob nickt zustimmend.

Sofort muss ich an Rose denken und daran, wie sie reagieren würde, wenn ich in diesem Zustand nach Hause kommen würde.

Holy Shit!

Das wäre kein Spaß.

Dieses kleine Mädchen kann ziemlich ausflippen, wenn es wütend ist. „Wenn auch nur eine durchgegangen wäre ...“ Der Vize bringt den Satz nicht zu Ende, muss er auch gar nicht. Wir wissen auch so, worauf er hinauswill.

Der Präsident lässt das unkommentiert, steht schwankend auf und zieht sich nun auch sein T-Shirt aus. Sein kompletter Oberkörper ist von violett-blau-schwarzen Flecken überzogen.

„Fuck! Das tut ja schon vom Anschauen weh!“

Kein Wunder, dass James die Lichter ausgegangen sind.

Ein ungutes Gefühl breitet sich in mir aus, um uns herum liegen Dutzende Leichen. Das sind viele, aber bei Weitem nicht alle von Romanoffs Männern.

Und wenn der verdammte Wodkakönig keinen Statusbericht bekommt, wird er zweifelsohne mehr von ihnen schicken.

„Wir müssen von hier verschwinden!“

James nickt zustimmend, darauf wartend, ob er in der Lage ist, ohne Hilfe zu laufen, bleibe ich stehen.

Erst als uns unser Präsident bewiesen hat, dass er genau der zähe Drecksack ist, für den wir ihn schon immer gehalten haben, folge ich den beiden.

Im Hintergrund fallen zwei letzte Schüsse, dann werden schnelle Schritte laut.

Knox schließt sich uns an, kaum dass sein Blick auf James verfärbte Brust fällt, stößt er einen lauten Fluch aus.

„Das sieht scheiße aus!“

James lacht freudlos, es klingt, als ob er heftige Schmerzen hätte.

„Es fühlt sich auch scheiße an!“

Kaum vor der Fabrik angekommen, schlägt uns kühle, feuchte Luft entgegen. Winzige Regentropfen prasseln auf mein Gesicht und sorgen dafür, dass ich mich so lebendig fühle wie seit Langem nicht mehr.

James wirft die Kevlarweste in den Dreck, zieht sich dann das Shirt und sein Leder wieder an und steigt zeitgleich mit Knox auf.

Rob und ich behalten die Umgebung im Auge, zu unserem Glück ist alles ruhig.

Keine Menschenseele zu sehen, einzig die vielen, allesamt schwarzen BMW-Limousinen, die am Straßenrand stehen, verraten, wie viele von Romanoffs Männern heute Nacht angetreten sind, um ihr Leben zu verlieren.

„Wir sollten den Tatort nicht einfach so zurücklassen. Es gibt zu viele Spuren, die unsere Anwesenheit belegen. Diese Scheiße hier ...“, ich zeige auf die Fabrik und auf die Limousinen mit den getönten Scheiben,

„könnte uns um die Ohren fliegen und uns alle lebenslänglich in den Knast bringen."

Rob nickt, James ebenfalls, Knox steigt von seiner Maschine, tastet seine Taschen ab und grinst breit, als er anscheinend findet, wonach er gesucht hat.

„Ich hätte noch diese beiden Schätzchen hier."

Eine Sekunde später hält er zwei Handgranaten in den Fingern.

Typisch! Unser Enforcer hat einfach immer ein Ass im Ärmel.

„Warum überrascht mich das nicht?"

„Weil du weißt, dass auf mich immer Verlass ist, Bruder."

Wo er recht hat, hat er recht.

„Wirf eine rüber, ich kümmere mich um die Wagen."

Die Granate fliegt durch die Luft, ich fange sie mit der linken Hand, drücke den Sicherheitshebel nach unten und ziehe den Splint.

„Rob, du und James solltet schon mal von hier verschwinden."

Zuerst bin ich mir sicher, dass der VP mir widersprechen wird, doch dann startet er mit einem Kick den Motor seiner Harley.

„Zwei *Reaper* fallen auf den Straßen nicht so krass auf wie vier. Es schadet also nicht, wenn wir uns aufteilen."

James scheint das nur recht zu sein, es wirkt so, als könnte er sich kaum auf dem Bike halten.

Knox und ich warten, bis die beiden losgefahren sind, dann marschiert er zum offen stehenden Tor der Fabrik und ich gehe ein paar Schritte auf die Russenautos zu.

„Bereit, wenn du es bist."

Er grinst breit, es ist ihm anzusehen, dass er nichts dagegen hat, seine Spielzeuge zu opfern.

„Dann los!"

Mit einem kraftvollen Wurf werfe ich die Granate durch die Luft, beobachte, wie sie im hohen Bogen über die Straße zu den BMW fliegt, und öffne meinen Mund einen Spalt breit, um mein Trommelfell vor dem Druck zu schützen.

Knox macht es mir nach, allerdings lässt er die Granate mehr in die Halle rollen, als dass er sie wirft.

Das leise Geräusch von Stahl, der über Beton streicht, lässt meinen Puls in die Höhe schnellen.

Holy Shit!

„Nichts wie weg ..." Bevor er das „hier!" über die Lippen bringt, zerfetzt die erste Explosion die Stille.

Flammen schießen empor, der mittlere BMW geht in die Luft.

Glasscherben surren wie Geschosse durch die Dunkelheit, das Geheule der Alarmanlagen der restlichen Autos erfüllt die Nacht. Ehe sie sich einer nach dem anderen ebenfalls entzünden. Ein verdammter Dominoeffekt.

Bämm! Bämm! Bämm!

Die zweite Granate detoniert, jetzt platzen auch die Scheiben der Fabrik. Betonbrocken verwehren sich der Erdanziehungskraft und werden Richtung Himmel geschleudert.

Selbst Metallplatten lösen sich aus ihrer Verankerung und segeln durch die Nacht.

Instinktiv reiße ich den Arm hoch, um mein Gesicht zu schützen, und spüre, wie sich einige der Splitter durch den Stoff meines Pullovers in mein Fleisch bohren.

Fuck! Autsch!

Der Vollstrecker gibt ein irres Lachen von sich, ehe er zu seinem Motorrad rennt, aufsteigt und darauf wartet, dass ich es ihm nachmache.

„Wollen wir hoffen, dass die Scheiße schön in Flammen aufgeht. Ein Benzinkanister wäre nicht schlecht gewesen!"

Egal wie groß die Flamme und wie laut der Knall, für Knox ist es nie genug.

Ich schwöre, in seinem letzten Leben war er ein verfickter Feuerteufel!

James und Rob sind längst in der Dunkelheit verschwunden, wir folgen ihnen. Zuerst begeben wir uns auf direktem Weg Richtung Clubhaus, doch dann breitet sich wie aus dem Nichts ein ungutes Gefühl in meinem Magen aus, das nicht von dem ausgelöst wurde, was in der letzten Stunde geschehen ist. Oh nein.

Es kommt von tiefer. Viel tiefer.

Ich erkenne es auf Anhieb: Es ist die tiefverwurzelte Angst um Rose und dass sie nicht in Sicherheit ist.

Der Drang, nach ihr zu sehen und zu kontrollieren, dass es ihr gut geht, macht sich stets dann bemerkbar, wenn ich jemanden in die Hölle befördert habe oder beinahe selbst auf den Weg dorthin geschickt wurde.

Und daher weiß ich auch, dass er erst weggehen wird, wenn ich mich mit eigenen Augen versichert habe, dass bei meinem Mädchen alles bestens ist.

Mit einem Handzeichen gebe ich Knox zu verstehen, dass ich einen kurzen Umweg fahren werde, und setze den Blinker. Es überrascht mich wenig, dass er es mir nachmacht und mir folgt. Ich kenne Knox.

Nach einer Scheißnacht wie dieser wird der Vollstrecker mir nicht von der Seite weichen.

Keine halbe Stunde später kommen wir vor dem Gebäude, in dem sich Roses kleine Zweizimmerwohnung befindet, an. Hinter den Fenstern brennt Licht, im Schlafzimmer läuft der Fernseher.

Alles scheint gut zu sein.

Sie ist zu Hause, in Sicherheit.

Warum will sich dann dieses ungute Gefühl, das sich wie eine Faust um meinen Magen gelegt hat, nicht beruhigen lassen?

All meine Instinkte schlagen Alarm!

Anstatt wie gewohnt einfach weiterzufahren, stoppe ich direkt vor dem Eingang, schalte den Motor aus und steige ab.

Knox sieht mich alarmiert an.

„Was ist los?"

„Etwas stimmt nicht."

Ohne weitere Fragen zu stellen, schwingt er sich ebenfalls von seiner Maschine und zieht, kaum dass seine beiden Füße den Asphalt berühren, seine ‚Heckler & Koch'.

„Waffengewalt wird hoffentlich nicht notwendig sein."

Anstatt sie wieder wegzustecken, zuckt er nur nichtssagend mit den Schultern.

„Es kann nie schaden, auf alles vorbereitet zu sein. Wenn wir das heute Nacht schon früher gewesen wären, wäre die ganze Aktion vielleicht nicht so aus dem Ruder gelaufen."

Fuck!

Fuuccckkk!

Er hat recht, was nicht unbedingt eine beruhigende Wirkung auf mich hat.

Meine Nerven liegen blank.

Ich kann für Rose nur hoffen, dass sie in ihrem Bett liegt. Allein.

Wenn nicht?!

Holy Shit!

Dann werde ich dafür sorgen, dass ihre kleine heile Welt mit einem erschütternden Knall in sich zusammenbricht.

Ich bin heute nicht mehr in der Verfassung, um mich kontrollieren zu können.

„Komm mit! Aber sorg dafür, dass sie den Mist nicht zu sehen bekommt. Ich will ihr keine Angst machen."

Knox nickt. Ich ziehe meinen Schlüssel aus der Tasche, sperre die Haustüre auf, eile die Treppen nach oben in den vierten Stock und ignoriere dabei geflissentlich den Lift.

Ich hasse diese winzigen, kleinen Kabinen, die einfach nur an einem Stahlseil hängen.

Selbstmord steht nicht auf meiner Bucket List, in einem Aufzug zu verrecken ebenfalls nicht.

Oben angekommen, spiele ich zuerst mit dem Gedanken anzuklopfen, verwerfe ihn jedoch schnell wieder.

Sollte Rose wider Erwarten nicht allein sein, will ich dem Wichser, der es gewagt hat, sich an meiner Frau zu vergreifen, nicht die Möglichkeit geben, sich zu verstecken.

Oh nein!

Wenn da ein Mann bei ihr ist, werde ich ihn mir vornehmen und so lange auf ihn einprügeln, bis mir die Finger brechen oder er seinen letzten Atemzug an meiner Faust aushaucht.

Mit einem Zischen sperre ich auch diese Türe auf, und obwohl Licht brennt und ich den Fernseher höre, weiß ich sofort, dass Rose nicht da ist.

Die Magie ist eine andere, ihre Energie fehlt.

Keine Ahnung, wie ich es beschreiben soll?

Nur um auf Nummer sicherzugehen, mache ich mir dennoch die Mühe, die Zimmer eines nach dem anderen nach ihr abzusuchen.

Mein Gefühl hat mich nicht getäuscht, von Rose fehlt jede Spur.

„Wo bei allen *Reapern* steckt dieses vermaledeite Weib nur?"

Knox, der mich, mit seiner Waffe in der Hand, dabei beobachtet hat, wie ich wie ein Irrer durch die Wohnung gelaufen bin, sieht mich mit einer Mischung aus Verständnis, Mitgefühl und Amüsiertheit an, auf die ich mir keinen Reim machen kann.

Fast so, als ob er mehr wissen würde als ich.

Fast so, als ob er durchschaut hätte, was in meinem kranken Schädel gerade abgeht.

„So, wie ich das sehe, hat dich deine Kleine ausgetrickst."

„Sie ist nicht meine Kleine!"

Die Antwort kommt mir, ohne groß nachzudenken, über die Lippen und bringt ihn zum Lachen.

„Sorry! Ich meine *natürlich* deine *Schwester*!"

Allein wie er das *natürlich* und das *Schwester* betont, bringt mich dazu, ihm die Zähne ausschlagen zu wollen.

„Fick dich einfach, Bruder."

Er lacht noch lauter.

„Das könnte ich schon tun, aber das ändert nichts an der Tatsache, dass du sie ficken willst!"

Mist! Durchschaut!

„Was redest du denn da?"

Er lehnt sich lässig an die Wand im Flur.

„Dass du dich verhältst, wie ich es bei Charlotte würde, oder James bei Mabel, oder Rob bei Hope."

Ich bin kurz davor durchzudrehen.

„Fiiiccckkkk dicccchhhhhhh!"

Mein wütendes Brüllen übertönt den beschissenen TV.

Anstatt endlich sein Maul zu halten, scheint er nur noch mehr Spaß zu haben.

„Gib endlich zu, dass du in dieser Frau viel mehr siehst als deine Ziehschwester. Wieso solltest du auch nicht? Rose ist heiß! Sie ist zu einer wunderschönen, beeindruckenden jungen Frau geworden, mit einem Arsch, für den so mancher Mann töten würde."

Oh ja!

„Ich zum Beispiel! Und darum wäre es wesentlich besser für deinen Gesundheitszustand, wenn du nie wieder etwas über ihren Arsch oder sonst irgendein Körperteil von ihr erwähnen würdest!"

Anstatt meine Warnung ernst zu nehmen, zieht er nur herausfordernd eine Augenbraue in die Höhe.

Mehr Provokation ist nicht nötig, um mich ausholen zu lassen und meine Faust mitten in sein Gesicht zu rammen! Oder zumindest ziele ich auf seine Nase, doch er ist schneller und bückt sich, sodass meine Hand ungebremst in die Wand kracht und ein riesiges Loch verursacht.

Putz und Farbreste rieseln zu Boden.

„Was willst du jetzt machen, Sergeant? Ausflippen und mir den Kiefer brechen, oder nach deiner Frau suchen?"

Gute Frage!

Mein Blick bleibt in dem Spiegel neben ihm hängen, erschrocken starre ich auf die getrockneten Blutspritzer, die meine Haut bedecken.

Fuck!

Dann sehe ich zu Knox, der keineswegs besser aussieht.

„Vielleicht war es ganz gut, dass Rose nicht hier ist."

Sie wäre bei unserem Anblick in Panik geraten. Vor allem, weil nicht nur mein Gesicht und meine Hände mit dem Blut der Russen bedeckt ist, sondern auch meine Jeans, die Stiefel und meine Kutte.

Ich sehe aus, als hätte ich einen Höllenritt hinter mir.

Was auf eine gewisse Weise ziemlich gut zutrifft.

Trotzdem!

„Wo ist sie nur?"

Knox kneift die Augen zusammen.

„Willst du mir jetzt echt erzählen, dass du keine Tracker-App auf ihrem Handy installiert hast?"

Doch.

„Natürlich!"

Er bleckt die Zähne.

„Alles andere hätte mich auch schwer enttäuscht. Also warum ortest du sie dann nicht einfach?"

Weil. Ich. Vor. Lauter. Zorn. Darüber, dass sie mich verarschen wollte, nicht daran gedacht habe.

Wenn es um Rose geht, kann ich keinen kühlen Kopf bewahren, das konnte ich noch nie.

Dieses Mädchen ist meine Schwachstelle!

War. Es. Schon. Immer.

Mit einem Knurren fische ich mein Telefon aus der Innentasche meiner Kutte, entsperre es, öffne besagte App und verspüre dabei nicht den Hauch eines schlechten Gewissens.

Rose weiß nicht, dass ich sie auf diesem Weg aufspüren kann. Und das ist auch gut so.

Wenn sie so weit geht, das Licht brennen und den Fernseher laufen zu lassen, nur um mich zu täuschen, wer weiß, auf welche beschissenen Ideen sie dann noch kommen mag, nur um mich abzuhängen.

Und dass sie das getan hat, ist nicht das Schlimmste an der Sache.

Oh nein.

Eher die Frage, warum sie überhaupt zu solchen Methoden greift, ist das, was mein Blut zum Kochen bringt.

Trifft sie sich mit einem anderen Mann?

Hat sie eine Affäre? Eine Beziehung?

Ist sie eventuell längst keine Jungfrau mehr?

G.o.t.t. v.e.r.d.a.m.m.t

Ich bin kurz davor durchzudrehen.

Die App lädt und lädt, mein Puls schnellt in die Höhe.

Dann endlich erscheint die Karte, die rote Stecknadel, die mir ihren derzeitigen Aufenthaltsort verrät, oder besser gesagt den ihres Handys, pinnt sich auf einem Punkt fest und lässt mich mit den Zähnen knirschen.

„Hast du sie gefunden?"

„Hab ich."

„Und wo ist sie?"

In einem Nachtclub – der noch dazu den Russen gehört – und damit nicht nur an dem Ort, wo sie sein sollte: nämlich zu Hause oder bei mir. In meiner Nähe, wo ich auf sie aufpassen und dafür sorgen kann, dass ihr kein anderer Mann zu nahe kommt und sich im schlimmsten Fall nimmt, was mir gehört. Nein! Sie hat sich auch noch unwissend in Gefahr gebracht, indem sie eine Location aufsucht, die unserem Feind gehört. Alexej Romanoff. Dem Bastard, dessen Männer ich gerade wie Vieh abgeschlachtet habe.

„Nicht da, wo sie sein sollte."

„Ach echt? Das ist mir ja noch gar nicht aufgefallen!"

Eine warnende Stimme in meinem Kopf rät mir, dass ich mich setzen und erst etwas abregen sollte, ehe ich zu der verdammten roten Stecknadel fahre. Oder mir zumindest das Blut aus dem Gesicht und die Hände waschen sollte.

Doch ich kann nicht.

Dafür bin ich einfach viel zu wütend und zu enttäuscht!

Habe ich mir das, was da neulich zwischen uns war, etwa nur eingebildet?

Hat sie mich neulich Nacht nicht beinahe geküsst?

War es nur Wunschdenken, dass in ihren großen, grünen Augen ein dick geschriebenes ‚Fick mich!' stand?

Nein. Nein. Nein.

Es war da. Ich weiß es ganz genau.

„Lass uns aufbrechen."

Knox folgt mir raus aus der Wohnung.

„Wohin?"

„Ins ‚White Russian'!

Knox fallen fast die Augen aus dem Kopf.

„Willst du mich verarschen?"

Schön wär's!

„Nein."

Damit stürme ich zurück zu meinem Bike, steige auf und starte blitzschnell den Motor.

Romanoff mag nicht wissen, dass Rose mir und somit dem *Hell Reaper Motorcycle Club* gehört, doch das bedeutet noch lange nicht, dass sie in Sicherheit ist.

Fuck! Ganz gewiss nicht!

„Wir sollten Verstärkung rufen!"

Sollten wir ...

„Tun wir aber nicht. James wurde heute Nacht beinahe getötet. Es herrscht Krieg.

Je mehr von uns in diesen Club stürzen, je mehr Aufmerksamkeit ziehen wir auf uns. Das wäre nicht gut. Ich bin für schnell rein, das Mädchen schnappen, und schnell wieder raus!"

Es ist dem Vollstrecker anzusehen, dass ihm mein Plan nicht gefällt. Doch er hält die Klappe und nickt mürrisch.

„Das muss aber ein sehr schnelles *rein und raus* sein."

Aye. „Das ist mir bewusst."

Sein gezischtes „Na dann los!" geht in dem Brummen meines startenden Motors unter.

Wir fahren los, die Stadt zieht in einem undefinierbaren Gemisch aus Farben, Lichtern und Personen an mir vorbei. Genauso gut könnte eine Herde Elefanten mitten in Seattle stehen, ich würde nichts davon wahrnehmen.

Wir kommen in Rekordgeschwindigkeit an unserem Ziel an. Anstatt strategisch vorzugehen und ein paar Straßen entfernt zu parken, lenke ich meine Harley direkt vor den stark beleuchteten Eingang, neben dessen roten Teppich zwei breitschultrige Russen stehen. Ihre slawischen Gesichtszüge verziehen sich merklich, als sie das Blut auf meinem Gesicht entdecken.

Und das, obwohl sie nicht wissen können, dass es russisches Blut ist, das ich heute literweise vergossen habe.

Die Chance, dass es sich dabei um ihre Freunde gehandelt hat, oder vielleicht sogar um ihre Brüder, ist hoch.

Sie hindern uns nicht daran, das ‚White Russian' zu betreten, doch ich sehe im Augenwinkel, wie einer von ihnen in das Mikrofon spricht, dass sich CIA-like in seinem Ärmel befindet.

„Die Uhr tickt, Bro."

„Ist mir aufgefallen."

Die Waffe ziehend, heftet er sich an meinen Rücken.

„Lass uns dein Mädchen schnappen und dann nichts wie weg hier."

Wir gehen den langen, komplett verspiegelten Flur entlang, bei jedem Schritt wird die Musik lauter, der Bass hallt in meiner Brust nach. Junge, halb nackte, betrunkene Mädchen stolpern uns entgegen. Sie sehen die Kutte und unsere beschmierten Gesichter und weichen uns, selbst in ihrem alkoholisierten Zustand panisch aus.

Wenn Rose genauso wenig Stoff am Leib hat wie diese Tussis, weiß ich nicht, wie ich reagieren werde.

Der Laden ist voll, die Tanzfläche pulsiert nur so vor Energie und Sexualität.

Verschwitzte sich bewegende Körper, so weit das Auge reicht.

Und dennoch entdecke ich meine Frau sofort.

Das würde ich immer, überall. Rose sticht nicht nur dank ihrer Flammenhaare aus der Masse hervor, sondern auch wegen ihrem perfekten Gesicht und der hellen, mit Sommersprossen gesprenkelten Haut. Auch wenn sie heute Nacht viel zu viel Farbe im Gesicht hat, um als meine Rose durchzugehen.

„Ist sie das?"

Knox klingt fassungslos.

„Ja!"

„Shit! Das Mädchen hat sich, seit ich es das letzte Mal gesehen habe, ganz schön verändert."

Weiß ich. Mir entgeht nichts, was mit ihr zu tun hat.

Auch nicht, dass sie nicht allein ist.

Was in mir die Gewissheit weckt, dass ich heute Nacht noch nicht genug Menschen getötet habe. Ein paar gehen noch. Oder besser gesagt dieser eine, der Rose so nahe ist, als ob er jedes verdammte Recht dazu hätte.

Hat er aber nicht.

Fuck!

Auf gar keinen Fall!

„Starr sie an und ich steche dir die Augen aus."

Anstatt seinen Blick von ihr abzuwenden, beginnt er nur laut zu lachen.

„Hör auf, mir mit irgendeinem Schwachsinn zu drohen, und schnapp dir deine Frau, ehe die verdammte Scheiße, die sich hier wie ein Gewitter zusammenbraut, auf uns niederprasselt und uns unter sich begräbt. Du weißt, dass ich dich viel zu sehr respektiere, als dass ich mich für deine *Schwester* interessieren würde! Außerdem liegt die einzige Frau, die es schafft, mich in den Wahnsinn zu treiben, schön brav zu Hause in meinem Bett!"

Schon klar, das musste er mir ja unter die Nase reiben.

„Ich gehe sie holen!"

Knox nickt zustimmend.

„Ich halte Wache. Sollte jemand versuchen, dich hinterrücks abzustechen, werde ich ihm eine Kugel ins Hirn blasen."

Klingt nach einem guten Plan!

3. Kapitel

Eine Frau, falsche Männer und der Teufel höchstpersönlich, der ihren Körper ein für alle Mal für sich fordert!

Zu behaupten, dass nicht genug Männer da sind, um zumindest einen finden zu können, der mich interessiert, wäre eine Lüge.

Es sind unzählige Typen in allen Größen und Formen vertreten, und dennoch schafft es keiner, meine Neugierde zu wecken. Schon gar nicht der Idiot, der mir seit einer Stunde am Arsch klebt und mich davon zu überzeugen versucht, dass er die Antwort auf all meine Fragen ist.

Ich glaube, er heißt Franklin oder Porter, keine Ahnung! Und es interessiert mich auch nicht wirklich. Vor einer Minute hat er noch damit geprahlt, wie groß das Haus ist, dass er sich erst vor einigen Monaten gekauft hat, jetzt gerade erzählt er mir, was er im Jahr verdient.

Wahrscheinlich sollte ich jetzt beeindruckt sein.

Bin ich aber nicht.

Von mir aus könnte er ein Millionär sein, oder auch ein Milliardär – es wäre mir genauso egal, wie wenn er mir verraten würde, dass er ein Alien wäre, der auf die Erde gekommen ist, um Frauen zu schwängern und so eine neue Spezies zu erschaffen.

Keine Ahnung auf wie viele Arten wir Frauen Männern klarmachen können, dass wir nicht interessiert sind. Ich habe alle höflichen versucht und denke, dass es höchste Zeit wird, es einfach klar und deutlich auszusprechen. Selbst wenn ich dabei riskiere, sein äußerst fragiles männliches Ego für die nächsten Jahrzehnte zu zerstören.

So ungern ich es auch zugebe, aber der einzige Kerl, der mich interessiert, ist nicht da, und er weiß zu meinem Glück auch nicht, dass ich hier bin, denn ansonsten wäre ich im Arsch.

„... Es wird nicht mehr lange dauern, bis ich zum Juniorpartner ernannt werde und ..."

Ich bringe seinen Redefluss mit einem genervten „Stopp!" abrupt zum Versiegen und atme erleichtert durch, als er endlich die Klappe hält.

Halleluja!

Ich hätte nicht gedacht, dass es so anstrengend sein kann, auszugehen und meinen Spaß haben zu wollen.

Vielleicht wäre es doch besser gewesen, einfach zu Hause zu bleiben und mir irgendetwas auf Netflix anzuschauen?

Keine Ahnung!

Allerdings bin ich aus einem ganz bestimmten Grund hier, nämlich den, einen gewissen *Hell Reaper* zu vergessen.

Was mir bis jetzt zu meinem Frust leider nicht gelungen ist.

Ziemlich ärgerlich, wenn ihr mich fragt.

Aber auch kein Wunder.

Ich meine, wo sind all die attraktiven, interessanten und heißen Männer hin?

Woooooo?

Alles, was hier rumläuft, ist – so hart das jetzt auch klingen mag – Ausschuss, und schafft es nicht, mich aus der Reserve zu locken. Tamara scheint dieses Problem nicht zu haben. Sie flirtet und knutscht sich von einem Typen zum anderen und scheint sich sichtlich zu amüsieren. Was wohl daran liegt, dass sie keine Ahnung hat, was sie verpasst.

Sie kennt Brock nicht wirklich und hat somit auch keine gute Vergleichsmöglichkeit.

Ich beneide sie.

Oder auch nicht?!

Was wäre mein Leben ohne Brock?

Okay. Nein. Ich beneide sie nicht.

Streng genommen kann sie mir nur leidtun.

„Was stopp?"

Mein verwirrtes Gegenüber scheint die Welt nicht zu verstehen.

„Ich bin nicht an dir interessiert. Also such dir bitte eine Frau, die du mit dem ganzen Scheiß, den du von dir gibst, beeindrucken kannst. Bei mir funktioniert das nicht."

Wie vom Blitz getroffen stolpert er einen Schritt rückwärts. Fast so, als ob er nicht glauben kann, dass ich in ihm nicht Gottes Geschenk an die Weiblichkeit sehe.

Sein Pech.

Aber ich will meine Zeit nicht mit einem Mann verschwenden, der sich nur über sein Gehalt und die Quadratmeterzahl seines Hauses definiert.

„Soll das ein Witz sein?"

„Nein. Also verschwinde."

Noch bevor er sich aus dem Staub machen kann, werde ich plötzlich von hinten gepackt, von den Füßen gerissen und durch die Luft gewirbelt.

Die bunten Lichtkegel verschwimmen so lange, bis ich mich plötzlich einem ziemlich wütenden, mit rostbraunen Flecken versehenem, sehr ernst wirkendem und verdammt vertrautem Gesicht gegenüber befinde.

Heilige Scheiße! Brock!

Was macht er denn hier?

Oder besser; wie hat er mich gefunden?

Denn ich glaube keine Sekunde lang, dass wir uns durch Zufall zur gleichen Zeit am gleichen Ort aufhalten.

Dafür ist Seattle einfach zu groß und dafür sieht er einfach viel zu zornig aus.

Ich. Bin. Erledigt.

Hilfe!

Hiiilllffeeee!

„Was machst du hier?"

Die Frage kommt mir über die Lippen, noch bevor ich es verhindern kann. Und warum sollte ich auch? Schließlich ist sie mehr als berechtigt.

„Die Frage sollte wohl eher lauten, was zur Hölle tust du hier, Mädchen?"

Wütend beschreibt den Gemütszustand des Sergeant at Arms der *Hell Reaper* nicht einmal ansatzweise.

„Was hast du da für Flecken im Gesicht?"

An seinem Kiefer zuckt ein Muskel.

„Beantworte meine Frage!"

Mein Temperament macht sich bemerkbar.

„Erst wenn du meine beantwortet hast!"

Oh, dieses Spielchen können wir beide spielen.

Brock sieht so aus, als würde er jede Sekunde explodieren, und obwohl ich mir zu einer Million Prozent sicher bin, dass er mir nie auch nur ein Haar krümmen würde, breitet sich fast so etwas wie Furcht in meinem Magen aus.

So wütend habe ich ihn schon lang nicht mehr erlebt.

„Du warst nicht zu Hause!"

Ach, was er nicht sagt.

„Na und?"

„Du hast mir nicht gesagt, dass du an diesen Ort gehen willst. *Reaper* belügt man nicht!"

Nein, habe ich nicht.

„Warum sollte ich auch? Ich bin kein kleines Kind mehr und du bist nicht mein Vater. Ich bin dir keine Rechenschaft schuldig und ich muss dich nicht um Erlaubnis bitten."

Brock bebt.

Ist das Blut in seinem Gesicht?

Getrocknetes Blut?

Wenn ja, von wem?

Was? Ist? Passiert?

„Stimmt, ich bin nicht dein Vater, sondern dein *Bruder*!"

Der *Bruder*, den ich küssen wollte, der *Bruder*, den ich auf eine Art liebe, die zwischen Bruder und Schwester nicht angemessen ist. Der *Bruder*, von dem ich erotische Träume habe ... Der Mann, dem ich mich hingeben und dem ich meine Unschuld schenken will.

„Toller Bruder."

Er hört den undefinierbaren Unterton, der in meiner Stimme mitschwingt, kann ihn nicht einordnen und stößt ein lautes, frustriertes Zischen aus.

Die Art, wie sich seine Augen in die meinen bohren, sorgt dafür, dass ich kaum noch atmen kann. Meine Lunge streikt, während sich zwischen meinen Schenkeln ein verbotenes, lustvolles Ziehen ausbreitet.

„Was hast du hier zu suchen, Rose?"

Ich will dich vergessen ... Ich will mich ablenken ... Ich will einfach alles in meiner Macht Stehende tun, um mich in einen Mann zu verlieben, der nicht du bist!

„Tamara und ich wollten tanzen gehen."

Seine Augen kennen keine Gnade und starren mich in Grund und Boden.

„Wenn das so ist, warum hast du dann ein Geheimnis daraus gemacht."

„Habe ich nicht!" Ich habe es ihm nur einfach nicht gesagt.

„Und wieso wolltest du vortäuschen, dass du daheim bist und Fernsehen schaust?"

„Warum sollte ich das tun? Vielleicht habe ich ja einfach nur vergessen, den TV und das Licht auszuschalten?"

Brock erkennt sofort, dass ich nicht die Wahrheit sage.

„Du bist eine ganz beschissene Lügnerin, Süße."

Wenn er mich noch ein Mal Süße nennt, küsse ich ihn. Ganz egal, welche Flecken er da auch auf der Haut hat.

„Was hast du da im Gesicht?"

Seine Lippen bilden einen dünnen Strich. Ich kenne diese Geste. So reagiert er immer, wenn er mir etwas nicht sagen will.

„So wie es scheint, haben wir wohl beide Geheimnisse voreinander. Was?"

Brock zögert, erst eine Sekunde, dann zwei.

Um uns herum wird getanzt, gefeiert und gelacht, doch zwischen meinem *Bruder* und mir scheint die Zeit stillzustehen. Es fühlt sich so an, als würden wir uns in unserer eigenen Blase befinden. Zeitlos. Raumlos. Ganz allein.

„Es ist Blut."

Oh mein Gott!

Dachte ich es mir doch.

„Deins? Bist du verletzt?"

„Nicht meins."

Mein Gehirn ist sich nicht sicher, ob das jetzt eine gute oder doch eher eine weniger gute Nachricht ist.

Ich entscheide mich dafür, es als gut einzustufen.

„Wessen dann?"

„Spielt keine Rolle!"

Das sehe ich anders.

„Was ist passiert?"

„Clubangelegenheiten!"

Natürlich. Damit kommt er mir immer, wenn er mir etwas nicht sagen will.

Dieses vermaledeite Wort ist quasi sein Joker.

„Schön, dann erzählst du mir es eben nicht."

Klinge ich wirklich so bockig, oder täusche ich mich?

Der Muskel an seinem Kiefer zuckt erneut, was mir verrät, dass ich mich nicht getäuscht habe.

„Wir gehen!"

„Oh nein!" Entschieden schüttle ich den Kopf. „Ich amüsiere mich gerade prächtig!"

Was für eine dicke Lüge.

Brock scheint mich mühelos zu durchschauen.

„Aye, ich sehe, wie viel Spaß du hast!"

Arschloch ...

„Ich hatte Spaß, ehe du aufgetaucht bist!"

Noch eine Lüge.

„Mit dem Loser?"

Wie bitte? Er hat den Idioten, dessen männliches Ego ich gerade zerstört habe, also gesehen?

Brock packt mich grob am Arm und zerrt mich in eine etwas ruhigerer Ecke, weit weg von den neugierigen Blicken und den wummernden Boxen.

Ich kann noch immer nicht fassen, dass er so aussieht, als wäre er gerade durch die Hölle marschiert.

Wessen Blut hat er da nur im Gesicht und ist er wirklich nicht verletzt?

„Weswegen bist du wirklich hier, Kleines?"

Der dunkle Klang den seine, von Natur aus raue Stimme angenommen hat, lässt meine Knie weich werden und weckt tief in mir drinnen erneut den Wunsch, ihn zu küssen.

„Sagte ich doch, um zu tanzen." *Und um jemanden zu finden, den ich dringender küssen will als meinen verfluchten Bruder!*

Auf seiner Stirn bilden sich tiefe Furchen.

„Wenn das so ist, hättest du einfach etwas sagen müssen."

Mein mit der Situation vollkommen überforderter Verstand kommt nicht mehr mit.

„Du wärst mit mir tanzen gegangen?"

Brock nickt grimmig.

Ich komme nicht gegen das ungläubige Lachen an, das aus mir heraussprudelt.

„Was ist so witzig?"

Falls überhaupt möglich wird er nur noch etwas wütender auf mich.

„Du? Der Outlaw mit dem getrockneten Blut im Gesicht will mit mir in einem Nachtclub tanzen gehen?"

Ich schüttle den Kopf.

„Wem willst du da eigentlich etwas vormachen? Dir oder mir?"

Er starrt mich warnend an, ich starre tapfer zurück. Zumindest tue ich das so lange, bis mein Herz ins Stolpern gerät und mich so dazu bringt, den Blick zu senken.

„Was soll diese Scheiße, Rose? Was, verdammt?"

Darauf kann ich nicht antworten, nicht ohne mich vollkommen lächerlich zu machen.

Ich meine, was sollte ich auch sagen?

Dass ich mich in ihn – in den Mann, der für mich wie ein Bruder ist – irgendwann aus Versehen verliebt habe?

Nein! *Unmöglich!*

Das ist einfach zu schlimm und viel zu unerklärlich.

Wenn er doch nur nicht so heiß wäre?!

Selbst mit den vor Zorn funkelnden Augen, der Wut und dem getrockneten Blut seines Opfers (oder vielleicht sogar Plural – also seiner Opfer) im Gesicht ist er der attraktivste Mann weit und breit.

Seine langen, kräftigen Beine stecken in einer abgewetzten, ausgewaschenen Jeans, die viel zu gut zu den schweren Biker-Stiefeln passen, die er den Füßen trägt.

Sein schwarzes Shirt umschmeichelt seinen massiven, muskulösen Brustkorb, ohne dabei zu eng zu wirken. Dazu die breiten, massiven Schultern, die langen Arme, die gewölbten Bizepse und die rauen, mit Tattoos überzogenen Hände, die mich schon eine Million Mal besitzergreifend gehalten, gestützt und berührt haben.

Zu seinem mehr als heißen Körper kommt ein markantes Gesicht, dessen kantige Züge fast zu hart und grob sind, um als schön zu gelten.

Seine Nase ist gerade, seine Augenbrauen leicht gewölbt. Für einen Mann hat er zu lange, schwarze Wimpern, die seine geheimnisvollen

Augen nur noch faszinierender wirken lassen. Einfach alles an ihm wirkt stark und geradezu unzerstörbar.

Brock ist wie ein Fels. Zeitlos. Haltgebend. Kalt und scharfkantig, und doch benimmt er sich mir gegenüber völlig anders als beim Rest der Welt.

Es ist fast so, als würde er das winzige Maß an Emotionalität, zu dem er fähig ist, nur für mich aufheben. Als würde diese Seite von ihm, die er vor der restlichen Welt geheim hält, nur mir gehören.

Ich liebe ihn!

Ich liebe ihn wie eine Schwester ihren Bruder, wie eine Frau einen Mann, wie eine Geliebte ihren Beschützer.

Ich liebe diesen Rocker auf alle nur erdenklichen Arten, und daran wird sich nie etwas ändern.

Die Erkenntnis schlägt ein wie eine Bombe und lässt meine Knie weich werden.

Ich wäre wohl zusammengebrochen, hätte Brock es nicht rechtzeitig gemerkt, mich aufgefangen und an seine warme, starke Brust gedrückt.

„Verdammt Rose! Wie viel hast du getrunken?"

Er schiebt mein Verhalten auf zu viel Alkohol?

Wunderbar!

Dann habe ich zumindest eine logisch klingende Ausrede.

„Nicht viel!"

Er erkennt, dass ich die Wahrheit sage, und beißt die Zähne zusammen.

„Wir verschwinden von hier."

„Ich bleibe."

Ungläubig schnaubend sieht er auf mich herab.

„Du kannst ja nicht mal stehen."

Was nur an seiner Nähe liegt. Sobald er weg ist, geht es mir wieder besser.

„Lass mich los."

„Nein!"

Arrgghhh!

„Lass mich sofort los!"

„Wieso sollte ich? Damit du dich an irgendeinen dieser Arschlöcher ranmachen und ihm geben kannst, was mir gehört? Niemals! Eher töte ich jeden Mann im Umkreis von einer Meile, als dass ich zulasse, dass dich mir jemand wegnimmt."

Wie bitte? Was?

Hat Brock das gerade echt gesagt?

Und bin ich dabei, den Verstand zu verlieren, oder klingt das für euch auch nach etwas, was ein Mann über seine Frau sagen, aber niemals ein Bruder über seine Schwester äußern würde?

Ist das Wunschdenken?

... ihm geben kannst, was mir gehört ...

Nein!

Das kann nicht missverstanden werden.

Das ist viel zu eindeutig, um falsch gedeutet zu werden.

Es ist, als hätte Brock gerade laut und deutlich Anspruch auf mich erhoben.

Auf. Mich.

Huiuiuiuiuiui ...

... Eher töte ich jeden Mann im Umkreis von einer Meile, als dass ich zulasse, dass dich mir jemand wegnimmt ...

Das ist heftig.

So klingt kein Bruder, der von seiner Schwester spricht.

Ich lecke mir über meine plötzlich trockenen Lippen.

Meine Füße baumeln in der Luft. Wir sind uns so nah, dass ich das kraftvolle Schlagen seines Herzens spüren kann, während sich meine Atemzüge mit den seinen vermischen.

„Was willst du damit sagen?"

Brocks Kiefer mahlen, der Griff, mit dem er mich an sich presst, wird fester.

„Dass ich dich nicht teilen werde. Niemals! Unter keinen Umständen. Du gehörst mir Rose. Das hast du schon immer und das wirst du immer."

Heilige Verdammnis!

„Aber ... Aber ich bin deine Schwe..."

Das animalische Knurren, das sich aus seiner Kehle löst, lässt mich verstummen.

„Sag jetzt nicht Schwester. Immerhin warst du diejenige, die mich neulich Nacht beinahe geküsst hätte."

Das ist ihm also nicht entgangen?!

Klasse!

„Lass mich los!"

„Wieso? Damit du vor mir davonlaufen kannst? Niemals!"

Seine linke Hand legt sich auf meinen Hintern, die Berührung ist wie ein Schock.

Wir haben uns schon tausend Mal berührt, Millionen Mal, aber nie war es so wie jetzt.

So bedeutsam, so intim ... So Mann und Frau!

„Das hier ist für mich bestimmt."

Rau und warm schieben sich seine Fingerkuppen unter mein Kleid, berühren meine nackte Haut und legen sich auf genau die Stelle, an der ich mir seine Berührungen schon seit einer heimlichen Ewigkeit wünsche.

Ich bin verloren ... Treibe in einem Meer aus Wünschen und Bedürfnissen, die sich einerseits schrecklich richtig und andererseits verboten und falsch anfühlen.

Ich habe in diesem Mann einfach viel zu lange meinen Bruder gesehen, als dass ich das jetzt einfach abstreifen könnte.

Und doch ist Brock so viel mehr für mich ... Er ist alles!

Die Erkenntnis lässt meine Knie nur noch weicher werden, die forsche, zutiefst sexuelle Berührung tut ihr Übriges. Brock zerfetzt meinen String und lässt ihn achtlos fallen. Luft streicht über meine empfindlichen, feuchten Falten.

Dick und bestimmend teilen seine Finger meine Schamlippen, streichen über die unzähligen Nervenenden und lösen ein wahres Feuerwerk der Empfindungen in meinem Unterleib aus.

So hat mich noch kein Mann berührt. Niemals! Und dass es jetzt Brock tut, fühlt sich einfach nur richtig an.

„Fuck! Du bist so heiß!"

Seine Finger finden meine pulsierende Öffnung, einer von ihnen schiebt sich leicht in mich und bringt mich zum Keuchen.

Die Erde hört auf, sich um sich selbst zu drehen, sie stoppt und hängt reglos im Universum, so wie ich reglos in des Rockers starken Armen hänge.

„Du bist so eng! Deine Muschi ist so verflucht klein und nass."

Kein Wunder. Schließlich hatte ich noch nie einen Mann in mir.

Brocks Finger gleitet tiefer und löst eine nie gekannte Lust in mir aus, die mich zum Stöhnen bringt. Dann zieht er seine Hand zurück und ich jammere gequält, was ihm ein raues Lachen entlockt und dazu bringt, dieses Mal mit zwei seiner langen, dicken Finger in mich zu stoßen. Der Dehnungsschmerz ist heftig, so geweitet war ich noch nie. Mein Blut beginnt zu kochen und vor meinen aufgerissenen Augen flimmern goldene Blitze.

Er schiebt sich tiefer in mich. Gnadenlos. Nimmt keine Rücksicht auf den natürlichen Widerstand meines Körpers.

„Deine Pussy ist die meine. Du gehörst mir. Ich werde der Mann sein, der dich zur Frau macht, der dich nimmt und dir zeigt, wie es sich anfühlt, einem Mann zu gehören!"

Ich kann seinen Worten kaum folgen, ich bin viel zu sehr auf seine nach oben stoßende Hand konzentriert, und auf den stechenden Schmerz, der darauf folgt.

Aua!

Heiße Tränen schießen in meine Augen. Mein ausgeschalteter Verstand meldet sich leise zu Wort und flüstert mir zu, dass das mein Jungfernhäutchen war.

Etwas Warmes, Flüssiges läuft aus mir heraus. Brock scheint es ebenfalls zu spüren und gibt ein zufriedenes Brüllen von sich, das in meinem Trommelfell widerhallt.

Dann zieht er seine Finger mit einem Ruck aus mir heraus, hebt seine Hand hoch und betrachtet im dämmrigen Licht das frische, rote Blut auf seinen Fingern. Es stammt von mir, und dem breiten Grinsen nach, zu dem sich seine Lippen verziehen, gefällt ihm, was er sieht.

„So tief war noch kein Mann zuvor in dir."

Pure Genugtuung zeichnet sich auf seiner harten Mimik ab.

„Es war noch nie ein Mann in mir. Nicht mal mit seinen Fingern."

Mein gewispertes Eingeständnis bringt Brock dazu, seine Finger auf meine Lippen zu legen, ich schmecke mein eigenes Blut und die Würze meiner Lust.

„Leck es ab."

Ich tue es. Komme nicht mal ansatzweise auf die Idee, diesem donnernden Befehl nicht zu gehorchen. Zuerst sauge ich nur zögerlich an seinen Fingern, dann immer fester.

Brock packt mich grob, drückt seinen Unterleib gegen meinen Bauch und lässt mich seine Härte spüren.

Sein Schwanz scheint riesig zu sein und dick und so verdammt hart, dass sich die feinen Härchen in meinem Nacken warnend aufstellen.

Wenn sich seine Finger schon so krass in mir angefühlt haben, wie wird es dann erst, wenn er mich richtig nimmt?

Die Frage kreist durch mein Hirn und lässt mich erschaudern.

Er wird nie und nimmer in mich reinpassen.

„Wir gehen!"

Seine Stimme duldet keinen Widerspruch.

Und ich befinde mich momentan auch nicht in der Verfassung, etwas zu sagen.

Die Finger aus meinem Mund ziehend, fasst er mir ein weiteres Mal unter das Kleid, bedeckt meine Scham mit seiner warmen Hand und hält mich fest.

„Das hier gehört ab sofort mir. Das hat es schon immer. Ich habe es nur nicht sofort erkannt!"

Rau und dick schiebt sich sein Mittelfinger erneut in meinen blutenden Kanal. Dieses Mal jedoch etwas sanfter, zärtlicher, fast so, als ob er meine Nerven für sein ruppiges Verhalten von vorhin um Entschuldigung bitten würde.

Ich verzeihe ihm sofort, lasse zu, dass er mich durch den Club und somit Richtung Ausgang trägt. Irgendwann schließt sich uns Knox an und die Anwesenheit des Vollstreckers, der ähnliche rostrote Flecken im Gesicht hat wie Brock, verheißt nichts Gutes.

Irgendetwas ist passiert, etwas, das Brock dazu gebracht hat, mich zu suchen und ohne zu zögern Anspruch auf mich zu erheben ...

4. Kapitel

Der Rocker, eine Entscheidung und ein wütender Russe

Rose für mich zu beanspruchen, war keine bewusste Entscheidung, es war eher etwas, das ich tun musste.

Wie atmen oder essen oder trinken.

Dieser Schritt war eine lebenserhaltende Maßnahme, etwas ganz Natürliches. Ein Vorgang, gegen den ich mich lang genug gewehrt habe, und um den ich an diesem Zeitpunkt meines Lebens nicht länger herumgekommen bin.

Nicht, dass ich das wollte.

Bullshit!

Rückblickend betrachtet war diese Frau von Anfang an für mich bestimmt.

Doch dank meiner Loyalität ihrem toten Bruder gegenüber habe ich es nicht sofort erkannt.

Das Leben gehört den Lebenden und wir sollten den Toten nicht zu viel Mitbestimmungsrechte einräumen. Das macht unsere Zeit auf dieser Welt nur noch komplizierter, als dass sie es eh schon ist.

Trotzdem!

Fuck!

Es war nicht richtig, in diesem verdammten Nachtclub wie ein Monster über sie herzufallen und ihr Jungfernhäutchen zu zerfetzen.

Was zur Hölle dachte ich mir nur dabei?

Gar nichts!

Ich habe überhaupt nicht nachgedacht.

Nach all den Dingen, die heute Nacht schon passiert sind, funktioniert der zivilisierte Teil meines Gehirns nicht mehr so, wie er sollte.

Dafür aber der urtümliche umso besser.

Es war höchste Zeit, auf Rose meinen Anspruch anzumelden.

Wütend auf mich selbst, hebe ich meine Hand hoch, betrachte meine mit ihrem Blut benetzten Finger und knirsche dabei so fest mit den Zähnen, dass ich fast schon befürchte, dass ich sie mir selbst ausbeißen werde.

Shit! Shit! Shit!

Knox schließt sich uns an, wir verlassen das ,White Russian' durch dieselbe Tür, durch die wir sie betreten haben. Vor unseren Bikes steht niemand Geringerer als Alexej Romanoff höchstpersönlich. Schwarzer, maßgeschneiderter Anzug, teure italienische Lederschuhe, einen silbernen Ring an seinem kleinen Finger und eine Zigarre in der Hand, höchstwahrscheinlich eine aus Kuba, aber das ist auch scheißegal.

Der strenge Zug um seinen Mund hingegen ist ein Detail, das ich nicht einfach so übergehen sollte.

„Zwei *Hell Reaper* in meinem Club. Welche Ehre."

Rose instinktiv noch etwas dichter an mich heranziehend, halte ich dem prüfenden Blick des Russen stand.

Um mich einzuschüchtern, braucht es mehr als vor Verachtung und Hass funkelnde Augen.

„Wir sind bereits am Gehen!"

Zwei seiner Schläger stellen sich uns in den Weg.

Widerwillig lasse ich mein Mädchen los und befördere die Wichser in Rekordgeschwindigkeit auf den Boden.

Stöhnend und ächzend halten sie sich die gebrochenen Gliedmaßen und sehen dabei um Verzeihung flehend zu ihrem Boss.

Roses Augen kleben an mir. Ihre Reaktion auf mein schnelles, brutales Handeln ist ein entsetztes Keuchen.

Willkommen in meiner Welt, Baby ...

Bis jetzt ahnte sie nur, was für ein Mann ich wirklich bin.

Das wird sich nun ändern. Als meine Old Lady wird sie mich besser kennenlernen.

„Lass die Spielchen!"

Meine gezischte Warnung bringt Romanoff zum Blinzeln. Der König aller Russen, wie er sich gerne selber nennt, ist es nicht gewöhnt, dass man sich ihm in den Weg stellt.

Tja! Pech!

Seattle gehört uns, diese Stadt ist das Revier der *Hell Reaper* und jeder, der sich mit uns anlegt, stirbt.

So einfach.

„Ihr habt meine Männer getötet!"

Obwohl ich ganz genau weiß, wovon er spricht, sehe ich amüsiert zu den im Dreck liegenden Idioten.

„Noch sehen die beiden für mich ziemlich lebendig aus. Oder was meinst du, Enforcer?"

Knox bleckt die Zähne.

„Aye, noch." Sein Blick zuckt zu Romanoff. „Das kann sich aber ziemlich schnell ändern. Hier in Seattle ist die Lebenserwartung von euch Wodkasäufern nicht sonderlich hoch. Ich habe sogar gehört, ihr sterbt hier wie die Fliegen!"

Die deutliche Drohung, die in seiner Stimme mitschwingt, bringt Rose dazu, sich hinter mir zu verstecken und das, obwohl sie ganz genau weiß, dass Knox ihr genau wie all meine anderen Brüder nie auch nur ein Haar krümmen würde.

Romanoff ballt die Fäuste, ich wünsche mir fast, dass er zuschlägt, nur damit ich einen Grund habe, dem Bastard hier und jetzt das Genick zu brechen.

In einem Kampf Mann gegen Mann hätte er nicht die geringste Chance gegen mich.

Und das weiß er, weswegen es ihm dummerweise auch gelingt, sich zurückzuhalten.

Schade ... Sehr schade ...

Mit nichts als Verachtung im Blick wende ich mich von ihm ab und drehe dem König selbstbewusst den Rücken zu. Rose vor mich schiebend, helfe ich ihr dabei, auf meine Maschine zu steigen, wobei das lächerliche Ding, das ihr Kleid sein soll, viel zu weit nach oben rutscht und fast ihre kompletten Oberschenkel freigibt.

Fuck!

Fuuccckkkk!

Natürlich ist es nicht meine Schuld, dass sie so wenig anhat, aber es geht auf mein Konto, das sie nicht mal mehr einen Slip trägt, der ihre Pussy bedeckt.

Auch ohne mich zu Romanoff umzudrehen, weiß ich genau, wem seine ungeteilte Aufmerksamkeit gerade gilt – meiner Frau.

Der Wunsch, ihn auf der Stelle zu töten, wird beinahe übermächtig.

Knurrend streife ich mir mein Leder ab, ziehe es meiner zukünftigen Old Lady an und nicke zufrieden, als meine Weste ihre Beine zumindest so weit bedeckt, dass das Monster in mir, das gerade verzweifelt an seinen Ketten gerissen hat, zur Ruhe kommt.

Knox, der die ganze Szene beobachtet hat, grinst breit.

Ihm scheint das alles einen höllischen Spaß zu machen.

Klasse!

We love to entertain you!

Endlich schwingt er sich ebenfalls auf seine Harley, die Schläger rappeln sich umständlich auf, die Hand des einen steht in einem merkwürdigen Winkel ab, der Arm des anderen sieht nicht besser aus.

Und obwohl ich sie gnädigerweise nicht getötet habe, weiß ich, dass sie diese Nacht nicht überleben werden.

Die beiden Männer haben ihren Boss blamiert, indem sie sich von mir verprügeln ließen. Für diese Schmach werden sie sterben.

„Lass uns fahren."

Kaum dass ich vor ihr Platz genommen habe, rutscht Rose so nah wie möglich an meinen Rücken und legt, ganz genauso wie ich es ihr in der Vergangenheit beigebracht habe, ihre Arme um meine Mitte.

Dass ich ihre Scham mit meiner Kutte bedeckt habe, bedeutet etwas. Es kommt einem verdammten Statement gleich. Das ist weder Knox noch Romanoff entgangen und es hat Rose in Gefahr gebracht. Doch ich konnte nicht anders.

Lieber kennt der Russe jetzt meine Schwachstelle, als dass ich zugelassen hätte, dass jeder die weiche, samtene Haut an den Innenseiten ihrer Schenkel sieht.

Ich fahre voraus, der Vollstrecker folgt mir, erst an einer von Grün über Gelb, auf Rot schaltenden Ampel halten wir wieder an.

„Er wird versuchen, sie dir wegzunehmen. Das ist dir klar, oder Sergeant?"

Wie sollte es das nicht.

Ich habe es mit meinem Verhalten gerade zu seiner persönlichen Angelegenheit gemacht, mir mein Mädchen zu stehlen.

„Soll er es ruhig versuchen!"

5. Kapitel

Eine Frau, die weiß,
dass sich ihr Leben von Grund auf verändern wird

Brocks Schwester zu sein, war eine Sache, nun seine Frau zu werden, eine völlig andere.

Ich kann regelrecht spüren, wie sich die Welt um mich herum verändert und das, obwohl sie augenscheinlich immer noch die gleiche zu sein scheint.

Allein wie der Sergeant at Arms mir seine Weste angezogen hat, nur um meine Blöße zu bedecken, war heiß. So verdammt heiß, dass ich dabei innerlich in Flammen aufgegangen bin.

Es gefällt mir, dass er mich für sich will und dass er fest entschlossen ist, mich vor absolut allem und jedem zu beschützen. Selbst wenn es nur die hungrigen Blicke anderer Männer sind.

Wenn Tamara jetzt hier wäre und meine Gedanken kennen würde, würde sie ausflippen.

Aber meine beste Freundin ist nicht hier, sondern immer noch in dem blöden Nachtclub, in dem mich Brock wer weiß wie aufgespürt hat.

Mist! Mist! Mist!

Ich muss ihr unbedingt Bescheid sagen, dass ich gegangen bin, oder besser, dass ich gegangen worden bin. Nicht dass sie sich Sorgen um mich macht und mich die ganze Nacht lang sucht.

Sobald wir am Clubhaus angekommen sind, werde ich mit meinem Bruder ... *aaaahhh* ... so darf ich ihn nicht mehr nennen. ... Auf. Gar. Keinen. Fall. Darüber reden.

Wir stoppen an einer Ampel, ich höre, worüber sich die beiden *Reaper* unterhalten, und in meiner Brust breitet sich ein seltsames Gefühl aus.

Tief in mir wollte ich schon immer zu dieser aus Leder, Waffen, Motorrädern und Kutten bestehenden Welt gehören. Aber ich habe mich auch immer vor ihr gefürchtet.

Jetzt hingegen scheint es fast so weit zu sein, und ich bin mir nicht sicher, ob es nicht manchmal vielleicht doch besser würde, wenn manche unserer geheimsten Wünsche sich nicht erfüllen würden?!?

Keine Ahnung!

Herr Gott!

In meinem ganzen Leben war ich noch nie so verwirrt wie in diesem Moment.

Das mit Brock und mir passiert wirklich.

W.I.R.K.L.I.C.H.

Mein Herz trommelt mir wie verrückt gegen die Rippen und zwischen meinen Beinen brennt es noch immer leicht, während ich wieder und wieder daran denken muss, wie sich seine unglaubliche Erektion an meinem Bauch angefühlt hat.

Als wir endlich am Clubhaus ankommen und Brock seine Harley Davidson geübt, mit dem Hinterreifen zuerst, an der Ostwand des quadratischen Betonwürfels parkt, schießt meine Nervosität unkontrolliert in die Höhe.

Was ein Witz ist!

Ich meine, ich kenne den Rocker vor mir schon ewig.

Er ist der wichtigste Mensch in meinem Leben und ich vertraue ihm blind, also warum bin ich so aufgeregt?

Die Antwort liegt auf der Hand.

Weil er bis jetzt in mir seine kleine Schwester gesehen hat, das hat sich nun geändert, ab jetzt betrachtet er mich mit anderen Augen.

Er sieht die Frau, zu der ich geworden bin, und nicht nur das, oh nein ...!

Er sieht sie nicht nur, er will sie ganz für sich allein.

„Steig ab!"

Sein Befehl klingt hart, seine Stimme unnachgiebig.

Erschrocken zusammenzuckend, steige ich von dem Motorrad und wickle mir, kaum dass meine Füße den Boden berühren, sein Leder so fest es geht um die Brust.

Knox wirft mir einen mitleidigen Blick zu, der mir verrät, dass ich bis zum Hals in der Scheiße stecke.

„Sieh mich nicht so an, Kleines. Hätte sich meine Lady so eine Scheiße geleistet wie du diese Nacht, könnte sie eine Woche lang nicht mehr sitzen!"

Öhm!

Was ist denn die angemessene Reaktion auf so eine Aussage?

Keine Ahnung!

Aber mein Gesichtsausdruck entlockt dem Vollstrecker ein bellendes Lachen, das über den gesamten Hof schallt, der ausnahmsweise mal nicht mit lautem Hardrock beschallt wird. Es brennen auch keine lodernden Feuer in den verrosteten Ölfässern, die auf dem gesamten Gelände verteilt stehen.

Etwas ist anders. Die Stimmung wirkt angespannt, ernst, irgendwie besorgt, und ich wage es zu bezweifeln, dass das an mir und meiner Idee, mich in einen Nachtclub zu schleichen, liegt. Irgendetwas muss passiert sein.

Aber was?

Keine Ahnung. Aber es hat sicherlich mit den blutbefleckten Gesichtern des Sergeants und des Vollstreckers zu tun.

Brock schnappt mich fest am Arm, zieht mich ins Innere des Hauptquartiers zur Bar. Dort packt er mich grob an der Hüfte, hebt mich auf einen der Hocker und verschwindet hinter der Holztheke, um sich einen Whisky zu besorgen.

Er schenkt die bernsteinfarbene Flüssigkeit so schwungvoll ein, dass einiges daneben schwappt. Schade um das gute Zeug.

Brock scheint es nicht mal zu bemerken. Sein wütender, glühender Blick klebt an meinem Dekolleté.

Scheiße!

In so einer Stimmung habe ich ihn noch nie erlebt.

Diese angsteinflößende, düstere Seite von ihm kenne ich nicht.

Brock leert das Glas in einem Zug und füllt es sofort wieder auf, bevor er es sich erneut nehmen kann, schnappe ich es ihm weg, setze es an meinen Mund und nehme tapfer einen großen Schluck.

Uhhhh!

Der Whisky verwandelt sich auf meiner Zunge in flüssiges Feuer, das sich langsam und schmerzhaft meine Kehle hinabbrennt.

Brock, der mich mit zuckenden Mundwinkeln beobachtet hat, reibt sich frustriert über die Stirn. Fast so, als ob er mit sich selbst kämpfen würde.

„Hast du je etwas Stärkeres als Wein getrunken?"

Ja, verdammt!

„Habe ich. Heute Nacht."

„Ach und was? Bier?"

Arschloch!

„Cocktails und Tequila."

Er nickt.

„Wie viel Tequila?"

„Einen. Aber der war gut eingeschenkt."

Seine Belustigung kennt keine Grenzen mehr.

„Du machst mich fertig, Baby."

Ich ihn? Wohl eher er mich!

Schließlich hat er mir nachspioniert, mich gefunden und mit seinen Fingern vor allen Leuten mein Jungfernhäutchen zerfetzt.

„Tamara ist noch im Club."

„Diese Frau ist nicht mein Problem!"

„Ach, aber ich schon?" Er nickt ernst. *Scheiße!* „Ich will niemandes Problem sein!"

„Dann schleich dich nicht mehr heimlich weg!"

Ich befürchte, dass das eh nicht mehr so leicht gehen wird.

Wenn Brock eine Sache nicht tut, dann vergessen. Er lernt aus der Vergangenheit. Immer. Was wohl auch der Grund ist, dass das *Sergeant-Patch* sein Leder ziert.

James sieht uns, kommt auf mich zu und stoppt dann so plötzlich, dass ich schon denke, dass er gegen eine unsichtbare Wand gerannt ist.

Ist er nicht.

Er hat nur einfach das Leder gesehen, das ich trage, und seine Schlüsse daraus gezogen.

„Na, wenn das nicht längst überfällig war!"

Ernsthaft? Das ist das Einzige, was er dazu sagt?

Brock nimmt mir den Tumbler ab, füllt ihn bis zur Obergrenze auf und kippt sich den Jack Daniels in den Rachen.

Keine Ahnung, wie er dieses Teufelszeug nur so schnell trinken kann.

Mir wird klar, dass wir das mit Tamara noch nicht endgültig geklärt haben.

„Bitte Brock. Wenn sie bemerkt, dass ich weg bin, wird sie sich schreckliche Sorgen machen."

Seine Augen bohren sich unnachgiebig in die meinen.

„Dann ruf sie an."

Ich tue es, doch sie geht nicht ran.

„Kann ich nicht noch mal kurz dahin fahren und ihr Bescheid sagen?"

Mein Vorschlag sorgt dafür, dass er das Glas mit solcher Wucht auf den Tresen knallt, dass es einen dicken Riss bekommt.

„Nein."

Mehr sagt er nicht? Einfach nur nein?

Dem werde ich es zeigen.

„Falls du es vergessen hast, ich bin eine erwachsene und freie Frau und ich kann tun und lassen, was ich will! Ich muss dich nicht um Erlaubnis bitten und du hast mir nichts zu sagen!"

Damit rutsche ich von dem Hocker, der Boden unter meinen Füßen wankt leicht.

Verdammter Whisky!

Ich hätte ihn nicht so in mich reinschütten dürfen.

James, der die Szene mit unleserlicher Mimik beobachtet, verschränkt die Arme vor der Brust.

Mein Blick zuckt zur Türe, Brocks „Untersteh dich!" klingt mehr nach einem wütenden Wolf als nach einem Mann.

Ich unterstehe mich nicht, sondern laufe so schnell es die High Heels erlauben los.

Noch bevor ich an der Stelle, an der der Maurer das Loch gelassen hat, ankomme, werde ich auch schon von hinten gepackt, durch die Luft gewirbelt und finde mich einen Atemzug später über Brocks Schulter hängend wieder. Seine schwere, warme Hand auf meinem Arsch.

„Es reicht! Du hast dir für heute genug Frechheiten rausgenommen!"

Mein gezischtes „Fick dich!" einfach ignorierend, trägt er mich an dem Präsidenten vorbei Richtung Treppe. Erst als wir James näher kommen, bemerke ich, dass er ziemlich blass ist und irgendwie nicht gut aussieht.

„Was ist passiert?"

Brock hört mich durch seine Wut hindurch und antwortet.

„Auf ihn wurde geschossen. Mehrfach. Hätte er keine Kevlarweste getragen, wäre er jetzt tot."

Er spricht weder überaus laut noch besonders eindringlich, dennoch schockt mich das Gehörte.

Es zeigt mir, wie verflucht gefährlich das Leben ist, für das sich der Mann, den ich zwar momentan ziemlich scheiße finde, den ich aber doch von ganzem Herzen liebe, entschieden hat.

Und es macht mir klar, dass dieser ganze Streit, dass eigentlich alles nebensächlich ist.

Das Einzige, was zählt, ist, dass er hier ist und dass es ihm gut geht.

Dank der Erkenntnis etwas ruhiger, hoffe ich, dass er erneut meine Neugierde stillt, und wage mich an eine weitere Frage.

„Wie hast du mich gefunden?"

„Mit der Tracking-App in deinem Handy."

Natürlich.

Verflucht!

Warum bin ich da nicht selbst draufgekommen?

Auch wenn ich bis jetzt nichts von dieser App wusste, überrascht es mich nicht im Geringsten, dass Brock zu einer solch umstrittenen Methode greift, nur um mich kontrollieren und überwachen zu können.

„Du weißt schon, dass man das eigentlich nicht macht?"

„Und du weißt hoffentlich, dass mir das drecksegal ist! Wenn es um dich geht, gibt es für mich keine Grenzen!"

Oh ja, das habe ich spätestens nach dieser Nacht verstanden.

„Egal wie wütend du bist, schick bitte einen Prospect, damit er Tamara abholt."

Geräuschvoll ausatmend trägt er mich weiter in die Richtung der Gästezimmer und mit jedem seiner zielstrebigen Schritte, werde ich unruhiger, nervöser und ... feuchter ...

Ich kann es nicht ändern, Brock hat einfach diese Wirkung auf mich.

„Gut. Ich schicke Drake."

Auch wenn ich Scott, den anderen Prospect der *Reaper*, besser kenne, gebe ich mich mit Drake zufrieden. Wenn Brock ihm vertraut, dann werde ich das auch.

„Danke."

Sein gezischtes „Nicht dafür" lässt mich zusammenzucken.

Er ist noch immer verteufelt wütend auf mich.

„Es tut mir leid."

Wir oder besser gesagt er, bleibt vor einer verschlossenen Türe stehen.

„Was genau?" Seine Hand ruht noch immer warm und schwer auf meinem Hintern. „Dass du dich davongeschlichen hast? Dass du mich täuschen wolltest? Dass du diesen Fetzen trägst? Dass du dich in Gefahr gebracht oder dass du mit anderen Typen geflirtet hast?"

Oh, das ist aber eine lange Liste.

„Alles irgendwie. Und ich habe nicht geflirtet. Ich wollte es. Ehrlich. Aber dann habe ich gemerkt, dass mich keiner der Kerle interessiert hat!"

Anstatt etwas zu sagen, lässt er mich langsam an sich herabgleiten, erst als meine Füße beinahe den Boden berühren, stoppt er damit und sieht mich streng an.

„Vergiss eins nicht, Kleines. Jedes Mal, wenn du einen anderen Typen zu dicht an dich ranlässt, unterschreibst du damit sein Todesurteil!"

Das. Ist. Heftig.

Und es ist keine leere Drohung, sondern ein ernst gemeintes Versprechen.

Brock gehört nicht zu den Männern, die einfach nur Dinge sagen.

Oh nein!

Er steht zu seinem Wort. Immer.

Ich kenne niemanden, der so loyal und zuverlässig ist wie er.

Mir nervös über die Lippen leckend, halte ich seinem Blick stand.

„Was, wenn ich gar keinen anderen will?"

Sein geknurrtes „Das wird auch dein Glück sein!" geht in dem hungrigen, stürmischen Kuss, den er mir verpasst, unter.

Keine Ahnung, wann oder wie er die Türe geöffnet und mich in das dahinter liegende Zimmer verfrachtet hat. Das Einzige, was ich noch wahrnehme, ist die Hitze seines Körpers, die Hitze, die er ausstrahlt, und das Verlangen, mit dem seine Zunge wieder und wieder auf die meine trifft.

Tamara, das getrocknete Blut auf seiner Haut – die ganze restliche Welt ist plötzlich vergessen und alles, was noch zählt, sind einzig und allein er und ich und was wir im Begriff sind zu tun.

Ab jetzt, von hier an, gibt es kein Zurück mehr von uns.

Wir haben heute Nacht eine Grenze überschritten, ohne zu wissen, ob dahinter das Paradies oder die Hölle auf uns wartet.

Und ganz egal, was es auch sein wird, ich bereue nichts ...

6. Kapitel

Ein Mann, eine Jungfrau und unglaublicher erster Sex

Meins. Meins. Meins.

Das ist das Einzige, woran ich denken kann, zumindest bis ich meinen Kopf hebe, um zwischen den gierigen Küssen, mit denen ich versuche, meinen Hunger zu stillen, nach Luft zu schnappen.

Mein Blick fällt in den Spiegel.

Ich bin voller Blut.

Holy Fuck!

Wäre Rose nicht Rose, sondern eine billige, unbedeutende Nutte, würde ich nicht zögern und sie einfach so dreckig wie ich bin ficken. Aber sie ist keine Bitch, sie ist meine Lady und es ist ihr erstes verfluchtes Mal und dabei hat sie etwas Besseres verdient, als das, was ich ihr gerade gebe.

Bullshit!

Ich bin ein echtes Arschloch!

Wütend auf mich selbst, zwinge ich mich, sie loszulassen, Abstand zu schaffen und tief durchzuatmen.

„Ich muss duschen. Kommst du mit?"

Noch bevor sie ja sagen kann, habe ich sie auch schon gepackt und zerre sie hinter mir her in das Badezimmer auf der anderen Seite des Flurs.

Der Club hat viele Gästezimmer aber nur wenige Bäder.

Dort angekommen, trete ich die Türe zu, drehe den im Schloss steckenden Schlüssel um und streife Rose mein Leder von ihren zarten Schultern.

Dann mache ich mich daran, mich selbst auszuziehen. Schnell. Entschlossen.

Wenige Minuten später stehe ich nackt vor ihr, kaum dass sie meinen harten Schwanz bemerkt – der ihren Namen schreien würde, wenn er es könnte – beißt sie sich unsicher auf die Unterlippe.

Sie schluckt hart und benimmt sich genau, wie man es von einer unerfahrenen Jungfrau erwarten würde: mit Furcht.

„Du wirst nie in mich reinpassen."

Oh, und wie ich werde. Ich lasse ihren perfekten, kleinen Körper nämlich keine andere Wahl.

„Wir sind füreinander geschaffen!"

Rose wirkt wenig überzeugt, lässt jedoch trotzdem zu, dass ich mir das Ding, das sie ein Kleid nennt, um die Faust wickle und es langsam nach unten ziehe.

Jetzt steht sie nur noch in Heels und einem schwarzen BH vor mir und ist so schön, dass ich fast blind werde.

Gott verdammt!

Ich habe diese Frau nicht verdient, doch ich nehme sie mir trotzdem.

„Du bist unbeschreiblich schön."

Sie wirkt verlegen, eine leichte Röte überzieht ihr Gesicht.

Ohne den Blick von ihr abzuwenden, drehe ich das Wasser an, stelle es auf warm und lege dann einen Arm um ihre schmale Taille.

„Es gibt keinen Grund, dich vor mir zu fürchten. Das weißt du, oder?"

Und das meine ich ernst.

Wenn es einen Menschen auf dieser Welt gibt, für den ich nur das Beste will, dann ist das diese Frau. So war es schon immer.

Sie nickt schüchtern.

Ich hebe sie hoch, presse sie an mich und fluche laut, als mein Penis dabei zwischen uns eingeklemmt wird.

Es wäre so leicht, sie sofort hart zu ficken. Aber nicht unter diesen Umständen. Ihre Unerfahrenheit ist das Kreuz, das ich mir nur zu gern auflade.

Das Wissen, das sie noch kein Mann zuvor hatte, dass ich der Einzige bin, der je wissen wird, wie sich ihre Pussy anfühlt, macht sie noch mehr zu der meinen, als sie das eh schon ist.

Allein diese Tatsache lässt mich fast abspritzen.

„Du musst mir vertrauen, Kleines."

Damit steige ich unter den warmen Wasserstrahl und erobere erneut ihren Mund.

Meins. Meins. Meins.

„Ich vertraue dir."

Meine Hand über die Rundung ihres Arschs bis hinab zwischen ihre Beine gleiten lassend, teile ich die weichen Falten und schiebe zwei meiner Finger in sie hinein.

Langsam und behutsam lausche dem Wimmern, das sie dabei von sich gibt, und kann nicht glauben, wie eng sie ist.

Es wird schwer werden, mich in ihr zu vergraben, ohne sie dabei zu zerreißen.

Sie hält die Luft an, ihre Stirn schlägt gegen meine Schulter.

„Atme Süße. Ich verspreche dir, dass du es genießen wirst."

Und genau so ist es, kaum dass sie sich an das Gefühl von mir in ihr gewöhnt hat, entspannt sie sich etwas und kippt ihre Hüfte meinen Bewegungen entgegen.

Ich mache weiter, treibe das Spiel so lange voran, bis die Nässe auf meiner Hand nicht nur von der Dusche kommt und sie am ganzen Leib zu zittern beginnt.

„Ich will dich, Brock."

Oh, und sie wird mich bekommen.

Aber zuerst ...

Ich packe ihre Hand, führe sie zu meinem Schwanz und sorge dafür, dass sich ihre Finger um die Härte schließen. Ihre schüchternen, immer mutiger werdenden Berührungen zwingen mich fast in die Knie.

Sie reibt mich, massiert die komplette Länge und stöhnt lustvoll. Fast so, als ob es sie erregen würde, mich anzufassen.

Ich weiß, dass ich langsam vorgehen muss, ich ermahne mich selbst, zärtlich zu sein, doch in der Sekunde, in der sie mich an den Eiern packt, verliere ich die Kontrolle, packe sie an der Hüfte, wirble sie herum und drücke sie mit dem Bauch gegen die Wand.

„Sag, dass du bereit für mich bist."

„Ich bin bereit."

Es ist keine Lüge, ich konnte die angehenden Kontraktionen in ihrem Inneren spüren und weiß, dass sie kurz davor war, auf meiner Hand zu kommen.

Streck mir deinen Arsch entgegen.

Sie tut es sofort.

„Braves Mädchen!"

Mit meinem Glied ihre Pobacken spaltend, arbeite ich mich zu der heißen, engen und nassen Stelle zwischen ihren Beinen vor, bringe mich in Position und schlinge dabei einen Arm um ihre Mitte, um dafür zu sorgen, dass sie, wenn ich gleich zustoße, an Ort und Stelle bleibt.

„Brock ..."

„Es wird wehtun. Aber ich verspreche dir, der Schmerz wird aufhören und dann wirst du nur noch Lust empfinden."

Kaum dass meine Stimme verhallt ist, beginne ich damit, in sie einzudringen. Erst nur wenige Zentimeter, dann tiefer.

Rose kreischt, keucht, jammert und versucht, mir auszuweichen, als meine runde Eichel ihren Eingang passiert und sich unnachgiebig ihren Weg in Roses enge Pussy bahnt.

„Du ... Scheiße, das tut weh. Du passt nicht."

Oh, und wie ich passe.

„Halt still!"

„Du kannst leicht reden, schließlich wirst du nicht innerlich auseinandergerissen."

Ihr Arsch zittert, die Muskeln in meinen Oberschenkeln spannen sich dank der unerbittlichen Qual, nicht hart zustoßen zu können, an.

„Du musst aufhören. Stopp!"

Niemals!

Selbst wenn ich wollte, könnte ich jetzt nicht mehr zurück.

Unmöglich.

„Nein. Du hast es gleich geschafft."

Sie presst die Hände so fest gegen die Fliesen, dass ihre Finger ganz weiß werden.

„Langsam! Bitte!"

Ich versuche es. Ich gebe alles und scheitere. Noch bevor ich weiß, was ich da tue, ramme ich mich mit einem wilden Stoß bis zum Anschlag in ihre heiße Mitte und sehe Sterne. Ihre Scheidenmuskeln beben, sie zerdrücken mich regelrecht.

Die Tränen, die ihr aus den Augen tropfen, werden vom heißen Wasser davongespült.

Rose fühlt sich unfassbar klein und zerbrechlich in meinen Armen an. Wie von selbst legt sich meine Hand auf ihren flachen Bauch. Ich würde fast wetten, dass ich mich in ihm spüren kann, so tief bin ich in ihr vergraben. Die Sekunden verstreichen, werden zu Minuten, es gelingt mir, mich zurückzuhalten und nicht zu bewegen.

Erst als ihre Tränen langsam versiegen und sich ihr Inneres nach und nach entspannt, beginne ich, mich ein Stück zurückzuziehen, was ihr ein Wimmern entlockt.

Dann stoße ich wieder zu und sie schreit meinen Namen.

„Brock!"

Meins. Meins. Meins.

Für immer und ewig meins.

„Sag mir, was du willst, meine Schöne. Soll ich immer noch aufhören?

Sie nickt, schüttelt dann jedoch sofort den Kopf.

„Nein. Ich ... Ich will dich. Ich glaube, ich brauche mehr."

Das ist mein Mädchen.

Zum Glück kann sie mich gerade nicht sehen, sonst würde sie mich wahrscheinlich vor mir fürchten.

Jetzt und hier schaffe ich es nicht, meine Maske aufrechtzuhalten, sondern zeige der Welt ausnahmsweise mein wahres Gesicht.

Ich ficke meine Frau erst langsam und kontrolliert, dann immer kraftvoller und schneller, bis bei jedem Vorstoß ihre Füße den Bodenkontakt verlieren und sie an der nassen Wand nach oben schießt.

Entschlossen halte ich sie fest, drücke sie meinen Stößen entgegen und brülle unkontrolliert, als sie auf meinem Schwanz ihren Orgasmus reitet.

Hemmungslos, wunderschön und selbstvergessen gibt sie sich ihrer Lust und damit auch mir hin, und hält dabei nichts von sich zurück.

Wer hätte gedacht, dass sie sich bereits bei ihrem ersten Mal als eine so willige und leidenschaftliche Geliebte entpuppt?

Erfreut und stolz auf sie überlasse ich mich meiner Lust, verliere die Kontrolle, beiße mich an ihrer Schulter fest und ficke sie, als ob mein verdammtes Leben davon abhängen würde.

Was es wahrscheinlich auch tut.

Ich brauche Rose, ohne sie bin ich ein Nichts.

Stoß für Stoß entlocke ich ihr ein lautes Stöhnen, ehe ich sie mit meinem Samen vollpumpe und sie auf die primitivste und zugleich beste Art und Weise zu meinem Eigentum erkläre.

Ich markiere sie mit meinem Sperma und mit meinen Zähnen und es fühlt sich so an, als wäre ich nur für diesen Moment geboren worden.

Es dauert eine Ewigkeit, bis mein Orgasmus aufhört, dann drehe ich das Wasser aus, trage meine Frau aus der Dusche, wickle sie in ein Handtuch und bringe sie ins Bett.

Rose kuschelt sich mit solch einem Vertrauen an mich, dass ich mich wie ein Arschloch fühle, weil ich mir einfach nicht sicher bin, ob ich es überhaupt verdiene.

Den Blick auf ihr Gesicht gepinnt, bleibe ich so lange bei ihr liegen, bis sie in meinen Armen einschläft. Erst dann stehe ich auf ziehe mich an und mache mich auf die Suche nach Rob und James für eine längst überfällige Lagebesprechung.

Romanoff ist niemand, der eine Niederlage akzeptiert. Er wird kämpfen und er wird uns angreifen, selbst wenn das seinen Tod bedeutet.

Ich mache ihm deswegen keinen Vorwurf, was das angeht, sind wir aus demselben Holz geschnitzt.

Was der Russe aber nicht weiß, ist, dass er keine Chance gegen die *Hell Reaper* hat, denn im Gegensatz zu ihm haben wir einen Grund zum Leben. Meiner ist circa einen Meter sechzig groß, hat rote Flammenhaare, jadegrüne Augen und Lippen, die einen Mann einfach alles um sich herum vergessen lassen.

Ohne Rose wäre ich vielleicht bereit gewesen zu sterben, doch dank ihr werde ich alles tun, um noch lange zu leben ...

Epilog

Mit einem Strauß weißer Rosen in der Hand stehe ich etwas abseits von der großen Eiche, unter der mein Bruder begraben liegt, und beobachte, wie der Mann, den ich liebe, dessen Leder ich trage und dessen Name auf meinem Rücken steht, vor dem Grabstein respektvoll auf die Knie geht, eine Hand auf den Granit legt und mit ihm spricht.

Der warme Augustwind trägt seine Worte zu mir rüber.

„Verzeih mir Bro. Ich wollte dich nicht enttäuschen, aber ich konnte nicht anders. Ich liebe deine Schwester. Rose ist meine Sonne und ich verspreche dir, dass ich alles in meiner Macht Stehende tun werde, um sie zu beschützen. Ich schwöre dir, dass ich sie an jedem Tag meines Lebens zum Lachen bringen und dafür sorgen werde, dass es ihr nie an etwas fehlt ...“

Heiße Tränen steigen mir in die Augen ... Ich blinzle sie entschlossen weg.

Ich kenne meinen Bruder, Sam würde Brock seine Faust in den Magen rammen und ihn so richtig verprügeln, ehe er uns seinen Segen geben würde.

„Und solltest du nicht damit einverstanden sein, dass ich sie zu meiner Old Lady ernannt habe, kannst du mir die Scheiße aus dem Leib prügeln, sobald wir uns wiedersehen.“

Brock steht auf, ich gehe zu ihm. Kaum dass ich an seiner Seite stehe, zieht er mich instinktiv an sich und haucht mir einen federleichten Kuss auf den Scheitel.

Das hier war etwas, das er tun musste, er war es Sam schuldig, ihn um Erlaubnis zu bitten. Das verstehe ich. Noch immer gerührt und mehr als emotional lege ich die Lilien ab, schließe kurz die Augen und erinnere mich an Sams Lachen, an die Art, wie er mich immer angesehen hat und wie sehr ich ihn geliebt habe.

Für eine Weile verweilen wir hier, leisten seinen Knochen Gesellschaft und hoffen, dass er uns und unser Glück sehen kann.

Dann ist der Moment vorbei und wir verlassen den Friedhof und wenden uns voller Hoffnung dem Leben und unserer gemeinsamen Zukunft zu, die wir beide kaum erwarten können ...

Harte Rocker
reizt man nicht

Prolog? Epilog? Vorwort? Drauf geschissen!

Ein Blick zurück oder vor?
Auf jeden Fall ein Blick auf das, was geschehen wird –
irgendwann, nach einer Wagenladung voller Bullshit!

Seufzend und noch immer nicht sicher, ob ich das Schicksal verfluchen oder mich doch lieber bei ihm bedanken soll, schmiege ich meine Wange an das weiche, großporige Leder meines Mannes, inhaliere den unverkennbaren Duft von Abgasen, Schweiß und Minze, der mir in die Nase steigt, und spüre, wie sich seine Muskeln bei jeder Kurve, in die er seine Harley zwingt, anspannen.

Wer hätte gedacht, dass es sich so perfekt anfühlen kann, hinter einem Vollzeitkriminellen wie diesem *Hell Reaper* zu sitzen und mit ihm ganz kitschig in den verdammten Sonnenuntergang zu fahren?

Also ich jedenfalls nicht.

Himmel! Als mir klar wurde, dass sich meine beste Freundin in ihren Ziehbruder, oder was der Sergeant at Arms über viele Jahre für sie war, verliebt hat, konnte ich es nicht fassen!

Ich meine, er ist ein gesetzloser Outlaw und somit alles andere als Prince Charming.

Ich war echt wütend auf sie.

Wirklich richtig wütend!

Zumindest bis eines Nachts, mitten in einem wilden Nachtclub, Drake vor mir stand und mir klargemacht hat, dass er mich jetzt nach Hause bringen wird.

Ob ich will oder nicht.

Zu eurem besseren Verständnis sollte ich vielleicht dazu sagen, dass es mitten in der Nacht war, dass ich total betrunken und gerade im Begriff war, auf der Damentoilette von irgendeinem Typen gevögelt zu werden, der nach billigem Parfüm roch und einen Ehering an seinem Finger hatte.

Nicht unbedingt der glorreichste Tag in meinem Leben. Aber hey ...

Damals war ich Single und konnte tun und lassen, was ich wollte.

Und verdammt!

Genau das habe ich getan.

Mein Leben war eine einzige lange, und zum Teil ziemlich traurige Party.

Dass mir etwas fehlt, wurde mir erst dank des Bikers vor mir klar, genau wie die Tatsache, dass ich in all dem bedeutungslosen Sex, dem vielen Alkohol und den wechselnden Bekanntschaften nach etwas Echtem und Bedeutungsvollen gesucht habe.

Einsamkeit kann sich auf viele verschiedene Arten bemerkbar machen, und manchmal hat sie sich so gut in unserem Inneren versteckt, dass wir nicht mal bemerken, wie allein wir sind.

Ich für meinen Teil bemerkte es erst, als es mir gelungen war, dem Rocker vor mir so lange auf den Sack zu gehen, bis er mir den Kuss meines Lebens verpasst hatte. Aber nicht, weil er mich wollte, oder weil er mich liebte, oder weil ich in besagter Nacht so gut ausgesehen habe, dass er mir nicht widerstehen konnte.

Heilige Scheiße, nein!

Er tackerte seinen Mund nur auf den meinen, damit ich endlich für ein paar Sekunden die Klappe hielt.

Und ich tat es, aber nicht, weil ich den großen, bösen Rocker gewinnen lassen wollte, sondern weil das, was seine Zunge mit der meinen anstellte, ganz unverhofft der beste Kuss meines Lebens und ich zu nichts anderem mehr fähig war, als mich an seinen starken, massiven Schultern festzukrallen und mich wie eine rollige Katze an ihm zu reiben.

Was unter den Umständen mehr als merkwürdig war, denn immerhin war er, wie gesagt, schon von seinem Club geschickt worden, um mich gegen meinen Willen in Sicherheit zu bringen. Um das zu tun, musste er mich nicht nur von dem Typen mit dem ekligen Parfüm, von dem ich mich auf dem Klo bumsen lassen wollte, wegbekommen, sondern anschließend auch noch gefühlt hundert Russen im Alleingang plattmachen.

Das alles ist jetzt wie lang her? Vier oder vielleicht auch fünf Wochen? Keine Ahnung!

Auf jeden Fall kommt es mir so vor, als wäre seitdem eine ganze Ewigkeit vergangen und nicht einfach nur etwas mehr als ein Monat.

Die Geschichte von Drake und mir ist nicht schön, sie ist auch nicht besonders rosa und wer nach rosenduftender Liebe sucht, ist hier definitiv im falschen Buch gelandet.

Aber dafür kann sie mit jeder Menge Rockerromantik, hartem Sex, gebrochenen Knochen und einer Intensität aufwarten, von der die meisten Menschen nur träumen können.

Rückblickend betrachtet hätte ich mich an manchen Stellen eventuell etwas entgegenkommender verhalten können.

Und es war auch nicht unbedingt nett von mir, Drake seine Waffe abzunehmen und damit auf seine Eier zu zielen. Aber ich habe sie ja zum

Glück um wenige Zentimeter verfehlt, also kann mir das auch niemand zum Vorwurf machen.

Besonders, da ich seitdem schon unzählige Mal vor ihm auf die Knie gegangen bin und ich mich mit meinen Lippen und meiner Zunge dafür bei ihm entschuldigt habe.

Aber Stopp!

Ich erwische mich dabei, wie ich die Geschichte von hinten aufrolle, oder von der Mitte?

Keine Ahnung?! Ist ja auch egal ...

Am besten wir beginnen noch mal ganz von Anfang an.

Viel Spaß ...

1. Kapitel

Ein Anwärter, ein Auftrag, jede Menge toter Russen und ein verrücktes Weib mit einem Schuhtick.

„Yeah Drake, ich hab einen Spezialauftrag für dich."

Knox, der Vollstrecker der Seattle *Hell Reaper* kommt auf mich zu, eine Kippe im Mundwinkel, das Gesicht mit dem getrockneten Blut seiner letzten Opfer beschmiert.

Wenn er das Wort ‚Spezial' benutzt, ist das immer eine nette Umschreibung für jede Menge Scheißdreck, Ärger und Komplikationen.

Aber ich beschwere mich nicht.

Keiner hat behauptet, dass es einfach werden würde, das Anwärterjahr im mächtigsten Rockerclub des Landes durchzustehen.

Vor mir liegen noch vier Monate.

Vier! Fucking vier!

Und wenn ich die geschafft habe, schneide ich mir das *Prospect-Patch* von der Kutte und ersetze es durch ein *Full Member*!

Holy Shit!

Das wird der beste Tag meines ganzen beschissenen Lebens.

Aber bis es so weit ist, muss ich mich beweisen und James, dem Präsidenten, so wie allen anderen *Hell Reapern* klarmachen, dass ich es verdammt noch mal wert bin, in ihre Bruderschaft aufgenommen zu werden.

„Worum geht es?"

„Du fährst ins ‚White Russian' suchst Roses beste Freundin Tamara und bringst sie sicher und wohlbehalten zu sich nach Hause."

Das ist alles?

Ich soll den Babysitter für irgendeine Tussi spielen?

Das klingt zu leicht, zu einfach, um ein besonderer Auftrag des Vollstreckers zu sein.

Also hake ich nach.

„Und wo bleibt da das Spezial?"

Knox bleckt die Zähne und grinst schadenfroh.

„Das ‚White Russian' gehört Romanoff und diese Tamara hasst die *Reaper*."

Fuck off!

„Romanoff ist der Wichser, dessen Männer ihr heute Nacht kaltgemacht habt, richtig?"

Der Vollstrecker nickt.

„Richtig."

Dann habe ich hiermit das Spezielle gefunden.

„Wenn du schlau bist, streifst du deine Kutte für die nächste Stunde ab und gehst in Zivil."

Niemals.

„Vergiss es! Ich habe in den letzten Monaten zu hart für dieses Leder gekämpft, als dass ich es auch nur eine Sekunde ablegen werde."

Eher sterbe ich, als dass ich vor der Welt oder einem beschissenen Russen verheimlichen werde, was ich bin: ein gottverdammter *Hell Reaper*!

In den Augen des Vollstreckers erkenne ich etwas, das nach Respekt aussieht.

„Fang dir keine Kugel ein, das ist das Mädchen nicht wert."

Damit fasst er sich in die Tasche seiner Kutte, wirft mir etwas zu, das ich instinktiv fange, und wendet sich ab. Er lässt mich mit der Granate in der Hand stehen und verlässt sich darauf, dass ich die Scheiße schon irgendwie hinkriegen werde.

Dumm nur, dass ich keine Ahnung habe, wie diese Tamara aussieht.

Wie soll ich eine Frau finden, deren Gesicht ich nicht kenne?

Social Media!

Wenn diese ganze Facebook- und Instagramkacke für etwas gut ist, dann dafür, dass die meisten Menschen das seltsame Bedürfnis haben, ihr Gesicht in die Kamera ihrer Mobiltelefone zu halten und ihr Privatleben mit der ganzen Welt zu teilen.

In der Hoffnung, dass mich die Idee zu den Informationen bringt, die ich benötige, um den Auftrag auszuführen und mir mein *Full-Member-Patch* zu verdienen, öffne ich Facebook, tippe Roses Namen ein und checke ihre aus knapp dreihundert Personen bestehende Freundesliste.

Bingo!

Ungefähr bei der Hälfte angekommen, entdecke ich eine Frau, die Tamara heißt, ihre braun-roten Haare fallen ihr bis auf die Schultern, sie hat ein schönes Gesicht und unfassbare graue Augen, die mich an Nebel oder den harten Stein eines Berges erinnern, und mich regelrecht in sich hineinziehen.

Obwohl die Tussi über das ganze Gesicht strahlt, wirkt sie nicht glücklich, sondern eher wie jemand, der großen Wert darauf legt, die Welt davon zu überzeugen, dass es ihr gut geht.

Meine Neugierde ist geweckt.

Einen Screenshot machend, stecke ich das Telefon wieder ein, marschiere zu meinem Bike, steige auf und starte den Motor.

Erst nachdem ich das Tor, an dem heute Scott – ein Anwärter wie ich – Wache hält, passiert habe, drehe ich am Gas und mache mich auf den Weg zum Nachtclub unseres Feindes.

Holy Shit!

Knox hatte recht, die Wahrscheinlichkeit, dass ich diese Nacht überlebe, wäre ohne meine Kutte doppelt so hoch wie mit ihr.

Trotzdem werde ich sie nicht ablegen, nicht für zehn beschissene Minuten. Dafür kämpfe ich einfach schon viel zu lang und viel zu hart für das Recht, sie tragen zu dürfen.

Entweder gehe ich mit ihr auf meinen Schultern drauf und sterbe als *Hell Reaper*, oder aber ich komme mit heiler Haut aus dieser Nummer raus und beweise James und Rob, dem VP unseres Clubs, dass ich es verdammt noch mal wert bin, den Skull auf meinem Rücken zu tragen.

Ich weiß nicht viel über Romanoff, den selbst ernannten König der Russen, nichts außer dass er ein gnadenloser Drecksack ist, der fest entschlossen zu sein scheint, dem Club, den ich liebe und der meine Familie ist – die einzige, die ich jemals hatte – zu schaden.

Auch wenn das nicht der Auftrag ist, mit dem der Vollstrecker mich betraut hat, werde ich, wenn sich mir die Gelegenheit dazu bieten sollte, nicht zögern und den wodkasaufenden Hurensohn in die tiefste Hölle befördern.

Der Tod dieses Russen wäre meine goldene Eintrittskarte in den Club und würde meine Zeit als Anwärter auf einen Schlag beenden.

Mit rasendem Puls parke ich meine Maschine direkt vor dem roten Teppich, der mich auf direktem Weg ins ‚White Russian' führt. Die zwei Securitys, die sich in ihren faltenfreien, schwarzen Anzügen neben der weit offen stehenden Eingangstüre postiert haben, sehen mich und wirken auf einen Schlag so, als ob sie sich beinahe in die Hosen scheißen würden.

Was ich lustig finde.

Keine Ahnung, was heute zwischen den *Reapern* und Romanoff vorgefallen ist, aber es scheint eine bleibende Wirkung bei den Russen hinterlassen zu haben.

Gespannt, was sie machen werden, wenn ich auf sie zugehe, klappe ich den Ständer meines Bikes aus, steige ab und marschiere selbstbewusst auf die Wichser zu.

Zu meiner Überraschung unternehmen sie nichts. Weder stellen sie sich mir in den Weg noch versuchen sie, mich irgendwie anders davon abzuhalten, den Nachtclub zu betreten.

Es wirkt fast so, als ob sie fest entschlossen wären, meine Kutte zu übersehen.

Amüsiert nicke ich den beiden grüßend zu und provoziere so regelrecht eine Reaktion. Es folgt keine.

Wobei es ziemlich wahrscheinlich ist, dass sie einfach nur warten, bis ich ihnen den Rücken zuwende, um mir dann von hinten ein Messer in die Wirbelsäule zu rammen.

Nicht bereit, mich von meinem Plan abhalten zu lassen, betrete ich das ‚White Russian' und kämpfe den Drang, sofort wieder von hier verschwinden zu wollen, nieder.

Zu viele Menschen! Die ganzen Spiegel an den Wänden verdoppeln und verdreifachen die ausdruckslosen Gesichter, die mich aus weit aufgerissenen Augen mustern.

In keinem von ihnen erkenne ich Roses Freundin.

Sie hier zu finden, ist, wie die berühmte Nadel im Heuhaufen zu suchen.

Mit geballten Fäusten – bereit jeden niederzuschlagen, der sich mir in den Weg stellt – wage ich mich tiefer in die Höhle der Russen vor, um festzustellen, dass jede Spur von der Tussi fehlt, mir dafür aber vier von Romanoffs Schlägern am Arsch kleben.

Das könnte interessant werden!

Einer gegen vier ist nichts, was mich schockt.

Wenn es sein muss, erledige ich ein Dutzend Russen, nur um James und Rob zu beweisen, dass in mir ein *Reaper* steckt.

Alles, was ich jemals wollte, war, zu diesem Club zu gehören, und ich werde tun, was immer notwendig ist, um dieses Ziel zu erreichen.

Selbst wenn das bedeutet, dass ich eine Granate in einem Gebäude voller Menschen hochgehen lasse.

Tamara ist weder auf der Tanzfläche noch an einer der Bars zu finden, also gehe ich an den Ort, an dem Frauen meistens ihre Zeit verbringen.

Auf das verdammte Mädchenklo. Und selbst dahin folgen mir meine Schatten, wobei sie mir dabei nicht näher als ein paar Meter kommen.

Die weiße Türe aufstoßend, schlägt mir ein widerlicher Gestank von Pisse, Schweiß und zu blumigem Parfüm entgegen. Außerdem riecht es nach Hasch.

Das Licht ist grell, der Boden mit grauen Fliesen ausgelegt und auf dem Waschbecken direkt neben mir sitzt eine Frau, die sich von irgendeinem Typen begrapschen lässt.

Zuerst schenke ich dem Paar keine Aufmerksamkeit.

Es ist mir völlig egal, wer wen wo fickt!

Erst als es mir gelingt, einen kurzen Blick auf das Gesicht der Frau zu erhaschen, mische ich mich ein.

Tamara?

Kein Wunder, dass ich sie nirgendwo finden konnte, wenn sie unter diesem Arschloch begraben ist.

Mit einem Zischen schupse ich den Kerl beiseite, packe die Tussi am Arm und zerre sie von Waschbecken. Ihre winzigen, in Absatzschuhen steckenden Füße berühren den Boden und knicken um.

Teufel noch eins ist die Kleine betrunken!

„Hey, was soll das?"

Der Kerl, dem ich gerade seine Beute abgenommen habe, dreht sich wütend zu mir um und ist wenig begeistert.

Kein Wunder!

Ich wäre ebenfalls ziemlich mies gelaunt, wenn mir jemand mittendrin die Pussy stehlen würde.

Aber so läuft das Leben nun mal!

Scheiße passiert!

„Das Mädchen steht nicht mehr zur Verfügung. Such dir ein neues!"

„Fick dich, Rocker. Ich hatte die Schlampe zuerst."

Schlampe?

Fuck!

Mag sein, dass ich Tamara kaum kenne, mag sein, dass sie mich nichts angeht und dass sie – ausgenommen heute Nacht – nicht mein Problem ist!

Aber verflucht will ich sein, wenn ich zulasse, dass einfach so jemand die beste Freundin von Brocks Schwester oder Old Lady oder was auch immer Rose inzwischen für ihn ist, beleidigt.

So etwas wird nicht passieren!

Nicht solange ich noch einen Funken Leben im Leib habe.

So funktioniert der Club. Wir decken uns den Rücken, immer.

Ganz egal, was passiert, und ganz egal, wo wir sind.

Niemand beleidigt den MC, dessen Familie und Freunde.

Nicht in meiner Gegenwart.

„Wie hast du die Dame gerade genannt?"

Der Kerl ist dumm genug, es noch mal zu wiederholen, meine Faust kracht ungebremst in sein Gesicht.

Es knackt, Blut spritzt und er geht heulend zu Boden.

So wie er da jetzt im Dreck und benutzten alten Papierhandtüchern liegt und wie ein Baby heult, habe ich fast schon Mitleid mit ihm.

Vor einer Minute war er kurz davor, die schönste Frau im ganzen ‚White Russian' zu ficken, und jetzt?

Jetzt spuckt er Blut und hält sich mit den Händen seine zertrümmerte Nase.

„Du hättest mir wegen der Schlampe nicht die Nase brechen müssen!"

Ernsthaft?

Er sagt das böse Sch-Wort tatsächlich noch mal?

Mit einem kurzen Seitenblick versichere ich mich, dass Tamara nüchtern genug ist, sich auf ihren Beinen zu halten, ehe ich mich zu dem Bastard runterbeuge, ihn am Kragen seines türkisen Hemds packe und ihm drei Mal in kurzer, harter und schneller Reihenfolge in die Fresse schlage.

„Es war eine Frau, die dich neun Monate in ihrem Bauch mit sich herumgetragen hat, es war eine Frau, die dich unter Schmerzen zur Welt brachte und dir dein Leben schenkte, und es war eine Frau, die dir das Laufen, das Essen und so ziemlich alles andere, das du kannst, beigebracht hat! Und es wird eine Frau sein, die dir Befriedigung schenkt und, wenn du Glück hast, eines Tages deine Kinder auf diese Welt bringt. Also erweise Frauen verdammt noch mal den Respekt, den sie verdienen!"

Meine Schläge waren gnadenlos und haben sein Gehirn garantiert auf einen wilden Ritt geschickt.

Keine Ahnung, wie viel er von dem, was ich ihm gerade gesagt habe, verstanden hat.

Ich kann nur hoffen, dass zumindest ein Teil davon in seinem beschissenen Schädel angekommen ist.

Eine Frau stolpert aus einer der Kabinen, sie sieht mich, mustert meine Kutte, starrt dann auf meine blutige rechte Hand und stolpert zurück, nur um einen Atemzug später die windige Türe vor sich zuzuschlagen, den Riegel einschnappen zu lassen und unter Garantie die Bullen zu rufen.

Als ob sich auch nur ein Cop an einen Ort wie diesen traut.

Lachhaft.

Romanoff mag ein Arschloch erster Güte sein, aber er ist kein Idiot.

Entweder hat er irgendetwas gegen den Polizeichef in der Hand, oder aber er schmiert die halbe Dienststelle.

So oder so, ich würde wetten, dass kein normaler Dienstwagenträger diesen Club betreten wird.

Beim FBI oder ATF sieht das vielleicht anders aus, aber die haben etwas Besseres zu tun, als sich um eine Prügelei in der Damentoilette zu kümmern.

Meine Hand ausschüttelnd, wende ich mich meiner Zielperson zu, die mich aus weit aufgerissenen Augen ansieht. Eine Mischung aus Entsetzen, Furcht und Interesse liegt in ihrem Blick und ich werde wohl nie verstehen können, warum manche Frauen am liebsten mit den Kerlen vögeln, vor denen sie eigentlich Angst haben.

Aber mir soll es recht sein.

Falls später noch ein Blowjob für mich rausspringt, werde ich mich nicht beschweren.

„Wir gehen!"

Tamara stammelt irgendetwas und schüttelt den Kopf.

„Ich bleibe."

Ahhhh, Madam hat also ihre Stimme wiedergefunden.

„Das war keine Frage, Darling."

Ihre Augen zucken zu mir hoch, sie muss den Kopf in den Nacken legen, um unseren Blickkontakt aufrechterhalten zu können.

„Und das war eine Tatsache."

Jung, schön und temperamentvoll.

Geile Kombination. Ich mag das.

„Hör zu, Puppe. Ich habe den Auftrag, dich sicher nach Hause zu bringen, und genau das werde ich jetzt tun. Du kannst also laufen, oder aber ich werde dich über meine Schulter werfen und aus diesem Scheißclub hier raustragen. Deine Entscheidung."

Sie blinzelt ein paar Mal, ihre Augenlider flattern dabei so schnell wie Kolibriflügel, dann nickt sie kurz, was mir ein ‚Okay' suggeriert, nur um dann erneut „Nein" zu sagen.

„Bis du wie ein Irrer in dieses Klo gestürzt bist, habe ich mich wirklich gut amüsiert. Ich war kurz davor, gefickt zu werden, und ich brauche diesen Orgasmus. Also bleibe ich. Und daran kannst auch du und deine blöde Kutte nichts ändern."

Lieb. Brav und anständig klingt anders ...

Was ein Glück, dass ich mit lieb, brav und anständig noch nie sonderlich viel anfangen konnte.

„Du weigerst dich, mit mir mitzukommen, weil du von diesem Loser hier gebumst werden willst?"

Mit dem Daumen auf den heulenden Idioten zeigend, der mit seinen beiden Händen die Blutung zu stoppen versucht, ziehe ich fragend meine Augenbrauen nach oben,

Tamara folgt meinem Fingerzeig und zieht einen Schmollmund.

„Verdammt, du hast ihn kaputtgemacht."

Sie klingt wie ein kleines Mädchen, dessen Barbie ich geschrottet habe.

„Hör zu, wir finden für dein kleines Fickproblem eine Lösung. Versprochen." Ich bin mehr als bereit, für das blutende Arschloch einzuspringen. „Aber jetzt müssen wir los."

Anstatt sich endlich widerstandslos von mir aus der Toilette ziehen zu lassen, hält sie sich mit ihren Händen und ihren glitzernden Fingernägeln an dem Waschbecken fest, als ich sie entschlossen nach draußen auf den Flur ziehen will.

„Nur weil du ein Leder trägst und dich *Hell Reaper* schimpfst, hast du noch lange kein Recht, mir zu sagen, was ich tun und was ich lassen soll!"

Die Zähne fest aufeinanderbeißend, spüre ich, wie sich meine Geduld in Rekordgeschwindigkeit dem Ende zuneigt.

Außerdem haben sich inzwischen sechs von Romanoffs Schlägern in dem Flur vor dem Klo versammelt und eins gegen sechs hat noch nie ein gutes Ende genommen.

Mir läuft die Zeit davon!

Scheiße!

Wenn ich es nicht bald schaffe, diese kleine Frau und ihren knackigen Arsch aus diesem Russenclub zu schaffen, sind wir beide geliefert.

„Was, wenn ich dir sage, dass Rose mich schickt. Würde das etwas ändern?"

Tamara stellt ihre Gegenwehr kurz ein, sieht noch mal zu dem wimmernden Arschloch neben meinen Füßen und dann wieder in mein Gesicht.

„Warum sollte sie das tun?"

„Weil sie sich Sorgen um dich macht. Hier ist es nicht länger sicher. Brock hat sie bereits nach Hause gebracht und ich werde das Gleiche jetzt mit dir tun."

Das Mädchen sieht mich zweifelnd an.

„Wenn etwas passiert ist, warum hat mir meine Freundin dann nicht gleich gesagt, dass wir von hier verschwinden müssen?"

Weil so, wie ich unseren Sergeant kenne, er seiner Lady dafür keine Zeit gegeben hat.

„Das kannst du sie gleich selber fragen, wenn ich dich von hier weggebracht habe."

Anstatt endlich loszulassen, hält sie sich immer noch an der schmutzigen Keramik fest.

Das halbe Dutzend Russen beobachtet die Szene amüsiert.

Sehr witzig!

Den Pissern wird das Lachen gleich noch vergehen.

Dafür werde ich, mithilfe von Knox kleinem Spielzeug, schon sorgen.

„Ich bleibe. Lass mich in Ruhe, Arschloch!"

Das ist dann wohl mein Stichwort.

Genervt und mehr als dankbar, dass Mutter Natur uns Männer so viel größer und stärker als Frauen gemacht hat, packe ich das Biest, werfe es mir über die Schulter und stoße die Klotüre ganz auf, dann marschiere ich, ohne Romanoffs Schläger auch nur eines Blickes zu würdigen, an den Wichsern vorbei und bahne mir einen Weg durch die feiernde Menge.

Tamara zappelt und schreit, kratzt und versucht, mich zu beißen.

Süß. Ehrlich.

Das Einzige, was sie mit ihrer Gegenwehr bewirkt, ist, dass mein Schwanz verdammt hart wird, während ich mir vorstelle, die Wildkatze unter mir auf ein Bett zu drücken, mit meinen Knien ihre Schenkel zu teilen und mich in einer fließenden, kraftvollen Bewegung bis zu den Eiern in ihrer Möse zu versenken.

Fuuuccckkkk!

Sexfantasien sind nun wirklich das Letzte, was ich in einer Situation wie dieser gebrauchen kann.

Je weiter wir kommen, umso heftiger schlägt das Mädchen um sich.

Mein geknurrtes „Still jetzt!" scheint sie nur noch mehr anzufeuern.

Arrggggghhhh!

Weiber, sie haben es einfach im Blut, uns Männer um den Verstand zu bringen. Das muss genetisch sein oder so. Aber hey, solange ihre Pussys so heiß und eng sind, wie sie es nun mal sind, werde ich mich nicht beschweren.

Muschis sind Gottes Entschuldigung für so ziemlich alles, was auf dieser Welt schiefläuft.

„Lass. Mich. Sofort. Runter. Du. A.R.S.C.H.L.O.C.H."

Das letzte Wort betont sie ganz besonders, damit ich blöder Biker es auch ja verstehe.

Wie nett ...

Auftrag ist Auftrag, und völlig egal, ob der Club von mir will, dass ich ein Dutzend Waffen über die Landesgrenze bringe, einen Dealer ausschalte oder einen Cop, der nicht gewillt ist, nach unseren Regeln zu spielen, zum Schweigen bringe. Ich erledige es immer.

Auch dieses Mal.

Egal, was der Präsident von mir verlangt, er kann sich zu 100 Prozent darauf verlassen, dass es erledigt wird. Selbst wenn das bedeutet, dass ich ein verrücktes Mädchen gegen ihren Willen aus einem Nest voller Feinde rette. Auch dann, wenn besagtes Mädchen partout nicht gerettet werden will.

Endlich kommen wir auf dem roten Teppich, der nicht nur in den Nachtclub rein- sondern auch wieder rausführt an.

Doch dieses Mal stellen sich mir zwei Russen in den Weg.

Sechs plus zwei macht dann acht.

Die Situation beginnt langsam besorgniserregend zu werden, doch davon scheint Tamara nichts mitzukriegen.

Mit dem Mädchen auf der Schulter ist es unmöglich zu kämpfen, also lasse ich es an mir heruntergleiten, stelle es auf ihre Stöckelschühchen und lehne es sicherheitshalber an die Wand neben mir.

Der Vollstrecker wird nicht begeistert sein , wenn ich ihm beschädigte Ware bringe. Was bedeutet, dass ich Tamara unverletzt zum MC bringen muss.

„Was denkst du dir eigentlich? Scheiße, du blöder Rocker! Was bildest du dir eigentlich ein?"

Schreiend und fuchtelnd versucht sie, sich die Haare aus dem Gesicht zu schieben, um mich besser ins Visier nehmen zu können. An dem tollwütigen Glanz in ihren Augen ist es ein Leichtes, zu erkennen, dass sie mir eine knallen will.

Ich helfe ihr die wirren Strähnen zu bändigen, umfasse dann grob ihr Kinn und tackere meinen Mund hart auf den ihren.

Das Gezicke verstummt sofort, und auch wenn sie weit davon entfernt ist, den Kuss zu erwidern, fühlt es sich höllisch gut an, ihre weichen Lippen auf den meinen zu spüren.

Das Mädchen schmeckt süß wie reifes Obst mit einem Hauch von Vanille. Der Hunger, der sich in mir ausbreitet, bringt mich dazu, ihren viel kleineren Körper mit dem meinen festzunageln, meine Faust in ihren seidigen Haaren zu vergraben und meine Zunge so tief in ihre Kehle zu stoßen, dass ihr nichts anderes übrig bleibt, als sich mir zu ergeben.

Bullshit!

Keine Ahnung, wie das passieren konnte, aber in meinem ganzen Leben hat sich noch nie etwas so verdammt gut angefühlt, wie diese Zicke zu küssen.

Tamara, die zuerst versucht hat, mich von sich zu schupsen, erstarrt plötzlich, dann erschaudert sie und krallt sich auf einmal an mir fest.

Ihre kleinen Finger legen sich auf meine Schultern, ihre Nägel vergraben sich in meiner Weste, während sie sich an mir zu reiben beginnt.

Allein das Gefühl ihrer weichen, festen Titten, die auf meine Brust treffen, sorgt dafür, dass mir heiß wird. In der Sekunde, in der sie mir in den Schritt fast und meinen Schwanz zu kneten beginnt, vergesse ich die Russen und die ganze Scheiße um uns herum und bin kurz davor, sie hier und jetzt zu ficken.

Scheiß auf die Zuschauer und darauf, dass wir nicht allein sind!

So zwischen mir und der Wand gefangen, ist eh nicht viel von ihr zu sehen.

Feucht und heiß streicht ihre Zunge über die meine, trifft auf meine Lippen und zieht sich dann zurück, nur um ihren Zähnen den nötigen Platz zu gewähren, damit sie sich in meiner Unterlippe vergraben können.

Der scharfe Schmerz zieht hinab in meine Eier und wirkt wie ein Brandbeschleuniger auf meine Lust.

Die Zicke lacht, fast so, als ob für sie das alles nur ein Spiel wäre, als ob sie es lustig finden würde, mich an den Rand zu drängen, direkt an den Abgrund, von dem nur ein Weg weiterführt – der Sprung in den Wahnsinn!

Ich bin kurz davor zu platzen, mein Schwanz ist so hart und heiß, dass er fast ein Loch in meine verdammte Jeans brennt.

Erst als eine männliche, mit schwerem russischem Akzent beladene Stimme den Befehl gibt, mich zu fassen, schaffe ich es, dem Ernst der Lage die nötige Aufmerksamkeit zu schenken, mich von Tamaras himmlischen Lippen zu lösen und mich zu den Russen umzudrehen. Wobei ich darauf achte, eine Art Schutzschild zwischen dem Mädchen und Romanoffs Männern zu bilden.

Sollte diese Scheiße hier eskalieren, werde ich nicht zulassen, dass der Frau auch nur ein Haar gekrümmt wird.

„Was wollt ihr Wichser?"

Der König der Russen scheint über meinen mangelnden Respekt ihm gegenüber nicht besonders glücklich zu sein. Tja! Sein Problem!

Respekt muss man sich verdienen!

„Die *Reaper* haben heute Nacht einige meiner Männer getötet, sie regelrecht abgeschlachtet! Da erscheint es mir nur als fair, für einen gewissen Ausgleich zu sorgen."

Natürlich.

„Lass mich raten? Mein Ableben soll den Ausgleich darstellen."

Romanoff deutet ein Nicken an, einer seiner Männer macht einen Schritt auf mich zu.

Ich mustere ihn abschätzend, fasse in meine Tasche und ziehe das vertraute Stück Metall hervor, das mir in der Vergangenheit schon gute Dienste geleistet hat.

Ohne den Blick von dem Wichser zu nehmen, der wohl den Anfang machen will, lasse ich meine Finger durch den Schlagring gleiten, balle prüfend eine Faust und spüre, wie sich nichts als Vorfreude in meinem Schädel ausbreitet.

Es geht doch nichts über eine gute, altmodische Schlägerei!

Noch bevor sich mir der Idiot weiter nähern kann, hole ich aus und lasse meine mit dem Metall verzierten Finger mit voller Wucht gegen seine Schläfe krachen.

Wämmmm!

Ich kann regelrecht spüren, wie sein Schädel knackt.

Der Rausch, in den ich immer dann verfalle, wenn es um Leben und Tod geht, schärft meine Sinne und sorgt dafür, dass sich meine Adern mit Adrenalin füllen.

Der Russe steht noch, strauchelt aber schon arg.

Ich schicke ihn nur zu gern mit einem weiteren Schlag ins fucking Nirwana!

Er kippt um, schlägt wie ein gefällter Baum auf den roten Teppich und macht dabei keine Anstalten, sich abzustützen. Blut tropft zuerst aus seinem Mundwinkel, dann aus seiner Nase.

Ding. Ding. Ding.

Das heißt dann wohl 1:0 für den *Reaper*.

Yeah, ich bin ein Bastard!

Aber das ist okay.

Das Mädchen hinter mir kreischt entsetzt, Russe Nummer zwei geht in den Angriff über, wie nett, dass sie sich anscheinend einer nach dem anderen mit mir befassen wollen.

Das verschafft mir einen klaren Vorteil.

Alle auf einmal hätte ich nie bezwingen können.

So aber stehen meine Chancen nicht schlecht.

Wenn ich in einer Sache wirklich gut bin, dann im Kämpfen!

Russe Nummer 2 lässt meine dekorierte Faust nicht aus den Augen, was ihn so ablenkt, dass er nicht bemerkt, wie ich das Messer aus der Scheide ziehe, die hinten an meinem Gürtel befestigt ist.

Ich täusche einen Schlag an, er weicht zurück und kommt so meiner linken Hand, in der sich die Klinge befindet, freiwillig entgegen.

Der Stahl bohrt sich durch seine Haut, schneidet in sein Fleisch und trifft zielgenau seine linke Niere.

Des Russen entsetztes Ächzen und die Art, wie er panisch die Augen aufreißt, verrät mir, dass er ganz genau weiß, dass er ein toter Mann ist.

Nur um sicherzugehen, stoße ich noch zwei weitere Male zu, dann ziehe ich die Klinge aus seiner Seite und befördere ihn mit einem Tritt zu Boden.

Russe Nummer 3 ist eine leichte Herausforderung, Nummer 4 und 5 hingegen sind ein Witz.

Wenn das die besten Männer sind, die Romanoff noch vorweisen kann, bin ich glatt ein wenig enttäuscht.

Herausforderer Nummer 6 ist schlauer als seine Vorgänger und zieht seine Waffe.

Es gibt einfach immer einen Idioten, der glaubt, dass es eine gute Idee ist, mit einer Schusswaffe bei einer Messerstecherei aufzutauchen. Keine zwei Minuten und drei fehlgeleitete Kugeln später hat er seine Lektion gelernt. Dummerweise wird er mit dem Wissen nichts mehr anfangen können, eine aufgeschlitzte Kehle verspricht einen schnellen Tod.

Das Mädchen hinter mir rührt sich nicht, es atmet nicht mal mehr, sondern steht einfach nur da und sieht mich aus weit aufgerissenen Augen panisch an.

Es liegt mir nichts ferner, als ihr Albträume zu bereiten, also befehle ich ihr mit strenger Stimme, dass sie gefälligst die Augen schließen soll.

Sie tut es nicht.

Kein Wunder.

Je schöner Frauen sind, umso schlechter kommen sie mit der Autorität eines Mannes zurecht, und Tamara hier ist verdammt schön.

Russe Nummer 7 schafft es, mir ein paar gute Treffer zu verpassen, einer davon treibt sämtlichen Sauerstoff aus meiner Lunge.

Ich lande auf dem Boden, er wiegt sich in Sicherheit und beugt sich dicht über mich, um mich blöd anzugrinsen, blitzschnell seinen Kopf umfassend, breche ich ihm mit einer schwungvollen Drehung das Genick.

Je mehr Leichen auf dem roten Teppich liegen umso größer wird die Panik, die um uns herum ausbricht. Frauen kreischen, Männer ergreifen die Flucht, irgendjemand spricht davon, die Bullen zu rufen. Russe Nummer 8 macht keine Anstalten, mich anzugreifen, sondern wirft seinem Boss nur einen flehenden Blick zu, was ihm eine Kugel vom König höchstpersönlich einbringt.

Angst wird in dieser Welt aus Gewalt und Gnadenlosigkeit nicht gestattet.

Nur Romanoff und sein Leibwächter sind übrig geblieben. Wir stehen uns gegenüber, Hass funkelt in seinen Augen. Nichts als Abscheu zeichnet sich in seinen unverkennbar slawischen Gesichtszügen ab.

„Das nennt man, glaube ich, eine Patt-Situation."

Seine Mundwinkel zucken kaum merklich, wäre ich nicht so auf ihn konzentriert, wäre mir diese kleine Bewegung wahrscheinlich entgangen.

„Wohl kaum. Schließlich ist das hier mein Club, wir sind zu zweit und du allein, und du musst dein Mädchen beschützen."

Oh klasse!

„Du bist wirklich gut darin, auf das Offensichtliche hinzuweisen. Trotzdem sehe ich keinen Vorteil für dich."

„Ach nein?"

Der Russe sieht mich überrascht an.

„Nein."

Ohne ihn aus den Augen zu lassen, ziehe ich die Granate aus meiner Tasche und werfe sie scheinbar lässig in die Luft, nur um sie dann wieder zu fangen.

Die Pupillen meines Gegenübers weiten sich überrascht.

„Es schadet nie, ein Ass im Ärmel zu haben."

„Du beschissener Biker."

Sag ich ja, er hat definitiv eine Schwäche für das Offensichtliche.

„Ich würde sagen, du lässt uns jetzt gehen."

Romanoff macht einen Schritt auf mich zu, was mich dazu veranlasst, den Splint aus der Granate zu entfernen.

„Bist du dir sicher, dass du das tun willst?"

Die Leute, die uns bis jetzt neugierig beobachtet haben, nehmen ihre Beine in die Hand und laufen.

Kluge Entscheidung.

Denn nur weil ich das Arschloch mit dem Sprengkörper bin, bedeutet das noch lange nicht, dass ich garantieren kann, dass jeder diese Scheiße hier überlebt.

Sollte sich das zu einer Ich-Sterbe-Sowieso-Situation entwickeln, lasse ich das Ding ohne zu zögern explodieren.

Das Einzige, was ich vorher noch sicherstellen werde, ist, dass Tamara ihren Arsch in Sicherheit gebracht hat.

Diese Frau hat nichts mit dem Mist, der zwischen Romanoff und den *Hell Reapern* abgeht, zu schaffen. Es wäre also nicht fair, ihr Blut deswegen zu vergießen.

„Du bist völlig irre, Drake."

Yeah, das ist nichts Neues.

Aus genau dem Grund hat Knox sicherlich auch mich für diesen Spezialauftrag ausgesucht.

Der Vollstrecker wusste genau, dass ich alles tun werde, damit das Mädchen in Sicherheit ist. Auch sterben.

„Aber bist du auch irre genug, für diese Tussi in den Tod zu gehen?"

„Dummer Russe. Hier geht es nicht um diese Pussy, sondern nur um dich und mich und die Tatsache, dass du bescheuert genug warst, dich mit dem MC anzulegen."

Romanoff ballt die Fäuste, das Einzige, was ihn davon abhält, mich anzugreifen, ist Knox kleines Spielzeug.

Danke Enforcer!

Ich spüre, wie mir von hinten jemand auf die Schulter klopft.

„Können wir bitte von hier verschwinden?"

„Klingt nach einer guten Idee. Genaugenommen sogar nach der besten, die ich heute gehört habe."

Der Russe bellt seinem Bodyguard einen Befehl in seiner Landessprache zu, auch ohne Russischkenntnisse, kapiere ich, worum es geht. Der Wichser hat gerade meinen Tod befohlen!

„Die Pussy und ich verschwinden jetzt, und wenn du nicht willst, dass ich dich, deinen Affen und deinen verfickten Club in die Luft jage, bleibst du, wo du bist. Verstanden?"

Romanoff zeigt keine Reaktion, während mir Tamara ein „Hör auf, mich auf mein Geschlecht zu reduzieren!" ins Ohr zickt.

Weiber!

Sein Leibwächter scheint meine Drohung nicht ernst zu nehmen, ich beobachte, wie sich sein Finger auf den Abzug seiner 9-Millimeter legt, was mich wiederum dazu veranlasst, einen meiner zwei Finger, mit denen ich den Sicherungshebel der Granate halte, in die Luft zu strecken.

„Sicher, dass du das riskieren willst?"

Einen Arm um Tamara legend, schiebe ich das Mädchen seitlich zur Türe.

Ihr Absatzschuh bleibt am Rand des roten Teppichs hängen, sie verliert das Gleichgewicht und stürzt beinahe zu Boden. Instinktiv strecke ich einen Arm nach ihr aus, fange sie aus der Luft und presse sie an meine Brust.

„Alles klar bei dir?"

Sie nickt, Tränen schwimmen in ihren grauen Augen, die mich regelrecht in sich hineinzuziehen.

Wenn sie meine Frau wäre, würde ich ihr nicht erlauben, sich halb nackt die Nächte in einem Laden wie diesem um die Ohren zu schlagen.

Fuck off!

Wo kam denn dieser Gedanke her?

Über mich selbst verwundert, konzentriere ich mich wieder auf die zwei Arschlöcher vor mir und schiebe meinen Auftrag raus auf die Straße vor dem ‚White Russian'.

Anstatt froh darüber zu sein, dass ich ihren Arsch Stück für Stück in Sicherheit schaffe, stemmt sie sich plötzlich gegen mich und beginnt, sich gegen meinen festen Griff zu wehren.

„Verdammt! Was ist los?"

„Ich hab meinen Manolo verloren."

Ich verstehe kein Wort.

„Wovon zum Teufel sprichst du?"

„Mein Manolo! Ich hab ihn verloren."

Das Unverständnis muss mir ins Gesicht geschrieben stehen, denn sie kneift genervt die Augen zusammen.

„Ich rede von meinem Heel, *Reaper*."

Hölle?

„Du gibst deinen Schuhen Namen?"

Das kann doch echt nicht ihr Ernst sein!?

Unser beider Leben steht auf Messers Schneide und sie denkt an ihre verfickten Stöckelschuhe?

„Nein, tue ich nicht. Aber die heißen so."

Ja klar.

„Ich nenne meine Boots auch immer Marley."

Ironie off!

„Nicht Marley, sondern Manolo."

Ernsthaft?

„Das interessiert mich gerade einen Dreck! Bist du bereit, für ihn zu sterben? Wenn ja, gut dann geh zurück und hol das Scheißteil. Wenn nicht, halt die Klappe und schaff deinen heißen Arsch hier raus!"

Zornig die Augen zusammenkneifend, sieht sie mich herausfordernd an.

„Weißt du, was da ein Paar kostet?"

Nein.

„Weißt du, wie schnell wir tot sind, wenn du dich jetzt nicht bewegst?"

Anscheinend nicht. Denn anstatt endlich Vernunft walten zu lassen, starrt sie mich einfach nur entschlossen an.

Das kann doch echt nicht wahr sein!

Um uns herum stapeln sich die Leichen, ich halte eine scharfe Granate in der Hand und Romanoff und sein Leibwächter warten nur auf eine passende Gelegenheit, um uns das Lebenslicht auszuknipsen, und diese Frau hat tatsächlich die Nerven, mit mir wegen eines Schuhs zu streiten.

Fluchend beiße ich die Zähne zusammen und versuche, die Kontrolle über diese Kacke hier zu behalten.

„Ich kaufe dir ein paar neue. Aber verdammt, Weib! Geh. Endlich. Weiter."

Zuerst zögert sie noch kurz, und ich bin mir fast sicher, dass sie unser beider Leben wegen eines verdammten Absatzschuhs riskiert, dann nickt sie zufrieden und hört auf, sich gegen mich zu wehren.

Danke Gott! *Fuck!* Danke!

Kaum dass wir draußen ankommen, rennt der Leibwächter auf uns zu, fast so, als ob er zu dem Entschluss gekommen ist, dass ich meine Drohung, uns alle in die Luft zu jagen, nicht wahr machen würde.

Und ja! Ich will nicht sterben. Ich bin alles andere als scharf darauf, meinem Schöpfer heute Nacht entgegenzutreten und mich für den ganzen Bullshit, den ich getan habe, zu rechtfertigen. Aber ich werde es tun. Ich werde.

Sollte mir keine andere Wahl bleiben!

Mein wütendes „Bleib sofort stehen!" geht in Tamaras entsetztem Kreischen beinahe unter, ehe sich der Knall eines einzelnen Schusses über den Lärm legt.

Was zum …? Zuerst bin ich mir fast sicher, das Romanoff den Abzug betätigt hat, dann fällt mir das Loch in der Brust des Leibwächters auf.

Der Russe sieht entsetzt an sich nach unten, reißt die Augen auf und will etwas sagen. Doch anstatt seiner Stimme kommt nur Blut über seine Lippen, ehe er umfällt, liegen bleibt, zuckt und stirbt.

Wer hat geschossen?

Nicht dass ich nicht dankbar wäre.

Aber wer?

Romanoffs Kopf ruckt nach links, er starrt über meine Schulter an mir vorbei und mir wird klar, dass mir irgendetwas entgangen sein muss.

Verwirrt riskiere ich einen Blick in die gleiche Richtung: Scott!

Fuck!

Seine Waffe auf den Kopf des Russenkönigs gerichtet, kommt er lässig auf mich zugeschlendert.

Fast so, als würde er an einem Sonntag fröhlich durch einen verfickten Park spazieren.

„Ich hab gehört, hier steigt eine Party?"

Er und sein beschissen trockener Humor.

„Aye! Allerdings sind wir gerade dabei zu gehen."

Romanoff, der wiederum eine Waffe auf meine Brust gerichtet hat, stößt einen wütenden Schrei aus.

Das spontane Ableben seines Bodyguards scheint ihn hart zu treffen.

„Dafür werdet ihr alle sterben."

Ach ja?

So wie ich das sehe, stecken wir in einer aussichtslosen Situation. Erschießt er mich, lasse ich die Granate los und wir werden alle sterben. Schieße ich auf ihn, knallt er mich ab, und das Gleiche wird passieren, wenn Scott dem Wichser eine Kugel ins Hirn jagt.

Keiner kann hier irgendjemanden töten, ohne dabei sein eigenes Leben zu riskieren.

Was wiederum bedeutet, dass heute Nacht keiner von uns sterben muss, zumindest, wenn wir alle einen kühlen Kopf bewahren.

Von Scotts unerwartetem Auftauchen abgelenkt, kapiere ich erst, was Tamara vorhat, als sie sich von mir losreißt, aus meinem Griff befreit und losrennt, um ihren Schuh zu holen.

Scotts gezischtes „Die Tussi ist völlig irre!", kann ich nur unterschreiben.

„Scheiße, Weib! Was soll das?"

„Ich gehe nicht ohne meinen Manolo."

Und ich dachte immer, Rose wäre verrückt. Aber neben dieser Frau hier wirkt die Old Lady unseres Sergeants noch völlig normal.

„Beweg deinen Arsch hierher. Sofort!"

Sie tut es, nachdem sie sich den Schuh geholt hat und bevor Romanoff sie schnappen kann. Scott zielt weiter auf den letzten noch lebenden Russen, während ich dem durchgeknallten Lockenkopf dabei helfe, auf mein Bike zu steigen.

Die Granate immer noch in der Hand, nehme ich vor ihr Platz. Scott, der irgendwo weiter abseits seine Maschine abgestellt haben muss, wirft mir einen kurzen Blick zu, mit dem er mir zu verstehen gibt, dass ich ihm Rückendeckung geben soll, dann rennt er genauso schnell davon, wie er aufgetaucht ist.

Ich gebe ihm eine Minute, um zu verschwinden, ehe ich mein Motorrad mit einem kraftvollen Kick starte und dem Mädchen hinter mir befehle, sich gefälligst an mir festzuhalten.

Zu meiner Erleichterung hört es tatsächlich auf mich, allerdings nicht ohne den verdammten High Heel loszulassen.

Diese Zicke wäre echt bereit, wegen ein paar Schuhen zu sterben.

Crazy! Fucking Crazy!

Der Absatz des Teils drückt sich in meine Eier, während sich ihre kleinen Hände auf Schwanzhöhe an meinem Hosenbund festkrallen.

Nichts wie weg hier!

Ich fahre los, die Granate in der Hand und sehe in der Ferne, wie Scott ebenfalls auf seine Maschine springt.

Romanoff folgt uns, erst als ich mir sicher bin, dass Tamara wirklich sicher hinter mir sitzt, werfe ich dem König aller Wichser die Granate entgegen und drehe am Gas.

Ein Schuss fällt, ein brennender Schmerz flammt an meinem linken Arm auf.

Ich ignoriere ihn und bringe so viel Abstand wir nur möglich zwischen Romanoff und uns, ehe keine sechs Atemzüge später eine Explosion Seattle erschüttert.

Holy Shit!

Was zur Hölle war das für eine Granate?

Das Mädchen schreit, der Motor meiner Harley knurrt und Scott streckt siegessicher seine Faust in die Luft.

Dieser Typ ist so was von irre. Trotzdem stehe ich ab sofort in seiner Schuld.

Wir sind beide Prospects, wir kämpfen beide Tag für Tag um den Respekt unserer Brüder, was uns auf gewisse Weise zu Rivalen macht. Trotzdem hat er nicht gezögert und mir heute den Arsch gerettet.

Nur Gott allein weiß, wie die Nummer ausgegangen wäre, wenn er nicht wie aus dem Nichts aufgetaucht wäre und den Leibwächter ausgeschaltet hätte.

Ich schulde ihm was und so, wie ich Scott kenne, wird er dafür sorgen, dass ich das nicht vergesse!

2. Kapitel

Eine Frau, ein Mann, ein Motorradclub
und das gottverdammte Leben.

Am ganzen Körper zitternd, drücke ich mich gegen den breiten Rücken des *Hell Reapers*, der gerade mitten in der Stadt eine Handgranate wie Konfetti durch die Luft geworfen hat, und versuche zu verstehen, was um alles in der Welt da gerade geschehen ist?

In der einen Sekunde bin ich dabei, mich von irgendeinem Typen auf dem Mädchenklo vögeln zu lassen, und in der nächsten?

Himmel!

In der nächsten fliegen die Kugeln, Menschen sterben und jemand zielt mit einer Waffe auf mich. Auf. Mich.

Wieso?

Wiieeessoooooo?

Was bei Gott ist da gerade passiert und warum?

Aus welchem Grund ist dieser *Hell Reaper* so fest entschlossen, mich in seinen Motorcycle Club mitzunehmen?

Falls er mir den Grund bereits genannt hat, habe ich ihn in dem ganzen tödlichen, aus Blut, Waffen und Gewalt bestehenden Wirrwarr wohl vergessen.

Selbst die Tatsache, dass ich mich immer fester gegen den mächtigen Biker mit dem *Prospect-Patch* drücke und so viel wie nur möglich von seinem würzigen, maskulinen Geruch einatme, verdanke ich mit Sicherheit dem Umstand, dass ich unter Schock stehe.

Es kann unmöglich an dem Mann liegen, dessen massiver, breiter und in Leder gekleideter Rücken mich vor dem kühlen Fahrtwind abschirmt.

Ich. Stehe. Nicht. Auf. Kriminelle. Outlaws.

Oder?

Nein! *Scheiße!* Natürlich nicht!

Meine Knie fühlen sich an, als würden sie aus zerbrechlichen, brennenden Streichhölzern bestehen, und mein Herz trommelt mir wie verrückt gegen die Rippen.

Wir sind beinahe gestorben. Ich bin beinahe gestorben. Er ist beinahe gestorben.

Wir sind beinahe gestorben. Da hat jemand mit einer Waffe auf mich gezielt. Wir sind beinahe gestorben. Ich bin beinahe gestorben ... Da waren eine Pistole und eine Granate ... Es sind so viele Männer gestorben. G.E.S.T.O.R.B.E.N.

So sehr ich es auch versuche, kann ich, bis wir an dem geschlossenem, mit zwei Wachen gesichertem Tor ankommen, an nichts anderes denken.

An nichts außer an: *Heilige verdammte Scheiße!*

Kaum dass Drake seine Maschine bis zum Clubhaus gelenkt hat und stehen geblieben ist, springe ich wie von der Tarantel gestochen von dem Motorrad und schaffe so viel Sicherheitsabstand wie nur möglich zwischen ihm und mir, ehe ich mir schnell wieder meinen zweiten Manolo anziehe.

Meine Gedanken drehen sich noch immer im Kreis und so sehr ich auch versuche, das Karussell zu stoppen – es gelingt mir nicht.

Ich habe noch nie einen toten Menschen gesehen. Geschweige denn dass ich dabei gewesen wäre, wie einer vor meinen Augen stirbt. Oder, was noch zutreffender ist: wie einer direkt vor meiner Nase ermordet wurde.

Und es war ja nicht nur einer. Oh nein ... Es waren viele. Zu viele für meinen Geschmack.

Apropos Geschmack ...

Die bittere Säure, die wie eine Schlange in meiner Kehle nach oben kriecht, bedeckt meinen Gaumen, legt sich auf meine Zunge und bringt mich zum Würgen.

Ich glaub, ich muss kotzen.

Kaum dass die Erkenntnis wie ein Blitz durch mein Hirn geschossen ist, beuge ich mich nach vorne und übergebe mich lautstark vor dem verdammt tödlichen Rocker, der es ohne zu zögern mit drei, vier oder keine Ahnung wie vielen Russen aufgenommen hat.

All die farbenfrohen Cocktails, die ich in den vergangenen Stunden getrunken habe, landen vor mir auf dem Teerboden. Mein Magen zieht sich wieder und wieder zusammen, bis irgendwann nur noch Galle rauskommt.

Mir des eindringlichen Blicks des Rockers durchaus bewusst, wünsche ich mir nichts sehnlicher, als dass sich direkt vor mir ein schwarzes Loch auftut, in das ich mich stürzen kann.

Es passiert nicht.

Dafür aber etwas, mit dem ich nie in meinem Leben gerechnet habe.

Anstatt angeekelt zurückzuweichen oder sich über mich lustig zu machen, kommt Drake auf mich zu, streicht mir fürsorglich meine Haare aus dem Gesicht, hält sie mit seinen Fingern in meinem Nacken zu einem Zopf zusammen und streicht mir mit der anderen Hand beruhigend über den Rücken.

Vor lauter Scham meide ich es, ihn anzusehen.

„Geh weg."

„Wieso sollte ich?"

Männer!

„Weil das eklig ist. Ich will nicht, dass du mich kotzen siehst."

Zu meiner Überraschung fängt er leise zu lachen an.

„Darling, dafür ist es längst zu spät."

Stimmt.

„Ich glaube, ich will sterben."

„Das werde ich nicht zulassen!"

Von der Entschlossenheit, die in seiner Stimme mitschwingt, überrascht, werfe ich ihm vorsichtig einen Seitenblick zu.

Seine warme, schwere Hand zeichnet noch immer beruhigende Kreise auf meinen Rücken.

Hilfe!

Wie kann ein Mann, der sich ohne zu zögern in eine Prügelei mit mehreren Gegnern stürzt, und der weder vor Messern, Schusswaffen und Granaten zurückschreckt, so einfühlsam sein?

„Bitte."

Ich versuche, mich von ihm zu lösen, er lässt es nicht zu.

Kann diese Nacht eigentlich noch schlimmer werden? Kann sie. Denn der andere Rocker, ich glaube, er heißt Scott, der etwas abseits von uns geparkt hat, kommt direkt auf uns zu, sieht mein Erbrochenes und rümpft die Nase.

„Es gibt doch nichts Widerlicheres als kotzende Weiber."

Mag sein, dass er Drake gerade den Arsch gerettet hat, ich mag ihn trotzdem nicht.

„Verschwinde!"

Drake klingt wütend.

„Du hast wohl vergessen, dass du mir was schuldest?"

Der *Hell Reaper* neben mir bebt vor Zorn.

„Und du, dass wir eine Gemeinschaft sind, in der es normal sein sollte, dass wir uns gegenseitig den Rücken freihalten!"

Scott macht den Mund auf, um etwas zu erwidern, doch noch bevor er es schafft, ist Drake bei ihm und rammt ihm seine geballte Faust mitten ins Gesicht.

„Hier hast du meine Dankbarkeit!"

Dank der Wucht, mit der der Schlag ausgeführt wurde, stolpert Scott ein paar Schritte zurück.

Kein Blut. Schade. Seine Nase ist nicht gebrochen.

Von meinen blutrünstigen Gedanken überrascht, kneife ich die Augen zusammen und hoffe, dass ich gleich in meinem Bett liegend aufwache und dass alles nur ein schrecklicher Traum gewesen ist.

Doch egal wie lange ich warte, es passiert nicht.

Ich stehe immer noch mitten auf dem Hof des *Hell Reaper Motorcycle Clubs*.

„Was zum Teufel tust du da?"

Drake klingt irritiert. Kein Wunder.

Ich will mir nicht mal vorstellen, welchen Anblick ich ihm gerade bieten muss.

„Mir wünschen, dass das alles einfach nur ein Albtraum ist."

Er lacht wieder. Dieses Mal lauter und aus voller Kehle.

„Das wird wohl nichts werden, Süße."

Muss er mich dauernd Darling und Süße nennen?

Warum tut er das?

Wir kennen uns überhaupt nicht.

Eine Tatsache, die mir folgende Frage entlockt.

„Warum hast du mich einfach aus dem Club geholt?"

„Auftrag des Vollstreckers."

Meine Gedanken überschlagen sich.

„Warum sollte es euren Vollstrecker interessieren, wo ich bin und was ich tue?"

Noch während ich die Frage stelle, kommt die Antwort ganz von allein.

„Rose."

Drake, der mich aus zusammengekniffenen Augen beobachtet, nickt.

„Sie hat sich Sorgen um dich gemacht. Im ‚White Russian' ist es nicht sicher."

Von wegen ...

„Nicht sicher für euch *Reaper*."

„Und für unsere Old Ladys."

Mag sein aber: „Ich bin keine Old Lady."

Er nickt.

„Stimmt, aber die beste Freundin von einer."

Warte mal. Stopp!

„Rose ist keine Old Lady, sondern nur die Schwester eures Sergeant at Arms."

Allein die Art, wie der Rocker seine Augenbrauen hochzieht, verrät mir alles, was ich wissen muss. Meine beste Freundin ist also dumm genug gewesen und hat irgendwann heute Nacht die Grenze, die sie niemals hätte überschreiten sollen, einfach hinter sich gelassen und sich auf den Mann eingelassen, der für sie seit dem Tod ihres echten Bruders wie ein Bruder war?

Warum überrascht mich das nicht wirklich?

Wahrscheinlich, weil das zwischen ihr und dem Sergeant so kommen musste!

Es musste. Wenn es so etwas wie Schicksal gibt, dann ist diese verfluchte *Reaper* das ihre.

„Du hast also all diese Männer nur getötet, weil du mich beschützen wolltest?"

Drake sagt nichts, sondern sieht mich einfach nur aus seinen faszinierenden, pechschwarzen Augen an.

Und ich erkenne, dass er noch viel mehr Morde begangen hätte, um meinen Arsch in Sicherheit zu bringen.

Halleluja!

Keine Ahnung, was ich davon halten soll?

Ist das gut? Ist das schlecht? Vielleicht sogar so richtig beschissen.

Wer weiß?

Was es aber definitiv ist, ist Wahnsinn! Vollkommener, absoluter und nicht zu rechtfertigender Wahnsinn.

Entschlossen unterbreche ich den Blickkontakt und sehe zu den wenigen Aufnähern, die sein Leder zieren.

„Du bist ein Prospect."

Das war keine Frage, sondern eher eine Feststellung. Und auch wenn ich mich mit der Welt der Rocker nicht sonderlich gut auskenne und ich mein komplettes Wissen eher aus Zeitungsartikeln, Gerüchten und von Rose habe, weiß ich, was das bedeutet.

Nämlich, dass er ein Anwärter ist, eine Art Lehrling, der sich erst eine gewisse Zeit beweisen muss, ehe die *Reaper* bereit sind, ihn voll und ganz in ihrer Mitte zu akzeptieren.

„Yeah, bin ich."

Wenn er als Lehrling schon so brutal und gnadenlos ist, wie wird er dann erst sein, wenn ihm der Sensenmann verliehen wurde, der ihn als vollwertiges Mitglied auszeichnet?

„Wo ist Rose?"

„Bei Brock."

Ach was?!

„Und wo ist Brock?"

„Nicht da."

Na toll!

„Das heißt, Rose bringt mein komplettes Leben durcheinander, ohne genug Anstand zu haben, mir die Scheiße zu erklären?"

„Das wird sie. Bald. Aber nicht mehr heute Nacht."

Natürlich nicht. Dafür ist sie jetzt in diesem Moment wahrscheinlich viel zu sehr damit beschäftigt, ihre Jungfräulichkeit an diesen *Reaper* zu verlieren.

„Zumindest hat eine von uns ihren Spaß!"

Drake bleckt die Zähne, bemerkt, dass ich noch immer zittere, und packt mich am Arm.

„Du musst dich setzen, du stehst unter Schock."

Komisch.

Wie kann das nur sein?

„Ich will nach Hause. Sofort."

Der Prospect mustert mich eindringlich, schiebt mich dann zu einem weißen Plastikstuhl und drückt mich auf die Sitzfläche.

„Bleib hier. Ich kläre das."

Damit lässt er mich mit den Bildern in meinem Kopf allein.

Messer. Blut. So viel Blut. Die Waffen und die Granate.

Mir wird erneut schlecht, doch dieses Mal schaffe ich es, gegen die Übelkeit anzukämpfen.

Glück gehabt.

Keine Ahnung, wie lange Drake weg ist?

Eine Minute? Drei? Fünf? Zwanzig?

Irgendwann heute Nacht habe ich mein Zeitgefühl verloren.

„Der Präsident ist damit einverstanden, dass ich dich heimbringe."

Ach wirklich?

„Den Präsidenten geht es einen feuchten Dreck an, was ich mache und was nicht. Mag sein, dass er die Befehlsgewalt über diesen Club hat, aber ganz bestimmt nicht über mich!"

Damit stehe ich auf und laufe mit wackeligen Beinen zu Drakes Motorrad.

Ein Auto, beziehungsweise ein Taxi wäre mir deutlich lieber, aber ich will und kann unmöglich warten, bis das hier wäre.

Ich will einfach nur weg von diesem gefährlichen Ort, und zwar so schnell wie möglich.

Außerdem kann es ein winziger, verräterischer Teil von mir kaum erwarten, erneut hinter diesem starken, stattlichen und gnadenlosen Rocker zu sitzen, der nicht davor zurückschreckt, ein verdammtes Blutbad anzurichten und sein Leben zu gefährden, nur um mich in Sicherheit zu bringen.

Das ist heiß.

Auf eine ziemlich abgefuckte, brutale und mehr als falsche Art und Weise echt verdammt heiß.

Drake folgt mir, holt mich ein und hebt mich, bei seiner silbergrauen Harley Davidson angekommen, mühelos hoch, um mich auf den breiten, weichen Ledersitz zu setzen.

Meine Knie zittern wie verrückt und mein Herz hat noch lange nicht zurück in seinen normalen Takt gefunden.

Aber zumindest verspüre ich nicht mehr den Drang, mich übergeben zu müssen. Das ist zumindest schon mal etwas, und in Nächten wie dieser muss man sich eben über Kleinigkeiten freuen. Wie zum Beispiel noch am Leben zu sein und nicht mit einer Kugel im Kopf auf dem roten Teppich des angesagtesten Nachtclubs von ganz Seattle zu liegen.

Drakes lange, starke Finger graben sich noch immer in meine Taille, mir wird heiß. Und das nicht nur ein bisschen, oh nein, ich fühle mich, als würde ein ganzes Buschfeuer in mir toben.

Ich sehe ihn an, er sieht mich an und dann passiert es, in meinem Bauch erwacht ein einsamer Nachtfalter zum Leben und beginnt, kleine Loopings zu fliegen.

„Geht es dir gut, Darling?"

Gute Frage. Keine Ahnung.

Wie geht es einem nach einer Nacht wie dieser?

„Ich weiß es nicht."

An seinem Kiefer beginnt ein Muskel zu zucken, zwischen meinen Schenkeln breitet sich ein sehnsüchtiges Pochen aus.

Mein dummer, dummer Körper erinnert mich immer nachdrücklicher daran, wie kurz davor ich war, gevögelt zu werden und dass ich ihm einen Orgasmus schulde.

Was für ein beschissenes Timing meine Libido doch hat!

Hungrig meine Augen über den *Reaper* vor mir gleiten lassend, bemerke ich erst jetzt das Blut auf seinem linken Arm.

„Du bist verletzt!"

Ganz der harte Outlaw zuckt er nur lässig mit seinen breiten Schultern.

„Das ist nichts, nur ein Streifschuss."

Er wurde angeschossen und nennt das nichts?

„Du musst das von einem Arzt anschauen lassen!"

Täusche ich mich oder hat er tatsächlich kurz gelächelt.

Macht er sich etwa über mich lustig?

„Ich kümmere mich darum, wenn ich dich sicher zu Hause abgesetzt habe."

„Sicher?"

Aus irgendeinem Grund ist es mir plötzlich wichtig, dass er sich um die Wunde kümmert.

„Aye, sicher. Das ist nicht das erste Mal, dass ich erwischt wurde, und es wird sicherlich nicht das letzte Mal sein."

Sehr beruhigend.

Drake steigt vor mir auf sein Bike und beendet damit das Gespräch. Doch dann steigt er fluchend wieder ab, verschwindet kurz und kommt mit einem Helm in der Hand zurück.

„Setz den auf."

„Warum?"

„Weil es sicherer für dich ist."

Aha. „Und was ist mit dir und deiner Sicherheit?"

Als ich keine Anstalten mache, das Ding über meinen Kopf zu ziehen, nimmt er ihn mir kurzerhand ab und übernimmt das selber.

Der Verschluss rastet mit einem leisen *Klick* ein und mein dummes Herz macht einen nervösen Hüpfer.

Auch wenn ich es nie laut zugeben würde, hat diese beschützende, fast schon übergriffige Art der Biker definitiv eine gewisse Wirkung auf mich.

Ich kann fast schon verstehen, warum Rose schwach geworden ist. Das zwischen ihr und Brock war schon lange kein normales Bruder-Schwester-Verhältnis mehr. Und wer könnte es den beiden auch übel nehmen?

Schließlich sind sie nicht miteinander verwandt.

Brock hat Sam, Roses verstorbenen Bruder, während dessen letzten Atemzügen geschworen, dass er sich um seine Schwester kümmern wird, und diesen Eid bis jetzt mehr als nur genau eingehalten.

Es gab wirklich nichts, was Brock nicht für Rose getan hätte.

Absolut. Rein. Gar. Nichts.

Und jetzt scheinen die beiden zusammen zu sein und das ist okay. Auch wenn ich mir Sorgen um meine beste Freundin mache.

Mehr, als für sie da zu sein, kann ich nicht tun.

Drake setzt sich erneut vor mir auf seine Maschine.

„Halt dich an mir fest!"

Ich tue es. Froh darüber, einen Grund zu haben, meine Arme um den starken Rocker vor mir legen zu dürfen.

Und die Mischung aus Mann, Leder, Abgasen und Minze, die mir in die Nase steigt, ist nun auch noch von dem unverkennbaren Geruch von Schießpulver durchzogen.

Heiß. Scheiße! Warum ist das nur so heiß?

Wieso hat der Körpergeruch dieses *Hell Reapers* auf mich nur eine so viel intensivere Wirkung, als es ein teures, ungefährliches Männerparfüm jemals hatte?

Das ist der Schock.

Ganz klar.

Sobald der abgeklungen ist und mein Gehirn weder richtig funktioniert, wird sich das sofort wieder ändern und dann finde ich den Rocker vor mir wieder genauso doof, wie ich es normalerweise tue.

Wetten?

Blöderweise bin ich mir da nicht so sicher!

In der letzten Stunde, oder sind es inzwischen schon zwei, hat sich irgendetwas verändert. Ich habe mich verändert!

Was völlig unlogisch ist. Denn diese heftige Zurschaustellung von Macht und Gewalt sollte mich ja normalerweise abschrecken und nicht anziehen. Oder?

Keine Ahnung!

Aber so ist das gottverdammte Leben nun mal.

Es hält seltsame Überraschungen für uns bereit, die manchmal die Macht haben, unsere Welt in ihren Grundfesten zu erschüttern.

3. Kapitel

Ein knallharter Rocker, ein schönes Mädchen
und ein alles verändernder Kuss.

Keine halbe Stunde später kommen wir bei der Adresse, die Tamara mir genannt hat, an.

Es handelt sich dabei um einen Apartmentkomplex mit fucking hundert Klingeln. Sie wohnt im sechzehnten Stock und ich bringe sie trotz meiner Abneigung Aufzügen gegenüber bis zu ihrer Wohnungstüre.

Wenn ich eines in meiner Zeit als Prospect gelernt habe, dann dass sicher einfach sicher ist.

Sie nur absteigen und dann aus den Augen zu lassen, würde sich falsch anfühlen.

Jetzt stehen wir vor ihrer offenen Türe, sie schaltet das Licht in ihrem Flur an und wirft mir dann über ihre schmale Schulter hinweg einen nervösen Blick zu.

Wäre das ein Date, würde ich mir das Mädchen jetzt packen und ihm die Seele aus dem Leib küssen.

Aber es ist kein beschissenes Date, sie ist nur ein Auftrag, den ich zu erledigen habe, und fertig.

Zu meinem Pech würde ich die kleine Zicke mit dem Schuhtick nur zu gerne erneut küssen.

Ich will wissen, wie sie schmeckt, ob ihre Lippen so süß sind, wie sie aussehen, und ob ihre Zunge so scharf ist wie ihr Verstand?

Fuck!

„Danke, dass du mich nach Hause gebracht hast."

Das ist dann wohl mein Stichwort, um zu verschwinden.

Auftrag erledigt. Arbeit getan. Ende der Geschichte.

„Dank mir dafür nicht, Süße. Das ist selbstverständlich."

Anstatt den Blick von mir abzuwenden, beginnt sie auf ihrer rosa Unterlippe herumzukauen. Tamara ist sichtlich nervös, fast schon ängstlich.

Kein Wunder nach der ganzen Scheiße, die sie heute Nacht erlebt hat.

Ihre Augen gleiten zu meiner schmerzenden Schulter, dann wendet sie sich von mir ab, macht einen Schritt in ihre Wohnung und bleibt dann unsicher stehen.

Sie hat Angst.

Aber vor was?

Vor der Dunkelheit?

Fluchend drücke ich mich an ihr vorbei, suche die einzelnen Zimmer nach den Lichtschaltern ab und betätige sie alle.

„Besser?"

Obwohl sie mir ein leises „Ja" entgegenhaucht, wirkt sie nicht wirklich entspannter.

„Sicher?"

„Nein."

„Soll ich nachsehen, ob sich ein Monster unter deinem Bett versteckt hat?"

Mein Angebot ist ein Witz. Das einzige Monster im Umkreis von Meilen bin ich, und ich verspüre kein Interesse, mich unter ihrem Bett zu verstecken.

Fuck off! Nein.

Wenn, will ich in ihr Bett, um ihr dort die Seele aus dem Leib zu ficken.

„Magst du was trinken? Einen Kaffee? Oder ein Bier?"

Ich habe keinen Durst, trotzdem höre ich mich selbst, wie ich „Ein Bier" sage.

Kaum dass sich das Mädchen sicher ist, dass ich nicht sofort wieder verschwinde, scheint es sich zumindest ein klein wenig zu entspannen.

Roses Freundin hat also tatsächlich Angst.

Aber wovor?

Romanoff hat gerade andere Sorgen, als sich auf die Suche nach einer Frau zu begeben, die ich aus seinem Club gestohlen habe.

Wahrscheinlich hätte sich der Russe eh nie für die Frau interessiert.

Aber Rose wollte nun mal, dass wir sie da rausholen, also haben wir das getan. Und das nicht nur aus Respekt ihrem verstorbenen Bruder gegenüber, sondern weil sie die Old Ladys des Sergeants ist und damit ein Teil unserer Welt.

Fuck!

Angst ist nichts Rationales.

Dieses Mädchen ist heute Zeugin davon geworden, wie ich Menschen getötet habe.

Kein Wunder, dass sie sich fürchtet. Es ist eher ein Wunder, dass sie vor mir keine Angst hat.

Sie kommt mit dem Bier zurück, zieht eine Grimasse und entschuldigt sich kurz bei mir. Dann verschwindet sie den Flur entlang und ich höre, wie sie sich die Zähne putzt.

Mehr oder weniger geduldig lasse ich mich auf ihr ozeanblaues Sofa fallen, strecke die Beine aus und schließe für einen kurzen Moment die Augen.

Was für eine Nacht ...

Keine Ahnung, wie lange ich so dasitze?

Irgendwann nehme ich das Rauschen einer Dusche wahr, öffne die Augen und leere das Bier in einem Zug bis zur Hälfte.

Den Rest trinke ich extra langsam.

Selbst als die Flasche leer ist, fehlt von Tamara jede Spur.

Fuck!

Auch wenn ich Tamara nicht kenne, kenne ich Frauen im Allgemeinen gut genug, um zu wissen, dass sie es lieben, uns in den verschiedensten Situationen warten zu lassen.

Verdammt!

Das ist so eine Art Spiel oder Gewohnheit.

Keine Ahnung, wie man es nennen soll.

Frauen trödeln, machen sich fertig, oder tun, was Frauen nun mal tun, und wir Männer üben uns in Geduld, weil wir entweder wissen, dass sie es wert sind, oder weil wir die Pussy so dringend wollen, dass wir sogar bereit wären, den Rest unseres Lebens in dieser Warteposition zu verbringen.

Trotzdem beschleicht mich ein seltsames Gefühl.

Eines, das mich dazu bringt, das leere Bier mit einem Fluchen auf den Tisch zu stellen, aufzustehen und mich auf die Suche nach dem Mädchen zu begeben, für dessen kleinen, perfekten Arsch ich heute ein verficktes Blutbad angerichtet habe.

Dem Geräusch folgend, komme ich vor einer geschlossenen Türe an, hinter der sich das Bad befinden muss.

Nach kurzem Zögern packe ich den Griff und will die Türe öffnen.

Aber sie ist abgeschlossen. Die Muskeln in meinem Nacken spannen sich an, so wie sie es immer tun, wenn mich der Verdacht beschleicht, dass die Kacke am Dampfen ist.

„Tamara?"

Keine Antwort.

Also rufe ich sie lauter.

Auch dieses Mal kommt keine Reaktion.

Nur das beschissene Rauschen des Wassers.

Fuck!

Fuuccckkk!

Entschlossen, nach dem Mädchen zu sehen, schaffe ich etwas Abstand zwischen mir und der verschlossenen Türe, hebe mein rechtes Bein und trete das beschissene Ding einfach ein.

Holz splittert, die Scharniere ächzen, die Türe schwingt auf.

Endlich.

Ich rette der Puppe doch nicht den Arsch, riskiere mein Leben für sie, töte mehr als ein halbes Dutzend Männer, nur damit es dann in der Dusche ertrinkt oder so'n Scheiß!

Mit der Faust stoße ich das nun schief hängende Holz auf, betrete den kleinen Raum dahinter und kann dank des wabernden Wasserdampfs, der wie Nebel in der Luft hängt, weder etwas sehen noch richtig atmen.

Zum Teufel!

Wütend marschiere ich weiter, bleibe vor der Wanne stehen, mache den zugezogenen Duschvorhang auf, entdecke das Mädchen und erstarre in der Bewegung.

Es sitzt nackt und heulend mitten in der Wanne unter dem heißen Wasserstrahl und sieht mich aus großen silbernen und verloren wirkenden Augen an.

Das, was da heute passiert ist, war zu viel für die Kleine.

Und dass sie jetzt völlig fertig ist, ist meine Schuld.

Knox hatte mir zwar den Auftrag gegeben, sie zu holen, aber er hatte mir nicht befohlen, direkt vor ihren Augen Männer zu töten.

Die Idee kam von mir!

Bullshit!

Romanoffs Schläger haben sich von der ersten Sekunde an, an meine Fersen geheftet.

Was hätte ich denn sonst tun sollen?

Uns einfach rauszaubern?

Magie funktioniert in meinem Universum nun mal nicht, genau wie diese Sache mit den Wundern.

In meinem Leben passieren keine guten Dinge. Das sind sie noch nie. Die Welt hatte bisher immer nur Scheiße für mich auf Lager.

Und das ist okay. Ich beschwere mich nicht.

Wieso sollte ich auch?

Ich komme mit dem Blut, der Gewalt und den gebrochenen Knochen klar.

Die Frau hier hingegen nicht. Und das hätte ich verdammt noch mal berücksichtigen müssen.

Mit den Zähnen knirschend, beuge ich mich vor, drehe das heiße Wasser aus und schnappe mir ohne zu zögern das zitternde Mädchen, hebe es aus der Wanne, presse es beschützend an mich, trage es zurück ins Wohnzimmer, setze mich und platziere es auf meinem Schoss.

Ihre langen Haare kleben nass und in Wellen auf ihren zarten Schultern und reichen ihr bis hinab in die Mitte des Rückens.

Dank der verklebten Wimpern wirken Tamaras Iriden übernatürlich groß, während die Reste ihres Make-ups ihr Gesicht zieren. Der

Mascara ist verschmiert und zeichnet dunkle Schatten unter ihre Augen. Selbst von dem knallroten Lippenstift ist nicht mehr viel übrig geblieben.

Zum Teufel!

Von der Sexbombe, die vorhin noch dabei war, sich von irgendeinem Loser auf der Toilette ficken zu lassen, fehlt jede Spur.

Im Gegenteil. Jetzt und hier sieht sie aus wie eine ertrunkene Katze.

Die schönste, der ich je begegnet bin.

Holy Shit!

Die Schrecken der Nacht können ihrer natürlichen Schönheit nicht viel anhaben.

Im Gegenteil!

Mit dem Daumen über die schwarzen Schlieren wischend, entferne ich so viel Schminke wie möglich.

Das Mädchen, das dabei zum Vorschein kommt, ist das schönste, das ich je gesehen habe.

Weiche Haut, volle Lippen, große Augen und ihr natürlicher, zutiefst weiblicher Duft ...

Mehr brauche ich nicht, um hart zu werden.

Die Haut an ihren Schultern ist rot und vom heißen Wasser leicht verbrannt.

Wut packt mich.

„Was sollte das?"

Anstatt zu reden, presst sie nur die Lippen fest zusammen und schluchzt.

Fluchend schlinge ich meine Arme fester um das Mädchen, drücke es noch dichter an mich heran und streiche mit meiner Nase über ihren Scheitel.

„Was sollte das?"

„Ich wollte das Blut abwaschen."

„Welches Blut?"

Gott!

Ich bin mir verdammt sicher, dass sie keinen Tropfen abgekriegt hat.

„Das, das an meinen Händen geklebt hat."

Ich verstehe kein Wort.

„Da war kein Blut, Süße."

„Doch nur wegen mir ..." Ein leises Hicksen unterbricht sie. Jetzt hat sie auch noch Schluckauf. „Nur wegen mir sind all diese Männer heute Nacht gestorben. Ich bin diejenige, die Rose immer wieder dazu aufgefordert hat, mit mir tanzen zu gehen. Ich wollte, dass sie von eurem

Sergeant wegkommt. Wenn ich ihre Gefühle für Brock akzeptiert und sie unterstützt hätte, wäre das alles nie passiert."

Von wegen!

Fuck!

„An der Scheiße mit den Russen bist wohl kaum du schuld!"

„Nein ..." *Hicks.* „Aber an dem ganzen Rest." *Hicks.*

Jetzt heult Tamara noch stärker.

Ein ganzer Sturzbach läuft ihr aus den Augen.

„Nicht weinen. *Schhhh* ... Alles ist gut. Nichts von dem, was passiert ist, geht auf dein Konto. Das schwöre ich dir, Baby! Bei mir bist du sicher!"

Der nächste Schluchzer schüttelt sie regelrecht durch.

Das. Ist. Meine. Schuld.

Fuck!

Ich habe mich in meinem ganzen Leben noch nie so schlecht gefühlt wie in diesem Moment.

SCHLECHT und zugleich GUT.

Denn ganz egal, zu was für einem Riesenarschloch es mich auch macht, aber ihren Hintern auf meinem Schwanz zu spüren, lässt mich alles, nur nicht kalt.

Wie sollte es auch?

Da sitzt die schönste Frau, die mir je begegnet ist, weinend und Schutz suchend in meinen Armen und vertraut darauf, dass ich sie beschütze.

Ich. Sie.

Fast so, als ob sie meine Gedanken lesen könnte, hebt Tamara den Kopf, sieht mich direkt an und streicht mit der rosafarbenen Spitze ihrer Zunge über das weiche Fleisch ihrer Lippen.

Sämtliches Blut rauscht von meinem Gehirn in die unteren Regionen meines Körpers.

Es ist nur eine Frage der Zeit, bis sie bemerkt, was los ist, und spätestens dann wird sie erkennen, was für eine Art Mann ich bin und die Flucht ergreifen.

Es kommt anders.

Ich erkenne den Moment, in der sie die Härte unter ihrem Hintern spürt.

Anstatt mich von sich zu schupsen oder panisch gegen den festen Griff, mit dem ich sie an mich presse, anzukämpfen, sieht sie mich einfach nur an, hört auf zu heulen, und legt ihre kleine Hand auf meine große Schulter.

„Fick mich!"

Heilige Scheiße!

Bitte was?

Ich muss sie falsch verstanden haben.

Das muss Wunschdenken oder so was sein.

Dieses faszinierende Mädchen wird wohl kaum mich, den Mann, der vor ihr einen Mord nach dem anderen begangen hat, anflehen, es ihr zu besorgen.

Das ist, als würde die Prinzessin den Drachen anflehen, den Prinzen für sie zu töten.

Nach all dem, was heute geschehen ist, sollte sie verstanden haben, dass ich niemals der Gute in dieser verfluchten Geschichte bin.

Der Blick, mit dem sie mich ansieht, mit dem sie mich regelrecht anbettelt, meinen Schwanz in sie zu rammen, kann nicht missverstanden werden.

„Das meinst du nicht ernst!"

Sie nickt.

„Doch. Lass mich den ganzen Wahnsinn vergessen. Mach, dass das Zittern aufhört. Ich will nicht mehr an das viele Blut denken und schon gar nicht an die Toten."

Das kann ich verstehen.

Trotzdem ist das eventuell nicht der richtige Weg.

„Ich bin hier, um dich zu beschützen, und nicht, um dich in den Abgrund zu reißen."

Tamara bewegt sich, reibt ihr nacktes Hinterteil durch den feuchten Stoff meiner Hose an meiner Erektion und sorgt so dafür, das mir langsam nicht mehr ganz so bewusst ist, wieso es eine verdammt schlechte Idee wäre, ihr meinen Schwanz zu geben.

Sie verändert ihre Sitzposition, legt ihre zweite Hand nun auf meine andere Schulter, setzt sich rittlings auf meinen Schoß und drückt mir ihre kleinen, festen Titten ins Gesicht.

Ich. Bin. Verdammt. Noch. Mal. Kein. Heiliger.

Und nicht mal so einer könnte dieser aus weichem Fleisch und roten Nippeln bestehenden Einladung widerstehen.

Nicht mal ein fucking Priester könnte es!

Für den Bruchteil einer Sekunde will ich Nein sagen und das Richtige tun. Nur einmal in meinem ganzen Leben will ich mich richtig entscheiden und schaffe es dann doch wieder nicht.

Anstatt den Mund zu öffnen und dem Mädchen klarzumachen, dass das eine ganz schlechte Idee ist, öffne ich ihn, um meine Lippen um ihre Nippel zu schließen, leicht an ihnen zu saugen und leise zu stöhnen, als der unverkennbare Geschmack von schöner Frau auf meiner Zunge explodiert.

Holy. Fucking. Hell.

Dafür bin ich bereit zu sterben.

Wimmernd biegt sie den Rücken durch, drückt sich meinem hungrigen Mund entgegen und reitet meinen Schoß.

Nicht fähig, das jetzt noch zu stoppen, vergrabe ich meine Faust in ihren feuchten Haaren, reiße sie dichter an mich und schiebe meine andere Hand zwischen ihre gespreizten Schenkel.

Feucht, heiß und geschwollen empfängt ihre Pussy meine Finger.

Gegen ihre Titten fluchend, schiebe ich zwei davon tief in sie hinein und werde mit einem lustvollen Keuchen belohnt.

„Nicht spielen. Ficken."

Ungeduldiges, kleines Ding.

„Du scheinst das Spielen aber zu genießen."

Wie um es ihr zu beweisen, fingere ich sie härter, tiefer und beobachte fasziniert, wie sie den Kopf in den Nacken fallen lässt und sich ihre Lippen für ein lustvolles Stöhnen öffnen.

Allein das Wissen, dass sie ihre Pussy heute schon einem anderen Mann angeboten hat, reicht aus, um mich wütend zu machen.

Aber wieso?

Das hier ist nur ein schneller, kleiner Trostfick, sonst nichts.

Ich wollte noch nie die Exklusivrechte von einer Muschi und schon gar nicht die von einer Frau. Also warum dann jetzt?

Warum bei Tamara?

Nein. Quatsch. Das will ich gar nicht.

Das ist nur das Momentum.

Sobald ich sie hatte, sobald ich meinen Schwanz so tief in ihr vergraben habe, dass sie ihren Namen vergessen hat und den meinen laut durch die Wohnung schreit, wird sich das ganz schnell wieder ändern.

Es war einfach nur ein verflucht langer Tag.

Sonst nichts.

„Du willst, dass ich dich nehme?" Sie nickt. „Du willst mich in dir spüren?" Sie nickt wieder. „Du bittest mich also darum, dass ich die Leere in dir mit meinem Schwanz fülle?"

Tamara verliert die Geduld, und schreit ein ungeduldiges *Ja* gegen die Zimmerdecke, während ich mit der rauen Kuppe meines Daumens über ihren Kitzler reibe. Wieder und wieder und wieder, bis sie am ganzen Leib zittert und kurz davor ist, zu explodieren.

Aber ich lasse es nicht zu, verbiete es ihr mit dunkler Stimme, löse meinen Daumen von dem empfindlichen Nervenbündel und ziehe meine Finger aus ihr heraus, nur um ihrer nassen Mitte einen harten Klaps zu verpassen.

„Was? Nein! Bitte ... mach weiter."

Oh, das werde ich.

Aber zuerst ... Zuerst schiebe ich sie von meinen Beinen, drücke sie vor mir auf den Boden und befehle ihr, meine Hose zu öffnen.

Sie tut es, löst den Gürtel und macht sich dann an der Jeans zu schaffen. Ich helfe ihr dabei, indem ich meine Hüfte anhebe und sie so den störenden Stoff schneller nach unten ziehen kann. Als Nächstes folgt meine Boxershorts. Sofort springt ihr mein pochendes Glied entgegen.

„Mund auf!"

Tamara blinzelt verwirrt, tut, wie ihr befohlen, und wehrt sich nicht gegen den festen Griff, mit dem ich ihren Kopf nach unten auf meinen Schwanz drücke.

In der Sekunde, in der meine Eichel zwischen ihren Lippen verschwindet und in das heiße Paradies dahinter eintaucht, wird mir schwarz vor Augen und die Welt. Steht. Still.

Halleluja!

Warum fühlt es sich nicht immer so an, in den Mund einer Frau zu stoßen, über ihre Zunge zu reiben und an ihrem glatten Gaumen tief in ihren Hals zu stoßen?

Waarrruuuummmm, Gott?

Ganz einfach. Weil wir Männer allesamt sofort süchtig danach wären und unser komplettes Leben lang nichts anderes tun würden, als die Gesichter von schönen Frauen zu ficken.

Darum.

Ich fühle mich wie ein verzweifeltes Arschloch, das sich zum ersten Mal einen Schuss setzt und sofort abhängig wird.

„Tamara ... Tamara ... Tamara! Tamara! Tamara ..."

Zuerst knurre ich ihren Namen nur, dann wiederhole ich ihn wieder und wieder und wieder, so lange, bis ich bis zum Anschlag in ihrem Mund vergraben bin und ihre Nasenspitze gegen die unterste Reihe meiner Bauchmuskeln stößt.

„Fuck!"

Sie würgt leicht, wehrt sich anfangs ein wenig und gewöhnt sich, als ich ihr nicht erlaube, sich zurückzuziehen, ziemlich schnell an meine Länge. Was beeindruckend ist. Die Bitch, die ich normalerweise vögle, hat es selbst nach drei Monaten noch nicht drauf, mich komplett zu schlucken.

Das Mädchen vor mir ist die Königin des Deep Throat und ich ein verdammt glücklicher Bastard.

Zufrieden zischend, die Augen schließend und mit der Hand auf ihrem Hinterkopf ihr Gesicht noch fester gegen mich pressend, lehne ich mich zurück, hebe die Hüfte leicht an und mache es mir nicht nur auf der Couch, sondern auch in ihrem Mund bequem.

Erst als Tamara immer mehr zu zappeln beginnt und verzweifelt auf meinen Oberschenkel klopft, erlaube ich es ihr, kurz nach Luft zu schnappen.

„Bist du bescheuert, Rocker? Willst du mich mit deinem Penis ersticken?"

Anstatt zu antworten, schiebe ich sie wieder auf meinen Schwanz. Stück für Stück, bis ihre Unterlippe meine Hoden berührt und ich kaum noch atmen kann vor Lust.

Heilige verdammte Scheiße, das ist besser als alles, was ich je erlebt habe.

Etwas Spucke tropft ihr aus dem Mund, ich bewege mich leicht, stoße zu, ziehe mich wenige Zentimeter zurück und grinse zufrieden, als sie versucht, nach Luft zu schnappen.

„Du wirst es lernen, Baby. Bis die Sonne morgen früh aufgeht, hast du es drauf. Versprochen. Und bis dahin? Entspann dich einfach. Ich verspreche dir, dass ich auf dich aufpasse!"

Meine Worte scheinen zu wirken, ihre Gegenwehr lässt erst nach, hört dann komplett auf.

„Hände auf den Rücken."

Sie tut es, und ich? Ich ficke langsam, tief und genüsslich ihren Hals, reibe mich an ihrer Zunge, genieße das Zucken ihrer Kehle, wenn ich besonders tief in sie gleite, und umfasse bestimmend ihren Hals. Nichts ist geiler, als an den Fingern zu spüren, wie unfassbar tief ich in ihr bin und wie sie kämpfen muss, um sich nicht gegen meine Dominanz zu wehren.

Die ersten zehn Minuten scheint sie immer wieder etwas überfordert zu sein, doch dann zerbricht ihre Abwehr vollkommen und sie überlässt sich meiner Führung, schenkt mir ihre Lippen und alles, was dazu gehört.

Ich halte es nicht mehr aus, ziehe mich zurück, zerre sie wieder auf meinen Schoß und setze sie direkt auf meinen Schwanz.

Ihre Hände landen auf meinen Schultern, ihre Augen rollen zurück und sie keucht gierig, als sie brav und mit durchgedrücktem Rücken auf mir Platz nimmt.

Oh my fuckig Jesus!

Wenn ich es nicht besser wüsste, könnte ich fast glauben, ich bin gestorben und in den Himmel gekommen.

Doch das ist unmöglich. Die Ereignisse der vergangenen Monate, ach was der letzten Stunden reichen vollkommen aus, um genau das unmöglich zu machen. Für Männer wie mich ist ein Platz im tiefsten Kreis der Hölle reserviert.

Und das ist okay, denn das bedeutet, dass ich während meiner begrenzten Zeit hier auf Erden richtig gelebt habe.

Ich verstehe Männer nicht, die sich selbst wie Andenken behandeln.

Das Leben ist zu kurz für so einen Scheiß!

Mit fest zusammengebissenen Zähnen stoße ich mich tiefer in Tamara, fülle sie aus und beobachte dabei jede ihrer Regungen.

Pure Lust zeichnet sich auf ihren feinen Gesichtszügen ab, ihre geschwollenen Lippen sind leicht geöffnet auf und verlocken mich ...

Mit dem Daumen über ihren Mund reibend, verliere ich fast die Kontrolle, als sie mich wie verrückt zu reiten beginnt.

Fuck!

Das Mädchen wechselt in einen harten Galopp, benutzt meinen Schwanz so wie ich wenige Minuten zuvor ihre Lippen und stöhnt dabei vor Lust.

Ihre Titten hüpfen vor meinem Gesicht auf und ab, ich folge ihnen mit meinen Augen, spüre, wie sich meine Hoden puckernd zusammenziehen und wie sich meine Eier für den finalen Schuss vorbereiten.

Fuuuuccckkk!

Bis jetzt wusste ich nicht, dass es einen Unterschied gibt beim Kommen und beim Kommen, ich dachte, abspritzen ist abspritzen, aber falsch. Damit lag ich aber so was von falsch. In Tamara zu explodieren, ist ein völlig neues Level des Glücks.

Ihr Inneres zieht sich gierig um mein Glied zusammen, massiert mich, drückt mich – quetscht jeden Tropfen meines Spermas aus mir heraus.

Mein Puls rast, mein Herz fühlt sich an, als würde es jeden Moment seinen Dienst versagen, und die Muskeln in meinen Armen verkrampfen, während ich die Taille des Mädchens so fest umfasse, als ob ich sie nie wieder loslassen würde.

Eine unbeschreibliche Hitze rollt an meiner Wirbelsäule hinab, während ich der schönsten Frau, die mir jemals begegnet ist, dabei zusehe, wie sie sich in ihrer Lust verliert und von einem heftigen Orgasmus mitgerissen wird.

Er dauert und dauert und dann bricht sie erschöpft auf mir zusammen. Ihr feuchter, warmer Atem streift über die verschwitzte Haut meines Nackens, während ich noch immer bis zu den Eiern in ihr stecke.

Fuck!

Yeah, das beschreibt, was ich fühle, am besten. Ich bin völlig abgefuckt auf eine Frau, die ich nicht kenne und die eigentlich nur ein verdammter Auftrag für mich sein sollte.

4. Kapitel

Eine Frau, deren beste Freundin und (K)eine Beziehung

Seufzend drehe ich mich auf die Seite, gähne und strecke die Beine durch, ehe ich die Augen öffne und mich prompt einem großen, starken Rücken gegenübersehe.

Zuerst zucke ich erschrocken zusammen, doch dann kommt mein Gehirn in die Gänge und die Erinnerungen der vergangenen Nacht stürmen wie ein Tornado auf mich ein.

Heilige Scheiße!

Ernsthaft!

Vor meinen Augen läuft eine Art Kurzfilm ab, in dem jede Menge Russen, ich, ein bescheuerter Nachtclub und ein Prospect des *Hell Reaper Motorcycle Clubs* die Hauptrolle spielen.

Waffen – Messer und eine fliegende, mit einem Schlagring verzierte Faust.

Dann jede Menge Tote.

Und als ob das alles noch nicht heftig genug gewesen wäre, bildet die Handgranate, die Drake nach dem Russen geworfen hat, das verdammte Sahnehäubchen auf dem riesigen Berg, bestehend aus Gewalt und Chaos.

Wofür?

Wofür sind all diese Männer gestorben?

Wohl kaum wegen mir.

Nein. Auf keinen Fall!

Da muss mehr dahinterstecken. Viel mehr!

Aber was?

Wieso sind die Rocker so wütend auf die Russen?

Läuft da etwa ein Krieg in unserer schönen Stadt?

Hoffentlich nicht.

Himmel!

Das hat Seattle gerade noch gebraucht.

Zuerst hat Drake mich aus dem ‚White Russian' gezogen, dann hat er mich zuerst zum Clubhaus und anschließend nach Hause gebracht, nur um mir dabei zuzusehen, wie ich einen heftigen Nervenzusammenbruch erlebe.

Peinlich.

Aber dann? Na ja ...

Dann hat er mich aus dem Schock regelrecht rausgevögelt.

Ich mag Sex und ich hatte schon verdammt viel davon mit jeder Menge unterschiedlichen Männern.

Doch das, was dieser *Reaper* letzte Nacht mit mir angestellt hat, war mal ein ganz neues Level.

Scheiße!

Auch wenn ich es ihm gegenüber garantiert niemals zugeben werde, war das der beste Sex meines Lebens. Mit. Abstand. Keine Ahnung, wie ich es aus der Dusche und auf seinen Schwanz geschafft habe, aber es ist passiert und es war gut.

Allein die Erinnerung daran reicht aus, um mich die Beine zusammenpressen zu lassen.

Die Frage, ob das zwischen mir und Drake richtig oder falsch ist, stelle ich mir lieber erst gar nicht, denn die Antwort würde definitiv falsch lauten.

Vollkommen und absolut falsch, um genau zu sein.

Ich meine, ich hasse den MC. Zumindest dachte ich, dass ich das tue, und nach letzter Nacht sollte ich das auf jeden Fall tun. Aber wenn das wirklich so ist, warum liegt dann einer von ihnen jetzt in dieser Sekunde in meinem Bett?

„Starr mich nicht an."

Oh. Er ist wach. *Shit!* Was jetzt?

„Mache ich nicht."

Gut, das ist eine Lüge, schließlich habe ich nichts anderes als ihn angesehen, seit ich wach geworden bin. Ihn und seinen breiten, muskulösen Rücken, der wirklich, wirklich sexy ist, wenn ich das mal kurz so einwerfen darf.

„Ich kann deine Augen auf mir spüren."

Und ich noch immer deinen Schwanz in mir ...

„Dir auch einen guten Morgen."

Brummend dreht sich der *Reaper*, der in meiner pinken Bettwäsche dezent fehl am Platz wirkt, zu mir um. Müde und verschlafen sieht Drake mindestens so heiß aus wie angekleidet auf seinem Bike sitzend.

Seine dunkelbraunen, beinahe schwarzen Augen finden die meinen und nehmen sie gefangen. Sofort schnellt mein Puls in die Höhe und in meinem Unterleib breitet sich ein sehnsüchtiges Ziehen aus.

Ein Rocker zum Frühstück?

Warum nicht?

„Morgen, Darling."

Uhhhh ... Dieses Darling und seine raue, noch vom Schlaf kratzige Stimme erinnern mich an Zartbitterschokolade und wilde Küsse.

„Hast du gut geschlafen?"

Blöde Frage. Blöde, blöde, blöde Frage.

Warum frage ich ihn nicht gleich noch, was er geträumt hat?

Drakes linker Mundwinkel zuckt leicht.

„Erstaunlicherweise habe ich das tatsächlich."

Okay ...

„Und warum ist das erstaunlich?"

Sein Blick schärft sich, jetzt sieht er mich wirklich an. So richtig. Fast so, als würde sein Blick bis in meine Seele reichen.

„Weil ich das eigentlich nie tue. Fuck! Keine Ahnung wann ich das letzte Mal länger als drei Stunden am Stück geschlafen habe."

Drakes große Hand schiebt sich unter der Decke, die seinen mächtigen Körper nur zur Hälfte vor meinen Blicken verbirgt, zu mir rüber, packt mich an der Hüfte und zieht mich näher zu sich heran.

Schwuppdiwupp ...

Keine drei Atemzüge später finde ich mich in seinen starken Armen wieder, umgeben von Muskeln, Sehnen und warmer, straffer Haut, die mit schwarzen Tattoos überzogen ist.

„Du siehst wunderschön aus, wenn du schläfst."

Verdammt!

Mit dem Kompliment oder seiner harten Erektion, die sich ungeduldig gegen meine Hüfte drückt, überfordert, schließe ich kurz die Augen und gebe mir größte Mühe, nicht rot zu werden.

Mit einem Mann in meinem Bett aufzuwachen, ist für mich eine völlig neue Erfahrung.

Meistens sorge ich dafür, dass wir zu ihnen fahren oder in einem Hotel landen, wo ich mich dann mitten in der Nacht davonstehle.

Oder aber ich vögle mit ihnen und schmeiße sie dann einfach raus.

Ich bin nicht so der Beziehungstyp und in der Früh habe ich ganz gerne meine Ruhe.

Allerdings muss ich zugeben, dass es ziemlich nett ist, neben Drake aufzuwachen.

Ich mag die Art, wie er mich besitzergreifend an sich zieht, wie er mich festhält, und dass er mich ansieht, als wäre ich die schönste Frau auf dem Planeten Erde, ist auch nicht gerade das Schlimmste, was mir je passiert ist.

Stopp!

Mach keinen Anfängerfehler.

Verliebt dich ja nicht in einen dieser Kuttenträger!

Diese Kerle bringen nur Ärger, Probleme und Schmerz!

Die warnende Stimme in meinem Kopf hat zu 100 Prozent recht, trotzdem blende ich sie entschlossen aus.

Mich jetzt mit ihr zu befassen, wäre, als würde ich gerade ein riesiges Stück Schokotorte essen und mich bei jedem Bissen daran erinnern, dass ich eigentlich auf Diät bin.

Ich strecke mich, gähne erneut und beobachte, wie er seine große Hand gegen die meine drückt und seine Finger mit den meinen verwebt.

Letzte Nacht sind durch diese Hand Menschen gestorben!
Menschen! Plural! Verstehst du mich?
VIELE MENSCHEN!

Instinktiv ziehe ich meine Hand zurück und verstecke sie unter der Decke, was dem Rocker ein finsteres Knurren entlockt und ihn dazu bringt, sich auf mich zu rollen.

Öhm ja!

Das ist dann auch nur ein winziges bisschen kontraproduktiv, meinen Rückzieher betreffend.

„Was soll das, Süße?"

Er findet mich süß! Hörst du?!

Die Stimme in meinem Kopf gibt ein leises Hüsteln von sich. In meinem Großhirn blinkt ein überdimensional großer, pink leuchtender Mittelfinger auf, der mir genau verrät, was mein Unterbewusstsein davon hält, dass mich einer der gefürchteten *Hell Reaper* süß findet.

Nämlich gar nichts!

Klasse!

Scheiße!

Das ist mir egal!

Von mir aus kann sich mein Verstand im Kreis drehen. Drake ist jetzt nun mal hier, er liegt schon in meinem Bett, ich kann die Zeit nicht zurückdrehen und das will ich auch gar nicht. Und genau deswegen bin ich fest entschlossen, das Beste daraus zu machen.

Das Beste im Sinne von Sex.

„Was soll was?"

„Warum weichst du mir aus?"

Weil ich mich gerade daran erinnert habe, dass du ein Mörder bist?

Nein. Ich denke, das wäre ein ziemlicher Abturner und ganz schön kontraproduktiv, was einen weiteren *Hell-Reaper-Orgasmus* angeht.

„Tue ich gar nicht."

Obwohl ich an Drakes angespannter Mimik ablesen kann, dass er ganz genau weiß, dass ich ihn gerade anlüge, kann er mir wohl kaum einen Vorwurf machen.

Schließlich ist er ein Krimineller, und Kriminelle sagen sicherlich auch ziemlich oft die Unwahrheit. Richtig?

„Baby ... Hältst du es wirklich für eine gute Idee, einen Outlaw anzulügen?"

Nein. Aber ich halte es für eine wirklich gute Idee, meine Beine um ihn zu schlingen und meine nackte Mitte gegen seine Erektion zu drücken.

Also tue ich genau das und werde mit einem leisen Fluchen belohnt.

„Fuck, Sweetheart. Du zwingst mich in die Knie."

Ehrlich?

„Dabei wäre es mir viel lieber, wenn du mich in die Knie zwingen würdest, *Reaper*."

Das muss ich Drake nicht zweimal sagen.

In der einen Sekunde liege ich noch auf dem Rücken, in der nächsten werde ich durch die Luft gewirbelt und finde mich auf meinen Knien wieder.

Der starke Arm, der unter meinem Bauch liegt, zieht meine Hüfte nach oben, während sich eine große Hand zwischen meine Schulterblätter legt und meine Brust gnadenlos auf das Bett drückt.

Noch bevor ich mich auf diese neue Position einstellen konnte, ist er auch schon hinter mir, verpasst meinem Arsch einen harten Schlag und teilt mit seinem Glied meine Pobacken. Die Krone seiner Eichel gleitet zielstrebig zu der Stelle, an der ich mir seine Härte am sehnlichsten wünsche.

Dann stößt er zu und rammt sich mit einem mitleidlosen Stoß bis zum Anschlag in meine zuckende Mitte.

„Heilige Scheiße!"

Mein lauter Schrei hallt von den beige gestrichenen Wänden meines Schlafzimmers wider und ist bestimmt noch gut in den Wohnungen meiner Nachbarn zu hören.

Das sollte mir peinlich sein. Ist es aber nicht.

Also schicke ich noch ein aufforderndes „Fick mich hart!" hinterher, das Drake mit einem „Oh das werde ich!" kommentiert.

Der Rocker lässt seinen Worten Taten folgen und nimmt mich in einem schnellen, tiefen und unfassbar guten Rhythmus. Hitze wallt in meinem Schoß auf und breitet sich dann über meine Nervenbahnen in meinem gesamten Körper aus.

Ich brenne für diesen *Reaper*, ich schmelze dank seiner festen, rauen Hände regelrecht dahin. Wie eine Packung Vanilleeis in der verdammten Sommersonne.

Er packt mich an der Hüfte, hält mich fest und macht kleine, kreisende Bewegungen, die dafür sorgen, dass sein dicker Schwanz auf genau die

Stelle in meinem Inneren trifft, die mich erbeben und auf einen Schlag so heftig kommen lässt, dass bunte Sterne vor meinen Augen tanzen.

So wurde ich noch nie gebumst. Noch. Nie.

„Du bist so unfassbar eng und heiß. Deine Muschi fühlt sich an wie das Paradies."

Welche Frau hört das nicht gerne vor dem ersten Kaffee?

Vielleicht sollte ich mir überlegen, ab jetzt öfters mit einem *Hell Reaper* im Bett aufzuwachen? Das hat definitiv seine Vorteile.

Drake packt sich eine Handvoll meiner Haare, wickelt sie sich um die Faust und reißt meinen Kopf grob nach hinten, während er mich fickt, als würde sein Leben davon abhängen.

Hilfe!

Oh Gott! Ich fühle mich, als würde mich dieser Biker in meine Einzelteile zerlegen. Er berührt mich an Stellen, an die ist zuvor noch kein Mann rangekommen, ganz egal in welcher Stellung er mich auch genommen hat. Dazu kommt die Arroganz, mit der er mich packt, dominiert und nach unten drückt, genau so, wie er es gerade braucht ...

Und Scheiße, Mädels!

So sehr ich auch eine Verfechterin der Gleichberechtigung bin, im Bett mag ich es, wenn die Männer das Sagen haben.

Sein nächster Stoß ist heftig, er drückt mich tief ins Bett, nagelt mich regelrecht unter sich fest.

Dann klatscht seine Hand ein weiteres Mal auf meine Pobacke und ich komme so hart wie noch nie zuvor.

Zitternd, seinen Namen auf den Lippen und nach Luft schnappend, drücke ich mich seinem Schwanz entgegen und spüre, wie ich innerlich in meine Einzelteile zerfalle, in Flammen aufgehe und wie sich mein Verstand mit einem leisen ‚Bye' verabschiedet, ehe ihm die Lichter ausgehen.

Seine Zähne finden meine Schulter. Er beißt zu, saugt und leckt über die gepeinigte Stelle.

Vor meinen Augen wird es schwarz, ich sehe nichts, ich höre nichts, alles, was ich noch wahrnehme, ist, wie der kräftige Mann hinter mir seine eigene Erlösung jagt, wie sein Schwanz wieder und wieder gegen meine Gebärmutter stößt und dabei diesen einen, undefinierbaren und unfassbar guten Schmerz auslöst, der dafür sorgt, dass sich mein Höhepunkt in die Länge zieht.

Ich. Kann. Nicht. Mehr. Mein Nervenzentrum ist völlig überlastet.

Irgendwo in der Ferne wird ein Klopfen laut und jemand schreit meinen Namen.

Ich ignoriere es, denn ich bin viel zu sehr auf das konzentriert, was hier gerade geschieht.

Drake benutzt mich, wie er es braucht, ehe er sich mit einem lauten Brüllen in mir ergießt, und dabei drei weitere harte Schläge auf meinen eh schon geschundenen Po landen lässt.

Was einen neuen Höhepunkt in mir auslöst.

Hilfe!

Bis jetzt war mir nicht klar, dass Schmerz so eine Wirkung auf mich haben kann.

Wieder was gelernt ...

Kaum dass Drakes Glied aufgehört hat zu zucken, taucht etwas oder besser gesagt jemand in meinem Sichtfeld auf.

Zuerst erkenne ich nur Schemen, dann fokussiert sich mein Blick und ich sehe Rose direkt vor meinem Bett stehen, die mich mit in die Hüften gestemmten Händen und wütenden Augen anfunkelt.

Einen Meter hinter ihr hat sich niemand geringerer als Brock, der Sergeant at Arms der *Hell Reaper* postiert. Sein kalter, nicht zu deutender Blick ruht auf dem Anwärter hinter mir, dessen Glied bis zum letzten Millimeter in mir steckt.

Verflucht!

Veeeerrffflluuuucchhhttt!

Was soll das?

Und wie sind die beiden überhaupt in meine Wohnung gekommen?

Drake kapiert wenige Sekunden nach mir, dass wir nicht mehr alleine sind, zieht sich blitzschnell aus mir heraus, schnappt sich die Decke und wirft sie über mich, ehe er selbstbewusst aus dem Bett steigt, Rose grüßend zunickt und sich in aller Ruhe seine Jeans anzieht.

Respekt!

Diese Contenance hätte ich auch gerne.

Ehrlich.

Denn obwohl das hier meine Wohnung ist und ich nichts falsch gemacht habe (schließlich kann ich vögeln, mit wem ich will), würde ich am liebsten im Erdboden versinken.

Erst als er den Gürtel geschlossen hat, dreht er sich zu Brock um, der ihn mit vor Zorn funkelnden Augen ansieht.

Nicht gut.

Ich wende mich ab, will aufstehen und sehe das Blut auf meinem Bettlaken. Erschrocken sehe ich zu Drake und bemerke erst jetzt, dass der Streifschuss an seinem Arm wieder zu bluten angefangen hat.

Keine Ahnung wann, aber irgendwann letzte Nacht muss er ihn versorgt haben. Ich schätze, dass er das getan hat, nachdem er mich auf der Couch gefickt und anschließend ins Bett getragen hatte.

Himmel!

Wie konnten mir die Wunde und das Blut nur entgehen?

Ich weiß es!

Ich war einfach viel zu sehr auf die untere Hälfte seines Körpers konzentriert. Und dann? Na ja dann war er hinter mir und ich mit dem Gesicht auf die Matratze gedrückt ...

Die beiden Männer verschwinden für ein Tänzchen ins Wohnzimmer, ich bleibe mit Rose zurück.

„Was um alles in der Welt hast du dir nur dabei gedacht?"

Jep! Sie ist verdammt wütend auf mich.

Aber warum?

Weil ich mir das gleiche Recht rausgenommen habe wie sie und mit einem *Reaper* vögle?

„Dasselbe könnte ich dich auch fragen. Oder? Schließlich bist du diejenige, die mit einem Typen bumst, in dem du jahrelang eine Art Bruder gesehen hast!"

Rose macht den Mund auf, zweifellos, weil sie mich anschreien will, doch dann klappt sie ihn einfach wieder zu, schließt kurz die Augen und schüttelt den Kopf.

„Du hast recht. Mit wem du Sex hast, geht mich nichts an. Aber muss es ausgerechnet ein *Reaper* sein? Ich dachte, du hasst den Club?"

Ja, das dachte ich auch.

Zumindest bis letzte Nacht.

„Beim ersten Mal stand ich unter Schock. Ernsthaft. Ich weiß, das klingt nach einer schlechten Ausrede, aber hey ... Du bist einfach abgehauen und hast mich allein im ‚White Russian' gelassen, nur um mir dann einen Mann zu schicken, der sich vor meinen Augen mit jeder Menge Russen angelegt und die zum Großteil getötet hat. Scheiße, Rose! Womit hast du gerechnet? Was hast du gedacht, was passiert? Dass du einen Killer als meinen Babysitter abstellst und ich ...? Ich?????"

Ja, was ich? Bevor ich den Satz zu Ende bringen kann, fällt sie mir ins Wort.

„Ich dachte nicht, dass du einen Killer fickst!"

Der Punkt geht an sie.

„Das dachte ich auch nicht! Aber dann war Drake für mich da. Er hat mich getröstet und ich war so einsam und verwirrt und dann ...? Dann hatten wir Sex. Wirklich guten, phänomenalen Sex. Es klingt bescheuert. Aber so langsam verstehe ich, was du an diesen Rockern findest."

Rose sieht mich ernst an, dann weniger ernst und dann beginnt sie plötzlich zu lachen.

Verwirrt, noch immer mehr als postkoital und emotional völlig durcheinander, stimme ich mit ein und wenige Minuten später liegen wir uns zum Glück in den Armen.

Scheiße!

Von mir aus kann ich mit der ganzen Welt streiten.

Aber nicht mit Rose.

Sie ist meine beste Freundin, der wichtigste Mensch in meinem Leben.

Wenn ich sie verlieren würde, wäre das mein Untergang.

„Willst du ..." – „Wie ist das mit ..."

Wir reden gleichzeitig darauflos, und brechen beide mitten im Satz ab.

Aus dem Zimmer nebenan schlägt uns eine tödliche Stille entgegen.

Ich kenne mich mit dem *Hell Reaper Motorcycle Club* nicht gut aus, aber ich kann mir durchaus vorstellen, dass der Sergeant nicht besonders begeistert davon ist, dass sein Anwärter die beste Freundin seiner Schwester/Old Lady bumst.

Schließlich war ich ja nur ein Auftrag für ihn – ein Auftrag ohne besondere Extras.

Wobei das immer noch ich entscheide und kein blöder Club.

„Du und Brock seid jetzt also zusammen?"

Rose nickt und läuft rot an.

„Wie sich herausgestellt hat, war ich wohl doch nicht die einzige von uns, die mehr für den anderen empfunden hat."

Ach wirklich? Das hätte ich ihr gleich sagen können.

So wie Brock sich ihr gegenüber verhalten hat, war das mehr als offensichtlich.

„Habt ihr? Hast du? Ich meine, bist du keine Jungfrau mehr?"

Allein die Röte, die ihre Wangen überzieht, verrät mir alles, was ich wissen muss.

„Glückwunsch, Süße. Es freut mich, dass ihr zueinandergefunden habt."

Und das meine ich absolut ernst und vollkommen aufrichtig.

Wer bin ich, über sie zu urteilen?

Im Grunde genommen ist es mir egal, mit wem sie zusammen ist, solange sie nur glücklich ist, ist alles andere nebensächlich.

Selbst wenn ihr Mann einer der gefährlichsten Rocker des Landes ist und nicht nur eine Kutte, sondern auch das *Sergeant-at-Arms-Patch* auf der Brust trägt.

„Aber eines ist deinem Schatz hoffentlich klar, wenn er dich unglücklich macht oder dir das Herz bricht, kastriere ich ihn mit einem Löffel!"

Rose lacht und küsst mich auf die Wange.

„Und was ist mit dir und Drake?"

Nichts.

„Es war nur Sex."

Sie glaubt mir kein Wort.

„Quatsch. Ich kenne dich besser als jeder andere Mensch und diesen Ausdruck auf deinem Gesicht habe ich bei noch keinem anderen Mann gesehen. Außerdem war er in deinem Bett. Und ich weiß, dass da eigentlich kein Typ rein darf."

Das ist das Problem bei besten Freundinnen, man kann ihnen nur schwer was vormachen.

„Er ist nett."

Sie lacht schallend.

„Klar. Nett ist auch genau das Adjektiv, mit dem ich einen Anwärter der *Hell Reaper* beschreiben würde. Besonders Drake. Scheiße! Dieser Kerl ist heftig, vor ihm würde sich sogar der Teufel höchstpersönlich verneigen. Du denkst, dass Brock gefährlich ist? Oder Knox? Oh nein ... Scheiße, Tamara! Drake ist mit Abstand der unkontrollierbarste *Reaper*. Und das nicht nur, weil das nun mal sein Charakter ist, sondern weil er sich als Prospect erst noch beweisen muss."

Warum überrascht mich das wenig?

Wahrscheinlich, weil ich das, was sie da gerade sagt, gestern mit eigenen Augen beobachten konnte.

Es stand sieben oder acht gegen einen und Drake hat nicht gezögert, sondern sich mit einem breiten Grinsen im Gesicht in den Kampf gestürzt.

Das war heftig. Wirklich echt heftig.

„Ich glaube, ich mag ihn."

Habe ich das gerade echt gesagt?

Nein. Unmöglich.

Vor lauter Schreck schlage ich mir selbst die Hand vor den Mund.

„Du magst Drake?"

Rose klingt mindestens so fassungslos, wie ich mich fühle.

„Irgendwie schon."

Ein dumpfes Klatschen, das nach einem heftigen Schlag klingt, dringt zu uns rüber.

Erschrocken stehe ich auf, renne mit der Decke um mich gewickelt ins Wohnzimmer und sehe, wie Brock sich gerade zurückzieht und Drake keuchend vornübergebeugt dasteht.

Es ist offensichtlich, dass der Sergeant dem Prospect gerade seine Faust in den Magen gerammt hat.

Aber „Warum?"

Rose wirkt völlig unbeeindruckt.

„Als Warnung."

„Warnung wofür?"

Sie sieht mich nachsichtig an, fast so, als ob die Frage völlig überflüssig wäre und die Antwort auf der Hand liegt.

„Dich gut zu behandeln."

Heilige Scheiße!

„Echt jetzt?"

Sie nickt.

„Echt jetzt! Damit habt ihr offiziell die Erlaubnis vom Club erhalten, weiterzuvögeln. Freu dich. Das ist etwas Gutes."

Geschlagen zu werden ist also in der Welt der Rocker etwas Gutes?

„Als ob wir eine Erlaubnis gebraucht hätten."

„Habt ihr. Wenn der Club nicht will, dass Drake und du euch trefft oder auf irgendeine Weise zusammen seid, dann seid ihr es nicht. So einfach. So lange Drake ein Anwärter ist, hat er Befehle zu befolgen. Und wenn ihm das nicht passt, kann er sein Leder gleich wieder zurückgeben."

Das ist krass. Besonders weil ich weiß, was er letzte Nacht für den MC getan hat.

„Findest du das nicht ziemlich unfair und hart?"

„Ein Rockerclub ist kein Ponyhof, Süße. Je eher du dir das klarmachst, umso besser."

Damit umarmt sie mich fest, wirft Drake einen warnenden Blick zu, der ihm zu verstehen geben soll, dass sie ihm die Haut abzieht, sollte er bei mir irgendeinen Scheiß versuchen, und plötzlich sind die beiden genauso schnell wieder verschwunden, wie sie aufgetaucht sind.

„Ich glaube, ich sollte ihr den Schlüssel abnehmen."

Drake hustet und richtet sich mit schmerzverzerrter Miene wieder auf.

„Nein. Es ist gut, dass sie nach dir sieht."

Ach ja?

„Selbst wenn das bedeutet, dass du geschlagen wirst?"

„Den Hieb habe ich verdient. Ich hab dich angerührt, obwohl du mein Auftrag warst."

Macho ...

„Ich bin niemandes Auftrag."

Sein gezischtes „Jetzt nicht mehr" gefällt mir nicht.

„Mach uns Kaffee, Frau. Ich brauch eine Kippe und Koffein, ehe ich dich gegen die Wand presse und mich so tief in dir versenke, dass du mich um Gnade anflehst."

Macho ... Macho ...

Und obwohl ich ihm am liebsten die Zunge rausstrecken würde, tue ich, was er will, denn das gibt mir die nötige Zeit, um meine Gedanken zu sortieren.

Scheiße!

Was ist das hier? Was ist das zwischen uns?

Ist ja toll und gut, dass wir die Erlaubnis vom Club gekriegt haben, aber wofür?

Und will ich das überhaupt?

Seltsamerweise ist das die einzige Frage, die ich mit einem schnellen und einfachen Ja beantworten kann.

Ich. Will. Diesen. Prospect. Auch wenn ich es besser nicht tun sollte.

Ich mag die Art, wie er kämpft, ich mag die Art, wie er mich beschützt, und ich mag die Art, wie er mich fickt.

Dummerweise scheine ich einfach alles an ihm zu mögen, was in naher Zukunft zu einem Problem werden könnte.

Was Beziehungen angeht, habe ich immer Pech.

„Ich bin nicht gut darin ..." Drake sieht mich irritiert an.

„Worin? Kaffee machen?"

Kein Wunder, dass er nicht versteht, worauf ich hinauswill.

„Nein, Beziehungen. Für dieses ganze Drumherum habe ich kein Talent. Ich mag mein Leben, so wie es ist. Ich bin gerne unabhängig und mit festen Grenzen komme ich nicht klar."

Drakes Lippen verziehen sich zu einem breiten Grinsen.

„Mag sein, dass du nicht gut in Beziehungen bist, aber dafür bist du verdammt gut zu ficken."

Immerhin etwas ...

Jetzt muss ich auch lachen.

„Danke für das Kompliment! Ich fand nur, dass du das wissen solltest, bevor du dich noch mal für mich schlagen lässt."

Drake kommt auf mich zu, mein Blick klebt an seinem fein definierten, mit Muskeln bepackten Oberkörper und verweilt einen Moment an seinem Hosenbund, ehe er schuldbewusst zu seinem blutverschmierten Arm gleitet.

Der Mann ist verletzt und ich denke nur an seinen Schwanz.

Ganz toll!

Aber wie schon gesagt, ich bin nicht beziehungsfähig.

„Wie wäre es, wenn wir das mit uns einfach so lassen, wie es ist?"
Jetzt bin ich diejenige, die nicht versteht, worauf er hinauswill.

„Was meinst du damit?"

Groß und böse drückt er sich von hinten an meinen Rücken, zupft an der Decke, sodass sie zu Boden fällt und streicht mit seinen großen, rauen Händen über meine nackten Brüste, meinen Bauch bis hinab zu meiner Muschi.

Dort angekommen, teilt er geschickt mit seinen Fingern meine Schamlippen und gleitet durch den nassen Spalt.

Er findet meine Öffnung, drückt sich in sie hinein und knurrt rau.

„Du bist voll von mir."

Bin ich. Ich spüre auch, wie sein Samen aus mir herausläuft.

Entschlossen drückt er ihn mit seinen Fingern wieder tief in mich hinein und entlockt mir so ein lustvolles Stöhnen.

„Wir lassen alles so, wie es ist. Ich ficke dich. Hart. Ich pumpe dich mit meinem Saft voll, bis er wieder aus dir rauskommt, und ich schlafe in deinem Bett. Du machst mir Kaffee, und wenn du dich auf irgendwelche anderen Typen in beschissenen Nachtclubs einlässt, flippe ich aus und bringe sie einfach alle um. Außerdem frühstücken wir zusammen, wenn ich bei dir übernachtet habe, *und* ich habe das Exklusivrecht auf alle deine fickbaren Löcher."

Wirklich sehr romantisch ...

Doch seine derbe Wortwahl und sein, über meinen Kitzler reibender Daumen, können mich nicht davon ablenken, dass das, was er mir da gerade vorschlägt, schon verdammt nach einer Beziehung klingt.

„Ich bin einverstanden, aber nur wenn dein Schwanz mir gehört. Wenn ich dir schon Kaffee koche, dann nur, wenn mein Name auf deinem Zauberstab steht."

Sein gebrummtes „Einverstanden!" kommt wie aus der Pistole geschossen.

Der Kaffee scheint in der Sekunde vergessen zu sein, als ich mich von ihm löse, mich auf die Küchenplatte setze und langsam meine Beine für ihn spreize.

Jetzt sieht er alles.

Mein geschwollenes Fleisch, wie feucht ich für ihn bin, und wo ich ihn jetzt unbedingt haben will.

„Fick mich!"

Drake bleckt die Zähne und öffnet seine Hose.

„Verdammt Weib. Für dich würde ich noch tausend Schläge einkassieren."

Und dann küsst er mich hart und zugleich zart und ich weiß, dass das mit uns gerade erst begonnen hat und wir noch verdammt oft an genau diesem Punkt landen werden. Ich vor ihm, er in mir, während sich unsere Zungen ein heftiges Duell liefern.

Dafür, dass das keine Beziehung ist, fühlt es sich nämlich verdammt noch mal nach einer an. Und auch, wenn ich es dem Rocker vor mir nicht sagen werde, macht mich das verflucht glücklich!

Wütende Rocker
fesselt man nicht

1. Kapitel

Eine Frau, ein Rocker, eine verdammte Abriegelung und eine dumme, wirklich sehr, sehr dumme Wette!

Den Blick auf Reaper gerichtet, blende ich die Stimmen um mich herum aus und konzentriere mich voll und ganz auf den Mann, der erst vor wenigen Wochen zum ersten Mal seinen Fuß in das Seattle Chapter der *Hell Reaper* gesetzt hat.

Am Anfang fand ich es noch verwirrend, dass er einfach nur Reaper genannt wird, also genau wie der Club und keinen eigenen Namen hat, aber inzwischen verstehe ich es.

Dieser Rocker ist der Club, er verkörpert alles, wofür die *Hell Reaper* stehen – alles und noch mehr.

An ihm ist einfach nichts plüschig oder süß oder weich.

Oh nein! Sein gut 1,95 Meter großer Körper scheint nur aus Muskeln, Kraft, Sex-Appeal und Gewaltbereitschaft zu bestehen. Die vielen schwarzen und hin und wieder auch farbigen Tattoos nicht zu vergessen ...

Jede auch nur annähernd vernünftige, intelligente und selbstbewusste Frau hält sich von diesem Typen fern. Genau wie jeder Mann und jedes Kind und jeder Hund.

Ich meine, im Grunde genommen sollte am besten jedes Lebewesen einen gewissen Sicherheitsabstand zu Reaper halten.

Es ist offensichtlich, dass er ein Killer ist und dass James, der Präsident des Seattle Chapters der *Hell Reaper*, ihn gerufen hat, damit er sich um die völlig eskalierende Scheiße mit den Russen kümmern soll.

Reaper ist quasi der Joker, der immer dann gerufen wird, wenn die Kacke so richtig am Dampfen ist. Und das ist sie.

Schon klar. Die Stimmung zwischen dem Club und Alexej Romanoff, dem König aller Russen, ist schon seit einer Ewigkeit angespannt, aber seit Drake in dem wichtigsten Nachtclub des Russen ein etwas größeres Blutbad angezettelt und dabei mit einer Handgranate um sich geworfen hat, könnte man sagen, dass Krieg herrscht.

Das Clubhaus der *Reaper* ist seit elf langen Tagen abgeriegelt.

Und wie lange elf Tage sein können, bemerkt man erst, wenn man mit viel zu vielen Menschen auf engstem Raum eingesperrt und von der Außenwelt abgeschirmt ist.

Normalerweise, also unter normalen Umständen, wäre ich jetzt gar nicht hier. Sondern zu Hause in New York, würde mit irgendwelchen Investmentbankern flirten und überteuerte Martinis trinken in denen im besten Fall zwei oder drei Oliven schwimmen würden. Ehe ich mit einem dieser Kerle mittelmäßigen Sex hätte, um dann schlussendlich allein nach Hause zu gehen.

So läuft es immer ...

Keine Ahnung, wieso ich immer auf den gleichen Typ Mann reinfalle? Es ist fast so, als wäre ich irgendwann in meiner Pubertät auf die falschen Männer programmiert worden. Ein Hormonfehler oder so was ...

Was weiß ich!

Vor lauter Frust und aus einer gewissen Verzweiflung heraus habe ich die Einladung meiner alten Schulfreundin Charlotte angenommen.

Irgendwie dachte ich, dass es ganz lustig sein könnte, sie hier in Seattle im *Hell Reaper Motorcycle Club* zu besuchen und vielleicht ein wenig guten Sex mit harten Rockern zu haben.

Hätte ich allerdings gewusst, dass die Nummer hier so schnell eskalieren würde, wäre ich nie in den Flieger gestiegen, sondern hätte sie stattdessen besser zu mir nach NY eingeladen. Dort wären wir schön weit weg von all diesen fluchende, Kutten tragenden und bärtigen Bikern gewesen, die dem Irrglauben verfallen sind, dass wir Frauen schutzlose, arme Wesen sind, die auf jeden Fall beschützt werden müssen.

Scheiße!

Ich habe mehr als einen Selbstverteidigungskurs absolviert und in meiner Handtasche ein Pfefferspray. Ich bin also nicht annähernd so schutzlos, wie die Männer denken.

Trotzdem lassen sie mich nicht durch dieses verdammte Tor spazieren, sondern halten mich hier, zusammen mit den ganzen anderen Frauen alias Old Ladys gefangen.

Zu meinem Glück sind die alle ziemlich cool, was meinen Aufenthalt in diesem MC zumindest einigermaßen erträglich macht.

Seit ich vor zwei Wochen hier angekommen bin, komme ich mir vor wie in einer anderen Welt.

Mit eigenen Gesetzen und Regeln, mit anderen Sitten und einer vollkommen abgefuckten Sprache, die langsam, aber sicher auf mich abzufärben scheint.

Die ersten Tage waren auch noch ganz lustig. Ehrlich ...

Charlotte und ich hatten viel Spaß, auch wenn ihr spaßbefreiter Freund, der rein zufällig auch noch der Vollstrecker dieses Ladens hier ist, uns von Anfang an einen Babysitter hinterhergeschickt hat.

Scott, der Aufpasser, ist auf eine düstere Art ziemlich süß.

Charlotte hat mir erklärt, dass er nur ein Anwärter ist. Zuerst habe ich nicht verstanden, was das bedeutet, doch inzwischen habe ich es begriffen. Seine nackte Kutte steht dafür, dass er sich erst noch beweisen muss, ehe die *Hell Reaper* ihn voll und ganz in ihrer Mitte aufnehmen.

Und dieses ‚Beweisen' nimmt er ziemlich ernst. Ganz egal, was wir auch getan haben, um ihn abzuschütteln, es ist uns nicht gelungen und hat Charlotte nur Ärger mit ihrem Kerl eingebracht.

Zugegeben, Knox ist mit all seinen Muskeln und dem finsteren Gesichtsausdruck, den er 24/7 zur Schau stellt, ziemlich lecker. Aber gegen Reaper hat er keine Chance.

Unter normalen Umständen wäre ich wahrscheinlich nie auf die Idee gekommen, mich auf einen Typen wie ihn einzulassen. Nie. Nie. Nie. Mals.

Dafür ist mein Selbsterhaltungstrieb einfach zu stark ausgeprägt. Aber seit ich in Seattle angekommen bin, ist absolut nichts mehr normal. Rein. Gar. Nichts.

Diese Abriegelung macht mich noch verrückt!

Es dauert nicht mehr lange und dann verliere ich das letzte Fitzelchen Verstand, das mir noch geblieben ist, und ich werde mehr tun, als Reaper nur aus der Ferne zu beobachten und mir vorzustellen, wie es wohl wäre, auf seinen Schoß zu klettern und ihn zu reiten.

Wäre mein Interesse nur einseitig, wäre die ganze Angelegenheit ja auch nicht halb so besorgniserregend. Aber das ist sie nicht.

Oh nein. Ich weiß, dass er mich ebenfalls beobachtet.

Ich spüre seine Blicke auf mir und erkenne den Hunger in seinen felsgrauen Augen, in denen sich einzelne grüne Sprenkel befinden. Wir spielen ein Spiel, von dem ich die Regeln nicht kenne, das ich aber ganz gut zu beherrschen scheine.

Anders kann ich mir nicht erklären, dass ein Mann wie er an einer Frau wie mir interessiert ist.

Schon klar!

Ich sehe nicht schlecht aus. Ohne eingebildet klingen zu wollen, finde ich mich sogar eigentlich recht hübsch. Aber das bedeutet nichts. In New York bin ich nichts weiter als Durchschnitt, eine Frau, die in der Masse einfach untergeht.

Hier draußen in Seattle mag das anders sein, aber hier im Club gibt es ebenfalls richtige Schönheiten. Allerdings haben die meisten von ihnen ein ‚*Property of ...*' auf dem Rücken, das jedem, der sie ansieht, auf den ersten Blick klarmacht, dass sie bereits vergeben sind, und dass jeder Typ, der verrückt genug ist, trotzdem sein Glück bei ihnen zu versuchen, sein Leben riskiert.

Und das ist nicht übertrieben.

Ich habe ja schon viel erlebt und viel gesehen, aber diese *Hell Reaper* toppen wirklich alles. Besonders Knox. Der scheint, wenn es um Charlotte geht, überhaupt keinen Spaß zu verstehen und über eine Nulllinie als Schmerzgrenze zu verfügen.

Selbst wenn einer seiner Brüder sie nur ansieht, ist er sofort zur Stelle, um seinen Arm um sie zu legen oder um sie zu küssen oder um irgendwie anderweitig sein Revier zu markieren. Wenn er ein Hund wäre, würde er sie anpinkeln.

Gut, das klang jetzt widerlich, aber ihr wisst schon, worauf ich hinauswill.

Zurück zu Reaper!

R-E-A-P-E-R

Dieser Kerl ist ... Ich kenne nicht mal die richtigen Worte, um ihm gerecht zu werden.

Und das liegt nicht nur an seiner düstersexy Ausstrahlung, sondern auch an der ungefilterten Macht, die ihn wie eine Schicht Nebel zu umgeben scheint, und der Art, wie er sich bewegt.

Selbstsicher. Mit der Arroganz eines Menschen, der ganz genau weiß, dass ihm nichts und niemand gefährlich werden kann und dass er ganz oben an der Nahrungskette steht.

Er ist so ganz anders als die Männer, für die ich mich sonst interessiere.

Scheiße!

Reaper wirkt auf mich wie jemand, der die Kerle, mit denen ich sonst schlafe, zum Frühstück verspeist. Gleich nachdem er putzige Hundewelpen gefressen und kleine Katzenbabys zu einem Smoothie verarbeitet hat.

Normalerweise würde ich behaupten, dass James als der Präsident der gefährlichste Mann weit und breit ist, dicht gefolgt von Rob, seinem Stellvertreter, und Knox, dem Vollstrecker.

Als Nächstes wäre dann wohl Brock, der Sergeant at Arms, der Kandidat auf das Monster des Jahres, wäre da nicht Reaper.

„Ich hab gehört, dass er zuletzt in Las Vegas war und dass er da ein totales Massaker angerichtet hat. Zwanzig Tote oder so, es muss ein heftiger Anblick gewesen sein. Angeblich haben sich sogar die Männer vom FBI übergeben. Und die Typen vom Fedaral Beau of Indestigations sind hart im Nehmen. Die haben sogar mit Aliens und so zu tun."

Fest entschlossen, nicht laut zu lachen, kneife ich die Lippen zusammen.

Candy ist eine der Clubhuren, und auch wenn sie nicht die Intelligenteste von uns allen ist, mag ich sie wirklich gern. Ihre mangelnde Intelligenz gleicht sie mit jeder Menge Herz aus. Trotzdem: Fedaral Beau of Indestigations? Das ist heftig. Selbst für ihre Verhältnisse.

„Du meinst sicherlich Federal Bureau of Investigation. Oder?"

Candy nickt eifrig und Charlotte verdreht die Augen.

„Ich hab auch gehört, dass er erst kürzlich im Knast war. Aber nicht, weil ihm die Bullen auf die Schliche gekommen sind, sondern weil er einen gewissen Auftrag hatte."

Sie wackelt vielsagend mit ihren perfekt gezupften Augenbrauen.

„Was für einen Auftrag?"

Mabel, die Old Lady des Präsidenten, wirft mir einen genervten Blick zu.

Ganz die First Lady hat sie es nicht so mit den ganzen Bitches, die sich nur allzu gern im Club herumtreiben. Nicht, dass sie arrogant wäre oder so, aber ich schätze, dass die natürliche Abneigung gegen Nutten einfach mit einer festen Beziehung zum mächtigsten aller Rocker einhergeht. Denn selbst mir ist bereits aufgefallen, dass einfach jede Hure ihr Glück bei James probiert, ganz egal ob er mit Mabel zusammen ist oder nicht. Ich schätze, sie können einfach nicht anders. Seine Position zieht sie an wie das Licht die Motten. Wäre ich an ihrer Stelle, würde es mir wahrscheinlich ganz genau so gehen.

Allein bei der Vorstellung, dass Reaper mir gehört und ihn mir eine Tussi wie Candy wegschnappen will, würde ich am liebsten die Krallen ausfahren.

Aber zum Glück oder zum Pech, je nachdem, wie man es nennen will, gehört Reaper nicht mir. Und das ist auch gut so.

Kerle wie er sind wilde Raubtiere, die nie lange an einem Ort verweilen und sich immer auf der Jagd befinden. Sie brechen Knochen, nehmen Leben und hinterlassen nichts als verbrannte Asche, wenn sie weiterziehen.

Und das Letzte, was ich will, ist, mir an so einem Kerl die Finger zu verbrennen.

Das weiß ich sicher. Dumm nur, dass ich es einfach jedes Mal, wenn ich ihn ansehe, kurz zu vergessen scheine.

Candy sieht mich aufgeregt an, ehe sie genauer auf meine Frage eingeht.

„Reaper ist eine Art John Vick, wenn du verstehst, was ich meine?!"

Oh, ich verstehe es sehr wohl, und daher weiß ich auch, dass sie John Wick meint. Also mit W statt mit V.

Aber das wollen wir jetzt mal nicht so genau nehmen. Candys Talente haben eben wenig mit ihrem IQ zu tun, sondern eher mit ihrer Körbchengröße.

„Du glaubst also, dass er ein Auftragskiller ist?"

„Bingo. Und ich glaube das nicht nur, ich weiß es."

Interessant.

„Und woher?"

„Ich habe Rob und den Präsidenten darüber reden gehört."

Hope, der es anscheinend gar nicht gefällt, dass Candy ihren Mann belauscht hat, mustert Candy mit einem fassungslosen Blick.

Kein Wunder, Rob, also der Vizepräsident der Seattle *Hell Reaper*, ist definitiv ein echtes Schnittchen. So wie die meisten dieser Rocker.

Inzwischen bin ich zu dem Ergebnis gekommen, dass groß, böse und gutaussehend ein Aufnahmekriterium sein muss.

„Du weißt schon, was *mein Mann* mit dir macht, wenn er erfährt, dass du Inhalte eines vertraulichen Gesprächs, das dich einen Scheiß angegangen ist, weiterverbreitest?"

Hope betont das ,mein Mann' so deutlich, dass sogar Candy die versteckte Warnung kapiert.

„Schon gut, schon gut. Ich rede ja auch nur mit euch darüber. Versprochen."

Als ob das die Sache besser machen würde.

Vertraulich ist nun mal vertraulich! Aber das versteht jemand wie sie, die ihren Lebensunterhalt mit Schwänzelutschen verdient, nun mal nicht.

„Wie auch immer. Ich habe gehört, wie der VP zum Präs gesagt hat, dass Reaper Romanoff beseitigen soll."

Uffff!

Auch wenn mit mir niemand über Clubangelegenheiten spricht, weiß ich dennoch mehr, als es dem Präsidenten recht wäre.

Und daher eben auch, dass Romanoff ein richtig gefährlicher Russe ist, der es durchaus mit Reaper aufnehmen könnte. Allein die Vorstellung, dass dem Rocker etwas zustoßen kann, lässt die feinen Härchen in meinem Nacken Alarm schlagen. Eine unangenehme Gänsehaut rieselt über meine Arme und lässt mich frösteln.

Was ein Witz ist! Ein Witz!

Ich mag Keanu Reeves wirklich, er ist ein toller Schauspieler. Und ich habe alle Teile von John Wick gesehen. Trotzdem überkam mich, während ich mir die Filme angeschaut und zugesehen habe, wie er Dutzende Männer getötet hat, nie die Sehnsucht, mich in einen Killer zu verlieben.

Ernsthaft!

Mord und Totschlag fand ich bis jetzt nicht sonderlich sexy.

Gebrochene Knochen und spritzendes Blut verursachen bei mir definitiv kein feuchtes Höschen.

Trotzdem muss ich zugeben, dass Reaper eben Reaper ist und dass er mich bis in meine verdammten Träume verfolgt.

Scheiße!

Scheeeeißßßeee!

Das liegt alles nur an dieser dämlichen Abriegelung.

Wenn wir nicht alle in diesem verdammten Clubhaus eingesperrt wären, würde ich wahrscheinlich ganz anders reagieren. Cooler, gelassener.

Wetten?

Okay wir wetten lieber nicht!

Irgendetwas stimmt mit meinen Hormonen nicht, vielleicht kriege ich ja meine Periode und bin deswegen so durcheinander?

Auch unwahrscheinlich.

Also, was ist es dann?

Der Mann! Wir wollen eine Ladung von dieser absoluten Luxus-DNA, und zwar sofort!

Die Stimme, die wie ein Echo durch mein Inneres hallt, kommt aus der unteren Region meines Körpers, so aus der Richtung meiner Eierstöcke.

Nicht gut. Gar nicht gut.

Wie aus dem Nichts tauchen plötzlich zwei Finger vor meiner Nase auf und beginnen wild zu schnipsen.

„Erde an Savannah! Erde an Savannah!"

Irritiert sehe ich sie direkt an, was sie zum Lachen bringt.

„Bist du wieder bei uns? Du warst ja richtig weggetreten!"

Von wegen ...

„Ich bin voll und ganz hier."

Amüsiert die Augen verdrehend, schaut sie in genau die Richtung, in die ich gerade nicht sonderlich unauffällig gestarrt habe und ratet mal, wen sie da entdeckt? Es lässt sich am besten mit sechs Buchstaben und geschätzt 120 Kilo purer Männlichkeit beschreiben.

Was ein Pech aber auch, dass man einen knapp zwei Meter großen und ganz in Schwarz gekleideten Rocker nicht so einfach übersehen kann.

„Was gibt es da hinten so interessantes?"

Candy sieht in die gleiche Richtung wie Charlotte, zuckt mit den Schultern und redet weiter über Romanoff und andere Clubangelegenheiten, die sie weiß Gott nichts angehen, was Mabel dazu bringt, aufzustehen und vom Tisch zu verschwinden.

Die First Lady geht auf direktem Weg zur Bar, dreht die Musik lauter, sodass die Beats durch das gesamte Clubhaus schallen, und kommt mit einer Flasche Tequila zurück an den Tisch.

„Ich glaub, ich muss mich betrinken!"

„Darauf ein Amen, Schwester."

Mir wird erst klar, dass ich das laut ausgesprochen habe, als sich alle Köpfe in meine Richtung drehen, und mich Charlotte mit einer hochgezogenen Augenbraue ansieht.

„Stimmt was nicht?"

„Doch, doch, alles bestens."

Mabel, die schnell kapiert hat, dass ich den Tequila dringender brauche als sie, dreht den Deckel auf und reicht die Flasche, ohne vorher einen Schluck zu nehmen, zu mir rüber.

„Trink und dann lass uns feiern. Wir brauchen alle etwas mehr Spaß."

Gegen Spaß habe ich nichts einzuwenden, schon gar nicht, wenn ein großer, grantig kuckender Biker involviert ist.

Stopp!

Entschlossen verbiete ich mir selbst, noch mal an diesen Kerl zu denken, setze die Flasche an und nehme einen großen Schluck des mexikanischen Agaven-Brands, der wie flüssiges Feuer meine Kehle hinabrinnt.

Mein erster Impuls ist, alles wieder auszuspucken, ich kann mich gerade noch beherrschen.

„Halleluja! Was ist das denn für ein Teufelszeug?"

Mabel grinst breit.

„Das ist flüssiges Glück."

Ja, von wegen.

„Wir sind hier nicht bei Harry Potter."

„Ach nein?" Mabel sieht sich gespielt überrascht um. „Und ich dachte schon, wir sind in Hogwarts."

Schön wär's ...

Dann würde ich mich mit Zaubertränken, Magie und Quidditch beschäftigen und im ‚Drei Besen' ein Butterbier trinken, anstatt in einem Outlaw Motorcycle Club zu sitzen, über einen Killer zu fantasieren und sinnlos mexikanischen Agavenschnaps in mich reinzuschütten.

Jep!

Hogwarts wäre definitiv besser!

Charlotte schüttelt nur den Kopf, nimmt mir den Tequila ab und nippt vorsichtig an der klaren Flüssigkeit, wobei sie angewidert das Gesicht verzieht.

„Das ist keine gute Idee."

Nicht sicher, was sie meint, drehe ich mich zu ihr um, wobei mir selbst auffällt, dass ich schon wieder einen gewissen *Hell Reaper* angestarrt habe.

Verflucht!

Mabel, die mich ebenfalls beobachtet hat, zuckt lässig mit den Schultern.

„Du solltest ihn dir einfach schnappen!"

Ja genau ... Als ob eine Frau wie ich auch Chancen bei einem Mann wie ihm hat.

„Ich denke, das wäre keine besonders schlaue Idee."

„Und wieso nicht? Du willst ihn, das kann man dir ansehen. Also nimm ihn dir."

Wenn das Leben doch nur so einfach wäre.

„Weil er in einer völlig anderen Liga spielt."

Des Präsidenten Old Lady zieht die Nase kraus und mustert mich von oben bis unten.

„Wann hast du dich das letzte Mal selbst im Spiegel betrachtet?"

Heute Morgen.

Und was ich gesehen habe, war nicht besonders beeindruckend.

„Schau dir Reaper doch mal an, der könnte jede Frau haben."

Mabel nickt nachdenklich.

„Und trotzdem steht er ganz alleine da. Ohne Gesellschaft und das an einem Ort wie diesem, wo es vor willigen Frauen nur so wimmelt."

Ganz genau.

„Und was sagt uns das?"

„Keine Ahnung."

„Na, dass er seine Ruhe will."

Mabel und Charlotte tauschen einen wissenden Blick.

„Männer wissen erst, was sie wollen, nachdem wir Frauen es ihnen gesagt haben."

Ja natürlich.

„Und Haie können fliegen."

Obwohl Charlotte bis eben nicht sonderlich begeistert von der Idee gewirkt hat, dass ich mein Glück bei Reaper versuchen soll, nickt sie zustimmend.

„Hör zu Savi ... Du bist meine beste, beste, beste Freundin und darum finde ich, du solltest dir wirklich mal was gönnen."

Ihren Arm um meine Schulter legend, zieht sie mich zu sich heran und drückt mir einen Kuss auf die Wange.

„Dem kann ich nur zustimmen."

„Wunderbar!" Mabel klatscht begeistert in die Hände. „Dann ist es also eine beschlossene Sache."

Ich komm nicht mehr mit ...

„Was ist eine beschlossene Sache?"

„Na, dass du dir Reaper schnappst."

Wie bitte?

„Leute!" Mich aus Charlottes Umarmung windend, schaffe ich etwas Abstand zwischen mir und den beiden durchgeknallten Old Ladys.

„Wenn man davon spricht, dass man sich was gönnen sollte, redet man im Allgemeinen von Schokolade oder Eis oder einem Schaumbad mit einer Flasche Wein. Und wenn man es krachen lassen will, *gönnt* man sich eine neue Handtasche oder ein paar Schuhe. Aber doch keinen gesetzlosen Outlaw Biker! Das ist wirklich eine Nummer too much!"

Die beiden verstehen mich nicht – oder viel eher – sie wollen mich nicht verstehen.

Warum sollten Sie auch, schließlich haben sie sich längst genau so einen Outlaw Biker gegönnt.

Mabel hat sich den Präsidenten geangelt und Charlotte niemand Geringeren als den verdammten Vollstrecker.

Was ich immer noch ziemlich heftig finde, wenn ich das mal so sagen darf.

„Das sagst du nur, weil du glaubst, dass du keine Chancen bei ihm hättest und du dir keine Abfuhr einhandeln willst."

Stimmt! Also zumindest ist das mit ein Grund von vielen.

Doch der wichtigste Punkt ist ganz einfach: „Safety First. Oder wie man so schön sagt. Ich bleibe besser bei meinen Bänkern und Bürohengsten, mit denen weiß ich umzugehen."

Mabel schüttelt angewidert den Kopf.

„Diese Typen sind todlangweilig und garantiert schrecklich im Bett. Kerle, die ihr Geld in Anzügen verdienen, sind viel zu weich, um hart zu ficken!"

Scheiße!

Hat sie das gerade echt gesagt? Wirklich gesagt?

Halleluja!

„Du nimmst kein Blatt vor den Mund, was?"

„Es ist schließlich nicht verboten, die Wahrheit zu sagen."

Candy, die uns neugierig beobachtet hat, will gerade etwas sagen, als wie aus dem Nichts irgendein Member auftaucht, sie sich über die Schulter wirft und davonträgt.

„Was war das denn?"

„Kundschaft!"

Mabel verzieht angewidert das Gesicht.

„Oh."

Sie nickt theatralisch.

„Du sagst es. Ich werde nie verstehen, warum Frauen ihren Körper verkaufen. Nie. Nie. Nie. Allein bei der Vorstellung wird es mir schon schlecht."

Da geht es mir ganz ähnlich.

Trotzdem finde ich es nicht richtig, so leichtfertig über jemanden zu urteilen. Ich kenne Candy nicht. Ich weiß nicht, was sie bis jetzt erlebt hat und wie sie an einen Ort wie diesen gekommen ist.

Was ich aber ganz genau weiß, ist, dass jeder von uns seine eigene Geschichte und sein Päckchen zu tragen hat.

Vielleicht hatte sie keine andere Wahl?

„Ich schätze, sie hat sich für ihr Leben auch etwas Besseres vorgestellt."

Mabels „Hmpf!" klingt wenig empathisch.

„Sei nicht so hart. Es kann schließlich nicht jeder so viel Glück haben und zusammen mit einem Krankenwagen entführt werden."

Charlotte zwinkert der First Lady verschwörerisch zu und ich muss lachen.

Stimmt.

Die Umstände, unter denen sich Mabel und der Präsident das erste Mal begegnet sind, waren tatsächlich etwas außergewöhnlich.

Aber das trifft, soweit ich weiß, auf fast alle Member des *Hell Reaper Motorcycle Clubs* zu.

An diesen Rockern ist einfach nichts normal oder durchschnittlich, schon gar nicht die Art, wie sie ihre Frauen kennen und lieben gelernt haben.

Charlotte zum Beispiel ist gefühlt eine Minute, nachdem sie ihre Scheidungsunterlagen unterschrieben hat, in den Vollstrecker der *Hell Reaper* gerannt und ganz offensichtlich irgendwie an ihm hängen geblieben.

„Aber nun zu deinem Safety First. Du weißt schon, dass das hauptsächlich für Sex gilt?"

Irritiert sehe ich Mabel an.

„Was? Nein. Das gilt bei allen Dingen im Leben. Sicherheit zuerst!"

Mit einer Bewegung ihrer Hand winkt sie mir ab.

„Ja, ja, ja, aber das gilt eben auch für Sex mit Reaper."

Himmel und Halleluja!

Wie zum Teufel sind wir denn in so kurzer Zeit an diesem Punkt angelangt?

Ich habe doch nur rein zufällig etwas zu lange in die Richtung gesehen, in der er stand.

Mehr nicht.

Das bedeutet nicht, dass wir einfach so, ganz offiziell, darüber reden können, ob und wie ich mit ihm Sex haben werde.

Mit der so typischen „Time out!" Handbewegung bremse ich Mabel etwas.

„Ihr versteht mich falsch. Ich bin nicht nach Seattle gekommen, um mir irgendeinen Biker aufzureißen, sondern weil ich meine Freundin besuchen wollte."

Besagte Freundin verdreht die Augen.

„Das eine schließt das andere doch nicht aus."

Ach nein? „Doch! Tut es!" Zumindest, wenn dieser Biker niemand Geringerer als Reaper ist. Genervt schnappe ich mir den Tequila, setze die Flasche an und gönne mir ein paar große Schlucke.

Wenn das Zeug doch nur nicht so krass brennen würde!

Mir steigen kurz die Tränen in die Augen, ich blinzle sie schnell weg und spüre, wie sich der Alkohol langsam um meine Nerven legt, sie einlullt und beruhigt.

„Lass uns eine Wette abschließen."

Scheiße!

„Ich kenne keine einzige Situation, egal ob aus einem Film, einem Buch oder dem realen Leben, bei der nach so einem Satz etwas Gutes bei rausgekommen ist."

Mabel ignoriert mich einfach und dreht sich wieder zu Charlotte um.

Diese beiden Old Ladys mögen zwar zuckersüß aussehen, sind aber in Wirklichkeit nichts weiter als Dämonen.

„Also meine Liebe, wenn du es schaffst, Reaper um deinen kleinen Finger zu wickeln, dann ..."

Jetzt beginnt es interessant zu werden.

„Was dann?"

Mabel denkt kurz nach.

„Dann tanzen Charlotte und ich beim nächsten Vollmond nackt ums Feuer."

Ach du großer Gott!

„Ernsthaft? Etwas Blöderes ist dir nicht eingefallen?"

Sie sieht mich aus ihren großen Augen unschuldig an.

„Also? Und was, wenn ich es nicht schaffe, Reaper zu verfühen?"

Mir schwant Böses.

„Dann tanzt du nackt bei Vollmond ums Lagerfeuer."

Ich glaube, das gefällt mir nicht ...

„Feig?"

Charlotte versucht, mich zu provozieren, und dank des Tequilas in meinem Blut oder den verdammten elf Tagen, die wir nun schon in diesem Clubhaus eingesperrt sind, gelingt es ihr sogar.

„Ich bin nicht feige."

Um das zu unterstreichen, stelle ich den Tequila ab und verschränke die Arme vor der Brust.

„Gut. Dann lässt du dich also auf die Wette ein?"

Nein. Nein. Nein. Nein.

Ich sollte es nicht tun. Auf gar keinen Fall!

Nein! Nein! Nein! Nein!

Und trotz der Warnungen, die in einer Art Endlosschleife durch mein Hirn kreisen, erwische ich mich zu meiner eigenen Überraschung dabei, wie ich nicke und „Ja!" sage.

Was zum Henker ist nur los mit mir?

Bin ich bescheuert, oder was?

Charlotte und Mabel klatschen und vollführen eine Art Freudentanz, was mich nur mit dem Kopf schütteln lässt.

Was ist nur los mit den beiden?

„Also ich gehe jetzt darüber und mache Reaper klar. Zieht ihr schon mal eure Sachen aus und fangt an, ums Feuer zu tanzen!"

Meine beste Freundin schüttelt den Kopf.

„Klarmachen bedeutet Sex. Verstanden?"

Wie bitte?

„Davon war aber nicht die Rede!"

Die Lady des Präsidenten nickt heftig.

„Doch! Ich meine, was hast du denn gedacht? Dass du ihn nach der Uhrzeit fragst und dann hast du die Wette gewonnen?"

Öhm!

Ich glaube, ich habe die letzten paar Minuten gar nicht nachgedacht, ansonsten hätte ich mich wohl kaum auf diesen Schwachsinn eingelassen.

„Ist es zu spät für einen Rückzieher?"

„Allerdings!"

Die beiden sehen mich warnend an und mir wird klar, dass ich aus dieser Nummer nicht mehr so einfach rauskomme.

Für den Bruchteil einer Sekunde spiele ich mit dem Gedanken, einfach die Flucht zu ergreifen und davonzurennen. Aber das geht ja nicht!

Verfluchte Abriegelung!

Das Tor ist nicht nur verschlossen, sondern auch bewacht, sodass es mir nie gelingen wird, einfach darüber zu klettern und zum Flughafen zu joggen. Mal ganz von der Tatsache abgesehen, dass ich zuletzt irgendwann in der Schule beim Sportunterricht gejoggt bin und selbst da habe ich mich schon angestellt wie ein dreibeiniges Lama.

Ich war noch nie besonders sportlich. Nie.

Leider. Und jetzt und hier bereue ich das irgendwie.

Aber woher hätte ich auch wissen sollen, dass ich eines schönen Tages in einem Outlaw Motorcycle Club sitze und vor einer Wette davonlaufen muss, in der um Sex mit dem unheimlichsten Kerl des gesamten Universums geht?

So was liegt schließlich nicht auf der Hand!

Würden die Dinge anders liegen, wäre Mabel nicht mit dem Präsidenten zusammen, könnte ich diesen eventuell noch dazu überreden, mich gehen zu lassen, immerhin bin ich kein Mitglied seines Clubs und auch nicht die Frau von einem seiner Männer. Aber so wird er den Teufel tun und sich mit seiner Lady anlegen, die aus irgendeinem Grund erpicht darauf ist, mich mit Reaper zu verkuppeln.

Huiuiuiuiuiui ...

Nicht dass ich was dagegen hätte, mal wieder flachgelegt zu werden, oder etwas an meinem Single Status zu ändern, aber Reaper? R.E.A.P.E.R?

Der spielt definitiv ein paar Ligen über mir.

Dieser Mann ist für mich genauso unerreichbar wie der Mond.

Er und ich wären wie ein Löwe und ein Streifenhörnchen, wobei jedem von uns klar sein sollte, wer das blöde, gestreifte eichhörnchenähnliche Tier ist.

Er schon mal nicht!

Eigentlich könnte ich mich auch gleich splitterfasernackt machen und damit beginnen, wie eine Hexe draußen im Hof um eines der Lagerfeuer zu tanzen.

Das wäre einfacher und würde mir eine Blamage ersparen. Wobei es wahrscheinlich genauso peinlich ist, wie vor dem gesamten Club an der harten Schulter eines bereits mehrfach erwähnten Rockers abzuprallen.

Nein! *Stopp!*

Mein Kampfgeist meldet sich zu Wort und erinnert mich daran, dass ich noch nie ein Mensch war, der so leicht aufgegeben hat.

Das passt nicht zu meinem Charakter.

Ich. Bin. Eine. Kämpferin.

Scheiß auf den Typen!

Ich bin heiß! Verdammt heiß und ich werde es ja wohl schaffen, ihn um meinen kleinen Finger zu wickeln.

Entschlossen nicke ich Mabel, die mich genau wie Charlotte schadenfroh beobachtet, zu und signalisiere ihr so, dass es losgeht.

Sie klatscht begeistert in die Hände, läuft los und rennt in die entgegengesetzte Richtung davon. Keine Minute später weiß ich auch, warum.

Es ertönt andere Musik aus den Boxen, tanzbare Musik, solche, die man in Stripclubs hört.

Klasse!

Ganz große Klasse!

Tief einatmend drücke ich den Rücken durch und verfluche mich insgeheim, dass ich meine alte, löchrige Lieblingsjeans angezogen habe und kein Kleid oder einen Rock.

Das würde mir die Angelegenheit bedeutend leichter machen.

Männer stehen auf nackte Haut, besonders Männer wie er ...

Je näher ich ihm komme, umso nervöser werde ich.

Bumm. Bumm. Bumm.

Mein Puls ist kurz davor, sämtliche Rekorde zu brechen, und mein Herz? Es hat seinen Rhythmus verloren, stolpert panisch durch meine Brust und sucht verzweifelt nach einem Schlupfloch, findet aber keins.

Zum Glück!

Ansonsten würde mich das verräterische Teil ohne zu zögern im Stich lassen.

Reaper – REAPER – R.E.A.P.E.R

Sein Name hallt wie der Chor tausender Menschen durch mein Gehirn, während ich tapfer einen Fuß vor den anderen setze.

R-E-A-P-E-R. Reeeaaaaapeeeerrr! Re- Re- Reaper!

Bittere Säure steigt in meiner Kehle nach oben, meine Finger werden schwitzig. Ich fühle mich, als würde ich mich einem hungrigen Wolf annähern, nur um ihn zu fragen, ob er mich nicht fressen will.

Die kraftvollen Beats hallen in meinem Inneren wider und ich versuche, mich auf sie einzustellen und den Song zu fühlen.

Was verdammt schwer ist. Denn wie gesagt, es ist Stripclub-Musik und nicht die neueste Single von Adele. Wobei *Oh my God* ganz gut zu dem passt, was ich mir gerade denke.

Besonders die eine Strophe, in der sie singt:

Ich bin eine erwachsene Frau und ich tue, was ich tun will.
Ich weiß, dass es falsch ist, aber ich will Spaß haben!

Und genau das will ich. Meinen Spaß. Mit R-E-A-fucking-P-E.R.

Er bemerkt mich, als ich vielleicht noch zwei Meter von ihm entfernt bin. Sein gelangweilter, unfokussierter Blick landet auf mir, im ersten Moment bin ich mir sicher, dass er gleich wieder wegsehen wird. Doch seine dunklen, grauen Augen bleiben auf mir liegen, gleiten an mir herab zu meinen Füßen und dann über meine Brüste zurück zu meinem Gesicht.

Uiuiuiuiui ...

Wenn ich dachte, dass mein Puls eben schon durcheinander war, dann ... na ja ... im Vergleich zu jetzt war das gar nichts.

Oh du meine Scheiße!

Ich kann seinen Blick regelrecht auf mir spüren, gleich einer Berührung.

Tapfer setze ich meinen Weg fort.

Stück für Stück, jedoch in immer kleiner werdenden Schritten.

Als dem Rocker klar wird, dass ich nicht nur zufällig in seine Richtung gehe, sondern direkt auf ihn zusteuere, legt sich seine Stirn in Falten und seine Lippen verziehen sich zu einem hungrigen Lächeln, das genauso schnell wieder aus seinem Gesicht verschwunden ist, wie es aufgetaucht ist.

Keine Ahnung, ob das jetzt ein gutes oder ein schlechtes Zeichen ist?!

Es spielt auch keine Rolle, denn ganz egal, was er von mir denkt, oder wie er mich findet, dieser Kerl hat überhaupt keine Chance gegen mich.

Er kann mir nicht entkommen.

Gute Einstellung!

Sehr gut. Richtig löblich.

Mein Kampfgeist ist mehr als zufrieden mit mir, während meine Eierstöcke ein Fest organisieren und gewisse Vorbereitungen treffen.

Wie zum Beispiel ein Feuerwerk zünden, oder ... Oder ... Keine Ahnung, was Eierstöcke so treiben, wenn sie wissen, dass sie hoffentlich gleich mit der besten DNA aller Zeiten rechnen können?

Wobei das ja so nicht stimmt.

Wenn es zwischen ihm und mir, entgegen allen Unwahrscheinlichkeiten, tatsächlich bis zum Äußersten kommt, dann nur mit Gummi.

Ich bin ja nicht bescheuert und riskiere eine Schwangerschaft von dem gefährlichsten Mann, den die Welt jemals ausgespuckt hat.

Ganz. Bestimmt. Nicht.

Nach einem letzten Schritt komme ich bei ihm an, mustere seinen stahlharten Körper mit dem gleichen Interesse, das er gerade mir entgegengebracht hat, und lecke mir hungrig über meine plötzlich sehr trockene Unterlippe.

Ernsthaft!

Aus nächster Nähe ist dieser Mann noch viel beeindruckender als mit dem Sicherheitsabstand, den ich bis jetzt brav eingehalten habe.

Selbstschutz und so weiter ...

Wir sind uns so nah, dass ich den Kopf in den Nacken legen muss, um unseren Blickkontakt aufrechthalten zu können.

In seinen düsteren Augen scheint ein Unwetter zu toben, goldene Blitze erhellen dann und wann die Finsternis, die mich zu verschlingen droht.

Ich komme mir vor wie ein Planet, der aus seiner eigentlichen Umlaufbahn katapultiert wurde, nur um sich plötzlich um einen gefährlichen, unerforschten Himmelskörper zu drehen, auf dem es kein Sonnenlicht gibt, keine Schmetterlinge und auch sonst nichts Fröhliches, aber dafür jede Menge Gefahren und Dunkelheit.

Von der Anziehung, die Reaper auf mich ausübt, erschrocken, schnappe ich leise nach Luft, was sich als Fehler herausstellt.

Denn so atme ich eine Überdosis seines herben, zutiefst maskulinen Geruchs ein, der auf mich eine noch viel berauschenderer Wirkung hat als Mabels Tequila.

Es war ein Fehler, herzukommen, es war ein Fehler, auch nur einen Fuß in diesen Club zu setzen, und es war noch ein viel größerer Fehler, mich auf diese Wette einzulassen.

Was zum Teufel tue ich hier eigentlich?

Die Antwort auf diese Frage liegt längst auf der Hand.

Ich besiegle entweder mein Schicksal oder meinen verdammten Untergang!

2. Kapitel

Reaper, ein süßes Mädchen und ein gefährlicher Hunger, der gestillt werden will!

Nicht sicher, was sich dieses Mädchen dabei gedacht hat, direkt auf mich zuzusteuern, zwinge ich mich dazu, reglos stehen zu bleiben und es einfach nur anzusehen, anstatt es zu packen und mir das zu nehmen, wonach meine schwarze Seele verlangt.

Fuck!

Was denkt sich diese Frau nur dabei?

Obwohl wir noch nie ein Wort miteinander geredet haben, kenne ich ihren Namen.

Savannah ...

Das Mädchen gehört nicht zum Club, was bedeutet, dass es auch keinem meiner Brüder gehört.

Es ist Frischfleisch in einem Raum voller hungriger Raubtiere, und es hat soeben beschlossen, zum Abendmahl des gefährlichsten Raubtiers von allen zu werden.

Anders kann ich mir nicht erklären, warum sie ausgerechnet meine Nähe sucht.

Meine!

Wo ich mich doch mit aller Kraft bis jetzt von ihr ferngehalten habe.

Bei allen *Hell Reapern*!

Schon nach dem ersten Blick auf ihr zartes Gesicht, ihre langen dunkelbraunen Haare und ihre vollen roten Lippen, wusste ich, dass Gott einen Fehler gemacht hat.

Eine Abriegelung wie diese ist kein Spaß!

Am Anfang mag alles noch harmlos wirken, wie ein verfickter Campingausflug. Doch schon nach ein paar Tagen schlägt die Stimmung um und es geschehen verrückte Dinge.

Wir haben Tag elf!

Dass es bis jetzt so ruhig und gesittet abgelaufen ist, verdanken wir genau einem Mann: James.

Wenn der Präsident nicht so unerbittlich darauf achten würde, dass sich jeder benimmt, wäre uns die Scheiße um die Ohren geflogen!

Ich kann verstehen, warum er über diese Abriegelung mit eiserner Hand regiert: Das ist die erste Abriegelung mit Old Ladys.

Er will nicht, dass seine Frau Angst hat oder den Wahnsinn zu spüren bekommt, der normalerweise mit solch einer Absperrung einhergeht.

Was ich durchaus nachvollziehen kann.

Hätte ich eine Frau, die ganz allein mir gehört und für die ich die Verantwortung trage, würde ich es ganz genau so machen.

Savannah ist bemerkenswert schön und vollkommen anders als die Schlampen, mit denen ich normalerweise meine Zeit verschwende.

Dass ich keine Frau habe, liegt daran, dass ich deren Nähe meide.

Geschöpfe wie Savannah sind zu nett, zu gut, zu zerbrechlich für ein Monster wie mich.

Sie sind Geschöpfe des Lichts, während ich in der Dunkelheit lebe.

So einfach.

Zweimal wollte bisher einer der Männer hier sein Glück bei ihr versuchen. Zweimal habe ich es verhindert.

Niemand. Fasst. Diese. Frau. An.

Nicht solange ich in dieser beschissenen Stadt in diesem verfluchten Chapter festhänge.

Seattle hatte schon immer eine verstörende Wirkung auf mich.

Keine Ahnung, woran es liegt? Vielleicht an der Luft? Dem Wasser? Der ganzen vermaledeiten Stadt?

Ich mache mir erst gar nicht die Mühe, zu analysieren, woher mein Beschützerinstinkt kommt und wieso er ausgerechnet bei ihr erwacht ist.

Er ist da und mehr muss ich nicht wissen.

Ich hinterfrage meine Bedürfnisse nicht.

Ich lebe sie aus. Mit nur einer Ausnahme: Ich habe mir Savannah nicht genommen, obwohl ich sie seit dem ersten Moment an wollte!

Mehr als das!

Das Bedürfnis, sie zu berühren, verzehrt mich regelrecht.

Jetzt steht sie hier, direkt vor mir, und sieht mich aus ihren großen rehbraunen Augen an.

Die Mischung aus Vanille und Frau, die mir in die Nase steigt, zerrt an den Ketten meiner selbstauferlegten Zurückhaltung.

Kapiert diese Frau denn nicht, dass ich nur Gefahr für sie bedeute?

Alles, was ich berühre, stirbt oder zerbricht.

So war es schon immer.

Ich bin der Tod, damit habe ich mich längst abgefunden.

Diese Schwäche habe ich in den vergangenen Jahrzehnten zu meiner Stärke gemacht und so dafür gesorgt, dass ich für den *Hell Reaper Motorcycle Club*, für den ich lebe, unentbehrlich geworden bin.

Würde ich beschließen, sesshaft zu werden, wäre ich ein verfluchter Präsident!

Niemand würde sich mir in den Weg stellen, niemand würde es wagen, mir zu widersprechen.

Das Wissen, dass sich jeder hier im Raum vor mir fürchtet, hat etwas Beruhigendes.

Ihre Angst ist das Fundament meiner Macht.

Keiner wagt es, sich mir in den Weg zu stellen. Keiner.

Außer dieser winzigen Frau mit der süßen kleinen Nase, dem Hammerkörper und dem Schmollmund, über den ihre rosa Zungenspitze leckt und so dafür sorgt, dass sich die Muskeln in meinen Armen anspannen.

Sie ist mir so nah, dass ich nur die Hände nach ihr auszustrecken bräuchte und schon könnte ich sie mit einem Ruck an mich ziehen und ihre Weichheit an meiner Härte spüren.

Warum ich es nicht tue?

Fuck!

Keine Ahnung!

Wahrscheinlich, weil selbst ein Bastard wie ich seine Grenzen hat und weiß, dass es Dinge auf dieser Welt gibt, die er nicht mit sich in den Abgrund ziehen darf.

Savannah ist so ein Ding.

Selbst ein Blinder kann sehen, dass sie an einem Ort wie diesem nichts zu suchen hat.

Wäre sie nicht die beste Freundin von Knox Old Lady, hätte ich längst dafür gesorgt, dass sie jemand zum Airport fährt und in den nächsten Flieger nach Hause setzt.

So aber halte ich aus Respekt dem Vollstrecker gegenüber den Mund und gebe mich damit zufrieden, Savannah aus der Ferne heraus zu beobachten und zu beschützen.

Was lächerlich ist!

Wenn bekannt werden würde, dass ich – Reaper – mir nicht einfach nehme, was ich will, würde das meinen Ruf zerstören.

Aber es wird nicht bekannt, weil niemand weiß, wie es tief in meinem Inneren aussieht.

Sie hat getrunken: Tequila. Das weiß ich nicht nur, weil ich es gesehen habe, sondern auch, weil ihre Wangen gerötet sind und sie leicht schwankt.

Verdammt!

Wenn sie mir gehören würde, hätte ich sie längst in mein Bett gebracht und ihr bewiesen, dass sie keinen Alkohol braucht, um sich zu entspannen.

Alles, was sie braucht, bin ich. Ganz. Allein. Ich.

Aber sie gehört nicht mir, und deshalb packe ich sie nicht, darum ziehe ich sie nicht ganz dicht an mich, vergrabe nicht meine Nase in ihren

Haaren und inhaliere nicht ihren Duft, der mich längst süchtig gemacht hat.

„Reaper ...“

Sie flüstert meinen Namen und trotz der lauten, nervigen Musik, die ein dumpfes Pochen hinter meinen Schläfen auslöst, höre ich jede Silbe.

„Was soll das werden, Mädchen?“

Ich mache mir nicht die Mühe, meine Gereiztheit zu verbergen.

Warum sollte ich auch?

Meine Nähe zu suchen, bedeutet für sie Gefahr. Es ist ein Fehler und je schneller sie das kapiert, umso besser ist es für sie und für mich.

„Ich wollte ... Ähm ... Also ... Ich ...“

Sie verstummt, ohne wirklich etwas gesagt zu haben.

„Willst du tanzen? Mit ... Mit mir?“

Nicht sicher, ob sie das gerade ernsthaft gefragt hat, kneife ich die Augen zusammen.

„Sehe ich aus wie jemand, der tanzt?“

Savannah senkt verlegen den Blick, ihre Zungenspitze kommt erneut zum Vorschein. Ich frage mich instinktiv, wie sie sich an meinem Schwanz anfühlen würde.

Gut. Zweifelsohne höllisch gut.

„Nein. Aber ich dachte ...“

„Was hast du gedacht?“

Ich falle ihr grob ins Wort, was sie erschrocken zurückzucken lässt.

Sehr gut. Schaff Abstand zwischen mir, lauf davon, renn so lange bis du wieder in fucking New York bist. Weit weg von dem Club und von mir.

Doch anstatt sich vor mir in die Flucht schlagen zu lassen, bleibt sie tapfer stehen, kommt mir noch etwas näher und sieht mich hoffnungsvoll an.

„Dass du es vielleicht mal versuchen willst?“

Der einzige Tanz, an dem ich interessiert bin, ist der, bei dem sie auf dem Rücken liegt. Aber den meint sie sicher nicht.

Bullshit!

Lauf. Endlich. Weg. Mädchen.

„Verschwinde!“

Die meisten Menschen, die ich kenne, wären bei dem Blick, mit dem ich Savannah bedenke, längst um ihr Leben gerannt. Doch was macht dieses dumme Mädchen?

Es bleibt einfach stehen und rührt sich nicht vom Fleck.

Fuck!

Im Gegenteil, anstatt Abstand zu schaffen, legt sie ihre kleinen Hände auf meine Schultern, streicht über das glatte Leder meiner Kutte und beginnt sich an mir zu reiben. Sie bewegt sich leicht, rhythmisch, sexy ...

Ihre Hüften kreisen, fast so, als ob sie meinen Schwanz reiten würden, ehe sie sich langsam dreht, mir über ihre Schulter hinweg einen lasziven Blick zuwirft und ihren Po gegen meinen Schritt drückt.

Verdammt!

Das ist mehr, als ein Mann ertragen kann.

Sich so dicht an mir bewegend, dass ihr unmöglich entgehen kann, wie hart ich für sie werde, presst sie sich fester gegen mein pochendes Glied und fordert mich so frech heraus, mir zu nehmen, was ich will.

Wieso zum Teufel?

Weshalb macht sie das?

Warum bei mir?

Was bezweckt sie damit?

Soll das eine Art Folter sein?

Ein Trick, um ... *Holy Shit!* Um was?

Ist es eine Schicksalssache? Hat Gott beschlossen, mich für all die Gräueltaten, die ich in der Vergangenheit begangen habe, zu foltern und leiden zu lassen?

Wenn ja, dann ist Gott noch grausamer, als ich dachte!

Die Zähne fest zusammenbeißend, schaffe ich es, das Mädchen nicht zu packen, sondern, scheinbar unbeeindruckt von ihrem Körper, stehen zu bleiben und sie mit einem missachtenden Blick zu strafen.

„Komm schon Reaper, tu nicht so desinteressiert. Ich kann spüren, dass du es auch willst."

Dass ich auch was will? Tanzen? Niemals!

Was ich will, ist besser, härter, tiefer.

Es ist brutaler und endet erst bei Sonnenaufgang, oder wenn sie mich um Gnade anfleht.

Selbst als ich nicht reagiere, lässt sie sich nicht entmutigen, sondern macht einfach weiter.

Ich beobachte diese Frau seit elf Tagen – 11 – und dieses Verhalten passt nicht zu ihr.

Ist es der Tequila?

Was bei allen Höllen ist nur in sie gefahren?

Mein zwischen den zusammengepressten Zähnen hindurch gezischtes „Schluss jetzt!" hält sie nicht davon ab, sich wieder zu mir umzudrehen, sich auf die Zehenspitzen zu stellen und mit ihrer Zungenspitze an der Linie meines Kiefers entlangzufahren.

Wütend schnellen meine Hände vor, packen Savannah grob an den Oberarmen, reißen sie zu mir und halten sie dann mit eisernem Griff fest.

„Fordere nicht, womit du nicht umgehen kannst, Kleines!"

Zufrieden beobachte ich, wie sich ihre Pupillen erschrocken weiten.

„Tue ich nicht!"

Ihre rosa Zungenspitze schnellt erneut vor und leckt und entschlossen, mich in den Wahnsinn zu treiben, über ihre Unterlippe.

Holy Shit!

Holy fucking Shit!

Mein Hirn spaltet sich in zwei Lager, in das eine, das weiß, was ich will, und das andere, das mich streng ermahnt und mich daran erinnert, was das Richtige ist.

Nämlich eine Warnung auszusprechen und die Frau dann zum Teufel zu jagen.

Ich. Sage. Nichts.

Beuge mich zu dem Geschöpf, das sich aus welchen Gründen auch immer in den Kopf gesetzt hat, mich zu verführen, hinab und bringe meinen Mund ganz dicht an ihr Ohr.

„Doch Baby, das tust du. Und ich sage dir gleich, du bist dem, was gleich auf dich zurollt, nicht gewachsen! Also ergreife die Flucht, solange du noch kannst."

Wieder blitzt unverkennbare Furcht in ihrem Blick auf, doch dieses Mal ist da noch etwas – Trotz.

Ganz egal, was ich sage, ganz egal, was ich tue, um ihr Angst zu machen, es wird nichts nützen.

Aus welchen Gründen auch immer, aber diese Frau hat sich in den Kopf gesetzt, mich zu kriegen, und sie wird erst Ruhe geben, wenn sie bekommen hat, was sie will: mich.

Weshalb?

Was zum Teufel bringt ein nettes, anständiges, gutes Mädchen wie sie dazu, einen kaputten Typen wie mich zu wollen?

Ich bin defekt, auf eine Art, mit der ich dem Club nutzen kann, und das ist in Ordnung für mich.

Doch sie – Savannah – könnte jeden haben. Jeden Mann auf diesem Planeten und jeden Mann hier im *Hell Reaper Motorcycle Club*, und doch hat sie sich für mich entschieden.

Warum?

Fuck!

Ihre Beweggründe können mir egal sein. Ich sollte sie mir einfach nehmen, meinen Spaß mit ihr haben und mir keine Gedanken um die Konsequenzen machen.

Was interessiert es mich, was aus dieser Frau wird?

Sie. Ist. Nicht. Mein. Problem.

Savannah ist nicht mein Eigentum und ich bin nicht ihr Beschützer.

Und doch stehe ich hier und mache mir mehr Gedanken darüber, was gut für sie ist, als was ich will.

„Letzte Warnung!" Meine Finger graben sich so tief in ihren Arm, dass sie gepeinigt zusammenzuckt. Wütend auf mich selbst, zwinge ich mich dazu, die Hände von ihr zu nehmen. „Verschwinde, solange du es noch kannst!"

In ihrem Gesicht erkenne ich, dass sie ganz genau weiß, dass ich recht habe und dass es besser für sie wäre, abzuhauen, raus aus diesem Club und weit weg von mir. Und doch bleibt sie einfach stehen und sieht herausfordernd zu mir nach oben.

„Wenn du also nicht mit mir tanzen willst, was willst du dann mit mir machen, Reaper?"

*Fuck! **Fuck!** Fuck!*

Ich hatte mich unter Kontrolle, als sie mit wiegenden Hüften und großen Augen auf mich zugekommen ist.

Ich hatte mich unter Kontrolle, als sie vor mir stehen geblieben ist und mir ihr köstlicher Geruch in die Nase stieg.

Ich hatte mich unter Kontrolle, als ihre Hände auf meinen Schultern landeten, ja selbst dann noch, als sie sich an mir zu reiben begann.

Doch jetzt, wo sie meinen Namen ausspricht, als ob sie jedes verdammte Recht hätte, das zu tun, löst sich meine Kontrolle in Luft auf und zurückbleibt nichts als Entschlossenheit.

Sie will mich? *Verdammt!* Dann kann sie mich haben.

Den angehaltenen Atem mit einem Zischen entweichen lassend, beuge ich mich zu ihr herunter, winde meine Arme um ihre Taille und reiße sie von den Füßen, was ihr ein leises Quietschen entlockt.

Eine Sekunde später hängt sie mit dem Kopf nach unten über meiner Schulter, während ich meine Hand auf ihrem Arsch platziere.

„Hey, was soll das?"

Savannah hat echt den Nerv, mich das zu fragen?

„Du wolltest mich, du hast mich! Mal sehen, wie du damit klarkommst!"

Stille.

Bullshit!

Für einen Moment bin ich mir sicher, dass sie nicht mal atmet.

Dann bringt sie ein etwas klägliches klingendes „Ich wollte tanzen!"
hervor. Das ich ihr nicht abkaufe.

„Was auch immer du wolltest, Honey, aber tanzen war es sicherlich
nicht. Sonst hättest du es einfach mit deinen beiden Freundinnen getan."

Mein Blick gleitet kurz zu Mabel und Charlotte, die uns aus weit
aufgerissenen Augen beobachten.

Was auch immer sich hinter dieser Scheiße verbirgt, ich verwette mein
Bike darauf, dass sie hinter dieser Nummer stecken.

Bullshit!

Im Grunde genommen ist es mir egal, was die Weiber sich da
ausgedacht haben, es wird nicht funktionieren. Savannah ist winzig, was
wird sie wohl wiegen? Sechzig, vielleicht siebzig Kilo? Im Vergleich zu
mir ist sie nichts als eine Fliege und sie wird die restliche Nacht tun, was
immer ich von ihr verlange.

3. Kapitel

Eine Frau, ein Mann, heiße Küsse,
eine geschickte Zunge und ach ja ... Und der Urknall!
Den hätte ich fast vergessen

Verdammte Scheiße!

Was habe ich da nur getan?

Wieso war ich nur so dumm, mich auf diese bescheuerte Wette einzulassen?

Ich hänge über Reapers massiver Schulter, als wäre er ein Eroberer und ich seine Beute.

Himmel!

Ich kann nicht glauben, dass ich ihm wirklich so nah bin, so nah, dass seine Hand auf meinem Arsch liegt und mein Gesicht an seinem Rücken baumelt.

Was, wenn mich mein Mut verlässt?

Was, wenn ich das doch nicht durchziehen kann?

Ob der Rocker, den ich bis aufs Äußerste gereizt habe, Gnade kennt und ein Stopp akzeptiert?

Fast so, als ob es mich für meine Torheit bestrafen wollen würde, lässt mein Gehirn vor meinem inneren Auge ein Bild des *Expect-no-mercy-Patches*, das Reapers Kutte ziert, aufploppen und macht mir damit klar, dass Gnade wohl das Letzte ist, worauf ich hoffen kann.

Was passiert jetzt?

Was hat er wohl mit mir vor?

Wohl kaum Socken stricken oder Kuchenrezepte austauschen.

Die Antwort auf diese beiden Fragen liegt auf der Hand: Sex. Und so, wie ich diesen Biker einschätze, wird es wohl kein Blümchensex werden.

Uiuiuiuiuiui!

Ich mag es ja ruhig ein bisschen härter, aber na ja ...

Irgendetwas sagt mir, dass dieser Rocker auf eine ganz andere Gangart steht als die, die ich bis jetzt erleben durfte.

Vielleicht gefällt es mir ja?

Heilige Scheiße!

Ich hätte das mit der Wette von vornherein abblocken oder, als es dafür schon zu spät war, einfach in den sauren Apfel beißen, mich ausziehen und nackt ums Feuer tanzen sollen.

Das wäre zwar peinlich, jedoch um Welten ungefährlicher gewesen.

Tu jetzt nicht so unschuldig! Wir wissen alle, dass du genau das hier willst, seit du R-E-A-P-E-R das erste Mal gesehen hast.

Upsi! Erwischt.

Mein Unterbewusstsein hat recht. Ich wollte Reaper von Anfang an, nur nicht unbedingt unter diesen Bedingungen.

Egal!

Das spielt jetzt keine Rolle mehr.

Mich an seinem massiven Rücken abstoßend, hebe ich den Kopf und versuche zu erkennen, wohin er mich bringt.

Wir gehen einen langen Gang entlang, dann durch eine mit einem Zahlencode gesicherte silberne Feuerschutztüre und dann eine gewundene Treppe rauf, von der ich bis eben nicht einmal wusste, dass es sie gibt, und das, obwohl ich schon seit elf langen Tagen in diesem Clubhaus festsitze und noch absolut gar nichts von Seattle zu Gesicht bekommen habe.

Als Reaper dann irgendwann mal stehen bleibt, bin ich noch immer ziemlich verwirrt.

Erneut dringt das Piepen eines Touchfelds in mein Ohr, was mir verrät, dass er erneut einen Zahlencode eingibt, ehe sich eine weitere silberne Türe öffnet und ich in einen dunklen, angenehm kühlen Raum getragen werde. Reaper bewegt sich selbstsicher durch die Dunkelheit, fast so, als ob er wie eine Katze die Fähigkeit hat, nachts etwas zu sehen.

Und wenn man seinen Ruf berücksichtigt, scheint das durchaus im Bereich des Möglichen zu liegen. Er ist wie Batman, nur auf eine böse, düstere und tödliche Art.

Irgendwann schaltet er dann doch das Licht ein, indem er seine geballte Faust auf einen Schalter an der Wand krachen lässt. Seine andere Hand ruht dabei die ganze Zeit auf meinem Hintern und lässt meine Hormone dabei regelrecht durchdrehen.

Was mein Körper will, ist klar: gefickt werden.

Mein Gehirn hingegen ist noch am Zweifeln und versucht fieberhaft, einen Ausweg aus der Situation zu finden, doch das wird schwer, solange mein Kopf dem Boden näher ist als meine Füße.

Ich erkenne, dass wir uns in einer Wohnung befinden müssen, genau genommen in einem modern eingerichteten Wohnzimmer, auf dessen metallenen Couchtisch nicht nur eine angebrochene Flasche Wodka steht, sondern auch jede Menge Waffen liegen. Aber nicht so kleine, wie die, die man einfach mal so in seinen Hosenbund stecken kann. Sondern richtige, Bruce Willis und Keanu Reeves würdige Waffen.

Ihr wisst schon, solche, wo man ein „Yippie *Yah Yei* Schweinebacke!" schreit, ehe man einen verdammten Krieg auslöst.

Maschinengewehre, halb automatische Waffen, kistenweise Munition, Handgranaten und auf Hochglanz polierte Messer in den unterschiedlichsten Größen.

Daneben liegt eine schwarze Weste, wie sie Polizisten immer in Filmen tragen. Solche, die einen davor bewahren sollen, dass man erschossen wird.

Das hier ist mal eine ganz andere Welt als die, wie ich sie kenne.

„Also die Typen, die ich für gewöhnlich date, haben nicht solche Dinge in ihrer Wohnung herumliegen. Hast du überhaupt einen Waffenschein?"

Das Beben, das sich in Reapers Brust ausbreitet, verrät mir, dass er leise vor sich hin lacht.

Schön, dass er mich witzig findet.

„Schätzchen, diese Babys hier haben nicht mal Seriennummern und sie sind garantiert nicht registriert."

Danke für die Info.

„Hast du einen Waffenschein?"

„Den brauche ich nicht."

„Ach nein?"

„Warum?"

„Ich bin ein Killer und kein Cop."

Öhm ja ... Das ist dann wohl Erklärung genug.

„Und wem wirst du mit deinen tollen Spielzeugen als Nächstes einen Besuch abstatten?"

Reaper schweigt, was mich nicht sonderlich überrascht. Das fällt ganz klar unter Clubangelegenheiten. Außerdem weiß ich es auch so: Romanoff. James hat ihn nach Seattle geholt, um den König aller Russen auszuschalten.

Wir kommen in einem weiteren, im Finstern liegenden Raum an.

Reapers Faust knallt wieder auf einen Lichtschalter, doch dieses Mal geht nicht wie erwartet ein großes Deckenlicht an, sondern dafür zwei kleine Standleuchten, die auf die jeweils unterschiedlichen Seiten des Zimmers aufgeteilt sind. Zwischen ihnen steht ein großes, komplett mit schwarzem Satin bezogenes Bett.

Klischee erfüllt, würde ich sagen.

Seine Hand klatscht einmal fest auf meinen Po, dann lässt er mich einfach so an sich heruntergleiten und stellt mich ab.

„Zieh dich aus."

„Wie bitte?"

Das kann unmöglich sein Ernst sein.

„Du hast mich schon verstanden! Zieh. Dich. Aus."

Nö"

Ich denke ja nicht im Traum daran.

„Das werde ich nicht tun."

Der so heroische Biker, der es gewöhnt ist, dass all seine Befehle ohne Widerworte befolgt werden, sieht mich überrascht an.

„Nein?"

„Nein!" Um meinen Standpunkt zu verdeutlichen, verschränke ich die Arme vor der Brust.

„Ich weiß ja nicht, mit was für Frauen du sonst so zu tun hast, aber so läuft das hier nicht."

Bin ich lebensmüde oder woher nehme ich den Mut, so mit ihm zu reden?

Egal! *Scheiße!* Nur weil er ein gefährlicher und mehr als tödlicher Outlaw ist, bedeutet das noch lange nicht, dass er hier das Sagen hat.

„Es läuft, wie immer ich es will, Savannah."

Davon träumt der Rocker wohl.

„I have the Pussy so I make the Rules!"

Jetzt fallen dem ach so mächtigen *Hell Reaper* beinahe die Augen aus dem Kopf.

Richtig gehört! Meine Muschi, meine Regeln!

„Bist du völlig übergeschnappt, Weib?"

Vielleicht. Ach was! Wahrscheinlich.

„Kann sein."

„Erst machst du mich an, reibst dich an mir wie eine Nutte an einem Freier und jetzt willst du rumzicken? Das kannst du total vergessen!"

Was ich vergesse und was nicht, ist mal meine Sache.

„Ich zicke nicht. Ich erwarte nur eine gewisse Aufmerksamkeit."

„Du hast meine Aufmerksamkeit! Dessen sei dir gewiss!"

Oh, und wie ich die habe.

Seine glühenden Nachtaugen ruhen unentwegt auf mir, fast so, als wäre ich der verdammte Mittelpunkt seiner Welt, was mir leider viel zu gut gefällt.

„Gut. Dann biete mir was zu trinken an, sei nett zu mir. Von mir aus küss mich. Aber hör auf, mich rumzukommandieren. Ich bin kein Prospect!"

Sein Mund klappt für den Bruchteil eine Sekunde auf.

So wie er dasteht, habe ich fast schon Mitleid mit dem mächtigen Biker.

„Du willst, dass ich dir was zum Trinken hole?"

Wenn er so fragt?

„Nein."

Auf seiner Stirn bilden sich zwei tiefe Falten.

„Aber genau das hast du gerade eben gesagt."

Täusche ich mich oder versteht der Kerl gerade echt gar nichts?

„Mit wie vielen richtigen, echten Frauen hattest du schon Sex?"

Seine Antwort kommt prompt. „Ich ficke keine Transen."

Gut zu wissen, „Das habe ich nicht gemeint. Hast du auch andere Sexpartnerinnen außer Clubnutten?"

Es ist offensichtlich, dass ihm langsam, aber sicher die Geduld abhandenkommt.

„Was spielt das für eine Rolle?"

„Oh, eine sehr große sogar. Bei Nutten brauchst du dir keine Mühe geben. Die machen, was du willst, wann du es willst und wie du es willst. Und wenn sie nicht feucht sind, spucken sie sich einfach auf die Hand und erledigen selbst das noch für dich. Wir echten Frauen, wir *richtigen* Frauen haben schon höhere Ansprüche. Da musst du erst arbeiten, bevor du deinen Spaß hast."

An seinem Kiefer beginnt ein Muskel zu zucken.

„Willst du mich verarschen, Honey?"

Nein.

„Das ist mein Ernst! Gib dir Mühe oder fick deine Hand!"

Oh wow! Habe ich das gerade echt zu ihm gesagt?

Entweder bin ich mutiger, als ich dachte, oder bescheuerter, als gut für mich ist.

Was genau zutrifft, werden die nächsten Minuten sicher zeigen.

„Hör zu, Savannah! Für diese Spielchen, die du hier gerade abziehst, hab ich keinen Nerv. Wenn du 'nen Kerl willst, der dir Blumen schenkt, dann bist du bei mir falsch. Wenn du einen Typen brauchst, der dir erst ein Dutzend Komplimente über deine schönen Augen macht, damit du feucht wirst, ebenfalls. Willst du aber einen Mann, der es dir richtig besorgt und der dich zum Schreien bringt, yeah dann bist du bei mir richtig. Wenn das zwischen uns gut werden soll, dann halt einfach die Klappe und zieh dich aus."

Wie bitte?

Ich soll den Mund halten und mich nackig machen?

Never. Nicht so.

Da tanze ich lieber um das blöde Feuer, als dass ich mich so unter Wert verkaufe.

Ich habe zu lange an meiner Selbstliebe gearbeitet, als dass ich sie mir jetzt von irgendeinem Mistkerl mit Kutte wieder nehmen lasse.

„Weiß du was? Vergiss es einfach. Das mit uns klappt nicht. Such dir lieber wieder eine Nutte. Die haben kein Problem mit Arschlöchern wie dir, nicht solange zum Schluss hundert Dollar zwischen ihren künstlichen Silikontitten landen."

Wütend und enttäuscht mache ich mich daran zu gehen und bin fast ein klein wenig verwundert, als er mich nicht aufhält, sondern einfach aus dem Schlafzimmer rausmarschieren lässt. Ich komme sogar noch an dem Tisch, der viel mehr ein Waffenlager ist, vorbei, ehe ich aus dem Nichts von hinten gepackt und durch die Luft gewirbelt werde. Noch bevor mein erschrockener Schrei verhallt ist, werde ich mit dem Rücken an eine harte, vor Zorn bebende Brust gedrückt.

Ich. Bin. Am. Arsch.

„Nicht so schnell, Honey."

Heiß und feucht streicht sein Atem über meine Ohrmuschel.

„Wenn ich dir erst süße Worte zuflüstern muss, damit ich diesen geilen Arsch ficken kann, dann tue ich das eben."

Wow! Bedeutet das, was ich denke, dass es bedeutet?

Kapituliert der große, böse Reaper etwa vor einem Mädchen?

Er trägt mich zurück, sein eisenharter Arm liegt entschlossen auf meinem Bauch.

„Deine Augen sind wie zwei Sterne." Uhhh ist das kitschig. Aber ich rechne ihm an, dass er es zumindest versucht. „Ich mag deine Lippen, sie sind weich und bringen mich beinahe um den Verstand." Okay, das war schon besser ...

„Und dein Körper ... Fuck! Du hast Kurven, mit denen könntest du jeden Kerl haben. Jeden! Aber du wolltest mich und das wirst du nicht bereuen. Das verspreche ich dir, Kleines."

Und *Ding Ding Ding Ding*. Damit hat er mich.

Nicht nur, dass er mir hinterhergerannt ist.

Oh nein. Er gibt sich auch noch Mühe. Für mich?!

Ist das zu fassen?

Nicht wirklich. Ich komme mir vor, als würde ich träumen.

Schön blöd, ich weiß. Aber R.E.A.P.E.R hat eben eine gewisse Wirkung auf mich, der ich mich nicht so leicht entziehen kann.

Wir kommen wieder im Schlafzimmer an, das Herz schlägt mir bis zum Hals und mein Wunsch, vor ihm davonzulaufen, ist wie weggeblasen.

Anstatt mit einfach grob zu befehlen, dass ich mich entkleiden soll, drückt er seinen Mund hart auf den meinen und teilt geschickt meine Lippen, während er sich an meiner Jeans zu schaffen macht.

Wieder eine Verbesserung. Respekt!

Dieser Biker ist tatsächlich lernfähig.

Seine Zunge trifft auf die meine und anstatt rau und unerbittlich zu sein, fängt sie an, gegen die meine zu stoßen und sie zu verführen.

Hitze wallt in mir auf, meine Knie zittern, während ich den Kuss erwidere und schon bald atemlos gegen ihn sinke.

„Deine Haut ist wie Seide und deine Titten ... Fuck! Ich kann es kaum erwarten, sie zu ficken und dir ins Gesicht zu spritzen."

Zugegeben. Romantik geht anders, aber seine derben Worte verfehlen nicht ihre Wirkung auf mich.

Bienchen-und-Blümchen-Scheiß hätte ich ihm eh nicht abgekauft.

Sein Mund erobert erneut den meinen, während mich seine großen warmen Hände packen, sich unter meine Hose schieben und meine Jeans so nach unten befördern.

Sie rutscht langsam, dann fällt sie hinab zu meinen Füßen.

Mein String hat nicht so viel Glück, er überlebt Reaper nicht, sondern zerreißt mit einem Ratsch und er landet auch nicht auf dem Boden, sondern verschwindet irgendwo in Reapers Weste.

Ich will widersprechen und ihm sagen, dass mein Höschen keine Wichsvorlage ist, schaffe es aber nicht, weil sich seine Zunge einfach viel zu gekonnt um die meine windet.

Dieser Rocker küsst wie der Teufel höchstpersönlich. Ich bin so feucht wie sonst nur nach einem viertelstündigen Vorspiel und das will was heißen.

„Nimm mich!"

Da spricht definitiv der Tequila aus mir.

Er hört mein leises Flehen und lacht.

„Das werde ich. Aber zuerst tue ich das, was eine richtige Frau braucht, um später hart kommen zu können."

Und. Das. Tut. Er. Indem er einfach vor mir abtaucht. Wortwörtlich.

Reaper sinkt vor mir auf die Knie – was ein verflucht göttlicher und zugleich geiler Anblick. Dann schnappt er sich mein rechtes Bein, legt es sich auf die Schulter und öffnet so meine empfindliche Mitte für seine Zunge.

Der erste Kontakt löst einen Schock aus.

Einen von der guten Sorte, falls es das überhaupt gibt?

Keine Ahnung!

Alles, was ich sagen kann, ist, dass sich noch nie etwas so gut angefühlt hat wie sein Mund auf meiner Muschi.

Es ist wie eine Eroberung. Wie eine Fusion, fast so, als würden wir miteinander verschmelzen.

Zuerst leckt er mich nur leicht, punktuell, genau an meinem Kitzler. Das macht er so lange, bis die Empfindungen beinahe zu viel werden und sich das empfindliche Nervenbündel wie elektrisch aufgeladen anfühlt.

Wie auf einen Schlag wird die Berührung fast schon schmerzhaft. Reaper bemerkt es, saugt den hypersensiblen Knubbel in seinen heißen Mund und lässt dann seine Zunge durch meinen Spalt nach unten gleiten.

Ich zucke an seinem Gesicht, winkle mein Bein an und ziehe ihn so noch etwas dichter gegen meine Mitte.

Halleluja! Haaallleeeellluuuhuhuhuhujjaaaaaa ...

Knurrend labt er sich an meinem Fleisch, fast so, als wäre ich sein verdammtes letztes Abendmahl. Saugend, neckend, knabbernd und die ganze Zeit dabei über fest zupackend, treibt er mich hoch und höher, so lange, bis es sich so anfühlt, als würde ich fliegen.

Nach Halt suchend kralle ich mich in seinen weichen Haaren fest, spüre, wie sich seine lange Zunge ihren Weg in meine Pussy bahnt, und schwimme in einem Meer aus Lust und Emotionen, Sehnsüchten und Hoffnung, Angst und Verzweiflung.

Die Angst ist einfach erklärt, ich meine, er ist ein Killer und ich bin hier allein und ihm schutzlos ausgeliefert. Und die Verzweiflung?

Die jagt wie Feuer durch meine Adern, weil mich dieser Mistkerl so nah am Rand des Erträglichen hält, dass mir Tränen in die Augen steigen.

Mein Orgasmus ist so nah, so verteufelt nah und doch so fern, und das macht mich wahnsinnig!

Keine Ahnung, wann es das letzte Mal ein Mann geschafft hat, mich nur mit seiner Zunge kommen zu lassen. Noch nie, glaube ich!

Zu meinem großen Pech gehöre ich nicht zu den Frauen, denen eine einfache schnelle Rein-und-raus-Nummer ausreicht, um einen Orgasmus erleben zu dürfen.

Ich brauche mehr.

Für den Typen, der mich ausgesucht hat, bedeutet es harte Arbeit, mich zufriedenzustellen. Außer natürlich es handelt sich um R-E-A-P-E-R. Für diesen Rocker scheint es ein Kinderspiel zu sein, mich so viel Lust empfinden zu lassen wie noch nie zuvor, und das nur mit seiner Zunge!

Einfach unglaublich.

„Sag mir, was du willst, Honey!"

Seine rauen, geknurrten Worte hallen in meiner Mitte wider.

„Fick mich!"

Er lacht. Ist das zu fassen?

Während ich mich fühle, als würde ich gleich in tausend Teile zerspringen, hat er den Nerv, sich über mich lustig zu machen.

„Oh nein das ist es nicht, was du in diesem Augenblick am meisten begehrst."

Ach nein? Stimmt!

Jetzt, in dieser Sekunde, wüde ich ihm an liebsten eine knallen!

Was ziemlich seltsam ist, wenn man bedenkt, welche Kunststücke seine Zunge draufhat.

„Was will ich dann?"

Wie verrückt geht es eigentlich, dass ich – eine Frau, die normalerweise zu 99,99999 Prozent ganz genau weiß, was sie will – ausnahmsweise mal so neben sich steht, dass sie das einen Mann fragen muss, den sie kaum kennt und von dem sie nichts weiß, außer, dass er gefährlich ist?

„Du willst, dass ich dich kommen lasse!"

Er hat recht. Und um das erkennen zu können, muss er nicht mal ein Hellseher sein. Nicht so dicht wie er meine Pussy direkt vor seinen Augen hat.

„Sag bitte!"

Oh nein, ganz bestimmt nicht.

Ich habe noch nie einen Kerl angefleht, mich kommen zu lassen, und das wird sich jetzt nicht ändern.

„Niemals!"

„Dann halte ich dich so lange am Rand des Erträglichen, bis du umkippst."

Arschloch!

„Fick dich, Reaper!"

„Oh nein. Ich werde dich ficken! Aber erst, wenn du brav bitte gesagt hast."

Was soll dieses kranke Spiel?

Ist es das, was ihn scharfmacht?

Braucht er diese Scheiße, um so richtig hart zu werden?

Nein. Unmöglich! Ich habe die Beule in seiner Hose schon vorhin deutlich an meinem Po gespürt. Das kann es also nicht sein.

Was, wenn es hier um Macht geht?

Unwahrscheinlich.

Er ist der mächtigste Mann, den ich kenne, und das ganz ohne *Präsidenten-Patch* auf dem Leder.

Es geht um Macht über dich!

Die Erkenntnis schlägt ein wie eine Bombe, eine, die fast hochgeht, genau wie ich, als der Biker vor mir plötzlich mit zwei seiner langen Finger in mich eindringt, mich ausfüllt und mir einen lauten Schrei entlockt.

Meine Nervenbahnen sind zum Zerreißen gespannt, ich fühle mich wie eine Rakete kurz vor dem Start, bei der aus irgendeinem Grund der Countdown festhängt.

Ihr wisst schon so à la 6-5-4-3-3-3-3-3-3-3-3-3-3-3-*Fuck!*

Ich stehe in Flammen, ich will ins Universum geschickt werden und stehe dennoch mit beiden – Pardon – einem Fuß fest auf dem Boden.

Entschlossen mir einfach zu nehmen, was ich brauche, ziehe ich ihn an den Haaren, drücke seinen Mund wieder zwischen meine Beine und reibe mich schamlos an seinem Gesicht. Dick und kratzend streichen seine Bartstoppeln über die empfindlichen Stellen zwischen meinen Schamlippen, ich spüre seinen heißen Atem an meiner Klit und sehe zitternd an mir nach unten.

Der Anblick, den der große, starke Biker, der sich vor mir auf dem Boden befindet und mein Bein über seiner massiven Schulter hängen hat, bietet, reicht beinahe aus, um mir den Kick zu verpassen, den ich brauche, um alles um mich herum vergessen zu lassen.

Aber leider eben nur beinahe und darum helfe ich selbst etwas nach.

Scheiß auf den Mann und seinen Machtkomplex.

Selbst ist die Frau!

Ohne lang darüber nachzudenken (als ob das in meinem momentanen Zustand überhaupt möglich wäre) beginne ich, meine Brüste zu kneten, mir selbst in die Nippel zu zwicken und dann eine Hand an meinem Bauch abwärts gleiten zu lassen.

Die besten Orgasmen sind meistens die, die ich mir selbst schenke.

So traurig, aber auch so einfach ...

Auf die Kerle von heute ist einfach kein Verlass mehr!

Reaper bemerkt sofort, was ich vorhabe, ich rechne damit, dass er mich daran hindert, dass er meine Hand wegschlägt, doch das tut er nicht.

Anstatt mich aufzuhalten, sieht er nur fasziniert dabei zu, wie ich meinen Kitzler zwischen Daumen und Zeigefinger einklemme, leicht an ihm ziehe und ihn dann zu reiben beginne.

Erst langsam und dann immer schneller und schneller ...

Bis mein Atem nur noch abgehackt kommt, meine Knie zittern und ich die Augen schließen muss.

Gleich. Gleich. Jeden Moment. Nur noch ein Mal ... gerade als die Welle der Lust über mir hinwegschwappen will, stößt Reaper ein wütendes Zischen aus, schiebt meine Hand beiseite und ersetzt sie durch die seine, bringt seinen Mund wieder ins Spiel und setzt seine Zunge so gekonnt ein, dass der Countdown weiter läuft. 3-2-1-0!

Wäääääämmmmpäääämmmmmbummmmm!

Ich explodiere! Hebe ab, verliere den Bezug zur Realität durchbreche die Atmosphäre und verglühe in der Umlaufbahn, noch bevor ich überhaupt in der Nähe der Sterne ankomme.

Heilige Scheiße!

So etwas habe ich noch nie erlebt, nicht einmal ansatzweise.

Ich vergesse, wo ich bin, ich vergesse, wer ich bin und wie ich heiße.

Alles, was in diesem glühenden Sonnensturm noch zählt, sind die festen Lippen, die sich auf meine Mitte pressen, die Zähne, die mich leicht beißen und die Zunge, die so tief in mir steckt, dass ich ihr Ende nicht mal spüren kann.

Reaper hält mich bestimmend fest und nur seinen warmen, starken Händen verdanke ich es, dass ich mich überhaupt noch auf den Füßen halten kann.

Dann, als die Lust langsam verglüht und sich die grellen Flammen, die an meinem Bewusstsein lecken, langsam zurückziehen, dringt er zuerst mit einem und dann mit einem weiteren Finger in mich ein, reibt über die blank liegenden Nervenenden und touchiert dann genau die Stelle über meinem Schambein, die allgemein als der G-Punkt bekannt ist.

Ich zerbreche.

Nicht langsam, nicht Stück für Stück, sondern auf einen Schlag.

Wie der verdammte Urknall – weltenverändernd.

Und noch während ich im gleißenden Licht verglühe, weiß ich, dass ich nach dieser Nummer nicht mehr dieselbe sein werde.

Des Bikers „Fuck! Es reicht!" sickert langsam in meinen dämmrigen Geisteszustand ein, dann sind seine Finger mit einem Ruck verschwunden und ich werde rücklings aufs Bett geschupst.

Wie durch einen nebeligen Schleier der Lust beobachte ich ihn dabei, wie er sich die Kutte abstreift, zwei Waffen ablegt (keine Ahnung wo er diese die ganze Zeit über hatte!), und sich dann an seiner Hose zu schaffen macht.

Dann zieht er sich die schweren Boots aus, die Jeans samt Boxershorts verschwinden und was bleibt, ist ein gut 1,90 Meter großer, nur aus Muskeln und Hunger bestehender, auf mich konzentrierter Mann.

Ich bin mir noch nie so klein vorgekommen wie in diesem Moment, in dem ich schutzlos vor ihm liege, langsam wieder zu Atem komme und meine Beine in einer stummen Einladung auseinanderfallen lasse.

Reaper knurrt zustimmend, dann ist er auch schon auf seinem Bett über mir und ich spüre, wie seine harten, mit Haaren bedeckten Beine die meinen noch etwas weiter spreizen. Sein Gesicht nähert sich dem meinen, für einen Sekundenbruchteil denke ich, dass er mich küssen will, doch er streckt sich über mich hinweg, um ein Kondom aus dem kleinen, mattschwarzen Schrank zu holen, der neben dem Bett steht.

Die viereckige Verpackung mit den Zähnen aufreißend, holt er den Gummi raus, richtet sich dann zu seiner vollständigen Höhe auf und rollt das Ding über seinen dicken, langen, mit rötlich schimmernden Adern überzogenen Schwanz.

So. Etwas. Habe. Ich. Noch. Nie. Gesehen.

Nicht mal ansatzweise.

Himmel!

Was hat sich Gott oder Mutter Natur oder wer auch immer dabei gedacht, einfach alles – jeden Zentimeter dieses Mannes so perfekt zu formen?

„Bereit?"

Ich bemerke erst, dass seine Augen auf mir ruhen, als er mit mir spricht.

„Denke schon."

Seine linke Braue wölbt sich leicht.

„Du denkst? Bullshit, Honey. Ich habe dir von vornherein gesagt, dass du mit dem, was du da forderst, nicht zurechtkommen wirst."

Hat er.

Und ich wollte es – ich wollte ihn trotzdem! Das will ich noch immer. Und genau das muss mir ins Gesicht geschrieben stehen.

Reaper legt sich auf mich, verteilt sein Gewicht, stemmt sich dann mit seinen Händen neben meinem Kopf auf dem Kissen ab und drängt sich vor meine, noch immer pulsierende Muschi.

„Sieh mich an!"

Der Befehl zischt wie der Schlag einer Peitsche durch die Luft.

Ich tue sofort, was er will, er nickt zufrieden, fasst zwischen uns hinab und dann spüre ich ihn auch schon rund und heiß an meiner Öffnung.

Die Hitze, die in mir aufsteigt, bahnt sich ihren Weg an meiner Wirbelsäule nach oben, breitet sich dann bis in den letzten Winkel meines Herzens aus und schenkt mir die Gewissheit, dass das hier alles, aber ganz bestimmt kein Fehler ist.

Oh nein.

Das ist der einzige Ort, an dem ich sein will.

Hier, bei ihm, bei R.E.A.P.E.R

4. Kapitel

Ein Killer, die Hölle, das Paradies
und ein Biss in den verbotenen Apfel

Dass Savannah nicht für mich bestimmt ist, wusste ich von der ersten Sekunde an, und genau deswegen habe ich mich auch von ihr ferngehalten.

Gebracht hat es nichts.

Was mich zum Zweifeln bringt.

Was, wenn ich mich geirrt habe, was, wenn sie doch für mich bestimmt ist und ich es einfach nicht erkannt habe?

Was sollte eine Frau wie sie an einem Ort wie diesem sonst zu suchen haben?

Als Reaper aller *Hell Reaper* bin ich im Auftrag des Clubs im ganzen Land unterwegs, manchmal sogar über die Landesgrenzen hinweg. Also wie hoch war die Chance, dass sie und ich zur gleichen Zeit am selben Ort landen?

Minim fucking Mal.

Die Chancen standen gleich null und dennoch ist es ganz genau so passiert!

Sie ist hier und sie ist in meinem Bett, während ich vor ihr knie und kurz davor bin, mich bis zum Anschlag in ihrer heißen, engen, feuchten Pussy zu vergraben.

Jung. Schön. Sinnlich. Leidenschaftlich. Temperamentvoll. Und als ob es nicht noch besser gehen würde, ist dieses Mädchen noch dazu mutiger als die meisten Männer, die ich kenne.

Sie hat sich mir verweigert, sie wollte gehen.

Holy Shit!

Allein ihre Ansage, dass sie die Muschi hat und deswegen die Regeln macht, hat mich so hart werden lassen wie noch nie zuvor.

Wenn ich das hier durchziehe, wenn ich das mache, dann werde ich noch tiefer in die Hölle einfahren als eh schon.

Aber das interessiert mich nicht.

Savannah ist jedes Fegefeuer wert.

Sie sieht mich nicht an, also befehle ich es ihr. Sofort zucken ihre wunderschönen Augen in meine Richtung und ich nagle sie mit einem gnadenlosen Blick fest, ehe ich die Hüfte anhebe, die Muskeln in meinen Beinen anspanne und mich dann mit einem schnellen, tiefen Stoß bis zu den Eiern in ihrem Paradies vergrabe.

Ich war noch nie ein besonders gläubiger Mensch. Dafür habe ich einfach schon zu viele schlimme Dinge gesehen und erlebt. Aber jetzt und hier – dank des Mädchens unter mir – bin ich fast bereit, an Gott zu glauben.

Savannah ist wie der verbotene Apfel im Garten Eden und ich habe nicht vor, nur einmal reinzubeißen. Oh nein! Ich will ihn komplett auffressen!

In ihren Augen versinkend, lasse ich die Hüften kreisen, dringe noch ein paar himmlische Millimeter tiefer in sie ein und werde mit einem lustvollen Stöhnen belohnt.

Sie presst sich an mich, krallt sich an meinen Schultern fest und zerkratzt mir den Rücken. Ich heiße den Schmerz willkommen, ziehe mich zurück und stoße wieder zu.

Wieder und wieder, bis wir den perfekten Rhythmus finden, bei dem sie mir jedes Mal selbstvergessen entgegenkommt.

Unsere Hüften klatschen aufeinander, unser Atem vermischt sich, die Grenzen zwischen ihr und mir verschwimmen – zum ersten Mal in meinem Leben fühle ich so etwas wie Verbundenheit.

Bis in die Knochen erschüttert, erstarre ich und kann nicht glauben, was da gerade mit mir geschieht.

Die Einsamkeit, die sich sonst wie die schwarze Nacht um mein Herz windet, löst sich langsam auf. Natürlich nicht vollends, aber zumindest zu einem Teil.

Savannah sieht mich fragend an, sie kann nicht wissen, was sie in mir auslöst, und hat natürlich keine Ahnung davon, welcher Sturm dank ihr in meinem Brustkorb tobt.

„Was ist los?"

Selbst wenn ich wollte, kann ich ihr das unmöglich erklären.

Fuck!

Ich verstehe es ja selber nicht.

„Nichts!"

„Warum hast du dann aufgehört?"

„Habe ich nicht!"

Werde ich auch nicht. Ich würde nie wieder damit aufhören, dieses Mädchen in mein Bett zu tragen und mich bis zum Anschlag in ihm zu versenken,

Dafür fühlt sich das, was es in mir auslöst, einfach viel zu gut an.

Nun etwas langsamer, genussvoller in sie stoßend, höre ich auf, die Frau einfach nur zu ficken, sondern ich nehme sie mir, nehme mir alles, was sie zu bieten hat, und genieße es, speichere es ab und versuche, mit den unerklärlichen Emotionen klar zu kommen, die mir diese Frau schenkt.

Die Chemie zwischen uns verändert sich, das reine körperliche Verlangen weitet sich aus. Ihre Fingernägel ziehen sich aus meiner Haut zurück, dafür windet sie ihre Hände um meinen Nacken, zieht mich zu sich nach unten und schenkt mir einen leidenschaftlichen, intimen, feuchten Kuss.

Ein Kuss, wie ihn Paare tauschen, ein Kuss, wie ihn sich normalerweise nur Liebende geben und nicht zwei Menschen, die sich in irgendeiner beschissenen Bikerbar begegnet sind. Es fühlt sich so an, als würde Savannah mich als ihren Mann akzeptieren – und das voll und ganz.

Spätestens jetzt wäre es um mich geschehen. Spätestens jetzt würde ich den Entschluss fassen, diese Frau nicht einfach wieder gehen zu lassen.

Oh nein.

Dafür ist es längst zu spät.

Mit jedem erneuten Eindringen, mit jedem Schrei, den ich ihr entlocke, und jedem leisen Wimmern, das die Stille erfüllt, festige ich meinen Besitzanspruch.

Hungrig lecke ich über die zarte Haut ihres Halses, beiße mich an ihrem Schlüsselbein fest und uns sauge an dem roten Fleisch ihrer Nippel.

Schweißperlen bilden sich in meinem Nacken, rinnen an meinem Rückgrat hinab und befeuern mich nur noch mehr.

„Reaper ... Ja ... Ja ... Bitte ... Mehr!"

Und ich gebe es ihr.

Ich gebe ihr alles, was sie verkraften kann, und noch mehr ... Noch so unfassbar viel mehr, bis ich Sterne sehe und zuckend meinen Saft in sie spritze.

Zum ersten Mal verfluche ich das Kondom. Zum ersten Mal will ich eine Frau ganz ohne Schutz und störende Schicht ficken. Ich will sie spüren, richtig spüren und sie dann so lange mit meinem Samen füllen, bis er aus ihr heraustropft und ich ihn mit meinen Fingern wieder in sie hineinpumpen muss.

Und das nicht, weil ich sie schwängern, sondern weil ich sie auf die primitivste aller Arten als mein Eigentum kennzeichnen will.

Das allein verrät ja schon, wie abgefuckt ich bin und welche verstörende Wirkung Savannah auf mich hat!

Sie bebt und zittert, ihr einen harten Kuss auf die Lippen drückend, beginne ich mit meinem Daumen über ihren Kitzler zu reiben und schicke sie damit über die Grenze dessen, was ihr Körper ertragen kann.

Der Orgasmus lässt sie die Augen verdrehen, sie japst nach Luft, bäumt sich auf und wispert meinen Namen, als wäre er ihr Gebet.

Amen.

Fuck!

Amen, Mädchen!

Erst als ihre Zuckungen enden und sie kraftlos unter mir liegt, rolle ich mich von ihr, ziehe das Kondom ab und lasse es achtlos zu Boden fallen, ehe ich Savannah fest an mich ziehe, in meine Arme nehme und meine Nase in ihren Haaren vergrabe.

Als ich dann noch feststelle, dass sie nach mir riecht, kann ich mir ein breites, zufriedenes Grinsen nicht verkneifen.

Meins.

Sie weiß es zwar noch nicht, aber nach dieser Nacht gehört diese Frau definitiv mir und wehe dem, der den Fehler macht und versucht, sie mir wegzunehmen.

Das wird wahrscheinlich das Letzte sein, was er auf dieser Welt tun wird.

5. Kapitel

Der Morgen danach, die bittersüße Realität und guter, harter Sex.

Müde und noch immer nicht ganz bei mir, reibe ich meinen Hintern instinktiv an der Härte, die sich gegen mein weiches Fleisch drückt.

Fühlt sich vielversprechend an.

„Aufwachen, Honey."

Die Stimme kenne ich irgendwoher ...

Mein Gehirn kommt langsam in die Gänge, Erinnerungsfetzen krachen wie riesige Hagelkörner auf mein verschlafenes Gehirn und katapultieren mich mit einem erschrockenen Quietschen in die Realität und somit auch in den Wachzustand.

Wo bin ich?

In Reapers Bett!

Wie bin ich dahin gekommen?

Mithilfe einer Wette und jeder Menge Tequila. (Notiz an mich: keine gute Kombination.)

Heilige Scheiße!

Ich hatte Sex mit dem Rocker aller Rocker, dem Killer aller Killer, dem Godfather of Sex-Appeal und fühle mich einfach großartig. Gut, ein bisschen wund, erschöpft und durchgefickt vielleicht. Aber dennoch großartig.

Ja, du hast die Nacht überlebt!

Mein Unterbewusstsein klingt tadelnd, während mir meine Eierstöcke vorjammern, dass der Rocker schlau genug war, ein Kondom zu verwenden, und sie deswegen nicht in den Genuss der Weltklasse-DNA gekommen sind, die sein scharfer Verstand und sein ultraheißer Körper versprechen.

Gott sei Dank war zumindest einer von uns ausreichend intelligent, an Verhütung zu denken.

So viel zu meinem schlauen Spruch: Safety First.

Kaum dass ich unter diesem Biker gelegen bin, hat sich mein Hirn in einen nutzlosen Zellhaufen verwandelt und mich vollkommen im Stich gelassen.

„Komm schon, Savannah, mach die Augen auf."

In der Früh (keine Ahnung wie spät es ist) klingt seine raue Schleifpapierstimme noch eine Nuance kratziger.

Was meine Nippel sofort dazu veranlasst, sich sehnsüchtig zusammenzuziehen und mich dazu bringt, ein klein wenig mit dem Po zu wackeln und mich noch etwas fordernder gegen Reapers Erektion zu pressen.

„Spar dir die Spielchen. Ich werde dich so oder so nehmen, bevor ich aufbreche."

Das Wort *aufbreche* bringt mich dazu, die Augen erschrocken aufzureißen.

„Du gehst?"

Er nickt.

„Wohin?"

„Clubangelegenheiten."

Arghhh ... Wie sehr ich dieses Wort in den vergangenen elf, oder sind es inzwischen schon zwölf Tagen zu hassen gelernt habe.

„Ich weiß, dass du nach Seattle gekommen bist, um einen Russen zu töten."

Reaper, der direkt hinter mir sitzt, den Kopf auf eine Hand gestützt und gierig meine nackten Kurven betrachtet, kneift warnend die Augen zusammen.

„Du weißt gar nichts Mädchen, und das ist auch gut so."

Ach ja?

„Ich weiß, dass der Präsident dich höchstpersönlich mit dieser Aufgabe betraut hat, weil es bisher niemandem gelungen ist, den König aller Russen zu besiegen. Ich weiß auch, dass du dabei dein Leben riskierst und dass mir das ziemlich wenig gefällt."

Oh Mist!

Habe ich R.E.A.P.E.R gerade mit meinen letzten Worten durch die Blume verraten, dass er mir nicht egal ist?

Hoffentlich nicht!

Diese Outlaws reagieren äußerst allergisch auf Gefühle.

„Halt besser den Mund, Honey."

Wie bitte? Ich sage ihm so irgendwie, dass ich mir Sorgen um ihn mache, und er sagt zu mir, dass ich die Klappe halten soll.

Spinnt er?

Groß und schwer klatscht seine Hand auf meinen Arsch, aber mir ist die Lust dummerweise gerade von einer Sekunde auf die andere vergangen.

Mit einem „Hmpf" rutsche ich von ihm weg, setze mich an die Bettkante und suche das Chaos auf dem Boden nach meinen Klamotten ab.

Himmel!

Was hatte ich gestern eigentlich an?

Ja genau, meine Jeans. Aber wo zum Teufel ist sie?

„Was glaubst du, was du da tust, Savannah?"

„Ich gehe."

Auch ohne mich zu Reaper umzudrehen, weiß ich, dass er genervt ist, ich höre es an seinem schweren Schnaufen.

„Einen Scheiß wirst du! Wir beide sind noch nicht miteinander fertig!"

Lächerlich!

Als ob das er zu entscheiden hätte.

„Schon vergessen?" Mit einem Selbstbewusstsein, von dem ich selbst nicht weiß, wo ich es plötzlich herhabe, werfe ich ihm über meine rechte Schulter einen kurzen Blick zu.

„I have the Pussy so I make the Rules!"

Damit stehe ich nackt auf – bei strahlendem Tageslicht – ignoriere das Wissen von der Cellulite an meinen Oberschenkeln und die Tatsache, dass ich meinen Hintern schon immer etwas zu fett fand, und lasse den Rocker einfach allein in seinem Bett sitzen.

Ich weiß nicht, was das zwischen ihm und mir war? Einfach nur eine Wette oder der Beginn von etwas, dem ich mit höchster Wahrscheinlichkeit nicht gewachsen bin? Was ich aber weiß, ist, dass ich keine Lust habe, mich an irgendwelche blöden Clubregeln zu halten. Ich weiß, was ich weiß, und ich habe nicht vor, mich dümmer oder unwissender zu stellen, als ich es eigentlich bin, nur damit sich der Mann an meiner Seite groß und mächtig fühlen kann. Auf solche Spiele habe ich keine Lust.

Wenn ich mich jemals auf eine Beziehung einlasse, dann nur auf eine, die auf Augenhöhe basiert.

Was fantasiere ich mir hier eigentlich zusammen. Zwischen mir und diesem Outlaw ging es nie um etwas Festes. Sondern nur um eine blöde Wette und die habe ich gewonnen. *Yeah!*

Zu meinem Pech will sich deswegen kein Glücksgefühl einstellen.

Alles, was ich empfinde, ist Verzweiflung.

Wo sind nur meine restlichen Klamotten?

Reaper, dem die Geduld ausgeht, steht ebenfalls auf – nackt wie Gott ihn schuf – und kommt mit einer riesigen Erektion auf mich zu.

Schluck!

Allein wie sein dicker Schwanz bei jedem Schritt leicht auf und ab wippt, lässt mich feucht werden und sorgt dafür, dass ich das, was ich gerade tun wollte, ziemlich schnell vergesse ...

Warum stehe ich noch mal mitten in seinem verdammten Schlafzimmer?

Sex war nicht der Grund!

Ah richtig ... Ich wollte ja gehen.

„Was hat es nur damit auf sich, dass du jedes Mal, kurz bevor ich dich ficke, vor mir davonlaufen willst?"

Er scheint die Frage mehr rhetorisch zu stellen, denn er erwartet ganz offensichtlich keine Antwort, sondern packt mich grob am Genick, reißt mich an seinen harten Brustkorb und schiebt seine Zunge tief in mich hinein.

Zuerst wehre ich mich, was nicht viel bringt. Dann entscheide ich mich für Gleichgültigkeit, was eine Schnapsidee war.

Welche Frau, die auch nur einen Funken Leben im Leib hat, könnte einem Kerl wie ihm widerstehen. Einem großen, nackten, erregten, muskulösen Kerl, der sie küsst, als würde sein verfluchtes Leben davon abhängen!

Eben. Keine!

Knurrend touchiert seine Zunge die meine, fordert sie auf, sich zu bewegen, und verführt sie dann zu einem wilden Tanz, der mich in Flammen aufgehen lässt.

„Ich schwöre dir, Frau, du bist total verrückt. Aber wenn ich meinen Schwanz in dir habe, ist mir das verdammt egal!"

Dann packt er mich mit seinen beiden Händen am Hintern, hebt mich mühelos hoch und trägt mich mit zwei großen Schritten zu der Wand hinter mir, bis ich mit dem Rücken gegen die kalte Mauer knalle und mir nichts anderes übrig bleibt, als meine Beine um seine Mitte zu schlingen.

Mit letztem Selbsterhaltungstrieb gelingt es mir, mein Gesicht beiseitezudrehen, was ihm ein zorniges Grollen entlockt.

„Ich bin kein doofes Frauchen, das du einfach nur zum Ficken behalten kannst, Reaper."

„Wer redet hier von behalten, Weib?"

„Wenn das nur eine einmalige Sache für dich war, dann kannst du mich ja jetzt gehen lassen!"

Oh, mir ist nur zu bewusst, dass ich mit dem Feuer spiele.

„Fuck! Kannst du nur ein Mal den Mund halten, Honey?"

„Leck mich, Rocker!"

„Oh das werde ich, Biest."

Das hätte er wohl gern ...

„Aber erst wenn du mir gesagt hast, wo das Problem ist und du mir nicht einfach sagen kannst, wo du hinmusst und was du vorhast!"

Seine Antwort kommt wie aus der Pistole geschossen.

„Clubangelegenheiten."

Arschloch!

„Ich muss jetzt los! Frauenangelegenheiten!"

Damit löse ich mich von ihm, schaffe es, unter seinen Armen hindurchzuschlüpfen und davonzulaufen. Ich komme bis zum Wohnzimmertisch mit dem Waffenarsenal, den Granaten und einem Paar silberner Handschellen.

Reaper jagt mich, fängt mich und wirft mich auf die Couch, wobei sich seine Hand neben meinem Kopf abstützt. Ich nutze den Moment und lege ihm blitzschnell eine der Handschellen an.

Das leise *Ratsch* verrät mir, dass sie zuschnappen.

Irritiert zuckt sein Blick zu mir.

„Was zum Teufel?"

„Wenn du mich noch mal willst, dann nur nach meinen Regeln."

Seine Pupillen weiten sich erschrocken.

„Wütende Rocker fesselt man nicht, das könnte ganz unschöne Konsequenzen nach sich ziehen."

Ach ja?

„Und selbstbewusste, starke Frauen provoziert man nicht, das könnte nämlich ebenfalls unschöne Folgen für dich haben."

Wir liefern uns ein heftiges Blickduell.

Reaper lässt es zu, dass ich ihm eine Hand auf die Brust lege und uns so drehe, dass ich nun rittlings auf ihm sitze.

Keine Ahnung, wieso er mir das erlaubt?

Vielleicht weil er meine feuchte Mitte auf seinem harten, zuckenden Schwanz spürt oder weil er es einfach nicht gewöhnt ist, dass sich eine Frau ihm gegenüber behauptet.

So oder so nutze ich den Moment, um sein zweites Gelenk ebenfalls mit der Handschelle zu fixieren.

Ein Zucken durchfährt ihn, ich beruhige ihn, indem ich mich kreisend auf seinem Glied bewege und so dafür sorge, dass sich seine Nasenlöcher blähen und die Muskeln in seinem Bauch anspannen.

Gierig streife ich mit den Fingernägeln über die hügelige Landschaft seines Sixpacks und genieße, wie sich sein Schwanz fordernd gegen meinen Kitzler drückt.

Noch nie zuvor bin ich mir so verrucht und mächtig vorgekommen wie jetzt, wo es mir gelungen ist, einen der gefährlichsten *Hell Reaper* aller Zeiten einzufangen.

„Zugegeben, das gefällt mir!"

Bedeutet das jetzt, dass sich der Outlaw dem Mädchen unterwirft?

Mich langsam nach vorne beugend, sorge ich dafür, dass meine Brüste seine Lippen berühren. Er schnappt sofort nach ihnen, saugt die Nippel in seinen heißen Mund und beginnt sie zu verwöhnen.

Hilfe, fühlt sich das gut an!

So verflucht gut, dass ich nicht will, dass es jemals wieder endet!

„Und was hast du jetzt mit mir vor?"

Langsam die Hüfte hebend, führe ich sein Glied in mich ein, nehme langsam Platz und beginne ihn genüsslich zu reiten. Erst in einem sanften Auf und Ab, dann etwas schneller, aber nie so wild, wie er es braucht.

Was zur Folge hat, dass er sich aufbäumt, seine gefesselten Hände um meine Schultern legt und ein lautes Brüllen von sich gibt, ehe er herumwirbelt, mich unter sich begräbt und dann wie ein wahnsinnig gewordener Stier in mich hinein pflügt.

Schnell. Hart. Tief. Gnadenlos.

Er trifft auf die empfindliche Stelle in mir, die mir ein Wimmern entlockt, streift dann an meinem G-Punkt vorbei und das wieder und wieder und wieder, so lange, bis ich es nicht mehr aushalten kann.

So lange, bis ich ihn anbettle, mich kommen zu lassen.

Er. Tut. Es. Nicht.

Oh nein, jetzt spielt er mit mir, jetzt hat er die Macht und er genießt sie und nutzt sie in vollen Zügen, um mich so weit zu bringen, dass ich meinen eigenen Namen vergesse, während ich seinen vor lauter Verzweiflung schreie.

„Sag mir, wer dein Mann ist!"

Was?

Wiieee bittteeeeee?

So vernebelt kann mein Gehirn gar nicht sein, als dass diese Forderung nicht sämtliche meiner Alarmglocken losgehen lassen würde.

„Ich ..." Er bewegt sich etwas und mein Herz macht einen verzweifelten Hüpfer, ehe es die weiße Fahne hisst und um Gnade bettelt. „... Ich ... Ich habe keinen Mann. Ich bin Single und das ist auch gut so." Denke ich jedenfalls.

Das Geräusch, das der *Hell Reaper* auf mir nun von sich gibt, klingt alles, nur nicht menschlich. Es könnte genauso gut aus einem Fantasiefilm stammen, in dem jede Menge blutrünstiger, böser und teuflischer Dämonen drinnen vorkommen.

„Du liegst auf dem Rücken, ich auf dir und mein Schwanz in dir, und du sagst, du hast keinen Mann?"

Er klingt fassungslos.

„Das hier ist nur Sex. Zugegeben es ist guter Sex, aber eben nur Sex."

Reapers Augen glühen wie frische Lava direkt aus dem Erdinneren. Ehe er mich als Reaktion auf meine Worte so hart nimmt, dass ich auf der Couch nach oben schieße und mich nach Halt suchend an seinem Knackarsch festkralle.

Huiuiuiuiuiui!
„Ich bin in dir. Ich bin dein Mann!"
„Nein."
In dem verzweifelten Versuch, die lebensverändernde Lawine, die da gerade auf mich zugerollt kommt, abzuwehren, schüttle ich verzweifelt den Kopf.
„Nur Sex."
Reaper knirscht so heftig mit den Zähnen, dass ich schon befürchte, dass er sich gleich einen oder zwei ausbeißen wird.
„Dann ist das also nur Sex für dich?"
Die Brutalität verschwindet genauso plötzlich aus seinen Stößen, wie sie gekommen ist, und zurück bleibt nichts als Intimität, Sehnsucht, Verlangen und ein unerklärliches Gefühl der Zusammengehörigkeit, das ich so noch nie zuvor gespürt habe und das dank des wilden Zungenkusses, den er mir schenkt, nur noch verstärkt wird.
Ich. Bin. Am. Arsch.
Aber nicht, weil ich nicht mag, was dieser Biker mit mir anstellt, sondern weil er recht hat.
Keine Ahnung, was das zwischen uns ist, aber es ist keinesfalls nur Sex.
Er knabbert an meiner Unterlippe, zupft leicht an ihr und versöhnt die gepeinigte Stelle mit einem schnellen Zungenschlag.
Immer wenn er sich bewegt, beginnen die Handschellen zu rasseln und erinnern mich daran, dass ich ihn gefesselt habe und nicht er mich.
Macht. Auch wenn es nur ein Hauch ist, durchströmt mich.
„Sag es mir! Savannah! Ist das nur Sex!"
Obwohl ich es nicht will, schüttle ich verneinend den Kopf.
„Es ist mehr."
Sein siegessicheres Brüllen hallt von den Wänden wider, ehe er mir nun endlich gibt, was ich brauche. Ich zerbreche, obwohl ich mich zum ersten Mal seit Langem komplett fühle. Fliege, fange Feuer und keuche, während sich mein Unterleib um Reaper zusammenzieht, ihn massiert und ebenfalls über den Rand des Erträglichen katapultiert.
In der einen Sekunde sind seine Hände noch gefangen, in der nächsten baumeln die Handschellen nur noch an seinem linken Gelenk.
Wie hat er das gemacht?
Hätte er sich etwa die ganze Zeit über befreien können?
Wer ist dieser Mann? Harry Houdini oder doch eher ein gewissenloser Auftragsmörder?
Ich finde keine Antwort auf die Frage, sondern verliere mich mit jedem seiner rhythmischen Stöße mehr und mehr in der Anziehung unserer

beider Körper, während die Lust mich überwältigt und es vor meinen Augen kurz besorgniserregend schwarz wird.

Als ich das nächste Mal die Augen öffne, liege ich bis zum Hals zugedeckt in seinem Bett. Reaper steht vor seinem Schrank, komplett in Schwarz gekleidet und streicht seine Kutte glatt.

Die lederne Hose an seinen Beinen passt perfekt zu dem ebenfalls pechschwarzen Hemd, das ihn, zusammen mit seinen schweren Boots, höllisch sexy aussehen lässt.

„Was machst du?"

„Ich muss los."

„Romanoff."

Er nickt, obwohl es ihm deutlich anzusehen ist, dass es ihm nicht gefällt, dass ich diese Details kenne.

Tja! Sein Problem!

Seufzend schlage ich die Decke weg, stehe auf und gehe mit wiegenden Hüften auf ihn zu.

„Wie hast du die Handschellen geöffnet?"

Er lächelt, seine weißen Zähne blitzen gefährlich.

„Ich bin ein Outlaw, Honey."

Er sagt das so, als ob das alles erklären würde. Vielleicht tut es das auch und ich bin einfach zu naiv, um es zu verstehen.

Bei ihm angekommen, lege ich sachte meine beiden Handflächen auf seine Brust und spüre seinen kraftvollen Herzschlag an meinen Fingerspitzen.

„Dieser Romanoff ist gefährlich. Sehr gefährlich. Was, wenn er schneller ist als du? Was, wenn er dich zuerst erwischt?"

Selbst mir entgeht nicht, dass ich nicht wirklich wie eine Frau klinge, für die die Nacht und der darauffolgende Morgen nur Sex war.

Verdammt!

„Also erstens sagen wir *Hell Reaper* nicht ‚was wenn'. Wir hadern nicht mit unserem Schicksal und wir flehen es um nichts an. Wir nehmen es und formen es nach unseren Vorstellungen. Und zweitens bin ich viel gefährlicher als dieser Russe!"

Männer und ihr Ego.

„Wenn das so ist, versprichst du mir also, dass du zurückkommst?"

Mein Rocker sieht mich amüsiert an.

„Nur Sex also?"

Wütend auf mich selbst, trete ich einen Schritt zurück, verschaffe mir so zumindest ein wenig dringend benötigten Abstand und verpasse seiner Schulter einen Schlag, der mir mehr wehzutun scheint als ihm, und drehe mich zu dem Bett um.

Noch bevor ich mich setzen kann, packt er mich am Arm, wirbelt mich zu sich herum und presst meine nackte Haut gegen sein raues Leder.

Halleluja!

Schwer und besitzergreifend klatscht seine Hand auf meinen Arsch und knetet das weiche Fleisch.

„Wage es nicht, vor mir davonzulaufen, Honey."

„Ich tue, was ich will. Schon vergessen."

Wir starren uns an, ich spüre, wie mein Zicken-Level anschwillt. Dann küsst er mich und das letzte bisschen Vernunft, das mir noch geblieben ist, löst sich ganz langsam in Luft auf.

6. Kapitel

Treffen sich ein Killer und ein Russe in einer Bar, sagt der eine zum anderen ...

Savannah allein im Club zurückzulassen, hätte mir nicht so schwerfallen sollen.

Doch dieses Mädchen hat etwas an sich, das mich glücklich macht.

Mich! Das ist so unfassbar, dass es fast schon lächerlich ist.

Ich bin so gut in dem, was ich tue, weil es nichts in meinem Leben gibt, was mich von meinen Aufgaben ablenkt.

Keine Familie, keine Träume und erst recht keine Frau.

Das ist jetzt anders.

Denn das Einzige, woran ich denken kann, ist das Mädchen, das ich letzte Nacht in meinem Bett hatte, und wie ich es da möglichst schnell wieder reinbekomme.

Savannah!

Fuck!

Diese Kleine hat mehr Temperament, als gut für sie ist.

Sie hat kein Problem damit, mir zu widersprechen, und sie ist mutig und sexy und leidenschaftlich und verrückt genug, mich mit meinen eigenen Handschellen zu fesseln.

Allein die Erinnerung daran reicht aus, um mich beinahe vergessen zu lassen, wieso ich auf der anderen Straßenseite stehe und auf die Ankunft des Russen warte.

Romanoff ist ein Gewohnheitstier.

Er macht beinahe fast jeden Tag zur gleichen Zeit dasselbe. Sein Kalender scheint in Stein gemeißelt zu sein und daher weiß ich auch, dass er sich heute um Punkt ein Uhr hier mit seiner Schwester treffen wird. Anschließend fährt er ins Büro, nur um sich gegen zehn Uhr mit seiner Lieblingshure zu treffen, die er dann hart von hinten fickt, während er sie beinahe erwürgt.

Anschließend geht er in die Bar, in deren Keller sich sein heimliches Drogenversteck befindet, und in der er heute Nacht sterben wird.

Der einzige Grund, dass ich ihn jetzt schon verfolge, ist der, dass ich gerne gründlich bin, und wer weiß? Vielleicht ergibt sich ja schon früher eine nette Gelegenheit, seinem Leben ein Ende zu bereiten.

Je eher dieser Auftrag erledigt ist, umso schneller bin ich zurück im Club und somit auch in der Nähe eines gewissen Mädchens.

Zu meinem Pech ist der König der Russen immer von seinem Sicherheitspersonal umgeben und verdammt wachsam. Der Tag vergeht und es kommt wie geplant.

Er betritt die Bar, setzt sich wie an fünf Abenden die Woche auf den dritten Hocker von links und lässt sich einen eiskalten Wodka servieren.

Ich warte, bis sich seine Securitys zurückziehen, und sich nur zwei von ihnen draußen an der Straße vor der Türe postieren.

So unauffällig wie möglich die Straße überquerend, ramme ich dem einen mein Messer seitlich in den Hals und breche dem anderen mit einer schnellen, ruckartigen Bewegung das Genick.

Sehr schön ...

Das ging leichter als erwartet.

Aber so läuft das nun mal, wenn man sich die Zeit nimmt und sich einen guten Plan zurechtlegt.

Dann braucht es keine großen Maschinengewehre (die mir eh nichts genützt hätten, die Scheiben sind aus Panzerglas) und auch keine Dutzend Männer, es braucht nur den richtigen Moment, und der ist jetzt.

Entspannt, so lässig, dass niemand, der mich sieht, denken würde, dass ich gerade zwei Männer getötet habe, gehe ich direkt auf Romanoff zu.

Der Umstand, dass ich für diese Aktion mein Leder ausgezogen habe, hilft mir, so nah wie benötigt an ihn ranzukommen.

Erst als ich in seiner Hörweite bin, mache ich ihn auf mich aufmerksam.

„Treffen sich ein Killer und ein Russe in einer Bar, sagt der eine zum anderen: ‚Ich werde dich töten!' Und noch bevor der andere verstanden hat, was ihm gerade gesagt wurde, lag er auch schon um seinen letzten Atemzug ringend in seinem eigenen Blut auf dem Boden."

Romanoff mustert mich kurz, erkennt, was ich bin – ein *Hell Reaper* – und will seine Waffe ziehen. Noch bevor er es schafft, den Lauf auf mich zu richten oder auch nur den Finger auf den Abzug zu legen, bewahrheitet sich meine Prophezeiung und ich ramme ihm die Klinge, die ich extra für ihn geschärft habe, viermal in schneller, kurzer Reihenfolge zwischen die Rippen, zerfetze seine Lunge und schlitze ihn anschließend bis zum Bauchnabel auf.

Mit vor Entsetzen weit aufgerissenen Augen japst er nach Luft, spuckt Blut und stirbt.

Elf Tage Vorbereitungszeit – elf Tage Beobachtungen – elf Tage meines Lebens für diesen Moment.

James und die anderen *Reaper* hätten ihn mit geballter Macht angegriffen, zu zehnt oder vielleicht gar mit zwanzig Mann, jeder

Menge Waffen und Sprengstoff, doch in diesem speziellen Fall, war Geduld und Präzision die beste Methode.

Die junge Russin hinter der Bar sieht mich aus schreckgeweiteten Augen an, sie will den Notknopf unter der Theke drücken, ich halte sie mit einem knappen Kopfschütteln davon ab.

„Wenn du leben willst, Hände dorthin, wo ich sie sehen kann."

Sie tut es und weicht schluchzend zurück.

Zeit für mich, zu gehen ...

Zum ersten Mal in meinem Leben gibt es da eine Frau, die hoffentlich auf mich wartet.

Epilog

Vollmond, zwei Old Ladys, ein Feuer
und ein unheimlicher Zauber

Seit dem Tag, an dem ich zum ersten Mal in Reapers Bett aufgewacht bin, sind vier Wochen vergangen.

Vier Wochen, in denen ich feststellen musste, dass ich mit weitaus weniger Schlaf zurechtkomme, als gedacht.

R.E.A.P.E.R ist, wenn es um mich geht, unersättlich.

Egal womit ich beschäftigt bin, mit wem ich rede oder was ich mache, er ist entweder immer in meiner Nähe und berührt mich, fast so, als ob er nicht fassen könnte, dass es mich wirklich gibt, oder aber er steht in wenigen Metern Entfernung in der Dunkelheit und beobachtet mich aus zusammengekniffenen Augen.

Unsere Beziehung ist, wie soll ich es beschreiben? Intensiv!

Ja, das passt am besten, reicht jedoch bei Weitem nicht aus, um dem gerecht zu werden, was wir beide miteinander haben.

Es ist kurz vor Mitternacht, in einer einsamen Feuertonne in der Mitte des Hofes lodern orange Flammen und noch unterhalten sich der Präsident und sein Vollstrecker entspannt bei einem Bier. Noch! Denn so, wie ich die beiden kenne, werden sie in wenigen Minuten ausflippen, laut herumbrüllen und ihren Augen nicht trauen.

Aber da müssen sie durch, denn ihre Old Ladys haben eine Wette verloren und müssen nun ihren Einsatz bezahlen.

Nervös werfe ich meinem R-E-A-P-E-R einen prüfenden Seitenblick zu.

Er hat längst durchschaut, wie aufgeregt ich bin, und wirkt äußerst misstrauisch.

Schon bald wird er auch wissen warum ...

Die Türe geht auf, zuerst entdecke ich Mabel, die nur in ein Handtuch gehüllt ihren Kopf herausstreckt und prüft, ob die Luft rein ist, direkt hinter ihr entdecke ich Charlotte.

Meine beiden Freundinnen wirken mehr als nervös, fast schon panisch, und doch scheinen beide fest entschlossen zu sein, die Scheiße durchzuziehen. Und das will ich auch erwarten, schließlich habe ich auch nicht gekniffen, was zur Folge hat, dass ich, obwohl die Abriegelung längst vorbei ist, immer noch hier in Seattle im Clubhaus der *Hell Reaper* und auf dem besten Weg bin, die Old Lady von einem dieser Rocker zu werden.

Reaper und ich ... *Huiuiuiuiuiui* ...

Noch nie in meinem Leben hat sich etwas so gut und richtig angefühlt, wie das, was wir miteinander haben.

Mabel reckt mir ihren erhobenen Daumen entgegen, dann lässt sie mit zusammengekniffenen Augen und vor Aufregung ganz roten Wangen das Handtuch fallen und rennt kichernd mit Charlotte auf das Feuer zu.

Wämmm!

Die beiden stehen sofort im Zentrum der Aufmerksamkeit. Sämtliche Blicke sind auf sie gerichtet. Alle. Mit einer Ausnahme: Reaper. Der sieht einfach nur mich an. Als gäbe es für ihn nichts anderes auf der Welt. Als würden da nicht gerade zwei wunderschöne, junge Frauen nackt bei Vollmond um ein Feuer herumtanzen.

Der Präsident erkennt seine Old Lady sofort, schleudert wütend sein Bier durch die Luft und brüllt ein zorniges „Was zur Hölle, Frau!" ehe er sich rennend daran macht, seine Lady einzufangen und mit seinem Körper vor den gierigen Blicken seiner Brüder zu schützen. Knox, der Vollstrecker folgt seinem Beispiel, schnappt sich eine laut kichernde Charlotte, wirft sie sich über die Schulter und schleppt sie schnell davon. Wobei ihr Lachen immer schriller wird. Sie ist definitiv betrunken. Reaper, der noch immer nur mich im Blick hat, kommt langsam auf mich zu, schüttelt den Kopf und zieht mich dann besitzergreifend an seine Seite.

„Fuck Frau! Sei froh, dass du dich nicht an dieser Scheiße beteiligt hast, ich wäre ausgeflippt."

Das glaube ich ihm sofort. Er ist ja schon neulich, als ich mich vor einem Fenster stehend umgezogen hatte, beinahe ausgerastet, weil mich ja vielleicht jemand sehen könnte.

Nicht das Reaper besonders viel Spaß versteht, aber wenn es um mich geht, versteht er wirklich überhaupt keinen. Null. Nix. Zero.

„Oh, ich habe meinen Teil der Wette längst getan."

Zwischen seinen Augenbrauen bilden sich zwei tiefe Furchen.

„Wette?"

Ich nicke.

„Musstest du dich dabei ausziehen?"

„Gewissermaßen."

Ich kann regelrecht spüren, wie die Temperatur zwischen uns beiden sinkt.

Oh. Oh! Oh ...

„Beruhig dich, der Einzige, der mich dabei nackt gesehen hat, warst du!"

Sein gebrummtes „Das will ich dir auch geraten haben" geht in dem sehnsüchtigen Kuss, den ich mir stibitze, unter.

Er und ich ... Mehr brauche ich nicht zum Glücklichsein.

Ein Rocker Club + ein Killer + eine Abriegelung + eine Wette = ein verdammt gutes Happy End!

Grimmige Rocker verascht man nicht

Prolog

Ein *Hell Reaper*, Arielle und fliegende Schusswaffen

„Wenn du jetzt gehst, brauchst du nicht mehr zurückkommen."

Fassungslos sehe ich mich zu Leila um und erkenne in ihren traurig silbernen Augen, die für ihr zartes Gesicht beinahe zu groß wirken, dass es ihr Ernst ist.

„Du kennst den Club. Du weißt, dass ich losmuss, wenn der Präsident mich ruft."

Zumindest sollte sie es wissen, besonders wenn man bedenkt, dass wir seit knapp fünf Monaten zusammen sind.

Fest zusammen.

Fuck!

Das mit Leila ist meine erste richtige Beziehung, und auch wenn ich das niemals sagen würde, fühlt es sich gut an, jemanden zu haben, der einem gehört und dem man gehört.

Es ist schön, nicht allein zu sein.

Nicht, dass ich das jemals wäre.

Holy Shit!

Im *Hell Reaper Motorcycle Club* hier in Seattle ist immer was los. Vierundzwanzig Stunden am Tag, sieben Tage die Woche, dreihundertfünfundsechzig Tage im Jahr.

I.M.M.E.R

Entweder steigt eine wilde Party, oder meine Brüder und ich hängen nur gemeinsam ab.

Nicht zu vergessen die ganzen Bitches, die einem, kaum dass man das Clubhaus betritt, ihre nackten Ärsche ins Gesicht drücken.

Nicht dass ich ein Problem mit Nutten und Ärschen hätte: Ganz. Bestimmt. Nicht.

Aber es gefällt mir eben, eine Frau für mich zu haben. Nur für mich. Ein Mädchen, das ich mit niemandem teilen muss, das abends auf mich wartet, wenn ich nach Hause komme, und das Nacht für Nacht in meinem Bett schläft.

Leila hat nichts mit den *Hell Reapern* zu tun, sie mag den Club nicht mal sonderlich, was mich nie gestört hat.

So musste ich sie zumindest nie zu meiner Old Lady ernennen, nur um sichergehen zu können, dass sie keiner meiner Brüder anfasst.

Am Anfang hat es sie nur wenig gestört, wenn ich nachts rausmusste oder hin und wieder tagelang unterwegs war.

Fuck off!

Sie wollte nicht mal eine Erklärung, sondern hat irgendetwas über Vertrauen gefaselt und davon, dass wir füreinander bestimmt sind.

So weit würde ich jetzt nicht gehen. Aber hey ...

Das muss ich ihr ja nicht auf die Nase binden.

Wir haben Spaß, der Sex ist gut und wir streiten wenig.

Also warum zum Teufel sollte ich das, was wir haben, absichtlich komplizierter machen, als es das ist?

„Sag dem Präsidenten, dass du heute schon was vorhast. Mit mir! Das wird er ganz sicher verstehen."

Ja natürlich. Und Schweine können fliegen!

Selbst wenn James das verstehen würde – was eher unwahrscheinlich ist – bedeutet das noch lange nicht, dass ich das machen werde.

So funktioniert der MC nicht.

Wenn der Präs uns braucht, sind wir da. So einfach.

„Ich hab jetzt keine Zeit für diese Spielchen."

Anstatt endlich nachzugeben, die kämpferisch vor der Brust verschränkten Arme zu lockern und auf mich zuzugehen, drückt sie zickig die Schultern durch und bleibt, wo sie ist.

„Du meinst, du hast keine Zeit für mich."

Wenn sie das so formulieren will ...

„Jetzt gerade nicht. Ich muss los!"

„Bitte, Scott! Bitte tu das nicht!"

Scheiße!

Jetzt fängt sie auch noch zum Heulen an.

Das hat mir gerade noch gefehlt.

„Wir reden später weiter."

Dieses Theater raubt mir den letzten Nerv.

So gut Leila auch zu ficken sein mag, wenn das so weitergeht, drehe ich durch.

„Es gibt kein *Später*. Wenn du gehst, ist es vorbei!"

An dem entschlossenen Unterton, der in ihrer Stimme mitschwingt, erkenne ich, dass sie es ernst meint.

„Schade. Es hat Spaß gemacht mit dir."

Damit lasse ich sie stehen, marschiere den Flur entlang und lasse meine Faust genervt auf den beleuchteten, nach unten zeigenden Pfeil des Aufzugs krachen.

Ein Teil von mir (der mit den besseren Nerven) hofft, dass sie mir hinterherrennt, mich küsst, ihre runden Titten an mir reibt und mir sagt, dass sie es nicht so gemeint hat.

Ein anderer Teil hingegen scheint regelrecht erleichtert zu sein.

Bullshit!

Der Lift lässt mich warten, keine gute Idee in meinem derzeitigen mentalen Zustand.

Dann endlich gleiten die silbernen Schiebetüren vor mir auf und betrete die kleine, komplett verspiegelte Kabine.

Keine Ahnung, welcher Idiot sich diesen Scheiß einfallen lassen hat.

Warum? Welcher Mensch, der einigermaßen bei klarem Verstand ist, will sich von allen Seiten aus selbst anstarren?

Fluchend balle ich eine Faust, hole aus und lasse sie in jede einzelne Scheibe krachen.

Splitter fliegen durch die Luft und rieseln zu Boden, während sich einzelne Blutstropfen auf den spitzen Kanten sammeln und geräuschlos neben meinen Stiefeln auf den Teppich tropfen.

Fuck!

Fuuuccccckkk!

Warum müssen Frauen so sein?

Warum kann Leila nicht verstehen, dass ich nicht einfach so den Club ignorieren kann?!

Es ist noch kein halbes Jahr her, dass mir mein *Back Patch* verliehen und ich somit zum Full Member ernannt wurde.

Ich bekleide kein hochrangiges Amt, ich gehöre ja nicht mal zu den sechs wichtigsten Mitgliedern. Ich bin einfach nur ein *Hell Reaper*, der das Vertrauen seines Präsidenten genießt, nicht mehr und nicht weniger. Hätte ich geregelte Arbeitszeiten gewollt, wäre ich Verkäufer oder Versicherungsmakler oder so 'n Scheiß geworden.

Aber das hat mich nie interessiert.

Ich will das Leben auf der Straße, ich brauche den Kick, mein Bike und meine Freiheit.

Zugegeben. Leila hätte ich gerne behalten, aber wenn sie die Schnauze voll hat?

Bitte schön. Dann lässt sich das eben nicht ändern.

Was hat sie erwartet? Dass ich James einfach so schreibe, dass ich nicht kann, weil ich mir lieber mit meiner Freundin die neue Verfilmung von Arielle auf Disney anschauen will?

Wohl kaum!

Der einzige Grund, aus dem ich mir diesen Mist mit ihr angesehen habe, ist der, dass sie mir versprochen hat, mit danach einen zu blasen. Und man kann über Leila sagen, was man will, aber was Blowjobs angeht, hat sie es voll drauf.

Ich kenne keine Tussi, deren Zunge sich besser auf meinem Schwanz angefühlt hätte als ihre. Und das will was heißen!

Aber damit ist jetzt wohl erst mal Schluss.

Der Aufzug kommt im Erdgeschoss an, das Handy in meiner Tasche vibriert, ich fische es heraus und werfe einen Blick aufs Display: Leila.

Vielleicht ist die Nummer mit dem Blowjob ja doch noch nicht ganz vom Tisch.

Die Augen verdrehend, gehe ich ran.

„Was ist? Ausgezickt?"

Das Erste, was aus dem Hörer schallt, ist ein „Arschloch!" gefolgt von einem „Deine Sachen werfe ich dir aus dem Fenster!" Dann ist die Leitung tot.

Genervt trete ich raus auf die Straße, hebe den Kopf und tatsächlich, segelt mir auch schon eines meiner Hemden entgegen.

Als Nächstes folgen meine Turnschuhe, dann eine Jeans und, *Holy Shit*, meine Ersatzwaffe, die direkt vor mir auf den Asphalt knallt. Ein Schuss löst sich, die Kugel bohrt sich durch das Schutzblech meiner Harley und lässt aus meinem Reifen die Luft raus.

Zorn wallt in mir hoch, ein wütendes Brüllen auf den Lippen drehe ich mich um, sodass ich besser zu ihr nach oben und in ihr schockiertes Gesicht schauen kann.

„Bist du von allen guten Geistern verlassen, Weib?"

Leila fängt sich schnell wieder, reckt mir ihren ausgestreckten Mittelfinger entgegen.

„Fick dich, *Reaper*."

Nett ...

„Werde ich. Denn dich ficke ich ganz bestimmt nie wieder."

Damit schnappe ich mir erneut mein Handy, rufe im Club an und gebe Drake Bescheid, dass er mich abholen muss.

Einfach. Nicht. Zu. Fassen.

Als ob diese beschissene, singende und diesen Typen stalkende Meerjungfrau diesen Streit wert, oder als ob sie wichtiger als der Club wäre.

Leila knallt das Fenster zu, ich sammle meine Sachen zusammen, hebe die Waffe auf und lege die Sicherung ein, die sich bei dem Aufprall gelöst haben muss.

Kein Wunder. Diese Teile sind nicht dazu da, einen Fall aus dem sechsten verfickten Stock zu überstehen!

Zehn Minuten später fährt Drake vor, direkt hinter ihm entdecke ich den Abschlepper, der von Red, einem der neuen Prospects gefahren wird.

„Du hast dir 'nen Platten gefahren?"

„So oder so ähnlich."

Von meiner schlechten Laune unbeeindruckt, zündet er sich, ohne abzusteigen, eine Kippe an, inhaliert den ersten Zug tief in seine Lunge und wirft mir dann die Schachtel zu.

„Du siehst so aus, als könntest du eine brauchen."

Ich wäre auch etwas Stärkerem gegenüber nicht abgeneigt.

„Yeah."

Zehn Sekunden später erfüllt frisches Nikotin meine Atemwege.

„Harte Nacht gehabt, was?"

„Das kann man wohl sagen."

Drake nickt.

„Es ist nie schlau, eine Tussi zu ficken, die keine Ahnung hat, wie der Club läuft."

Ich mache mir nicht die Mühe, ihm zu erklären, dass sämtliche Old Ladys keine Ahnung hatten, wie ein Motorradclub funktioniert, bis es ihre Männer ihnen gezeigt haben. Sondern ich warte ab, bis der Prospect mein Bike aufgeladen hat, und steige dann zu ihm in den Abschlepper.

Hauptsache weg hier!

1. Kapitel

Eine Frau, zwei rote Striche, ein riesiges Problem und ein Bikerarschloch

Nein! Nein! Nein!

Das darf nicht sein! Der Test ist falsch, oder zumindest dieses blöde Ergebnis.

Verzweifelt werfe ich ihn zu den vier anderen fehlerhaften Plastikdingern, die allesamt zwei dicke, fette, rote, leuchtende Striche zeigen und mich so regelrecht verhöhnen.

Was um alles in der Welt soll ich denn jetzt nur machen?

Es ist schließlich nicht so, dass ich mich nicht mindestens schon selbst gefühlt tausend Mal verflucht habe, weil ich so eine Idiotin war.

Mit Scott Schluss zu machen, war ein Fehler.

Immerhin wusste ich von vornherein, dass der *Hell Reaper Motorcycle Club,* dessen Leder er trägt, für ihn immer an erster Stelle stehen wird.

Immer. Komme, was wolle.

So sind diese Outlaws nun mal.

Was ich damals aber nicht erkannt habe, war, dass ich direkt an zweiter Stelle stand.

Das klingt irgendwie blöd, war aber etwas ganz Besonderes.

Diese *Reaper* sind nicht gerade dafür bekannt, besonders beziehungstauglich zu sein, und binden wollen sie sich schon gar nicht.

Scott hingegen war mir treu! Dessen bin ich mir sicher. Er hat nicht rumgehurt und das, obwohl sein blödes Clubhaus eigentlich immer voller schöner, junger und noch dazu halb nackter Tussis ist, die sich jedem Full Member bei jeder sich bietenden Gelegenheit an den Hals werfen.

Oh nein. Scott war bei mir, wenn der Club ihn nicht gebraucht hat.

Und ich?

Ich wusste es nicht zu schätzen und wollte mehr und mehr und immer mehr von ihm, bis es Scott gereicht hat und er gegangen ist.

Wobei man das so auch nicht sagen kann, schließlich wäre er wiedergekommen. Ich war diejenige, die seine Sachen wie ein theatralisches Miststück aus meinem Wohnzimmerfenster im sechsten Stock geworfen und ihm klar gemacht hat, dass ich ihn nie wiedersehen will.

Ich habe mich total danebenbenommen. Besonders seine Waffe einfach fliegen zu lassen, war die dümmste Idee, die ich je hatte.

Scheiße!

Als das blöde Ding auf den Asphalt geknallt ist, hat sich sogar ein Schuss gelöst und ich hätte den Mann, den ich liebe, fast aus Versehen erschossen.

Zum Glück hat die Kugel nur sein Motorrad getroffen. Wobei das für Scott wahrscheinlich genauso schlimm ist, wie wenn ich ihm ins Bein geschossen hätte.

Dieser Mann liebt, liebt, liebt seine Maschine. Noch so etwas, was mich damals total gestört hat und was ich im Nachhinein besser verstehen kann.

Rückblickend war ich eine dumme Kuh.

Naiv. Zickig. Eifersüchtig. Anstrengend und fordernd.

Kein Wunder, dass er nie zurückgekommen ist und sich nie wieder bei mir gemeldet hat.

Ich an seiner Stelle wäre auch froh, mich los zu sein.

Das ist hart. Verdammt hart! Besonders wenn man bedenkt, dass der blöde Teststreifen, auf den ich gerade gepinkelt habe, ebenfalls zwei dicke, rote Striche anzeigt und mir so klar macht, dass die vielen anderen nicht fehlerhaft waren, sondern dass ich einfach schwanger bin.

Schwanger von einem Member des *Hell Reaper Motorcycle Clubs*, der mich sicherlich niiiieeeeee wiedersehen will.

Was um alles in der Welt soll ich denn jetzt machen?

Erschöpft und mit der Situation mehr als überfordert, lasse ich mich auf die kalten, weißen Fliesen meines Badezimmers sinken, winkle die Knie an und starre auf den positiven Test. Mein Gehirn braucht ein paar Minuten, um das, was ich gerade herausgefunden habe, zu akzeptieren.

S-C-H-W-A-N-G-E-R.

Ich erwarte ein Kind von einem der gefährlichsten Männer Seattles – ach was – von einem der gefährlichsten des ganzen Landes.

In mir wächst ein Kind, ein winziger kleiner Minimensch.

Panik flutet meine Adern, Panik, Furcht und Vorfreude.

Mag sein, dass dieses kleine Wesen nicht geplant war, aber ich glaube, ich will es.

Also zumindest denke ich, dass ich es will.

Wie soll ich mir da in dieser Sekunde sicher sein, wenn gerade mein komplettes Leben auf den Kopf gestellt wurde.

Ich muss es ihm sagen.

Ich muss!

Oder?

Keine Ahnung!

Mit zittrigen Knien kämpfe ich mich hoch, halte mich an der kalten Keramik des Waschbeckens fest, und sehe meinem Spiegelbild streng in die Augen.

„Schwanger!"

Es laut auszusprechen, fühlt sich seltsam an, irgendwie unwirklich, und doch ist es so.

Natürlich ist kein Test zu 100 Prozent zuverlässig. Aber fünf?

Ich glaube nicht, dass gleich fünf falschliegen.

Scott. Ich muss ihn anrufen.

Ich muss es ihm sagen.

Sofort.

So schnell mich meine wackeligen Beine tragen, laufe ich ins Wohnzimmer, blinzle die Tränen, die sich in meinen Augenwinkeln gebildet haben, entschlossen weg und lasse mich auf das Sofa fallen, auf dem unser Kind höchstwahrscheinlich gezeugt wurde.

... unser Kind ... Gott!

Zum ersten Mal seit sechs Wochen erlaube ich es mir, Scotts Namen in meiner Anruferliste nicht einfach nur anzustarren, sondern sie auch anzutippen. Was ich mir in den vergangenen eineinhalb Monaten strengstens verboten habe.

Wäre er zu mir gekommen?

Ja.

Ich wäre schwach geworden und hätte mich sofort wieder auf ihn eingelassen.

Aber dem Biker hinterherlaufen?

Nein. Das kam nicht infrage.

Dafür war ich einfach zu stolz.

Das bin ich eigentlich auch immer noch, aber die Tatsache, dass da sein Baby in mir heranwächst, verändert die Dinge.

Unsicher und so viel Sauerstoff wie nur möglich in meine Lungenflügel saugend, kämpfe ich gegen die wachsende Panik, die sich in meiner Brust ausbreitet, an und warte auf das Freizeichen.

Es tönt durch den Lautsprecher, aber Scott geht nicht ran.

Das hätte ich gleich wissen müssen.

Dieser Mann macht keine halben Sachen.

Wenn er mit dir zusammen ist, dann richtig. Voll und ganz. Dann gehörst du ihm und er dir und du kannst dich zu einer Million Prozent auf ihn verlassen. Aber wenn man eben nicht mehr mit ihm zusammen ist, dann ist man raus. Komplett. Ohne Gnade und ohne Kompromisse. Und ich bin raus und es ist meine Schuld.

Meine Tränen laufen über, tropfen an meinem Kinn nach unten und schenken den Selbstzweifeln in mir immer mehr Kraft.

Du kannst kein Kind großziehen.

Das Leben ist teuer und die Welt hat kein Mitleid mit alleinerziehenden Müttern.

Du musst es abtreiben.

Nein! Auf gar keinen Fall!

Ich werde es Scott sagen und dann wird alles gut!

Wie naiv bist du eigentlich.

Typen wie er haben keinen Bock auf schreiende Babys, darauf, stinkende Windeln zu wechseln, und schon gar nicht auf die ganze Verantwortung, die damit einhergeht.

Zu meinem Pech klingt mein Unterbewusstsein sehr überzeugend.

Soll ich es ihm doch nicht sagen?

Nein. Das wäre falsch.

Ich muss. Er hat ein Recht darauf, es zu erfahren. Schließlich ist er der Vater und somit ist es auch sein Kind.

Hin und her gerissen stehe ich wieder auf, gehe in den Flur und ziehe mich an.

Es gibt Dinge, die darf man nicht vor sich herschieben, sondern muss sie gleich angehen, und eine Schwangerschaft von einem gesetzlosen Outlaw Biker gehört definitiv dazu.

Es ist Freitag um kurz nach neun Uhr abends, was bedeutet, dass sich Scott eigentlich in seinem Clubhaus aufhalten müsste.

Wahrscheinlich feiern die *Reaper* wieder irgendeine dieser wilden Partys, zu denen Scott mich zwar jedes Mal wieder eingeladen hat, aber zu denen ich immer Nein gesagt habe.

Irgendwann hat er es dann gar nicht mehr versucht, mir seine Welt zu zeigen, und ich? Na ja, ich fand das gut. Bis jetzt. Jetzt erkenne ich leider erst, was für eine miese Zicke ich gewesen bin.

Hoffentlich ist es noch nicht zu spät für uns, die Kurve zu kriegen!?

Es. Sind. Sechs. Wochen.

Nicht bereit, mich von der fiesen Stimme in meinem Kopf ablenken zu lassen, blende ich sie einfach aus und hoffe, dass alles gut wird.

Was bleibt mir auch anderes übrig?

Das Baby in mir ist nun mal da und lässt sich nicht mehr wegwünschen.

In der Tiefgarage angekommen, steige ich in meinen Wagen, schnalle mich an und mache mich auf den Weg.

Keine zwanzig Minuten später stoppe ich vor den offen stehenden Toren des Clubhauses.

Es ist genau wie vermutet. Nackte Frauen, bärtige Männer, in verrosteten Ölfässern brennende Feuer und laute, harte Rockmusik.

Heilige Scheiße!

Mein erster Instinkt ist es, den Rückwärtsgang einzulegen und so schnell wie möglich die Flucht anzutreten.

Ich kämpfe ihn nieder, lenke meinen alten Honda an den Straßenrand, steige aus und kratze all meinen Mut zusammen, ehe ich tapfer einen Schritt vor den anderen setze und mich so auf die Suche nach Scott mache.

Es ist viel los. Sehr viel.

Große, starke, mit Muskeln überzogene und tätowierte Kerle stehen mir im Weg, ich weiche ihnen aus, schlängle mich durch die Masse und stehe prompt einer fast nackten Frau mit lila Haaren gegenüber.

Sie trägt nichts als einen winzigen, schwarzen String und kniehohe Stiefel.

„Was willst du hier?"

Ihre Stimme tropft nur so vor Ablehnung.

Was habe ich ihr getan?

Wir kennen uns gar nicht, also warum ist sie so feindselig?

„Hast du Scott gesehen?"

In ihren blauen Augen blitzt es wütend auf.

„Toll! Noch so eine langweilige Kuh, die glaubt, mir einen Member vor der Nase wegschnappen zu könne. Aber das kannst du vergessen! Die nächste Frau, die ein Lady-Leder kriegt, bin ich."

Okay ...

Keine Ahnung, was ich dazu sagen soll, halte ich ihrem bösen Blick stand.

Was ihr nicht zu gefallen scheint.

„Bist du taub, oder was? Keiner will dich hier! Schon gar nicht Scott. Also verpiss dich!"

Nicht bereit, mich von einer Nutte, die tatsächlich glaubt, dass ein String und Lederstiefel ein komplettes Outfit sind, blöd anmachen zu lassen, drücke ich die Schultern durch und sehe sie so arrogant wie möglich an.

„Wirklich sehr schick. Aber ich glaube, du hast dein Kleid zu Hause vergessen!"

Damit schiebe ich mich an ihr vorbei und gehe weiter. Zumindest tue ich das so lange, bis ich den Rocker, den ich suche, mit einer Blondine im Arm an einem der brennenden Ölfässer finde.

Besagtes Blondchen hat genauso wenig an wie die Lilahaarige gerade eben.

Nur dass sie keine Stiefel an den Füßen hat, sondern glitzernde High Heels.

Über Geschmack lässt sich tatsächlich streiten, aber seit wann steht Scott auf so billige Nutten?

Mach dir doch nichts vor. Alle Männer stehen auf nackte Frauen. Alle! Natürlich auch Scott.

Die fiese Stimme meines Unterbewusstseins klingt schadenfroh. Sie wusste schließlich von vornherein, dass es ein Fehler war, sich auf einen der legendären *Hell Reaper* einzulassen.

Ich habe es aber trotzdem getan!

Und verdammt!

Ich würde es wieder und wieder und wieder tun.

Wenn ich doch nur nicht so stolz wäre, hätte ich ihn längst angerufen oder ich wäre schon viel eher hier aufgetaucht, um nach ihm zu suchen.

Aber nein. Es waren erst fünf positive Schwangerschaftstests nötig, um mich endlich dazu zu bringen, um den Mann zu kämpfen, den ich wirklich will.

Dumm! Dumm! Dumm!

Hoffentlich ist es noch nicht zu spät.

Entschlossen laufe ich weiter, und das, obwohl es sich so anfühlt, als würde mir mein Herz jederzeit aus der Brust springen.

Eiskalte Eifersucht vermischt sich mit der brodelnden Wut, die wie flüssiges Magma in meinem Herzen vor sich hin brodelt.

Er will diese Tussi gar nicht. Er will mich. Und sobald er mich sieht, sobald er erkennt, dass ich hier bin, in seinem geliebten Motorcycle Club, wird er die Blondine wegstoßen und auf mich zugehen.

Er wird es. Er muss.

Alles andere wäre einfach zu schlimm.

Ich meine, Scott kann mich doch nicht einfach so vergessen oder gegen diese Nutte da eingetauscht haben. Oder?

Meine Handflächen werden schwitzig und in meinen Ohren macht sich ein lautes Dröhnen bemerkbar. Mir ist schlecht. Genauer gesagt kotzübel. Es steht einfach viel zu viel auf dem Spiel, als dass ich jetzt cool bleiben könnte.

Verdammt! Verdammt! Verdammt!

Ich hätte nie so ausrasten dürfen.

Schließlich gibt es viele Männer, die, wenn sie einen Anruf kriegen, auf der Stelle losmüssen und die keine geregelten Arbeitszeiten haben.

Polizisten zum Beispiel, Feuerwehrmänner und Ärzte.

Nur dass Polizisten die Gesetze beschützen und nicht brechen, Feuerwehrmänner Brände löschen und nicht legen, und Ärzte Menschenleben retten, anstatt welche zu töten.

Aber wer will sich denn jetzt schon an diesen kleinen Feinheiten aufhängen?

Ich wusste schließlich vorher, auf wen oder was ich mich einlasse. Da brauche ich mich nicht im Nachhinein darüber aufregen. Wenn etwas klingt wie eine Ente, wenn es läuft wie eine Ente, und wenn es aussieht wie eine Ente, na ja ... dann ist es eine Ente.

Und genau so ist es auch mit einem Biker.

Wenn er aussieht wie ein Biker, handelt wie ein Biker und lebt wie ein Biker, dann ist es? Ganz genau! Ein Biker.

Uns trennen nur noch wenige Schritte. Dann sind wir kaum noch einen Meter voneinander entfernt. Und obwohl ich nichts gesagt, mich ja kaum bewegt habe, hebt Scott den Kopf und unsere Blicke treffen sich.

Es ist wie ein Schock, ihn nach der langen Zeit wiederzusehen.

Ernsthaft!

Scott ist noch viel schärfer als in meiner Erinnerung, und das will was heißen. Denn selbst in meinen Träumen hatte dieser Rocker mehr Scoville als die Carolina Reaper Cilli, und die schlägt mit ihren zwei Millionen wirklich sämtliche Rekorde.

Wie passend, dass diese Peperoni ebenfalls Reaper heißt.

Das wird wohl kaum ein Zufall sein!

Oder?

Egal. Zurück zu Scott.

Die Zeit steht still. Ernsthaft. Es ist wie in einem Film, als hätte das Universum beschlossen, einfach zu stoppen und das nur, um der Katastrophe einen Atemzug später ungebremst ihren freien Lauf zu lassen.

In einem Moment wirkt Scott überrascht, irgendwie fassungslos, im nächsten verziehen sich seine vertrauten Mundwinkel zu einem fiesen Grinsen, das seine Augen nicht erreicht, während er die Blondine am Genick packt und vor sich auf den Boden drückt.

Er braucht nicht viel Kraft einsetzen, denn das blöde Miststück sinkt nur zu bereitwillig vor ihm auf die Knie, öffnet zuerst seinen Gürtel, dann seine Hose und beginnt ihm dann, einfach so, mitten zwischen den Leuten, einen zu blasen.

Guter Gott!

Ich komme mir vor wie in einem Albtraum.

Einem Pornoalbtraum, falls es so etwas gibt?

Nicht fähig, die Augen von dem, was sich da gerade abspielt, abzuwenden, bleibe ich einfach stehen und spüre, wie etwas in mir zerbricht.

Unwiderruflich.

Hätte er mich einfach angeschrien, wäre er wütend auf mich gewesen, weil ich seine Sachen aus dem Fenster geworfen und ihn dabei beinahe erschossen habe, könnte ich damit umgehen.

Aber das?

Jedes Mal, wenn der Kopf der Hure vor und zurück wippt, wird mir schlechter und schlechter. Mein Herz zieht sich gequält zusammen und in meiner Kehle breitet sich ein bitterer Geschmack aus.

Dieser Mann ist ein Arschloch! Versteh das doch endlich, Leila.

Die Stimme in meinem Kopf hat recht.

Sie hatte von Anfang an recht. Ich hätte mich nie, nie, niemals auf diesen *Hell Reaper* einlassen dürfen.

Diese Kutten tragenden Motorradfreaks sind einfach alle gefühllose Schweine!

Schluchzend schlage ich mir die Hand auf den Mund, was Scott nur noch breiter grinsen lässt. Und als ob das alles nicht schlimm genug wäre, tätschelt er der Bitch auch noch auf die gleiche Weise den Kopf, wie er es immer bei mir gemacht hat, wenn ich ihn mit dem Mund befriedigt habe.

Das ist zu viel.

Ich muss hier weg. S.O.F.O.R.T.

Getroffen nach hinten stolpernd, schupse ich zwei riesige Typen beiseite, ehe ich so schnell ich nur kann zu laufen anfange.

In meinem Auto angekommen, breche ich endgültig zusammen. Der Tränenstrom will einfach nicht versiegen, während sich in mir die Gewissheit ausbreitet, dass ich das Kind abtreiben muss.

Ich kann keine alleinerziehende Mutter sein. Das schaffe ich nicht.

Und auf Scott kann ich mich nicht verlassen.

Männer wie er sind nicht dazu gemacht, Väter zu sein, dafür sind sie viel zu sehr damit beschäftigt, sich wie riesige Arschlöcher aufzuführen!

Völlig ausgelaugt und kraftlos fahre ich nach Hause, lege mich in mein Bett und versuche, eine Lösung für das Chaos zu finden, in das sich mein Leben in den letzten Stunden verwandelt hat. Blöderweise komme ich immer wieder zum gleichen Entschluss.

Ich muss die Schwangerschaft so schnell wie möglich beenden.

Ich kann diesem Kind nichts bieten. Gar nichts.

Und so ein Leben wäre nicht fair!

2. Kapitel

Wenn ein *Reaper* erkennt, dass er einen Fehler – einen verdammt großen Fehler – gemacht hat.

Seit ich Leila auf der Party gesehen habe, sind zwei Wochen vergangen. Zwei Wochen, in denen ich immer an ihren schockierten Gesichtsausdruck gedacht habe, an dem nur ich schuld bin.

Wobei der Schock nicht mal das Problem wäre – es ist der Schmerz, der in ihren wunderschönen kaffeebraunen Augen stand, als ich der verdammten Bitch meinen Schwanz in den Mund geschoben habe.

Holy Shit!

Ich bin ein Arschloch, der eine Frau wie sie gar nicht verdient hat.

Wenn es um den Club geht, dann kann mich das Wort ‚kompliziert‘ nicht abschrecken.

Im Gegenteil. Je komplizierter und verzwickter eine Lage ist, umso größer ist mein Ansporn, die Scheiße zu regeln und dem Präsidenten zu beweisen, dass ich das Leder, das ich trage, wert bin.

Bei Frauen hingegen?

Da mag ich es einfach, problemlos, leicht.

Leila war das erste Mädchen, das es geschafft hat, mich für fünf Monate an sich zu binden, und was soll ich sagen? Ich vermisse sie!

Sehr. Mehr als gedacht.

Was ein Witz ist.

Denn bis zu dem Moment, in dem sie heulend davongelaufen ist, wusste ich nicht einmal, wie viel ich für diese Frau empfinde.

Es ist mir erst klar geworden, als ich die Sache zwischen uns endgültig vermasselt habe.

Jetzt stehe ich hier, auf der anderen Straßenseite, und beobachte aus der Dunkelheit heraus ihre hell erleuchteten Fenster, nur um vielleicht einen kurzen Blick auf sie erhaschen zu können.

Was mir bis jetzt nicht gelungen ist.

Es wäre so leicht, einfach die Straße zu überqueren, bei ihr zu klingeln und mich zu entschuldigen.

Theoretisch zumindest.

Praktisch sieht das schon wieder ganz anders aus.

Fuck!

Sie hat mein gesamtes Zeug aus dem Fenster geworfen und mich dabei beinahe erschossen!

Das ist keine beschissene Kleinigkeit.

Außerdem, was würde es bringen, wenn ich jetzt zu ihr gehe, mich entschuldige und ich das nächste Mal, wenn mein Telefon klingelt und mich der Club braucht, wieder genauso reagieren werde wie das letzte Mal? Nichts!

Leila erwartet mehr von dem Mann an ihrer Seite, als ich ihr zu geben bereit bin.

Das mit uns hat nicht die geringste Chance.

Der *Hell Reaper Motorcycle Club* wird für mich immer an erster Stelle stehen. Leila weiß das jetzt und das macht die Sache zwischen uns nicht gerade unkomplizierter.

Was total lächerlich ist.

Ich meine, was hat sie denn erwartet?

Es ist ja nicht so, dass mir der MC nur wichtiger als sie ist, sondern er steht auch weit über meinem eigenen Glück.

Reapers First!

Das ist der Deal, den jeder Mann akzeptiert, sobald er sich dafür entscheidet, Member zu werden und das Leder anzulegen.

Wenn jeder seine persönlichen Belange über die des Clubs stellt, wo würde das hinführen?

Ins Chaos!

Die Welt, für die ich mich entschieden habe, ist gefährlich, hinter jeder Ecke lauert der Tod.

Der einzige Grund, aus dem es meinen Brüdern und mir gelingt, am Leben zu bleiben, unseren Geschäften nachzugehen und Geld zu verdienen, ist der, dass wir zusammenhalten. Loyalität ist alles!

Wenn wir anfangen, unsere Frauen, Hobbys und individuellen Bedürfnisse über die des MCs zu stellen, werden wir alle sang- und klanglos untergehen.

Mabel, Charlotte und die vielen anderen Old Ladys des Clubs haben das verstanden, doch Leila wird das nie verstehen, und darum ist es besser, jetzt zu gehen.

Wütend, mit einem schmerzhaften Ziehen in der Brust, will ich mich in genau der Sekunde von dem mit Licht gefüllten Fenster abwenden, als Leila auftaucht und sorgenvoll in die Nacht schaut.

Obwohl ich in tiefste Dunkelheit getaucht bin, kommt es mir fast so vor, als könnte sie mich sehen. Ich bilde mir ein, dass sie zu mir nach unten schaut und dass sich unsere Blicke begegnen. Mein Herz wird schwer und der Drang, zu ihr nach oben zu gehen, sie in die Arme zu ziehen und ihr ein für alle Mal klarzumachen, dass sie mir gehört – und ich ihr – überwältigt mich beinahe.

All die Nutten haben ihren Reiz verloren.

Selbst der Blowjob von der Bitch neulich auf der Party hat sich angefühlt, als würde ich Asche essen.

Alles, was ich will, ist Leila. Ich will ihren Mund. Ich will ihre weichen Lippen küssen und ich will genau diese Lippen an meinem Schwanz spüren und keine anderen.

So scheißkitschig das jetzt auch klingen mag. Aber diese Frau ist das Erste, woran ich nach dem Aufstehen denke, und das Letzte, was mir durch den Kopf geht, bevor ich einschlafe.

Es fühlt sich fast so an, als hätte mich diese Frau verflucht, aber auf eine gute Art und Weise, falls es so etwas überhaupt gibt.

Fuck!

Fuuccccckkk!

Passend zu meiner Stimmung beginnt es leicht zu regnen.

Nicht fähig, den Blick von ihr abzuwenden, wünsche ich mir fast, dass sie mich sieht.

Das Handy in meiner Hosentasche vibriert, da es kurz nach ein Uhr in der Früh ist, kann das nur der Club sein.

Anstatt wie gewohnt sofort ranzugehen, schaffe ich es nicht, meine Augen von Leila zu lösen, sondern starre verzweifelt zu ihr hinauf.

Wenn ich nicht so ein Idiot wäre, könnte ich jetzt bei ihr da oben sein, meinen Arm um ihre Schultern legen, sie ganz dicht zu mir heranziehen, meine Nase in ihren dunkelbraunen Haaren vergraben und meine Lunge mit ihrem unvergleichlichen Duft füllen.

So aber stehe ich im Nieselregen auf der Straße und denke nur an das, was ich haben könnte: Sie. Leila.

Und wieso ich es nicht habe: Wegen mir.

So einfach. Ich bin derjenige, der unsere Beziehung genauso gnadenlos getötet hat wie die Feinde unseres Clubs. Ohne Chance auf Wiederbelebung.

Das Vibrieren endet nur, um einen Atemzug später von Neuem zu beginnen.

Etwas stimmt nicht.

Fluchend fische ich es aus meiner Tasche, James Name blinkt mir entgegen, doch statt des Präsidenten, ist dessen Old Lady Mabel am Telefon.

„Scott?"

„Aye, was gibts?"

Sie schluchzt und klingt verzweifelt.

„James ist verschwunden."

Ja natürlich. Weil der Präsident des *Reaper Motorcycle Clubs* auch einfach so mitten in Seattle verschwinden kann.

Das ist genauso unmöglich, als würde dem Himmel der Mond abhandenkommen.

„Was heißt verschwunden?"

„Einfach weg! Rob, Knox und er sind vor vier Stunden zu einem geheimen Treffen aufgebrochen. Als sie sich nicht wie vereinbart gemeldet haben, ist Brock los, um nach ihnen zu suchen. Seitdem habe ich nichts mehr von ihm gehört. Sie sind alle wie vom Erdboden verschluckt."

Zugegeben das klingt nicht gut.

„Warum hast du sein Handy?"

Ihr leises Schluchzen hallt in meinem Ohr wider.

„Er hat es vergessen."

Ein Hicksen tönt durch den Hörer, jetzt hat sie auch noch Schluckauf bekommen.

„Gib mir zehn Minuten, dann bin ich zurück im Club."

„Danke, Scott!"

Nicht dafür. *Fuck!* Nicht dafür.

Wütend stecke ich das Telefon wieder weg, schaue erneut nach oben zu dem Fenster und stoße ein unzufriedenes Zischen aus, als ich sehe, dass das Licht nun aus ist und von meiner Frau jede Spur fehlt.

Nur dass sie längst nicht mehr meine Frau ist.

Zurück im Club ist die Hölle los.

Was kaum verwunderlich ist, wenn die *First Four* eines Chapters verschwinden.

Mabel, Hope, die Lady unseres Vizepräsidenten, und Charlotte, die Frau von Knox, unseres Vollstreckers, erwarten mich aufgeregt.

Nur von Rose, der Old Lady von Brock, unseres Sergeant at Arms, fehlt jede Spur, worüber ich nicht weiter nachdenke.

Vielleicht ist sie einfach cooler als die anderen Mädchen.

Immerhin war sie lange Zeit wie eine Schwester von Brock, was bedeutet, dass sie den anderen Old Ladys gegenüber einen Vorteil hat. Rose weiß, wie die Dinge in einem OMC (Outlaw Motorcycle Club) laufen und gerät deswegen vielleicht einfach nicht so schnell in Panik.

Drake, der mit ernster Miene über einen Stadtplan gebeugt dasteht, nickt mir kurz zu, ehe er erneut mit einem Bleistift die Route verfolgt, die unsere Führungsriege gefahren sein muss.

„Irgendetwas Auffälliges gefunden?"

„Nope! Nicht das Geringste. Allerdings würde es gewaltig weiterhelfen, wenn ich wüsste, zu was für einer Art Treffen die drei aufgebrochen sind."

Stimmt.

Dummerweise kann ich ihm da auch nicht weiterhelfen.

Drake hat sein Anwärterjahr nur wenige Tage vor meinem beendet.

Wir haben den gleichen Rang – nämlich gar keinen. Was bedeutet, dass wir in gewisse Dinge nicht eingeweiht werden.

Wir wissen zwar ungefähr, wo es stattfindet, aber nicht genau, worum es geht.

Fluchend streiche ich mir mit der Hand durch die Haare, drehe mich zu Mabel um und sehe sie ernst an.

„Was weißt du?"

Anstatt mit den dringend benötigten Informationen rauszurücken, senkt sie nur den Blick und presst die Lippen fest zusammen.

Ich kann verstehen, dass sie sich in einer richtig beschissenen Situation befindet, aber das ist jetzt nicht wichtig.

Offiziell gehen Old Ladys Clubangelegenheiten nichts an.

Es ist sogar so, dass es laut den Clubregeln nicht gestattet ist, unsere Frauen in wichtige, interne Angelegenheiten einzuweihen und Informationen mit ihnen zu teilen.

Doch das bedeutet noch lange nicht, dass die Frauen nicht wesentlich mehr wissen als sie sollten. *Fuck!*

Ich würde mein Bike darauf verwetten, dass Rob, James, Knox und sicherlich auch Brock mit ihren Ladys über alles reden.

Fucking. Alles.

Anders ist es meines Erachtens auch gar nicht möglich, eine gut funktionierende Beziehung zu führen.

Leila und ich sind der beste Beweis dafür.

Sie wusste wirklich nichts und deswegen hatte sie wahrscheinlich auch wenig Verständnis dafür, dass ich, wann immer mich der Club gebraucht hat, gegangen bin.

Hätte ich sie in gewisse Dinge eingeweiht, wäre das wahrscheinlich anders gewesen.

Oder aber ... *Bullshit!*

Oder aber sie wäre schreiend davongerannt!

Unwissenheit kann ein Segen, aber auch ein Fluch sein.

Leila ist intelligent, sie sieht meine Kutte, sie weiß, wer oder was ich bin, und kann sich denken, wie ich meine Tage, aber vor allem meine Nächte verbringe.

Blumen pflanzen, Katzen streicheln und stricken gehören nicht in das Repertoire eines *Hell Reapers*. Knochen brechen, töten, foltern und mit schweren Waffen handeln jedoch schon.

Zu ahnen, dass der Mann, mit dem man zusammen ist, ein Mörder ist, ist noch mal etwas völlig anderes, als es zu wissen.

Erst jetzt, wo ich Leila verloren habe, verstehe ich, wie kostbar das, was meine Brüder mit ihren Frauen haben, ist.

Eine gut gehende, glückliche Beziehung ist schon für Normalos schwer, aber für uns Rocker? *Holy Shit!*

Für uns ist es eine Seltenheit.

Es grenzt fast schon an ein fucking Wunder!

Als Mabel nicht mit den dringend benötigten Infos rausrückt, sehe ich sie streng an.

„Scheiße! Jetzt sag es oder du wirst deinen Mann wahrscheinlich nie wiedersehen!"

Drake wirft mir einen warnenden Blick zu, den ich geflissentlich ignoriere.

Für Nettigkeiten ist jetzt der falsche Augenblick.

„Ich weiß nur, dass sie sich mit den *Bastards* treffen wollten, um sich über Reviergrenzen zu unterhalten."

Die *Bastards* sind ein ganz übler Haufen von Drecksäcken, die seit ein paar Monaten immer entschlossener in *Reaper* Territorium vorstoßen.

Bevor Reaper – unser Mann fürs Grobe und gewisse Spezialaufträge – Romanoff, den König der Russen, kaltgemacht hat, hat der dafür gesorgt, dass die *Bastards* auf ihrer Seite der Grenze bleiben. Aber jetzt, wo der Oberrusse vom Spielfeld verschwunden ist, wagen sich die *Bastards* immer weiter vor.

Was lächerlich ist, nur weil sie genau wie wir Kutten tragen, Motorräder fahren und sich einen Motorcycle Club schimpfen, bedeutet das noch lange nicht, dass sich diese Wichser mit uns auf Augenhöhe befinden, und schon gar nicht, dass sie sich mit den *Hell Reapern* anlegen sollten.

Was sie jedoch allem Anschein nach getan haben.

Wenn ich der Präsident der *Bastards* wäre und es mir obliegen würde, meinen Club an die Spitze zu bringen, wäre es mein Plan, der Schlange, die zwischen mir und dem Aufsteigen meines MCs im Weg stehen würde, den Kopf abzuschlagen.

Kurz: Die Führungsriege meiner Konkurrenz auf einen Schlag auszuschalten und so meinen Feind zu schwächen.

In der Vergangenheit hat es bei anderen Chaptern oft schon ausgereicht, den Präsidenten zu töten, um sie in die Selbstzerstörung zu treiben.

Das würde bei uns nicht passieren, dafür halten wir alle viel zu sehr zusammen. Legend, der Präs der *Bastards*, weiß das, und hat deswegen ganz offensichtlich tiefer in die Trickkiste gegriffen und den Plan geschmiedet, einfach gleich die komplette Führungsriege verschwinden zu lassen.

Und so ungern ich es auch zugebe, könnte sein Plan funktionieren.

„Wo?"

Sie zögert wieder und verspielt damit kostbare Zeit. Zeit, die über Leben und Tod entscheiden könnte.

„Mabel!"

Sie zuckt erschrocken zusammen. Fuck! Kein Wunder, keine der Ladys ist es gewöhnt, dass ich in diesem Ton mit ihnen rede.

Unter anderen Umständen könnte das meinen Tod bedeuten.

„Ich weiß es nicht."

Das glaube ich ihr.

„Und wieso hängt Drake dann über der Karte?"

„Weil ich, glaube ich, etwas über die alte Fabrik aufgeschnappt habe."

Ah ja ... Das könnte Sinn ergeben!

Gott allein weiß, wie viele Männer wir dort schon getötet haben. Es waren viele und es würde mich nicht wundern, wenn es sich der Teufel höchstpersönlich dort schon bequem gemacht hätte.

Mit wenigen Schritten bin ich bei Drake.

Die Konkurrenz, die zwischen uns als Prospects geherrscht und sich seitdem fest in uns verwurzelt hat, sorgt dafür, dass es mir widerstrebt, mit ihm zusammenzuarbeiten.

Aber wir haben keine andere Wahl!

Außerdem sind wir längst keine Anwärter mehr, sondern Brüder, und es wird Zeit, dass wir diese Scheiße hinter uns lassen!

„Okay. Welche Route würdest du nehmen?"

Drake tippt mit der stumpfen Bleimine auf die Nebenstraße.

„Normalerweise die Hauptstraße. Aber wenn ich vorhabe, ein verficktes Blutbad anzurichten und dabei von meinen zwei mächtigsten Männern begleitet werden würde, würde ich Verkehrsüberwachungskameras meiden und die Nebenstraße nehmen."

Klingt logisch.

„So wenig Aufmerksamkeit wie möglich."

„Gut erkannt, Bro."

Wir tauschen einen kurzen Blick, in seinen Augen liegt die gleiche Entschlossenheit, die auch in mir brodelt.

„Lass uns fahren."

Mabel reckt das Kinn in die Höhe.

„Ich komme mit."

Charlotte stellt sich neben sie und wiederholt das eben Gehörte nur mit eigenen Worten.

Drakes „So weit kommt's noch!", passt gut zu dem, was ich mir denke.
„Wenn wir euch mitnehmen und die anderen leben noch, dann sind Scott und ich diejenigen, die bei Sonnenaufgang keinen Puls mehr haben."

Mein Handy vibriert erneut. Dieses Mal ist es Leila.

Fuck! Fuuucccckkkk!

Auf diesen Anruf warte ich seit einer Ewigkeit und jetzt, wo er kommt, kann ich nicht mit ihr reden. Unmöglich!

Vielleicht auch besser so.

Sie einfach zu ignorieren, fühlt sich falsch an, also gehe ich mit einem knappen „Was ist los?" ran?

Leila schweigt. Kein Wunder.

Ich bin mal wieder dabei, es zu versauen. Wie üblich.

Mabel und die anderen starren mich fassungslos an. Sie können nicht glauben, dass ich in einem Moment wie diesem ein privates Gespräch führe.

Tue ich aber!

Leila hat es nicht verdient, ignoriert zu werden.

Sie hat wegen mir schon genug gelitten.

„Wir müssen reden."

Ihre so vertraute Stimme klingt traurig und schmerzerfüllt.

Sie leidet genau wie ich. Und sie leidet wegen mir.

„Keine gute Idee!"

Und das nicht, weil ich sie nicht sehen will, sondern weil es das Beste für sie ist, mit einem Wichser wie mir nichts mehr zu tun zu haben.

„Bitte, Scott!"

Das fiese Stechen in meiner Brust schwillt an. So oder so ähnlich muss es sich anfühlen, wenn einem der Brustkorb aufgeschnitten und bei lebendigem Leib das Herz aus dem Körper gerissen wird.

Mein Blick fällt auf die Uhr an der Wand.

„Warum bist du noch wach?"

Sorge breitet sich in mir aus.

Was, wenn etwas nicht stimmt, wenn sie krank ist oder Angst hat?

„Ernsthaft? Ich will mit dir reden und dich interessiert nur, warum ich nicht schlafe?"

Jetzt klingt sie fassungslos und resigniert. Keine Ahnung, ob das besser ist?!

„Du brauchst deinen Schlaf."

Mabel runzelt die Stirn, Drake fallen fast die Augen aus dem Kopf.

Ich kann es ihm nicht verübeln. Niemand im Club wusste, dass ich ein Mädchen habe, oder besser gesagt hatte.

„Können wir uns bitte unterhalten. Es gibt da etwas, das ich dir sagen muss."

„Und was?"

Leila sagt nichts. Alles, was mir entgegenschlägt, ist stilles Schweigen.

Verdammt!

„Hör zu, Kleines! Dafür habe ich jetzt weiß Gott keine Zeit! Es gibt wichtige Clubangelegenheiten, um die ich mich kümmern muss."

Damit lege ich auf, stecke das Telefon weg und wende mich wieder Drake zu.

„Du hast eine Frau?"

Warum zur Hölle klingt er so überrascht?

„Das geht dich einen Dreck an, Alter!"

„Stimmt. Aber wenn dir die Frau etwas bedeutet, solltest du nicht so mit ihr umgehen."

Meine. Faust. Will. In. Sein. Gesicht.

„Nur weil du seit Kurzem Tamara (die beste Freundin von Brocks Lady) dein Eigen nennst, hast du noch lange nicht das Recht, dich in mein Leben einzumischen! Kapiert?"

Den Stift fallen lassend, zündet er sich eine Kippe an und inhaliert den ersten Zug tief in seine Lunge.

„Konzentrieren wir uns wieder auf die Scheiße, die hier los ist!"

Sein gebrummtes „Das soll mir nur recht sein" wird von einer hitzigen Diskussion über die richtige Vorgehensweise abgelöst.

Frank kommt mit seinem aufgeschlagenen Laptop in der Hand zu uns.

„Es ist mir für wenige Minuten gelungen, Robs Telefon zu orten, dann ist das Signal abgebrochen."

Immerhin etwas.

Verflucht!

Warum bin ich nicht auf die Idee gekommen, die Handys zu orten.

Ganz einfach. Weil der Kassenwart der Technikfreak von uns ist.

„Wo?"

„In der Fabrik!"

Shit! Shit!

Sie sind also am Zielort angekommen und dann?

„Hat das keiner geprüft?"

Irritiert sehe ich zwischen Drake und Frank hin und her.

„Doch. Reaper hat das gecheckt."

Auf Reaper ist Verlass! Immer!

Es ist unmöglich, dass er etwas übersehen hat.

„Das verstehe ich nicht."

Drake grinst zustimmend.

„Ich auch nicht. Aber wir sollten noch mal da hinfahren und die Lage prüfen."

Das ergibt alles absolut keinen Sinn!

„Wo ist Reaper jetzt?"

„Er sucht die Straßen nach einem Hinweis ab. Die Stadt kann nicht einfach so vier von uns verschluckt haben. Das ist unmöglich. Besonders bei Knox Vorliebe für Handgranaten."

„Ruf ihn an. Sag ihm, dass wir uns an der Fabrik treffen."

Charlotte macht einen Schritt auf mich zu.

„Was, wenn das eine Falle ist?"

Die Möglichkeit sollten wir unbedingt in Betracht ziehen.

„Spielt keine Rolle. Wir müssen das Risiko eingehen."

Trotz der Sorge, die der Frau des Vollstreckers ins Gesicht geschrieben steht, scheint sie mit mir einer Meinung zu sein.

Bloody Hell!

Natürlich ist sie das!

Schließlich geht es hier um nichts Geringeres als dass Leben ihres Mannes.

Fünf Minuten später sind wir auf der Straße – zehn Minuten später stehen wir unter schwerem Beschuss.

Und Leila ist das Einzige, woran ich denken kann ...

3. Kapitel

Eine Frau, die sich in ein Arschloch verliebt hat, und es bitter bereut ...

Mit flatterndem Puls, zittrigen Knien und einem so widerlichen Geschmack im Mund, dass ich glaube, mich jederzeit übergeben zu müssen, bezahle ich den Fahrer und steige aus dem Taxi.

Spätestens dank des mitleidigen Blicks, den er mir über den Rückspiegel zuwirft, weiß ich genau, weshalb ich ihm diese Adresse genannt habe.

Er kennt die Abtreibungsklinik, die sich nur wenige Meilen außerhalb der Stadt befindet.

Tja! Anscheinend hatten in der Vergangenheit wohl schon mehrere Frauen das Pech, sich in ein Arschloch zu verlieben und es bitter zu bereuen.

Eigentlich sollte es mich beruhigen, dass ich nicht die Einzige bin, der dieser Fehler passiert, aber na ja ... So ist es nicht!

Ich bin gerade auf dem Weg, mein Baby abzutreiben – an etwas anderes kann ich gerade einfach nicht denken.

Von außen sieht die kleine Klinik wie ein Würfel mit vielen winzigen Fenstern aus, hinter denen sich in jeder der vier Etagen die gleichen Jalousien befinden.

Niemand sieht rein und niemand sieht raus. Mit dem hohen Zaun, der das komplette Grundstück umzingelt, und den zwei Sicherheitsmännern, die sich direkt neben dem silbernen Stahltor postiert haben, erinnert mich die Abtreibungsklinik ein wenig an ein Gefängnis. Was wohl daran liegt, dass es immer wieder Demonstrationen vor solchen Kliniken gibt und dass Frauen, die hierherkommen, nicht selten angesprochen und bedrängt werden, die Abtreibung doch nicht durchführen zu lassen.

Als ob es eine Frau auf der Welt gäbe, die diesen Eingriff vornehmen lässt, wenn sie eine andere Wahl hätte?!

Scheiße!

Ich kann kein Kind alleine großziehen und ich verstehe überhaupt nicht, wie es zu dieser Empfängnis kommen konnte.

Am Anfang haben Scott und ich immer Kondome verwendet, und nach wenigen Wochen habe ich angefangen, die Pille zu nehmen.

Wir haben aufgepasst, wir haben verhütet und dennoch stehe ich jetzt hier, schenke den Wachen einen zittrigen Seitenblick und hoffe, dass sie mich nicht anhalten und nach meinem Termin befragen.

Ich befürchte, bei dem leisesten Gegenwind würde ich es mir einfach anders überlegen, umdrehen und so schnell ich kann davonlaufen.

Doch sie lassen mich in Ruhe an sich vorbeilaufen, fast so, als ob ich schon so schwanger aussehen würde. Was definitiv nicht der Fall ist. Nach dem Besuch bei meiner Frauenärztin weiß ich, dass ich mich erst in der achten Woche befinde, und da hat man noch keinen Bauch.

Zumindest befinden sich keine Gitter vor den Fenstern.

Die Stimme meines Unterbewusstseins klingt erleichtert. Was ich nicht so ganz verstehen kann.

Schließlich ist es ja nicht so, dass ich es mir spontan anders überlegen und aus einem der Fenster flüchten würde.

Natürlich will ich dieses Kind.

Scheiße!

Wie sollte ich auch nicht?

Ich liebe seinen Vater, ganz egal, was für ein Arschloch er auch ist.

Als ich vorletzte Nacht schwach geworden bin und ihn angerufen habe, um ihn um ein Gespräch zu bitten, hatte er nicht das geringste Interesse an mir.

Seine Stimme war kalt und emotionslos, er war kurz angebunden und hat mich eigentlich nur angemotzt. Wobei es schon etwas seltsam war.

Denn obwohl ihm seine heiligen Clubangelegenheiten mal wieder wichtiger waren als ich, war es ihm trotzdem wichtig, dass ich genug Schlaf bekomme. Das ergibt einfach keinen Sinn.

Aber das spielt absolut keine Rolle!

Nicht mehr zumindest.

Die Zeiten, in denen ich versucht habe, diesen *Hell Reaper* zu verstehen, sind längst vorbei.

Scott will mich nicht mehr und allein habe ich einfach nicht die Mittel, um ein Baby zu kriegen.

Himmel!

Ich bin ja nicht mal krankenversichert und die Abtreibung kostet mich meine gesamten Ersparnisse.

Im Nachhinein frage ich mich eigentlich stündlich – ach Quatsch – minütlich, wie ich nur jemals so dumm sein und mich auf einen Outlaw einlassen konnte?

Jetzt stehe ich hier und bezahle den Preis für diese Blödheit.

Scheiße! Scheiße! Scheiße!

Um für mich selbst mit diesem Rocker abschließen zu können, habe ich seine Nummer blockiert und das, obwohl die Wahrscheinlichkeit, dass er mich jemals von sich aus angerufen hätte, wahrscheinlich gleich null sind.

Ich musste es tun. Für mich.

Bittere Galle steigt in meiner Kehle hoch, mir wird schlecht und mein Kreislauf ist kurz davor durchzudrehen.

Ich. Will. Hier. Weg.

Sofort.

Aber ich muss das jetzt durchziehen.

Ich muss.

Heiße Tränen sammeln sich in meinen Augen, ich kämpfe gegen sie an und setze tapfer meinen Weg fort. Der Eingriff wird ambulant vorgenommen und dauert nicht lange.

Wenn alles vorbei ist, muss ich noch drei Stunden zur Überwachung hierbleiben und dann kann ich wieder gehen. Was bedeutet, dass in vier Stunden alles vorbei ist und Scott endlich meiner Vergangenheit angehört. Es ist erst zwanzig vor acht. Um acht Uhr früh habe ich den Termin. Aber ich bin einfach losgefahren vor lauter Angst, dass ich es mir in letzter Minute doch noch anders überlegen könnte.

Ich konnte sowieso die ganze Nacht lang nicht schlafen.

Wie sollte ich auch?!

Was ein Pech, dass die Angst nicht weniger geworden ist, oh nein. Sie wächst sekündlich.

Beide Hände auf meinen Bauch pressend, gehe ich zu der freundlich aussehenden Dame am Empfang, die um die sechzig sein müsste, nenne meinen Namen und erkläre ihr, dass ich einen Termin habe.

Die Art, wie sie mich ansieht, so voller Mitgefühl und Verständnis und völlig ohne Wertung – es liegt nicht der Hauch eines Vorwurfs in ihren warmen blauen Augen – ist beinahe zu viel für mich.

Lauf so schnell du kannst und komm nie wieder an diesen Ort zurück!

Mein Herz fleht mich regelrecht an. Doch ich ignoriere es und fülle den Fragebogen aus, der mir auf einem Klemmbrett samt Kugelschreiber überreicht wird.

4. Kapitel

Ein Mann, der dabei ist, alles zu verlieren!

Die vergangenen sechsunddreißig Stunden waren die reinste Hölle und die ist noch lange nicht vorbei.

Wir haben unsere Suche ausgeweitet, sämtliche Brüder sind auf den Straßen unserer Stadt unterwegs, doch von unserem Präsidenten, seinem Stellvertreter, dem Sergeant und dem Vollstrecker fehlt noch immer jede Spur.

Fuck off!

Wir haben uns die Fabrik erneut angesehen und sind nun dabei, die ganze Stadt auf den Kopf zu stellen – nichts. James und die anderen sind wie vom Erdboden verschluckt und ihre Old Ladys kurz davor durchzudrehen.

Gerade Mabel und Rose sind mit ihren Nerven am Ende.

Mit jeder Stunde, die vergeht, werden die Chancen, dass wir unsere Brüder wiederfinden, kleiner und kleiner, wenn sie nicht längst bei Null angekommen sind.

Und dann ist da noch Leila, die mir einfach nicht aus dem Schädel gehen will.

Irgendetwas an ihrem Anruf war komisch. Besorgniserregend komisch.

Nicht nur, dass sie um diese Uhrzeit eigentlich immer schläft, nein es war auch das leichte Zittern in ihrer Stimme, das ich einfach nicht mehr vergessen kann.

Mein Instinkt sagt mir, dass meine Frau mich braucht, doch der Club braucht mich gerade mehr und darum bin ich hier und suche zusammen mit Drake Raster für Raster Seattle ab, was sich als Mammutaufgabe erwiesen hat.

Reaper, der aus irgendeinem Grund der festen Überzeugung ist, dass die Fabrik der Schlüssel ist, sucht das Gebiet dort ab.

Allerdings kann ich mir nicht vorstellen, dass wir etwas übersehen hätten.

Wenn Rob, Knox, Brock und James da wären, dann hätten wir sie gefunden.

Vier Männer können sich nicht in Luft auflösen, schon gar keine die verdammte *Hell Reaper* sind.

Natürlich sollten wir die Möglichkeit, dass die *Bastards* sie längst getötet haben, in Betracht ziehen. Aber das will keiner von uns. Die Konsequenzen, die das nach sich ziehen würde, wären einfach zu krass!

387

Denn das würde nicht nur bedeuten, dass unser Chapter fürs Erste führungslos wäre, und wir vier Brüder auf einmal verloren hätten. Sondern auch, dass wir die *Bastards* auslöschen müssten. Bis. Zum. Letzten. Mann.

Mit gezogenen Waffen in einen geschlossenen Nachtclub stürmend, sehen Drake und ich uns wachsam um, ehe wir uns trennen und die einzelnen Räume checken.

„Es ist niemand da!"

Das überrascht mich wenig. Immerhin waren die Türen verschlossen, ehe ich sie aufgebrochen habe.

„Irgendeine Spur von den *Bastards*?"

Sein lautes „Nope!" geht in meinem frustrierten Fluch unter.

Dann scheinen sich die Gerüchte, dass sich unsere Feinde bereits bis in die Mitte unserer Stadt ausgebreitet haben, zumindest nicht zu bewahrheiten.

Wenigstens etwas Gutes.

Leila ...

Zum gefühlt eine Millionsten Mal flimmert ihr Name durch meinen Verstand!

Doch es ist unmöglich, dass ich mich auf den Weg zu ihr mache.

Nicht in dieser Situation!

Nicht solange sich der Club im Ausnahmezustand befindet.

Du musst zu ihr! Etwas stimmt nicht!

Mit geballten Fäusten ignoriere ich die Stimme, die wie ein Presslufthammer mein Gehirn zu spalten versucht, und konzentriere mich wieder auf die vor mir liegende Aufgabe.

Den Präsidenten und die restlichen *First Four* zu retten.

Alles andere ist nebensächlich – beschissenerweise fühlt es sich jedoch leider nicht so an.

Der Tag vergeht erfolglos. Ich bin kurz davor durchzudrehen.

Erst um kurz nach elf Uhr nachts tönt das Klingeln von Drakes Telefon durch das Bordell, das wir gerade durchsuchen.

Noch bevor wir im Keller angekommen sind, erfüllt Drakes lautes Brüllen den Treppenaufgang.

„Was ist los?"

„Reaper hat sie!"

Obwohl ich höre, was er sagt, dauert es einen Moment, bis ich es richtig verstehe.

„Lebend?"

„Aye, lebend. Aber vom Feind bewacht."

Damit kommen wir klar.

In meiner derzeitigen Gemütsverfassung freue ich mich regelrecht auf einen harten, blutigen Kampf.

„Wo?"

„An der Fabrik!"

Das darf doch wohl nicht wahr sein.

„Dort hatten wir alles abgesucht."

„Nicht die unterirdischen Gänge."

Die unterirdischen was?

„Wovon zum Teufel sprichst du?"

„Es gibt anscheinend ein unter der Erde gelegenes Gangsystem, das zu mehreren unterschiedlich großen Bunkern führt."

Fuck!

„Davon wusste ich nichts!"

„Davon wusste keiner etwas, bis Reaper sie gerade gefunden hat."

Dieser Wichser hatte also doch recht.

Sein Instinkt hat ihn nicht getäuscht, und meiner? *Bullshit!*

Der hat nicht mal Alarm geschlagen.

„Hat er alle informiert?"

Drake gibt ein undefinierbares Grunzen von sich.

„So oder so ähnlich."

„Was?"

„Er hat Mabel angerufen, die Ladys übernehmen den Rundruf."

Die Weiber und ihre verfluchte Kommandozentrale, wie sie es gerne nennen.

Keine der Frauen war bereit, einfach nur untätig herumzusitzen, deshalb haben sie kurzerhand das Büro des Präsidenten beschlagnahmt und sich darin ausgebreitet. Seitdem koordinieren sie die Suche und leiten Informationen weiter.

Wütend auf mich selbst laufe ich neben meinen Bruder her. An unseren Maschinen angekommen, steigen wir auf und machen uns auf direktem Weg zu Reaper.

Leila! Leila ... L-e-i-l-a ...

Trotz der ganzen Scheiße, die um mich herum passiert, und der Tatsache, dass wir nicht wissen, was uns vor Ort erwartet oder in welchen Gesundheitszustand sich James und die anderen befinden, kann ich an nichts anderes als mein Mädchen denken und daran, dass sie so geklungen hat, als würde es mich brauchen!

Kaum an der Fabrik angelangt, rennt Reaper uns auch schon entgegen. Seine Mimik ist angespannt, der Zug um seinen Mund hart.

„Fünf *Bastards* halten Wache. Bis jetzt haben sie mich nicht bemerkt und nicht mitgekriegt, dass ich sie entdeckt habe. Sie glauben sich also in Sicherheit. Wir müssen uns anschleichen und sie überraschen!"

Drake wirkt skeptisch.

„Wir sollten auf die Verstärkung warten."

Reaper sieht das anders.

„Je mehr wir sind, umso mehr Lärm machen wir auch. Ich sage, wir machen es sofort!"

Und da er der ranghöchste von uns ist, gibt er die Befehle.

So einfach.

Drake wirkt nicht überzeugt. Ich sehe es wie Reaper.

„Wir sollten keine Zeit mehr verlieren!"

Er geht voraus, zeigt uns den Weg.

Wir marschieren an der alten Fabrik vorbei, durch wild gewachsenes Gras und dorniges Gestrüpp. Dann halten wir neben einer offen stehenden verrosteten Metallklappe an, neben der eine schmale Leiter unter die Erde führt – in die absolute Dunkelheit.

Den Atem anhaltend, lausche ich angestrengt, kann jedoch keinen Mucks hören.

„Wie bist du auf das Loch gestoßen?"

Reaper bleckt die Zähne.

„Ganz einfach. Ich habe gesucht."

Eingebildeter Wichser!

„Ich gehe voran."

Drake macht mir, nett wie er ist, Platz. Er ist nicht erpicht darauf, unseren Trupp anzuführen.

„Den ersten beißen die Hunde."

Der Typ kann echt nicht einmal sein dummes Maul halten.

Mit einem leisen *Klick* die Sicherung einlegend, ich habe keinen Bock, mir selbst in die Eier zu schießen, stecke ich die Waffe vorne in den Hosenbund, steige auf die verrosteten Stufen und klettere in die völlige Finsternis.

Es geht weiter runter als gedacht, dann landen meine Füße in einer stinkenden Pfütze. Es dauert, bis sich meine Augen an die Dunkelheit gewöhnt haben und ich zumindest ein paar Schemen inmitten der Schatten erkenne.

Meine rechte Hand für eine Taschenlampe.

Natürlich könnte ich einfach die passende Funktion an meinem Mobiltelefon aktivieren, aber Licht würde uns nur verraten und das Überraschungsmoment versauen.

Und das ist momentan unser einziger Vorteil. Beiseitetretend mache ich Drake und Reaper Platz und stoße dabei an die feuchte Mauer des Ganges. Das Scharren von kleinen Füßen verrät die Anwesenheit von Ratten, eine Spinnwebe streift mich am Ohr.

Was für eine verfluchte Kacke!

Allein das Wissen, dass unser Präsident und die anderen die ganze Zeit vor unseren Augen gefangen gehalten wurden und wir sie nicht gesehen haben, nagt schwer an mir.

Wir haben versagt!

Selbst wenn es uns gelingt, alle vier zu befreien, lastet diese Tatsache schwer auf meinen Schultern.

„Nimm den Gang in der Mitte."

Erst als Reaper das sagt, und ich mich genauer umsehe, erkenne ich, dass links von ihm und rechts von mir zwei weitere Wege in die pechschwarze Finsternis führen.

Jetzt bin ich doch ganz froh, dass er diesen Mist hier entdeckt hat und nicht ich, und dass er das Tunnelsystem allein erforschen musste.

Auf so eine Scheiße bin ich echt nicht scharf!

Entschlossen gehe ich voran, lege den Finger auf den Abzug und denke dabei nicht an James, Rob, Knox oder Brock. Ich denke auch nicht an mein eigenes Leben oder an die Scheiße, die gleich losbrechen wird, ich denke nur an Leila!

Fuck!

Fuuccckkkk!

Fuuuuccccckkkkkk!

Mir ist echt nicht mehr zu helfen.

Entschlossen verbanne ich das Mädchen aus meinem Schädel, setze einen Fuß vor den anderen und erkenne in wenigen Metern Entfernung einen hellen Schein.

Je näher wir ihm kommen, desto mehr Licht vertreibt die Schatten.

Dann höre ich Stimmen und fokussiere mich einzig und allein auf eine Sache: Nicht zu sterben!

Reaper ist dicht hinter mir, Drake kommt zuletzt.

Bereit, alles und jeden zu töten, der mir vor die Waffe läuft, überwinde ich die letzte Distanz, ziele auf den Kopf des allerersten *Bastards*, der mir vor die Augen kommt, und drücke ab.

Peng!

Der Schuss hallt von den Steinmauern wider, das Echo scheint unendlich und wird von panischen Schreien durchbrochen. Ich erledige zwei weitere Typen, dann ertönt ein leises metallisches Klicken: Ich erkenne es sofort. Ladehemmungen.

Verdammt! Verdammt! Verdammt!

Das ist nun schon das zweite Mal, dass mich meine Waffe im Stich lässt.

Ich hätte sie schon nach dem ersten Mal austauschen sollen, habe ich aber nicht.

Ein Versäumnis, für das ich jetzt im schlimmsten Fall mit meinem Leben bezahle.

Leila! Lllleeeeeiiiilllaaaaa ...

Selbst jetzt muss ich immer noch an sie denken.

Sollte ich diese Scheiße hier wider Erwarten überleben, werde ich zu ihr fahren und sie mir einfach nehmen.

Von mir aus ist es kompliziert!

Von mir aus ist es anstrengend!

Aber das ist diese Frau tausend Mal wert!

Reaper schiebt sich laut brüllend an mir vorbei, erledigt die restlichen *Bastarde*, die allesamt mit einer Flasche Whisky um eine Campinglampe gesessen sind.

In der Sekunde, in der er seine Waffe wegsteckt, löst sich ein weiterer *Bastard* aus dem Schatten hinter ihm und geht mit gezogenem Messer auf Reaper los.

Ich reagiere sofort, renne los, schlage den Kerl die Klinge aus der Hand und schlitze ihm damit erbarmungslos die Kehle auf.

Warme Tropfen spritzen mir ins Gesicht.

Der *Bastard* geht röchelnd zu Boden während er langsam an seinem eigenen Blut erstickt.

Reaper sieht zu mir, dann wieder auf den Mann und murmelt ein wiederstrebendes *Danke*.

„Nicht dafür, Bro. Wo sind unsere Brüder?"

Er nimmt sich die Lampe und geht um einen Felsvorsprung, hinter dem sich eine Art Zelle befindet. Keine Ahnung, ob die schon immer da war oder ob unsere Feinde sie extra für diese Nummer hier angefertigt haben. Dicke Stahlstangen ragen vom Boden in die Decke. Was für ein unheimlicher Ort.

James entdeckt uns als Erster, springt auf und stürmt auf die Gitter zu.

„Zum Teufel! Das wurde aber verdammt noch mal Zeit, dass ihr euch hier blicken lasst."

Kein *Danke*. Kein *Schön, dass ihr da seid* – typisch James!

„Was für eine nette Begrüßung."

Reaper nimmt die Schlüssel von einem Haken, der sich rechts von ihm in der Wand befindet.

Knox kommt auf uns zu, stoppt an den Zellenstangen und sieht mich erleichtert an.

„Noch ein Tag in diesem Drecksloch und ich wäre klaustrophobisch geworden."

Die Gesichter unserer Brüder sind dreckverschmiert und eingefallen. Es stinkt nach Scheiße, Pisse und Essensresten.

„Wieso haben sie sich die Mühe gemacht, euch zu fangen, wenn sie euch dann noch am Leben lassen?"

Drake klingt verwundert.

Ich verstehe seine Frage, auch wenn jetzt der falsche Zeitpunkt ist, um nach Antworten zu suchen.

„Als Druckmittel!" Brock steht nun ebenfalls auf, er humpelt, an seinem Bein klebt getrocknetes Blut, er hat es mit seinem Gürtel abgebunden. „Sie wollten den Club erpressen. Unser Chapter gegen unser Leben."

Holy Fuck!

Ihr Plan wäre aller Wahrscheinlichkeit sogar aufgegangen.

Vorerst zumindest. Irgendwann hätten sie die vier freilassen müssen, spätestens nachdem wir ihnen gegeben haben, was sie verlangten, und dann hätten wir mit voller Wucht zurückgeschlagen und sie dem Erdboden gleichgemacht.

„Wenn das ihr Plan war, wieso haben sie ihn dann nicht umgesetzt?"

Der Sergeant zuckt mit den Schultern.

„Weil sie ein unorganisierter Haufen Scheiße sind."

Das erklärt vieles.

Reaper sperrt endlich die Zelle auf. Nach jeder Menge Schulterklopfern machen wir uns auf dem Weg raus aus diesem Loch.

Brock braucht seiner Verletzung etwas länger, die steile Leiter rauf, dann haben wir es geschafft.

„Wo sind eure Bikes?"

„Die haben die Dreckschweine mitgenommen."

Robs Worte triefen nur so vor Hass.

Kein Wunder.

Neben seiner Kutte und seiner Old Lady ist das Motorrad mit das Wichtigste, was ein Outlaw besitzt.

Kaum dass wir an der Fabrik vorne angekommen sind, taucht auch schon die Verstärkung auf.

Unzählige Scheinwerfer durchbrechen die Nacht, tanzen wie Glühwürmchen über das unebene Gelände und stoppen direkt vor uns. Staub wird aufgewirbelt, nichts als Erleichterung zeichnet sich auf den Gesichtern unserer Brüder ab.

Viele von ihnen haben sicherlich genau wie ich längst daran gezweifelt, dass wir unsere Führungsriege lebend zurückbekommen.

Kaum dass die ersten Fragen beantwortet sind, tauchen zwei Wagen auf der Straße auf und halten direkt auf uns zu. Alarmiert brülle ich ein „Achtung!" durch die Nacht.

Wir ziehen unsere Waffen, ich in der Hoffnung, dass meine ihre Probleme überwunden hat. Knox kneift die Augen zusammen, versucht, gegen das grelle Licht der Scheinwerfer etwas zu sehen.

„Das ist mein Wagen!"

Dann rennt er los, das Auto stoppt und vier in Tränen aufgelöste Old Ladys rennen auf uns zu.

Rob flucht, Brock kann es nicht fassen und James nimmt eine schluchzende und am ganzen Leib zitternde Mabel in seine Arme.

Das nenne ich mal ein fucking Happy End.

Scheiß auf die Motorräder. Auch wenn wir natürlich versuchen werden, sie zurückzubekommen. Das Wichtigste ist, dass unsere Brüder am Leben sind!

Leila! Leila! Leila!

Noch nicht. Bald! Versuche ich das immer drängendere Verlangen nach meiner Frau, das wie ein Tornado in mir wütet, zu beruhigen.

Es ist kurz nach sieben Uhr morgens, als ich es endlich aus dem Club raus schaffe.

Die vergangenen Stunden waren das reinste Chaos.

Keine Ahnung, wann ich das letzte Mal geschlafen oder geduscht habe, es ist auch nicht wichtig.

Das Einzige, was zählt, ist, dass ich endlich zu meiner Frau fahren kann, um die Scheiße zwischen uns ein für alle Mal zu klären.

Sie gehört mir. So einfach!

Doch als ich dann vor ihrer Türe stehe, ist sie nicht da.

Zumindest macht keiner auf.

Selbst meine Anrufe nimmt sie nicht an. Beziehungsweise ertönt gar kein Freizeichen, sondern es kommt sofort eine Ansage, dass sie vorübergehend nicht erreichbar ist.

Bullshit!

Trotz des Umstands, dass unser Club wieder vollzählig ist und wir eigentlich einen Grund zum Feiern haben, breitet sich ein ungutes Gefühl in meinem Magen aus. Irgendetwas stimmt nicht.

So schnell ich kann, rufe ich Frank an und beauftrage ihn damit, ihr Handy zu orten.

Ich nenne ihm die Nummer, es vergehen ein paar endlos scheinende Minuten, es ist zum wahnsinnig werden.

Dann nennt er mir die Adresse, doch bevor ich auflegen kann, kommt er mir mit einem: „Fuck Bruder. Weißt du, wo deine Frau gerade steht?"

Woher sollte ich?

„Wenn ich es wüsste, würde ich dich ja wohl kaum ihr Handy orten lassen, oder?"

Er räuspert sich, was mir verrät, dass mir nicht gefallen wird, was ich gleich hören werde.

„Sie steht vor einer Abtreibungsklinik außerhalb der Stadt."

Wämm!

Mir wird auf einen Schlag kotzübel.

„Wiederhol das!"

„Muss ich nicht. Du hast mich schon richtig verstanden!"

Leila ist schwanger. Schwanger von mir!

Mit meinem Kind. Meinem Baby und sie ist dabei, es wegmachen zu lassen ...

Der Boden unter meinen Füßen scheint sich zu bewegen, wie bei einem Erdbeben.

Nur dass die Erde gar nicht bebt.

Ich lege einfach auf, schwinge mich auf mein Motorrad und fahre los.

Schneller als jemals zuvor.

In der Hoffnung, die Katastrophe abzuwenden, die ich mit meinem egoistischen Verhalten selbst heraufbeschworen habe.

5. Kapitel

**Ein Mädchen und ein Leben, das keine zweiten Chancen gewährt!
Oder vielleicht doch?**

Mit zitternden Fingern gebe ich der Dame am Empfang das Klemmbrett mit meinen Daten zurück, setze mich dann in das leere Wartezimmer und starre auf einen unbestimmten Punkt auf den Boden.

Äußerlich mag ich ruhig wirken, innerlich hingegen schreie und tobe ich und zweifle wieder und wieder an meiner Entscheidung.

Vielleicht sollte ich es doch nicht tun?

Was, wenn ich gerade dabei bin den größten Fehler meines Lebens zu machen?

Ich meine, das ist mein Kind. Meins ganz allein. Es wächst in mir heran, ich bringe es auf die Welt und ich bin die Mutter.

Also? Brauche ich dann wirklich einen Vater an meiner Seite?

Ich meine, selbst wenn Scott und ich uns nicht getrennt hätten, wäre das noch lange keine Garantie für ein glückliches, gemeinsames Leben voller Schmetterlinge, Glitzer, Liebe und Einhörner.

Die Realität ist kein Märchen.

Wären wir jetzt noch zusammen, würde ich nicht hier sitzen, dann wären wir jetzt vielleicht gerade zu Hause und würden über so normale Dinge wie den Namen oder die Kinderzimmereinrichtung sprechen. Das wäre schön, aber es wäre eben auch möglich, dass wir uns dann erst in sechs Monaten oder in einem Jahr getrennt hätten, und dann wäre ich auch mit dem Kind alleine dagestanden.

Je länger ich hier sitze, umso öfter fällt mein Blick auf die Uhr an der Wand. Zuerst kam es mir so vor, als würden die Zeiger mich verhöhnen, als würden sie mich verspotten und mit Absicht, jedes Mal wenn ich wegschaue, stehen bleiben, nur um mich zu quälen.

Doch jetzt, wo die Wartezeit beinahe abgelaufen ist, verrinnt sie regelrecht, sodass mir kaum genügend Zeit bleibt, meine Gedanken fertig zu bringen.

Sitzen bleiben oder davonlaufen?

Was soll ich tun?

Was ist das Richtige?

Für mein Herz scheint sich diese Frage gar nicht erst zu stellen.

Es wusste von Anfang an, dass es dieses Baby liebt.

Und plötzlich fällt die Angst, es alleine nicht zu schaffen, einfach so von mir ab, wie die Blätter im Herbst von den Bäumen.

Keine Ahnung, wie ich das finanziell geregelt bekommen soll.

Ehrlich nicht.

Aber es gibt unzählige Frauen, die sich in der gleichen Situation befunden haben wie ich und die es geschafft haben.

Also warum sollte ich das nicht auch können?

„Ich muss gehen."

Zuerst kommen mir die Worte nur ganz leise, kaum hörbar und mehr als zögerlich über die Lippen. Dann wiederhole ich sie wieder und wieder, bis es mir gelingt, sie so laut und deutlich auszusprechen, dass die Frau am Empfang mich hören kann.

„Sind Sie sich da sicher?"

Nein. *Heilige Scheiße!* Nein, bin ich nicht.

Doch die Entscheidung fühlt sich einfach richtig an, unendlich viel richtiger als hier zu sitzen und darauf zu warten, dass diese Schwangerschaft beendet wird.

Denn das will ich definitiv nicht!

Seltsam, dass ich so lange gebraucht habe, um das herauszufinden.

„Ich bin mir sicher."

„Wenn Sie diese Klinik verlassen und den Termin nicht wahrnehmen, können sie in diesem Haus keinen neuen vereinbaren, sollten Sie es sich in wenigen Tagen erneut anders überlegen."

Ja, ich weiß. Das stand auf dem Infoblatt, das sich ebenfalls auf dem Klemmbrett befunden hat.

Die Klinik nimmt keine Abtreibungen bei Patientinnen vor, bei denen sie berechtigte Zweifel daran haben, dass sie den Eingriff wirklich wollen.

Tja!

Eine Umentscheidung zwei Minuten vor dem angesetzten Termin ist dann wohl ein mehr als berechtigter Zweifel.

„Ich werde keinen neuen Termin brauchen!"

Kennt ihr den Frieden, der sich immer dann in einem ausbreitet, wenn man weiß, dass man eine richtige Entscheidung getroffen hat?

Er überflutet mich regelrecht, füllt mich aus und sorgt dafür, dass mir Tränen der Erleichterung in die Augen steigen.

Kaum dass ich aufgestanden bin, schwingt die Türe auf und ein wütender, knapp 1,90 Meter großer, komplett in schwarz gekleideter Dämon stürmt in die Klinik.

Ein Dämon mit lederner Kutte und einem *Hell-Reaper-Skull* auf dem Rücken.

Scott!

Ich erkenne ihn sofort und das, obwohl sein vor Wut verzerrtes, mit dunklen Flecken übersätes Gesicht sich vollkommen von dem, was ich sonst von ihm kenne, komplett unterscheidet.

So zornig habe ich ihn wirklich noch nie gesehen.

Noch nie.

Und Scott ist ein Mann, der schnell mal wütend wird.

Jetzt hast du endlich die Möglichkeit, einen Blick auf den Hell Reaper in ihm zu werfen.

Mein Unterbewusstsein hat recht. Trotzdem gibt es ihm nicht das Recht für den nächsten blöden Kommentar, der viel zu laut durch mein Gehirn hallt.

Ich hoffe, dir gefällt, was du siehst?!

Zu meiner Überraschung gefällt es mir wirklich. Was nicht sonderlich verwunderlich sein sollte. Wenn ich nicht auf groß und böse stehen würde, dann wäre ich wohl kaum schwanger von einem Outlaw.

Oder?

Scotts dunkle Augen scannen die Umgebung. Ich sehe den Moment, in dem er mich erkennt.

All seine Muskeln spannen sich an, pure Entschlossenheit spiegelt sich auf seiner Mimik. Die Lippen, die ich schon so oft geküsst habe, bilden einen dünnen Strich. Dann bleckt er die Zähne, gibt ein animalisches Knurren von sich, das mich viel mehr an einen Wolf oder irgendein anderes gefährliches Raubtier als an einen Menschen erinnert, und kommt langsam, gefährlich langsam auf mich zu.

Letzte Chance, um davonzulaufen!

Dafür, dass sich mein Unterbewusstsein im direkten Kontakt mit meinem Gehirn befindet, ist es manchmal ganz schön bescheuert.

Denn wenn es intelligent wäre, wüsste es, dass man vor einem der landesweit gefürchteten *Hell Reaper* nicht einfach so davonrennen kann.

Schon gar nicht in ihrem Revier.

Jede seiner Bewegungen ist kontrolliert, fast so, als würde er nur eine fein dosierte Menge seiner Kraft benutzen, um mich nicht zu verschrecken.

Was bei der Empfangsdame nicht funktioniert. Sie gibt einen erschrockenen Laut von sich, fordert Scott auf, sofort zu gehen, und droht ihm dann mit dem Sicherheitsdienst. Was ihn nur wenig beeindruckt und mich zu der Überlegung bringt, was wohl mit den zwei Wachen draußen am Tor passiert ist?

Ich meine, sie würden wohl kaum einen Biker wie ihn einfach so passieren lassen.

Oder?

Nein, würden sie nicht. Schon gar nicht, wenn er sich in so einer mentalen Verfassung befindet, rostbraune Spritzer im Gesicht und am Hals hat, die verdächtig nach getrocknetem Blut aussehen, und gut sichtbar eine Waffe vorne in seinem Hosenbund steckt.

„Verschwinden Sie oder es wird Konsequenzen haben."

Scotts Lippen verziehen sich zu einem freudlosen Lächeln, das die Frau hinter dem Tresen ängstlich einen Schritt zurückweichen lässt.

„Ich verschwinde, sobald ich meine Frau habe."

Seine Frau?

Damit meint er mich. M-I-C-H.

Mein dummes, dummes Herz macht einen freudigen Hüpfer, ich nehme es sofort an die Leine.

Unter anderen Umständen hätte ich mich sehr darüber gefreut, wenn er mich so genannt hätte.

Also unter Umständen, die in der Vergangenheit liegen.

Jetzt hingegen?

Nein. Jetzt macht mich sein Besitzanspruch einfach nur verdammt wütend!

Was denkt sich dieses Leder tragende Arschloch eigentlich?

Dass er mich verlassen und sich dann kein einziges Mal mehr bei mir melden kann, nur um dann einfach so aufzutauchen und so zu tun, als wäre das alles nicht passiert?

Als hätte er nie die Zeit gefunden, mich anzurufen oder um mich zu kämpfen?

Oder um einfach nur mit mir zu reden, wenn *ich ihn* anrufe?

Nein! Scheiße! Nein!

Das lasse ich nicht mit mir machen!

Die Bilder, wie er die Nutte vor sich auf den Boden drückt und sie an seinem Schwanz lutschen lässt, flimmern in meiner Erinnerung auf und lösen den altbekannten Schmerz aus, gegen den ich jedes Mal wieder erneut ankämpfen muss.

Mit jedem Mal wird es schwerer und schwerer und schwerer.

Gott verflucht!

Ich liebe diesen Mann nach wie vor, aber ich bin inzwischen so weit, dass ich erkannt habe, dass Liebe alleine nicht ausreicht. Schon gar nicht, wenn sie nicht erwidert wird.

Es mag egoistisch sein, aber ich will einen Mann an meiner Seite, auf den ich mich immer und unter allen Umständen verlassen kann. Einen, der für mich da ist, der mir den Rücken deckt und für den ich die Nummer eins bin.

Ja. Zugegeben. Vielleicht habe ich, was den Club angeht, hin und wieder überreagiert, aber das habe ich auch nur, weil ich mich ausgeschlossen gefühlt habe.

Hätte er mich nur einmal mit in sein blödes Clubhaus genommen und mich seinen Brüdern als seine Frau vorgestellt, hätte ich bei bestimmten Dingen eventuell anders reagiert.

Ja gut. Ich habe zu ihm immer gesagt, dass ich mich für seinen MC nicht interessiere und dass ich nichts mit all dem zu tun haben will. Aber trotzdem. Er hätte ja ahnen können, dass das gelogen war. Oder?

Ach Scheiße!

Warum muss das zwischen uns Frauen und den Männern immer so kompliziert sein?

Warum nur?

Scott ist kein Gedankenleser, also geht dieser ganze Mist auf mein Konto.

Ich habe ja auch nie behauptet, dass ich keine Fehler gemacht habe. Vor allem das mit der Waffe war wirklich, wirklich dämlich von mir.

Trotzdem hat er nie um mich gekämpft. Nie. Nicht mal im Ansatz.

Ich habe ihn rausgeworfen und für ihn war die Sache damit erledigt.

Ich war für ihn erledigt.

Meine Brust zieht sich gepeinigt zusammen. Die Dame am Empfang kündigt lauthals an, die Polizei zu rufen, was Scott dazu bringt, zu ihr zu gehen, über den Tresen zu langen und das Telefon an die nächstbeste Wand zu schleudern. Das hellgraue Plastik bricht und rieselt zu Boden.

„Alles, was ich will, ist, meine Frau abholen. Also Schnauze jetzt!"

Da ist es wieder, dieses „meine Frau", das mich so unfassbar wütend macht.

„Ich bin nicht deine Frau! Nicht mehr."

Seine Augen zucken zu mir.

„Ach nein? Und wie kann es dann sein, dass ich dein Mann bin, wenn du nicht meine Frau bist?"

Mein mit der Situation dezent überfordertes Gehirn kommt nicht mehr mit.

Hat er mir gerade echt gesagt, dass er mir gehört?

Nein. Niemals!

Und selbst wenn, ist es dafür einfach zu spät.

Nur weil ich unser Baby nicht abgetrieben habe, bedeutet das noch lange nicht, dass ich mit diesem Rocker einen auf heile Familie machen will.

Denn das will ich nicht.

Oder? Gut. Tief in meinem Inneren vielleicht schon, aber das kann er ja nicht wissen. Ich bemerke erst, dass ich instinktiv meinen Bauch mit meiner Hand bedecke, als seine Augen zu meiner Mitte zucken.

„Seit wann weißt du es?"

„Das geht dich nichts an. Ich gehe dich nichts an! Dieses Kind geht dich nichts an. Verschwinde einfach wieder! Fahr zurück in deinen geliebten Club und lass mir meine Ruhe!"

Die Wörter schneiden sich wie Splitter in meine Zunge.

Doch ich muss jetzt stark sein.

Für mich und mein Baby!

„Zur Hölle, Frau! Sagst du mir gerade ernsthaft, dass mich mein Kind nichts angeht? Bist du von allen guten Geistern verlassen?"

Anscheinend. Denn wenn ich es nicht wäre, würde ich mich nicht mit einem nur aus Muskeln, Entschlossenheit und Wut bestehenden *Hell Reaper* streiten.

„Weiß du was? Geh doch einfach zurück in deinen geliebten Club und zu der Nutte, die du so gern magst, und verschon mich mit deinem Bullshit!"

Scott fallen beinahe die Augen aus dem Kopf.

Der böse Biker scheint es wohl nicht gewöhnt zu sein, dass ihm Frauen die Stirn bieten.

Dann sollte er sich wohl besser schnellstens daran gewöhnen, denn ich habe nicht vor, mich jemals wieder von seiner Kutte, der Waffe und den Bergen, die seine Bizepse darstellen, einschüchtern zu lassen.

„Was redest du da?"

Als ob er sich nicht mehr an den Blowjob auf der Party erinnern könnte? Himmel!

Was, wenn er es tatsächlich nicht mehr kann, und das aus dem einfachen Grund, dass er so viele Huren fickt, dass er den Überblick verloren hat?

Mir wird schlecht.

Zuerst denke ich, dass ich die Woge der Übelkeit niederkämpfen kann, doch dann überwältigt sie mich und ich schaffe es gerade noch zu dem kleinen Plastikmülleimer, der neben dem Tresen steht, von dem uns die Empfangsdame entsetzt beobachtet, und übergebe mich lautstark.

Gott wie peinlich!

Ich rechne damit, dass Scott angewidert zurückweicht, doch er überrascht mich, als er zu mir geht, mir fürsorglich die Haare aus dem Gesicht streicht und sie in meinem Nacken zusammenhält, damit ich sie nicht vollkotze.

Warum muss er ausgerechnet jetzt so freundlich sein?

Warum muss er mich jetzt so zärtlich berühren? Vor allem da er vor wenigen Sekunden noch vor Wut geschäumt hat.

Dieser Mann ist ein einziger, wandelnder Widerspruch, und genau deswegen hat er mich von Anfang an auch so fasziniert. Ich mag die Mischung aus hart und zart, aus beschützend und brutal.

Mir ist einfach nicht mehr zu helfen!

Scheiße! Scheiße! Scheiße!

Das Würgen wird besser, in meinem Kopf dreht sich alles.

In der einen Sekunde stehe ich noch auf meinen eigenen Beinen, in der nächsten liege ich wie eine Braut in den Armen ihres Bräutigams an Scotts Brust, atme seinen unverkennbaren Geruch ein und spüre, wie sich mein Puls sofort beruhigt.

Wenn ich bei ihm war, hat sich meine Welt schon immer langsamer gedreht, diese Wirkung hat Scott einfach auf mich.

„Geht es dir besser?"

Ich nicke.

„Gut, dann lass uns von diesem beschissenen Ort verschwinden!"

Damit trägt er mich raus auf den in der Sonne liegenden Vorplatz, auf das Tor zu, neben dem links und rechts die zwei reglosen Sicherheitsmänner liegen.

Schock!

„Hast du sie ... Hast du ..."

„Sie umgebracht?", fällt er mir ins Wort. Ich nicke wieder, das scheint etwas zu sein, was ich gerade gerne tue, weil ich meiner Stimme einfach nicht traue.

„Nein. Sie sind nur bewusstlos. Ich töte keine Männer, deren Job es ist, für die Sicherheit von schutzlosen Frauen so sorgen."

Wie ehrenhaft.

„Du knockst sie einfach nur aus."

Das war weder eine Frage noch eine besondere Feststellung, ich spreche nur das Offensichtliche aus.

„Sie standen zwischen dir und mir."

Scott sagt das völlig emotionslos, als wäre es nichts Besonderes.

Heilige Verdammnis!

In was für einen Kerl habe ich mich da nur verliebt?

„Du kannst mich jetzt abstellen. Ich kann selber laufen."

„Hab Geduld mit mir. Ich habe gerade meine schwangere Frau in einer Abtreibungsklinik gefunden. Ich bin noch nicht bereit, dich selber laufen zu lassen."

Das kann ich sogar irgendwie verstehen.

Er trägt mich zu seiner, am Straßenrand stehenden Harley, in deren auf Hochglanz poliertem Chrom sich die Sonne spiegelt.

Bis jetzt bin ich erst einmal auf seinem Motorrad mitgefahren. Dieses Monster auf zwei Reifen macht mir irgendwie Angst, keine Ahnung wieso. Ich zweifle nicht an Scotts Fähigkeiten, mit der Harley umzugehen. Aber es ist, wie es ist. Man hört einfach zu oft von tödlichen Motorradunfällen.

„Es geht mir gut. Stell mich ab."

Anstatt zu tun, was ich will, sieht er mich einfach nur aus wütenden Augen an.

„Warum hast du mir nicht gesagt, dass du schwanger bist?"

Gute Frage.

„Warum ist die Erde rund? Wieso können Haie nicht rückwärtsschwimmen? Weshalb ist der Himmel blau?"

Sein gezischtes: „Hör auf mit diesen Spielchen!" lässt mich schlagartig verstummen.

„Ich wollte es dir sagen, aber dann hast du dir direkt vor meinen Augen von einer Nutte den Schwanz lutschen lassen, und bei meinem zweiten Versuch hattest du keine Zeit mit mir zu telefonieren."

Zumindest hat der mächtige *Reaper* genug Anstand, um beschämt zu wirken.

Das lässt mich nicht endgültig die Hoffnung verlieren.

Wenn das mit uns schon nichts wird, hat er mit ein bisschen Glück zumindest ausreichend Charakter, um für sein Kind zu sorgen und mich zu unterstützen.

Gott weiß, ich könnte seine Hilfe mehr als gut gebrauchen!

Trotz seiner Wut, trotz meiner Wut passiert etwas zwischen uns.

Hätte die Luft, die uns umgibt, eine Farbe, wäre sie bis eben Dunkelrot gewesen, jetzt schwächt das Rubin ab, wird eher Magenta, ehe es in ein tiefes Gold wechselt.

Es ist wie Magie, dieser Rocker hat etwas an sich, das mich gegen meinen Willen anzieht, fesselt und na ja ... glücklich macht.

Zumindest wenn wir nicht gerade auf dem Parkplatz einer Abtreibungsklinik stehen und streiten.

Es heißt immer, Gegensätze ziehen sich an, und bei uns passt das zu 100 Prozent. Aber nur weil sie sich anziehen, bedeutet das noch lange nicht, dass sie auch zusammenpassen.

Richtig!

Wir sind wie Feuer und Wasser. Das Dumme ist nur, dass das Wasser die Flammen erstickt.

Das, was da zwischen uns ist, basiert nicht auf reiner Sexualität. Es ist viel komplexer, tiefgründiger und komplizierter, und deswegen ist es auch so schwer für mich, es zu beenden. Okay. Offiziell mag ich das schon getan haben, aber tief in meinem Inneren, habe ich das eben noch nicht, und genau deswegen schlinge ich meine Arme um Scotts starken Hals, sauge förmlich seinen Geruch in mich ein und schließe die Augen, um den Moment zu genießen.

Denn so wie die Dinge zwischen uns stehen, ist es durchaus möglich, dass dies das letzte Mal ist, dass ich so in seinen Armen liege.

6. Kapitel

Ein Rocker, ein Vater, ein Geliebter ...

Es ist nicht fair, Leila irgendwelche Vorwürfe zu machen. Und es würde uns auch nicht im Geringsten weiterhelfen.

Fuck!

Wir haben beide Fehler gemacht.

Ich war ein Arschloch und sie eine Zicke.

Ja, sie war im Clubhaus, und ja, sie hat mich angerufen.

Im Gegensatz zu mir hat Leila zwei Versuche gestartet, Kontakt mit mir aufzunehmen. Und was habe ich getan?

Holy Shit!

Ich bin ein riesiger Trottel, der diese wunderschöne Frau nicht verdient hat.

In meiner Arroganz bin ich davon ausgegangen, dass sie sich bei mir dafür entschuldigen wollte, dass sie mich beinahe erschossen hat.

Aber damit lag ich falsch. Ganz falsch. Sie wollte mir gestehen, dass sie schwanger ist, und ich habe sie nicht angehört. Ich habe sie mit der Situation, mit diesem Baby alleine gelassen und das kam dabei raus.

Wenn ich also auf jemanden wütend sein will, dann auf mich!

Verdammt!

Für den Augenblick bin ich einfach nur zufrieden, sie so festzuhalten, wie ich es gerade tue, während hinter meinem Rücken die Wachmänner leise stöhnend wieder zu Bewusstsein kommen.

Ich. Werde. Vater.

Je länger ich hier stehe und das wunderschöne Gesicht meiner Frau betrachte, umso deutlicher wird mir die Tragweite dessen bewusst.

In ihrem noch flachen Bauch wächst ein kleiner Minimensch heran. Ein Junge oder ein Mädchen, das meine Gene in sich trägt, das vollkommen schutzlos auf diese Welt kommt und das einen Vater braucht. Das. Mich. Braucht.

Meine Knie werden weich.

Einfach fucking unfassbar!

„Wie geht es jetzt weiter, Sweetheart?"

Leila öffnet langsam ihre schokoladenbraunen Augen und sieht mich traurig an.

„Ich weiß es nicht, *Reaper*. Aber ich weiß, dass ich dieses Kind auf gar keinen Fall wegmachen lassen möchte. Schon klar, das Baby war nicht geplant und für dich ist das jetzt wahrscheinlich ein Schock, aber ich will es trotzdem. Ich liebe es schon jetzt und ich hoffe, dass ich ihm eine gute Mutter sein werde."

Oh, daran besteht für mich nicht der geringste Zweifel!

Leila ist alles, was ich nicht bin.

Anständig, gesetzestreu, freundlich, zärtlich, liebevoll und was am wichtigsten ist, sie hat ein großes, reines Herz.

Natürlich bekommen wir dieses Baby!

Als sie nicht reagiert, wird mir klar, dass ich das nicht laut ausgesprochen, sondern nur in meinem Schädel gebrüllt habe.

Ich räuspere mich und sehe Leila direkt an, damit sie erkennt, wie ernst es mir ist.

„Natürlich bekommen wir dieses Baby! Ich bin für dich da. Ich werde dich und unser Kind beschützen und für euch sorgen."

Noch nie zuvor habe ich etwas so ernst gemeint wie das, nicht mal den Eid, den ich an dem Tag, an dem ich zum Full Member wurde, dem *Hell Reaper Motorcycle Club* geschworen habe.

Der Club ist der Club und er stand für mich bis jetzt immer an erster Stelle.

Keine Frau, kein Traum und keine persönlichen Dinge standen jemals über ihm.

Nie. Das habe ich nicht erlaubt. Aber dieses Kind?

Fuck!

Das braucht mich mehr als der Präsident und meine Brüder es irgendwann mal werden.

Ich habe es gezeugt. Ich.

Einfach nicht zu fassen!

Wir haben ein Leben geschaffen!

Leila und ich!

„Bist du dir da sicher? Hör zu, Scott. Auch wenn ich zu schätzen weiß, was du da gerade gesagt hast, will ich nichts hören, was du nicht auch zu 100 Prozent so meinst. Leere Versprechungen helfen mir und dem Kind nicht weiter."

So sehr es auch schmerzt, dass sie an mir zweifelt, verstehe ich, warum sie es tut.

Sie ist die Mutter dieses Babys, auf ihren Schultern lastet eine viel schwerere Verantwortung als auf den meinen.

„Ich meine, was ich sage."

Sie zieht eine Grimasse.

„Ja, das tust du, bis der Club dich braucht, dann haust du einfach wieder ab und das Kind und ich können schauen, wo wir bleiben."

Noch während sie spricht, löst sie ihre Arme von meinen Schultern und gibt mir zu verstehen, dass ich sie endlich abstellen soll.

Ich tue es – widerwillig – achte aber darauf, dass sie mir auf keinen Fall davonlaufen kann.

In ihrem Zustand sollte sie wahrscheinlich überhaupt nicht mehr laufen oder rennen oder sich irgendeinem Stress aussetzen.

Mir wird klar, wie wenig ich über schwangere Frauen weiß, und etwas, das sich verdächtig nach Panik anfühlt, steigt in mir auf.

Ich brauche ein Buch oder so was, in dem ich alles Wichtige nachlesen kann.

Mag sein, dass sich das Schicksal für dieses Baby nicht unbedingt den tollsten Mann als Erzeuger ausgesucht hat.

Aber jetzt und hier schwöre ich mir selbst, dass ich der beste Vater sein werde, den diese Welt je gesehen hat.

Meinem Kind wird es nie an etwas fehlen. Weder an Liebe noch an Aufmerksamkeit, noch an Nahrung oder sonst irgendetwas.

Leilas Aufmerksamkeit richtet sich auf etwas hinter meinem Rücken.

Ich drehe mich langsam um und sehe die beiden Sicherheitsmänner auf uns zukommen, der eine hat eine blutige Nase und reibt sich mit schmerzverzerrtem Gesicht den Hinterkopf, der andere ein dickes, violettes Auge und hält seinen Arm dicht an seinen Körper gedrückt.

Kann sein, dass er gebrochen ist.

Ich verspüre kein Mitleid, immerhin haben sich diese zwei Idioten zwischen mich und meine schwangere Frau gestellt. Sie können froh sein, dass sie für diesen Fehler nicht mit ihrem Leben bezahlen mussten.

„Was hast du nur getan?"

Leilas leises Wispern lässt mich die Fäuste ballen.

„Mir den Weg zu dir freigekämpft. Was ich immer wieder tun werde. Ich schwöre dir, dass du dich auf mich verlassen kannst. Du und das Baby, ihr könnt euch voll und ganz auf mich verlassen. Ich werde für euch da sein. Immer!"

In ihren Augen erkenne ich, dass sie mir glauben will und dass sie sich genau das wünscht, es aber nicht kann.

Fuck!

Ich werde mir ihr Vertrauen wohl erst verdienen müssen!

„Geht es dir ... geht es euch gut?"

Langsam und zögerlich bedecke ich mit meiner Hand ihren Bauch und kann nicht glauben, wie viel mir dieses Baby jetzt schon bedeutet, und das, obwohl ich nicht vorhatte, jemals Vater zu werden.

Verrückt!

Es ist verrückt!

Aber diese Wirkung hat Leila nun mal auf mich, so war es von Anfang an zwischen uns, seit ich sie das erste Mal gesehen habe, und daran wird sich auch nie etwas ändern.

„Ja. Alles bestens."

Gut.

„Dann bringe ich dich jetzt nach Hause."

Sie nickt erschöpft, dann wird ihr klar, dass da kein schicker SUV oder Ähnliches neben ihr steht, und verzieht ihr Gesicht.

„Danke, aber ich rufe mir lieber ein Taxi."

Never ever ...

„Das wirst du nicht tun."

Kampflustig beide Hände in die Hüften stemmend, macht sie einen Schritt auf mich zu, legt den Kopf in den Nacken und sieht aus funkelnden Augen zu mir nach oben.

Oh, ich liebe ihr Temperament und dass sie sich von meiner Kutte nicht einschüchtern lässt. Ja, dass meine Weste nicht mal der Grund ist, weswegen sie mit mir fickt.

Die Bitches im Club sehen das Leder, sie sehen, wer ich bin, und bieten mir ihre Pussys an. Ihnen geht es nicht um mich als Mann, sondern nur darum, mit einem *Hell Reaper* zu ficken. Das ist alles.

Sie sind nichts weiter als dumme Groupies, die sich in einen Lebensstil verliebt haben, der für sie als Frau unerreichbar ist, und den sie nur genießen können, wenn sie es schaffen, eine Old Lady zu werden.

Leila hingegen ... Sie sieht mich und nicht den Skull auf meinem Rücken. Sie will mich und nicht den MC, oder zumindest wollte sie mich bis zu dem Zeitpunkt, an dem sie meine Sachen aus dem Fenster geworfen und mich dabei beinahe erschossen hat.

„Ach nein?"

Diese zwei lächerlichen Worte triefen nur so vor Provokation.

„Nein!" Noch nie zuvor wollte ich einen Menschen so dringend besitzen wie Leila in diesem Augenblick. „Wenn das mir uns funktionieren soll, musst du lernen, mir zu vertrauen. Ich würde nie etwas tun, das dich oder unser Kind in Gefahr bringt!"

Ihr gezischtes „Mein Kind!" lässt mich mit den Zähnen knirschen.

„Unser. Kind. Wage es ja nicht, mir meinen Sohn oder meine Tochter vorzuenthalten, Frau!"

Leila zuckt erschrocken zusammen.

Gut. Das Letzte, was ich will, ist ihr Angst zu machen. Aber ihr muss klar sein, wie entschlossen ich bin, ein fester Bestandteil im Leben dieses Babys zu werden.

„Jetzt steig auf mein scheiß Bike, ehe ich dich eigenhändig daraufsetze!"

Stur wie sie ist, zögert sie noch kurz, ehe sie nachgibt und so unbeholfen auf meine Maschine klettert, dass ich mir ein Lachen verkneifen muss.

Das müssen wir auf jeden Fall noch üben.

Old Ladys müssen das besser können, und diese Frau hier wird schon bald meine Old Lady werden. Sie weiß es nur noch nicht.

Kaum dass sie auf dem Sattel sitzt, wird mein Schwanz hart.

Dieser Anblick ist genau das, was ich immer wollte, ich wusste es nur bis zu dieser Sekunde nicht.

Leila ist mein Leben, genau wie der Club.

Ich brauche beides gleich dringend, wie dumm war ich nur, dass mir das nicht schon früher klar geworden ist!

Mit einem zufriedenen Knurren steige ich vor ihr auf, packe sie an den Kniekehlen und ziehe mein Mädchen mit einem Ruck so dicht wie nur möglich an mich heran, während ich mich selbst dafür verfluche, dass ich nicht an einen Helm für sie gedacht habe.

Ich selbst hatte keinen auf. Dafür war keine Zeit. Ich wollte zu dringend zu ihr, als dass ich auch nur eine Sekunde für so eine Nebensächlichkeit wie meine Sicherheit verschwendet hätte.

„Arme um meine Mitte!"

Sie tut es und ihre Nähe löst ein angenehmes, jedoch schmerzhaftes Ziehen in meiner Brust aus.

Allein daran zu denken, wie kurz davor ich war, sie zu verlieren tut weh. Schlimmer als jede Verletzung, die ich mir je eingehandelt habe. Nicht mal das Messer, das mir, kurz nachdem ich das Leder angelegt habe, zwischen die Rippen gejagt wurde, hat mehr geschmerzt.

Wie sich ihre Schenkel an die meinen drücken, ihre weichen Brüste an meinem harten Rücken und wie sie ihre Wange vertrauensvoll an meine Schulter legt.

Das ist Glück!

Das ist es! So einfach.

Ich brauche keine Million Dollar in einem Bankschließfach, keine neue Harley und auch sonst keinen materiellen Scheißdreck.

Das Einzige, was ich brauche, ist Leila. Leila und unser Baby.

Das Leben kann so einfach sein, wenn man sich endlich dessen bewusst macht, was wirklich zählt.

Zuerst war der Plan, sie zu sich nach Hause zu bringen, dann entscheide ich mich plötzlich um und biege an der ersten Kreuzung nach links ab, anstatt einfach weiter geradeauszufahren.

Sie bemerkt es und hebt den Kopf.

„Was machst du?"

„Ich bringe dich in den Club."

„Wieso?"

Weil es längst überfällig ist.

„Um dich meinen Brüdern vorzustellen!"

Sie zuckt überrascht zusammen.

Selbst wenn ich eine Million Jahre Zeit gehabt hätte, um ihre nächsten Worte zu erraten, wäre es mir nicht gelungen.

„Was, wenn sie mich nicht mögen?"

Echt jetzt? Das ist ihre einzige Sorge, nachdem ich sie direkt aus einer verfickten Abtreibungsklinik rausgetragen habe?

Holy Shit!

Ich bin so ein Wichser!

Diese Reaktion von ihr zeigt mir, wie sehr sie unter all dem, was ich in der Vergangenheit falsch gemacht habe, gelitten, und wie sehr es ihrem Selbstbewusstsein geschadet hat!

Ich. Bin. Ein. Arschloch.

Ich habe diese tolle, sanfte, wunderschöne und faszinierende Frau nicht verdient.

Nicht. Ein. Mal. Annähernd.

„Sie werden dich lieben ..." *Genau wie ich!*

Um den Satz komplett laut auszusprechen, fehlt mir der Mut, außerdem ist dafür jetzt nicht der richtige Zeitpunkt. Also teile ich ihn in zwei Stücke auf, das eine sage ich ihr, das andere denke ich mir nur.

Leila schweigt die restliche Fahrt. An der Art, wie sie sich an mir festkrallt, kann ich jedoch erkennen, dass ihr der Ritt auf meinem Bike mindestens so wenig geheuer ist, wie die Vorstellung, meinen Brüdern das erste Mal offiziell zu begegnen.

Offiziell wie: Ich bin ihr Mann und sie meine Frau.

7. Kapitel

Eine Frau, ein Motorcycle Club, ein *Hell Reaper*, ein Baby und ein verdammt verdientes Happy End!

Noch immer nicht ganz sicher, was ich davon halten soll, dass Scott mich seinem gesamten Club als seine Frau vorgestellt hat – mit der Betonung auf seine – falle ich erschöpft auf die Couch, schließe die Augen und frage mich, ob das alles gar nicht passiert, sondern ob die wirren und verrückten Ereignisse der vergangenen Stunden vielleicht einfach nur ein Traum waren. Zweifellos ein Wunschtraum, aber dennoch ein Traum.

Ich meine, wie soll ich mir das alles sonst nur erklären?

Scott will mich! Daran hat er nicht den geringsten Zweifel gelassen!

Er ist einfach so in der Klinik aufgetaucht, hat die zwei Männer vom Sicherheitsdienst ausgeschaltet, als sie sich ihm in den Weg gestellt haben, und mir dann unmissverständlich klargemacht, dass er unser Kind will.

Richtig will. Das ist einfach zu schön, um wahr zu sein.

Und nicht nur das, er hat mir auch unmissverständlich gezeigt, dass ich ihm wichtig bin, dass ich ihm etwas bedeute und dass er unserer Beziehung noch eine Chance geben möchte.

Wobei es hier nicht um ein *möchte* im herkömmlichen Sinn geht. Sondern eher um ein: *Wir kriegen noch eine zweite Chance und damit Ende!* Scott ist durch und durch ein Member des *Hell Reaper Motorcycle Clubs* und diese Männer bitten nicht, oh nein, sie nehmen sich, was sie wollen. Immer. Und sie sind sich auch nicht zu schade, um die Dinge, die sie sich wünschen, zu kämpfen.

Und dieser *Hell Reaper* kämpft gerade um mich und das fühlt sich einfach nur fantastisch an. Aber was will ich?

Blöde Frage.

Ich will ihn. Das wollte ich schon immer.

„Hier?" Scott steht vor mir und reicht mir ein Glas Wasser. „In deinem Zustand sollst du viel trinken. Und Folsäure zu dir nehmen. Ich werde den ganzen Scheiß morgen besorgen. Genau wie Gemüse und Obst und Fisch. Fisch ist besonders wichtig."

Fassungslos starre ich den Mann an, der da vor mir steht, und versuche zu verstehen, was hier gerade passiert.

„Woher weißt du das alles?"

„Es gibt da so eine großartige Sache, die nennt sich Internet!"

Er zwinkert mir frech zu und fordert mich erneut auf, das Wasser zu trinken.

Ich tue es und bemerke erst währenddessen, welchen Durst ich hatte.

„Jetzt Füße hoch. Du darfst dich auf gar keinen Fall überanstrengen."

Echt jetzt?

So toll ich seine Fürsorge auch finde, aber ...

„Wird das jetzt die komplette Schwangerschaft so ablaufen?"

Hoffentlich nicht!

Scott nickt und wirkt dabei sehr ernst und entschlossen.

„Ich werde dafür sorgen, dass es dir und unserem Baby gut geht."

Halleluja!

„Wenn du willst, dass es mir gut geht, dann müssen wir klären, wie es zwischen uns weitergehen soll."

Er setzt sich zu mir, zieht mich auf seinen Schoß und haucht mir einen Kuss auf die Stirn, ehe er mir das leere Glas abnimmt und es auf den Tisch neben uns stellt.

„Ich habe Fehler gemacht und die werde ich wiedergutmachen und dir beweisen, dass du dich voll und ganz auf mich verlassen kannst." Seine Hand schiebt sich zärtlich auf meinen Bauch. „Ihr beide könnt das. Für immer!"

Wenn Wunder wahr werden ...

Es passiert wieder, die Luft zwischen uns beginnt zu knistern, mein Herz schlägt wie verrückt und meine Sinne sind voll und ganz auf den Mann vor mir konzentriert.

Darauf, wie er riecht, wie er sich anfühlt, wie er klingt und wie er schmeckt ...

Ohne den leisen Zweifeln, die noch immer in meinem Kopf sind, die geringste Beachtung zu schenken, lehne ich mich vor, umfasse mit meinen Fingerspitzen sein kantiges Gesicht und genieße das Kratzen der Bartstoppeln, während ich meine Lippen sachte auf die seinen lege und den Rocker mit all dem, was ich für ihn empfinde, küsse.

Zuerst ist das Spiel unserer Zungen sanft, zärtlich und liebevoll, doch schon nach wenigen Herzschlägen wird es wilder, stürmischer und gieriger.

Scotts Zunge windet sich um die meine, als würde sein Leben davon abhängen.

Rau und streichelnd schieben sich seine Hände unter mein T-Shirt, umfassen meine Brüste und beginnen sie sanft zu kneten.

Reine, unverfälschte Lust explodiert zwischen meinen Schenkeln, während ich sofort feucht für ihn werde.

Vollkommen egal, was auch zwischen uns vorgefallen ist, ich will Scott. Immer. Selbst dann, wenn ich wütend auf ihn bin und glaube, ihn zu hassen.

Unsere Klamotten verschwinden Stück für Stück. Wir reißen sie uns regelrecht von den Leibern, werfen sie durch den Raum und winden uns dabei hin und her. Erst sitze ich auf ihm, dann werde ich von seinen Muskeln in das weiche Polster des Sofas gedrückt.

Keuchend spreize ich meine Beine für ihn, heiße seine Härte willkommen und stöhne laut, als er sich die ersten paar Zentimeter in mich schiebt.

Ungeduldig wölbe ich mich ihm entgegen, jage ihm meine Fingernägel in den Rücken und fordere ihn fast schon verzweifelt auf, mich zu ficken. Richtig zu ficken. Es ist schon viel zu lange her, dass ich ihn in mir gefühlt habe und von ihm bis zum Anschlag ausgefüllt war.

Scott zögert nicht, sondern gibt mir, was ich brauche, und vögelt mich mit allem, was er hat. Mit. Jedem. Steinhartem. Dickem. Zentimeter. Seines beeindruckenden Schwanzes.

Die Bilder, wie er der Nutte erlaubt hat, ihm einen zu blasen, ploppen ungefragt in meinem Großhirn auf. Zorn flutet meine Adern. Scott ist so auf mich konzentriert, dass er sofort bemerkt, wie sich meine Stimmung verändert.

„Was ist los? Habe ich dir wehgetan?"

Ja. Aber nicht so, wie er denkt.

„Wenn du willst, dass das mit uns funktioniert, dann will ich die Exklusivrechte von dir. Keine anderen Frauen. Keine Nutten. Nichts! Verstanden?"

Das Arschloch hat doch echt genug Nerven, breit zu grinsen.

„Verstanden! Scheiße! Wenn ich dich kriegen kann, will ich keine andere!"

Ich glaube ihm und das nicht nur wegen der Glückshormone, die gerade wie Sternschnuppen durch meinen Kreislauf rauschen, sondern wegen der Ernsthaftigkeit in seiner Stimme und wegen des Ausdrucks in seinen Augen.

Scott meint es ganz genau so, wie er es gerade gesagt hat!

Er beginnt sich endlich wieder zu bewegen, meine inneren Muskeln ziehen sich erregt um sein Glied zusammen, mir wird heiß und vor meinen Augen tanzen grelle Blitze.

Wie konnte ich nur jemals glauben, dass ich ohne diesen Biker glücklich werden könnte?

Was ein Witz!

Ich brauche Scott wie die Luft zum Atmen.

Keuchend biege ich den Rücken durch, beiße mich an seinem Hals fest und gehe bei seinem nächsten harten, tiefen Stoß in Flammen auf.

Der Orgasmus, der wie ein Tornado über mich hinwegfegt, reißt mich aus der Realität und schickt mich zu den Sternen, für die es eigentlich noch viel zu hell am Tag ist.

Ich löse mich auf, lasse mich fallen und Scott fängt mich, hält mich besitzergreifend fest, ehe er immer schneller in mich hineinstößt, seine eigene Erlösung jagt und nach wenigen Minuten endlich findet.

Sein heißes Sperma, das mein empfindliches Inneres flutet, verlängert meinen Orgasmus und lässt mich verzweifelt nach Luft schnappen.

So. Ist. Es. Nur. Mit. Ihm.

So war es mit keinem Mann jemals zuvor.

Nicht einmal annähernd.

„Du gehörst mir, Sweetheart. Du und unser Kind!"

Damit gleitet er langsam aus mir heraus, zieht mich auf sich und hält mich beschützend fest. Mir fallen die Augen zu, während ich auf meinem Mann einschlafe und von einer wunderbaren Zukunft träume, die uns das Schicksal hoffentlich schenken wird ...

Epilog

Einige Monate später im Kreißsaal des Seattle Grace Hospitals

Fasziniert betrachtet der sonst so harte Rocker das kleine frischgeborene Mädchen, das in seinen braun gebrannten, muskulösen und mit schwarzen Tattoos überzogenen Armen liegt und so vertrauensvoll aus strahlend blauen Augen zu ihm hochsieht.

Seine Tochter.

Scott kann es kaum fassen.

Ehrfürchtig zählt er ihre Finger nach, dann ihre winzigen Zehen und stellt erleichtert fest, dass einfach alles an ihr so ist, wie es sein soll. Perfekt.

Das kleine Mädchen ist in seinen Augen genauso schön wie ihre Mutter, seine Old Lady, die ihn mit ihrem Nestbautrieb in den letzten Tagen und Wochen in den Wahnsinn getrieben hat.

Nur zu gerne hat er die Kinderzimmermöbel aufgebaut, die Wände in einem hellen Lavendel gestrichen und ihr dabei geholfen, den Kindersitz in dem Minivan, den er nur Pampersbomber nennt, und den er extra für seine kleine Familie gekauft hat, zu fixieren.

Bis jetzt, bis zu diesem Moment hat er sich immer wieder gefragt, was der Sinn seines verdammten Lebens sein soll. Jetzt kennt er ihn, denn er hält ihn vorsichtig und beschützend in den Händen.

Ende

Buchempfehlung

Kennt Ihr schon alle Romane von Bärbel Muschiol?

LESEEMPFEHLUNG: „Rocker und Märchen"

Klappentext:
ROCKER UND MÄRCHEN: Es war einmal vor langer, langer Zeit
… Oder so ähnlich! Die Rocker des Hell's Devils Motorcycle Clubs
machen ihrem Namen alle Ehre: Diese Höllenteufel sind gefährlich,
gnadenlos und absolut tödlich – aber eben auch höllisch heiß! Der
Club und ihre Brüder stehen für die Rocker an erster Stelle! Doch
dann, eines Tages passiert das Unvorstellbare: Der gesamte MC wird
auf einmal von einem Märchenfluch heimgesucht! Egal ob es sich um
eine freche Cinderella, eine mutige Pocahontas oder eine
widerspenstige Meerjungfrau handelt – keiner der Hell's Devils
schafft es, sich dem Zauber der wahr gewordenen
Disneyprinzessinnen zu entziehen! Aber die Realität hat eine Sache
mit den Märchen gemein, wer die Prinzessin will, muss ihr erst den
Arsch retten!

Taschenbuch ISBN: 978-3-68975-028-2
eBook ISBN: 978-3-68975-029-9

Klarant Verlag

Lernen Sie die Titel des Klarant Verlages kennen und besuchen Sie uns im Internet unter:

www.klarant.de

Sie können dort Näheres über unsere Autoren erfahren, viele weitere interessante Bücher und eBooks finden und Leseproben herunterladen.

Mit dem kostenlosen Newsletter unter

www.liebe-lesen.de

erhalten Sie aktuelle Informationen rund um das Verlagsprogramm, wie beispielsweise spannende Neuerscheinungen und Gewinnspiele.